江苏省"十二五"中国语言文学重点专业类建设项目
江苏高校品牌专业建设工程一期项目（汉语言文学 PPZY2015C206）
南通大学杏林学院中国古代文学课程建设资助项目

中国古代文学新编

主　编　丁富生　王育红
编　写（按汉语拼音音序排）
　　　　陈春保　丁富生　顾友泽
　　　　纪晓建　齐　静　王育红
　　　　徐　燕

南京大学出版社

图书在版编目(CIP)数据

中国古代文学新编 / 丁富生，王育红主编. -- 南京 : 南京大学出版社, 2016.12(2025.8 重印)
ISBN 978-7-305-17905-1

Ⅰ. ①中… Ⅱ. ①丁… Ⅲ. ①中国文学－古典文学研究 Ⅳ. ①I206.2

中国版本图书馆 CIP 数据核字(2016)第 281571 号

出版发行	南京大学出版社
社　　址	南京市汉口路 22 号　　邮　编　210093
书　　名	中国古代文学新编 ZHONGGUO GUDAI WENXUE XINBIAN
主　　编	丁富生　王育红
责任编辑	黄隽翀　　　　　　编辑热线　025-83685720
照　　排	南京南琳图文制作有限公司
印　　刷	南京新洲印刷有限公司
开　　本	787 mm×1092 mm　1/16　印张 30.25　字数 705 千
版　　次	2016 年 12 月第 1 版　2025 年 8 月第 3 次印刷
ISBN　978-7-305-17905-1	
定　　价	68.00 元

网址：http://www.njupco.com
官方微博：http://weibo.com/njupco
微信服务号：njuyuexue
销售咨询热线：(025) 83594756

* 版权所有，侵权必究
* 凡购买南大版图书，如有印装质量问题，请与所购
  图书销售部门联系调换

目　录

第一编　先秦与秦汉文学

绪　论 ………………………………………………………………………… 3
第一章　文学的起源和上古神话传说 ………………………………………… 6
　　第一节　文学的起源 …………………………………………………… 6
　　第二节　上古神话传说 ………………………………………………… 7
第二章　《诗经》 ………………………………………………………………… 11
　　第一节　《诗经》的性质与内容 ………………………………………… 11
　　第二节　《诗经》的艺术成就与影响 …………………………………… 18
第三章　历史散文 …………………………………………………………… 22
　　第一节　《尚书》与《左传》 ……………………………………………… 22
　　第二节　《国语》与《战国策》 …………………………………………… 27
第四章　诸子散文 …………………………………………………………… 32
　　第一节　《论语》与《墨子》 ……………………………………………… 32
　　第二节　《孟子》与《荀子》 ……………………………………………… 33
　　第三节　《庄子》与《韩非子》 …………………………………………… 37
第五章　楚辞 ………………………………………………………………… 41
　　第一节　楚辞的文化背景 ……………………………………………… 41
　　第二节　楚辞的成书及代表作 ………………………………………… 43
　　第三节　楚辞的成就和影响 …………………………………………… 47
第六章　秦汉政论文 ………………………………………………………… 49
　　第一节　秦代散文 ……………………………………………………… 49
　　第二节　西汉政论文 …………………………………………………… 51
　　第三节　东汉政论文 …………………………………………………… 52
第七章　汉赋 ………………………………………………………………… 54
　　第一节　汉赋的起源、发展和流变 …………………………………… 54
　　第二节　从贾谊赋到枚乘《七发》 ……………………………………… 56
　　第三节　司马相如等赋家 ……………………………………………… 58
　　第四节　东汉抒情小赋 ………………………………………………… 60

第八章 两汉历史散文 63
   第一节 司马迁的生平及《史记》的创作 63
   第二节 《史记》的体例、流传和思想倾向 65
   第三节 《史记》的文学成就及影响 67
   第四节 《汉书》及其他历史散文 68

第九章 汉代诗歌 70
   第一节 汉乐府诗 70
   第二节 汉五言诗 73
   第三节 古诗十九首 74

第二编　魏晋南北朝文学

绪　论 79

第一章 曹魏文学 83
   第一节 曹操与曹丕 83
   第二节 曹植 86
   第三节 建安七子和蔡琰 87
   第四节 正始文学 90

第二章 两晋文学 93
   第一节 西晋初年文学 93
   第二节 太康文学 94
   第三节 左思 96
   第四节 永嘉文学 97
   第五节 玄言诗 99

第三章 陶渊明 101
   第一节 陶渊明的生平和思想 101
   第二节 陶渊明作品的思想内容 103
   第三节 陶渊明诗歌的艺术特色 107
   第四节 陶渊明的地位和影响 108

第四章 东晋南北朝乐府民歌 109
   第一节 东晋南朝乐府民歌 109
   第二节 北朝乐府民歌 112

第五章 南北朝诗文 115
   第一节 山水诗和谢灵运 115
   第二节 鲍照 117
   第三节 新体诗和谢朓 119
   第四节 庾信 120
   第五节 南北朝的骈文和散文 122

第六章 魏晋南北朝小说	125
第一节 志怪小说	125
第二节 志人小说	126

第三编 隋唐五代文学

绪论	133
第一章 隋朝与初唐诗歌	138
第一节 隋代诗歌	138
第二节 贞观诗风及上官仪	139
第三节 初唐四杰	140
第四节 杜审言与"沈宋"	142
第五节 陈子昂与唐诗风骨	144
第六节 张若虚与唐诗兴象	146
第二章 盛唐诗人群体	148
第一节 王维与孟浩然	148
第二节 王昌龄、崔颢等诗人	152
第三节 高适与岑参	155
第三章 李白	160
第一节 李白的生平与思想性格	160
第二节 李白的乐府歌行与绝句	161
第三节 李白诗歌的艺术特征	164
第四节 李白的地位与影响	167
第四章 杜甫与中唐前期诗坛	169
第一节 杜甫及其乱世悲歌	169
第二节 杜诗的艺术特征	171
第三节 杜诗的地位与影响	175
第四节 中唐前期诗坛	176
第五章 中唐后期诗坛	180
第一节 韩孟诗派	180
第二节 元白诗派	186
第三节 刘柳诗风	191
第六章 古文运动与唐代散文	195
第一节 古文运动的兴起	195
第二节 韩柳倡导古文的理论主张	197
第三节 韩愈、柳宗元的散文成就	198
第四节 晚唐小品与骈文	201
第七章 唐传奇与俗讲变文	203

第一节　唐传奇的兴盛原因与发展历程……203
　　第二节　唐传奇的艺术成就与文学地位……206
　　第三节　俗讲与变文……207
第八章　李商隐与晚唐五代诗歌……209
　　第一节　贾岛姚合与苦吟诗风……209
　　第二节　杜牧与怀古咏史诗……210
　　第三节　李商隐对唐诗的开拓……212
　　第四节　唐末五代诗人……217
第九章　唐五代词……222
　　第一节　词的产生和发展……222
　　第二节　温庭筠与花间词人……224
　　第三节　李煜与南唐词人……226

第四编　宋代文学

绪　论……231
第一章　北宋初期文学……235
　　第一节　宋初"三体"诗……235
　　第二节　宋初散文的复兴……237
第二章　北宋中期的诗文革新……239
　　第一节　欧阳修的散文……239
　　第二节　欧阳修、梅尧臣、苏舜钦的诗歌……240
　　第三节　王安石、苏洵等人的散文创作……242
　　第四节　王安石的诗歌创作……244
第三章　北宋前期词风与柳永的新变……246
　　第一节　对五代词风的因革……246
　　第二节　开拓词境的尝试……249
　　第三节　柳永词的新变……250
第四章　苏轼……253
　　第一节　苏轼的散文创作……253
　　第二节　苏轼的诗歌……256
　　第三节　苏轼的词……258
第五章　北宋中后期诗词……261
　　第一节　黄庭坚与江西诗派……261
　　第二节　秦观与贺铸……264
　　第三节　周邦彦……267
第六章　南宋初期文学……269
　　第一节　南宋初期诗歌……269

  第二节 李清照 ……………………………………………………… 271
  第三节 张元幹、张孝祥等词人 ………………………………… 273

第七章 陆游等中兴四大诗人 …………………………………………… 275
  第一节 陆游 …………………………………………………… 275
  第二节 杨万里与范成大 ………………………………………… 277

第八章 辛弃疾和辛派词人 ……………………………………………… 279
  第一节 辛弃疾及其词 …………………………………………… 279
  第二节 辛派词人 ………………………………………………… 282

第九章 姜夔与宋末词坛 ………………………………………………… 285
  第一节 姜夔 …………………………………………………… 285
  第二节 姜派词人 ………………………………………………… 287

第十章 南宋后期与辽金诗歌 …………………………………………… 291
  第一节 永嘉四灵和江湖诗派 …………………………………… 291
  第二节 文天祥与南宋遗民诗人 ………………………………… 292
  第三节 辽金诗歌 ………………………………………………… 293

第五编 元代文学

绪 论 …………………………………………………………………… 299
第一章 宋元话本小说 …………………………………………………… 302
第二章 元代杂剧 ………………………………………………………… 305
  第一节 关汉卿与《窦娥冤》……………………………………… 305
  第二节 王实甫与《西厢记》……………………………………… 309
  第三节 白朴与《梧桐雨》………………………………………… 313
  第四节 马致远与《汉宫秋》……………………………………… 314
  第五节 元代其他主要杂剧 ………………………………………… 316

第三章 元代散曲与诗文 ………………………………………………… 322
  第一节 元代前期散曲 …………………………………………… 322
  第二节 元代后期散曲 …………………………………………… 326
  第三节 元代诗文 ………………………………………………… 329

第四章 元代南戏 ………………………………………………………… 333
  第一节 高明与《琵琶记》………………………………………… 333
  第二节 四大南戏 ………………………………………………… 337

第六编 明清及近代文学

绪 论 …………………………………………………………………… 343
第一章 明代小说 ………………………………………………………… 347

- 第一节 《三国演义》 ... 347
- 第二节 《水浒传》 ... 351
- 第三节 《西游记》 ... 355
- 第四节 《金瓶梅》 ... 359
- 第五节 "三言""二拍" ... 361

第二章 明代戏曲 ... 366
- 第一节 明代杂剧 ... 366
- 第二节 明代的传奇创作 ... 370
- 第三节 汤显祖与临川四梦 ... 376

第三章 明代诗文 ... 381
- 第一节 明代前期诗文 ... 381
- 第二节 明代中期诗歌 ... 384
- 第三节 晚明诗文 ... 387
- 第四节 明代民歌和散曲 ... 389

第四章 清诗 ... 393
- 第一节 清初诗坛 ... 393
- 第二节 清中叶诗坛 ... 401

第五章 清词 ... 406
- 第一节 清前期词坛 ... 406
- 第二节 清中期词坛 ... 408

第六章 清文 ... 411
- 第一节 清代散文 ... 411
- 第二节 清代骈文 ... 414

第七章 清代戏曲 ... 416
- 第一节 清代杂剧 ... 416
- 第二节 清代传奇 ... 418

第八章 清代小说 ... 430
- 第一节 曹雪芹与《红楼梦》 ... 430
- 第二节 吴敬梓与《儒林外史》 ... 435
- 第三节 蒲松龄与《聊斋志异》 ... 440

第九章 近代文学 ... 445
- 第一节 近代社会和近代文学特征 ... 445
- 第二节 近代诗文和小说 ... 447
- 第三节 近代首开风气第一人龚自珍的诗歌创作 ... 450
- 第四节 "诗界革命"旗帜黄遵宪的诗歌创作 ... 454
- 第五节 民国奇人苏曼殊的诗歌创作 ... 460

参考文献与阅读书目 ... 466
后 记 ... 474

第一编

先秦与秦汉文学

第一章

中文文本信息检索

绪 论

先秦文学的主要形式是诗歌和散文。诗歌包括上古歌谣、《诗经》和楚辞。上古歌谣是原始先民在劳动过程中协调劳动节奏、减轻疲劳、表达美好愿望和收获喜悦的口头创作。《诗经》是西周初年至春秋中叶约五百多年间的诗歌总集,其中"十五国风"是带有地方色彩的民歌,"雅"和"颂"分别是用于典礼的宫廷正乐和用于祭祀的颂神乐曲。楚辞则是真正意义上的文人诗歌。

先秦散文包括历史散文(又称叙事散文)和诸子散文(又称说理散文)。我国的散文萌芽于殷商时期的甲骨卜辞,到战国时期已相当成熟。发达的史官文化使得记载历史事件的叙事散文首先确立。《尚书》和《春秋》分别提供了记言和记事散文的不同体例,《左传》《国语》《战国策》等历史散文的出现标志着我国叙事散文的逐渐成熟。从先秦历史散文的发展演变过程看,早期的《尚书》几乎完全是史官所保存文件的汇编,《春秋》仍然保持着史官记录的体式,战国初期形成的《左传》和《国语》虽然也利用了大量史官记录,但已经不是严格意义上的官方著作,战国末年至秦汉之际形成的《战国策》则主要是策士的私人著作。总体说来,这个过程表现为官方色彩逐渐减弱,文学成分逐渐浓厚。诸子散文是春秋战国时期百家争鸣的产物,是不同学派阐述自己学说的著作,代表作品有儒家的《论语》《孟子》《荀子》,墨家的《墨子》,道家的《老子》《庄子》和法家的《韩非子》等。诸子散文的发展分为三个阶段:第一阶段是以《论语》《老子》和《墨子》为代表的语录体散文,产生年代是春秋至战国初期,作品几乎都是简单的言行记录,无完整篇章;第二阶段是以《孟子》和《庄子》为代表的论辩体散文,产生年代是战国中期,这类散文从形式上看虽然没有完全摆脱《论语》等语录体散文的影响,多以对话为主,但已开始向长篇议论的方向发展,具体表现为论题相对集中,篇幅较为长大,论证方法多样,标志着专题性论文的初步形成。第三阶段是以《荀子》和《韩非子》为代表的专题性论文,产生年代是战国后期,能运用纯熟的书面语写作,重视语言的修饰和锤炼,用语准确生动,行文富于变化,论证全面深刻,结构严谨完整,形成了结构完整的论说文体制。总的说来,诸子散文的发展是渐进的,其基本趋势是从零散到严整,从简约到繁复,愈是后期的著作,篇幅愈宏大,组织愈严密。

就其本质来讲,先秦历史散文和诸子散文都不是纯文学作品,《春秋》《左传》《国语》《战国策》等历史散文都是史书,《论语》《老子》《墨子》等诸子散文都是哲学著作。然而,这些史书内容丰富多彩,有的还有较为完整的故事情节和性格鲜明的人物形象,同时运用了多种文学表现手法,基本具备了叙事文学的特征,奠定了叙事文学的基础。作为百家争鸣产物的诸子著作在探索宇宙人生的哲学思辨中展现出鲜明的个性,带着浓郁的情感,具有丰富的形象,具备丰富的文学性。

先秦文学也蕴含着其他文学体裁的萌芽。小说的源头可以追溯到上古神话传说,历史散文中复杂多变的人物形象和诸子散文中丰富多彩的寓言故事为后世小说的发展做了很好的铺垫。王国维、闻一多都认为《楚辞·九歌》是中国戏剧的萌芽。辞赋可以追溯到《楚辞》,荀子《赋篇》也是汉赋的渊源之一。

公元前221年,秦始皇统一中国,结束春秋战国时期诸侯纷争的局面,建立了中国历史上第一个中央集权的封建国家。然而,秦王朝历时仅有短暂的十五年,而且又实行"焚书坑儒"等极端专制的文化政策,从而造成了传统文学史中所谓"秦世不文"的特殊现象。李斯以一篇《谏逐客书》而成为这个时代唯一有作品流传下来的文人,该文旁征博引,纵横议论,排比铺陈,极富文采。

公元前206年汉王朝建立,此后两汉王朝总共历时四百余年。由于秦王朝极端专制的文化制度导致国家迅速覆灭的历史教训近在眼前,西汉王朝在文化政策上做了较大调整,废除秦王朝的暴政,实行一系列休养生息的政策,对各家学说兼收并蓄。这些措施为汉初社会营造了宽松的思想文化环境,使得在秦代遭到压制的诸子思想重新活跃起来。先秦诸子之学纷纷抬头,文士们均希望一展抱负、匡世救国,或欲以学说干禄,或欲立门扬说。汉王朝初期,理论比较完备的有儒、道、法、阴阳诸家。儒家主张推行仁政,强调教化,即在推行仁德政治统治的同时,注重对人民进行文化教育以提高其修养,从而达到德治的政治目标;道家主张"无为而治",即在弱化政治意志,尊重民众自身生活状况的基础上,因势利导,保持社会稳定发展;法家则主张以一套具体的政治法律制度作为帝王驾驭群臣的方略;阴阳五行之说也因和儒学的结合后并入经学而对汉代的思想和文化产生重要的影响。同时,由于汉王朝经济的繁荣、国力的强盛、疆域的扩展,使得那个时代的作家充满豪迈的情怀和建功立业的抱负和热情,从而促发了汉代文学蓬勃发展的新局面。这一时代的文学领域无论是作家的群体,作品的种类和数量,还是作品的思想内容和艺术水平都达到了一个新的高度。

赋是汉代最具代表性的文学样式,作品之多、作家之众都是前所未有的。赋是介于诗和散文之间的一种文体,既采用楚辞主客问答的形式,又借鉴了战国纵横家铺张恣肆的文风,同时吸收了先秦史传文学的叙事手法。它犹如诗歌,讲究押韵、对仗和形式的整饬,又像散文,句型自由,可骈可散;既可以说是散文的诗化,又可以说是诗的散文化。从体制上看,汉赋可分为汉大赋和抒情小赋。汉大赋是汉代文人在汉帝国经济繁荣、国力强盛的大背景下,积极进取精神和建功立业愿望的间接反映,其中充满了乐观向上的豪迈情怀和包括宇宙、贯通古今的艺术追求。枚乘的《七发》、司马相如的《子虚赋》《上林赋》、班固的《两都赋》、张衡的《二京赋》都是这方面的杰作。然而,由于汉大赋炫博耀奇,堆砌辞藻,好用生词僻字,缺少对现实社会生活的反映,因此在思想内容和艺术成就上都有着明显的不足。从东汉中叶到汉末一百多年间出现的抒情小赋篇幅短小,语言清新自然,感情真挚,一扫汉大赋形式呆板、歌功颂德之弊。

政论散文和汉代史传文学也出现繁盛局面,叙事散文在文体上有较大发展。司马迁的《史记》以历史上的帝王等政治中心人物为编撰主线,从传说中的黄帝开始,一直写到汉武帝元狩元年(前122),叙述了中国三千年左右的历史,成为一幅瑰丽雄浑、荡气回肠、悲天悯人的历史画卷。该书以人物为中心来反映历史,创立了纪传体史书的新样式,也开辟了传记文学的新纪元。其首创的纪传体编史方法为后来历代正史所传承。同时,《史记》具有很高的文学价值,被认为是一部优秀的文学著作,在中国文学史上有重要地位,鲁迅誉之为"史家之绝唱,无韵之《离骚》"。《史记》对后世史学和文学的发展都产生了深远影响。班固的《汉书》继承《史记》的体例,并且使之更加完善。《吴越春秋》则进一步强化史传作品的文学性,是历史演义小说的滥觞。

汉代诗歌主要有乐府诗、文人五言诗和拟骚诗。汉乐府强烈的现实主义精神和丰富多彩的艺术表现手法直承《诗经》,五言的形式使其较《诗经》能够表现更为丰富的现实内容,强烈的叙事性是其突出特色,鸿篇巨制《孔雀东南飞》标志着叙事诗的基本成熟。东汉时期文人五言诗开始大量出现并渐趋成熟,班固、张衡、秦嘉、蔡邕等人都有五言诗作品流传于世,他们对五言诗的发展起了积极的推动作用。班固的《咏史》是第一首成熟的文人五言诗。东汉末年的《古诗十九首》是五言抒情诗的典范,代表了汉代文人五言诗的最高成就。汉代还盛行一种特殊的诗歌形式——拟骚诗。人们通常把在形式上模拟屈原作品,化用屈原作品的词句且代屈原立言的悯屈之作称为"拟骚诗"或"骚体诗"。汉代王逸十七卷《楚辞章句》中收录屈宋以外的作品,包括贾谊《惜誓》、淮南小山《招隐士》、东方朔《七谏》、严忌《哀时命》、王褒《九怀》、刘向《九叹》、王逸《九思》等,都是拟骚诗的经典作品。汉代拟骚诗在文体上兼有文学模拟与传述屈骚的双重性。它直接继承了楚辞的形制特点、题材内容和抒情方式,既是对屈原作品的学习仿效和模拟,又是对屈原经历情感及其作品的深层蕴涵的感知和解读,对屈原人格精神和政治抱负的阐释和发挥,可谓深得屈骚之真传。从文体传承上看,汉代拟骚诗可以说是楚辞之余绪。

总之,在中国文学史上,汉代是一个极其重要的朝代。汉代文学出现了不同于先秦文学的一些新的特点,无论在题材内容、艺术风格、文体样式,还是在价值取向和审美风尚等方面都为后世文学树立了典范。

思考练习题

1. 简述先秦历史散文的发展过程。
2. 简述先秦诸子散文发展三个阶段的特色及其代表性作品。
3. 汉代文化政策对文学创作的繁荣有哪些影响?

第一章 文学的起源和上古神话传说

第一节 文学的起源

关于文学的起源,历代思想家、历史学家和文艺评论家进行了不断的探讨,提出了众多解释,影响较大的有游戏说、模仿说、巫术说和心灵表现说等。马克思主义理论家普列汉诺夫以唯物史观为指导,认为最早的文艺作品产生于人类劳动过程中。他在《没有地址的信》中这样表述:"毕歇尔深信,诗歌的产生是由精力充沛的具有节奏感的身体动作,特别是我们称之为劳动的身体动作所引起的;这不仅在诗歌的形式上是正确的,而且在内容上也是如此。"即劳动是文艺产生的根本。"如果毕歇尔的这些出色的结论是正确的,那末我们就有权利说,人的本性(他的神经系统的生理本性)给了他以觉察节奏的音乐性和欣赏它的能力,而他的生产技术决定了这种能力后来的命运。"也就是说,人类在劳动中不仅在吃穿住用行等基本生活需求方面获得了满足,而且因"人类本性"所赋予的审美能力创造出了诗歌,"人最初是从功利观点来观察事物和现象,只是后来才站到审美观点上来看待它们"。但"原始狩猎者的心理本性决定着他一般地能够有美的趣味和概念,而他的生产力状况、他的狩猎的生活方式则使他恰好有这些而非别的审美的趣味和概念"。所以,本质上,文艺作品的产生源于劳动,它是根据劳动的实际需要而出现的。

根据历史考察和现有资料,最早出现的文学样式是诗歌。原始人在劳动生产过程中为了振奋精神、熟练技能、团结协作、战胜自然而依照"劳动的身体动作"自然发出有节奏的呼声,而这种呼声正是诗歌韵律的起源,"人的本性"觉察到这种"节奏的音乐性",并载歌载舞。我国早期诗歌:

> 今夫举大木者,前呼"邪许",后亦应之,此举重劝力之歌也。

"邪许"就是原始人类在集体劳作时的唱和口号,并含有振奋人心的感情,因而起到"劝力"的作用。再如:

> 昔葛天氏之乐,三人操牛尾,投足以歌八阕:一曰载民,二曰玄鸟,三曰遂草木,四曰奋五谷,五曰敬天常,六曰达帝功,七曰依地德,八曰总万物之极。

"葛天氏"是传说时期的一位部落酋长。这"八阕"可能是现在所知的最古的一套乐曲,有歌有舞,舞容为"三人操牛尾",一边歌唱美好的愿望,一边起舞。同时也反映了原始人类的宗教信仰。

所以原始的诗歌是在原始人类的集体劳动中产生的;原始的音乐,是劳动音响的再现,原始的乐器是劳动工具的转化;原始的舞蹈,是劳动生产动作的模仿或过程的重演。诗歌、音乐、舞蹈三位一体,是由劳动节奏的一致性决定的,也是原始诗歌的一个重要特征。总之,文学的起源离不开人类的生产劳动。以现存的文学作品论,当以《诗经》为最早。

第二节 上古神话传说

神话传说是产生于氏族社会的口头艺术形式,含有文学成分,历史悠久,对后世文学产生了广泛而深刻的影响。原始社会生产力水平极其低下,原始人类在面对自然灾害的种种复杂变化时既不能正确认识,又不能从容应对,于是便认为宇宙万物都有神灵主宰,对自然力加以幻想和神化,创造出日、月、风、云等神灵及其故事。马克思认为,神话是"通过人民的幻想用一种不自觉的艺术方式加工过的自然和社会形式本身","任何神话都是用想象和借助想象以征服自然力,支配自然力,把自然加以形象化"(《政治经济学批判导言》)。普列汉诺夫说:"原始人的知识非常贫乏,他是'根据自己来判断'的,他把自然现象都说成是一些有意识的力量的故意的行为。这就是万物有灵论的起源。"(《没有地址的信》)所以神话反映的是人与自然的矛盾以及人们支配自然力,改造社会的美好期望。

我国古代神话资源丰富,大致分布在远古岩画壁画、出土文物的神话形象、少数民族流传着的神话故事以及文献记载等方面,但遗憾的是没有得到完整系统的记录和保存,散佚严重。现存先秦及汉代文献,以《山海经》《楚辞》《庄子》《淮南子》保存较多。我国古代神话按其主题大约可分为三类。

一是人与自然的神话。盘古开天辟地是创世神话中广为流传的一则。三国时吴人徐整的《三五历纪》载:

> 天地混沌如鸡子,盘古生其中,万八千岁,天地开辟,阳清为天,阴浊为地。盘古在其中,一日九变,神于天,圣于地。天日高一丈,地日厚一丈,盘古日长一丈,如此万八千岁。天数极高,地数极深,盘古极长。后乃有三皇。(《艺文类聚》卷一引)

讲述了盘古开天辟地,"神于天,圣于地"的神奇力量。从神话记载中可以得知中国先民已经在积极探索自然的本源问题,并将它与人类联系起来进行思索。上古人类不仅关心万物的起源,而且努力探究人类自身的起源。

人类起源的神话首推女娲造人,始见于屈原《天问》:"女娲有体,孰制匠之?"女娲自己也有身体,但她的身体是谁造的呢?这是对人类起源、对上古神话传说的叩问。当是屈原

之前,女娲造人的神话就开始流传。《风俗通》载:

> 俗说天地开辟,未有人民。女娲抟黄土作人,剧务,力不暇供,乃引绳絙于泥中,举以为人。故富贵者,黄土人也;贫贱凡庸者,絙人也。(《太平御览》卷七八引)

这则神话幻想了人类由女娲抟黄土造成,同时也反映出母系氏族社会的情况,以黄河流域的半坡文化为例,先民在黄土地上生存繁衍,制作陶器,很自然地将制陶和抟人联系起来;而"富贵"和"贫贱"的区别也反映出只知有母的观念与社会地位的尊卑之别。

鲧禹治水神话,载于《淮南子·地形训》《淮南子·本经训》二篇及《山海经·大荒北经》《楚辞·天问》《尚书》《孟子》等书,如《山海经·海内经》载:

> 洪水滔天。鲧窃帝之息壤以堙洪水,不待帝命。帝令祝融杀鲧于羽郊。鲧复生禹。帝乃命禹卒布土以定九州。

可知鲧禹父子两代人治水的过程中,都有动物指引,都使用息壤;只是鲧治水用"堙"的方式未获成功,禹治水"堙"、"疏"并举,治服洪水。这则神话塑造了两位个性鲜明的治水英雄,反映了远古人类战胜自然的智慧与力量。

夸父逐日神话,最早见于《山海经》:

> 大荒之中有山,名曰成都载天。有人珥两黄蛇,把两黄蛇,名曰夸父。后土生信,信生夸父。夸父不量力,欲追日景,逮之于禺谷。将饮河而不足也,将走大泽,未至,死于此。(《大荒北经》)
>
> 夸父与日逐走,入日。渴欲得饮,饮于河渭,河渭不足,北饮大泽。未至,道渴而死。弃其杖,化为邓林。(《海外北经》)

太阳给人类带来光明和温暖,同样也会带来干旱与灾难。上古人类渴望了解太阳运行规律,进而驾驭它。夸父以顽强的毅力追逐太阳,一路奔波,忍受着干渴,终于在"禺谷"赶上太阳,尽管最后渴死,但夸父"弃其杖,尸膏肉所浸,生邓林,邓林弥广数千里焉"(《列子·汤问》),身后的"邓林"仍然荫庇着后来者。夸父逐日的这种崇高精神,体现了上古人类征服自然的宏伟理想和拼搏奋进的浪漫主义精神。又如精卫填海神话:

> 发鸠之山,其上多柘木。有鸟焉,其状如乌,文首、白喙、赤足,名曰"精卫",其鸣自詨。是炎帝之少女,名曰女娃。女娃游于东海,溺而不返,故为精卫。常衔西山之木石,以堙于东海。(《山海经·北山经》)

同样反映了上古人民渴望征服自然,填平大海,去除威胁的志向与美好愿望。相较于大海的广博浩瀚,精卫之志向气概比海水还要浩大,惊人夺目!

二是人与神的神话。如夏启制乐神话:

> 西南海之外,赤水之南,流沙之西,有人珥两青蛇,乘两龙,名曰夏后开。开上三嫔于天,得《九辩》与《九歌》以下,此天穆之野,高二千仞,开焉得始歌《九招》。(《山海经·大荒西经》)
>
> 大乐之野,夏后启于此舞《九代》,乘两龙,云盖三层。左手操翳,右手操环,佩玉璜。在大运山北。一曰大遗之野。(《山海经·海外西经》)

夏启作为夏之先王,能乘两龙,在天帝处作客,偷得天乐《九辩》与《九歌》,并制得新曲《九招》,在"天穆之野"演奏,在"大乐之野"舞《九代》,说明了启很有音乐天赋,是一位对音乐有贡献的人物。又如成汤伐桀斩夏耕神话:

> 有人无首,操戈盾立,名曰夏耕之尸。故成汤伐夏桀于章山,克之,斩耕厥前。耕既立,无首,走厥咎,乃降于巫山。(《山海经·大荒西经》)

夏耕和刑天的形象相似,都没有了头,但刑天是"以乳为目,以脐为口,操干戚以舞"(《山海经·海外西经》),而夏耕则是"降于巫山"。成汤作为商之先王,俨然是天神形象。

三是神与神的神话。黄帝战蚩尤神话在古代典籍中有多处记载:

> 蚩尤作兵伐黄帝,黄帝乃令应龙攻之冀州之野。应龙蓄水。蚩尤请风伯、雨师纵大风雨。黄帝乃下天女曰魃,雨止,遂杀蚩尤。(《山海经·大荒北经》)
>
> 蚩尤出自羊水,八肱,八趾,疏首。登九淖以伐空桑,黄帝杀之于青丘。(《初学记》卷九引《归藏·启筮》)
>
> 黄帝与蚩尤战于涿鹿之野。蚩尤作大雾弥三日,军人皆惑,黄帝乃令风后法斗机作指南车,以别四方,遂擒蚩尤。(《太平御览》卷十五引《志林》)
>
> 黄帝摄政前,有蚩尤兄弟八十一人,并兽身人语,铜头铁额,食沙、石子,造立兵杖、刀、戟、大弩,威震天下,诛杀无道,不仁不慈。万民欲令黄帝行天子事,黄帝仁义,不能禁止蚩尤,遂不敌。(《太平御览》卷七十九引《龙鱼河图》)

蚩尤首先发动战争,黄帝应战,涉及风伯、雨师等天神,除了"铜头铁额"所暗示的金属兵器外,还运用风、雨、旱、雾等气象相互攻击,战争情节生动,过程完备,最后以蚩尤战败告终。这是继炎黄二帝大战之后的又一次部落间的战争,反映了氏族社会晚期的社会斗争以及中华民族的逐步融合壮大。

我国上古神话传说具有很强的现实性,从中随处可以看到当时先民们的生存环境和生产生活状态,不论盘古开天辟地,女娲炼石补天,后稷教民稼穑,还是后羿发明弓箭,王亥发明畜牧等,都反映了先民们的生产劳动。这些神话创造了一系列形象饱满的英雄人物,从创世与发明造物的始祖伏羲、女娲,到填海英雄精卫,治水英雄鲧、禹等,个个为民除害谋利,遵从天帝或人帝的指示,顽强地和自然灾害、和非正义的力量做斗争,维护秩序,推动集体和社会的发展。神话传说作为一种人类童年时期对世界的幼稚认识,虽然它的思想内容和表现形式都带着原始的性质,是特定历史阶段的产物,但它具有"永久的魅力"(马克思《政治经济学批判导言》),为后代作家、诗人的文学创作提供了非常丰富的文学素材和艺术形象,而先民们追求理想的坚定信念、顽强意志,以及所体现出的爱憎分明等民族品格也在后世文学中很好地传承下来,寓褒贬于作品之中,将神话里的浪漫主义因素发挥到极致。比如《庄子》寓言的汪洋恣肆,屈原《楚辞》的奇谲瑰丽,李白诗歌的超凡想象,《西游记》故事的光怪陆离等等,都是受到神话浪漫因素影响的结果。

思考练习题

1. 什么是神话?神话产生的思想基础是什么?
2. 神话按其主题可以分为哪几类?
3. 神话对后世文学有哪些影响?

第二章 《诗经》

《诗经》是我国第一部诗歌总集,原称为"诗"或"诗三百",自汉武帝独尊儒术,被列为儒家经典之一,称为《诗经》;共三百零五篇(另六篇有目无辞的"笙诗"不计在内),收入了自西周初期(前11世纪)至春秋中叶(前6世纪)五百多年间的诗歌。其产生的地域在今黄河、渭水两岸及江汉之北。

第一节 《诗经》的性质与内容

《诗经》中的作品,主要用于祭祀、朝会、宴饮、娱乐等各种典礼及场合,同时也是推行教化的工具书,是周代礼乐文化的重要组成部分。春秋中叶以前,"掌之王朝,班之侯服"(清朱彝尊《诗论》一),为周王朝观察民俗,考辨得失。春秋中叶以后,列国纷争,周王朝礼崩乐坏,王学下移,私学盛行。孔子传《诗》,注重《诗》的社会功能。《论语·阳货》载,子曰:"小子何莫学夫《诗》?《诗》,可以兴,可以观,可以群,可以怨。迩之事父,远之事君;多识于鸟兽草木之名。"《论语·季氏》曰:"不学诗,无以言。"

《诗经》强调经世致用,影响越来越大,到战国时期,被尊为儒家经典,居"六经"之首。后经秦火,儒生或口耳相传,或泥封壁藏,将《诗》保存下来。西汉传《诗》者有四大家。《后汉书·儒林传》载:"《诗》齐、鲁、韩。"即"今文三家诗":鲁人申培的《鲁诗》,齐人辕固生的《齐诗》,燕人韩婴的《韩诗》,都用汉代隶书书写,在汉文帝、景帝时立于学官。鲁人毛亨、赵人毛苌所传的《毛诗》晚出,用战国古篆书写,称"古文诗","自谓子夏所传,而河间献王好之,未得立"(《汉书·艺文志》)。《毛诗》在西汉虽未被立于学官,但在民间广泛传授,至东汉,由经学大师郑玄作《笺》,影响渐大,后立于学官。后来"三家诗"先后亡佚,今本《诗经》就是《毛诗》;其于每首诗题下简述诗的题旨、作者、背景等内容的文字称《诗序》。在《关雎》题下总论《诗经》的文字称《诗大序》或《毛诗序》。汉代人视《诗经》为政治、伦理的工具,认为"治世之音安以乐,其政和;乱世之音怨以怒,其政乖;亡国之音哀以思,其民困","故正得失,动天地,感鬼神,莫近于诗。先王以是经夫妇,成孝敬,厚人伦,美教化,移风俗"。其他各诗序称作《诗小序》,以"美、刺"为纲。

《诗经》中的诗歌分为风、雅、颂三类。分类之据有功用说、曲调说、音乐说等。一般认为,《诗经》最初是按音乐标准分类,并考虑了音乐和地区的关系。《诗经》本来就是一部乐辞,每一篇都可以合乐歌唱;"风"、"雅"、"颂",原本就是音乐名称,代表了三类不同曲调的音乐。

一、《风》诗

"风"是各地的土风歌谣,也称"国风",一百六十篇,十五个小类,《周南》十一篇,《召南》十四篇,《邶》十九篇,《鄘》十篇,《卫》十篇,《王》十篇,《郑》二十一篇,《齐》十一篇,《魏》七篇,《唐》十二篇,《秦》十篇,《陈》十篇,《桧》四篇,《曹》四篇,《豳》七篇。《豳风》和《二南》中的部分诗篇是西周作品,其余大部分是春秋初期至中期的作品。朱熹认为《风》所收录的是"民俗歌谣之诗"(《诗集传》)。这些诗传唱于民间,情调或缠绵悱恻或奔放热烈,是人们真切的生活感受的反映。西周前期的《风》诗,如《周南·芣苢》:

> 采采芣苢,薄言采之。采采芣苢,薄言有之。
> 采采芣苢,薄言掇之。采采芣苢,薄言捋之。
> 采采芣苢,薄言袺之。采采芣苢,薄言襭之。

该诗每章四句之内前两句与后两句相似度极高,《诗经》中只此一首。清人方玉润评曰:"读者试平心静气,涵泳此诗,恍听田家妇女,三三五五,于平原绣野,风和日丽中群歌互答,余音袅袅,若远若近,忽断忽续,不知其情之何以移而神之何以旷。则此诗可不必细绎而自得其妙焉。"(《诗经原始》)此诗讲述采芣苢过程虽显板滞,但细品之下,正如方氏所言,采芣苢的"田家妇女"在优美的大自然中"群歌互答","采"、"有"、"掇"、"捋"、"袺"、"襭",动作流畅,气氛融洽,心志畅快,形象与意境皆有,不失早期诗歌的素朴淡然之美。

《豳风·七月》是周人居豳时的作品,由奴隶们集体口头创作,历经漫长的流传过程,最终由宫廷乐师整理加工,创作定型。全诗格调深沉,以"诉苦"为基调,以时令为序,娓娓地讲述着他们年复一年永无止息的劳作生活:耕种、蚕桑、绩染、制衣、采植、狩猎、习武、采冰、藏冰、执宫功、祭祀等,真实、淳朴、亲切、心酸,使人感同身受,如临其境。诗中的叙事和农事描写均为抒发愁苦情感服务,反映出广大奴隶们艰辛的生存环境。《豳风·东山》《豳风·破斧》是反映战争的诗,均作于周公"东征"之后,均以"东征"归来的战士口吻抒写。《东山》是一位随周公东征三年幸获生还的老兵在归途中所唱:

> 我徂东山,慆慆不归。我来自东,零雨其濛。我东曰归,我心西悲。制彼裳衣,勿士行枚。蜎蜎者蠋,烝在桑野。敦彼独宿,亦在车下。
> 我徂东山,慆慆不归。我来自东,零雨其濛。果臝之实,亦施于宇。伊威在室,蠨蛸在户。町疃鹿场,熠燿宵行。不可畏也,伊可怀也!
> 我徂东山,慆慆不归。我来自东,零雨其濛。鹳鸣于垤,妇叹于室。洒扫穹窒,我征聿至。有敦瓜苦,烝在栗薪。自我不见,于今三年!
> 我徂东山,慆慆不归。我来自东,零雨其濛。仓庚于飞,熠燿其羽。之子于归,皇驳其马。亲结其缡,九十其仪。其新孔嘉,其旧如之何?

"慆慆不归"直指战士离家远征,战争久长;反复歌唱"零雨其濛",表现出还乡战士沐雨赶路,归家心切。全诗在战士悲喜交加的心境中缓缓展开:首章回忆艰辛的军旅生活,"我东曰归",庆幸战后余生;二章推测家园的荒凉破败;三章想象妻子孤独无依之境,以及对丈夫的关切长叹;末章回忆当年新婚的高兴情形,渴望夫妻团圆,却又有莫名的隐忧。战争给家庭生活带来分离与困扰。现实之景与想象、回忆之境有机融合,时空交错,将老兵亦喜亦忧,可畏可怀的心理演绎得淋漓尽致,真切生动地反映了战争给人们带来的苦难。

《破斧》云:

  既破我斧,又缺我斨。周公东征,四国是皇。哀我人斯,亦孔之将。
  既破我斧,又缺我锜。周公东征,四国是吪。哀我人斯,亦孔之嘉。
  既破我斧,又缺我銶。周公东征,四国是遒。哀我人斯,亦孔之休。

全诗三章,歌唱归来战士的复杂感情,三章最后一句分别是"亦孔之将"、"亦孔之嘉"、"亦孔之休"。可见面对周公东征的伟大事业,参与战役的战士却感到哀伤,反映了民众与统治集团间的距离。

《召南·草虫》诗云:

  喓喓草虫,趯趯阜螽。未见君子,忧心忡忡。亦既见止,亦既觏止,我心则降。
  陟彼南山,言采其蕨。未见君子,忧心惙惙。亦既见止,亦既觏止,我心则说。
  陟彼南山,言采其薇。未见君子,我心伤悲。亦既见止,亦既觏止,我心则夷。

诗写妻子对在外行役丈夫的思念。草虫与阜螽尚能相伴共处,妻子与丈夫却分隔两地,如此起兴,反衬了妻子与丈夫身在两地的孤寂落寞,又象征了其忠贞不渝的爱情。从秋天"草虫"之鸣到春天"采蕨"时分,时光流转,三章反复渲染"未见君子"而"忧心忡忡"、"忧心惙惙"、"我心伤悲"的心境,"亦既见止,亦既觏止",只有妻子亲眼见到丈夫了,"我心则降"、"我心则说"、"我心则夷",这种复沓的表达使得妻子对丈夫的思念牵挂之情分外强烈。

  西周中后期的《风》诗,个人色彩、生命意识有所增加。如《唐风·蟋蟀》一诗从蟋蟀的登堂入室感到时间飞逝、岁月轮转,"今我不乐",则"日月其除"、"日月其迈"、"日月其慆"。这是我国历史上首次提出生命有限,不应舍弃行乐的观念。《唐风·山有枢》中,同样可以看到对生命的珍视。"宛其死矣"、"他人是愉"、"他人是保"、"他人入室",透露出了笼罩在及时行乐之下的死亡阴影。这种对生命的珍视是非常难能可贵的。稍晚一点的《秦风·车邻》,继承发展了以上二诗的观念,"今者不乐,逝者其耋"、"今者不乐,逝者其亡",强调行乐的必要和死亡的威胁。处于被压抑状态下的深层次的个体意识的逐渐萌发,个体意识的增强,对东汉,特别是魏晋以后的诗歌发展有重大影响。

  东周时期的《风》诗,继承发展西周诗歌的主题,并在题材上有所突破。书写日常生活的感受,如《魏风·十亩之间》:

> 十亩之间兮,桑者闲闲兮,行与子还兮。
> 十亩之外兮,桑者泄泄兮,行与子逝兮。

此诗与《芣苢》同属于描写劳作的诗,然而已经有了明快活泼之感。劳作接近尾声时,采桑者的动作舒缓下来,相约着一起回家;而走出场地的人们也是和乐融融,一片欢声笑语。

《卫风·氓》写一位弃妇的遭遇,结构层次分明,情感强烈。女主人公先追忆恋爱到结婚的经过,述说"氓之蚩蚩,抱布贸丝",主动地追求自己。"淇水"作为两人爱情的见证,最初的"送子涉淇"是处于热恋中的两人两情相悦难舍难分的体现。第二章"乘彼垝垣,以望复关。不见复关,泣涕涟涟。既见复关,载笑载言",表现了女主人感情炽烈。之后一章以桑葚起兴,告诫少女恋爱须谨慎。当初"淇水汤汤,渐车帷裳",冒着危险嫁给对方,在夫家吃苦耐劳,"三岁为妇,靡室劳矣。夙兴夜寐,靡有朝矣",迎来的却是丈夫的变心,"言既遂矣,至于暴矣",施虐,继而休弃。"兄弟不知,咥其笑矣",回到娘家又受到嘲笑与歧视,无边的孤寂与伤痛正如这"汤汤""淇水"。最后悔恨交加,"淇则有岸,隰则有泮",勇敢、从容面对,当初"总角之宴,言笑晏晏。信誓旦旦,不思其反",如今"反是不思,亦已焉哉",面对负心人,没有任何可留恋的,就此弃之。女主人公的爱情婚姻悲剧,反映了非贵族的自主婚姻一旦破裂,被抛弃女子身心所遭受的打击会非常沉重,所面临的生活困境会异常凄苦。诗作直指男人爱情的不可靠和婚姻的不平等,也是对男尊女卑婚姻制度的控诉与鞭挞。

再如,《邶风·绿衣》,卫庄姜因庄公宠爱媵妾而自伤:

> 绿兮衣兮,绿衣黄里。心之忧矣,曷维其已!
> 绿兮衣兮,绿衣黄裳。心之忧矣,曷维其亡!
> 绿兮丝兮,女所治兮。我思古人,俾无訧兮。
> 绤兮绤兮,凄其以风。我思古人,实获我心。

全诗用隐喻手法,"绿衣黄里""绿衣黄裳",尊卑倒置,作者只能"我思古人""俾无訧兮","实获我心"。现实中的寂寞借与古人相知来排遣,倍增伤感。

《郑风·野有蔓草》写恋爱的喜悦之情:

> 野有蔓草,零露漙兮。有美一人,清扬婉兮。邂逅相遇,适我愿兮。
> 野有蔓草,零露瀼瀼。有美一人,婉如清扬。邂逅相遇,与子偕臧。

在郊野,露珠晶莹。一位男子邂逅一位美人,美人"清扬婉兮""婉如清扬",气质淡雅宜人,两人一见钟情。《秦风·蒹葭》则带给我们另一番体味:

> 蒹葭苍苍,白露为霜。所谓伊人,在水一方。溯洄从之,道阻且长。溯游从之,宛在水中央。
> 蒹葭萋萋,白露未晞。所谓伊人,在水之湄。溯洄从之,道阻且跻。溯游从

之,宛在水中坻。

　　蒹葭采采,白露未已。所谓伊人,在水之涘。溯洄从之,道阻且右。溯游从之,宛在水中沚。

这首诗充盈流动的情感、丰富的人生体验,是内心思绪的自然迸发。三章开头均为造景起兴。"宛在"二字"点睛欲飞",与"所谓"二字一样纯然虚化。正如黄中松言:"细玩'所谓'二字,意中之人难向人说;而'在水一方',亦想象之词",对"伊人"的追求,如同拜访"伊人"所居之处,"溯洄从之,道阻且长。溯游从之,宛在水中央","溯洄从之,道阻且跻。溯游从之,宛在水中坻","溯洄从之,道阻且右。溯游从之,宛在水中沚"。人生无法克服的障碍、无法消除的隔阂、无法逾越的鸿沟、无法挽回的事境……都是"在水一方",尽管"上下求之而不得",但还是在追寻……千回百转,若隐若现,似有还无,若即若离,婉转缠绵,憧憬、激情、惆怅、徘徊、落寞、坚守,却继续追寻。郭沫若言"幻觉",钱钟书言"企慕之象征",近乎真实的景象描写其实是诗人的内在感受、心灵之景,以外在的空间表现诗人与追求对象的心理距离,这种思绪在略带忧伤的基调中弥漫,在内心想象所营造的意境中绽放。世代相和,千古共鸣。

东周《风》诗中关于政事的作品,如《魏风·伐檀》抨击统治集团不劳而获,每章以砍伐檀木起兴,中间四句诘问统治者,认为"君子"居其位当谋其事,"无功而食禄"就成了无耻的"素餐",所以首章末句"彼君子兮,不素餐兮",辛辣地讽刺这些不为国出力却有坐食特权的"君子"。再如《硕鼠》篇,诗人把魏国国君视为大老鼠,大老鼠的贪得无厌正体现了统治者的猖獗掠夺。这一隐喻极其深刻地反映了人民现实生活的反常:人竟然要"贯"(服侍)老鼠,并且希望以"逝将去汝"来逃离苦海,对"乐土"、"乐园"、"乐郊"极其向往。既把统治者的贪婪和虚弱生动地展示出来,又表达出劳动者忍无可忍的愤慨。

春秋时期直接或间接地对政治情况表示忧虑的诗,如:

　　彼黍离离,彼稷之苗。行迈靡靡,中心摇摇。知我者谓我心忧,不知我者谓我何求。悠悠苍天,此何人哉!(《王风·黍离》第一章)
　　园有桃,其实之殽。心之忧矣,我歌且谣。不知我者,谓我士也骄。彼人是哉,子曰何其!心之忧矣,其谁知之?其谁知之,盖亦勿思!(《魏风·园有桃》第一章)

《毛诗序》认为《黍离》是东周一位大夫所作,他行役至东周故都,见"故宗庙宫室,尽为禾黍。闵周室之颠覆,彷徨不忍去。而作是诗也"。因此后世文人也常称兴亡之感为"黍离之感"。诗人在连绵不绝的黍稷间怔忡地缓慢行走,广漠的空间和诗人迟缓孤单的身影形成强烈对比,更显诗人的孤单。"知我者谓我心忧,不知我者谓我何求",是诗人自我的诘问,"悠悠苍天,此何人哉",诗人内心隐秘不可能公之于众,但却为之悲痛、忧虑,当是某种政治状况,由此更加强了深邃的孤独感,忧深思远,低徊欲绝。《园有桃》也有"不知我者"语,且"不知我者"还站在诗人对立面对诗人加以指斥,诗人的孤独感更甚,并用"盖亦勿思"来逃避。《黍离》抒情含蓄、内敛、朦胧;《园有桃》则渲染之极。

春秋时期关涉政治的诗篇还有《邶风·新台》《鄘风·鹑之奔奔》《齐风·南山》《陈风·株林》等，批判统治者私生活的丑恶，如《鄘风·墙有茨》：

墙有茨，不可扫也。中冓之言，不可道也。所可道也？言之丑也。
墙有茨，不可襄也。中冓之言，不可详也。所可详也？言之长也。
墙有茨，不可束也。中冓之言，不可读也。所可读也？言之辱也。

这是讽刺卫宣公父子乱伦。卫宣公抢了儿媳宣姜，宣公死后，其庶长子顽与宣姜私通生下三子二女。"墙有茨，不可扫也"，隐喻诗中所述之事出现在最高统治层，下文"言之丑也"、"言之长也"、"言之辱也"，丑事出于"中冓"，即宫闱，与男女幽会有关。通篇不言淫乱，但读者自能体味出诗人对宫廷秽闻的不满。

二、《雅》《颂》诗

"雅"又称"夏"，是西周京畿的乐调。雅声被称中原的正声，共一百零五篇，其中《大雅》七十四篇，《小雅》三十一篇。关于大小雅的区别，历来说法不一。《毛诗序》认为："政有大小，故有小雅焉，有大雅焉。"大雅都是西周的乐歌，用于朝聘、宴享等朝会典礼，作者主要是贵族阶层。小雅大多是西周后期的作品，用于贵族社会的各种典礼和宴会场合，作者有贵族、士大夫，也有一些下层人士。

"颂"是用于王室祭祀的"宗庙之音"，共四十篇。其中《周颂》三十一篇，《鲁颂》四篇，《商颂》五篇。《毛诗序》曰："颂者，美盛德之形容，以其成功告于神明者也"。"颂"诗的功用是在王室的祭祀场合为君王歌功颂德，表演形式是载歌载舞。"颂"乐只有天子可以享用。一般诸侯不能擅用。周代经天子特许，可以享有本国"颂"乐的只有鲁国和宋国。周王室自己的"颂"称为《周颂》。《鲁颂》是春秋时期鲁国祭祀乐歌，约是鲁僖公时作。《商颂》出于宋国，是祭祀成汤、中宗、高宗等商代先王的诗，作年尚无定论。

西周前期用于祭祀和其他重要仪式的诗歌，均收入《雅》和《周颂》中，创作目的性很强，多缺乏感情。但也有特殊情况，比如诗人原来并未受命而作，而是因自己在现实生活中受到感动而创作诗篇，后来被用在特定典礼之上。或者是诗人虽是受命写作，但对其所需歌颂的对象具有相当的感情，所以作品呈现出相应的感情色彩。如《周颂·小毖》：

予其惩而毖后患。莫予荓蜂，自求辛螫。肇允彼桃虫，拚飞维鸟。未堪家多难，予又集于蓼。

据郑玄《毛诗笺》，周成王继位之初曾相信流言而怀疑周公，后来证明周公衷心，而是成王错了。这首诗就是成王的自悔之词，感情真挚。"莫予荓蜂，自求辛螫"，"未堪家多难，予又集于蓼"等句，运用比兴手法，将周成王对自己过往行为的沉重自悔自责以及当前处境的惶惧、困惑表现了出来。后人若有做错事而痛悔自责的相似经历则会引起共鸣，在这个意义上，此诗已经具有了普遍意义。

《大雅》里有五篇祭颂之歌，歌颂周始祖及先公先王，即《生民》《公刘》《绵》《皇矣》《大明》,分别歌颂后稷、公刘、古公亶父、周文王、周武王,反映周民族起源、发展以至建国的情况。《生民》歌颂周族的始祖后稷,首先记叙后稷诞生和抚育的灵异,带有浓厚的神话色彩。后稷之母姜嫄因为踩了神的脚印而孕,生下后稷,这与《商颂·玄鸟》"天命玄鸟,降而生商,宅殷土芒芒"所述契母简狄吞玄鸟之卵而生契之事同属一类。后稷不仅诞生神异,且能逢凶化吉,具有种艺神功,教民稼穑,在有邰成家立族,子孙繁盛,成为周族的始祖,被后人尊为农业之神。"稷"为五谷之神。《公刘》歌颂稷的曾孙公刘为免受其他部落的侵扰,带领周族由邰迁豳的历史。《绵》歌颂文王的祖父古公亶父率领周族再次由豳迁岐的事迹,描述了古公亶父率领族人迁徙至周原,开田稼穑,兴修宫室,防御外族,修好邦邻,最后"文王蹶厥生",朝野祥和。古公亶父是周王朝的奠基人。《皇矣》叙述太王、王季的德行,描写文王伐密、代崇的战绩。《大明》重点描述武王伐纣的战绩。

　　西周前期还有一些用于其他仪式的诗,如用于天子宴群臣嘉宾的《鹿鸣》:

　　　　呦呦鹿鸣,食野之苹。我有嘉宾,鼓瑟吹笙。吹笙鼓簧,承筐是将。人之好我,示我周行。
　　　　呦呦鹿鸣,食野之蒿。我有嘉宾,德音孔昭。视民不恌,君子是则是效。我有旨酒,嘉宾式燕以敖。
　　　　呦呦鹿鸣,食野之芩。我有嘉宾,鼓瑟鼓琴。鼓瑟鼓琴,和乐且湛。我有旨酒,以燕乐嘉宾之心。

这是一首迎宾曲,是"洋洋乎盈耳哉"的中和安乐之音。整首诗抑扬顿挫,情调欢畅,君臣礼遇宾主相融,比兴手法的运用,也彰显出某种道德色彩,反映出了明显的伦理、政治内涵。再如派遣使臣的《皇皇者华》:

　　　　皇皇者华,于彼原隰。駪駪征夫,每怀靡及。
　　　　我马维驹,六辔如濡。载驰载驱,周爰咨诹。
　　　　我马维骐,六辔如丝。载驰载驱,周爰咨谋。
　　　　我马维骆,六辔沃若。载驰载驱,周爰咨度。
　　　　我马维骃,六辔既均。载驰载驱,周爰咨询。

使臣奉命而出,诗中并无君主的命令与训诫,然而使臣"每怀靡及",所以"载驰载驱",用行动践行,竭忠为天子咨询善道,也体现了含蓄的表达方式。

　　西周中后期,朝廷政治危机日益凸显。懿王时期,《雅》诗开始出现了感时伤事的作品,最有名的是《小雅·采薇》,代表了周代贵族文人文学创造的最高水平。此诗叙述了战士从出征到前方服役至最后归家的情景,用"薇亦作止"、"薇亦柔止"、"薇亦刚止"暗示时序推移和时间的绵长。"靡室靡家,玁狁之故。不遑启居,玁狁之故",战士远离家乡,不能安宁是由于玁狁的入侵;"忧心烈烈,载饥载渴",离家愈久,思乡之情愈重;"岂敢定居?一月三捷",战事吃紧,战士兄弟齐心杀敌,盼望平息战争,早日回家;末章"昔我往矣,杨柳依依;今我来思,雨雪霏霏",可谓千古名句,"依依"尽杨柳之貌,以少总多,情貌无遗。"昔去雪如花,今来花似雪",景物的剧烈变幻,不仅在时间上反映战士离家日久,而且在空间上显示出自家乡至战场再回归家乡的行路历程。"行道迟迟,载渴载饥。我心伤悲,莫知我哀","迟迟"作为一种心理状态,反映出诗人的心境变幻,"我心伤悲,莫知我哀",春去冬回,柔和与沉重,希望与忧虑交织出现,保卫国家的责任感和思虑家乡的情感融合在一起。这种贵族文人的精神痛苦,代有共鸣。方玉润盛赞《采薇》是"绝世文情,千古常新"。

在厉王和幽王时期,先后出现不少批判时政的诗。如《十月之交》,"大夫刺幽王"(《毛诗序》),本是写一次自然灾变,诗人却借此对统治者提出警告:

烨烨震电,不宁不令。百川沸腾,山冢崒崩。高岸为谷,深谷为陵。哀今之人,胡憯莫惩!(第三章)

这是一幅大动荡、大祸难即将发生的景象。令诗人痛苦的是,时人竟然都不去阻止,依然醉生梦死地悠闲过活。但作者并不敢自豪无畏地同他所属的集团公然对抗,而是小心翼翼,对自己的处境充满恐惧。

第二节 《诗经》的艺术成就与影响

《诗经》所录作品,前后跨越五百多年,不但包含深厚广博的内容,而且创造了精湛卓绝的艺术。其创作方法、表现技巧、体裁、章法、语言、风格等方面都有引人注目的成就。

创作方法上,《诗经》运用现实主义创作方法,缘事而发、取事而写、即事抒情,通过对日常生活中具体事物、场景的描写、刻画与塑造,自然而然地表达内心的喜怒哀乐。这种创作方法与中原文化重人事而敬鬼神,亲人事而远鬼神的传统有密切的联系。这一特征在《国风》中极为突出,如《王风·君子于役》:

君子于役,不知其期。曷至哉?鸡栖于埘,日之夕矣,羊牛下来。君子于役,如之何勿思!
君子于役,不日不月。曷其有佸?鸡栖于桀,日之夕矣,羊牛下括。君子于役,苟无饥渴?

这首诗取材于思妇生活:暮色苍茫中一位女子倚门远眺,太阳下山,群鸡归巢,牛羊回圈,外出的男人也该回来了,左右顾盼,却看不到他的身影,"君子于役,如之何勿思"是情感的自然倾吐,"君子于役,苟无饥渴"更是思妇的拳拳牵挂之心!真实的怀人场景托出真实的怀人情感,开创我国文学史上的思归主题。

《雅》诗中的氏族史诗《生民》《公刘》等,虽然是古史传闻,但诗中后稷教民稼穑,公刘勘察周原等事都是对时人日常生活的描写。政治诗《节南山》《十月之交》《桑柔》等,描写天灾人祸,针砭时弊,都是以生活作为政治讽喻的基础。个人感遇诗《小雅·北山》也是如此,取材王官生活,将劳逸不均的差别娓娓道来,"大夫不均,我从事独贤",怨恨的发泄非常自然。

艺术表现手法"赋"、"比"、"兴"的运用,使《诗经》成功地解决了如何在诗歌中形象地展示生活和抒发感情。关于"赋"、"比"、"兴"的内涵,宋代李仲蒙和朱熹的解释较有代表性。李仲蒙云:"序物以言情谓之赋,情尽物也;索物以托情谓之比,情附物也;触物以起情谓之兴,物动情也。"认为赋、比、兴是《诗经》中将内情与外物联系一起的重要纽带和方法。朱熹《诗集传》概括得更为经典,为历代所沿用,他说:"赋者,敷陈其事而直言之者也。比者,以彼物比此物也。兴者,先言他物以引起所咏之词也。"

"赋"是《诗经》最常用的手法。状景、叙事、写人、议论、抒情均可运用。《豳风·七月》把奴隶们一年的劳作一一铺叙出来,就是用赋法。《卫风·氓》的开头"氓之蚩蚩,抱布贸丝。匪来贸丝,来即我谋",用赋铺陈追叙恋爱往事,于叙事中浸着感情。赋与比兴可并用,但以赋为基础。赋中用比如《小雅·斯干》,用赋铺陈营建宫室的情形,第四章"如跂斯翼,如矢斯棘,如鸟斯革,如翚斯飞",局部用比,形容宫室气势飞扬与宏伟。赋中用兴,如《豳风·东山》,每章章首"我徂东山,慆慆不归。我来自东,零雨其濛",起兴以言回家战士的哀伤之意,情与景与事交融,余皆用赋铺叙。

"比"就是比方,也就是通常所说的比喻。多譬善喻是《诗经》的重要特点。据明谢榛《四溟诗话》统计,《诗经》所用比喻共有一百一十处。《卫风·硕人》用"手如柔荑,肤如凝脂,领如蝤蛴,齿如瓠犀"等一连串的比喻来形容庄姜的美丽。《小雅·常棣》"妻子好合,如鼓瑟琴",以琴瑟和鸣来喻夫妻之和谐,《王风·黍离》"中心如醉","中心如噎",以"醉"、"噎"来比忧思之深,这些情感与动作都易于理解,能够引起同情。还有的比喻妙用形似与神似,用具体可感的事物来描绘抽象的事物,《召南·野有死麕》"有女如玉",《邶风·简兮》"有力如虎",女子的美好与男子的强壮,皆因晶莹的美玉和勇猛的老虎而具化。

"兴","先言他物以引起所咏之词也",先言他物,发端起情,是《诗经》最具魅力的手法,常用于篇首或章首,或眼前景,或心中境;或烘托气氛,渲染情感,或象征隐喻,引起下文。如《小雅·鹿鸣》"呦呦鹿鸣,食野之苹,我有嘉宾,鼓瑟吹笙",音节顿挫,节奏舒缓。《召南·摽有梅》"摽有梅,其实七兮","摽有梅,其实三兮","摽有梅,顷筐塈之"的起兴,因梅子落地感慨时光飞逝,引发女主人公追求爱情的情思。《周南·桃夭》"桃之夭夭,灼灼其华。之子于归,宜其室家",桃花盛开,桃花盛开,艳丽夺目,烘托渲染女主人出嫁时喜庆气氛。再如《周南·螽斯》:"螽斯羽,诜诜兮。宜尔子孙,振振兮。"以蝗虫之多隐喻子孙繁盛。《秦风·蒹葭》中用兴的句子如"蒹葭苍苍,白露为霜","蒹葭凄凄,白露未晞","蒹葭采采,白露未已",此类皆属造景比兴,自然之景即内心之境。在对"伊人"的追求中,将内心的凄迷怅惘与茫茫蒹葭融为一体,从而营造出朦胧凄清的秋色与孤寂感伤的相思浑然交融的意境。

《诗经》的语言,总体说来,朴素简洁,精练准确,绘声绘色。《诗经》是一部乐歌,多出自民间口头歌唱,语言新鲜活泼,通俗流畅,如《卫风·木瓜》:

> 投我以木瓜,报之以琼琚。匪报也,永以为好也。
> 投我以木桃,报之以琼瑶。匪报也,永以为好也。
> 投我以木李,报之以琼玖。匪报也,永以为好也。

完全是明白如话的日常口语,质朴无华,音韵和谐,"动乎天机,不费雕刻"。

《诗经》的用词,精炼准确。如《周南·芣苢》描写采芣苢的动作,"采"、"有"、"掇"、"捋"、"袺"、"襭",细致生动,这无疑源于《诗经》作者对生活的细心观察。再如许多词语"休息"、"邂逅"、"经营"、"拮据"、"艰难"、"怀春"等,成语"窈窕淑女"、"求之不得"、"辗转反侧"、"之子于归"、"死生契阔"、"黾勉同心"等,都因极富表现力而沿用至今。

《诗经》中对各种修辞手法的运用已相当成熟。复叠,是将相同或相似的字、词、句、章重复或交错地加以运用,描摹情貌,形成一唱三叹,节奏鲜明,回环反复,韵律整饬的艺术效果。叠字,古人称作重言。刘勰《文心雕龙·物色》篇论及《诗经》妙用叠字的艺术效果:"'灼灼'状桃花之鲜,'依依'尽杨柳之貌,'杲杲'为日出之容,'瀌瀌'拟雨雪之状,'喈喈'逐黄鸟之声,'喓喓'学草虫之韵。'皎'日'嘒'星,一言穷理;'参差''沃若',两字连形,并以少总多,情貌无遗矣。"复叠字词以及双声叠韵,能更好地抒情状物。《诗经》中叠字有许多大量的摹声词,如《小雅·伐木》"伐木丁丁,鸟鸣嘤嘤",《小雅·鼓钟》"鼓钟将将",模仿自然万物的各种声音,表情状物。

对偶,如《邶风·谷风》"就其深矣,方之舟之。就其浅矣,泳之游之";《卫风·河广》"谁谓河广?曾不容刀。谁谓宋远?曾不崇朝"。文字变化多姿,声音和谐美妙,语句婉转流畅。夸张,如《文心雕龙·夸饰》所说:"是以言峻则嵩高极天,论狭则河不容舠,说多则子孙千亿,称少则民靡孑遗。襄陵举滔天之目,倒戈立漂杵之论。"指出《崧高》《河广》《云汉》等诗恰当地运用夸张,更富于表现力和感染力,产生了让人感觉更真切、更强烈、更深刻的艺术效果。其他手法如对比、排比、设问、顶真、呼告、拟人、借代等,不胜枚举。

《诗经》多用双声、叠韵,间杂兮、矣、只、思、也、乎、止等语气词,使得音韵和谐美妙,抑扬动听,富于音乐美。

重章叠句是《诗经》的章法特征。章,音乐名称。"乐竟为一章"(《说文解字》)。《诗经》中的诗是合乐歌唱的,每一首诗分为若干章。同一首诗歌的各章往往句型重复,字数和意思也大体相同,只在关键处更换个别字。这叫重章叠句,或联章复沓。叠章,一种情况是分章的诗每章中以相同的语句反复吟唱,如《豳风·东山》全诗四章,每章开头吟唱这四句:"我徂东山,慆慆不归。我来自东,零雨其濛。"将东征归来的士兵那种错综复杂的心理,通过反复唱叹演绎出来,又与士兵不停地行进着的情形相吻合。还有一种情况是叠章,并不是完全重复,而是通过个别词语的变化使各章间的内容逐渐深化,如《王风·采葛》"彼采葛兮,一日不见,如三月兮。彼采萧兮,一日不见,如三秋兮。彼采艾兮,一日不见,如三岁兮",用三月、三秋、三岁的不同,表示随着时间的推移,对恋人思念更加强烈。叠句,如《鹿鸣》"我有嘉宾,鼓瑟鼓琴。鼓瑟鼓琴,和乐且湛",不停地鼓瑟鼓琴,增添了宴请高朋的欢乐气氛。

《诗经》的语言形式主要是四言体,其次是杂言体。四言体节奏明快、强烈,但往往随内容的表达和感情抒发的需要而富于变化,特别是国风中的一些诗,如《魏风·伐檀》有五、六、七、八言的句式,《王风·君子于役》《卫风·木瓜》等夹有三、五言,突破了常用形式。

《诗经》是先秦时期中原文化的辉煌结晶,同时也融合了南方文化的因子,在中国文学史上具有崇高的地位和极其深远的影响。作为我国最早的一部诗歌总集,《诗经》汇集了我国诗歌创作五百年之久的经验,"饥者歌其食,劳者歌其事",关注现实,也追崇浪漫,既有重视个人生命体验,抒情发愤以自遣的情怀,又有悯时伤政、忧国忧民的现实创作精神。这被标举为"风雅"、"美刺"、"兴寄"精神,直接影响到后代文人的创作。战国荀子的《赋篇》、屈原的《楚辞》,汉乐府的"感于哀乐,缘事而发",建安诗歌的慷慨任气,还有唐代陈子昂批判六朝"兴寄都绝"、"风雅不作",李白感叹"大雅久不作,吾衰竟谁陈",杜甫主张"别裁伪体亲风雅",元稹提出乐府诗应"寓意古题,刺美见事",白居易倡导"文章合为时而著,歌诗合为事而作"等,都借鉴、发扬了《诗经》的创作精神。

《诗经》的"风雅"传统被继承的同时,赋、比、兴的艺术手法也为后代作家运用得愈加精妙。赋的铺采摛陈,比、兴所产生的含蓄蕴藉、形象生动、韵味隽永等多重艺术效果,成为荀卿、屈原、陆机、曹植、阮籍、李白、李商隐等人创作思维中不可缺少的艺术表现形式,莫不代有泽被。赋、比、兴还是后世文学批评家关注的研究对象,对我国的文学批评产生了重要影响。此外,《诗经》对我国后世文学的题材、结构、体裁、语言等也有深广的影响。

思考练习题

1. 从音乐角度看,"风""雅""颂"有什么不同?
2. 作为《诗经》主要艺术手法,"赋""比""兴"的具体内涵是什么?
3. 简述《诗经》的艺术成就。
4. 《诗经》对后世文学有哪些影响?

第三章 历史散文

我国古代散文自上古时期的萌芽起历经漫长的发展,到殷商西周时期,甲骨卜辞和铜器铭文出现,标志着散文脱离蒙昧,进入一个新的历史时期。我国散文有文字可考的最早源头可以追溯到商代的甲骨卜辞。据《甲骨文编》,已发现的甲骨文单字在4500左右,经考释被认识的有1700字。内容涉及祭祀、战争、疾病、农耕、风雨、狩猎、吉凶等方面,文辞短,蕴含丰,具备一定的叙事要素。

青铜器是古人的生产工具与生活用具,还是祭祀活动中的礼器和王公贵族的陪葬品,是统治阶级权势与财富的象征。殷周青铜器铭文,旧称"钟鼎文",内容多直录功绩、锡命、讼断、征伐、约契、祀典等事件,目的是为统治阶级纪念先祖、歌功颂德,以流传后世。殷商青铜器铭文大都比较简短,主要用散语,周代铭文则相对较长,且有韵语。最长的西周宣王时的《毛公鼎铭》497字,记载了周宣王告诫赏赐毛公的言辞,侧重于记言。西周后期《虢季子白盘铭》记载了虢季子白与猃狁作战获胜向周王报捷获赏的情形,有一定细节描绘,而且用韵文,前半段记事,后半段记言,反映出早期文章的形态。

我国历史散文的发展与古代"史"的设置密切相关。史官主要从事宗教活动和担任起草和记载保管文献活动。《汉书·艺文志》云:"古之王者世有史官,君举必书……左史记言,右史记事,事为《春秋》,言为《尚书》。"至战国,相继出现的《左传》《国语》《战国策》等历史著作,文学成分逐渐加强。

第一节 《尚书》与《左传》

《尚书》,为"上古之书",夏商周原始历史文献。先秦称《书》,汉代称《尚书》,汉儒奉为《书经》。传为孔子编订,《汉书艺文志》称其一百篇。经秦焚书及战火,伏胜藏于壁中的二十八篇流传下来。因用汉代通行的隶书书写,称为《今文尚书》。后来在孔子旧宅壁中又发现用古文写定的《尚书》,比伏胜所传多十六篇,汉人用"吏古定"的方式重抄,称为《古文尚书》。后经永嘉之乱失传。东晋梅赜呈献给朝廷五十八篇《古文尚书》,据考证,只有与伏胜《今文尚书》二十八篇相同的才是真作,包括《虞书》两篇、《夏书》两篇、《商书》五篇、《周书》十九篇。

《尚书》主要记载上古时代统治者的命令和言论,有较为完整的文章结构和规模,反映了他们的统治意识和施政经验。唐代史学家刘知几概括《尚书》记言的六种主要文体:"盖

《书》之所主,本于号令,所以宣王道之正义,发话言于臣下,故其所载,皆典、谟、训、诰、誓、命之文。"(《史通·六家》)这些上古记言体散文,都是当时史官用当朝官方语言写成,而且受到书写工具等方面的局限,既追求雍容雅正,又必须言简意赅,所用上古常用词汇在汉人阅读时已感晦涩,所以早期作品古奥艰深,韩愈感叹:"周诰殷盘,佶屈聱牙。"(《进学解》)在风格上,《尚书》篇章大都质朴无藻饰,直接抒写命令和意见。但有些篇章体现出了强烈的感情色彩,人物神情毕现。其中《商书·盘庚》篇写作时间最早,记载商王盘庚欲迁都于殷,三次演讲来说服臣民。情感充沛,说辞有力。

> 先王有服,恪谨天命,兹犹不常宁。不常厥邑,于今五邦。今不承于古,罔知天之断命,矧曰其克从先王之烈?若颠木之有由蘖,天其永我命于兹新邑,绍复先王之大业,厎绥四方。……予若观火,予亦拙,谋作乃逸。若网在纲,有条而不紊。若农服田力穑,乃亦有秋。(《商书·盘庚》上篇)

这是盘庚对臣民的告喻,韵散结合,于错落有致的韵文中我们可以读出盘庚劝说臣民,发号施令时的语态神情。"若颠木之有由蘖",是对"天其永我命于兹新邑"的譬喻。为了说明问题,盘庚从正反两方面论证:"今不承于古,罔知天之断命,矧曰其克从先王之烈?"如果现在不继承先王传统,不明白上天决心,那还说什么承继先王事业?接着连用三比深入说明,贴切生动,"若颠木之有由蘖","予若观火,予亦拙谋作,乃逸。若网在纲,有条而不紊;若农服田,力穑乃亦有秋",将旧都比作"颠木",新都比作"由蘖",固守旧都是坐以待毙,迁徙新都会获得重生。商王之威严犹如燫火,大家只有在商王的带领下,戮力同心,纲举目张,才可以有组织地完成迁都,开创新生活。

《周书》较之《商书》,叙事清晰,文字流畅。春秋时的《周书·秦誓》写秦穆公不听劝告伐郑失败后的悔恨,是《尚书》中写作最晚的。《秦誓》云:"古人有言曰:'民讫自若是多盘。'责人斯无难,惟受责俾如流,是惟艰哉!我心之忧,日月逾迈,若弗云来!"先引用古语,说明如果随心所欲,则会多邪僻之事。然后说借古语责备他人易,从谏如流难。而"我"想改正过错,但"日月逾迈,若弗云来",生命随时会逝去,不知还没有机会。表意明了,但和《盘庚》篇一样,将口语浓缩成书面语,省略了逻辑衔接,带来理解困难。

《尚书》文字古奥典雅,文诰单独成篇,刘勰言:"诏、策、章、奏,则《书》发其源。"(《文心雕龙·宗经》)汉至明清的某些诏告都用"尚书体"撰写。《尚书》对先秦历史散文的成熟以及后世尤其是官方文书的影响深远。

"春秋",本是周代史书的通称,记录各国重大事件的纪年史或年代记,取春秋代序之意。各个诸侯国都有"春秋",但多已亡佚,保留至今的是"鲁春秋"。《春秋》是鲁国的纪年史,是我国编年体史书之祖,最初当是鲁国史官所记,经孔子及其弟子编订,采用"以事系日,以日系月,以月系时,以时系年"纲目式的记事方式,记载了鲁隐公元年(前722)至鲁哀公十四年(前481)二百四十二年间的历史,内容是周王室及各诸侯国的政治、军事等各方面情况。

从文学角度看,《春秋》乃提纲式记录,文从字顺,言简意赅。《史记·孔子世家》说孔子"为《春秋》,笔则笔,削则削,子夏之徒不能赞一辞"。语言精准,但含意却极为丰赡。如隐公元年:"夏,五月,郑伯克段于鄢。"九字点明时间、地点、人物、事件。《春秋》之记事,事件的选择,编排的顺序都体现了"礼义之大宗"(《史记·太史公自序》),维护周礼,反对僭越违礼,"微言大义",后人将《春秋》"一字褒贬"的语言特点称为"春秋笔法"。《春秋》记事简质,缺少对人物、事件的详细描述,后世出现一些究诘《春秋》"微言大义"的著作,著名的有"《春秋》三传",即《左传》、《公羊传》和《谷梁传》。

《左传》之名始见于《汉书·艺文志》的《春秋》类,载"左氏传三十卷",视为解释《春秋》之作,又称《春秋左氏传》或《左氏春秋》,简称《左传》。其作者及成书年代没有定论,《史记》《汉书》说是左丘明,成书于春秋末年,后人疑之。近人以为非一人一时之作,至战国初编定成书。第一位为《左传》作注的是西晋杜预,著《春秋经传集解》。《左传》全书六十卷,记事起自鲁隐公元年(前722),迄于鲁哀公二十七年(前468),并附记灭智伯之事(前454),比《春秋》多记载十七年史事。内容涉及春秋时期各诸侯国的政治、经济、军事、外交、文化等方面的重大事件及历史人物的活动,有鲜明的政治与道德倾向,为统治阶级提供政治借鉴,是一部讽谏得失,具有深刻内涵的历史教科书。

《左传》记事丰富,既记载、歌颂以"春秋五霸"为代表的各国诸侯的功勋业绩,赞扬像晋国叔向、齐国晏婴、鲁国曹刿、郑国烛之武之类具有远见卓识、富改革精神的政治人物,也著录、批判陈灵公、齐庄公等腐败、荒淫的恶劣行为。《左传》的观念较接近于儒家,强调等级秩序与宗法伦理,重视长幼尊卑之别,重礼,重民。"凡公行,告于宗庙;反行,饮至、舍爵、策勋焉,礼也"(桓公二年);"治兵于庙,礼也"(庄公八年);"齐侯来献戎捷,非礼也"(庄公三十一年)。随季梁说:"夫民,神之主也。是以圣王先成民而后致力于神。"(桓公六年)宋司马子鱼曰:"民,神之主也。"(僖公十九年)。春秋时期战争频仍,《左传》对战争的描写表现出先进的军事思想,是实战经验的总结。此外,还有灾祥、卜筮、鬼神等记载,多与政事相关,也反映了当时代人们的认知水平。

《左传》叙述较为具体,人物形象丰满,文字驾驭能力有相当的水平,不仅对历史散文发展起了推动作用,而且为文学性散文的出现创造了条件。《左传》的文学成就体现在它的叙事、写人和记言上。

刘知几对《左传》叙事之工、文字之妙评价甚高:"左氏之叙事也,述行师则簿领盈视,哤聒沸腾;论备火则区分在目,修饰峻整;言胜捷则收获都尽,记奔败则披靡横前;申盟誓则慷慨有余,称谲诈则欺诬可见;谈恩惠则煦如春日,纪严切则凛若秋霜;叙兴邦则滋味无量,陈亡国则凄凉可悯。或腴辞润简牍,或美句入咏歌,跌宕而不群,纵横而自得。若斯才者,殆将工侔造化,思涉鬼神,著述罕闻,古今卓绝。"(《史通·杂说上》)《左传》能够真切、具体地描写历史事件、社会生活,重视整个事件发生的前因后果、人物与事件之间的细小勾连,以及造成最终后果的原因分析,而对事件过程则白描略写或不写,生动地再现了春秋史。其中对战争的描写尤其精彩。春秋战争数百次,《左传》描述却无雷同。左氏极工于叙战,篇篇换局,各各争新。通过对史料的精选,即使同写战争胜负之因,也同样能突出特征,各呈其妙。《左传》详细描述的战役有八次。作者善于将每次战役放在大国争霸的背景下展开,远因近因,各国关系变幻,战前酝酿,交锋过程,战争影响,以简练而不乏文采之笔一一交代清楚。这种叙事能力,对后来的历史和文学著作都有重要意义。如僖公三十二年秦晋殽之战:

蹇叔哭之曰:"孟子,吾见师之出,而不见其入也。"公使谓之曰:"尔何知?中寿,尔墓之木拱矣。"蹇叔之子与师,哭而送之,曰:"晋人御师必于殽。殽有二陵焉。其南陵,夏后皋之墓也;其北陵,文王之所辟风雨也。必死是间,余收尔骨焉。"秦师遂东。

三十三年春,秦师过周北门,左右免胄而下。超乘者三百乘。王孙满尚幼,观之,言于王曰:"秦师轻而无礼,必败。轻则寡谋,无礼则脱。入险而脱。又不能谋,能无败乎?"

及滑,郑商人弦高将市于周,遇之。以乘韦先,牛十二犒师,曰:"寡君闻吾子将步师出于敝邑,敢犒从者,不腆敝邑,为从者之淹,居则具一日之积,行则备一夕之卫。"且使遽告于郑。郑穆公使视客馆,则束载、厉兵、秣马矣。使皇武子辞焉,曰:"吾子淹久于敝邑,唯是脯资饩牵竭矣。为吾子之将行也,郑之有原圃,犹秦之有具囿也。吾子取其麋鹿,以闲敝邑,若何?"杞子奔齐,逢孙、扬孙奔宋。

这里没有正面描写战争,而重在写战前情况,用"蹇叔哭师"、"王孙满观秦师"、"弦高犒师"、"皇武子辞杞子"等一系列事件侧面说明秦出师不义,"劳师袭远",秦军必败的结局,其实在出征时便已注定。又如成公二年齐晋鞍之战:

齐高固入晋师,桀石以投人,禽之而乘其车,系桑本焉,以徇齐垒,曰:"欲勇者贾余勇!"……齐侯曰:"余姑翦灭此而朝食!"不介马而驰之。郤克伤于矢,流血及屦,未绝鼓音,曰:"余病矣!"张侯曰:"自始合,而矢贯余手及肘,余折以御,左轮朱殷,岂敢言病?吾子忍之!"缓曰:"自始合,苟有险,余必下推车,子岂识之?然子病矣。"张侯曰:"师之耳目,在吾旗鼓,进退从之。此车一人殿之,可以集事,若之何其以病败君之大事也?擐甲执兵,固即死也。病未及死,吾子勉之。"左并辔,右援枹而鼓,马逸不能止,师从之。齐师败绩。逐之,三周华不注。

面对齐军的狂妄恣肆,晋国将帅郤克、张侯、郑丘缓相互鼓励,"援枹而鼓",一举打败齐军。战争场面的描写扣人心弦,晋国将帅的言行感人至深。再如齐鲁长勺之战,从整个战事的发起到结束都围绕曹刿的言行展开,通过曹刿请见、与鲁庄公论战、同乘指挥等事宜展现战争全过程,这是《左传》善于通过场面与情节描写反映战争全貌的又一事例。著名的晋楚城濮之战,从两国政治、民心所向、外交策略、将帅才干品格以及战略战术等方面展开,并将晋文公老成持重、楚将子玉的刚愎自用刻画出来,体现出《左传》叙事重视人物在战争中的作用。

《左传》记录的历史人物有一千四百多个,上至天子诸侯,下至商贾娼优,人物驳杂。所述事迹详细,或形象较为鲜明者约为三分之一。其中统治集团成员如国君、大臣等,是其主要描写对象。晋文公重耳是众多国君中较为突出的一个,记事集中于庄公二十八年至僖公三十二年间。《左传》以"晋公子重耳之及于难也"回溯历史,描写他"奔狄","过卫","及齐","及曹","及宋","及郑","及楚","送诸秦",十九年间所行千里,最后回到晋国,平定宫廷叛乱,取得政治婚姻保障,稳定家庭,论功行赏。在重耳遇难出奔流亡至返国即位图志,再至成就霸主地位的过程中,择取典型事例,将一代霸主历经磨砺,在逐步成长中走向成熟,最终具备国君品格才略的过程展现出来,人物形象真实、生动、丰满。如僖公二十四年:

>及河,子犯以璧授公子,曰:"臣负羁绁,从君巡于天下,臣之罪甚多矣。臣犹知之,而况君乎?请由此亡。"公子曰:"所不与舅氏同心者,有如白水!"投其璧于河。

描写重耳即将回国前与狐偃的对话,表现了一位成熟的政治家在即将登上最高政治舞台前的心胸与气度。再如重耳在秦国时,面对秦穆公之女怀嬴的言行,《左传》记载注重细节塑造人物形象,如僖公二十三年:

>秦伯纳女五人,怀嬴与焉。奉匜沃盥,既而挥之。怒曰:"秦晋匹也,何以卑我!"公子惧,降服而囚。

怀嬴先嫁给晋怀公(重耳之侄),又改嫁重耳。她"奉匜沃盥",侍奉重耳洗手,重耳"既而挥之",又一次暴露了其劣根性,怀嬴发怒,"秦晋匹也,何以卑我",重耳认识到错误,"降服而囚"。细节的描写,将重耳的改正错误,并想到回国还需秦之力的心理及行为表现出来,也反映了重耳不断走向成熟。

《左传》的语言准确、精练、生动。刘知几云:"言近而旨远,辞浅而意深,虽发语已殚,而含意未尽,使读者望表而知里,扪毛而辨骨,睹一事于句中,反三隅于句外。"(《史通·叙事》)人物语言和外交辞令展现了人物不同的性格和风格,或激切犀利,或委婉典雅,或风趣幽默。如成公十三年(前578)"吕相绝秦"便是有名的绝交辞。由于晋国最突出的君主晋文公曾长期流亡国外,得秦穆公帮助,才能回国为君,从这一点说,秦实有恩于晋。晋要与秦绝交,颇难措词。但"吕相绝秦"处理得很好。一开始就回顾了这一段经过,结论道:"……用集我文公,是穆之成也。"足见晋国并没有忘恩。接着说晋文公即位以后,也对秦作了很大贡献——"则是我大有造于西也";意谓我们已经报答过你们,并对你们并无亏欠了。然后指责秦国的种种不是,替本国辩白,为绝交找依据:

>无禄,文公即世,穆为不吊,蔑死我君,寡我襄公,迭我殽地,奸绝我好,伐我保城,殄灭我费滑,散离我兄弟,挠乱我同盟,倾覆我国家。我襄公未忘君之旧勋,而惧社稷之陨,是以有殽之师。犹愿赦罪于穆公。穆公弗听,而即楚谋我。天诱其衷,成王陨命,穆公是以不克逞志于我。穆、襄即世,康、灵即位。康公,我之自出,又欲阙翦我公室,倾覆我社稷,帅我蟊贼,以来荡摇我边疆,我是以有令狐之役。康犹不悛,入我河曲,伐我涑川,俘我王官,翦我羁马,我是以有河曲之战。东道之不通,则是康公绝我好也。

大量列举秦方罪状,说明并非晋国想与秦绝交,而是秦自绝于晋。之后谈到秦、晋现状及解决矛盾冲突的办法,结尾是:"君若惠顾诸侯,矜哀寡人,而赐之盟,则寡人之愿也,其承宁诸侯以退,岂敢徼乱?君若不施大惠,寡人不佞,其不能诸侯退矣。"既给对方以台阶,又显示本方的实力,不亢不卑,富于感染力。全文层层推进,逻辑严密,叙述清晰,论说有力。再如重耳对答楚王,尽管自己在流亡途中,但政治上已趋于成熟,不卑不亢,不出卖国家利益:

> 及楚,楚子飨之,曰:"公子若反晋国,则何以报不榖?"对曰:"子女玉帛则君有之,羽毛齿革则君地生焉。其波及晋国者,君之余也,其何以报君?"曰:"虽然,何以报我?"对曰:"若以君之灵,得反晋国,晋、楚治兵,遇于中原,其辟君三舍。若不获命,其左执鞭弭,右属櫜鞬,以与君周旋。"子玉请杀之。(僖公二十三年)

《左传》包罗万象,在中国史学和文学发展中具有重大的开创和奠基意义,在多领域都具有重要的文献价值。它发展了《春秋》编年体,成为第一部完备的编年史,文字十倍于《春秋》,横肆精妙,反映了春秋战国时期的社会实况。在文学发展史上,《左传》直接影响了《战国策》《史记》的写作风格,形成文史结合的传统,形成"史传文学",而史传文学又是中国古典小说的前身,为后代文学创作提供了丰富的可资借鉴的经验。

第二节 《国语》与《战国策》

《国语》以记言为主,记事上起周穆王征犬戎(约前 967 年),下迄韩、赵、魏灭智氏(前 453 年),前后五百余年。今本《国语》二十一卷,分记周、鲁、齐、晋、郑、楚、吴、越八国史事,以"国"为目,称为《国语》。是西周至春秋时代各国史料的汇集,是我国现存最早的国别史。关于其作者,司马迁《报任安书》有云:"左丘失明,厥有《国语》。"而后人多有异议,一般认为,《国语》非一时一人所作,约编定于战国时期。思想体系上,《国语》继承了西周以来敬天保民的思想,所记内容大都是编者认为值得肯定的言论和行为。《国语》很多地方符合儒家观念,但同时有近乎墨家、法家、纵横家、道家等思想。贯穿全书的观点是"重民"、"忠恕"、"天命"、重视农业生产等。如《鲁语下》记载晋人杀厉公,鲁国里克认为责任不在臣子,而是"君之过也"。再如《周语上》载"防民之口,甚于防川。川壅而溃,伤人必多,民亦如之。是故为川者决之使导,为民者宣之使言。"表现出对民意在一定程度上的尊重。《周语上》虢文公谏周宣王不籍田,提出"夫民之大事在农"的命题,则是一篇重要的农业史料。《国语》的一些篇章揭露和批判了统治者的残暴淫佚、争权夺利现象。如《晋语》中对骊姬阴谋谗杀太子的狠毒诡诈恶劣行径刻画得入木三分。

《国语》各卷,风格不一。记言为主,记事为辅,书中所记近百个人物,二百四十多个大小故事,多采用对话、对比等方式塑造了个性鲜明的人物形象。如重耳流亡至齐国后,生活安逸,政治抱负消弭。随行子犯及其齐国妻子合谋将其灌醉,用车载着他离开齐国,重耳醒后"以戈逐子犯"。《左传》十五字记载止于此。《国语》则描写了重耳与子犯的对话:

> 姜与子犯谋,醉而载之以行。醒,以戈逐子犯,曰:"若无所济,吾食舅氏之肉,其知厌乎!"舅犯走,且对曰:"若无所济,余未知死所,谁能与豺狼争食?若克有成,公子无亦晋之柔嘉,是以甘食。偃之肉腥臊,将焉用之?"遂行。(《晋语》四)

重耳说如果复国不能成功,我就是吃了舅舅的肉也不能满足。子犯说,如果失败,我还不知道死在哪里,谁能与豺狼争着吃我的肉?如果成功,公子所吃的都是晋国柔嫩嘉美的食物,哪里会吃我身上腥臊之肉呢?然后他们就启程了。这段对话极为幽默,体现出了《国语》重视趣味性的一面。

《国语》叙事,已能在历史真实的基础上合理想象与虚构,如《晋语一》写骊姬夜半向晋献公哭泣,谗太子申生一事,显然为虚构情节。除此,《国语》注重细节的交代,仍以晋重耳离开齐国为例:

> 齐侯妻之,甚善焉。有马二十乘。将死于齐而已矣。曰:"民生安乐,谁知其它?"桓公卒,孝公即位。诸侯叛齐。子犯知齐之不可以动,而知文公之安齐而有终焉之志也,欲行,而患之,与从者谋于桑下。蚕妾在焉,莫知其在也。妾告姜氏,姜氏杀之,而言于公子曰:"从者将以子行,其闻之者吾已除之矣。子必从之,不可以贰,贰无成命……"(《晋语》四)

相较《左传》,《国语》记载此事详细周密,"民生安乐",公子安齐。从者子犯既"知齐之不可以动",又知文公于齐"有终焉之志",所以与姜氏"谋于桑下",气氛紧张。姜氏为不泄密而杀蚕妾,要求重耳离开齐国。记述翔实,脉络清晰。

在场面描写、气氛渲染方面,《国语》已近后世小说的笔法,如《吴语》载吴晋争长,夫差陈兵而为盟主一段浓墨重彩铺排场面,写出大战前的紧张气氛:

> 吴王昏乃戒,令秣马食士。夜中,乃令服兵擐甲,系马舌,出火灶,陈士卒百人,以为彻行百行。行头皆官师,拥铎拱稽,建肥胡,奉文犀之渠。十行一嬖大夫,建旌提鼓,挟经秉枹。十旌一将军,载常建鼓,挟经秉枹。万人以为方阵,皆白裳、白旗、素甲、白羽之矰,望之如荼。王亲秉钺,载白旗以中阵而立。左军亦如之,皆赤裳、赤旟、丹甲、朱羽之矰,望之如火。右军亦如之,皆玄裳、玄旗、黑甲、乌羽之矰,望之如墨。为带甲三万,以势攻,鸡鸣乃定。既陈,去晋军一里。昧明,王乃秉枹,亲就鸣钟鼓,丁宁、錞于振铎,勇怯尽应,三军皆哗扣以振旅,其声动天地。

《国语》的语言通俗,晓畅易懂。如《邵公谏厉王弭谤》用"王怒"、"王喜"、"王不听"三个短语,便将昏庸无知的厉王刻画出来。外交辞令也非常精彩,如《王孙圉论楚宝》(《楚语》下)中楚大夫王孙圉出使晋国,面对赵简子以所佩白玉炫耀并嘲笑楚国无宝的局面,从容陈辞,认为有贤能之人利于国家,是以为宝;白珩之类器玩实不足为宝。用两种不同的价值观驳斥赵简子的炫耀,维护楚国的尊严,展现了《国语》说理细密,分析精辟,层次清晰,章法严谨的特点。

《战国策》是战国末、秦汉间人杂采各国史料和策士说辞编纂而成的史料集,原称《国策》《国事》《短长》《事语》《长书》《修书》,西汉刘向依国别分为东周、西周、秦、齐、楚、赵、魏、韩、燕、宋、卫、中山十二策,上自三家分智氏,下迄秦灭六国(前453—前209),共三十三卷,"以为战国时,游士辅所用之国,为之策谋,宜为《战国策》"(刘向《战国策叙录》)。《战国策》非一人一时所作。其记事的真实性备受怀疑,但其文学成分是先秦历史散文中最多的一部。

《战国策》主要反映纵横家思想。其道德哲学观多取道家,社会政治观接近法家,于儒家相合者少,相悖者多。这些纵横家"一怒而诸侯惧,安居而天下息"(《孟子·滕文公下》),活跃在政治外交舞台上,"扶急持倾","转危为安,运亡为存"(刘向《战国策叙录》)。《战国策》有明显的"贵士"意识,对这些充满才胆识力的人才给予肯定,同时也褒奖那些锐意改革,励精图治的君主。《战国策》重视民众,认为"苟无民,何以有君?"(《齐策四》)对诸如秦国武力征服天下,"权使其士,虏使其民"(《赵策三》)的暴行则表示强烈愤慨与谴责。这种思想倾向在一定程度上反映了当时代人们的爱憎,同时也客观反映了战国时的功利思想和社会现实,"捐礼让而贵战争,弃仁义而用诈谲,苟以取强而已矣。……贪饕无耻,竞进无厌,国异政教,各自制断"(刘向《战国策叙录》)。

《战国策》的散文艺术在前人基础上有新的开拓。它继承了《左传》《国语》写人物的方法,将人物事迹集中于一篇文章中,打破了编年体体式,为以人物为中心的纪传体的创立开了先河。重视人物形象的塑造及语言表现,在据实而录的基础上,展开想象,进行夸饰渲染,以事写人,具体细致,生动活泼,更利于表现人物情感及精神风貌,更能反映社会现实。如《秦策一》记载苏秦事:

> 说秦王书十上而说不行,黑貂之裘弊,黄金百斤尽,资用乏绝,去秦而归。赢縢履蹻,负书担橐,形容枯槁,面目黧黑,状有愧色。归至家,妻不下纴,嫂不为炊,父母不与言。

写苏秦失意时的情形,于是发愤读书,锥刺股的典故由此而来:"读书欲睡,引锥自刺其股,血流至足。曰:'安有说人主不能出其金玉锦绣,取卿相之尊者乎?'"一番苦读终于得以入相,自然富贵还乡:

> 父母闻之,清宫除道,张乐设饮,郊迎三十里;妻侧目而视,侧耳而听;嫂蛇行匍伏,四拜自跪而谢。

失意与得意,两相对照,不啻天壤之别,苏秦感叹道:"嗟乎!贫穷则父母不子,富贵则亲戚畏惧,人生世上,势位富厚,盖可忽乎哉!"出身寒门,穷年苦读,一朝成名,置身于失势与得势的不同情形中,就连家人都是前倨后恭。《战国策》对苏秦及其父母、嫂子的刻画可谓神形毕肖,内心活动真实清晰。对苏秦的描写,反映了当时的世态人情以及一些士人的人生作为和价值取向。

《战国策》叙事注重细节描写,围绕人物性格的塑造而安排情节,以近一半的篇幅写中心事件的陪衬,使整个事件生动、有趣。如《赵策四》"触龙说赵太后",秦兵攻赵,赵求救于齐。齐国要求以长安君为人质,才肯出兵。长安君是主持朝政的赵太后的小儿子,对于此事她坚决反对。故事情节就在这样几对矛盾中展开,特别是赵太后言"有复言令长安君为质者,老妇必唾其面"。形势顿时变得剑拔弩张,气氛骤紧。此时老臣触龙出场,化解了这一矛盾:

> 左师触龙愿见太后。太后盛气而揖之。入而徐趋,至而自谢,曰:"老臣病足,曾不能疾走,不得见久矣。窃自恕,而恐太后玉体之有所郄也,故愿望见太后。"太后曰:"老妇恃辇而行。"曰:"日食饮得无衰乎?"曰:"恃粥耳。"曰:"老臣今者殊不欲食,乃自强步,日三四里,少益耆食,和于身也。"太后曰:"老妇不能。"太后之色少解。左师公曰:"老臣贱息舒祺,最少,不肖,而臣衰,窃爱怜之,愿令得补黑衣之数,以卫王宫。没死以闻!"太后曰:"敬诺。年几何矣?"对曰:"十五岁矣。虽少,愿及未填沟壑而托之。"太后曰:"丈夫亦爱怜其少子乎?"对曰:"甚于妇人。"太后笑曰:"妇人异甚!"

触龙与赵太后的对话,由家常说起,使太后从"盛气而揖之"到"色少解"后,请求太后安排自己的小儿子入宫,使太后有了笑容,将之前紧张的氛围缓和下来,峰回路转。之后转到以长安君为质的事情上来,为长安君做长远打算,最后成功说服赵太后。整个过程刻画细致,塑造了老成持重、深谋远虑而又循循善诱的触龙,凸显了战国时期士的能力和作用。而太后由怒转笑,爱子心切,能够纳谏,计谋深远的形象也跃然纸上。这种写法使得情节跌宕起伏,艺术效果很好。

《战国策》的语言风格,章学诚概括为"其辞敷张而扬厉,变其本而加恢奇焉"(《文史通义·诗教上》)。铺陈、夸张、排比、对偶等是其常用的修辞手法。如《齐策一》"苏秦为赵合从说齐宣王":

> 齐南有太山,东有琅邪,西有清河,北有渤海,此所谓四塞之国也。齐地方二千里,带甲数十万,粟如丘山。齐车之良,五家之兵,疾如锥矢,战如雷电,解如风雨,即有军役,未尝倍太山、绝清河、涉渤海也。临淄之中七万户,臣窃度之:下户三男子,三七二十一万,不待发于远县,而临淄之卒,固以二十一万矣。临淄甚富而实,其民无不吹竽、鼓瑟、击筑、弹琴、斗鸡、走犬、六博、蹋鞠者;临淄之途,车毂击,人肩摩,连衽成帷,举袂成幕,挥汗成雨;家敦而富,志高而扬。

苏秦说齐王合纵:极力夸张渲染齐地险要,区域广大,粮食充足,军备精良,军士善战,临淄富庶,人民富足,铺陈极显齐国之强大,排比对偶层出不穷,文辞瑰丽多姿。文笔恣肆气势磅礴,已与汉代体物大赋有了相通之处,"连衽成帷,举袂成幕,挥汗成雨"的夸张手法为汉大赋常用。

《战国策》也长于铺张渲染,如"苏秦始将连横"(《秦策一》)写苏秦说秦王未果时的狼狈之状,发迹后路过家乡时的踌躇满志,"荆轲刺秦王"(《燕策三》)写荆轲易水送别时的慷慨悲壮,都是典型的例子。此外,《战国策》的寓言故事丰富多彩,动物寓言类如《燕策二》载,苏代以"鹬蚌相争"说明燕赵之争会使秦国坐收渔利。《楚策一》的"狐假虎威"。社会寓言类如《魏策四》"南辕北辙",《齐策二》"画蛇添足"等。历史寓言类如《秦策二》"曾参杀人",提醒人们流言可畏,特别是统治者对舆论不可轻信。《燕策二》"伯乐相马"等。

思考练习题

1. 简述先秦历史散文的发展过程。
2. 《春秋》的文学性表现在哪些方面?
3. 《左传》的战争描写有哪些特色?
4. 《左传》的文学成就有哪些?
5. 《战国策》在人物形象塑造方面取得了哪些成就?

第四章 诸子散文

春秋战国时期,经济的发展,时代的变革,士阶层的形成,百家争鸣局面的出现,都赋予诸子散文极大的发展空间。儒、墨、道、法等各个学派的奠基性著作都产生于这个时期。诸子散文也经历了一个逐渐发展的过程,基本趋向是从简约到繁复,从零散到严整,愈是后期的著作,篇幅愈宏大,组织愈严密。

第一节 《论语》与《墨子》

孔子(前551—前479)名丘,字仲尼,鲁国陬邑(今山东曲阜)人,儒家学派创始人。青年时做过委吏和乘田,中年聚徒讲学,在鲁国做过中都宰、司空、司寇,因与季氏发生矛盾而去职,带领弟子周游列国,回鲁,整理文化典籍。

《论语》记录的是孔子和其弟子的谈话,由孔子弟子及再传弟子论纂而成。约在春秋末战国初成书。汉代通行的《论语》有三种:鲁人所传《鲁论语》二十篇,齐人所传《齐论语》二十二篇,汉景帝时出自孔壁中的《古论语》二十一篇。西汉末年张禹以《鲁论语》为基础考订三论,世称《张侯论》。东汉末年郑玄参考《古论语》和《齐论语》为之作注,成为今本二十篇的《论语》。

《论语》反映出孔子思想核心是"仁"和"礼"。在教育问题上,孔子首次提出"有教无类",强调"因材施教"。美学思想上,强调美和善的统一。作为语录体散文的《论语》,具有一定的文学价值。

语言艺术方面,《论语》言简意赅,言近旨远,词约义丰,朴实隽永。所用词汇既有当时通俗晓畅的口语,又有典雅洗练的书面语;语言丰富、新鲜、生动、活泼;句式灵活多变,舒展自如。尤其是善于运用比喻等修辞,将抽象深奥的哲理化为生动具体富有诗意的形象。如"子在川上曰:'逝者如斯夫!不舍昼夜'"(《子罕》),感叹时光如流水,勉励世人更要惜时自强。"岁寒,然后知松柏之后凋也"(《子罕》),赞扬耐寒的松柏,歌颂伟岸坚贞的人格。

人物形象塑造方面,《论语》常以片言只语及行为动作表现人物性格,反映思想情态,或通过简短的故事叙写人生志向。《子路曾皙冉有公西华侍坐》把孔子的提问,四位弟子的回答,以及各自的神情、动作等都细致地表现了出来:子路直率刚勇,"率尔而对",曾皙谨慎雍容,"鼓瑟希,铿尔,舍瑟而作","莫春者,春服既成,冠者五六人,童子六七人,浴乎沂,风乎舞雩,咏而归",将一幅和乐融融的暮春咏歌图展现在我们面前。孔子则是"哂"子路,最后"喟然叹曰:'吾与点也'",言谈传情,反映出各自性格、态度以及人生理想。方寸之《论文章本原》评曰:"冉有公西华二节,文法在中间相对。以子路之'率尔',曾皙之'铿尔'首末相对,晒子路与'与点'之言相对。四段事,三样文法,变化之中又极整齐,真妙文也。"作为早期散文,实属不易。

《论语》重感情、重形象的特点,对先秦诸子散文发展具有奠基作用。而其形象隽永,富有哲理的语录,对中国文学及文化影响深远。

墨子,名翟,生活时代约处于孔子与孟子之间。墨家学派的创始人。《墨子》是先秦墨家学派著作的汇集,书中提到墨子,称其为"贱人",可见其出身卑微。早期曾"学儒者之业,受孔子之术"(《淮南子·要略》),怀着"为万民兴利除害,富贫众寡,安危治乱"(《墨子·尚同》)的理想游说于列国,创立墨家学派,形成有严格纪律的民间团体。墨学在战国时曾一度盛行,与儒学同为当时"显学",战国后期分为三派,西汉以后,逐渐衰微。墨子主张"兼爱",反对儒家从宗法制度出发的亲疏尊卑之分;提出"非攻",反对各国之间以掠夺为目的的战争;要求"节葬"、"节用",反对奢华的生活方式以及礼乐制度;鼓吹"尚同"、"尚贤",反对任人唯亲。他还相信"天志"和鬼神的存在。在认识论上,属于唯物论的经验论。有的学者认为墨子的思想代表了"农与工肆之人"的利益。

《墨子》是由墨子门人后学记录编撰而成,今存五十三篇。墨家的思想,就其对整个社会文化的看法来说,是提倡质朴和实用,所以墨子的文章言之有物,注重说理,不假修饰。《墨子》文章体制各异。或为一个主题的专论体,如《非攻》;或为主客问答式的论难体,如《三辩》;或为自问自答式的议论体,如《尚贤》;或一篇之中论述几个问题的散论式,如《耕柱》。

《墨子》全书结构完整,逻辑严密,善于运用具体事例来说理。如《非攻》,开篇以"今有一人,入人园圃,窃其桃李,众闻则非之,上为政者得则罚之"之例推导出"以亏人自利"的不义行为。然后举"攘人犬豕鸡豚者","入人栏厩,取人牛马者","杀不辜人也,扡其衣裘,取戈剑者"为例,得出"亏人愈多,其不仁兹甚矣,罪益厚"的评判准则。继而进一步说"天下之君子皆知而非之,谓之不义,今至大为不义攻国,则弗知非,从而誉之,谓之义。情不知其不义也,故书其言以遗后世",由小及大,由点及面,层层深入。而后举出"杀一人","杀十人","杀百人",都是"死罪","天下之君子皆知而非之,谓之不义",而"攻国,则弗知非,从而誉之,谓之义"的现实。运用自相矛盾的方法,在道义上论证攻国有罪。指出"今小为非,则知而非之。大为非攻国,则不知而非,从而誉之谓之义。此可谓知义与不义之辩乎?"全篇类比,环环相扣,论证力量逐层加大,直至使人完全折服。再如"人之生乎地上无几何也,譬之犹驷驰而过隙也"(《兼爱下》),"吾譬兼之不可为也,犹挈泰山以超江河也"(《兼爱下》),运用比喻,借助形象,生动贴切。《墨子》文章中的"子墨子曰",显然是受语录体散文影响,但其文章内部已有严密的逻辑,体制在慢慢成熟。所以,它在中国散文史上处于承前启后的地位,中国古代严格意义上的论说文从《墨子》开始。

第二节 《孟子》与《荀子》

孟子(前372—前289)名轲,邹人,幼年家境贫寒,自称"予未得为孔子徒也,予私淑诸人也"(《孟子·离娄》)。后授徒讲学,带学生周游列国,先后游说过齐威王、宋王偃、滕文公、梁惠王、齐宣王等,并一度为齐客卿,但一直未求得重用。晚年"退而与万章之徒序《诗》《书》,述仲尼之意,作《孟子》七篇"(《史记·孟子荀卿列传》),即《梁惠王》《公孙丑》《滕文公》《离娄》《万章》《告子》《尽心》。东汉赵岐作《孟子章句》,分每篇为上下,变为十四篇。战国中后期,孟子是儒家八派之一,唐以后逐渐受到推崇,元文宗时被封为"亚圣"。

孟子继承并发展孔子的学说,其思想精华是民贵君轻论,认为"民为贵,社稷次之,君为轻"(《尽心》)。他对当时某些统治者虐民以逞的行为提出尖锐的批判,甚至斥责为"率兽而食人"(《梁惠王》),同时基于宗族统治集团的利益对君主的个人绝对权威表示否定:"君有大过则谏,反复之而不听则易位。"(《万章》)"君之视臣如土芥,则臣视君如寇仇"(《离娄》)。"闻诛一夫纣矣,未闻弑君也"(《梁惠王》)。这样的谈论,在专制强化的后代无人再敢如此言。孟子主张施行"仁政",其哲学基础是"性善论"和"良知论","得天下有道,得其民斯得天下矣"(《离娄》)。孟子的理想社会是统治者施仁政、行王道、统一天下,黎民不饥不寒,老者安享晚年之乐的小康景象。孟子的文艺观与其政治、哲学思想一脉相承,比如在音乐问题上,认为人们喜欢音乐的本能与仁义礼智等观念一样,植根于人心,且"今之乐犹古之乐也"(《梁惠王》);提倡"与民同乐";对于读古诗以及对诗书的评论,主张"知人论世"、"以意逆志"。个人修养方面,孟子讲"我知言,我善养吾浩然之气"(《公孙丑》),"气",指一种光明正大的意气情感。后世讨论作家才性与文章风格的关系的"文气说"即由此而来。这些精辟的见解,对后世的文学批评和创作产生了巨大影响。

《孟子》虽为语录体,但不同于《论语》的纲要式记言,在较具体地记录谈话过程的同时能就某个问题展开论证,结构完整,条理清楚,若加以题目,可单独成篇。其文学特色首先体现在论辩艺术上。战国时期,游说讲学,辩难成风。"外人皆称夫子好辩"(《滕文公》)。孟子自傲自负,锋芒毕露,"好辩"而且善辩,善设机巧,引人入彀,必欲争胜。如《梁惠王下》:

> 孟子谓齐宣王曰:"王之臣,有托其妻子于其友而之楚游者,比其反也,则冻馁其妻子,则如之何?"王曰:"弃之。"曰:"士师不能治士,则如之何?"王曰:"已之。"曰:"四境之内不治,则如之何?"王顾左右而言他。

孟子对齐宣王提出两个设问,对于不称职、不尽责之人,齐宣王分别答曰"弃之"、"已之",结论不言而喻。孟子以此类推,使齐宣王自相矛盾,自我否定,最后无法回答,只能一副窘态。"辞不迫切而意已独至"(赵岐《孟子章句·题辞》)。这种辩论手法是《孟子》辩论的特点之一,尤其是一些较长篇章尤其显著。如《梁惠王》的《齐桓晋文之事章》中,齐宣王向孟子了解齐桓晋文之事,想学霸术,孟子反以王道循循善诱,与齐宣王娓娓而谈的一段话。从开始对话,孟子提出"保民而王,莫之能御"的观点后,以齐宣王不忍以牛衅钟为例,欲擒故纵,反复诘难,逐层引导,迂回论证,使齐宣王觉得孟子"于我心有戚戚焉",进而向孟子询问王道之事。孟子掌握住了齐宣王的心理,从容地因势利导,齐宣王则心神愉悦。整篇论辩在融洽的气氛中完成,也彰显了文学色彩。

孟子说"我善养吾浩然之气"(《公孙丑》),正因为有这种充塞天地的"浩然之气",故而气盛言宜。《孟子》七篇感情充沛,言辞机敏犀利,行文袒露,嬉笑怒骂,气势雄浑,充分展现了孟子的人格力量。如《梁惠王》：

> 庖有肥肉,厩有肥马,民有饥色,野有饿莩,此率兽而食人也。兽相食,且人恶之,为民父母行政,不免于率兽而食人,恶在其为民父母也?仲尼曰:"始作俑者,其无后乎!"为其象人而用之也。如之何其使斯民饥而死也?

开头四句,在看似平静的陈述中,孟子情感激荡,气势难掩,在对比反差中,悲愤的质问与慨叹喷涌而出,"此率兽而食人也"、"恶在其为民父母也"、"如之何其使斯民饥而死也",道出其行仁政,重民生的主张。再如《告子下》：

> 舜发于畎亩之中,傅说举于版筑之间,胶鬲举于鱼盐之中,管夷吾举于士,孙叔敖举于海,百里奚举于市。故天将降大任于斯人也,必先苦其心志,劳其筋骨,饿其体肤,空乏其身,行拂乱其所为,所以动心忍性,曾益其所不能。人恒过,然后能改;困于心,衡于虑,而后作;征于色,发于声,而后喻。入则无法家拂士,出则无敌国外患者,国恒亡。然后知生于忧患而死于安乐也。

层层排比,语句铿锵,感情激烈,如长河大浪,磅礴而来。而其中磨砺人性的价值取向激励了数百年来的知识分子,成为一种永恒的精神气质。

孟子长于比喻,常借助形象来说理,如"人有鸡犬放,则知求之,有放心而不知求。学问之道无他,求其放心而已矣"(《告子》),以丢鸡犬喻学问之道不能失去本心。再如"民之归仁也,犹水之就下,兽之走圹也"(《离娄》),以水向低处流的自然规律表达民众归仁的必然趋势。有时是完整的小故事、寓言,如"五十步笑百步"、"再作冯妇"、"揠苗助长"等,都成为后世常见的成语。

《孟子》的语言平实晓畅,精炼简约。刘熙载说:"《孟子》之文,至简至易,如舟师执柁,中流自在。"如"得道者多助,失道者寡助"(《公孙丑》),"生亦我所欲也,义亦我所欲也,二者不可得兼,舍生而取义者也"(《告子》),"仁者爱人,有礼者敬人。爱人者,人恒爱之;敬人者,人恒敬之"(《离娄》),"养心莫善于寡欲"(《尽心》)。不论谈政治还是人生,都是深入浅出,发人深省。在先秦诸子中,《孟子》的文学性仅次于《庄子》。在辩论中,虽存在攻其一点,辩之片面等缺陷,但其成就对后世影响深远。《孟子》是感性和理性的结合,善于用文学手段达到实用目的,成为唐宋古文家绝好的典范,如韩愈的文章,雄肆严整,喜用排比、博喻,与孟文关系很大。

荀子,名况,字卿,生活于战国晚期,赵国人。曾游学于齐,三次担任祭酒。曾说齐相而不能用,后遇谗去齐适楚,担任兰陵令,后又因谗而游赵。曾聘秦,见昭王及范雎。后被春申君召回,终老于兰陵。荀子聚徒讲学,治《诗》《礼》《易》《春秋》,弟子有李斯、韩非等。荀子的著作,汉时称为《孙卿子》三十三篇。唐代杨倞为之作注,改称《荀子》,今存三十二篇。

荀子的思想虽出于儒,但又吸收了其他各家的学说,对儒学有所改造。在天道观方面,主张天是客观存在,运动变化自有规律,否认天有意志而能主宰人间的事务,认为人定胜天。在人性问题上,荀子则主张性恶论。针对孟子的"法先王",荀子强调"法后王",认为文化制度随着历史的发展而改变,并最早以载舟覆舟比喻君民关系。社会观方面,荀子意识到社会性是人和其他动物的根本区别所在。荀子对社会文化的态度,是重视政治和伦理上的实用性,要求一切诗书礼乐,都归于儒家所说的圣王之道,对于不顺礼义的文章,一概斥为"奸说",由此建立了后世儒家文学观的基础。这对文学的发展是不利的。在文学艺术上,荀子有很多重要观点,比如强调"言必当理","凡知说,有益于理者为之,无益于理者舍之","文理情用,相为内外表里"等。

《荀子》体系完整,多为关于社会政治、伦理、教育等方面的长篇专题学术论文。论点明确,论断缜密,结构谨严,风格朴实深厚;善于运用自然界和日常生活中的事例作为论据,巧譬博喻,反复论证;造句简练,多用铺陈手法和排比句式,整齐流畅,适于诵读。《荀子》形成了成熟的论说文体制。论题鲜明,结构完整,逻辑周密,说理透辟,是《荀子》散文的首要特征。如《修身》论道德修养,《性恶》论人性,《富国》论经济,《议兵》论政治等等。《劝学》开篇总说学习的重要性,然后具体从正反两面论述学习的作用,就学习目的、学习态度、学习方法等方面一一展开,层次分明,首尾呼应,浑然一体。在论述文中分论点之一的学习目的时,又从不同角度分为五层展开论述,全面透彻。

擅用比喻,并将之发展成为一种论证方法,是《荀子》散文的又一个特色。如《劝学》用喻达四十多个,或以自然物理为喻,或从生活体验出发,正反相形,喻议结合,深入浅出,言简意赅。再如:

> 南方有鸟焉,名曰蒙鸠,以羽为巢而编之以发,系之苇苕,风至苕折,卵破子死。巢非不完也,所系者然也。西方有木焉,名曰射干,茎长四寸,生于高山之上,而临百仞之渊;木茎非能长也,所立者然也。蓬生麻中,不扶而直;白沙在涅,与之俱黑。兰槐之根是为芷。其渐之滫,君子不近,庶人不服,其质非不美也,所渐者然也。故君子居必择乡,游必就士,所以防邪僻而近中正也。

从自然界撷取系列事例,借助形象说理,说明环境对于人成长的重要性。《荀子》语言精练,词汇丰富,句式整齐,已开始讲究修饰与文采,如《劝学》:

> 积土成山,风雨兴焉;积水成渊,蛟龙生焉;积善成德,而神明自得,圣心备焉。故不积跬步,无以至千里;不积小流,无以成江海。骐骥一跃,不能十步;驽马十驾,功在不舍。锲而舍之,朽木不折;锲而不舍,金石可镂。蚓无爪牙之利,筋骨之强,上食埃土,下饮黄泉,用心一也。蟹八跪而二螯,非蛇蟮之穴无可寄托者,用心躁也。

这段文字语句精练,排偶工整,节奏明快,音律和谐,气势充沛,形象生动,反复论证,说理透辟。《荀子》代表了成熟了论说文,从它开始,议论散文正式成为独立的文体,构成文学散文中的一个部类,后世论说文体由此开始。

第三节 《庄子》与《韩非子》

庄子(约前369—前286),名周,字子休,战国时宋之蒙(今河南商丘)人。生活在梁惠王、齐宣王时代,与孟子同时而稍晚。他淡泊名利,不汲汲于富贵。曾做过蒙之漆园吏,不久后辞职。《史记》说庄子"其学无所不窥","著书十万余言",《汉书·艺文志》著录《庄子》五十二篇,传世郭象本为三十三篇,分为内篇(七篇)、外篇(十五篇)、杂篇(十一篇)三部分,一般认为内篇是庄子所著,外篇和杂篇有庄周门人及后来道家的作品。

庄子继承并发展老子的思想,是道家著名代表人物。庄子的自然哲学主要是由构成万物基始的"气",万物生成和存在形式的"化"以及宇宙根源的"道"三个范畴组成。主张"无为"、"齐物"、顺应自然,追求精神超脱,蔑视礼法;认为人生面临三种困境,即自然之限的死与生,社会之限的时与命,自我之限的情与欲。认为理想的人生境界是齐一生死,顺应时命,无情无欲。作为哲学著作,《庄子》是探求个人在黑暗社会中如何实现自我解脱和自我保全的方法;认为最理想的社会是上古的混沌状态,一切人为的制度和文化措施都违逆人的天性,因而是毫无价值的。《庄子》强调"全性保真",舍弃任何世俗的知识和名誉地位,以追求与宇宙抽象本质的"道"化为一体,从而达到绝对的和完美的精神自由,即《逍遥游》的"无待"境界。《庄子》对现实有深刻的认识和尖锐的批判,透彻地指出,一切社会的礼法制度、道德准则本质上只是维护统治的工具。《胠箧》言:"窃钩者诛,窃国者为诸侯,诸侯之门而仁义焉存。"庄子学派的思想,在中国历史上留下了极为深远的影响。从积极意义上说,它揭示了社会统治思想的本质,表现了摆脱精神束缚的热烈渴望,为封建时代具有反传统精神和异端思想的文人提供了哲学出发点;从消极意义来说,它所追求的自由只是理念上的自由,提供给人们的只是逃避社会矛盾的方法,因而始终能够为统治者所容忍。

《庄子》充满了浓厚的文学色彩。其体制已经脱离了语录体的形式,标志着先秦散文已经发展到成熟阶段,代表先秦散文的最高成就。《史记》卷六十三载:"故其著书十余万言,大抵率寓言也。作《渔父》《盗跖》《胠箧》,以诋訾孔子之徒,以明老子之术。《畏累虚》《亢桑子》之属,皆空语无事实。然善属书离辞,指事类情,用剽剥儒墨,虽当世宿学不能自解免也。其言洸洋自恣以适己。"金圣叹称《庄子》为"天下第一奇书"。

《庄子》最具文学性的特点是想象奇幻,在表现手法上,用艺术形象来阐明哲学道理,许多篇章都是用一连串的寓言、神话、虚构的人物故事连缀而成,把作者的思想融化在这些故事和其中人物、动物的对话中。寓言是其主要成分,"寓言十九,重言十七,卮言日出,和以天倪"(《庄子·寓言》)。《庄子》通过大量寓言,塑造了一系列艺术形象。这些形象或大木,或畸人,或是历史人物、得道者,或是神灵鬼怪,再或是意义托名的形象,但个个都活灵活现,神情毕肖。作者想象奇特,古今人物、骷髅幽魂、草虫树石、大鹏小雀,鬼神的世界,使文章充满了诡奇多变的色彩。如《逍遥游》:

> 北冥有鱼,其名为鲲。鲲之大,不知其几千里也。化而为鸟,其名为鹏。鹏

之背,不知其几千里也。怒而飞,其翼若垂天之云。是鸟也,海运则将徙于南冥。南冥者,天池也。《齐谐》者,志怪者也。《谐》之言曰:"鹏之徙于南冥也,水击三千里,抟扶摇而上者九万里,去以六月息者也。"

巨鲲瞬间变成大鹏,鼓动双翅,顺应云气,集聚气力,"水击三千里,抟扶摇而上者九万里",遨游于天地之间,气势充于宇宙,境界恢宏雄奇。再如《则阳》:"有国于蜗之左角者,曰触氏;有国于蜗之右角者,曰蛮氏。时相与争地而战,伏尸数万,逐北旬有五日而后反。"蜗牛已经足够渺小了,其角更是微乎其微,就是这样小的地盘,触氏、蛮氏之国还在鏖战,"伏尸数万"。这是庄子对当时代诸侯混战,社会黑暗的现实的辛辣讽刺,锋芒毕露而又怪趣横生。

《庄子》善用比喻,生动形象,言简意赅,出神入化,收到说理的奇妙功效。如《天运》:"泉涸,鱼相与处于陆,相呴以湿,相濡以沫,不若相忘于江湖。"用陆上之鱼"相呴以湿,相濡以沫"的生存方式比喻陷于困境而结成的依赖共存的人际关系,具有哲理也有实践性,启人遐思。"井蛙不可以语于海者,拘于虚也;夏虫不可以语于冰者,笃于时也;曲士不可以语与道者,束于教也"(《秋水》),这则比喻则是讲人不可囿于经验形成思维惯式,应该打破这种束缚据实而论。比喻说明了经验主义者认识上的局限。再如《逍遥游》:

  且夫水之积也不厚,则其负大舟也无力。覆杯水于坳堂之上,则芥为之舟。置杯焉则胶,水浅而舟大也。风之积也不厚,则其负大翼也无力。故九万里则风斯在下矣,而后乃今培风;背负青天而莫之夭阏者,而后乃今将图南。

比喻层层递进:用杯水与芥草比喻水与舟的关系,进而用水与舟的关系比喻风与大翼的关系。这种形式在《庄子》中灵活多变,精妙绝伦。

《庄子》构思奇诡,文笔灵动,意境开阔,气象万千。这与庄子的哲学思想有直接关系。庄子追求"上与造物者游,而下与外死生、无终始者为友"(《天下》)的绝对自由,因而为文"汪洋恣肆"、"恢诡谲怪"。如《秋水》:

  秋水时至,百川灌河;泾流之大,两涘渚崖之间,不辨牛马。于是焉河伯欣然自喜,以天下之美为尽在己。顺流而东行,至于北海,东面而视,不见水端。于是焉河伯始旋其面目,望洋向若而叹……

寥寥几笔便把秋水浩浩荡荡、汹涌磅礴、水天相接的境界与气势便描绘出来。但当面对更为广阔无垠的大海,竟然连河伯都"望洋兴叹",由此可见《庄子》气象开阔,仪态万千的境界。其语言丰赡,富于变化,如《齐物论》描写风:

  夫大块噫气,其名为风。是唯无作,作则万窍怒呺。而独不闻之翏翏乎?山林之畏佳,大木百围之窍穴,似鼻,似口,似耳,似枅,似圈,似臼,似洼者,似污者,激者、謞者、叱者、吸者、叫者、譹者、宎者、咬者,前者唱于而随者唱喁,泠风则小

第四章 诸子散文

和,飘风则大和,厉风济则众窍为虚。而独不见之调调之刁刁乎?

通过起风时不同窍穴发出各类声音,庄子对无形且不易捕捉的风用各种词汇加以表现,让人可感可听可视,如置身其中。行文的时断时续犹如风一般灵动,轻盈变幻。再如《山木》"君其涉于江而浮于海,望之而不见其崖,愈往而不知其所穷。送君者皆自崖而反,君自此远矣",这是离别之景,不事雕琢却深沉感人。

此外,《庄子》结构奇特,文多用韵,声调铿锵,读起来和谐而有节奏感。如《天运》开篇,突兀而来,十五个疑问句置于参差的句式与字法中,行所欲行,止所欲止,汪洋恣肆,变化无端,有时似乎不相关,任意跳荡起落,但思想却能一线贯穿。句式也富于变化,或顺或倒,或长或短,更加之词汇丰富,描写细致,又常常不规则地押韵,显得极有表现力,极有独创性。总之,《庄子》是先秦诸子文学作品的巅峰。庄子及其作品对后世影响巨大,阮籍、嵇康、陶渊明、李白、苏轼、辛弃疾、袁宏道、曹雪芹、龚自珍等人,无论在思想、文学风格、文章体制,还是写作技巧等方面莫不受其濡染。

韩非(约前280—前233),韩国贵族。为人口吃,不善言辞,有志于世,却不为用,于是"悲廉直不容于邪枉之臣,观往者得失之变故,作《孤愤》《五蠹》《内外储》《说林》《说难》十余万言"(《史记》卷六十三)。所著《韩非子》五十五篇,除个别文章为门徒所记,少数几篇疑为他人著作窜入外,大都出于韩非本人之手。秦王嬴政非常赞赏韩非的著作:"嗟乎,寡人得见此人与之游,死不恨矣!"(同上)于是发兵攻韩,韩国派韩非出使至秦被扣,但还未及用,就被秦国姚贾、李斯陷害入狱,后自杀。

韩非师从荀子,但综合了商鞅的"明法",申不害的"任术",慎到的"乘势"等思想,发展成为自己完整的理论,认为历史是不断向前发展的,万物运行均有可以被认知的客观规律,治国当视具体的历史条件,法、术、势并重。对于儒家,他是斥之为"蠹"。韩非对人情世故看得颇为透彻,不相信人有美好感情,也不相信人可以经教育感化而为善,更不相信鬼神、占卜等,他只相信赏罚分明,以利驱使人、以害禁制人。主张奖励耕战,富国强兵。

一部《韩非子》,构筑了一整套极端专制主义的、严厉控制人的方法和理论,读来令人不寒而栗。不过,对于研究政治学,这是一部极重要的书。文艺思想上,韩非重质轻文,强调客观实际,反对雕饰,主张著述文字务必详尽鲜明。他善于运用各种手段来阐述自己的思想。《韩非子》大部分是政论文,结构严谨、论证严密、条理清晰、说理透辟。论述中常采用层次铺陈方式,篇幅一般较长。如《孤愤》,写的是有治国才能的法术之士与身居要位的当权大臣之间的矛盾。韩非认为治国必须严格遵循法令,"法不阿贵,绳不绕曲"(《有度》)。这些"法术之士"虽然有学识有能力,但地位卑微,而那些要臣内有百官的拥护,外有诸侯的支持,侍从、学士莫不向其靠近,空有富国强兵一腔抱负的"法术之士"是无论如何也无法与之抗争的,因此最终不是死于"公法"就是命丧"私剑"。

《韩非子》笔锋犀利、文风峻峭,语言洗练、语气坚决而专断。大量运用排比、对偶、比喻、夸张等修辞手法。运用大量的寓言历史故事说理,富于说服力和生动性。韩非有意识地收集整理创作寓言,《内外储说》《说林》《喻老》《十过》等篇目集中了《韩非子》绝大多数的寓言故事。守株待兔、郢书燕悦、老马识途、滥竽充数、买椟还珠等都是脍炙人口的寓言。

思考练习题

1. 简述诸子散文的发展过程。
2. 《孟子》的文学性表现在哪些方面?
3. 试论《庄子》的浪漫主义表现手法。
4. 《荀子》的文学成就有哪些?
5. 简述《韩非子》的艺术特色。

第五章 楚 辞

楚辞是中国文学史上代表性文学样式之一,像汉赋以及唐诗、宋词、元曲和明清小说一样,成为一个时代文学的符号,它继《诗经》以后开创了一个新的诗歌创作时代。

第一节 楚辞的文化背景

楚辞作为先秦文学的一座高峰,辉煌灿烂的楚文化是其产生的直接土壤。如果我们更进一步追寻楚辞的文化归属,那么就非常有必要考察楚民族的历史文化渊源。二十世纪八十年代以前,学术界多认同中国文化"南北并行说",即长江流域同黄河流域一样,很早就孕育着古老的文化,春秋战国时期楚民族兴起,成为这一地域文化的杰出代表。然而,随着对中华文化研究的深入,中国文化"南北同源说"的观点逐渐深入人心,因为越来越多的证据表明长江流域的楚文化源于黄河流域,从大量的文献记载看,楚民族与夏部族本为同源。《史记》云:

> 楚之先祖出自帝颛顼高阳。高阳者,黄帝之孙,昌意之子也。高阳生称,称生卷章,卷章生重黎。重黎为帝喾高辛居火正,甚有功,能光融天下,帝喾命曰祝融。(《楚世家》)
>
> 夏禹名曰文命。禹之父曰鲧,鲧之父曰帝颛顼,颛顼之父曰昌意,昌意之父曰黄帝。(《夏本纪》)

可见,楚祖先颛顼是生活在黄河流域华夏始祖黄帝的孙子,夏朝祖先鲧、禹亦黄帝后裔。由楚夏两族的世系可知,帝颛顼是楚夏两族的共同祖先。夏族发源于黄河上游的黄土高原,以羊为图腾,夏族祖先姓"芈"即是羊叫的声音,楚民族就是其中的一支。楚夏族发祥以后,沿黄河东进,直至黄河中游,长期活动于中原地带。到夏芈至鲧禹时,以山西、河南一带为活动中心。与此同时,以殷商部落为代表的东方夷人集群及其文化也很早就渗入中原与夏文化融合。因此,从文化渊源上看,楚人接受的主要是夏夷族的原始文化。东夷族发祥于渤海沿岸,以凤鸟为图腾,楚文物里有众多的飞廉(风神鸟)造型,还有鸷鸟践蛇、鹿角神凤御虎之类造像都应该是夷文化浸润的结果。楚先人也曾以鸟为图腾,楚远祖祝融、重黎属东夷太阳鸟图腾。

后来,楚民族由于受到中原一些部族的歧视和排挤,便沿着丹水逐渐南迁,他们在长江流域筚路蓝缕,以启山林。大约到了商代中期,他们聚居在我国南方的湖北荆山一代,成为殷商王朝的方国。到了春秋时代,楚国兼并了长江中游许多大小邦国,融合了三苗云梦等氏族,逐渐发展壮大。楚庄王为春秋五霸之一,一度有北取中原之志。战国时,楚国又进一步吞并吴国消灭越国,势力西抵汉中,东临大海,最终发展成以郢都为中心,"北接汝颖,南接衡湘,西连巴,东连吴",横跨今十一省之地的当时最大国家。在战国诸雄中,楚国版图最大,人口最多,成为当时最有可能统一全国的诸侯国之一,所以有"横则秦帝,纵则楚王"的说法,意谓只有秦国和楚国最具统一全国的可能。

殷商以前,江汉流域的文化明显落后于黄河流域的中原文化,但自楚民族迁入以后,以楚文化为代表的江汉流域文化飞速发展,楚人创造了辉煌灿烂的物质、文化和艺术,到了春秋战国时期,楚国在很多方面大有超过中原文化的势头。

首先,这一时期楚国的物质条件非常丰富。据《汉书·地理志》,楚地"有江汉川泽山林之饶;江南地广,或火耕水耨,民食鱼稻,以渔猎山伐为业,果蓏蠃蛤,食物常足"。《左传·僖公二十三年》载,晋献公的长子重耳流亡到楚国,楚成王设宴款待重耳,席间重耳对成王说:"子女玉帛,则君有之;羽毛齿革,则君地生焉。其波及晋国者,君之余也。"重耳之言虽有取悦楚成王的成分,但楚国的富有确为当时各国公认。又《楚辞·招魂》云:

> 魂兮归来!反故居些……高堂邃宇,槛层轩些。层台累榭,临高山些。网户朱缀,刻方连些。冬有突厦,夏室寒些。川谷径复,流潺湲些。光风转蕙,氾崇兰些。经堂入奥,朱尘筵些。砥室翠翘,挂曲琼些。翡翠珠被,烂齐光些。蒻阿拂壁,罗帱张些。纂组绮缟,结琦璜些。室中之观,多珍怪些。兰膏明烛,华容备些。二八侍宿,射递代些。九侯淑女,多迅众些……魂兮归来!何远为些?室家遂宗,食多方些。稻粢穱麦,挐黄粱些。大苦咸酸,辛甘行些。肥牛之腱,臑若芳些。和酸若苦,陈吴羹些。胹鳖炮羔,有柘浆些。鹄酸臇凫,煎鸿鸧些。露鸡臛蠵,厉而不爽些。粔籹蜜饵,有餦餭些。瑶浆蜜勺,实羽觞些。挫糟冻饮,酎清凉些。华酌既陈,有琼浆些。归来反故室,敬而无妨些。肴羞未通,女乐罗些。陈钟按鼓,造新歌些……

宫殿华美、装饰考究、奇珍异宝、美女如云、珍馐佳肴,这些楚国宫廷内极其奢华的享乐景象的描写,无不显示出楚国雄厚的物质基础。

其次,楚国的文化艺术高度发达。从地下考古发现来看,战国时楚国的青铜器足以代表先秦青铜器冶铸的最高水平。1978年在湖北随州旧楚地出土了一套具备五个半八度的编钟,被中外专门家誉为"世界奇迹",证明楚国音乐及歌舞的发达,而此时北方的正统音乐,通常限制在一个八度的音域范围内。楚地出土的各种器物和丝织品,制作精细,而且往往绘有艳丽华美、奇幻飞动的图案。1949年出土于长沙东南郊楚墓的《人物龙凤帛画》(又称《龙凤仕女图》),是至2010年为止发现的仅有的两幅战国帛画之一。全画构图平稳,安排恰当,虚实有度。采用白描的技法,用简洁洗练而圆滑自然的线条勾画出主要人物和龙凤。1973年于长沙子弹库一号墓出土的《人物御龙帛画》,也是战国中晚期的帛画精品。该帛画的绘画手法单线勾勒与平涂、渲染兼用，人物略施彩色，整个画面布局合理，巫师、巨龙、鱼、鹤各得其所，恰到好处，是十分珍贵的文物。

楚国的音乐艺术高度发达。中国古代根据制作乐器的材质不同，将乐器分为金、石、土、革、丝、木、匏、竹八类，统称为"八音"。从地下出土的楚文物和古代文献记载可以看出，楚人已形成比较完整的八音音乐体系，可谓"八音"俱全。"金"，是金属乐器，如编钟。《楚辞·招魂》云："陈钟按鼓，造新歌些。""石"，是石类乐器，如磬（石钟）。《楚辞·大招》云："叩钟调磬，娱人乱只。""土"是陶类乐器，如缶、釜。屈原《卜居》云："黄钟毁弃，瓦釜雷鸣。""革"是革制乐器，如鼓。屈原《九歌·东皇太一》云："扬枹兮拊鼓，疏缓节兮安歌。""丝"，是弦乐，如琴。《吕氏春秋》云："善哉乎鼓琴，巍巍乎若太山；善哉乎鼓琴，汤汤乎若流水。""木"是木制乐器，如木鱼、木鼓。屈原《九歌·礼魂》："成礼兮会鼓，传芭兮代舞。""匏"是葫芦类所制乐器。湖北随县曾侯乙墓出土六件战国初期的匏制笙，由笙斗、笙管、簧片组成，表面通饰彩绘，其形状、制作和调音方法，与现代笙簧完全相同。"竹"是管乐。屈原《九歌·湘君》："望夫君兮未来，吹参差兮谁思？"《招魂》《九歌》所描绘的音乐舞蹈，显示出热烈动荡、诡谲奇丽的气氛。也足见楚国音乐及歌舞的发达。至于楚地漆器，那是北方根本无法比拟的。楚国的艺术，无论娱神娱人，都是在注重审美愉悦的方向上发展，充分展示出人们情感的活跃性。

春秋战国时期楚民族物质文化艺术之所以高度发达，主要是由以下几方面的原因促成的。首先，江汉流域较为优越的自然条件和较少压抑的生活情感。优越的自然地理条件使得楚民族物产丰富，这为文化艺术的发展提供了基础保障。而中原地区自春秋时期儒家思想兴起以后，音乐、舞蹈等艺术形式主要被理解为"礼"的组成部分，成为实现一定伦理目的的手段，从而造成中原文化较为自我封闭，鄙视异族，这在很大程度上阻碍了中原文化的发展。其次，楚民族在南迁过程中带走了发达的中原文化并与苗蛮文化的融合，实现了楚文化和中原文化的"杂交"，高度发达的楚文化正是这种文化"杂交"优势的很好体现。再次，楚民族在其发展过程中，不断与中原文化进行交流。春秋战国时代，北方的主要文化典籍，《诗》《书》《礼》《乐》等也已成为楚国贵族诵习的对象。

综上所述，楚文化作为华夏文化中重要的一支，它首先在黄河中下游地区融合了商周文化，又在长江中下游吸收了吴越文化，同时又和其他同期文化之间相互交流影响，最终得到了完美高度的发展。在楚文化所包含的众多文化因素中，以华夏文化为主体的北方中原文化仍然是楚文化的根源之所在。以春秋战国时代而论，楚文化与中原文化可以说是各有千秋，但如果单就艺术领域而言，楚文化则明显高于中原文化。文学是广义的艺术的一个方面。我们所要学习的楚辞，既是楚文化土壤上开出的奇葩，又代表了楚文化的辉煌成就。

第二节 楚辞的成书及代表作

"楚辞"的名称，最早见于西汉武帝时期，而且在汉代就已成为一门学问。《汉书·朱买臣传》云："买臣善楚辞。"又云："宣帝时，有九江被公善楚辞。"在不断的传播、仿作和研究中,它具备了三重内涵。第一种是诗歌体裁。这种诗歌体裁流行于战国时期的楚国,为屈原所首创。作为一种诗歌体裁,它具有极强的传播力量及传播意义。这是一种特殊的诗歌体裁,又称骚体,每个时代都有大量的这样作品存在。第二种含义特指一部分人的作品,是战国中后期楚国地区部分作家创作的作品。可以这样说,楚辞是中国文学史上第一个诗歌流派。其核心作家是屈原,他们的作品从形式到内容风格都极其相近。到汉代人再写这种题材的诗歌只能称为拟骚诗而不能成为楚辞。第三种含义是指书名,也就是指一部书。《四库全书》集部的第一类就是"楚辞"类,就是把楚辞认定为一部书。具体讲,就是汉代人对战国时楚国人及汉代人所写诗歌编辑而成的一部书。

  关于楚辞的成书,传统观点一般认为是西汉刘向所编辑并定名。对此,当代学术界比较一致的观点是:《楚辞》不是出自一人之手,也不是出于某一个时代,而是经过不同时代不同的人逐渐纂辑增补而成的。《楚辞》成书的时间自战国至东汉,历时数百年,具体可分为五个阶段。一是先秦时期,这部书只包含《离骚》《九辩》两篇,纂辑者可能是宋玉。此为《楚辞》雏形。二是西汉武帝时(前140年前后)。增辑七篇作品《九歌》《天问》《九章》《远游》《卜居》《渔父》《招隐士》,增辑者为淮南王宾客,或即淮南王刘安本人。三是西汉元帝、成帝时(前48—前8),增辑四篇《招魂》《九怀》《七谏》《九叹》,增辑者为刘向。四是班固以后、王逸以前(100年前后),增辑三篇《哀时命》《惜誓》《大招》,增辑者无考。以上十六篇的合集,就是王逸作《楚辞章句》时所据的十六卷《楚辞》本。第五个阶段是东汉后期,增辑一篇《九思》,增辑者为王逸。王逸撰《楚辞章句》时附入自己的作品《九思》,而成十七卷,这就是后世流传的十七卷本《楚辞》。到了宋代,因为《楚辞》篇第混并,于是有学者重新考订这些作品作者的先后,并依此重定其篇第,这就是宋代以后通行的《楚辞》版本。

  《史记·屈原列传》云:"屈原既死之后,楚有宋玉、唐勒、景差之徒者,皆好辞而以赋见称。"据此,一般认为战国时期楚辞的代表作家有屈原、宋玉、唐勒和景差等人。屈原是中国第一位诗人,也是楚辞的开创者。司马迁《史记·屈原列传》的记载是现存的关于屈原生平事迹最早最完备的资料。《史记·楚世家》《史记·张仪列传》《报任安书》中也有不少有价值的记载。通过这些材料,司马迁为我们勾画了较为详细的屈原生平轨迹,描绘了屈原的事迹图谱。从屈原的姓字、家世到官履、政绩以及人生遭际,可以说是既简练精确而又完备详赡。关于屈原姓字,《屈原列传》曰:"屈原者,名平。"对于屈原家世,曰:"楚之同姓"。关于屈原官履,云:"为楚怀王左徒。"又云:"渔父见而问之曰:'子非三闾大夫欤?何故而至此?'"关于屈原的政绩,《屈原列传》分别载有屈原"造为宪令"和出使齐国等重要的内政外交事务。同时,《屈原列传》还比较清楚地描绘了屈原一生的悲剧经历,勾画了屈原长达二三十年之久政治生涯轨迹。从他任职时的"博闻强志,明于治乱,娴于辞令"、"入则与王图议国事,以出号令;出则应对诸侯,接遇宾客"以及"造为宪令"而帮助楚怀王变法图强,到遭到上官大夫、宠姬郑袖和用事者臣靳尚等人的嫉妒而受谗言降职被迁,直至最后自沉殉国,"怀石遂自沉汨罗以死"。对于屈原被疏以后的人生轨迹,《屈原列传》之记载虽不算详赡,但线条清晰,屈原这一阶段之经历仍清晰可辨。林庚《史记屈原列传论辩》中说:"我们在两千多年之下所以还可能比较清楚地知道屈原的生平,老实说,首先就是靠这篇传记。何况这两千多年来我们并没有发现比《史记》更早更可信的有关屈原的资料,那么这一篇传记应当怎样的被我们珍重尊敬才是。"

宋玉、唐勒、景差等人的材料，典籍保存甚少。关于宋玉，除《史记》外，汉初《韩诗外传》卷七云："宋玉因其友见楚襄王，襄王待之无以异，乃让其友。友曰：'夫姜桂因地而生，不因地而辛，女因媒而嫁而不因媒而亲。子之事王未耳，何怨于我？'宋玉曰：'不然，昔者齐有狡兔，曰东郭𪎭，盖一日而走五百里。于是齐有良驹曰韩庐，亦一日而走五百里。使之瞻见指注，虽良驹犹不及众兔之尘。若摄缨而纵继之，则狡兔亦不能离也。今子之属臣也，摄缨纵继与？瞻见指注？'其友曰：'仆人有过，仆人有过。'"刘向《新序·杂事》（第五）有类似记载，文字稍异。屈原主要活动在楚怀王时代，宋玉稍晚于屈原。这里引荐宋玉于顷襄王的"友人"是谁呢？东晋习凿齿所著《襄阳耆旧记》云："宋玉者，楚之鄢人也。故宜城有宋玉冢。始事屈原，原既放逐，求事楚，友景差。景差惧其胜己，言之于王，王以为小臣。玉让其友，友曰：'夫姜桂因地而生，不因地而辛；美女因媒而嫁，不因媒而亲。言子而得官者我也，官而不得意者子也。'"可见宋玉的这位朋友是景差。习凿齿称宋玉与屈原存在师徒关系，此说源自后汉王逸《楚辞章句·九辩序》："宋玉者，屈原弟子也。"对此后世存疑者甚众。

现存楚辞作品几乎为屈原一人所独有。现今基本认定为屈原的作品有 25 篇，包括《离骚》《九歌》（11 篇）、《天问》《九章》（9 篇）、《远游》《卜居》《渔父》。宋玉有十几篇，但传下来的不多，能确定的只有《九辩》1 篇。《汉书·艺文志》载唐勒赋 4 篇，但今无作品存世。东汉时期，有人认为楚辞中的《大招》是景差的作品，但也有人认为是屈原所作，东汉王逸在《楚辞章句》中说《大招》的作者"疑不能明"也。因此，可以说景差也没有作品存世。

屈原的作品可以分为三类。第一类《离骚》为代表，通常称为《离骚》类，包括《离骚》《九章》《远游》《卜居》《渔父》。这些作品大都有事可据，是屈原创作重心，乃情愫与事实之纠合而成篇，其内容都是略带自传性的，因此就其体裁来说属于政治抒情诗。在《离骚》和《九章》中，我们能够感受到屈原的人生经历、政治理想和个性品格。第二类以《天问》为代表，故称《天问》类，是屈原哲学思想、学术造诣与批判精神的表现。虽然也有人因《天问》是屈原被流放到汉北时在楚先王宗庙中看到了天地山川神灵先祖壁画时的呵壁之作而认为《天问》中也有屈原的人生轨迹，但他在《天问》中所问的问题都是哲学问题。这些问题达到了极其深刻的哲学境界，代表了屈原哲学智慧的闪光。第三类是《九歌》类。这类作品是屈原从民间祀神乐曲整理加工而来，是屈原在南楚民间文学基础上的再创作，是代人或代神表述，更多地显示南楚民间文学传统的痕迹。

《离骚》是屈原的代表作，也是中国古代诗歌中最伟大的作品之一。全文共三百七十二句，二千四百六十一字，堪称中国古代第一长诗。"离骚"的含义，司马迁、班固等人都认为是"遭受忧患"的意思。司马迁在《史记·屈原列传》中说："《离骚》者，犹离忧也。"王逸解释为离别的忧愁，《楚辞章句·离骚经序》云："离，别也；骚，愁也；经，径也；言己放逐离别，中心愁思，犹依道径，以风谏君也。"杨雄则认为"离骚"就是"牢骚"。关于《离骚》的写作时间，一般认为是屈原在楚怀王时遭谗见疏而离开郢都前往汉北之时所作。《离骚》是屈原对自己前半生人生追求的回顾与总结，也是对今后人生抉择的反思与宣言，反映了屈原对楚国黑暗腐朽政治的愤慨，倾吐了自己遭到不公平待遇的哀怨。

《离骚》大致可分为前后两个部分。前一部分从开头到"岂余心之可惩"。这一部分比较细致地倾诉了诗人前半生的遭遇、怨愤与志节，在写作上侧重于人生苦难。抒情主人公首先历数内美，论修明志，叙述自己高贵的血统，吉利的生辰，勤勉不懈地坚持自我修养，强烈的兴盛宗国，实现"美政"的愿望。然而，由于群小的谗害和君王的多疑，致使自己蒙冤受屈。在理想和现实的尖锐冲突之下，诗人虽然"余固知謇謇之为患兮"，但"忍而不能舍也"，强烈存君兴国之情跃然纸上。"虽体解吾犹未变兮，岂余心之可惩"，显示了诗人坚定的政治信念和九死不悔的执着精神。《离骚》后半部分写远游求遇。抒情主人公在现实生活中遭受到挫折而向重华（舜）陈述心中愤懑，并开始"上下求索"，"远游求女"，借此抒发"进"与"退"的激烈思想斗争和"去"与"留"的内心矛盾。在最后一次的飞翔中，由于眷念宗国而再次徘徊流连，再次反映出主人公在苦闷彷徨中对何去何从的艰难选择。从而塑造了一位坚贞高洁的抒情主人公的光辉形象，反映了屈原深固难徙的国家观念和独立不迁的人格准则。

在《离骚》中，屈原把神话大量引进作品，或是人格化的神，或是神化了的人。作品将神话与现实水乳交融地结合在一起，其中神话故事主要集中在中间的五次游历求女和诗末的升天远游中。诗人在现实中无法实现自己的美好理想，便借助一系列的神话境界来表达自己的理想和志趣。诗人遍访天神地祇，借助灵巫神兽，在一个个神话王国中恣情遨游。诗人的抱负和理想在现实中不能实现，于是在幻想的神话王国里寻求解脱。在五次浮游求女和升天远游的幻境中，涉及众多的神灵圣物：

天神有：羲和、望舒、飞廉、雷师、丰隆、帝阍、蹇修；

神异禽兽有：玉虬、鸾皇、鸩鸟、雄鸠、飞龙；

神山圣水圣地神木有：苍梧、崦嵫、昆仑、穷石、悬圃、咸池、白水、阆风、天津、洧盘、流沙、赤水、若木、扶桑。

《离骚》中众多的神灵神物虽有崇高的神性和超自然的威力，但多是诗人的仆役和工具。在这个神话王国中，诗人才是神的至尊，他驾虬龙，乘鸾凤，呼风唤雨，上天下地，无所不能；早晨从苍梧出发，饮马咸池，总辔扶桑，傍晚已到昆仑悬圃；他能令日神羲和控制太阳行速，让风神飞廉紧紧相随，也能用若木阻止太阳的运行，使月神望舒为自己驾车开路；让鸾皇在前担任警戒，让雷神丰隆为自己准备行装，又使帝阍敞开天门；他派蹇修、鸩鸟做媒求宓妃，通有娀佚女，致聘有虞二姚。诗人经昆仑、天津、流沙、赤水、不周，达西海，上天庭。

《离骚》中，诗人还以神话学家的眼光和魄力，恢复许多历史化了的古史传说中古时帝王及英雄人物的神性形象。在这里，尧、舜、禹、桀、启、羿、汤等都从人间帝王还原为天地神灵，为古史传说向神话还原做出了起始性的贡献。例如对夏启和东夷族射日英雄羿，屈原评价道"启《九辩》与《九歌》兮，夏康娱以自纵"，"羿淫游以佚畋兮，又好射夫封狐"。夏启屡上天庭带下神乐《九辩》《九歌》，羿射十日，这些显然都是神话而非历史。不难看出，是神话使诗人在《离骚》中淋漓尽致地宣泄了热烈奔放的感情，含蓄而酣畅地表达自己政治抱负和崇高理想，是神话使《离骚》充满神奇瑰丽的色彩，形成虚幻美妙的境界，闪耀着奇伟浪漫的智慧灵光，使之当之无愧地成为浪漫政治抒情诗的开山笔祖。

在屈原的作品中，有两组以"九"命名的组诗：《九歌》和《九章》。《九歌》是一组祭神乐歌，其名称由来已久。《山海经·大荒西经》："西南海之外，赤水之南，流沙之西，有人珥两青蛇，乘两龙，名曰夏后开。开上三嫔于天，得《九辩》与《九歌》以下。此天穆之野，高二千仞,开焉得始歌《九招》。"郭璞注"九辩"、"九歌":"皆天帝乐名也,开登天而窃以下用之也。"可知,《九歌》名称在夏代已经存在,本为天庭神乐名称,夏后启给天帝献以美女,而从天上偷下了《九辩》与《九歌》供自己享乐。从此《九歌》便流传于民间。屈原《九歌》是在沅湘民间长期流行的祭祀神灵颂歌基础上重新创作的组诗,其名称古有所依。

《九章》凡9篇,《惜诵》《涉江》《哀郢》《抽思》《怀沙》《思美人》《惜往日》《橘颂》《悲回风》。一般认为,这9篇并非作于一时一地,而皆为"随事感触"、直抒胸臆之作。清戴名世《读扬雄传》说,"《离骚》《九章》皆忠臣爱君拳拳之意",说明《离骚》《九章》属同一性质,后人将《九章》称为"小《离骚》"。《九章》是屈原九篇不同时期政治抒情诗组的名称。这些诗歌原是单篇流传的。宋代朱熹说:"屈原既放,思君念国,随事感触,辄形于声。后人辑之,得其九章,合为一卷。非必出于一时之言也。"司马迁《史记·屈原列传》云:"太史公曰:余读《离骚》《天问》《招魂》《哀郢》,悲其志。适长沙,观屈原所自沉渊,未尝不垂涕,想见其为人。"在这里,司马迁列举了屈原《哀郢》而不言《九章》,由此可以推断,此时《九章》尚未合卷,还是以单篇流传的。

《九章》之名始见于刘向《九叹》:"叹《离骚》以扬意兮,犹未殚于《九章》。长嘘吸以于悒兮,涕横集而成行。"马茂元认为"九章"之名,出于刘向之手。他说:"刘向是《楚辞》第一个编辑人,不难想象,这《九章》之名是他加上的。"也就是说,在刘向编辑十六卷本《楚辞》的时候,他首次将屈原作品中一些语言风格与表现形式相近、文辞大体相当、内容均与作者身世相关联的单篇汇集在一起,冠以总名曰"九章"。关于《九章》各篇的作年,一般认为是屈原一生历程的写照。《橘颂》为屈原早年立志之作;《惜诵》《抽思》《思美人》三篇与《离骚》为同期作品;其余五篇作于被放江南之后,是顷襄王时期的作品。

从内容上来看,《九章》中每一首诗都与屈原生活中的经历有关,其感情基调与脉络与《离骚》互为呼应。由于采取了"用赋体,无它寄托"(朱熹)的创作方法,《九章》如实描绘了楚王朝政治风云变幻莫测的情景,描绘了楚国由兴旺走向衰亡的过程,揭露楚国宫廷群小蔽君误国的罪恶,以及他们尔虞我诈、相妒以功、排斥贤才的种种丑行。同时,也强烈地表现了诗人生不逢时、遭遇排斥打击、使其伟大理想破灭的痛苦与不平,抒发了他热爱祖国、忠于楚王的情怀,表现了坚持理想、保持廉正的美好品德,以及不随波逐流、秉德无私的高尚情操。

第三节 楚辞的成就和影响

以屈原作品为代表的楚辞既汲取了中原文化的精髓,又融汇了南楚文学地方特色,以其奇幻的想象、崇高的思想、激越的感情、鲜明的形象和巧妙的构思成为我国浪漫主义诗歌艺术第一座高峰。楚辞的成就和影响主要表现在以下方面。

第一,创立了一种新的诗歌体裁。楚辞七言为主兼有杂言的形式大大突破了春秋战国时期以《诗经》为代表的四言诗,在反映内容和情感表达上甚至为汉魏六朝兴起的五言诗所不及。屈原创立这种新的诗歌体裁后,便成了同时代宋玉、唐勒、景差等人学习和仿效的对象,在以后中国几千年文学史上更是代有所逐。楚辞从形式到内容都成为汉代文人争相模拟和仿效的对象，因此文学史上出现了一种特有的文学样式——骚体文学。骚体文学是楚辞的衍生物，无论是体制内容、艺术风格还是抒情言志特色都深深地烙上了楚辞的痕迹。楚辞对汉赋创作产生重要影响，成为汉赋创作的范本和准的。在文体源流上，汉赋直接脱胎于楚辞，在形式和艺术表现方法上都深受楚辞的影响，体现了对楚辞的继承关系。汉代骚体赋不仅形式上接受楚辞的体式，而且在思想内容和抒情方式上也继承了楚骚的传统，并体现出与时俱进的时代特征；汉大赋中排比铺陈的艺术表现方法和铺张扬厉的语言风格也与楚辞密切相关；楚辞抒发"怨情"的特色为汉代抒情小赋所继承；楚辞"香草美人"的象征手法和"咏物写怀"的比兴特色为汉赋所借鉴。

第二，楚辞奠定了我国浪漫主义诗歌的优秀传统。《离骚》作为中华大地上开天辟地的第一篇独立文人诗歌作品，是一首有着强烈主观色彩的浪漫主义自传性政治抒情诗。诗人以神奇的想象，大胆的夸张，恰切的比喻，同时运用了大量的神话故事和古史传说，酣畅淋漓地抒发了自己的政治理想和主观感情。在《九歌》中，屈原以丰富的想象对南楚沅湘民间自然朴素的神话进行了修改和再造，赋予了众神以人的精神和形态，使神话具有情节、形象、性格以及思想情感等文学特征。《天问》中丰富的天神地祇和古史神话传说也都展示出缥缈迷离、谲怪神奇的美学特征，为后世浪漫主义诗歌创作奠定了很好的基础。

第三，将比兴手法发展成为象征体系。对于《离骚》之表现手法，司马迁说："其文约，其辞微……其称文小而其指极大，举类迩而见义远。""文约辞微，指大义远"不仅仅是《离骚》的表现手法，也是楚辞最重要的艺术特点。这种表现手法其实就是由《诗经》开创的比兴手法，然而到了屈原手中，已进行了重大的发展和创新。在《诗经》中对比兴手法的运用还仅仅局限于像朱熹定义的那样："比者，以彼物比此物也。兴者，先言他物已引起所咏之词也。"用法单纯，形式单调，往往仅仅是片段，比兴事物之双方都是独立存在的客体，缺乏精神或气质上的内在联系。这种比兴，充其量就是我今天所说的比喻和联想。屈原在其作品中，已经将《诗经》开创的比兴手法发展成为象征体系。楚辞中的象征体系有动物系统、植物系统、事物系统、人物系统等等。在物我交融、情景相生的比附和寄托中，实现了事物和情感，现实和理想的完美统一。这种象征手法还表现为屈赋独有的"香草美人之喻"，即利用男女关系象征君臣关系，从而在远游"求女"的情境下表达对政治理想、道德理想、美学理想的追求。

思考练习题

1. 分析楚辞产生的文化背景。
2. 简述《楚辞》的成书过程。
3. 屈原作品可分为哪三类？每类的特点是什么？
4. 简述楚辞的成就与影响。
5. 分析楚辞对《诗经》比兴手法的发展。

第六章　秦汉政论文

第一节　秦代散文

　　秦朝的文学成就极少，但仍有统一前相国吕不韦召集门客编的《吕氏春秋》和李斯的《谏逐客书》为后人所称道。虽然二者分别产生于公元前239年左右和公元前237年，属于秦统一前的作品，但由于吕不韦是秦国的一代名相，此书影响也主要在秦王朝建立以后，而《谏逐客书》则直接影响了秦王嬴政广纳百川的用人政策，从而促成了秦王朝的建立，李斯的政治影响和主要生活年代也是在秦王朝建立以后，因此，传统文学史一般都将其归入秦代文学。

　　在战国四君子厚养宾客的背景下，吕不韦大量召集文人学士，并在秦统一前夕的公元前239年左右完成了兼采百家九流之说的《吕氏春秋》。《汉书·艺文志》把它归为"杂家"之列，但其内容实际上是偏重道家。

　　《吕氏春秋》是中国历史上第一部有组织按计划编写的文集。全书具有严密的体系，分为十二纪（每纪5篇），八览（每览8篇），六论（每论6篇），外加1篇序文，共161篇，今存160篇，计二十多万言，结构上组合成了一个所谓"法天地"的完整体系。吕不韦在此书《序意》中也颇有信心地宣称："凡十二纪者，所以纪治乱存亡也，所以知寿夭吉凶也。上揆之天，下验之地，中审之人，若此，则是非可不可无所遁矣。"可见此书编纂的目的是为统治者治国提供借鉴。

　　作为一部为统治者治国提供借鉴的理论著作，《吕氏春秋》的编写曾留下"一字千金"的典故。《史记·吕不韦列传》云："当是时，魏有信陵君，楚有春申君，赵有平原君，齐有孟尝君，如荀卿之徒，著书布天下。吕不韦乃使其客人人著所闻，集论以为八览、六论、十二纪，二十余万言。以为备天地万物古今之事，号曰《吕氏春秋》。布咸阳市门，悬千金其上，延诸侯游士宾客有能增损一字者予千金。"由此足见此书史实之确实和用语之精谨。《吕氏春秋》为了加强说理的生动形象性，依中国古代神话传说、民间故事创作了丰富多彩的寓言，也有些寓言是作者自己所创造。据前人统计，全书中的寓言故事共有二百多则。故而，此书虽然出于众人之手，风格不完全统一，但总体来说文风平实畅达，其中有些篇章篇幅短小，用典准确，说理颇为生动，堪称是优秀的说理散文。

　　李斯，战国时上蔡（今河南上蔡县西）人，生年不详，卒于秦二世二年（前208），著名儒家代表荀子的弟子，法家学派代表人物。李斯是秦代唯一可以称为作家的人物，他的主要作品是作于秦始皇十年(前237)的《谏逐客书》。李斯因游说秦国献统一之策而拜为客卿,适值韩国人郑国来秦作间谍,说服秦国开凿水渠,以期耗秦国力而不能攻韩。韩国企图被秦发觉后,秦国的宗室大臣奏秦王曰:"诸侯人来事秦者,大抵为其主游间于秦耳,请一切逐客。"李斯也在被逐之列,因此他写了这封信上书秦王。文章历数秦自穆公以来皆以客致强的历史,说明若无客的辅助则秦未必强大的道理,紧接着列举各种女乐珠玉虽非秦地所产却被秦所用事实,从而说明广纳人才的重要性。文章从秦王统一天下的高度立论,始终围绕"大一统"的目标,正反论证,利害并举,说明用客卿强国的重要性。秦王终被打动,收回逐客的成命,恢复了李斯的官职。

此书文采华美,理气充足,运用比喻、排比等修辞手法,铺张恢宏,有战国纵横家遗风。例如:

> 今陛下致昆山之玉,有随和之宝,垂明月之珠,服太阿之剑,乘纤离之马,建翠凤之旗,树灵鼍之鼓。此数宝者,秦不生一焉,而陛下说之,何也?必秦国之所生然后可,则是夜光之璧不饰朝廷,犀象之器不为玩好,郑卫之女不充后宫,而骏良駃騠不实外厩,江南金锡不为用,西蜀丹青不为采。所以饰后宫、充下陈、娱心意、悦耳目者,必出于秦然后可,则是宛珠之簪、傅玑之珥、阿缟之衣、锦绣之饰不进于前,而随俗雅化、佳冶窈窕赵女不立于侧也。

此段文字历陈天下美物为秦所用的重要性,可谓理足词胜,雄辩滔滔,排比铺张,音节流畅,既挟战国纵横说辞雄辩,又兼汉代辞赋之华丽。文末指出逐客危害云:"今逐客以资敌国,损民以益雠,内自虚而外树怨于诸侯,求国无危,不可得也。"理据充分,无可辩驳,有极强的理论说服力和艺术感染力。

秦代颂祷文和说客说辞也有一定的文学价值。现存秦代颂祷文基本都是秦始皇统一天下之后国内巡行、封禅祭祀时的作品,主要有公元前219年的《峄山刻石》《泰山刻石》《琅邪刻石》,公元前218年的《之罘刻石》《东观刻石》,公元前215年的《碣石刻石》和公元前210年的《会稽刻石》。其内容无外乎封禅祭山、歌功颂德之类。就其文学性来讲,这些刻石或庄严精深,或铺张扬厉,或剔透颖锐,或翔实浑朴,文字整齐简洁、清峻犀利,典雅峻峭,气势宏大,大都给人以美的享受,显示了非四海一家大帝国不能为的壮观气象。

在亡秦起义、楚汉相争的烽火年代,秦代的说客说辞显示出战国纵横家的文风,有不少睿智深刻、简洁犀利、凝练畅达的好作品。秦末郦食期《说沛公袭陈留》是游说沛公袭陈留及游说陈留令的说辞,辞采飞扬生动;《说汉王取敖仓》《说齐王田广》运用大量排比句式,立论翔实、一气呵成。随何公元前204年所做的《说淮南王布》,分析形势鞭辟入里,行文洋洋洒洒。蒯通《说范阳令》欲擒故纵设说辞,危言耸听申已见,《说韩信》中肯精辟分析天下形势、苦口婆心劝韩信分天下而自保,至今读来让人怦然心动,战国策士遗风甚浓。秦代的奏议、刻石颂祷文和说辩说辞上承战国纵横家论辩体哲理散文遗风,同时也为汉初政论文产生和兴盛作了全面的准备。

第二节　西汉政论文

秦王朝的短命引起汉初政治家和思想家的深思,他们纷纷总结秦王朝失败的历史教训,以期为汉王朝提供长治久安的国策。陆贾、贾谊、晁错都是在这种历史条件下涌现出来的政论文作家。刘邦称帝后,陆贾作《新语》12篇,论古代帝王的兴衰成败之理及秦所以失天下、汉所以得天下的政治历史原因,深得高祖赏识。紧随其后的贾谊政论体散文创作则代表这个时期的最高成就。

贾谊(前200—前168),洛阳人,少年聪慧博学。刘向辑贾谊文十卷,名为《新书》。《汉志》著录贾谊散文58篇,均收入《新书》。贾谊散文形式多为奏、议、疏、策等,内容上总结秦亡之教训或劝告侯王不要谋反,以及发表政见、指陈时弊等,名篇如《过秦论》《治安策》《论积贮疏》等。艺术表现上,贾谊散文感情充沛,气势逼人,富于文采,既有战国散文的遗风,也受当今辞赋的影响。

《过秦论》分上中下三篇。上篇着重分析秦国自秦孝公至秦始皇逐渐强大的原因;中篇重点论述秦统一中国之后政策上的失误;下篇进一步指陈秦人在危难当头不能挽狂澜于既倒的原因。文章排比铺叙,尽力渲染,无论叙述还是议论,都以对比手法加以强调,颇具说服力,深得先秦纵横家说辞的风神,文章洋洋洒洒,以历史事实为据,以精辟议论作结,有一种令人深思猛醒的艺术效果。

《论积贮疏》的主旨是建议汉文帝重视农业生产,指出发展农业,储存粮食,对治国安民具有重大意义。文章从对现实的分析,证明"积贮"的紧迫性;从对现实规律的阐述,证明不"积贮"的危害性;从对具体措施的设想,证明"积贮"的可行性。整篇文章注重铺陈说理,诚恳透辟,态度诚恳朴实而又带有真挚的感情,行文流畅而有气势,具有很强的文学色彩。贾谊的散文代表汉初政论散文的最高成就,标志着中国散文发展到一个新的阶段。

西汉前期另一位政论文的大家是晁错(前200—前154),他比贾谊稍后,曾在汉文帝举贤良文学的对策中名列第一。文帝时为博士,景帝时任内史,后因上书请削藩得罪权贵而成为政治斗争的牺牲品。晁错的政论文名篇有《论贵粟疏》《言兵事疏》《守边劝农疏》《贤良文学对策》等。《论贵粟疏》阐述重农贵粟、强本抑末的主张,与贾谊《论积贮疏》论题接近但论述更深一层。文章中心明确,层次清楚,富有逻辑性;说理透彻,通过正反、今昔、商农等鲜明对照增强说服力;语言朴素,质实恳切;感情真挚,气势充沛。

西汉时期的理论著作《淮南子》对秦至汉初的思想来了一次大融汇,在先秦两汉思想史上有承上启下的过渡价值。刘安(约前179—前122),汉文帝刘恒之弟,淮南王刘长之子,高祖刘邦之孙,于文帝十六年袭封淮南王,"好读书鼓琴,不喜弋猎狗马驰骋……流誉天下"(《史记》本传)。《淮南子》为刘安招致门客编成,共二十一篇,当时堪称一部巨著。该书原称《淮南鸿烈》,"鸿"就是"大";"烈",光明。刘安编著此书之目的在为汉代治国提供宏大光明之道理,实质上则是在道家思想主导下,毕集阴阳、道、儒、法、名家之说的哲学理论著作。

《淮南子》行文多形容铺张,繁富有序,颇重语言的修饰和整饬,同时多用历史、神话、传说、故事来说理,具有很好的文学色彩,是继《山海经》之后,比较系统地记载中国上古神话的重要典籍,其中《地形训》一篇集中阐述了中国昆仑神话系统,是一部对中国文化影响深远的著作。

西汉大儒董仲舒(前179—前104)有《贤良对策》三篇,对中国后世的封建社会政治影响深远。该组散文是董仲舒在汉武帝下诏求贤良治国大要的情况下上的三篇对策,内容上反复阐述天人感应观点,最后提出"不在六艺之科,孔子之术""皆绝其道"的罢黜百家、独尊儒术的主张和春秋大一统的理论。《贤良对策》语言朴素无华、流丽晓畅,通篇无晦涩滞重之笔,说理严谨细密,风格则儒雅雍容,对当时政治和文学影响很大。此外,董仲舒还有《春秋繁露》一书,但其中大多数篇章都比较艰涩枯燥,文学价值不及《贤良对策》。

刘向(前77—前6),西汉后期经学家、目录学家、散文家。成帝河平三年,刘向受命领导了我国历史上第一次大规模的皇家藏书整理工作。对经传、诸子、诗赋类图书分类校雠整理,每校完和编辑完成一部书,都要为之写一篇《叙录》附于书后,然后连同样书一起呈送皇帝御览。刘向又将各书《叙录》汇编为一集,名之曰《别录》。其中的《战国策书录》《管子书录》《孙卿书录》都是文学性很强的散文。这些书录有的语言简洁、文笔生动,有的言词痛切、感情深沉,有的叙中有议、见解深刻,有的人物形象鲜明。非常遗憾的是,《别录》今已不存,我们只能依《汉书·艺文志》窥其大概内容。刘向的政论散文名篇《极谏用外戚封事》《谏营昌陵书》《论星孛山崩疏》等,态度诚恳,说理透辟,内涵深刻,于行云流水中见恳切挚情,具有很高的文学鉴赏价值。

西汉时期的散文创作是继先秦之后又一个繁荣期,除以上所述之外,著名的作家作品还有许多,如枚乘的《谏吴王书》,司马迁的《报任安书》,邹阳的《狱中上梁王书》,杨恽的《报孙会宗书》,司马相如的《难蜀父老》,东方朔的《答客难》,桓宽的《盐铁论》,扬雄的《解嘲》《解难》,刘歆的《移让太常博士书》《孝武庙不毁论》《功显君丧服议》等。

第三节 东汉政论文

东汉政论文在西汉的基础上又有所发展,在反对谶纬,冲破迷信思想和针砭时弊等方面都起到了积极作用,经典之作首推王充《论衡》和王符《潜夫论》。

王充(27—约97),字仲任,会稽上虞人,东汉唯物主义哲学家,无神论者。王充出自佃族孤门,一生业儒但仕路不亨,只做过几任郡县僚属,且多坎坷沮阻,因此形成了自觉的批判意识。王充一生志在纠正世俗的虚谬。《论衡》是一部宣传无神论的檄文,是一部古代唯物主义的哲学文献,其目的是"冀悟迷惑之心,使知虚实之分"(《论衡·对作》),"衡"字本义是天平,"论衡"意为评定当时思想和言论价值的天平,《论衡》在中国思想史上具有划时代的意义。现存84篇,《招致篇》为存目佚文,全书共计二十余万字。其中最为世人称道的有14篇,包括《书虚》《变虚》《异虚》《感虚》《福虚》《祸虚》《龙虚》《雷虚》《道虚》等号称"九虚"9篇;《语增》《儒增》《艺增》等号称"三增"3篇,以及《论死》《订鬼》2篇。从文学角度而言,作为一部论辩性著作,其文风雄辩,论证透彻充分,语言洗练深刻,具有很强的说服力;在论证过程中,能援引历史和现实生活中的事例批驳各种虚妄之论;行文朴实无华,不事雕琢,与当时盛行的刻意藻饰骈俪化文风形成鲜明对比。此外,值得一提的是,王充在《论衡》中《艺增》《超奇》《佚文》《对作》《自纪》等篇章对文学作了诸多讨论,并提出了一些具有价值的文学观点,对中国古代文学理论有一定的贡献。

王符(约85—约163),字节信,安定临泾(今甘肃镇原)人,东汉政论家、文学家、进步思想家,无神论者。王符一生崇俭戒奢,讥评时政得失。隐居著书,存《潜夫论》三十六篇。《四库全书总目提要》载:"符独耿介不同于俗,以此遂不得升进,志意蕴愤,乃隐居著书二十余篇,以讥当时得失。不欲彰显其名,故号曰《潜夫论》。"《潜夫论》是讨论治国安民之术的政论文章,也有少数涉及哲学问题。该书是一部愤世嫉俗之作,以针砭社会时弊为主,书中对东汉后期政治社会提出广泛尖锐的批判,大量揭露官吏豪强奢侈浪费和迫害人民的罪行。涉及政治、经济、社会风俗各个方面。王符思想深刻、观点鲜明、文笔犀利,在议论中往往多引经据典,以理服人,显示出渊博的学识和温良典雅的学者气质。与王充相类,王符对当时靡丽浮华也深恶痛绝,故而《潜夫论》语言质朴通俗,用语准确简练,在批判现实时往往采用正反对照和排比的笔法,有很强的说服力和感染力,至今读起来仍给人一种淋漓畅快的感觉。

与王充、王符齐名的还有稍后的仲长统,并称东汉政论散文三大家。仲长统(179—220),字公理,山阳郡高平(今山东邹城)人,少时敏思好学,博览群书,长于文辞,曾以十余万字《昌言》名动当时,该书今仅存《理乱》《损益》《法诫》3篇。从中可见其散文指陈时事、切中时弊,语言俊逸流宕、才思飞扬的特色。清代严可均评仲长统说:"然其阐陈善道,指诃时弊,剀切之忱,踔厉震荡之气,有不容摩灭者。缪熙伯(三国魏文学家)方之董(仲舒)、贾(谊)、刘(向)、扬(雄),非过誉也"。(《全后汉文》卷八十八)马国翰也说:"其言时事,切中利弊,缪熙伯以董、贾、刘、杨拟之,洵非溢美"(《玉函山房佚书》第十一函)。刘熙载亦云:"王充、王符、仲长统三家文,皆东京之矫矫者。分按之,大抵《论衡》奇创,略近《淮南子》;《潜夫论》醇厚,略近董广川;《昌言》俊发,略近贾长沙。"(《艺概》卷一)东汉政论文名篇还有许多,如李固(94—147)的《遗黄琼书》,崔寔(?—约170)的《政论》,荀悦(?—209)的《申鉴》等。

政论文是时代政治的产物,每个时代的政论文都和那个时代的时事政治密切相关,都和当时社会国事民生紧密结合,其内容风格也必然随着时代文化发展和政治环境变化而有所不同。对于秦汉政论文的文风演变,吕书宝先生概括说:"秦代刻石体似《诗经》的雅颂,又明白晓畅;楚汉相争时说客说辞精巧犀利,往往一语中的;西汉政论上承秦代时论奏议,且追慕战国遗风,扬厉铺排,为汉赋构建体制时所宗法;东汉论文虽没有了西汉的气势,但春兰秋菊,各争风采,逐渐形成了作者的个体风格。"

思考练习题

1. 简述李斯《谏逐客书》的文学成就。
2. 简述《过秦论》的内容和艺术特点。
3. 《淮南子》的文学色彩如何?
4. 列举东汉政论文代表作家及其代表作品。

第七章 汉 赋

汉赋是汉代文学的主流和标志,作家之众、作品之多前所未有。在两汉四百年间,一般文人多致力于这种文体的写作,因而盛极一时。

第一节 汉赋的起源、发展和流变

作为文学概念的赋,原来是指《诗经》的一种表现手法。《周礼·春官》云:"教六诗:曰风、曰赋、曰比、曰兴……"《毛诗序》云:"故诗有六义焉:一曰风,二曰赋,三曰比,四曰兴,五曰雅,六曰颂。"这里"赋"是铺陈直叙。朱熹《诗集传》曰:"赋者,敷陈其事而直言之者也。"其后,赋由文学的一种表现手法进而发展成为一种介于诗和散文之间的特殊文体。它像诗歌,讲究押韵、对仗和形式的整饬;又像散文,句型自由,可骈可散。

赋体文学的来源是多方面的。班固《两都赋》序云:"赋者,古诗之流也。"《文心雕龙·诠赋》说:"赋也者,受命于诗人,拓宇于楚辞也。"可见赋是由《诗经》和楚辞发展而来的。《诗经》中"敷(铺)陈其事"的表现手法,《楚辞》中较长的篇幅铺陈描写、华美的词藻、局部设为问答的形式都是赋的主要来源。《荀子》中有一组称为《赋篇》,共五篇:《礼》《知》《云》《蚕》《箴》。形式为问答体,前半设谜,后半破谜。在体制上,《赋篇》也是汉赋的渊源之一。

《汉书·艺文志》云:"春秋之后……贤人失志之赋作矣。大儒孙卿及楚臣屈原,离谗忧国,皆作赋以风,咸有恻隐古诗之意。"《诗经》本是配乐歌唱的乐章,其后之荀卿、屈原的一些作品,写来就不配乐,所以《汉志》便认定他们的作品为赋。作为屈原学生的宋玉学习屈原的辞赋,创作了《神女赋》《高唐赋》《风赋》《登徒子好色赋》等赋体作品。这些作品在内容上由侧重抒情转为侧重咏物叙事,并且开"微讽"先河;在手法和形式上,写景状物比屈原作品更加夸张,辞藻更为华美,又设为问答,韵文与散文兼行,为汉赋奠定了基础。汉赋的兴盛原因是多方面的,具体说来大致有以下几个方面。

一、繁荣的经济为赋体文学的兴盛提供了足够的物质条件。汉之初兴,承秦之弊,加之反秦起义和楚汉战争带来的社会创伤,可谓民生凋敝,百废待兴。《汉书·食货志》描述当时的社会状况云:"汉兴,接秦之敝,诸侯并起,民失作业而大饥馑。凡米石五千,人相食,死者过半。高祖乃令民得卖子,就食蜀、汉。天下既定,民亡盖臧,自天子不能具醇驷,而将相或乘牛车。上于是约法省禁,轻田租,什五而税一;量吏禄,度官用,以赋予民。而山川、园田、市肆租税之入,自天子以至封君汤沐邑,皆各为私奉养,不领于天子之经费。

漕转关东粟以给中都官,岁不过数十万石。"鉴于亡秦的教训,汉初统治者采取与民休息政策,社会转为安定,农业稳步发展,经济渐趋繁荣,国力不断增强。到武帝时期,西汉的国家经济已得到恢复并有很大发展。《史记·平准书》云:"府库余货财,京师之钱累巨万,贯朽而不可校。太仓之粟陈陈相因,充溢露积于外,至腐败不可食。众庶街巷有马,阡陌之间成群……"与经济发展相伴随的是文化事业和文学艺术的繁荣,而最能代表汉代统一大帝国气象的汉赋便应运而生。

二、兼容包并的思想文化为文人施展才华提供了宽松的社会环境。秦始皇时以法家思想为统治思想,严刑峻法导致各种社会矛盾迅速激化,为阻止诸子百家学术思想流传的"焚书坑儒"造成了文化浩劫,从而使得这个中国历史上第一个大帝国迅速覆灭,成为一个短命的王朝。汉王朝初期,统治者为了不重蹈秦王朝灭亡的覆辙,也为了极早恢复满目疮痍的社会政治经济思想文化,于是采取了"与民休息"的道家思想作为治国政策。汉初的政治学术思想体系虽以老子政治哲学为重心,但与先秦的道家思想不同。它在道家宗法自然、淡泊无为和清虚守静的思想之中,吸收了儒、法、阴阳、墨、名等各家学派中有利于巩固封建统治的成分,从而成为一种兼容包并的文化思想理论体系。这种文化思想使各种社会矛盾得到缓和,学术思想也变得相对自由而活跃,为文化的复兴提供较好的社会环境基础,为文人施展创作才华提供了宽松的社会政治文化环境。

三、广泛的对外交流和大规模宫廷苑囿建设,为汉大赋提供了丰富的表现题材。奇珍异物和宫廷苑囿是汉大赋主要描写对象和表现内容。随着汉王朝的强盛,广泛多渠道的中外文化交流和大规模的宫廷园林的建设大大开阔了汉人的眼界,同时也增加了文人的盛世豪情。汉代开通了河西走廊,开辟了丝绸之路。这不仅是人类交通史上的奇迹,也架起了东西方之间文化交流的桥梁。据史书记载,汉王朝不仅和日本、朝鲜有着文化和商业交流关系,而且和西域及更遥远的布哈尔、撒马尔罕、阿富汗、波斯、印度乃至罗马都有文化商业往来。众多的奇珍异物随之被带到了中国。同时,随着经济的发展和社会的稳定,汉王朝的园林宫殿建设更是前所未有。武帝时期的上林苑、甘泉宫、通天台等等富丽堂皇、规模宏大,仅初期的上林苑便囊括了长安城的东、南、西的广阔地域,关中八水流经其中,建宫阙、苑囿数量不下三百余处。上林苑建章宫的太液池中建有蓬莱、方丈和瀛洲三座仙山。从此,中国皇家园林中"一池三山"的做法一直延续到了清代。这些都成为汉大赋绝好的表现对象。

四、统治阶级的提倡对汉赋的兴盛起到极大的推动作用。汉朝统治者爱好文学者极多。如汉武帝就对辞赋文学特别喜好,他不仅自己写作辞赋,还大力收罗这一类文人到中央来。武帝读了司马相如的《子虚赋》,大为叹赏,以为是一位古人,恨不同时,一听说他还在世,马上把他征召入宫。在他的影响和推动下,其时的淮南王等诸侯,御史大夫倪宽等公卿大臣,董仲舒、司马迁这样的名儒学者都爱创作赋体。汉代因赋得官者为数众多,除司马相如外,还有东方朔、枚乘、王褒、张子侨、扬雄、崔篆、李尤等。据班固《两都赋序》记载,成帝时整理从武帝以来各种人士奏献给朝廷并且还保存着的辞赋总数超过千篇。汉宣帝也特别喜爱辞赋。《汉书·王褒传》云:"(宣帝)所幸宫馆,辄为歌颂,第其高下,以差赐帛"。当这种以文赐官的做法遭大臣的反对,以为"淫靡不急"时,宣帝的回答是:"辞赋大者与古诗同义,小者辩丽可喜,辟如女工有绮縠,音乐有郑卫,今世俗犹皆以此虞说耳目,辞赋比之尚有仁义风谕、鸟兽草木多闻之观,贤于倡优博弈远矣!"他肯定了辞赋的"辩丽可喜",但认为这是辞赋价值"小"的方面,而"大"的方面,仍然是"与古诗同义"的"仁义风谕",也就是道德教化作用。汉王朝统治者的喜爱和提倡对汉赋的兴盛起到了极大的推动作用,由此开创了中国文学史上独特的"辞赋时代"。

汉赋的发展大致经历了兴起、全盛、衰落三个阶段。而根据时代和赋的体式,汉代的赋可分为骚体赋、新体大赋、抒情小赋三类。(1)从汉初到武帝即位七十余年间,是汉赋的兴起期,主要是骚体赋,代表作家是贾谊。骚体赋指采用楚辞的体式(或部分采用楚辞体式)而又以赋名篇的作品。在内容上侧重抒情,形式上与楚辞没多大差别,也用带"兮"的语句。贾谊的《吊屈原赋》《鵩鸟赋》及司马相如的《长门赋》等骚体赋上承楚辞,下启西汉中期的新体大赋。(2)从武帝到东汉中叶的二百多年间,是汉赋的全盛期,主要是新体大赋,代表作家有枚乘、司马相如、东方朔、王褒、扬雄、班固、张衡等。枚乘的《七发》标志着新体大赋的正式形成,司马相如的《子虚赋》《上林赋》代表新体大赋的最高成就;班固的《两都赋》和张衡的《二京赋》是东汉新体大赋的两篇力作。(3)从东汉中叶到汉末的一百多年间,是汉赋的转变、衰落期。这个时期的赋由大赋转变为抒情小赋,张衡的《归田赋》开创了抒情小赋的先河。蔡邕的《述行赋》、赵壹的《刺世疾邪赋》等都是代表作品。

第二节　从贾谊赋到枚乘《七发》

汉代初年,由于上层社会崇尚楚文化,多写楚国风土人情的"楚声"和以屈原作品为主的楚辞便盛行起来。由此便产生了形式上借鉴屈原作品的骚体赋,贾谊是骚体赋的代表作家。其代表作是《吊屈原赋》和《鵩鸟赋》。

贾谊因向汉文帝提出一些重大的改革方案触怒权贵而被贬谪去长沙做长沙王太傅,经过屈原流放沉渊的湘水之时,强烈的共鸣促使他完成了《吊屈原赋》,这既是一篇感人的吊文,更是一篇优秀的赋作。它不同于后来堆砌辞藻、追求篇幅的汉大赋,而是一篇触景生情、借追怀古人而抒发身世之感、悲己之不遇的精美恰切的骚体赋佳作。《吊屈原赋》仿效《离骚》之法,比兴象征、铺陈对比,用九种良莠倒置错位的现象反映世事混浊、是非颠倒、黑白不分的社会现实,慨叹自己生不逢时,抒发世事难堪,时不我予的感慨。其次,文中用自然界的虫鱼鸟兽来比喻现实生活中的各类人,揭露社会的黑暗和不公平,完全是仿照《离骚》中"香草美人之喻"的笔法。这种借虫鱼鸟兽抒忧愁哀怨,用满腔激情述不满抗争的表现方法,其境界追步屈原,实为后世同类主题辞赋之始。挚虞《文章流别论》说:"《楚辞》之赋,赋之善者也。故扬子称赋莫深于《离骚》。贾谊之作,则屈原俦也。"《吊屈原赋》继承了《离骚》的怨刺传统,此后骚体赋成了汉代文人抒情言志重要形式,众多著名文人都有骚体赋名作存世。如董仲舒《士不遇赋》、司马相如《大人赋》《长门赋》、王褒《洞箫赋》、杨雄《甘泉赋》等。

贾谊被贬长沙后,一直郁郁不乐。两年后的一天,一只被认为是不祥之物的鵩鸟(猫头鹰)飞入他的住所,引起了他的感叹,认为自己"寿不得长",于是写下了《鵩鸟赋》。创作《鵩鸟赋》时,正值贾谊人生的最低谷。《鵩鸟赋》采用人禽问答体的形式,由自然界的万物变化联想到历史上祸福相倚的事例,从天地散合无常的自然特征而谈到人世间的"品庶每生"的规律,从而得出"德人无累,知命不忧"的人生哲理,明显流露出自己在政治失意后对道家学说的依托。贾谊《鵩鸟赋》把富于哲理色彩的道家思想引入骚体赋中,对汉代徘徊于儒道两家之间的士人产生了很大的影响。扬雄《太玄赋》、崔篆《慰志赋》、冯衍《显志赋》、班固《幽通赋》、张衡《思玄赋》等都借鉴了贾谊在骚体赋中表达哲理之思的写法,显示了道家思想对两汉文人心灵的浸润。《鵩鸟赋》借鉴了庄子散文以寓言阐发哲理的形式,以人鸟对话展开,开汉赋主客问答体式之先河。内容上以议论为主,通过纵横议论抒写对生命忧患的思考,阐发人生的哲理。众多生动形象的比喻增强议论的形象性和感染力。该赋语言形式上以整齐的四言句为主,偶有散文化倾向,体现着向汉大赋的过渡。

汉初,以梁孝王刘武为中心形成一个文学群体叫"梁园",也叫"梁苑"。司马相如、枚乘等辞赋家皆曾受邀居于其中。"梁园"给汉初文学以巨大推动。枚乘是梁园文学群体的杰出代表,其赋体作品以《七发》最为著名。该赋假托楚太子生病,吴客前往探病,发现太子之病是"久耽安乐,日夜无极"的结果,名医良药皆难奏效,唯有通过博闻强识的君子启发而改变贪恋佚乐情志方可以治愈,于是吴客用七事来启发太子。先陈音乐、饮食、车马、游观之乐皆未能奏效;再说以田猎、观涛盛况引起太子兴趣;最后说要向太子推荐高明的方术之士论述精辟的道理,太子听了出一身汗,霍然病已。旨在说明享乐腐朽的生活是疾病的根源,而听取精辟的道理才是治病的良药。

艺术表现上,《七发》语汇丰富,辞藻华美,多用铺张、夸饰的手法来穷形尽相地描写事物,善于运用形象的比喻对事物作逼真的描摹。刘勰《文心雕龙·杂文》说:"枚乘摛艳,首制《七发》,腴辞云构,夸丽风骇。"其次,结构宏阔,富于气势。《七发》用了层次分明的七个大段各叙一事,移步换形,层层推进,最后显示主旨,有中心,有层次,有变化,不像后来一般大赋那样流于平直呆板。由此在赋史上形成了一种独特的"七"体。后世沿袭此名之赋甚多,如傅毅的《七激》、张衡的《七辩》等等。

《七发》对先秦文学特别是楚辞多有借鉴。它的体式构思,均与楚辞相关。首先,"七发"之文题,远效宋玉之"九辩"而近袭东方朔之"七谏"。李善注《文选》云:"《七发》者,说七事以起发太子也,犹《楚辞·七谏》之流。"可谓切中肯綮。明王世贞《艺苑卮言》云:"枚生《七发》,其原、玉之变乎?"在内容和艺术表现上,《七发》亦和屈宋作品密切相关。清刘熙载《艺概·赋概》说:"枚乘《七发》出于宋玉《招魂》,枚之秀韵不及宋,而雄节殆于过之。"今人范文澜《文心雕龙注·杂文》云:"枚乘《七发》,本是辞赋之流,其所托始,乃应于楚辞中求之。"郑振铎说:"'招魂'所给予后人的影响是源细而流长的。像那样的细腻的深入的描写,铺张夸大的形容,乃是后来赋家所竞为取法的。首先是枚乘的'七发',可以说是一篇高明的拟作。"可见,枚乘之《七发》在一定程度上就是将屈宋之作的骚体变化为散体,但在体式内容上仍然很明显地显露出沐浴屈宋诸骚之光泽。如《招魂》《大招》中对楚国宫廷苑囿之豪奢、宴饮之丰盛、饮食之精美、音乐之美妙、田猎之壮观等描绘均为《七发》的铺采摛文提供借鉴和仿效。《七发》中模仿袭用其《招魂》《大招》文句者随处可见。尤其是"观涛"一段直用骚体,甚为后世称颂。刘歆、班固皆归枚乘赋为"屈原赋之属",可谓得之。因此,钱钟书先生说:"枚乘命篇,实类《招魂》《大招》,移招魂之法,施于疗疾,又改平铺而为层进耳。"《七发》在继承和借鉴楚辞体式与构思的同时,更表现出极大的创造性。首先,它突破了宋玉所采用的客观的描写手法,使描写对象充满主观情感。其次,《七发》以叙事写物为主,结构宏阔,辞藻繁富,是一篇完整的新体赋,标志着汉赋体制的正式确立。

第三节　司马相如等赋家

司马相如(约前179—前118),字长卿,巴郡安汉县(今四川蓬安县)人,一说蜀郡(今四川成都)人。《汉书·艺文志》著录司马相如赋二十九篇,现存六篇。其中《长门赋》《美人赋》《哀秦二世赋》《大人赋》四篇为骚体赋,而《子虚赋》《上林赋》则创散体赋鸿篇巨制,是其代表作,也最能代表汉大赋的特点。《子虚赋》作于相如为梁孝王宾客时。武帝即位后一次偶然的机会读了《子虚赋》,大加赞赏:"朕独不得与此人同时哉!"此时恰逢担任狗监的司马相如同乡杨得意在场,说:"臣邑人司马相如自言为此赋。"相如遂得武帝召见。武帝问相如作《子虚赋》之事,相如表示,《子虚赋》"乃诸侯之事,未足观也,请为天子游猎赋"。于是作《上林赋》,并因此赋而得官。两篇作品创作时间前后相距十年,但内容连属,构思一贯,实为一篇完整作品的上下篇。《子虚赋》写楚国之子虚先生出使齐国,随齐王出猎,向齐王极力夸耀楚国之广大丰饶。乌有不服,便以齐国之大海名山、异方殊物来傲视子虚。《上林赋》写亡是公夸耀大汉天子上林苑的壮丽及汉天子游猎的盛大规模,歌颂了统一王朝的声威和气势。总体来看,二篇作品虚构子虚、乌有、亡是公三人,并通过他们讲述齐、楚和天子畋猎的状况,他们对此事的态度,结成作品的基本骨架。作品生动描绘出大汉帝国的富庶繁荣,表现了汉代王朝的强大声势和雄伟气魄,是大汉帝国盛世景象的艺术再现。章培恒《中国文学史》说:"《子虚》《上林》则以四千余字的长篇,铺写游猎一事。……作者以'苞括宇宙,总览人物'的巨大时空意识所作的呆板堆砌而又浑厚雄伟的铺陈描写,正是展示了中华民族进入一个新的历史时代之际,那种征服世界、占有世界的自豪、骄傲,展示了那个时代繁荣富强、蓬勃向上的生气。这里弥漫着令后人不断回首惊叹的大汉气象。"

这两篇赋在写作上极尽铺张扬厉之能事,规模宏大,描写细腻,辞藻丰富,韵散相间,充分体现了汉大赋铺张夸饰的特点。同时,司马相如能将夸张描绘的艺术渲染和文学作品的社会意义较好地融为一体。在铺采摛文描写大汉帝国的盛世景象之后不忘"曲终奏雅",以天子的幡然醒悟达到讽谏的目的。《上林赋》云:"于是酒中乐酣,天子茫然而思,似若有亡,曰:'嗟乎!此大奢侈。朕以览听余闲,无事弃日,顺天道以杀伐,时休息于此。恐后叶靡丽,遂往而不返,非所以为继嗣创业垂统也。'"然后做出一系列反正的举措:

> 于是乎乃解酒罢猎,而命有司曰:"地可垦辟,悉为农郊,以赡萌隶;隳墙填堑,使山泽之人得至焉。实陂池而勿禁、虚宫馆而勿仞。发仓廪以救贫穷,补不足,恤鳏寡,存孤独,出德号,省刑罚,改制度,易服色,革正朔,与天下为更始。"

后人常以"劝百讽一"批评汉大赋内容空洞,缺乏现实意义。在这一点上,《子虚赋》《上林赋》做得相对较好。天子的醒悟和拨乱反正措施,亡是公的对子虚、乌有的批评都突显了美政理想的主题。

　　作为武帝时期最著名的辞赋家,司马相如以其《子虚赋》《上林赋》奠定了他在两汉时代乃至中国古代文学史上的崇高地位。其辞赋以侈丽闳衍、穷形毕貌著称。刘勰《文心雕龙·才略》云:"相如好书,师范屈、宋,洞入夸艳,致名辞宗。"王世贞《艺苑卮言》云:"《子虚》《上林》,材极富,辞极丽,运笔极古雅,精神极流动,长沙有其意而无其材,班张潘有其材而无其笔,子云有其笔而不得其精神流动之处。"鲁迅在其《汉文学史纲要》也说:"(相如)益以玮奇之意,饰以绮丽之辞,句之短长,亦不拘成法,与当时甚不同。……制作虽甚迟缓,而不失故辙,自虑妙才,广博闳丽,卓绝汉代。"

　　汉赋全盛时期的著名赋家除司马相如外,还有东方朔、枚皋、王褒、扬雄等。东方朔(前154—?)是武帝文学侍从中成就较为突出者。为人幽默多智、个性恣意放达,多以诙谐话语议论时事,故终不见重用。其作《七谏》《答客难》《非有先生论》都是抒发怀才不遇的感慨之作品。《汉书·东方朔传》云:"(东方朔)上书陈农战强国之计,因自讼独不得大官,欲求试用。"然汉武帝仅以文学弄臣待之,自己也滑稽作戏,"避世金马门",故而作《七谏》借咏叹屈原来发抒自己的伤感与不平。《七谏》文题效法楚辞之九体而成,句式、章法、文意诸方面对《九章》均有明显的因袭和化用,其篇末"乱曰"模拟《九章·涉江》并袭用其语。表达方式上运用同类主题的诸多事象,进行铺排描写,引类譬喻,象征兴寄托,以大量物象的铺排从不同侧面反映'士不遇'的境遇。

　　枚皋(前156—?)是枚乘的庶子,十七岁时上书梁共王受赏识而被召为郎,后来因得罪只身逃到京都长安,幸逢大赦,上书自称枚乘子。武帝大喜,拜为郎,从侍左右。枚皋深受父亲熏陶,自幼爱好文学,并且善于辞赋。才思敏捷,作文可一蹴而就,故皇宫大事小事,武帝所遇所感,都会命其作赋,因而成为那个时代最高产作家。史载其赋"凡可读者百二十篇"。又因其性格诙谐,谈吐滑稽,不拘礼节,经常在汉武帝面前调笑取乐,嬉戏作文,故其作尚有"尤嫚戏不可读者尚数十篇"。因其作品多为及时应制之作,故传世甚少,值得称道者不多。《西京杂记·卷三》对此有评论说:"枚皋文章敏疾,长卿制作淹迟,皆尽一时之誉。而长卿首尾温丽,枚皋时有累句。故知疾行无善迹矣。"

　　王褒(约前88—约前55)是宣帝时的著名赋家。《汉志》载其"赋十六篇",代表作《洞箫赋》是第一篇专门描写乐器与音乐的赋,以善于描摹物态在文学史上占有一席之地。该赋多用骚体句,杂以骈偶句,对此后辞赋中的骈偶句的大量运用有很大影响。《九怀》以"九"立意,通过转述屈原的情志抒发自己的情怀,结构上起结着力,环环紧扣,收放得宜,具有较高的思想性和艺术性。

　　扬雄(前53—18)是继司马相如之后又一位散体大赋名家。《汉志》"陆贾赋类"有"扬雄赋十二篇"。扬雄前半生曾蛰居蜀中四十二年,成帝元延元年(前12),42岁的扬雄出蜀进京。元延二、三年,分别奏上《甘泉赋》《河东赋》《羽猎赋》《长杨赋》四篇有名的大赋,后世称为"扬雄四赋"。这四篇大赋代表了扬雄辞赋创作的最高成就,也代表了自司马相如以后辞赋创作的新发展。

　　《甘泉赋》的创作时间和目的,可通过其序得知。序云:"孝成帝时,客有荐雄文似相如者,上方郊祀甘泉泰畤、汾阴后土,以求继嗣,召雄待诏承明之庭。正月,从上甘泉还,奏《甘泉赋》以风。"甘泉宫这座本是建筑于秦代的奢华离宫,在武帝时又增建了很多宫殿,变得更加辉煌和宏大。扬雄随汉成帝出行去甘泉宫后,便作了《甘泉赋》以讽谏。《河东赋》是随天子巡游以后所写,《羽猎赋》《长杨赋》针对成帝好猎而发。这四篇赋都寄讽谏之意,但客观而言,这些大赋的讽谏意义太弱,以致不能给人留下比较深刻的印象。因此班固在《汉书·扬雄传》中说:"雄以为赋者,将以风也,必推类而言,极丽密之辞,闳侈钜衍,竞于使人不能加也,既乃归之于正,然览者已过矣。"

扬雄在三十岁时所作的《反离骚》是骚体赋名篇,它和屈原的《离骚》虽字面上相反,但其表达的情怀是相同的。扬雄是借反《离骚》表达对屈原的遭遇极为同情并产生强烈的情感共鸣,对屈原的才华、人格充分肯定和推崇,抒发了"嫉俗愈深","愤世也益甚"的思想情怀。方苞《书朱注楚辞后》曰:"吊屈子之文,无若《反骚》工者……知雄之言虽反而实痛也。"

除上述诸家外,这个时期卓有成就的赋家尚有许多,如严助、倪宽、董仲舒、司马迁以及刘向、刘歆父子等。其中董仲舒《士不遇赋》、司马迁《悲士不遇赋》、刘歆《遂初赋》等都是名篇。此后东汉时期曾兴起京都赋创作,班固《两都赋》、张衡《二京赋》是汉赋成熟阶段的京都大赋代表作。

汉大赋是汉赋的主流,代表汉赋的最高成就,概括其特点,首先是规模宏大,篇幅较长,往往超过千言;大多采用主客问答方式。一般有三个部分,开头通过人物的简单对话交代缘由,引出正文;主体部分是主客双方彼此夸耀和辩难;结尾揭示出讽谏意义。其次,极度地铺采摛文、铺张扬厉。用夸张的手法,富丽的辞藻,侧重铺叙描写京都、宫苑、宫殿、山川的壮丽,以及帝王、诸侯的政治、军事、射猎等生活。此外,韵散相间。开头的序一般用散体;中间的正文以韵文为主,夹杂一些散文。语言句式上,以四、六言为主,杂以三、五言。

汉大赋多为歌功颂德的僵化辞章,其不足之处是显而易见的:炫博耀奇,过分夸饰,堆垛辞藻,以至好用生词僻字,缺乏情感,缺少现实社会生活的反映。但在丰富文学作品的词汇、提炼语言词句、提高描写技巧等方面,应该说都取得了一定的成就。建安以后的很多诗文创作,在语言锤炼和叙事状物的手法方面,往往从汉赋得到不少启发。汉大赋对宫殿苑囿的华美、京城都市的繁华、水陆物产的丰盛、疆域领土的广阔和帝国文治武功的描写和颂扬,对中国古代文明的展现具有一定的意义。此外,在这种铺排夸饰描写的同时,作者不忘对封建统治者进行劝谕和讽谏,表现了他们反对帝王过分华奢淫靡的思想,尽管这方面的思想往往表现得非常委婉含蓄,也可以说收效甚微,但仍然是不应抹杀的。

第四节　东汉抒情小赋

西汉初,贾谊《吊屈原赋》《鵩鸟赋》开创以骚体赋抒情言志的先河。这种题材内容和抒情方式都源于对楚辞借鉴和因袭的文体,一直是汉代文人在其理想受挫、时命不遇的时候疏解迷惘、安顿自身和寻找心灵栖息之所的主要形式;出现了诸如司马相如《长门赋》、司马迁《悲士不遇赋》、扬雄《逐贫赋》等有一定影响的作品。自汉武帝时期,到东汉前期都一直是以铺采摛文、铺张扬厉为特色的汉大赋占据文坛主流。到东汉中后期,外戚专权、宦官干政的朝政使得文士们济世之志普遍受挫,文坛赋风随之发生改变,抒情小赋逐渐成为赋家新宠。

东汉后期的抒情小赋可分为"纪行赋"和"述志赋"两大类。前者又称"述行赋"、"行旅赋"。"纪行"作为赋的类别始见于南朝萧统主编的《文选》,其"赋部"下有"纪行"类。纪行赋以记述行旅、描摹山水、回顾历史人物等来抒发作者的情思,代表作有班彪《北征赋》、班昭《东征赋》和蔡邕《述行赋》等。

《北征赋》是班彪的代表作,为萧统《文选》赋类"纪行"类首选。清人陈元龙《历代赋汇》亦列其为纪行赋首篇,足见其在纪行赋中的地位和价值。该赋是班彪避难凉州时所作。通过述行旅所见,反映动乱纷扰之社会现实,发抒人生穷达由命的感慨。有云:

> 余遭世之颠覆兮,罹填塞之陋灾。旧室灭以丘墟兮,曾不得乎少留。遂奋袂以北征兮,超绝迹而远游。朝发轫于长都兮,夕宿瓠谷之玄宫。历云门而反顾,望通天之崇崇。

此段交代背景和初述行旅,罹乱的世事、不幸的人生、家国的倾颓、选择的无奈都充斥其中。我们可真切地体会到作者在身逢乱世的情况下为了生计而避难他乡的身影,更能体会到他乡情难舍、欲去不忍和前途未卜的怅惘。《北征赋》在述行旅中包含浓烈的情感,绘景物能紧扣感时伤世的情感基调:

> 隮高平而周览,望山谷之嵯峨。野萧条以莽荡,迥千里而无家。风猋发以漂遥兮,谷水灌以扬波。飞云雾之杳杳,涉积雪之皑皑。雁邕邕以群翔兮,鹍鸡鸣以哜哜。游子悲其故乡,心怆悢以伤怀。抚长剑而慨息,泣涟落而沾衣。揽余涕以于邑兮,哀生民之多故。

面对嵯峨的高山、萧条的原野,风云水雾,积雪层冰,只身在外的避难者触景生情,倍感伤痛,而那群翔的鸿雁,哜哜而鸣的鹍鸡唤起游子归乡、迁客思家之情。此段文字,作者悯时伤世,自叹飘零之情由景而生,景语情语、浑然一体。

《东征赋》是班昭随子东征经历的记述,作于东汉和帝永元七年(95)班昭随儿子曹成去陈留赴任之际。赋中记述沿途所见所感,抒发离开京城的悲伤和长途跋涉的劳苦,并缅怀先贤,体察民难,最后教导其子曹成为官做人要洁身自好、坚持正道,敬业慎行,抒情言志别有一格。

"述志赋"是指文人在人生失意、怀才不遇、社会动乱、正邪颠倒的境况下宣泄情怀追慕道义的赋作,有如冯衍《显志赋》、班固《幽通赋》、张衡《归田赋》、赵壹《刺世嫉邪赋》等。

《显志赋》是冯衍在两汉之交特定的历史环境和自己特殊的人生经历下的产物。作者在屡不见用的人生遭际下作此赋以抒发自伤之感、愤世之思和归隐之意。赋中抒自我感伤云:"虽九死而不瞑兮,恐余殃之有再。泪汍澜而雨集兮,气滂浡而云披;心怫郁而纡结兮,意沉抑而内悲。"抒归隐之意云:"风起云蒸,一龙一蛇,与道翱翔,与时变化,夫岂守一节哉?用之则行,舍之则藏,进退无主,屈申无常。"该赋以浓烈而复杂的感情和袒露而激荡的抒情笔法见长,具有很好的艺术感染力,对其后抒情小赋具有广泛的影响。

张衡的《归田赋》构想出一个充满自然情趣的田园景象,表达作者对仕途污垢的厌恶。该赋篇幅短小,语言清新自然,一改汉大赋铺陈繁缛的陈规旧习,抒情言志,质朴真挚。它是中国文学史上第一篇描写田园隐居乐趣的作品,也是汉代第一篇比较成熟的骈体赋。

"刺世嫉邪"有讽刺和憎恨黑暗的社会现实之意。赵壹的《刺世嫉邪赋》即讽刺不合理的世事,憎恨社会上的邪恶势力。赋中层层深入地活画出东汉末世统治阶级腐朽,社会道德败坏,是非颠倒,豪门不法,奸佞邪恶得势,正直贤能之人倍受压抑的社会现实,表达了作者决不愿与邪恶势力同流合污以谋取个人荣华富贵的可贵精神。该赋注重铺排叙事,篇幅短小,语言通俗,行文疏朗流畅;直抒胸臆,毫不掩饰;说理尖刻透辟,寓抒情于议论,描写生动,比喻新颖,有诗之情志;文末引两首五言诗作结,别致而寓意深刻。全赋感情强烈,语言犀利,具有极大的气势和高超的讽刺艺术,这在整个汉赋中都是极为罕见的。

思考练习题

1. 汉赋兴盛的原因有哪些?
2. 汉赋的发展分为哪几个时期?每个时期的特点是什么?
3. 《七发》的艺术成就有哪些?
4. 汉大赋的特色是什么?
5. 列举三位东汉抒情小赋代表作家及其代表作,并简述其艺术成就。

第八章　两汉历史散文

汉初兼容并包的休生养息政策带来了文化的勃兴,汉王朝的国力随之强盛,到武帝时期臻于鼎盛,文学创作出现空前繁荣的局面。在汉大赋成为文坛新宠的同时,历史散文更是取得了辉煌的成就。司马迁的史学杰作《史记》,作为中国第一部纪传体通史,代表了古代历史散文的最高成就;司马迁"不虚美,不隐恶"的实录精神,成为以后历代史书撰写的宗旨与原则;其传记文学的开创性、叙事文学的生动性、语言风格的典范性,对中国文学的发展起到极大的推动作用。

第一节　司马迁的生平及《史记》的创作

司马迁,字子长,夏阳(今陕西韩城)人。因夏阳靠近龙门,所以司马迁在《史记·太史公自序》中说"迁生龙门";西汉时期伟大的史学家、文学家;生于汉景帝中元五年(前145),卒年不详。其父司马谈是武帝时太史令,"学天官于唐都,受《易》于杨何,习道论于黄子",精通黄老之术、天文地理、史事典籍,他的《论六家要旨》对阴阳、儒、墨、名、法、道德等各家思想逐一批判,而对道家思想极尽褒扬。在独尊儒术的武帝时代,这种思想和精神无疑是难能可贵的,这对司马迁的人格和思想都有重大的影响。

司马迁幼年住在家乡,"耕牧河山之阳",自幼受到良好的文化熏陶,"年十岁则诵古文"。10岁时,司马迁随父亲司马谈到长安,开始了对古代文献的研读。约在汉武帝元光、元朔年间,向今文学家董仲舒学《公羊春秋》,又向古文学家孔安国学《古文尚书》。20岁时,司马迁曾有过一次相当广泛的漫游。从京师长安南下漫游,考察风俗民情,采集轶闻传说,足迹遍及长江淮河流域和中原地区。《史记·太史公自序》云:"二十而南游江、淮,上会稽,探禹穴,窥九嶷,浮于沅、湘,北涉汶、泗,讲业齐、鲁之都,观孔子之遗风,乡射邹、峄,厄困鄱、薛、彭城,过梁、楚以归。"这次壮游回来不久,任郎中之职。后来在三十五岁时,汉武帝派他到西南视察和安抚少数民族,他又进行第二次游历,考察了今天四川西部和云南的保山、腾冲一带。司马迁多次遍游各地名山大川,考察名胜遗迹,拜访古老遗贤,搜求史料逸事,这些都大大地拓展了他的视野,丰富了他的经历,为《史记》的撰写做好了生活上和材料上的准备。

时任太史令的司马谈早有修史之志,曾对司马迁讲述自己立志修史的动机:"自获麟以来四百有余岁,而诸侯相兼,史记放绝。今汉兴,海内一统,明主贤君忠臣死义之士,余为太史而弗论载,废天下之史文,余甚惧焉,汝其念哉!"(《史记·太史公自序》)可见他把修史作为神圣的使命。然而当元封元年(前110)武帝前往泰山举行封禅大典时,司马谈因病重留京,临终前将修史事托付司马迁:"余死,汝必为太史。为太史,无忘吾所欲论著矣!"并将所整理之史料交给他。司马迁秉承父亲临终遗命,从此下决心修史。三年后,司马迁继任太史令,开始阅读搜集历史文献资料,"䌷史记石室金匮之书",为撰写《史记》做好准备工作。公元前104年,司马迁在主持历法修改工作的同时,开始撰写《史记》。

天汉三年(前98),武帝派李陵率领五千人远征匈奴,由于武帝宠姬李夫人兄李广利为统帅的后续大部队迟迟未至,李陵孤军深入,遭数万敌军围攻,以至寡不敌众而兵败被俘。好大喜功的汉武帝欲治罪李陵,司马迁为李陵辩护,陈述李陵孤军奋战之功劳,并认为李陵投降是为了保存自身以期报效大汉王朝。武帝大怒,司马迁被捕入狱,被处宫刑,这就是有名的"李陵之祸"。汉代律例可用金钱赎罪,但司马迁"家贫,货赂不足以自赎,交游莫救,左右亲近,不为一言"(《报任安书》)。遭受奇耻大辱的司马迁在狱中曾想"引决自裁",但为了完成父命,为了《史记》,终于"隐忍苟活"。出狱后任中书令,忍辱负重,发愤著书,到太始四年(前93)基本完成《史记》全部写作计划,共历十六年。

"李陵之祸"使司马迁的思想发生了很大的变化,加深了他对当时社会现实和政治制度的认识。他把对现实的反抗和心中的愤慨情绪都倾注在《史记》中,通过对黑暗现象的谴责来发泄心中的愤懑,通过对英雄人物品质和气节的歌颂来表达对现实丑恶的抗议。《史记·太史公自序》云:

> 夫《诗》《书》隐约者,欲遂其志之思也。昔西伯拘羑里,演《周易》;孔子厄陈蔡,作《春秋》;屈原放逐,著《离骚》;左丘失明,厥有《国语》;孙子膑脚,而论兵法;不韦迁蜀,世传《吕览》;韩非囚秦,《说难》《孤愤》;《诗》三百篇,大抵贤圣发愤之所为作也。此人皆意有所郁结,不得通其道也,故述往事,思来者。

这段话指出作家的忧思与创作之间的关系,强调"怨"是伟大作品面世的直接感情动因,总结出创作的普遍规律:一切伟大的作品的产生都是"此人皆意有所郁结,不得通其道,故述往事,思来者"的"怨"的产物。司马迁这种创作精神后人称之为"骚怨"精神,《史记》正是这种"骚怨"精神的产物。

《史记》的创作目的,司马迁《报任安书》云:"欲以究天人之际,通古今之变,成一家之言。""究天人之际"是探究天道和人类社会发展变化之间的关系。司马迁继承先秦以来天人相分的唯物主义传统,认为天道属于自然现象,人事是由人的活动构成的社会现象,天道与人事没有必然的联系。这种观点与汉武帝所提倡的儒学正宗所谓的"天人感应"说相对立。"通古今之变"是通过历史发展演变的客观规律寻找历代王朝兴衰成败之理。司马迁在研究历史时,能注意历史事实的因果关系,带有朴素的辩证思想。"成一家之言"意为借写这样一部著作,表达他的某些社会、政治思想和独到的历史见解。司马迁曾把他的《史记》窃比《春秋》,就像《春秋》的"微言大义"一样,司马迁将自己的理想寄托在《史记》中,当然他的理想也是靠历史事实的叙述来体现的。

第二节 《史记》的体例、流传和思想倾向

"史记"本是中国古代史书之通称,司马迁所著原名为《太史公书》,又称《太史公纪》,亦省称《太史公》,到东汉后期始专称为《史记》。这种史书体例是全新的。此前的史书或是编年体,或是国别体,而《史记》是以人物为中心的"纪传体",而在具体记述过程中又按人物在历史上的地位和作用分为"本纪""世家"和"列传"。同时,《史记》是中国第一部"通史",记录了上迄传说中的中华民族祖先黄帝,下至汉武帝太初年间共三千多年的历史。

征和二年(前91),司马迁可能把《史记》全部完成了。其《报任安书》说:"仆窃不逊,近自托于无能之辞,网罗天下放失旧闻,略考其行事,综其始终,稽其成败兴坏之纪,上计轩辕,下至于兹,为十表,本纪十二,书八章,世家三十,列传七十,凡百三十篇。"今天我们见到的《史记》也是一百三十卷,但并不表示都是司马迁所作,因为《汉书·司马迁传》说其中"十篇缺,有录无书",并著录西汉后期冯商所续《史记》七篇。在汉元帝、成帝时,博士褚少孙补写过《史记》,今本《史记》中的"褚先生曰",即为褚氏补作。三国魏张晏注:"迁没之后,亡景纪、武纪、礼书、乐书、兵书(即律书)、汉兴以来将相年表、日者传、三王余篇。"唐代刘知几认为续补《史记》的不只是褚、冯两家,而有十五家之多。可见,《史记》在汉代便有残失,可能司马迁尚未最终定稿,也可能是散失。学术界持后一种看法学者居多。司马迁大约死于《史记》完成不久的公元前87年左右,与汉武帝约略相始终,其卒年的确切时间尚难论定。

需要指出的是,自周代以来修史都是官方行为,而《史记》为司马迁私撰,因此有两部,一部在其家中,另一部在宫廷。《史记》成书后一直被视为离经叛道的"谤书",由于"是非颇谬于圣人,论大道则先黄老而后六经,序游侠则退处士而进奸雄,述货殖则崇势利而羞贱贫,此其所蔽也",因此被指责为对抗汉代正宗思想的异端代表。司马迁因写《史记》而受到迫害是不难理解的。

《史记》在西汉时期不但得不到应有的公正评价,甚至连传播也是很困难的。汉宣帝时期,司马迁的外孙杨恽开始把《史记》部分内容向社会传播,但很快就因为杨恽遇害中止,因为《史记》中有大量宫廷秘事,而西汉严禁泄露宫廷语,因此只有宫廷人员才能接触到该书。大约在东汉中期以后,《史记》开始比较广泛地传播流行。《后汉书·杨终传》云,杨终"受诏删《太史公书》为十余万言",表明东汉皇室依然不愿全部公开《史记》,故而让杨终删为十多万字发表。唐宋以后,《史记》各家各派注释和评价《史记》的书源源不断出现。

《史记》包括十二"本纪",三十"世家",七十"列传",十"表",八"书"五个部分。"本纪"是按照帝王的世序和年代记其政治上的一些重要事件。"表"用表格来简列历代帝王和侯国的重大事件。"书"是礼乐制度、天文兵律、河渠地理等经济文化方面的专论。"世家"是记叙诸侯王国和辅汉功臣的历史事迹(按孔子入"世家")。"列传"是有影响的一般名人传记,也有少数不是专记人物而是综合性的记述,如《南越列传》《大宛列传》《西南夷列传》等。

司马迁作《史记》,在学术思想上博采众长,对先秦诸子都有批判和继承,但以道家为

创作的主导思想，《史记》的许多叙述和论赞中都流露出道家思想。司马谈的《论六家要旨》表现出鲜明的道家思想，结构上分为上下两部分。前半部分评论六家得失指归，后半部分用传体对前面观点进行解说和论证。很可能是司马迁对其父论述的发挥和阐释，至少经过司马迁润饰。可以说，《论六家要旨》是司马氏父子的共同宣言，是他们共同用汉初占统治地位的黄老学说对汉武帝"罢黜百家，独尊儒术"思想的批判。班固父子就把《论六家要旨》看成司马迁的思想，说司马迁"论大道则先黄老而后六经"。正是由于司马迁父子崇道思想与汉武帝尊儒思想存在矛盾和分歧，才导致司马氏父子两代人同遭屈辱与迫害。也正是"曲则全，枉则直"（《老子》二十二章）的道家思想使得司马迁能"就极刑而无愠色"（《报任安书》），最终完成光耀千古的《史记》。其《太史公自序》明确地说："拾遗补艺，成一家之言。"这里的"一家之言"有人认为正是"六家"中的道家黄老学派之言。司马迁要用这黄老学派的道家观点来探索自然界和人类社会发展的客观规律，也即司马迁所言的"究天人之际，通古今之变"。而这种自然界和人类社会发展的客观规律也就是道家所遵从的"道"。在《史记》中，司马迁推重道家"无为"说，主张"无为治国"、"功遂身退"，反对汉武帝的"多欲"，批判汉武帝"儒外法内"统治政策，推重老子不重刑罚的治国主张。在《循吏列传序》中，司马迁用这样的议论来表明自己的观点："太史公曰：法令所以导民也，刑法所以禁奸也，文武不备，良民惧然身修者，官未曾乱也。奉职循理，亦可以为治，何必威严哉？"此外，司马迁还为崇尚道家思想的"奔义"、"让国"者树碑立传。《太史公自序》云："末世争利，维彼奔义，让国饿死，天下称之，作《伯夷列传》第一。"更值得称道的是，许由、务光、卞随等人，视荣华富贵如浮云，视功名利禄如粪土。他们消积避世，隐居不仕，甚至不惜牺牲自己生命来立名立节，这也正是道家无为避世思想的反映。司马迁为伯夷、叔齐、许由、务光、卞随等无足轻重的小人物立传，其崇道思想不言自明。

作为一部史书，《史记》也显示出一系列比较进步的思想倾向。首先，《史记》能够不为尊者讳，对统治者的冷酷、昏庸、愚昧、残暴进行揭露和批判。他在《高祖本纪》揭露刘邦小人得志嘴脸，《项羽本纪》中反映了刘邦的薄情寡义，《封禅书》中记述了汉武帝的愚昧昏庸，《平准书》中揭露了他的横征暴敛，《酷吏列传》中辛辣地讽刺了那些残暴的官吏。其次，同情人民的反抗斗争，在一定程度上承认农民起义的合理性。《史记》中记载秦末反秦战争，对农民起义领袖陈胜、吴广的历史作用作了充分的肯定。他说："桀纣失其道而汤、武作，周失其道而《春秋》作，秦失其政而陈胜发迹。"并为陈胜写了《陈涉世家》。再次，《史记》歌颂反抗暴政的刺客，行侠仗义的侠客和一些具有优良品质的中下层人物。司马迁在《史记》中不仅分别为抗暴政的刺客和行侠仗义的侠客列传，还热情歌颂了一些出身中下层的人物的优良品质。《魏公子列传》中魏公子无忌的好客，"夷门监者"侯嬴的傲岸和"市井鼓刀屠者"朱亥的勇武都显示了司马迁对这些人物的喜爱和赞扬。此外，对爱国志士和对历史有贡献的人物热情地歌颂。《李将军列传》中歌颂李广的英勇善战和爱兵如子；《廉颇蔺相如列传》讴歌了蔺相如的机智勇敢，"先国家之急而后私仇"的崇高品质；《屈原贾生列传》中对屈原爱国遭冤、怀石自沉充满同情等等。这些都是《史记》思想倾向进步性的很好体现。

第三节 《史记》的文学成就及影响

作为一部史学巨著，司马迁在综合前代史书各种体制的基础上，创立纪传体通史。同时，《史记》又是一部文学名著。作为传记文学的开端，《史记》以十二"本纪"、三十"世家"和七十"列传"的鸿篇巨制，通过对四千多个人物的记叙和描写，再现了从传说中的黄帝时代到汉武帝太初年间近三千年波澜壮阔的社会生活画图，比较全面地反映了社会生活的总体风貌。《史记》的文学成就是巨大、多元的，概括起来有以下几个方面。

（一）通过典型环境下典型的重大历史事件表现人物的历史作用，突出人物的性格特征。司马迁写人，善于在广阔的历史背景下，选择最能表现人物性格特征的典型事件来突出人物的历史作用。《项羽本纪》是《史记》中最精彩的篇章之一。司马迁在秦末反秦浪潮和楚汉战争这样大的历史背景下，刻画了项羽的一生，突出表现他的英勇善战、所向无敌，性格直率、不善计谋，同时又表现出他的刚愎自用、残酷暴烈。对于项羽这个一生经历七十余战的失败英雄，司马迁只选取了"巨鹿之战"、"鸿门宴"和"垓下之围"三件典型事件，深刻地刻画出项羽发展壮大、由盛而衰、由衰而亡的人生三部曲。"巨鹿之战"是历史上著名的以少胜多的经典战例之一，淋漓尽致地表现了项羽的英勇善战；而"鸿门宴"表现了项羽的磊落气概，也反映出项羽优柔寡断的弱点；"垓下之围"在写项羽最后失败的同时突显了项羽的所向无敌，用一种凄怆的笔调刻画了项羽这个末路英雄的形象。再如《廉颇蔺相如列传》，在战国末期强秦吞并天下的历史背景下，通过"渑池会"、"完璧归赵"和"负荆请罪"三个典型事件热情地讴歌了蔺相如机智勇敢、誓死捍卫国家利益以及"先国家之急而后私仇"的高贵品质，同时也表现了廉颇知错即改的磊落胸怀。

（二）运用"互见法"表现人物形象的丰富性和复杂性。《史记》特别注意人物形象的丰富性、复杂性和统一性，同时又能忠于史实，不伤害这种统一性，司马迁在一个人的传记中表现这个人物的主要的经历和性格特征以突出其基本特点，而其他一些不宜在本传写的材料则安排到别人的传记中去描述。这就是苏洵所说的"本传晦之，而他传发之"的方法，史称"互见法"。李笠《史记订补·叙例》云："史臣叙事，有缺于本传而详于他传者，是曰'互见'。史公则以属辞比事而互见焉。以避讳与嫉恶，不敢明言其非，不忍隐蔽其事，而互见焉。《游侠传》不详朱家之事，而述于《季布传》；《高祖纪》不言过鲁祀孔子，而著之《孔子世家》，此皆引物连类而举遗漏者也。《封禅书》盛推鬼神之异，而《大宛传》云：'张骞通大夏，恶睹本纪所谓昆仑者乎！'又云：'所有怪物，余不敢言之也。'《高祖纪》谓高祖豁达大度，而《佞幸传》云：'汉兴，高祖至暴抗也。'此皆恐犯忌讳，以杂见错出而见正论也。"

（三）采用多维透视的方法揭示人物复杂矛盾的性格特征。这种描写方法使司马迁笔下人物复杂矛盾的性格特征得到具体全面的展示，从而使人物形象有血有肉、生动丰满。在司马迁着力刻画的悲剧英雄项羽身上就能很好地反映出这种多重人格特征。对此，钱钟书先生在《管锥编》中有精确论述："'言语呕呕'与'喑噁叱咤'，'恭敬慈爱'与'剽悍滑贼'，'爱人礼士'与'妒贤嫉能'，'妇人之仁'与'屠坑残灭'，'分食推饮'与'玩印不与'，皆若相反相违，而具在羽一人之身，有似两手分书，一喉异曲，则又莫不同条共贯，科以心学性理,犁然有当。《史记》写人物性格,无复错综如此者。"

（四）善于通过细节描写和琐事来刻画人物。细节描写是文学表现的重要手段,司马迁在《史记》中的运用可谓驾轻就熟。《史记·陈涉世家》云:"陈涉少时,尝与人佣耕,辍耕之垄上,怅恨久之,曰:'苟富贵,无相忘。'佣者笑而应曰:'若为佣耕,何富贵也!'陈涉太息曰:'嗟乎！燕雀焉知鸿鹄之志哉！'"由此可见陈胜素有大志,此后他能揭竿而起、发秦首难便是情理之中的事。《史记·酷吏列传》云:"（张汤）其父为长安丞。出,汤为儿,守舍。还,而鼠盗肉。其父怒,笞汤。汤掘窟,得盗鼠及余肉,劾鼠掠治,传爰书、讯鞫论报。并取鼠与肉,具狱磔堂下。其父见之,视其文辞如老狱吏,大惊。遂使书狱。"张汤是司马迁笔下有名的酷吏,由他对盗肉之鼠审问可见其日后审人之残酷。

（五）精粹生动的语言具有很强的表现力和雕塑感。《史记》的叙述语言平易简洁、通俗生动,还适当地引用口语、谚语,显得生动鲜活。人物语言富于个性化特征,具有很强的表现力。如项羽和刘邦早年都曾见过秦始皇出巡,项羽说:"彼可取而代也!"刘邦则说:"大丈夫当如是也!"二人性格之不同跃然纸上。清王鸣盛《十七史商榷》对此评论云:"项之言,悍而戾;刘之言,津津不胜其歆羡矣。"再如,项羽在"垓下之围"时三次说"天亡我"。钱钟书《管锥编》云:"篇末写项羽'自度不能脱',一则曰'此天亡我,非战之罪也';再则曰'令诸君知天亡我,非战之罪也';三则曰'天之亡我,我何渡为！'心已死而意犹未平,认输而不服气,故言之不足,再三言之也。"

无论在史学还是文学上,《史记》的影响都是巨大的。首先,司马迁开创的以人物为中心的史学创作方法,标志着我国传记体史学的形成,成为后世史学著作的典范。同时,《史记》也标志着我国传记体文学发展的巅峰。其次,《史记》不仅是传记文学的典范,更是古代散文的楷模。它雄深雅健的整体风格、言而有物的崇实精神、通俗明快的语言技巧都为后世历代散文家所宗法。无论是唐宋散文八大家,明代前后七子还是清代桐城派的散文创作,无不把司马迁的《史记》视为典范。再次,《史记》虽然是史学著作,但已经运用了多种小说塑造人物形象的基本手法。如刻画典型环境下的典型人物、个性化的语言、细腻的心理描写等。《史记》中的很多篇章已经完全具备了小说人物、情节、环境等基本要素。这些都为后世小说的创作积累了宝贵的经验。此外,《史记》中众多的人物和故事都为后代小说和戏剧的素材。宋元时期的讲史评话及历史演义,如《列国志传》《东周列国志》等,其中的故事和人物不少取材于《史记》;后世戏剧取材于《史记》的更多,如《赵氏孤儿》《霸王别姬》《将相和》等。

第四节 《汉书》及其他历史散文

《汉书》是继《史记》之后出现的又一部重要史书,也是一部优秀的史传文学典范之作,后人将司马迁与班固并称为"班马"。

班固（32—92）,字孟坚,扶风安陵（今陕西咸阳东）人,幼年聪慧好学,"九岁能属文,诵诗赋",十六岁入洛阳太学,博览群经九流百家之言,"所学无常师,不为章句,举大义而已","性宽和容众,不以才能高人",故颇为当时儒者钦佩。著有《白虎通德论》六卷,《汉书》一百二十卷,《集》十七卷。父班彪,光武帝时著名学者,曾采集前史遗事,参验异闻,著《史记后传》六十五篇(一说一百余篇),记述继《史记》以后的历史。班固二十三岁时,因父死返乡,承继父志,于汉明帝永平元年(58)在《史记后传》的基础上撰写《汉书》。五年后,有人上书告发他私改国史,被捕入狱。其弟班超上书明帝说明班固的著书意图。明帝阅读《汉书》部分书稿后,不但没有降罪于他,反而十分欣赏他的才能,即召任兰台令史。一年后升为郎,典校秘书,并以朝廷名义复撰《汉书》。经过二十余年辛勤劳动,汉章帝建初七年(82)基本完成《汉书》的撰写。汉和帝永元元年,班固为中护军随大将军窦宪出征匈奴,在燕然山勒石纪功,班固作铭。永元四年,窦宪因擅权被赐自杀,班固株连入狱,死于狱中。班固死后,尚有部分"志"、"表"未完成,其妹班昭和马援侄孙马续奉召续作而成。

《汉书》包括纪十二篇,表八篇,志十篇,列传七十篇,共一百篇,后人划分为一百二十卷,共八十余万言。记事始于汉高祖刘邦元年,终于王莽地皇四年。《汉书》把《史记》的"本纪"省称"纪","书"改曰"志","列传"省称"传","世家"并入"列传",汉代勋臣世家一律编入传。这些变化,被后来的一些史书沿袭下来。《汉书》开创的纪传体断代史体例为后世历代的正史所沿袭。正如刘知几所说:"自尔迄今,无改斯道。"可见其史学地位之重要。

《汉书》在叙事写人方面取得很大成就。在叙事方面,《汉书》对历史事件的记叙有始有终,来龙去脉清晰条贯,展示完备系统的历史事件。如《汉书》中记载了不少世袭官僚的家族史,如《霍光传》《萧望之传》《冯奉世传》等,这些传记都是通过记叙这些家族几代乃至数代的兴衰来展示社会历史的发展变化。《汉书》的精华即在于通过对西汉盛世各类人物的生动记叙,全面地展现那个时代的繁荣景象和精神风貌。如《循吏传》对能体恤百姓的正直官吏文翁、朱邑、召信臣等人的记述与矜扬;《汉书·公孙弘传》对其前期仕途受挫和后期平步青云的巨大反差的描写;《霍光传》对外戚的专横跋扈以及爪牙的仗势欺人的种种罪行的揭露与抨击。作为奉诏而修的官书正史,《汉书》重视规矩绳墨,行文谨严有法,以谨严取胜,平实中见生动,堪称后世传记文学的典范。

东汉时期比较重要的历史散文还有赵晔的《吴越春秋》。该书今存十卷,兼有编年体与纪传体的体例,以吴越争霸为主要内容。从文学角度而言,该书已脱离了一般史书的严谨崇实的风格,采用正史糅杂传说,民间故事结合神话来描写历史事件,记事完整,情节曲折,描写生动,许多故事情节荒幻离奇,引人入胜,具有浓郁的浪漫色彩,开历史小说之先河。

思考练习题

1. 司马迁的生平家世对《史记》创作有什么影响?
2. 何为"互见法"? 它对《史记》人物形象的刻画有什么作用?
3. 如何理解鲁迅所说《史记》乃"史家之绝唱,无韵之离骚"?
4. 《史记》在人物描写上取得那些成就?
5. 《汉书》在体例上与《史记》有何不同? 对后世史学有什么影响?

第九章 汉代诗歌

第一节 汉乐府诗

乐府本是中国古代设立的执掌音乐的政府机构。据《汉书·百官公卿表》载,秦、汉均设有乐府与太乐两机构,前者掌民间俗乐,后者掌祭祀雅乐。1977年陕西临潼秦始皇墓附近出土秦代编钟,上刻秦篆"乐府"二字,也说明这种音乐机构的设立至迟为秦代。汉朝初期重视掌宗庙祭祀太乐,乐府形同虚设。武帝元鼎五年(前112)重设乐府,人员多达800余。此后虽然汉宣帝、元帝时期曾两度下令裁减乐府人员归就农业,但至成帝末年仍有数百人之多。作为西汉时期朝廷常设的音乐管理部门,乐府具体职能除制定乐谱、训练乐工、填写歌辞和编配乐器进行演唱外,还负有采集民歌的使命。那些从各地搜集来的乐章、歌辞被称为"乐府诗",或简称为"乐府"。此外,魏晋六朝及后世文人仿作的合乐或不合乐的古体诗也称为"乐府";唐宋及以后的词曲,亦有乐府之名。汉代乐府诗是继《诗经》和楚辞之后又一种新诗体,它代表汉代诗歌的最高成就。

乐府歌诗的采集始自汉代,《汉书·礼乐志》云:"至武帝定郊祀之礼……乃立乐府,采诗夜诵,有赵、代、秦、楚之讴。以李延年为协律都尉,多举司马相如等数十人造为诗赋,略论律吕,以合八音之调,作十九章之歌。以正月上辛用事甘泉圜丘,使童男女七十人俱歌,昏祠至明。"赵、代、秦、楚虽仅为采诗地域之举要,但包含甚广,足见当时采诗之规模庞大。《汉书·艺文志》载西汉138篇民歌之目录地域分类,可知当时采诗遍及黄河、长江流域。宋郭茂倩编撰《乐府诗集》一百卷,将自汉至唐的乐府诗分为十二类:郊庙歌辞、燕射歌辞、鼓吹曲辞、横吹曲辞、相和歌辞、清商曲辞、舞曲歌辞、琴曲歌辞、杂曲歌辞、近代曲辞、杂歌谣辞、新乐府辞。这种分类方法为后人沿用。

汉乐府诗现存四十余首,主要分布在郊庙歌辞、鼓吹曲辞、相和歌辞、杂曲歌辞中。大多数乐府诗都是东汉的民歌。郊庙歌辞是专供朝廷祭祀燕享用的乐歌。相和歌辞是流行在当时的江南世俗乐歌,含有"丝竹更相和"之意。鼓吹曲辞是武帝时代北方民族的新声,当时主要用于军乐。杂曲歌辞是指声调已经失传的曲辞,其中杂有不少文人的抒情言志的作品。

《汉书·艺文志》载:"自孝武帝立乐府而采歌谣,于是有赵、代之讴,秦、楚之风,皆感于哀乐,缘事而发;亦可以观风俗,知薄厚云。"因为汉乐府民歌是出自社会下层人民之口,是民众"皆感于哀乐,缘事而发"的文学形式,因此它直接地表达了人民的爱憎。如同"饥者歌其食、劳者歌其事"的《诗经》"十五国风"一样,具有强烈的现实内容,主要表现在以下方面。

一、人民苦难生活的真实写照。汉乐府民歌中有众多反映民间疾苦的诗篇。统治者好大喜功、大兴土木,官吏的残酷压迫剥削使下层人民难以生存,《汉书·食货志》载当时社会现实说"贫民常衣牛马之衣,食犬彘之食","卖田宅,鬻子孙以偿债"。可见百姓生存环境之恶劣。《妇病行》所描写的久病妻子伤心刺骨的临终嘱托,丈夫无力赡养遗孤的愧疚和无奈,嗷嗷待哺的三个孤儿和"抱时无衣,襦复无里"的家境惨状无不使人动容。《孤儿行》写孤儿受兄嫂虐待,尝尽人间辛酸。《悲歌》是流落异乡下层人民的真实写照,"欲归家无人,欲渡河无船"写出主人公对归家的渴望和有家难归的痛苦。

二、上层社会丑恶腐朽的深刻揭露。有些乐府民歌揭露了权贵富豪生活的骄奢淫逸,批判讽刺上层社会的荒淫无耻、腐朽糜烂。如《相逢行》写上层贵族锦衣玉食的豪奢生活:"黄金为君门,白玉为君堂,堂上置樽酒,作使邯郸倡,中庭生桂树,华灯何煌煌。"《鸡鸣》《长安有狭斜行》则刻画了举家为官的显赫地位与权势。"兄弟四五人,皆为侍中郎。五日一时来,观者满路傍。黄金络马头,颎颎何煌煌。""大子二千石,中子孝廉郎。小子无官职,衣冠仕洛阳。"这与反映下层人民苦难的诗篇形成强烈鲜明的对比,社会的贫富悬殊卓然可见。"相和歌辞"《陌上桑》是反映上层社会丑恶腐朽的经典诗篇,叙述一名采桑女用智慧吓跑了妄图强迫自己就范的太守。姑娘的美丽和聪明都刻画得淋漓尽致:

行者见罗敷,下担捋髭须。少年见罗敷,脱帽著帩头。耕者忘其犁,锄者忘其锄。来归相怨怒,但坐观罗敷。

作者没有正面描写罗敷的容貌,而是侧面描写了为其美貌所吸引的群众的种种表现,从而烘托出她的美丽。当太守的随从威逼要带走罗敷时,她说:

东方千余骑,夫婿居上头。何用识夫婿?白马从骊驹,青丝系马尾,黄金络马头;腰中鹿卢剑,可值千万余。十五府小吏,二十朝大夫,三十侍中郎,四十专城居。为人洁白晰,鬑鬑颇有须。盈盈公府步,冉冉府中趋。坐中数千人,皆言夫婿殊。

采桑女无法回绝太守,所以必须智取,这个虚构的丈夫便成了拒绝的借口,也打击了太守的威势。此段描写突出了罗敷过人的智慧,达到形神兼备的艺术效果。

三、战争徭役的凄惨控诉。汉王朝统治者强烈的拓展疆土野心和严重的外患导致战争不断。统治者穷兵黩武、连年征战,战争和徭役使得多少人流离失所,甚至家破人亡。"横吹曲辞"中的《十五从军征》最具代表性:

十五从军征,八十始得归。道逢乡里人,家中有阿谁。遥看是君家,松柏冢累累。兔从狗窦入,雉从梁上飞。中庭生旅谷,井上生旅葵。舂谷持作饭,采葵持作羹。羹饭一时熟,不知贻阿谁?出门东向看,泪落沾我衣。

这首东汉后期的民歌叙述一位几乎终生服役的士兵返家的所见所闻所感。亲人已经死尽,家园成废墟,一生报国到老来却年迈无依、孑然一身。统治者滥肆征伐给人民带来怎样的生活?东汉桓帝时的民谣《小麦童谣》很能说明问题:

> 小麦青青大麦枯,谁当获者妇与姑。丈人何在西击胡。吏买马,君具车,请为诸君鼓咙胡。

桓帝时与羌人多次作战,致使农田荒废,壮丁西征与羌人作战,农事只能全由妇女承担。一般的官吏不会像老百姓那样要去前线舍命作战,只是做一些买买马、套套车的活儿。百姓心中纵有千万不平也只能敢怒不敢言。这首诗反映了东汉后期尖锐的民族矛盾和战争对社会生产力的巨大破坏。

四、爱情婚姻的不幸哀唱。与《诗经》类似,关于爱情和婚姻的诗歌也是汉乐府民歌的重要内容,这些诗也多为女性的吟唱。《上邪》是一位热恋中的女子对爱人的表白:"上邪!我欲与君相知,长命无绝衰。山无陵,江水为竭,冬雷震震,夏雨雪,天地合,乃敢与君绝!"用五件绝无可能产生的自然现象以示对爱情的坚贞不渝。感情之热烈,意志之坚决可见一斑。《上山采蘼芜》的主体是弃妇和故夫偶尔重逢时的一番对话。在互倾衷肠中流露出他们彼此的内心痛苦。故夫的念旧从侧面反映出弃妇是一个美丽勤劳的女子。从对话中可看出彼此的感情是深厚的。因此,这首诗的主题不是一个劳动妇女对丈夫喜新厌旧行为的责难,而是表现了一对青年男女对封建礼教和封建婚姻制度的强烈愤懑。《古诗为焦仲卿妻作》(《孔雀东南飞》)是汉乐府民歌中的杰作,该诗最早见于南朝徐陵所编《玉台新咏》,是我国现存第一首长篇叙事诗。反映了封建礼教制度对年轻男女爱情婚姻的摧残及由此激起的反抗,控诉了封建礼教的罪恶。

作为继《诗经》之后的又一现实主义文学杰作,汉乐府诗在中国诗史上占有重要的地位,其艺术成就主要包含以下几个方面。

一、娴熟巧妙的叙事手法。汉乐府诗的最大特色在于它的叙事性。两汉乐府叙事诗的出现,标志中国古代叙事诗的成熟。这些"感于哀乐、缘事而发"的诗歌大多以叙事为主。叙事文学的基本手法在这些诗篇中得到娴熟而灵活的运用。有的是选取生活中具有典型意义的镜头,有的是具有完整曲折故事情节,从而塑造各具特色的人物形象。如《相逢行》《长安有狭斜行》是富人豪华生活的特写,《陇西行》《羽林郎》是酒店生活片段的再现,《孔雀东南飞》则通过"辞归"、"送别"、"逼婚"、"殉情"四个情节的设置,叙述了刘兰芝和焦仲卿爱情悲剧的整个过程,整个故事有头有尾,开端、发展、高潮和结局脉络清晰。

二、鲜明生动的人物形象。汉乐府诗在刻画人物方面也取得很大成就,从而塑造出一批栩栩如生的人物形象。独白和对话、排比铺陈、行动描写、心理描写、景物描写都在人物形象刻画中得到了很好的运用。《陌上桑》中聪明多智的秦罗敷,《羽林郎》里刚烈坚贞的胡姬,《十五从军征》中孤独伤心的老兵,《孤儿行》中痛不欲生的孤儿都具有很强的艺术感染力。《孔雀东南飞》从第三人称角度详细地叙述了刘兰芝和焦仲卿的婚姻悲剧,叙事详略得当,结构完整紧凑,成功刻画出性格鲜明的人物形象。刘兰芝聪明善良、美丽勤劳的性格特征使她成为封建社会劳动妇女的化身。不卑不亢的自尊和不屈不挠的反抗精神使其形象更加光彩照人。焦仲卿外柔内刚、笃实正直、忠于爱情的性格特征也刻画得相当成功。焦母的专横、凶恶和刘兄的粗暴、势利使他们成了封建家长制的典型。清贺贻孙云："叙事长篇动人啼笑处,全在点缀生活,如一本杂剧,插科打诨,皆在净丑。《焦仲卿》篇,形象阿母之虐,阿兄之横,亲母之依违,太守之强暴,丞吏、主簿一班媒人张皇趋势,无不绝倒,所以入情。若只写府吏、兰芝两人痴态,虽刻画逼肖,决不能引人涕泗纵横至此也。"（《诗筏》）

三、比兴与铺陈手法的运用。汉乐府诗绝大多数都是民歌,这些民歌继承了《诗经》比兴手法的传统,增强了诗歌表达的生动性。《乌生》《艳歌何尝行》的以鸟喻人,《豫章行》《南山石嵬嵬》的以木喻人都生动活泼,富有奇趣。铺陈手法的广泛运用也是汉乐府诗歌一大特色。《羽林郎》中写胡姬外貌："长裾连理带,广袖合欢襦,头上蓝田玉,耳后大秦珠,两鬟何窈窕,一世良所无。一鬟五百万,两鬟千万余。"《孔雀东南飞》写刘兰芝装扮："鸡鸣外欲曙,新妇起严妆。著我绣夹裙,事事四五通。足下蹑丝履,头上玳瑁光。腰若流纨素,耳著明月珰。指如削葱根,口如含珠丹。纤纤作细步,精妙世无双。"其中又有写迎亲场面："交语速装束,络绎如浮云。青雀白鹄舫,四角龙子幡。婀娜随风转,金车玉作轮。踯躅青骢马,流苏金缕鞍。赍钱三百万,皆用青丝穿。杂彩三百匹,交广市鲑珍。从人四五百,郁郁登郡门。"通过这种铺陈和夸饰,烘托了场景,渲染了气氛,突出了人物,极大程度地增强了汉乐府诗叙事的文学性。

第二节　汉五言诗

汉初文人诗歌沿用《诗经》四言的形式,《文心雕龙·明诗》云："汉初四言,韦孟首唱,匡谏之义,继轨周人。"韦孟是西汉初期诗人,其《讽谏诗》《在邹诗》从内容到语言形式都模仿《诗经》而作。整个西汉时期,文人五言诗极其鲜见。虽然南朝钟嵘在《诗品》中将五言诗的产生托始于李陵,不久后的萧统也以李陵为五言之祖,但这都不能得到学界广泛地承认。

东汉时期,不仅五言民歌有了巨大的发展,文人诗歌创作出现新的局面,五言取代传统的四言成为新的诗歌样式,甚至完整的七言诗也开始出现。从现存资料看来,东汉班固的《咏史》是最早的且最完整的文人五言诗,咏赞汉文帝时孝女缇萦为赎免父亲刑罚请求没身为奴的故事。全诗重于叙事,用词质朴,很少修饰,缺乏形象性,所以钟嵘《诗品》评之为"质木无文"。

班固之后,张衡的《同声歌》、秦嘉的《赠妇诗》、赵壹的《刺世疾邪诗》、郦炎的《见志诗》及蔡邕的《翠鸟诗》等都在五言诗的创作上取得一定的成就。张衡《同声歌》通篇假托新婚女子口气自述。先叙自己新婚之夜又惊又喜的心情,后展示自己的美好体态和新婚之乐。全诗想象奇特,比喻形象,借妇女勉供妇职以喻臣子事君以忠。这种以事夫托喻事君的手法对后世文学影响很大。

秦嘉的《赠妇诗》三首,是东汉文人五言诗成熟的标志。秦嘉、徐淑夫妻的爱情故事,因其诗文赠答而成为文学史上的佳话。《赠妇诗》在时间上有连续性,先写自己奉役离乡在即,赴京之际准备遣车迎妇,而妻子徐淑因病不能返回面别。接着写自己想要前往徐淑处面叙款曲,终因交通不便等原因未成行。最后写启程赴京给妻子留赠礼物表情达意。三首诗都写得凄婉惆怅,真挚感人,如其一:

> 人生譬朝露,居世多屯蹇。忧艰常早至,欢会常苦晚。念当奉时役,去尔日遥远。遣车迎子还,空往复空返。省书情凄怆,临食不能饭。独坐空房中,谁与相劝勉。长夜不能眠,伏枕独展转。忧来如循环,匪席不可卷。

人生短暂,世事多艰,聚少离多,妻子生病却无法面别,伏枕辗转、彻夜难眠,对病妻的殷殷牵挂,对生命的百感交集,对生存的无可奈何都表达得很到位。

东汉后期,文人诗歌经历了由叙事向抒情的转变,黑暗现实的揭露,怀才不遇的感慨,全身远祸的意识都得到很好地反映。赵壹的《刺世疾邪赋》后附二首五言诗,史称《刺世疾邪诗》,用秦客与鲁生对答的形式和对比手法揭露了社会现实,"河清不可俟,人命不可延"讽刺当时社会已病入膏肓,表达对东汉王朝的绝望。"文籍虽满腹,不如一囊钱,伊优北堂上,抗脏倚门边"揭露取士用人金钱至上,无视品德才能,从而致使谄媚之徒受重用,耿直之士被摒弃的社会现实,表现出对当时善恶颠倒,正义和真理被扭曲的反常现象的痛恨。郦炎五言体《见志诗》二首,体现了一种积极进取的人生态度和遭受压抑的不平之气,抒发怀才不遇的感慨。蔡邕的《翠鸟诗》是一首寓言诗,写一只惊魂未定的翠鸟逃离猎人网罗来到石榴树下抚慰自己的心灵,抒发了汉末文人身处乱世的惶恐之情。这首诗是蔡邕自身经历的形象反映,也是乱世文人全身远祸心态的写照。

第三节 古诗十九首

东汉时期有不少无名氏的五言诗,其中大部分魏晋以来就被称为"古诗"。南朝萧统在《文选》中收录这些作品中的十九首,后人遂以"古诗十九首"称之。它是汉代五言诗成熟之作,代表汉代五言诗的最高成就,刘勰称其为"五言之冠冕"。关于《古诗十九首》的作者和时代,历来众说纷纭。刘勰《文心雕龙·明诗》认为是枚乘和傅毅之作,他说:"《古诗》佳丽,或称枚叔。其《孤竹》一篇,则傅毅之词。"钟嵘则认为其中一些是建安年间曹植、王粲所作,他在《诗品》中说:"《去者日以疏》四十五首……旧疑建安中曹、王所制。"这些观点都没有令人信服的依据。现代学者对此比较一致的看法是,"古诗十九首"作者不是一人,也非一时一地之作。由其抒写内容、艺术表达和抒发情感看来,作者应是中下层失意的知识分子,产生的年代是东汉后期。

《古诗十九首》的作者绝大多数是漂泊在外的青壮年宦游子弟,其思想内容不外乎是伤时失意和游子思妇,情调以感伤为主。清陈祚明《采菽堂诗话》评云:"十九首所以成为千古至文者,以能言人同有之情也。人情莫不思得志,而得志者有几?虽处富贵慊慊犹有不足,况贫贱乎!志不可得,而年命如流,谁不感慨?人情于所爱莫不欲终身相守,然谁不别离?以我之怀思,猜彼人见弃,亦其常也。夫终身相守者不知有愁,亦复不知有乐,乍一别离,则此愁难已。逐臣、弃妻与朋友阔别,皆同此旨。故十九首惟此二意,而低回反复,人人读之皆若伤我心者,此诗所以为性情之物,而同有之情人人各俱,则人人本自有诗也。但人有情而不能言,即能言而方不能尽,故特推十九首以为至极。"

《古诗十九首》中不少篇章抒发对建功立业的渴望和失志伤时、人生无常的感慨。如《今日良宵会》"何不策高足,先据要路津。无为守贫贱,轗轲常苦辛",表达了希望通过学识和才能取得要职,摆脱贫贱辛苦的人生境遇的思想。《回车驾言迈》"盛衰各有时,立身苦不早"表达了及早建功立业的愿望,"奄忽随物化,荣名以为宝"是重视名节情怀的体现。《生年不满百》:"生年不满百,常怀千年忧。昼短苦夜长,何不秉烛游。为乐当及时,何能待来兹?"这是在人生失意之时而产生的人生短暂及时享乐伤感情绪的宣泄。《古诗十九首》绝大多数是游子之歌,常年的漂泊和流浪,对世态的炎凉与人情的冷暖的感受是彻骨的,对家乡故土的眷念是深切的。《西北有高楼》"不惜歌者苦,但伤知音稀"是知音难逢的感叹;《明月皎夜光》"昔我同门友,高举振六翮。不念携手好,弃我如遗迹"写被朋友遗弃的苦痛;《涉江采芙蓉》"还顾望旧乡,长路漫浩浩"显示出对家园无尽的思念;《明月何皎皎》"客行虽云乐,不如早旋归"是游子在明月高照的夜晚忧愁难眠思乡情环的体现。《古诗十九首》也反映了游子思妇的离别相思之苦,写出了游子思妇们的复杂心态。《行行重行行》写女子思念远行异乡的情人,"相去日已远,衣带渐已缓"可见思念之深切;"浮云蔽白日,游子不顾返"可见无尽的闺怨;"弃捐勿复道,努力加餐饭"是勉强无奈的宽慰。《涉江采芙蓉》的主人公采撷芳草想要赠给远方的妻子,"同心而离居,忧伤以终老"可见对婚姻的珍惜,对妻子的爱恋极深。《青青河畔草》"荡子行不归,空床难独守"是思妇在春光明媚的季节经受不住寂寞而发的感叹。

《古诗十九首》取得了很高的艺术成就,受到极高的评价。钟嵘《诗品》说它"文温以丽,意悲而远。惊心动魄,可谓几乎一字千金"。与汉乐府长于叙事不同,《古诗十九首》长于抒情。清沈德潜云:"《十九首》大率逐臣弃妻朋友阔绝死生新故之感。中间或寓言,或显言,反复低徊,抑扬不尽,使读者悲感五端,油然善入,此《国风》之遗也。"(《古诗源》卷四)其中既有建功立业的愿望,名垂青史的企盼,也有失志伤时的慨叹,知音恨少的苦闷,还有世态炎凉的感喟,同心离居的无奈。春花秋草、夏雨秋风,明月浮云、鸟语虫鸣都是他们寄托感情的对象。伤感的情调构成这些诗篇的主旋律。

《古诗十九首》抒情深婉、反复低徊,多用比兴发端,创设意境,反复咏叹,深切感人。明胡应麟《诗薮》评曰:"至十九首及诸杂诗,随语成韵,随韵成趣,辞藻气骨,略无可寻,而兴象玲珑,意致深婉,真可以泣鬼神、动天地。"清方东树说其"用笔之妙,翩若惊鸿,宛若游龙;如百尺游丝宛转;如落花回风,将飞更舞,终不遽落;如庆云在霄,舒展不定"(《昭昧詹言》)。如《明月皎夜光》以悲秋起兴,以夜晚独宿为背景,以月光星象为发端,以南箕北斗和牵牛星徒有其名为喻来抒发失意之士对于世态炎凉的怨愤。《明月何皎皎》描写女子闺中思夫,开篇写月夜之景起兴创设意境,次写思念难眠,徘徊彷徨,最后写因离愁难诉而泪落沾襟。这种情景交融、物我互化的艺术表现手法非常高明,也常为后世抒情诗所借鉴。再如《冉冉孤生竹》:

冉冉孤生竹,结根泰山阿。与君为新婚,兔丝附女萝。兔丝生有时,夫妇会有宜。千里远结婚,悠悠隔山陂。思君令人老,轩车来何迟。伤彼蕙兰花,含英扬光辉。过时而不采,将随秋草萎。君亮执高节,贱妾亦何为。

这首诗用比兴手法写女子婚后离别的哀怨。用植物作比构成诗歌主要抒情内容。"孤生竹"比喻女主人公孤单柔弱,"结根泰山阿"比喻对丈夫的依赖,"兔丝附女萝"比喻夫妻婚后缠绵情深,"伤彼蕙兰花,含英扬光辉。过时而不采,将随秋草萎"比喻自己青春貌美但不能久驻。一系列的比喻手法鲜明而生动地揭示了抒情主人公的寂寞伤感和哀怨。

《古诗十九首》语言朴素自然,直而不野,语浅情深,句平意远,具有浑然天成的艺术风格。每一首诗都能用生动自然、简洁明白的语言表达内心的真切感受。不作艰深之语,不用冷僻之词,没有什么新奇精巧之句,有的只是日常用语,虽造语平淡却有韵味,经得咀嚼,耐人回味。刘勰《文心雕龙·明诗》说它"结体散文,直而不野,婉转附物,怊怅切情",是中肯而准确的。

思考练习题

1. 汉乐府诗的主要内容有哪些?
2. 汉乐府诗取得了哪些艺术成就?
3. 《古诗十九首》抒发了怎样的情感?
4. 《古诗十九首》的艺术成就有哪些?

第二编

魏晋南北朝文学

第二次

全大陸比率查定

绪　论

　　中国文学发展到魏晋南北朝开始进入"中古期"。文学的自觉意识、创作的个性化、审美追求的变革尤其受到关注。魏晋南北朝,起于三国魏文帝黄初元年(220),到隋文帝杨坚开皇九年(589)灭陈,其间,历魏(220—265)、蜀(221—263)、吴(222—280)三国鼎峙,西晋(265—317)短期统一,东晋(317—420)偏安江南;西晋灭亡,北方和巴蜀"十六国"割据,后北魏统一北方(439);又历南朝、北朝分治,南朝有宋(420—479)、齐(479—502)、梁(502—557)、陈(557—589);北朝有北魏(386—534)、东魏(534—550)、西魏(535—556)、北齐(550—577)、北周(557—581)等政权。581年隋代北周,589年灭陈,全国统一。在这段历史时期,中国处于分裂割据、混战不断、大小政权频繁更迭的状态。

　　东汉后期,社会秩序趋于崩溃,王朝陷于名存实亡的状态。从汉献帝初平元年(190)到建安十三年(208),经过董卓之乱和军阀割据混战,城市宫室荒废,农村田地荒芜,经济破败,人民处于深重的灾难中。公元220、221、229年魏、蜀、吴相继立国,中国大部地区成鼎争之势。从汉献帝时出现的分裂割据,延续了整整九十年,直到公元280年西晋建立,中国大部才重归统一。

　　西晋王朝,门阀贵族专权,统治阶层政治上腐败,生活上奢靡荒淫。晋惠帝晚年爆发"八王之乱",短暂统一的局面再次坍塌。多个少数民族进入中原,北方又陷入分裂割据之中。晋怀、愍二帝被掳,晋亡,北方成为匈奴、鲜卑、羯、氐、羌等游牧民族混战的场所。逃往江南的贵族官僚与南方的豪绅拥戴司马睿为帝,延续晋统,史称东晋,与北方民族的政权形成南北对峙局面。东晋时代门阀政治又有新的发展,王敦、苏峻、桓玄等上层统治者为争夺政权发动内战,社会遭到大浩劫。东晋政权维持一百余年,在以孙恩、卢循为首的农民起义的打击下灭亡。

　　南朝经历宋、齐、梁、陈四代,经济虽有发展,但同样因连年战乱,民众生活依然困顿。从304年刘渊起兵到439年北魏统一,北方为十六国时期,各势力集团互相争斗,兵乱不息,社会经济发展受到极大影响,北方民众长期处于水深火热之中。鲜卑拓跋部统一北方建立北魏,后又分裂为东魏、北齐与西魏、北周的对峙。民族大融合以后,北方社会经济有了较大的恢复和发展,中国呈现北强南弱之势。589年由隋完成全国的重新统一。

　　魏晋南北朝时期,由于阶级矛盾、民族矛盾错综复杂,因而陷入长期大分裂、大动乱的局面,其根源主要是门阀士族世代把持政权。曹丕称帝后,废弃曹操的政治措施,把"九品中正制"作为选拔人才和任命官吏的依据,确立士族制度。到晋代,造成了"上品无寒门,下品无士族"的状况。士族大姓,如东晋王、谢,北朝崔、卢、郑等把持朝纲,朝野正直之士则受到压制,政治昏暗。

汉末大乱,社会政治、经济、文化受到全面破坏。三国时期各统治区内注意恢复生产,经济得到发展。曹魏在北方抑制豪强兼并土地,推行屯田制,推动了生产发展。晋初,司马炎曾召流亡之民,劝课农桑,一度出现"太康之治"繁盛。北魏孝文帝迁都洛阳,推行汉化政策,实行均田制,促进了社会经济发展。东晋以后,南方的社会局面相对安定,北人大量南移,农业产量增加,手工业、商业与交通发达,涌现了建康、寿春、襄阳、江陵、成都等经济繁荣的城市。

在文化思想领域,清谈、玄学大兴,老庄思想盛行,儒学衰微,佛、道之学及其宗教内容广泛传播。哲学、史学、艺术、医学、科技等也都有相当的成就。清谈崇尚虚无,空谈玄理,玄学注意思想性的自由发挥,对儒学中的谶纬神学和烦琐章句之学产生冲击,有解放思想的作用。清谈之风始于汉末,晋代趋盛,延及齐、梁。少数名士借清谈玄理逃避危乱现实,借"自然"对抗"名教",远祸全身;多数士大夫以"无为"为荣,以务实为耻,标榜"风流"、"清高"、"旷达",聊以度日。与此同时,佛教和道教的逐渐流行也令不少士人获得精神归宿。佛教传播方面,魏晋时期翻译佛经702部。南朝梁武帝时,建康有大寺700多座。佛教与老庄哲学本有相通之处,东晋以后,佛学因应玄学而变,玄学和佛学又得到新的整合。这些多元的文化对文学的发展都有深远的影响。

魏晋南北朝时期战乱频仍,儒家思想失去了独尊的地位。文学思潮的方向是脱离儒家强调的政治教化,诗学、文学逐渐摆脱经学附庸的地位,寻找自身独立存在的意义和对个体价值的重视,展示出自身的独特性。

建安文学是魏晋南北朝文学的初始阶段,也是当时诗文的第一个高标。建安文学的代表作家远绍《风》《骚》,近承汉乐府,把中国诗歌现实主义传统的展示发扬到一个新的高度。他们的诗文反映社会现实和个人理想,充满积极进取精神,情调慷慨悲凉,被称为"建安风骨"。曹丕《典论·论文》提出"夫文章,经国之大业,不朽之盛事"的观点,这也是后世盛称"文学自觉"的重要信号。正始文学处于魏晋易代之际,政治生活危怖。嵇康刚肠疾直,率性为文;阮籍为文不直陈政治之弊,而是在诗文中幽寄个人怨怒,曲传压抑的苦闷与反抗。

太康是西晋文坛的繁荣时期,诗歌创作脱离现实,喜欢模拟;注重技巧,轻视内容,辞藻华美和对偶工整的形式审美成为文人的追求。"采缛于正始,力柔于建安"(《文心雕龙·明诗》),多数作品缺乏建安风神和正始意境。左思继承建安传统,其诗表现出一定的"风力"。东晋永嘉时,玄言诗称雄诗坛,而刘琨能抒发家国之痛、悲壮情怀;郭璞虽写游仙、玄言,但也能在反映现实中抒写悲愤之情。玄言诗长期占据文坛的状况,至晋末才发生变化。陶渊明在诗中歌咏田园的生产、生活和风光,诗风清新自然,代表了魏晋南北朝诗歌的最高成就。

南朝宋、齐,描写自然景物的山水诗兴盛。谢灵运、谢朓是其中重要代表。位于统治阶级下层的诗人鲍照作诗抨击门阀制度,抒写怀才不遇。齐梁时"竟陵八友"的诗歌追求形式美,一味雕章琢句。"四声八病"在此时产生,催生新体诗的声韵。"永明体"是汉魏以来比较自由的古体诗,成为向唐代格律严谨的近体诗的过渡。梁陈时期,梁简文帝萧纲及其宫廷文人,精研声律,创作出适应统治阶层趣味的宫体诗。他们以浮艳的词句表现情色内容,多写宫廷贵族的享乐生活。

北朝文人诗歌数量不多,成就有限。梁末庾信被强留在北朝为官,由于他本就精于文学,再加以生活遭遇和思想感情的变化,写出了一些思想性和艺术性都较有特色的作品,为北朝诗坛打开了局面。其诗形式多样,技巧娴熟,集南北文学之大成。

南北朝乐府民歌继承发扬了《诗经》和汉乐府民歌的优良传统。由于南北民风本有不同,再加以长期南北对立,造成政治、经济、文化、社会风俗等方面的差别,南北民歌迥异。南方民歌多描写爱情,风格清丽婉转;北方民歌反映多样的民族社会生活,其中以牧歌最出色,风格粗犷刚健。《西洲曲》和《木兰诗》是南北朝民歌的代表作。

魏晋南北朝辞赋同汉赋相比,题材、内容都有所扩充,以叙事、咏物、抒情小赋为主,并在骈文的影响下逐渐骈俪化。曹植、鲍照、江淹等是重要代表。

魏晋南北朝散文在各阶段都有一定的特点。魏晋散文通脱清新,曹操的作品较为典型,曹丕、曹植等人的散文抒情味较浓。魏晋易代之际,嵇康、阮籍的散文呈现出追慕老庄的倾向。晋代士大夫重清谈爱山水,为文尚自然而少修饰。从东汉到魏晋,散文日渐骈偶化。齐梁时,骈文盛极一时。孔稚圭《北山移文》、丘迟《与陈伯之书》、庾信《哀江南赋》等都是名篇。这时期的传记、政论、书信、山水地理等类散文,自有其渊源和发展。史传散文中,陈寿《三国志》和范晔《后汉书》中的传记,继承《史记》《汉书》中的纪传体;曹植、丘迟等人的书信受汉代散文影响,生动感人。郦道元《水经注》和杨衒之《洛阳伽蓝记》中的一些片断,文辞简洁优美。

在先秦两汉小说萌芽的基础上,魏晋南北朝时期小说逐渐兴盛起来,志怪类如干宝《搜神记》已有了较为完整的情节,也注意到人物性格的描写。志人类如刘义庆《世说新语》,记载了当时士大夫阶层的思想面貌与生活情态。魏晋南北朝小说在文体上已初具规模,为后世小说的发展奠定了基础。

文学理论的兴盛和文学批评的发展,也是魏晋南北朝文学的重大成就之一。建安以前,中国文学理论只散见于诸子散文和历史散文中。东汉末年,品评人物的风气影响到对文章的品评,为文学理论和文学批评专著的产生做了准备。魏晋南北朝是我国文学发展的自觉时期,由于文学创作的繁荣,文学理论得到迅速发展,提出了一些新的文学理论和概念,出现了一些文学批评和文学理论专著,主要有曹丕《典论·论文》、陆机《文赋》、刘勰《文心雕龙》和钟嵘《诗品》等。

《典论·论文》提出不少文学上的重要问题,对后世影响很大。其中肯定了文学的地位,对其意义给予很高的评价,把文学体裁分为四类,并指出各自特点,"奏议宜雅"、"书论宜理"、"铭诔尚实"、"诗赋欲丽",批评"文人相轻"的陋习,确立了"审己以度人"的批评原则。

陆机的《文赋》是我国第一篇较系统而完整的文学创作专论,目的是总结前人的创作经验,讨论写作技巧,涉及艺术构思、艺术表现、文体风格等。陆机将诗歌的审美特征概括为"诗缘情而绮靡",这比先秦和汉代的"情志"说前进一步,更加强调情的成分。这是魏晋时代文学自觉的重要表现。

刘勰的《文心雕龙》是我国古代文学理论著作中最系统的一部。共五十篇,包括总论五篇,文体论二十篇,创作论十九篇,批评论五篇,最后一篇《序志》是总结全文的自序。它把文学的发展和政治的变迁联系起来,比较全面地说明了文学的内容和形式的关系,总结了许多宝贵的文学创作经验,阐述了文学批评的标准、态度和方法。《文心雕龙》是我国古代文学理论的集大成著作,对我国的文学创作和文学理论的发展产生了广泛而深远的影响。

钟嵘的《诗品》是我国文学史上第一部诗论。专门评论五言诗,共品评汉代至梁代的122个诗人及《古诗十九首》,分为上中下三品,前有总论。钟嵘品评诗人,注意他们的风格特点及诗人之间的继承关系。他反对声病说,反对用典,提倡既有风骨又有词采的作品。

魏晋南北朝的诗文总集与选集及个人别集都有相当的数量,也承担部分文学批评和理论概括的功能,如挚虞《文章流别集》、李充《翰林论》、萧统《文选》、徐陵《玉台新咏》等。在文集的序文中往往有关于选文标准的观点,如《文选序》就是一篇精悍的理论批评文章。总体上,魏晋南北朝的文学理论,除《文心雕龙》以外,还大多停留在即兴印象式的评点或感悟式的泛论上,这自然有其优长,如表达精炼,但缺少一般理论应有的系统性、逻辑性和完整性。

魏晋南北朝是中国历史上大动乱大分裂、民族矛盾异常复杂尖锐、思想文化发生剧烈变化的时代,也是我国文学走向"独立与自觉"的时代,其成就是多方面的,放射着夺目的光彩。在中国文学史上,没有魏晋南北朝文学的新变和酝酿,就没有唐诗的高潮,也没有唐代文学的全面繁荣。

思考练习题

1. 魏晋南北朝社会发展概况。
2. 魏晋南北朝文化总体特点。
3. 魏晋南北朝文学历史贡献。
4. 魏晋南北朝文学理论概况。

第一章 曹魏文学

曹魏,即三国时的魏国,建于魏文帝黄初元年(220),亡于元帝曹奂甘露元年(265)。曹魏文学习惯上包括建安文学。建安(196—220)是东汉献帝的年号。建安时期,中国文学有了重大变化,这些变化标志着文学发展的新时期已经来到。这一时期的作家中,"三曹"、"七子"和蔡琰是杰出代表。他们在动乱的时代旋涡中,生活和思想都有过较大的变化,掀起了文人诗的创作高潮。他们继承汉乐府民歌的传统,表现新的时代精神,具有"慷慨悲凉"的独特风格,开创"建安风骨"的优良诗风。诗歌体式上,普遍开始采用五言形式,逐渐奠定了五言诗在文坛上的地位。在这一时期,赋与散文也表现出了新的面貌。

第一节 曹操与曹丕

曹操(155—220),字孟德,一名吉利,小字阿瞒,沛国谯郡(今安徽亳县)人,是三国时杰出的政治家、军事家、诗人,建安文学的重要推动者。20岁举孝廉为郎,走上仕途,曾任洛阳北部尉、顿丘令、议郎、济南相等职。在讨伐董卓、镇压黄巾起义军的过程中壮大起来,逐渐拥有一支军事力量。后奉汉献帝迁都许昌,"挟天子以令诸侯",赢得了政治优势,受封为丞相。曹操逐步消灭吕布、袁术、袁绍、刘表等割据军阀,统一北方。他改革汉末弊法,打击豪强地主势力,限制他们对劳动群众的奴役和掠夺,唯才是举,选用优秀人才,推行开明政治;在经济上采取屯田等措施,发展生产,兴修水利,轻徭薄赋。这些举措使人民获得休养生息的机会,为中国社会的统一起到积极作用。在赤壁之战中,他被孙权、刘备联军击败,三国鼎立局面由此奠定。曹操官至丞相,封魏王;死后,曹丕称帝,追尊他为"武皇帝",世称魏武帝。

曹操爱好文学,"登高必赋,及造新诗,被之管弦,皆成乐章"(《三国志·魏志·武帝纪》),《文心雕龙·时序》说:"魏武以相王之尊,雅爱诗章。"建安五年(200)曹操在官渡之战中大败袁绍,后直捣袁氏势力投奔的乌桓,铲除袁氏势力,改编了乌桓骑兵。在曹操回师途经渤海边时,赋诗明志,留下千古传诵的名句:"老骥伏枥,志在千里。烈士暮年,壮心不已。"(《龟虽寿》)

曹操在文学上富有革新精神,诗文创作能开一代风气。今存诗二十余首,几乎都是乐府诗,用古题写时事,既具有民歌特色,又有自己的创新;语言古朴率真,历来论者都以为不失汉乐府本色。这些诗,按内容大致分为两类:

一是反映汉末社会动乱和人民苦难的,有《蒿里行》《薤露行》《苦寒行》《却东西门行》等篇,具有较强的现实性,寄寓个人悲慨。如《蒿里行》:

关东有义士,兴兵讨群凶。初期会盟津,乃心在咸阳。军合力不齐,踌躇而雁行。势利使人争,嗣还自相戕。淮南弟称号,刻玺于北方。铠甲生虮虱,万姓以死亡。白骨露于野,千里无鸡鸣。生民百遗一,念之断人肠。

写汉献帝初平元年关东州郡起兵讨伐董卓,但在会师后,各路军阀却为一己之利而自相残杀。诗的后半部分,"铠甲生虮虱"六句概括了军阀混战所造成的惨状,形象鲜明,流露了诗人忧时伤乱的感情,悲愤苍凉。再如《却东西门行》:

鸿雁出塞北,乃在无人乡。举翅万馀里,行止自成行。冬节食南稻,春日复北翔。田中有转蓬,随风远飘扬。长与故根绝,万岁不相当。奈何此征夫,安得驱四方!戎马不解鞍,铠甲不离傍。冉冉老将至,何时返故乡?神龙藏深泉,猛兽步高冈。狐死归首丘,故乡安可忘!

全诗先写鸿雁,次写转蓬,再落到征夫,用疑问的语气写出征夫的无奈,用咏叹的笔调写出绝望的哀伤。这种情景交融的笔法与汉乐府一脉相承,诗中所充溢的英雄豪气,又是其诗独有的魅力。

二是表现其理想抱负和雄心壮志的,有《短歌行》、《步出夏门行》(共四章)等,景象壮阔,气概凌云,显示了一个杰出政治家的胸襟和气魄。如《短歌行》:

对酒当歌,人生几何?譬如朝露,去日苦多。慨当以慷,忧思难忘。何以解忧,唯有杜康。青青子衿,悠悠我心。但为君故,沉吟至今。呦呦鹿鸣,食野之苹。我有嘉宾,鼓瑟吹笙。明明如月,何时可掇?忧从中来,不可断绝。越陌度阡,枉用相存。契阔谈䜩,心念旧恩。月明星稀,乌鹊南飞,绕树三匝,何枝可依?山不厌高,海不厌深,周公吐哺,天下归心。

这首诗主题明确,即热切期望那些有才干的人能为己所用。在用人上,曹操强调"唯才是举",并发布过"求贤令"、"举士令"、"求逸才令"等。与此相应,《短歌行》慨叹时光流逝功业未建,表达渴望贤士来归共创功业的雄心壮志。

曹操诗歌的艺术成就是多方面的,首先,学习乐府,富于创新。用乐府旧题写现实,如《蒿里行》《薤露行》本都是挽歌,曹操却第一个用来反映时代内容,描写社会现实。《薤露》旧辞,本言人命短促,如薤上之露,一遇阳光,便消散殆尽,而曹操用它来揭露何进的罪行,将哀情伤曲变成讥刺时代恶氛的诗篇。《步出夏门行》在古辞中本来是感叹人生无常或写升仙得道,曹操却用来抒写怀抱。曹操学习乐府而又不囿于旧有题材,对建安诗风有相当的影响。

其次,语言简劲,善用比兴。曹操诗继承《诗经》传统,四言诗成就最高。用语简洁质朴,笔力遒劲。如《观沧海》,"澹澹"写大海无边,水波荡漾;"竦峙"写山岛屹立,雄踞海天;"丛生"写树木繁多,姿态杂陈;"萧瑟"表现秋风劲吹,景象壮阔,情怀豪迈。有些诗句,形象鲜明,得比兴深义。如《龟虽寿》"老骥伏枥,志在千里,烈士暮年,壮心不已",以"神龟"、"腾蛇"起兴,以"老骥伏枥"形象地表现诗歌的主题,诗人的情怀气郁回荡,产生了强烈的艺术感染力。在朴素质实和生动流畅中,表达出事在人为、人定胜天的观念。

再次,情调慷慨,情思悲愤。如《短歌行》抒写自己功业未成的苦闷和思贤若渴的心情,在深沉忧郁的气氛中激荡着一种慷慨昂扬的情绪。既有"譬如朝露,去日苦多"的浩叹,又有"周公吐哺,天下归心"的壮志。低昂回旋,淋漓尽致,建功立业的艰难和积极进取的精神都有刻绘。

曹操重视文学,他招罗英才,当时社会名人纷纷投奔到曹氏父子周围,形成邺下文人集团。曹操不仅是这个集团的领袖,同时还以创作实践,为建安文学的繁荣和发展作出了贡献。在曹氏家族的组织下,"七子"、杨修、吴质、邯郸淳等人聚拢于邺城。但这种性质的组织,对于文学创作显然是有负面影响的。因为曹氏拉拢文人,政治上的考虑先于文学。"诸子在魏,犹孟子在齐,不治事而议论。魏武看诸子,俱是书生无济,然不收之,则失人望,故用之以充文学"(吴淇《六朝选诗定论》卷五)。"七子"等人寄附于曹氏,虽然有了相对安定的文学环境,但个性却不免受到控压,应酬之作亦不能避免。尽管如此,曹氏此举对建安文学的发展终究起到极大的推动作用。

曹丕(187—226),字子桓,曹操次子。建安二十五年(220)代汉帝自立,在位七年,即魏文帝。曹丕自幼喜好文学,在诗歌、辞赋、散文和文学批评方面都有成就。其诗注意向民歌学习,语言平易清新。曹丕身为贵公子、王太子和帝王,生活在相对安定的环境中,作品取材较为狭窄。刘勰《文心雕龙·才略》云:"子桓虑详而力缓。"沈德潜《古诗源》云:"子桓诗有文士气,一变乃父悲壮之习矣。"存诗约四十首,其中描写爱情和游子思妇题材的较多,也较著名。五言诗《于清河见挽船士新婚与妻别》写新婚离别的痛苦,《杂诗》写游子思乡之情。曹丕的两首七言诗《燕歌行》,是其代表作,也是现存最早的完整的七言诗。诗题是乐府旧题,写女子秋夜思夫。其一尤为出色:

> 秋风萧瑟天气凉,草木摇落露为霜,群燕辞归雁南翔。念君客游思断肠,慊慊思归恋故乡,君何淹留寄他方?贱妾茕茕守空房,忧来思君不敢忘,不觉泪下沾衣裳。援琴鸣弦发清商,短歌微吟不能长。明月皎皎照我床,星汉西流夜未央。牵牛织女遥相望,尔独何辜限河梁。

诗以浅显清丽的语言,细腻真切地表现了女子对远游在外的丈夫的深沉思念,情思委曲深婉动人。在秋天典型景观中,借景言情表现思妇的微妙心理;语言自然,音律和谐,缠绵悱恻,回肠荡气,有民歌风味。两首《燕歌行》对后代歌行体诗的发展产生了重大影响。总体上看,曹丕诗风纤弱,清丽哀怨。

第二节 曹 植

　　曹植(192—232),字子建,曹操第三子,封陈王,死后谥思,世称陈思王。《诗品》称他为"建安之杰"。流传诗作八十多首,辞赋、散文四十余篇。曹操在世时,多次欲立曹植为太子,因他"任性而行,不自雕励,饮酒不节"、"性简易,不治威仪"(《三国志·陈思王传》)而作罢。曹丕称帝,曹植一再被贬爵徙封。曹睿即位,无视曹植多次上书的任用请求,令其在苦闷中抑郁而亡。

　　曹植少时即聪慧好学,善写诗文,十八岁作《铜雀台赋》,名声大噪。但其追求是"戮力上国,流惠下民,建永世之业,流金石之功"(《与杨德祖书》),而不甘于仅为文学之士。当天下三分的局面形成,曹植下决心西灭"违命之蜀",东灭"不臣之吴","混同宇内,以致太和"(《求自试表》)。以公元220年曹丕称帝为界,曹植的生活和创作分前后两期。前期诗歌主要歌唱理想抱负,如《白马篇》赞赏幽并游侠儿的高超武艺和爱国精神,寄托诗人建功立业的渴望:

　　　　白马饰金羁,连翩西北驰。借问谁家子,幽并游侠儿。少小去乡邑,扬声沙漠垂。宿昔秉良弓,楛矢何参差!控弦破左的,右发摧月支。仰手接飞猱,俯身散马蹄。狡捷过猿猴,勇剽若豹螭。边城多警急,虏骑数迁移。羽檄从北来,厉马登高堤。长驱蹈匈奴,左顾凌鲜卑。弃身锋刃端,性命安可怀?父母且不顾,何言子与妻!名编壮士籍,不得中顾私。捐躯赴国难,视死忽如归。

本诗一作《游侠篇》,属《杂曲歌辞·齐瑟行》,无古辞。《白马篇》以首二字名篇,是曹植自创的乐府新题,从多方面塑造了游侠儿的英雄形象。全诗以忠勇为意脉,前半段铺叙少年为国效力的扎实本领,后半段写他以身许国的牺牲精神,浩然正气,催人向上,饱含时代精神。曹植八九岁起随父南征北战,深受当时为国家统一和社会安定而献身的社会精神的影响。《白马篇》正是这样一曲时代的慷慨之歌。与《白马篇》不同,《名都篇》则反映了他前期的贵游生活:

　　　　名都多妖女,京洛出少年。宝剑值千金,被服丽且鲜。斗鸡东郊道,走马长楸间。驰骋未能半,双兔过我前。揽弓捷鸣镝,长驱上南山。左挽因右发,一纵两禽连。余巧未及展,仰手接飞鸢。观者咸称善,众工归我妍。归来宴平乐,美酒斗十千。脍鲤臇胎鰕,炮鳖炙熊蹯。鸣俦啸匹侣,列坐竟长筵。连翩击鞠壤,巧捷惟万端。白日西南驰,光景不可攀。云散还城邑,清晨复来还。

　　曹植后期诗歌主要表达由理想与现实的矛盾所激起的悲愤。如《野田黄雀行》、《浮萍篇》、《美女篇》、《七哀诗》、《赠白马王彪》等,以及《仙人篇》、《远游篇》等游仙诗。《赠白马王彪》是曹植后期诗歌的代表作。白马王曹彪是曹植的异母弟。黄初四年(223)五月,曹植与曹彪、任城王曹彰同到京都洛阳朝会。曹彰暴死京都。七月,曹植与曹彪返回封地,想同路而归,以叙友情,但监国使者不许,曹植便写了此诗以泄悲愤。全诗共七章。第一章写离开洛阳时的眷恋伤情。第二章写渡过洛水后受淫雨影响路途险阻难行的情形。第三章说明兄弟被迫分离是由于小人的颠倒黑白和挑拨离间。第四章写初秋原野萧条的凄凉孤独之感。第五章由悲悼任城王曹彰之死到叹息生命的短促。第六章抒写与白马王曹彪的惜别之情。第七章感叹天命可疑、人生无常,希望彼此保重,共享天年。章与章之间用首尾相接的辘轳体(顶针)形式蝉联,层次分明,酣畅淋漓地抒发了激愤而又悲痛的感情。感情旋律,时而激扬,时而低沉,辗转相承。感情的表达,或借景抒情,或直抒胸臆,或比兴寄托,都是"悲"、"愤"二字的不同表现。富于变化的表达方式,增强了艺术感染力。

曹植诗歌学习和继承了汉乐府"缘事而发"的精神,又有很大的创造性。首先表现出鲜明的个性和强烈的抒情性,感情深厚。诗人把以叙事为主的乐府转向以抒情为主的五言诗,使五言诗进一步走向成熟。其次,曹植改变了汉乐府古朴的语言风格,辞藻丰富华美,《诗品》称为"骨气奇高,词采华茂"。充满追求与反抗,富有气势与力量,是"骨气奇高"的一面。同时,讲究艺术表现,将乐府演化为明显的文人诗面目,描写的细致和辞藻的华丽,是"词采华茂"的一面。再次,在比喻修辞、警句、对偶、用字等方面的提炼,都可看出曹植在艺术技巧方面所做出的努力。曹植诗歌语言概括性强,富于感染力,笔力雄健。钟嵘《诗品》评曹植为"情兼雅怨,体被文质",他兼有父兄之长,达到风骨与文采的完美结合。曹植对诗歌的发展做出了杰出的贡献,他完成了乐府民歌向文人诗的转变。

曹植的散文、辞赋成就也较高。散文以《与杨德祖书》、《求自试表》为代表,好用典故、排偶,富于感情,对骈体文的发展有影响。《洛神赋》写人神恋爱故事,想象奇幻,情味浓郁,描写细腻,富于浪漫色彩。

第三节　建安七子和蔡琰

"建安七子",据曹丕《典论·论文》载,指孔融、陈琳、王粲、徐干、阮瑀、应玚、刘桢等七人。"七子"中,年辈较长的是孔融。孔融(153—208),字文举,鲁国(今山东曲阜)人,是孔子的二十世孙,年辈和出身都与其他六人不同。政治上,孔融反对曹操,反对孔孟旧说,被曹操以"败伦乱理"的罪名杀害。他在文学上的成就主要是散文。《论盛孝章书》《荐祢衡表》是其名作。虽然骈俪成分极重,却能以"气"运词,反映了建安时期文学的新变化。曹丕《典论·论文》谓:"孔融体气高妙,有过人者。"刘勰《文心雕龙》中两次提到孔融之"气",《才略》篇说"孔融气盛于为笔",《章表》篇说"文举之荐祢衡,气扬采飞"。"气扬采飞"是指孔融之《荐祢衡表》《论盛孝章书》等文气纵横,诵之则喷涌而欲出;文采斐然,观之则众采而纷飞,这是其文章的重要特色之一。"气盛于为笔"是说孔融的创作个性在于高妙的体气超逸于其文笔之上。对"文举之荐祢衡,气扬采飞",刘勰《章表》篇引"孔明之辞后主,志尽文畅"与之相对照,认为"虽华实异旨,并表之英也",隐约含有其文"华"则华矣,然"实"有不足的惋惜。对"孔融气盛于为笔"则直言"有偏美焉",从中可见刘勰力求对孔融的创作予以公允的品评。此外,孔融的碑碣文也为人称道。《文心雕龙·诔碑》篇说:"孔融所创,有摹伯喈。张陈两文,辩给足采,亦其亚也。"认为孔融的碑碣文模仿蔡邕,是仅次于蔡邕的高手。现存《卫尉张俭碑铭》,虽不比蔡邕碑碣清典古雅,但也"辩给足采",叙事抒情之语理足而词茂,颇有可观之处。

孔融之外,其余六人都是曹氏僚属和邺下文人集团的重要作家。他们的作品反映了动乱的现实,表现了建功立业的精神,具有建安文学的共同特征。

王粲(177—217),字仲宣,山阳高平(今山东邹县)人。出身于官宦世家,曾祖王龚为汉太尉,祖父王畅为汉司空。王粲少有异才,先依刘表,不被重用。后归曹操,官至侍中。他"善属文,举笔便成,无所改定,时人常以为宿构,然正复精意覃思,亦不能加也"(《三国志·魏书·王粲传》)。刘勰《文心雕龙·才略篇》以王粲为"七子之冠冕"。建安时代,五言诗开始兴盛,刘勰《明诗》篇中有一段话颇值得注意:

> 暨建安之初,五言腾涌,文帝陈思,纵辔以骋节;王徐应刘,望路而争驱;并怜风月,狎池苑,述恩荣,叙酣宴,慷慨以任气,磊落以使才;造怀指事,不求纤密之巧;驱辞逐貌,唯取昭晰之能;此其所同也。

撇开其正体、流调之争,刘勰称王粲四言、五言兼善则是实情。读王粲的四言诗,我们可体味到《诗经》的流风余韵,但在表现技巧上无疑又有所推进。遗憾的是,王粲那些反映现实、艺术性较强的五言诗如《七哀诗》《从军行》等,并未引起刘勰的特别关注。这些反映社会动乱和战争的题材理应得到重视。钟嵘《诗品》中称《七哀诗》为"五言之警策"并非过誉。其中第一首是汉末现实的真实写照:

> 西京乱无象,豺虎方遘患。复弃中国去,委身适荆蛮。亲戚对我悲,朋友相追攀。出门无所见,白骨蔽平原。路有饥妇人,抱子弃草间。顾闻号泣声,挥涕独不还。未知身死处,何能两相完?驱马弃之去,不忍听此言。南登灞陵岸,回首望长安。悟彼下泉人,喟然伤心肝。

此诗写诗人在初平三年(192)董卓部将李傕、郭汜作乱长安时避难荆州途中的所见所闻。诗中对"白骨蔽平原"的概括和饥妇弃子的特写场面,深刻地揭示出军阀混战所造成的凄惨景象和人民的深重灾难,触目惊心。这首诗和曹操的乐府一样以旧题写时事。王粲躬逢盛世,企盼有所作为,有着勃勃雄心和百折不挠、顽强进取的精神,这是建安时代精神的主流。

陈琳、阮瑀以书檄闻名,也擅长乐府。陈琳《饮马长城窟行》借秦代筑长城故事,揭示繁重徭役给人民带来的痛苦。阮瑀《驾出北郭门行》写后母虐待孤儿,揭露了封建家庭关系的冷酷一幕。徐干以赋著称,诗则《室思》较好。刘桢传诗甚少,《赠从弟》三首是其佳作,如第二首:

> 亭亭山上松,瑟瑟谷中风。风声一何盛,松枝一何劲。冰霜正惨凄,终岁常端正。岂不罹凝寒?松柏有本性。

这首诗通过比兴手法写出有理想有抱负之士守志不阿的节操。《诗品》说他"仗气爱奇,动多振绝,真骨凌霜,高风跨俗"。

蔡琰,字文姬,汉末蔡邕之女,良好的家族环境使她有较高的文化教养,她"博学有才辨,又妙于音律"(《后汉书》),但遭遇不幸,幼时曾随父度过一段亡命生活。后来嫁河东卫仲道,夫亡,无子,寡居。董卓之乱中,被掳至南匈奴,嫁左贤王,在胡地十二年,有二子。建安十二年曹操统一北方,赎回蔡琰,再嫁董祀。其诗存3首,《悲愤诗》2篇(一为五言,一为骚体),《胡笳十八拍》1篇。其中五言体《悲愤诗》较为可信,共108句,是我国文学史上第一篇文人创作的长篇叙事诗。全诗真实生动地记叙自己亲历汉末大乱的悲惨遭遇,广泛而深刻地反映了汉末军阀混战中广大人民尤其是妇女的命运。记叙了对兵荒马乱的恐惧,在异乡生活的痛苦,对祖国怀念的情感,及母子难分难舍的情景,生动感人。诗分三章。第一章写被掳的原因和入胡遭受的苦难,叙事为主,兼以抒情。"马边悬男头,马后载妇女"两句触目惊心,概括了战乱中人民的苦难和妇女的悲惨命运,控诉军阀的罪恶。第二章叙述异乡生活和赎归心情。第三章写回乡所见荒凉景象和忧惧。这两章以抒情为主,辅以叙事。以下内容写得最为沉痛:

> 边荒与华异,人俗少义理。处所多霜雪,胡风春夏起。翩翩吹我衣,肃肃入我耳。感时念父母,哀叹无穷已。有客从外来,闻之常欢喜。迎问其消息,辄复非乡里。邂逅徼时愿,骨肉来迎己。己得自解免,当复弃儿子。天属缀人心,念别无会期。存亡永乖隔,不忍与之辞。儿前抱我颈,问"母欲何之。人言母当去,岂复有还时?阿母常仁恻,今何更不慈?我尚未成人,奈何不顾思?"见此崩五内,恍惚生狂痴。号泣手抚摩,当发复回疑。兼有同时辈,相送告离别。慕我独得归,哀叫声摧裂。马为立踟蹰,车为不转辙。观者皆歔欷,行路亦呜咽。

尤其"别子"一段,写得悲痛欲绝,感人肺腑。在羁留匈奴的岁月里,蔡琰无时无刻不思念故土,然而当她终于得以回归时,却要承受骨肉离别。这令母亲五内俱焚,恍惚若痴。汉乐府中开始大量出现叙事诗,《十五从军征》《孤儿行》等都以诗中人物自叙身世遭遇。蔡琰《悲愤诗》从精神到艺术手法都受到汉乐府的影响。该诗善于通过细节描写,具体生动地表现各种场面,使人身临其境。

建安文学具有承前启后的意义。在诗歌体式上,除四言外,五言诗开始兴盛,七言诗也已出现。建安时期的作品多充实的思想和真挚的感情,有坚实的事理和清新刚健的语言风格,为后代诗歌发展奠定了很好的基础。尤其值得关注的有以下几点:

首先是激荡生命理想。汉末动乱,人命危浅,激起建安文人的热情,事业功名成为他们共同的追求。他们不甘以文人自居,而以天下为己任,诗歌"雅好慷慨"、"志深笔长"、"梗概多气",洋溢着悲凉慷慨的精神,具有鲜明的时代特点。

其次是嗟叹多艰人生。面对短促多艰的人生,建安诗人或是单纯哀叹;或是慨叹岁月短促功名未立而努力追求;或是努力突破天命的限制,在有生之年追求更高的人生价值,总体上都体现了建安诗人积极的人生观。

再次是高扬创作个性。建安是诗人创作个性高扬的时代,他们在诗歌创作中努力展现自己的独特风貌。"三曹"、"七子"可谓风格各异,诗体的运用上也或擅四言,或长五言,或工七言,皆具备鲜明的个性特点和魅力。

元好问《论诗绝句三十首》其二云:"曹刘坐啸虎生风,四海无人角两雄。可惜并州刘越石,不教横槊建安中。"首推曹植和刘桢为诗中"两雄","坐啸虎生风"喻其风格,标举他们作品内容充实,风格慷慨刚健,音清骨俊。

第四节 正始文学

正始(240—248)是魏齐王曹芳的年号。正始文学时当曹魏后期。由于司马氏排斥异己,许多诗人卷入政治漩涡,或遭杀,或避害,或投靠司马氏。与建安文学相比,反映社会疾苦和抒发个人理想的作品少了,宣泄个人忧愤的多了。受玄风影响,正始诗歌大畅玄理,诗风不复建安的慷慨悲壮,而变为词旨渊永,寄托遥深。当时,嵇康、阮籍、山涛、向秀、阮咸、王戎、刘伶等七人相与结交,游于竹林,号为"七贤",即"竹林七贤"。他们或崇尚虚无,轻视礼法;或纵酒昏睡,放浪形骸,表面看来非常清高洒脱,内心却极其痛苦。司马氏采用分化瓦解策略,软硬兼施,要他们公开表示合作态度。山涛本来隐居不出,但是在曹爽被杀后,在司马氏的压力下只得出来做官。阮籍生性高傲,放荡不羁,为了保全自己,故意装作"不与世事",终日酗酒。还违心地写了"劝进表",替司马昭歌功颂德,以至于"口不臧否人物",得终其天年。嵇康因为与曹氏宗室联姻,不肯倒向司马氏。山涛引荐他出来做官,他愤然写了一封绝交信,怒斥山涛。司马昭捏造了罪名,把他杀死。七人中,真正在文学上卓然成家的是嵇康、阮籍。嵇康、阮籍的作品以词旨遥深为宗,反映了对黑暗现实的不满和忧思,表现了政治重压下的苦闷与抗议,也具有一定的社会意义,并推动了晋代五言诗的发展。正始文学的特点被称为"正始之音"。

阮籍(210—263),字嗣宗,陈留尉氏(今河南开封)人,阮瑀之子,曾为步兵校尉,世称阮步兵。他博览群书,志气宏放,胸次高阔,鄙弃礼法俗世。阮籍批判虚伪"名教",在"自然"与"名教"的矛盾中持调和态度,对司马氏的反抗激烈程度不如嵇康。《晋书·阮籍传》云:"籍本有济世志,属魏晋之际,天下多故,名士少有全者,籍由是不与世事,遂酣饮为常。……尝登广武,观楚汉战处,叹曰:时无英雄,使竖子成名。登武牢山,望京邑而叹,于是赋豪杰诗。"在《首阳山赋》中,他反对虚伪礼法,寄悲愤于比兴,歌颂清净逍遥之境,表现出游仙的幻想。八十二首《咏怀诗》对此种种心绪有集中的表现。

《晋书》本传载,阮籍"作《咏怀诗》八十余篇,为世所重",其中五言诗八十二篇,四言诗四篇。这些诗不是一时所作,却是其政治和人生感慨的记录,是较早的政治抒情诗。内容充满苦闷、孤独的情绪,表现了理想不能实现的痛苦,也写游仙和隐居,同时表现出对时局的关注。就诗歌精神而言,《咏怀诗》与建安风格是一脉相承的。题目统称为《咏怀》,显然是有意为之的。对此,《文选》李善注指出:"咏怀者谓人情怀。籍于魏末晋文之代,常虑祸患及己,故有此诗。多刺时人无故旧之情,逐势力而已。观其体趣,实谓幽深,非夫作者不能探测之。"因此《咏怀诗》就蒙上一层隐晦的帷幕。《咏怀诗》的内容主要有四个方面,一是表现自己的孤独苦闷;二是揭发政治的黑暗;三是揭露礼法之士的虚伪;四是表现饮酒

求仙等消极出世的情绪。如其一"夜中不能寐":

> 夜中不能寐,起坐弹鸣琴。薄帷鉴明月,清风吹我襟。孤鸿号外野,翔鸟鸣北林。徘徊将何见,忧思独伤心。

此首为《咏怀》组诗的发端之作,有统摄组诗之用。清方东树《昭昧詹言》说:"此是八十一首发端,不过总言所以咏怀不能已于言之故。"诗以"夜"字领起,诗人的动作行为、所见所闻、心理状态等都发生在这个特定时间里。夜晚本是酣梦香甜之时,可诗人却偏偏"不能寐"。深夜难眠,为排遣精神苦闷,求得心灵的平衡,他既而"起坐弹鸣琴"。然而知音难遇,倍感孤独寂寞。"薄帷鉴明月,清风吹我襟",写清寒如水的月华映在薄薄的帷帐上泛起的冷光。微风徐来,衣襟飘拂,一缕清新爽快之感直透胸怀。诗人侧耳谛听"孤鸿号外野,翔鸟鸣北林",在"外野"、"北林"的阔大空间里,有失群孤鸿的号叫、离群飞鸟的哀鸣,把诗人思想和现实的矛盾,以及对时局和个人命运的忧虑表现得颇为形象,在虚实相生中有所寄托。末两句"徘徊将何见,忧思独伤心",是诗人"自疑而问之"(《昭昧詹言》)。他忧思难遣,忧苦异常,悲慨长叹。读者可从诗中所展示的"情形色相"中感受到诗人幽寂孤愤的心境。

阮籍是一位具有魏晋风度的诗人,嵇康在《与山巨源绝交书》中说他"口不论人过……至性过人,与物无伤"。《晋书·阮籍传》载,"文帝欲为武帝求婚于籍,籍醉六十日,不得言而止。钟会数以时事问之,欲因其可否而致之罪,皆以酣醉获免","籍又能为青白眼,见礼俗之士,以白眼对之"。这"酣醉"和"青白眼",是诗人是非爱憎的特殊表现方式。阮籍的人生宏愿无法实现,却又得面对司马氏卑鄙的两面派伎俩。他既不愿接受其笼络,又不愿无辜被屠,内心对司马氏极其憎恶鄙视,又不能公开反对,所以"不与世事,遂酣饮为常"。即或如此,司马氏仍不肯放过他。因此他一生从未平静过,心情总是陷于极度的痛苦之中。这就是诗人"夜中不能寐"的"忧思"、"伤心"的内涵。此种心境正是魏晋时代正直士人苦闷彷徨的典型写照。因此,本诗具有深刻的历史意义,也是阮籍"为世所重"的原因所在。

阮籍诗艺术风格隐晦曲折。《诗品》说:"言在耳目之内,情寄八荒之表……颇多感慨之词。厥旨渊放,归趣难求。"由于政治环境险恶,他不得不大量运用比兴、寄托和象征的艺术手法来抒情言志,使自己的理想与追求、痛苦与失望在诗篇里能够得到真实反映。《咏怀诗》继承了《诗经·小雅》、《古诗十九首》和建安诗人的传统,在运用五言诗抒情和讽喻方面有较高的成就,给处于黑暗统治下的作家开拓了一条写作政治抒情诗的道路。同时也使五言诗完全脱离了模仿乐府的阶段,对五言诗的发展起了很大的推动作用。陶渊明的《饮酒》、庾信的《拟咏怀》、陈子昂的《感遇》、李白的《古风》都受到他的影响。

元好问《论诗绝句三十首》第五首论及阮籍:"纵横诗笔见高情,何物能浇块垒平?老阮不狂谁会得?出门一笑大江横。"元好问深知阮籍内心的"狂",明白阮籍胸中自有"块垒",嗅到阮籍诗中的真情郁气,其诗笔如大江奔腾,恰是他胸中不平之气的外化。阮籍文章以《大人先生传》最为著名。这是一篇反礼教,宣扬出世思想的作品,在写作上类于赋体。

嵇康(224—262),字叔夜,谯国铚人(安徽宿县西)。家贫,少孤,勤奋乐学,通音律。为人善谈理,有高情远趣。思想激进,尊尚老庄,攻击周孔名教。和曹魏是姻亲和同乡,在魏废帝时做过中散大夫,世称嵇中散。当时代表豪门世族利益的司马氏,为夺取帝位,标榜"名教"、"以孝治天下",借此屠戮异己。嵇康公开"非汤武而薄周孔",蔑视礼法,激烈反抗,抨击企图借"禅让"之名夺取政权的司马氏。司马昭借他因吕安事下狱之机,将他杀害。《晋书·嵇康传》载,临刑时,"太学生三千人,请以为师,弗许。康顾视日影,索琴弹之,曰:'《广陵散》于今绝矣!'"死时年方四十,"海内之士,莫不痛之"。

嵇康以散文名世,《与山巨源绝交书》是其代表作,表现出大胆的反抗思想和浓厚的文学意味。文中说:"人伦有礼,朝廷有法。自惟至熟,有必不堪者七,甚不可者二。"所谓"必不堪者七"是蔑视礼教,"甚不可者二"则公然对抗朝廷法制;所谓"非汤武而薄周孔"是公开揭穿司马氏假借"礼教"夺取政权的阴谋。全文自始至终贯穿着与司马氏集团决绝的态度,嬉笑怒骂,犀利洒脱,表现了作者峻急刚烈的性格。也正是因为这封信,给他招来杀身之祸。

嵇康四言诗有很高的成就,这些诗能脱《诗经》藩篱,直抒胸臆。《赠秀才入军》、《幽愤诗》是其代表作。《赠秀才入军》诗共十八章,内容是想象其兄嵇喜的军中生活,不过诗中的洒脱情趣无疑是对嵇康本人的刻画。如第九章:

良马既闲,丽服有晖。左揽繁弱,右接忘归。风驰电掣,蹑景追飞。凌厉中原,顾盼生姿。

本章想象其兄日后在军中纵马射箭的情景,物象鲜明,飘舞灵动,跃然纸上。与曹植的《白马篇》相比,有英武之气,又不乏超然之态。刘勰《文心雕龙·明诗》说嵇诗"清峻",清是清远,峻是峻切。《诗品》说:"颇似魏文,过为峻切,讦直露才,伤渊雅之致。然托喻清远,良有鉴才,亦未失高流矣。"

思考练习题

1. "三曹"在创作上的异同。
2. "建安七子"诗歌创作的特征。
3. "建安风骨"的内涵。
4. "正始之音"的内涵。

第二章 两晋文学

公元265年,司马炎废魏元帝曹奂,自立为帝,建立晋王朝。317年,晋统一全国。西晋文学与前代相比有不少明显的转变。文学转变既源自"文学本身"的规律,也与社会变化密切相关。西晋短暂的统一使社会生产得到一定恢复,经济状况有所好转。不少文人对社会前景欢欣鼓舞,有些文人向统治集团靠拢,成为权贵门客,此前士人充满主体意识的任诞之风渐行收敛。同时,世族制度加深了不同阶层和族群之间的鸿沟。高门大族文人远离现实人生和社会生活,无法获取鲜活的文学素材。他们拟古,追求语言精美、辞藻华丽和对偶工整,《文心雕龙·明诗》篇说他们"采缛于正始,力柔于建安",《情采》篇又说"体情之致日疏,逐文之篇愈盛",从追求形式华美,逐渐走向形式主义。

除晋初文学外,西晋文学可分太康和永嘉两个时期。在太康、元康的短暂繁荣和安定之后,发生"八王之乱",而后晋廷大厦将倾。晋怀帝永嘉年间,割据局面复现。晋宗室南渡,建立偏安政权,史称东晋。从永嘉起百余年间,玄言诗为诗坛大宗,孙绰和许询是代表人物。西晋作家众多,撰文集传世者有百余人,其中较引人注目者有傅玄、张华、陆机、潘岳、左思、刘琨、郭璞等。西晋文学有与建安、正始不一样的特点,诗文较繁缛。至东晋,士族清谈玄理的风气日盛,文人士大夫普遍使用抽象的语言谈论哲理,这也影响着文学,使得文学的艺术表现削弱而理胜于辞。陶渊明是其时一个独特的存在。

第一节 西晋初年文学

西晋初年的文学表现出由魏向晋的过渡,代表作家有傅玄、张华等人。傅玄(217—278),字休奕,北地泥阳(今陕西铜川市东南)人。仕魏、晋两代,出身寒微,年辈较长。精通音乐,博学善属文,为人刚劲亮直。魏时举秀才。司马炎为晋王时,任散骑常侍,时人对其在政治上评价较高。傅玄诗歌创作以乐府为主,其中一部分乐府诗是宗庙乐章,一部分模仿汉乐府民歌,反映社会问题,写男女爱情及妇女的不幸命运;其中如《豫章行苦相篇》:

> 苦相身为女,卑陋难再陈。男儿当门户,堕地自生神。雄心志四海,万里望风尘。女育无欣爱,不为家所珍。长大逃深室,藏头羞见人。垂泪适他乡,忽如雨绝云。低头和颜色,素齿结朱唇。跪拜无复数,婢妾如严宾。情合同云汉,葵藿仰阳春;心乖甚水火,百恶集其身。玉颜随年变,丈夫多好新。昔为形与影,今

为胡与秦。胡秦时相见,一绝逾参辰。

《豫章行》是乐府古调,属《相和歌·清调曲》。傅玄用旧题写新诗,与曹操乐府诗《短歌行》《步出夏门行》的影响不无关系。该诗反映重男轻女的习俗给女子带来的痛苦,对女子的不幸遭遇给予深切同情,有一定社会意义。

张华(232—300),字茂先,范阳方城(今河北固安西南)人。出身寒微,学业优博,辞藻温丽。魏时任著作郎等职。入晋后,任黄门侍郎,以平吴有功封侯。因拒绝赵王伦和孙秀的篡权阴谋,被害。张华学问广杂,好奇谈怪说,《晋书》本传说他"图纬方技之书,莫不详览",著《博物志》,属志怪小说一类。他作诗好排偶,喜妍丽。代表作《情诗》五首写闺妇思夫或游子念妇,如其三:

清风动帷帘,晨月照幽房。佳人处遐远,兰室无容光。襟怀拥虚景,轻衾覆空床。居欢惜夜促,在戚怨宵长。抚枕独啸叹,感叹心内伤。

这首写闺妇思夫,融情入景,缠绵悱恻。钟嵘《诗品》说张华"虽名高曩代,而疏亮之士,犹恨其儿女情多,风云气少",总之,其诗语言华艳,格调柔弱。

第二节　太康文学

太康,晋武帝司马炎的年号(280—289)。其时作家,有"三张(张载、张协、张亢)二陆(陆机、陆云)两潘(潘岳、潘尼)一左(左思)"之说。太康文学以陆机、潘岳诗歌成就为最高。

陆机(261—303),字士衡,吴郡华亭(今上海市松江)人。祖父陆逊,曾任东吴丞相。父亲陆抗,吴大司马。吴亡后,闭门读书。太康末,与弟陆云至洛阳,受到诗坛领袖张华赏识而享誉京都,时称"二陆"。后陆机出入贾谧门下,成为"二十四友"之一。历太子洗马、著作郎、中书郎平原内史等职,世称"陆平原"。后成都王司马颖与河间王司马颙起兵讨长沙王司马乂,任命他为后将军、河北大都督,兵败,为司马颖所杀,时年四十三。

陆机诗富藻饰,名重当时。其内容多为士大夫的一般感慨,竭力追求辞藻和对偶,往往堆砌滞实,繁冗无力。陆机喜模拟前人,写作乐府,因袭旧题,敷衍成篇,文雅典滞,而创新不足。《拟古诗》十二首模仿《古诗十九首》,曾影响一时。《赴洛道中作》二首是为数不多的可取作品,如其二:

远游越山川,山川修且广。振策陟崇丘,案辔遵平莽。夕息抱影寐,朝徂衔思往。顿辔倚高岩,侧听悲风响。清露坠素辉,明月一何朗。抚枕不能寐,振衣独长想。

写诗人太康十年应诏赴京途中的感受,一路风尘劳顿,透露复杂的情感,委婉含蓄。全诗除首尾外,几乎都是偶句,对偶工稳,讲究锤炼字句,语言精美。寥寥数个动词,生动准确地传达出内心的感情波澜。诗以旅途形象和个人举动写孤寂之感、忧心之态,一个忧思不已的形象清晰地站在读者面前。从艺术角度说,该诗将辞赋的句式用于诗歌,丰富了表现手法。排偶句主要用于描写山形水态,对此后的山水诗起到了先导作用。

元好问《论诗绝句三十首》其九论及陆机:"斗靡夸多费览观,陆文犹恨冗于潘。心声只要传心了,布谷澜翻可是难。"所谓的"陆文犹恨冗于潘",出于《世说新语·文学》:"孙兴公云:'潘文浅而净,陆文深而芜。'"元好问借此批评陆机诗的绮靡、篇幅冗长,形式华艳而真情实感不足。

陆机的散文辞赋也有较高成就,《吊魏武帝文》《叹逝赋》《豪士赋》《文赋》等都是精心撰写的好作品。总体上陆机的文风对当时文坛有深刻的影响。

潘岳(247—300),字安仁,荥阳中牟人(河南开封)。少小才思敏捷,号为"神童"。曾任河阳令、著作郎、给事黄门侍郎等职,后世称"潘黄门"。在晋惠帝时权臣贾谧"二十四友"中,"岳为其首"。赵王司马伦执政时,孙秀诬其谋反,为孙秀所害,夷三族。在文学上,陆、潘齐名。《世说新语·文学篇》引孙绰云:"潘文烂若披锦,无处不佳;陆文若排沙简金,往往见宝。"《诗品》将陆机诗与潘岳诗同列为上品。两者审美追求相近,文风绮丽繁冗。与陆机诗用语精美华丽相比,潘诗用语浅近。今存诗十八首,《悼亡诗》三首是其代表作,内容都是伤悼亡妻,以工于言情著称。笔墨之间流露着深婉之情,如其一:

荏苒冬春谢,寒暑忽流易。之子归穷泉,重壤永幽隔。私怀谁克从,淹留亦何益。僶俛恭朝命,回心反初役。望庐思其人,入室想所历。帷屏无仿佛,翰墨有余迹。流芳未及歇,遗挂犹在壁。怅恍如或存,周遑忡惊惕。如彼翰林鸟,双栖一朝只;如彼游川鱼,比目中路析。春风缘隙来,晨霤承檐滴。寝息何时忘,沉忧日盈积。庶几有时衰,庄缶犹可击。

本篇哀悼亡妻,给读者展示了一个哀情永恒的时空。诗中依次呈现庐舍、居室、帷幕、屏风、墨迹、檐水等场景,弥漫着阴沉凄凉的气氛。时节交替,光阴流逝,而诗人对亡妻的哀念并不因此而淡薄。"帷屏"四句写物是人非、触景伤情,"春风"四句写沉溺于悲恸之中,忘却时光流转。他期待自己有庄子的达观,从抑郁中开脱。全诗情深而语浅,深情婉转于清浅的字里间。后人写同题材多以"悼亡"为题,多受潘岳的影响,他开了诗歌以"悼亡"为题写哀悼之情的先河。此外,潘岳的《怀旧赋》《寡妇赋》《哀永逝文》等也都以善叙哀情而著称。

元好问《论诗绝句》其六论及潘岳:"心画心声总失真,文章宁复见为人。高情千古闲居赋,争信安仁拜路尘!"潘岳《闲居赋》写厌倦官场、向往隐逸,事实上潘岳一生躁求荣利,为文和为人表现出二重性格。因此元好问认为,所谓"心画心声"的以文识人会"失真","言为心声"、"文如其人"不能绝对化。

张协(255?—310?),字景阳,安平(今河北安平县)人。少有俊才,与其兄张载、弟张亢齐名,时称"三张"。《杂诗》十首是其代表作,情志之超轶流俗,用语之清新警拔,在陆、潘等人之上。如《杂诗》其一写离妇相思,情景结合,借景抒情,景随情迁,写景状物都很形象：

> 秋夜凉风起，清气荡暄浊。蜻蜓吟阶下，飞蛾拂明烛。君子从远役，佳人守茕独。离居几何时，钻燧忽改木。房栊无行迹，庭草萋以绿。青苔依空墙，蜘蛛网四屋。感物多所怀，沉忧结心曲。

太康诗风内容拟古，形式讲究藻饰，风格追求繁缛。从质朴到华美，从简单到繁复是文学发展的必然趋势，所谓"盖踵其事而增华，变其本而加厉。物既有之，文亦宜然"（萧统《文选序》）。太康诗歌丧失了建安"风力"，但描写由简单趋向繁复，句式由散行趋向骈偶，语言由朴素古直趋向华丽藻饰，在语言运用上做了许多有益的探索。太康诗风的形成源于一定的文学观和美学观。陆机《文赋》提出"诗缘情而绮靡"，这与"诗言志"儒家传统诗教相比，是诗歌美学观念上的重大转变。绮靡，指辞藻的华丽，与曹丕的"诗赋欲丽"观一脉相承，同时还讲究对声律的追求。《文赋》的观点反映了"文学自觉"的深化。

第三节 左 思

太康时期，继承和发扬"建安风骨"的作家是左思（252？—306？），字太冲，临淄人，出身寒微，不好交游，貌丑口讷。晋武帝泰始年间，其妹左棻以才名被选入宫，为武帝妃，全家迁居京师洛阳。左思博学能文，官秘书郎，惠帝时曾为贾谧门下"二十四友"之一。贾谧被诛，他辞官归隐。其实左思早年锐意于仕进，但在门阀制度的壁垒下，才秀身微，只能屈居底层，左思官止秘书郎。作品现有《文选》和《玉台新咏》所收的部分诗赋。他写作《三都赋》，"洛阳为之纸贵"，名声大噪。诗有十四首，以《咏史》和《娇女诗》最为有名。《文心雕龙》说他"尽锐于《三都》，拔萃于《咏史》"，其诗的价值在辞赋之上。《咏史》八首是他的代表作，抗议门阀制度，抒发寒士不平，具有较高的社会批判价值。

"咏史"之名，起于班固。班固及其后的咏史诗大多以述史为要务，诗中少有作者个人情绪。左思《咏史》则是托咏史之体，行抒怀之实，多自摅胸臆，成就远过于前人所谓"咏史正体"。《咏史》八首，实际上是一组历史感喻和政治抒情诗。借历史人物和事件，抒写自己的超世绝俗之怀、落魄不偶之感，表达对不平现实和政治暗象的憎恶，并反复申说梦想。第一首是组诗的序幕：

> 弱冠弄柔翰，卓荦观群书。著论准《过秦》，作赋拟《子虚》。边城苦鸣镝，羽檄飞京都。虽非甲胄士，畴昔览穰苴。长啸激清风，志若无东吴。铅刀贵一割，梦想骋良图。左眄澄江湘，右盼定羌胡。功成不受爵，长揖归田庐。

作为组诗首篇，该诗展现了一位文韬武略兼备、用世之心积极的青年英才。他以安邦定国为己任，睥睨一切，气概非凡。晋武帝即位以来，东南吴国和西北羌胡不断侵犯边境。所谓"铅刀贵一割，梦想骋良图。左眄澄江湘，右盼定羌胡"，正是表现作者为国立功的壮志。

更可贵的是"功成不受爵,长揖归田庐。"然而现实残酷,即使怀膺如此高尚理想,他一生仍不得志。这主要由于出身寒微,也正缘于此,笔锋转向对门阀制度的揭露和抨击。如其二:

> 郁郁涧底松,离离山上苗,以彼径寸茎,荫此百尺条。世胄蹑高位,英俊沉下僚。地势使之然,由来非一朝。金张藉旧业,七叶珥汉貂。冯公岂不伟,白首不见招。

诗中物象对比鲜明:涧底松高大成材,却栖身山涧之下;小苗仅有径寸之茎,却居高山之巅。如此"自然"的高低、贵贱的反差对比,形象而深刻地展现了门阀时代以势取人的不平现实,揭示了寒门文士不幸命运的社会根源,为下文正面评说社会现象蓄积声势。接着,"世胄蹑高位"四句揭露和鞭挞社会不公,不合理的制度安排在社会上根深蒂固、古已有之。以下直接叙史,以实例印证前语。结尾两句是通篇穴眼。以金、张显贵作为反衬,突出冯唐之悲。诗人运用强有力的反问语气,申明才华出众的冯唐不受重用,已堪痛心,更何况他一生遇冷。

《咏史诗》不仅揭露门阀制度的腐朽与不公,而且表现了作者对门阀世族的蔑视与反抗。第五首堪称组诗中神采恣纵、情怀飞扬的一篇:

> 皓天舒白日,灵景照神州。列宅紫宫里,飞宇若云浮。峨峨高门内,蔼蔼皆王侯。自非攀龙客,何为欻来游?被褐出阊阖,高步追许由。振衣千仞岗,濯足万里流。

尤其最后四句将诗人心志高张、气宇轩昂、率性而去的神态表达得淋漓尽致。

左思诗气势充沛,音情高亢,笔力矫健,《诗品》称之为"左思风力",又评其"文典以怨,颇为精切,得讽喻之致。"多引用史事,故曰"典";借史鉴今倾泻不满,所以"怨";关于古今史事与现实的言论,既契合无痕,又能深刻精当,故曰"精切"。《诗品》又说左思的诗"出于公干",即刘桢,在论及陶渊明时,曰"又协左思风力"。左思《咏史》开创了咏史诗的新路。

第四节 永嘉文学

永嘉(307—313)是西晋怀帝司马炽的年号。钟嵘《诗品序》说:"永嘉时,贵黄老,稍尚虚谈,于时篇什,理过其辞,淡乎寡味。……先是郭景纯用俊上之才,变创其体;刘越石仗清刚之气,赞成厥美。然彼众我寡,未能动俗。"永嘉时代,玄风始盛,当时比较杰出的诗人是刘琨和郭璞。

刘琨(271—318),字越石,中山魏昌人。是贵公子出身,早年生活雄豪浮荡,好老庄之学。《答卢谌书》中自叙其思想转变:"昔在少壮,未尝检括。远慕老庄之齐物,近嘉阮生之放旷。……因于逆乱,国破家亡,亲友雕残。块然独坐,则哀愤两集。负杖行吟,则百忧俱至……然后知聃周之为虚诞,嗣宗之为妄作也。"西晋末年,刘琨曾为并州刺史、大将军,在北方抗战多年,后因军事失利,投奔幽州刺史段匹䃅,相约共扶晋室。后因儿子得罪于段,受牵连为段所害。

刘琨后半生意欲有所作为,但时势不与,遭逢厄境,于是借诗宣泄其悲愤。强烈的爱国思想是其人其诗鲜明的标签。《扶风歌》是赴任并州刺史时所作,抒写途中经历及激愤忧虑之情:

> 朝发广莫门,暮宿丹水山。左手弯繁弱,右手挥龙渊。顾瞻望宫阙,俯仰御飞轩。据鞍长叹息,泪下如流泉。系马长松下,发鞍高岳头。烈烈悲风起,泠泠涧水流。挥手长相谢,哽咽不能言。浮云为我结,归鸟为我旋。去家日已远,安知存与亡?慷慨穷林中,抱膝独摧藏。麋鹿游我前,猿猴戏我侧。资粮既乏尽,薇蕨安可食?揽辔命徒侣,吟啸绝岩中。君子道微矣,夫子固有穷。惟昔李骞期,寄在匈奴庭。忠信反获罪,汉武不见明。我欲竟此曲,此曲悲且长。弃置勿重陈,重陈令心伤!

此诗先表现对故国的眷恋之情。继而写路途艰难、四面楚歌的困境,爱国情怀溢于言表。篇末用典揭示抗敌遇到的困难来自己方,忠愤之情溢于言表。《答卢谌》和《重赠卢谌》是他被段匹䃅所拘时写的绝命诗,后者云:

> 握中有悬璧,本自荆山璆。惟彼太公望,昔在渭滨叟。邓生何感激,千里来相求。白登幸曲逆,鸿门赖留侯。重耳任五贤,小白相射钩。苟能隆二伯,安问党与仇?中夜抚枕叹,想与数子游。吾衰久矣夫,何其不梦周?谁云圣达节,知命故不忧。宣尼悲获麟,西狩涕孔丘。功业未及建,夕阳忽西流。时哉不我与,去乎若云浮。朱实陨劲风,繁英落素秋。狭路倾华盖,骇驷摧双辀。何意百炼钢,化为绕指柔。

卢谌是刘琨的僚属,二人屡有诗篇赠答。本篇自述怀抱,抒写幽愤,含有激励卢谌之意。全诗以实带虚,明是直陈胸臆,暗照"赠卢",吐露心曲,劝人责己。诗多用典,委婉曲折,妥帖精当,收以一当十之效。诗人胸膺大义,意欲报效国家,但壮志难酬。末二句在慷慨激昂中透尽英雄失路的凄凉,感人至深。

刘琨诗情致深厚,悲壮清刚,雄峻雅健,与建安风骨一脉相承。《诗品》论其"善为凄厉之词,自有清拔之气",《文心雕龙》论其"雅壮而多风"。陆游《夜归偶怀故人独孤景略》云"刘琨死后无奇士,独听荒鸡泪满衣",感叹其人独为奇士,使后来者闻鸡下涕。元好问《论诗绝句》说"可惜并州刘越石,不教横槊建安中",痛惜其功业未遂,唯其诗风上承建安稍得安慰。

郭璞(276—324),字景纯,河东闻喜人。博学通经,精五行、天文、卜筮等。曾任著作郎,注释过《尔雅》《方言》《穆天子传》《山海经》等书。后为大将军王敦记室参军。王敦试图谋反,郭璞借卜筮谏阻被杀。郭璞颇有政治抱负,多次向东晋元帝及明帝献策巩固政权。但由于人微言轻，未得应有重视。现存诗歌二十余首，其中游仙诗有十四首，是他全部诗作的代表。以游仙为题材的作品可上溯至战国，以"游仙"为诗题始自曹植。早期游仙诗可分为两类：一是抒发作者忧愤之情，如屈原、曹植的作品；另一类是写求仙，仅写"列仙之趣"，如秦始皇《仙真人诗》、汉乐府《吟叹曲·王子乔》等。钟嵘《诗品》评郭璞游仙诗"辞多慷慨，乖远玄宗"，"坎壈咏怀"。郭璞继承《诗》《骚》兴寄传统，以游仙咏怀，写失意之悲，表现对现实的不满和对荣华富贵的鄙弃。这与左思借咏史抒发牢骚不平，有异曲同工之妙。如《京华游侠窟》写其高蹈尘外、鄙视世俗：

京华游侠窟，山林隐遁栖。朱门何足荣，未若托蓬莱。临源挹清波，陵岗掇丹荑。灵溪可潜盘，安事登云梯。漆园有傲吏，莱氏有逸妻。进则保龙见，退为触藩羝。高蹈风尘外，长揖谢夷齐。

西晋末年到东晋初，诗坛上大畅玄言。《文心雕龙·明诗》篇评郭璞："江左篇制，溺乎玄风，嗤笑徇务之志，崇盛亡机之谈。彭（宏）、孙（绰）已下，虽各有雕采，而辞趣一揆，莫与争雄。所以景纯《仙篇》，挺拔而为俊矣。"《才略篇》又说："景纯艳逸，足冠中兴。"可见与时人相比，郭璞诗虽写隐逸或求仙，但抒写坎壈之怀。都有充实的内容，语言华美，形象生动，风格挺拔俊逸。

第五节　玄言诗

玄言诗，前人以负面评价居多。钟嵘《诗品序》说："永嘉时，贵黄老，稍尚虚谈。于时篇什，理过其辞，淡乎寡味。爰及江表，微波尚传。孙绰、许询、桓、庾诸公诗，皆平典似道德论，建安风力尽矣。"

东晋玄言诗的发展，与佛教的流行很有关系。玄、佛合流在当时相当普遍，王导、谢安、简文帝、孙绰、许询、王羲之、殷浩等人与名僧支遁、竺法深、释道安、竺法汰等过从甚密，佛学与玄学受到同样的尊重。孙绰、许询等皆精通佛理，支遁等又深于老庄之学，玄佛互相渗透。由于玄言的影响，东晋诗总体上乏善可陈。然而玄言诗作为一时大宗，也有其不可忽视的价值。

《世说新语·文学》篇注引《续晋阳秋》："正始中，王弼、何晏好《庄》《老》玄胜之谈，而世遂贵焉。至江左李充尤盛。故郭璞五言始会合道家之言而韵之。询及太原孙绰转相祖尚，又加以三世之辞，而《诗》《骚》之体尽矣。询、绰并为一时文宗。"可见，郭璞、孙绰和许询皆为玄言诗大家。

孙绰（314—371），字兴公，太原中都人，孙楚之孙。与许询友善，后隐居会稽，游山玩水。曾任著作佐郎、太学博士、尚书郎、永嘉太守等职，官至廷卿尉，领著作。《晋书》本传说他隐居会稽，"作《遂初赋》以致其意"，"尝作《天台山赋》，辞致甚工，初成，以示友人范荣期，云：'卿试掷地，当作金石声'"。又说："绰以文才垂称，于时文士，绰为其冠。温、王、郗、庾诸公之薨，必须孙绰为碑文，然后刊石焉。"钟嵘《诗品》将其列为"下品"："世称孙、

许,弥善恬淡之词。"其玄言诗如《答许询》:

> 仰观大造,俯览时物。机过生患,吉凶相拂。智以利昏,识由情屈。野有寒枯,朝有炎郁。失则震惊,得则充诎。

这种文字徒具诗的形式,全无形象,遑论生动,毫无诗味可言,如同庸僧布道,令人昏昏欲睡,已与"文学"无涉。相比之下,一些运用形象的诗则清新喜人,如《秋日》:

> 萧瑟仲秋月,飂戾风云高。山居感时变,远客兴长谣。疏林积凉风,虚岫结凝霄。湛露洒庭林,密叶辞荣条。抚菌悲先落,攀松羡后凋。垂纶在林野,交情远市朝。淡然古怀心,濠上岂伊遥。

写仲秋时分万木萧条的景物和作者的感慨,先后用《庄子·逍遥游》《论语·子罕》《庄子·秋水》的典故,并有直抒胸臆之句"垂纶在林野,交情远市朝"。虽然阐发的哲理与《答许询》颇为相似,但形象可感,颇有诗味。

许询,生卒年不详,字玄度,高阳人。少时秀慧,人称神童。长而风情简素,好游山玩水,善析玄理,隐居深山,为当时著名的清谈家。五言诗在当时有一定声誉。钟嵘《诗品》将其列为"下品"。

东晋玄言诗对后世产生了深远影响,谢灵运的山水诗、白居易的说理诗、宋明理学家之讲坛,都或多或少受其熏染。所以,玄言诗也是中国诗歌史上不可忽视的一环。

思考练习题

1. 西晋文学重要作家及其作品的特征。
2. 左思风力的具体内涵。
3. 玄言诗的特征及价值。

第三章 陶渊明

陶渊明是东晋时代最杰出的诗人,也是整个魏晋南北朝最杰出的文学家。陶渊明及其开创的田园诗,在中国文学史上有重要的影响。

第一节 陶渊明的生平和思想

陶渊明(365—427),又名潜,字元亮,或云名潜,字渊明,浔阳柴桑人,生活在晋宋易代之际。他的曾祖父陶侃是东晋的开国名将,曾都督八州军事,获封长沙郡公,一生显赫,死后还追赠大司马。祖父陶茂官至太守,父亲亦曾出仕。母亲是东晋名士孟嘉的女儿。陶家有良好的教育环境和一定的社会名望。到陶渊明时,幼年丧父,家境日衰。早年陶渊明志趣多端,对于"独善其身"和"兼善天下"都有考虑。但在家族传统和儒家思想熏陶下,他自幼激发的建功立业愿望更为强烈。他有远大的政治抱负,希望将来能"大济苍生"。《杂诗》说"忆我少壮时,无乐自欣豫,猛志逸四海,骞翮思远翥"。受老庄学说影响,东晋士族文人企羡隐逸、追求精神自由的风气也在他身上留下深刻的影响,"少无适俗韵,性本爱丘山"之类就是反映。然而生当衰世,官僚荒淫,陶渊明不愿同流合污,于是他"大济苍生"的理想与现实便发生冲突。这个尖锐的冲突伴其一生,直接表现为出仕和归隐的反复与矛盾。

晋武帝太元十八年(393),陶渊明二十九岁,第一次出仕,任江州祭酒。但任职时间并不长,《宋书》本传说:"亲老家贫,起为州祭酒。不堪吏职,少日自解归。"辞官回家,州里又召他作主簿,坚辞不就。在家赋闲六七年。大约晋安帝隆安四年(400),陶渊明三十六岁,赴荆州,任刺史桓玄的幕僚。桓玄是大军阀桓温之子,当时控制着长江中上游,阴谋夺取晋室政权。陶渊明对此很失望,产生归隐之念。此期所作《辛丑岁七月赴假还江陵夜行涂口》诗有云:"怀役不遑寐,中宵尚孤征。商歌非吾事,依依在耦耕。投冠旋旧墟,不为好爵萦。养真衡茅下,庶以善自名。"第二年其母去世,他便辞职回家丁忧。

晋安帝元兴元年(402),桓玄举兵东下,攻陷建康。次年冬在建康篡夺帝位,改国号为楚,把晋安帝徙幽于陶渊明的家乡浔阳。元兴三年(404),建武将军刘裕起兵讨桓平叛。桓玄兵败西走,把幽禁在浔阳的安帝带到江陵。陶渊明投入刘裕幕下任镇军参军,这是他第三次出仕。《始作镇军参军经曲阿》诗曰"我行岂不遥,登降千余里。目倦川途异,心念山泽居",表达了隐居的意愿。他出仕,不是为了高官厚禄,而是要在得到基本生活外,实现兼济之志。《咏贫士》其四说:"好爵吾不萦,厚馈吾不酬。……朝与仁义生,夕死复何求。"这年五月,桓玄被杀。后来陶渊明离开刘裕幕府,改任建威将军刘敬宣的参军。晋安帝义熙元年(405),他曾奉命赴建康。《乙巳岁三月为建威参军使都经钱溪》诗记其事,"曰余何为者?勉励从兹役。一形似有制,素襟未可易。园田日梦想,安得久离析"。不久他又离开官场。同年,求为彭泽令。到任八十一天,恰逢浔阳郡派遣督邮来巡察,属吏说:"当束带迎之。"他叹道:"我岂能为五斗米向乡里小儿折腰。"便辞官归隐,不再出仕。去职时所作《归去来兮辞》,说做官"深愧平生志"。晚年生活贫困,有朋友主动送钱周济他,有时他也不免上门请求借贷。颜延之任始安郡太守,到他家饮酒,临走时,留下两万钱,他全部送到酒家供饮酒用。萧统《陶渊明传》载,宋文帝元嘉元年(424),江州刺史檀道济到他家探问,他已病饿多日。檀道济好言相劝:"贤者在世,天下无道则隐,有道则至。今子生文明之世,奈何自苦如此?"他说:"潜也何敢望贤,志不及也。"

陶渊明的归隐,是他洁身自好的选择。虽然是一种消极反抗,但他躬耕自资、不慕荣利,保持高尚节操,是值得肯定的。他赞叹汉代疏广和疏受的"知足不辱,知止不殆"的退隐。为坚守自己的节操,即使晚年到了极为困顿的境地,仍能用古代贤士来勉励自己,固守清白:"斯滥岂攸志,固穷夙所归。"(《有会而作并序》)辞去彭泽令,彻底归隐,是陶渊明一生的划界。此前,他不断在仕与隐间做选择,出仕时要归隐,归隐时想出仕,心情很矛盾。此后,他坚定了隐居的决心,一直过着躬耕生活,尽管他的心情仍不平静:"日月掷人去,有志不获骋。念此怀悲凄,终晓不能静。"(《杂诗》其二)他在诗中不厌其烦地描写隐居的快乐,表示隐居的决心,如"且共欢此饮,吾驾不可回"(《饮酒》其九);"托身已得所,千载不相违"(《饮酒》其四)。在后期,他并非没有出仕的机会,晋朝末年曾征他为著作佐郎,但是他拒绝了。刘裕篡晋建立宋朝,他更厌倦了政治,在《述酒》诗里隐晦地表达了他的想法:

重离照南陆,鸣鸟声相闻;秋草虽未黄,融风久已分。素砾晶修渚,南岳无馀云。豫章抗高门,重华固灵坟。流泪抱中叹,倾耳听司晨。神州献嘉粟,西灵为我驯。诸梁董师旅,芊胜丧其身。山阳归下国,成名犹不勤。卜生善斯牧,安乐不为君。平王去旧京,峡中纳遗薰。双陵甫云育,三趾显奇文。王子爱清吹,日中翔河汾。朱公练九齿,闲居离世纷。峨峨西岭内,偃息常所亲。天容自永固,彭殇非等伦。

其中大量用典而不直接陈说,博雅如黄庭坚者,也觉得其中多不可解,到南宋汤汉才详细注出,原来是为哀悼晋恭帝被刘裕杀害而作。

宋文帝元嘉四年,陶渊明在去世前写了一篇《自祭文》,文章最后说:"人生实难,死如之何?呜呼哀哉!"这成为他的绝笔。两个月后,与世长辞,享年六十三岁。亲友们以简朴的仪式安葬他,并给他一个谥号曰"靖节先生"。他的好友颜延之为他写了诔文。《宋书》《晋书》《南史》都有他的传记。

名士逃避现实,隐逸于山林,保全自己。他们以洁身自好的高士风范保持正直的人格和气节,显示了与当权者不合作的态度,而陶渊明的隐居则是另一种"在人间"的倾向。他回归田园与平民为伍,而不是遁入山林岩穴"与鸟兽同群"。他的《桃花源记》构建了一个诗情画意的人间化的乌托邦,正反映了这种倾向。当然桃花源并非纯属虚构,而是当时中原地区占据山险平敞之地的堡坞共同体的理想化。陈寅恪《桃花源记旁证》指出:"陶渊明《桃花源记》寓意之文,亦纪实之文。"陶渊明归隐后长期躬耕,逐步接近农民。他的诗文,在一定程度上反映了农民的思想和愿望。他仍然关心政治时事,在诗中不时流露出对时政的不满和壮志难酬的愤懑。他饮酒、采菊,看来很潇洒,其实内心并非完全没有痛苦,真正完全放下政治、时事的隐居者往往不为人所知。

陶渊明一生,思想大致可分为三个发展阶段。青少年时期,家庭教育以儒家思想为主,同时对老庄、游侠观念兼收并蓄。其时少不更事,充满建功立业的幻想。二十九到四十一岁,是仕与隐的纠结无定期。出仕既是"口腹自役",也为实现"明主贤君"的社会理想。归隐是因为官场"违己",设定的政治理想难以实现,宁愿洁身远祸。四十一岁后是隐居期,此时,他对政治人生的心念已绝,转而将修养心性,并将之付诸文字作为人生实现的方式,这是传统政治人生的替代品。他极写眼中乡村的清新优美,相形之下,可见官场的污浊秽恶。

虽然陶渊明受老庄哲学和佛教思想影响很深,但仍以儒家思想作为人生困境的出口。真正的儒学精神,以济世弘道为原则,执着于现世人生价值,是真正的魏晋名士的追求。《荣木》"总角闻道,白首无成",《怀古田舍》"先师有遗训,忧道不忧贫",《咏贫士》其五"贫富常交战,道胜无戚颜",这个"道"就是儒学精神。在陶渊明的一生中,心灵深处的种种念想,遇与不遇、为官与隐居、关心政事与忘怀得失,包括儒家精神,最终都转化追求与自然大化的和谐,与诸法万有的兼容,这些都反映在他的作品中。

第二节 陶渊明作品的思想内容

陶渊明的创作,各体俱佳,其中诗的成就最高。现存诗120多首,是他全部作品思想内容的集中代表,主要有以下几个方面:

第一,描绘静穆恬美的田园风光和悠然自得的自我心境。这方面的作品,如《归园田居》《饮酒》等。《归园田居》五首,写辞官归田后,亲近自然的愉悦,田园景观的美好,乡村平居的乐趣,亲身劳动的甘苦,流露真情实感,朴素自然,语平淡而诗味厚,是诗人的代表作。诗作于作者辞去彭泽令,归隐田园的第二年,即晋安帝义熙二年(406)春夏。虽然他不肯束带折腰见督邮的事,颇难肯定,但晋宋时代,虽然个个讲清高,实则个个要官做,只有陶渊明从县令任上去职,在当时实在是惊世骇俗的举动。田园生活契合其为人本性,作者心情大好,作诗相赞。第一首就是一幅充满人间情怀的乡居图:

> 少无适俗韵,性本爱丘山。误落尘网中,一去三十年。羁鸟恋旧林,池鱼归故渊。开荒南野际,守拙归园田。方宅十余亩,草屋八九间。榆柳荫后檐,桃李罗堂前。暧暧远人村,依依墟里烟。狗吠深巷中,鸡鸣桑树颠。户庭无尘杂,虚室有余闲。久在樊笼里,复得返自然。

前二句写田园情结,"误落尘网中,一去三十年",因此情结,无随顺世俗之意,做官完全是被外物一时迷了心窍,是阴差阳错跌落尘世罗网,而且迷失达十三年之久。现世社会的荣华富贵,在他看来只是压制人性的罗网,诗人热爱自由、厌弃俗世的心性由此可见一斑。他把十三年仕途中的自己比作"羁鸟""池鱼",念兹在兹那"旧林""故渊"的自由天地。退居乡野,于他来说如同鸟飞出笼而归巢,鱼跃出池而赴渊,怡然自得。"开荒南野际,守拙归园田"写田园劳作。开荒之守拙,与在官场吃俸禄、靡费公帑,甚或巧取豪夺相对照。诗人躬耕自食,安贫乐道,有异于山林岩穴之"野隐"。"方宅十余亩"至"鸡鸣桑树颠",描写田园生活,宽绰的住房,和谐的环境,朴茂的氛围,乐在其中的安适心情。味其意象,自由安详,温和静穆,动静相生,远近相协。诗人以我观物,自我欣赏,欣慰自足。"户庭无尘杂"四句写田园心境。"无尘杂"由外而内,既无车马闹,则户庭得静,心绪亦洁净与共。最后两句概括题旨,"久在""复得"语义相衔,词气相接,依稀摹出如释重负之态。一舒久积之气,回首暗自庆幸。全副笔墨,尽落脚于此。该诗用笔白描,绘得常景,而不坠常境,语淡味醇。"暧暧"状远村之静,"依依"写轻烟之动,如在目前;鸡鸣狗吠之声,依稀可辨,如在耳边,远近参差,形声相辉,动静相生。诗人素笔描绘朴素宁静之景,热爱田园甘于恬淡的情怀,共乡野之景交辉。风格情韵通达流畅,如浑金璞玉,淡而隽永。

陶渊明二十首《饮酒》诗,当作于四十岁之后,即在刚刚离开彭泽令的职位归园田隐居不久。诗人身在官场,心为形役,"最是为官不自由",于是毅然抽身而回,在田园中寻找归宿。如其五:

> 结庐在人境,而无车马喧。问君何能尔?心远地自偏。采菊东篱下,悠然见南山。山气日夕佳,飞鸟相与还。此中有真意,欲辨已忘言。

这首诗咏田园生活的恬静闲适,突出表现诗人内心与自然的契合。诗的前半部分写心理空间对现实空间的超越,后半部分叙观景情致的悠然与即景得理的愉悦。开头两句意义对立,以"而"字作连接词表示其矛盾。以下两句设问,道出消解此矛盾于无形的结穴之所在。"人境"一语自有缥缈出尘之想,然则生活在人间,建宅于人境,就免不了人世交往的纷扰,但诗人的生活却无此弊端。"心远地自偏"道出富有意味的哲理:心灵如果在尘俗之上,那么虽处喧闹之境,也与居于偏僻无异。心境的恬淡使喧闹的环境变得静谧,这是艺术境界中空间的辩证法。

"采菊东篱下,悠然见南山",以日常生活细节入诗。其中"见"字精确地表达出诗人采菊之时,本非有意于山,只是俯仰之间,山的形象时不时地映入他眼帘的情景。《东坡题跋》说:"因采菊而见山,境与意会,此句最有妙处。近岁俗本皆作'望南山',则此一篇神气都索然矣。"可见,"望"立足于主观有意,"见"则无心而发,初不留意而得览南山之态。"山气日夕佳,飞鸟相与还"正是所见南山之景的概貌与局部,先面后点的描写,意境美妙。作者《归去来兮辞》中句"云无心以出岫,鸟倦飞而知还",与"飞鸟相与还"合而观之,或许也隐含着诗人放弃"心为形役"的官场而返归田园的惬意。最后两句富有哲理。"欲辨已忘言",《庄子·齐物论》曰:"辨也者,有不允也。夫大道不称,大辨不言。"《外物篇》云:"言者所以在意也,得意而忘言。"二句字面上说此情此境含有真正的人生意义,欲加辨别竟至忘记如何用言语表达,其实质毋宁说诗人想表明:如果体悟到此中真意,则何必去辨别,何必执着于言语表达?

第二,歌咏生产劳动及与农民的淳朴友谊。陶渊明辞官归乡后,在农村参加劳动,与农民交往,逐渐热爱劳动,关心农民。如《归园田居》其三:

> 种豆南山下,草盛豆苗稀。晨兴理荒秽,戴月荷锄归。道狭草木长,夕露沾我衣。衣沾不足惜,但使愿无违。

此诗描绘自己全天的辛苦劳作。由于不擅农活,所以"草盛豆苗稀"。尽管如此,他却激情高涨,"晨兴理荒秽,戴月荷锄归",披星戴月,不畏辛劳。在诗人眼中,与内心的充实相比,这些辛苦实在是微不足道。"沾衣不足惜,但使愿无违",此"愿"更多地指向诗人"聊为陇亩民""甘以辞华轩"的平生之志。语至淡而意至厚,醇情洋溢,如画而质呈。这是诗人亲身参加劳动才能达到的表达效果,劳动在创作中得到歌颂。这种自食其力的生活方式契合陶渊明的信念。在劳动中,人与自然和谐相处,自然的馈赠与人的辛劳结合完成对生活的创造。在诗里日出而作、日入而归的艰辛已升华为一种美妙的人生境界。另外,在陶诗中还有对劳动更加丰富而具有理性内涵的叙说,如《庚戌岁九月中于西田获早稻》:

> 人生归有道,衣食固其端。孰是都不营,而以求自安。开春理常业,岁功聊可观。晨出肆微勤,日入负耒还。山中饶霜露,风气亦先寒。田家岂不苦,弗获辞此难。四体诚乃疲,庶无异患干。盥濯息檐下,斗酒散襟颜。遥遥沮溺心,千载乃相关。但愿长如此,躬耕非所叹。

陶渊明认为,衣食是人赖以生存的基本条件,劳动是衣食之源。"田家岂不苦,弗获辞此难",农人正是创造衣食的主体,他们的辛苦换来衣食的丰赡。陶渊明也体会到劳动的艰辛,但更多的是劳动后的快慰和愉悦,更加坚定了躬耕的决心。同样内容的作品还有《丙辰岁八月中于下潠田舍获》,开篇有云:"贫居依稼穑,戮力东林隈。不言春作苦,常恐负所怀。司田眷有秋,寄声与我谐。"

陶渊明的田园诗表现出一种出自劳动者,也只有劳动者才能体会到的思想感情。如《归园田居》其二:"桑麻日已长,我土日以广。常恐霜霰至,零落同草莽。"表现了对农作物日日生长、田地日日开拓的欣喜,以及节候无常的忧虑。

诗人还在多处表达自己与农民建立的感情。《癸卯岁始春怀古田舍》有"秉耒欢时务,解颜劝农人"、"日入相与归,壶浆劳近邻",《归园田居》其二有"时复墟曲中,披草共来往;相见无杂言,但道桑麻长"等。

第三,反映农村凋敝和自己家境的贫困。由于战争,当时农村遭到严重破坏。诗人归乡之后,目睹农村破败,心中所感发而为诗,如《归园田居》其四:

> 久去山泽游,浪莽林野娱。试携子侄辈,披榛步荒墟。徘徊丘陇间,依依昔人居。井灶有遗处,桑竹残朽株。借问采薪者,此人皆焉如?薪者向我言,死殁

无复馀。一世异朝市，此语真不虚。人生似幻化，终当归空无。

此诗从行踪入手写"山泽游"，并转向对田园村落的描写。惟目力所及，曾经的民居已化为废墟，井灶遗迹虽存，桑竹久已朽败，民众死丧殆尽，于是不免产生人生幻灭之感。如此景象正是诗人眼中农村的另一个侧面。此外还如《示庞主簿邓治中》"夏日长抱饥，寒夜无被眠；造夕思鸡鸣，及晨愿乌迁"，《有会而作》"弱年逢家乏，老至更长饥；菽麦实所羡，孰敢慕甘肥"，在隐居的大多时间里，陶渊明无疑具有相当的生生之资，诗中所写的贫困，虽然是自己晚年逢天灾不免屡受饥寒的境遇，但对于一般民众来说则可能是他们悲惨的生活常态。

第四，表现诗人的社会理想。陶渊明早年就曾立志兼济天下，希望有朝一日能够"大济苍生"，然而多次出仕都未能如意。于是转而行独善之道，"长吟掩柴门，聊为陇亩民"（《癸卯岁始春怀古田舍》）。人生多艰，劳作不易，生活每况愈下，"值欢无复娱，每每多忧虑"（《杂诗》其三），"量力守故辙，岂不寒与饥"（《咏贫士》）。他敢于直面现实困境，考虑自身和家庭的基本温饱，也因此关注农民，更加具体地了解到普通民众的理想与愿望。《桃花源诗并记》就是诗人美好社会理想的形象表达。这个有着相应现实依据的民众共同体无疑是乌托邦式的，但却标志着诗人思想发展的高度，寓示着对现实的批判和反抗。

第五，描写自己内心的情志冲突与安贫乐道的心灵安顿。除了田园诗之外，陶渊明的咏怀、咏史诗也表现出内心种种冲突，如出仕和归隐的矛盾、理想不能实现的苦闷，以及不愿屈心抑志、随顺流俗的脾性等。这些诗也曲折地揭露了社会政治的黑暗。安贫乐道是他抚慰内心冲突的良药，两者相辅相成。《杂诗》《读山海经》等组诗中的大部分都与此有关。

陶渊明被称为"隐逸诗人之宗"，其实他并非完全忘却时世。在退隐田园后，他既努力满足于田园生活的平淡，甚至试图借醉酒忘怀世情，或者用随应自然的道家态度对待生死，但其实这些都不能完全抚慰其胸中块垒，壮志未遂的苦闷往往于不经意中被触发。《杂诗》其二说"气变悟时易，不眠知夕永。欲言无予和，挥杯劝孤影。日月掷人去，有志不获骋；念此怀悲凄，终晓不能静"。若能放下一切世俗情志，则惯看秋月春风、静观光阴往来正是应然之态，不必有"不眠"，不必说"有志不获骋"，不会怨"终晓不能静"。陶渊明在隐居生活中歌咏英雄人物，同样透露出他不是完全弃世界于不顾。如《咏荆轲》说"其人虽已没，千载有余情"，肯定荆轲的勇于牺牲。《读山海经》其十歌颂精卫和刑天虽死不屈的精神："精卫衔微木，将以填沧海。刑天舞干戚，猛志固常在。同物既无虑，化去不复悔。徒设在昔心，良辰讵可待！"

鲁迅先生说："除论客所佩服的'悠然见南山'外，也还有'精卫衔微木，将以填沧海，刑天舞干戚，猛志固常在'之类的'金刚怒目'式。在证明着他并非整天整夜的飘飘然。这'猛志固常在'和'悠然见南山'的是一个人，倘有取舍，即非全人，再加抑扬，更离真实。"（《且介亭杂文二集》）这提醒我们必须全面、实事求是地考察陶渊明的思想。终其一生，他既有面对现实积极有为的一面，也有消极避世的一面；对于生活和社会有一定的幻想，也有理想与现实的深刻的矛盾。委运乘化、乐天知命和及时行乐、虚无幻灭的思想在他诗中也时有表露。如"穷通靡所虑，憔悴由化迁"（《岁暮和张常侍》），"今我不为乐，知有来岁不"（《酬刘柴桑》），"人生似幻化，终当归空无"（《归园田居》其四）等。

第三节　陶渊明诗歌的艺术特色

陶渊明作为文化史上的伟人，在文学上，他远祖先秦诸子思想风范和"风骚"艺术，近承汉魏正始的优秀传统，有高深的造诣和独特的风格。相对于太康诗风骈词俪句的习气，他的诗自然平淡；相对于正始及游仙对超尘出俗的歌颂眷恋，他的诗描绘农村生活，并于其中安放自己的灵魂；相对于执着于奥义、远而不切于常的玄言诗，他叙述人世人情和日常琐事。《诗品》说陶诗"其源出于应璩，又协左思风力"，其诗艺术成就主要表现为：

第一，平淡亲切，淳美感人。朱熹说"渊明诗平淡，出于自然"（《朱子语类》）。陶诗语言平淡质直，不加雕饰，如话家常，一无古奥，源于日常，贴近生活。陶诗鲜取铺排语，少见对偶句，罕有用典处，物色渲染亦不藻饰，全数如实平淡写来，如"方宅十余亩，草屋八九间"，"种豆南山下，草盛豆苗稀"（《归园田居》）。难能可贵的是，陶诗能寓深情于平淡，蕴至味于质朴，在平常无奇的外表下运行着炽热的思想感情，散发着浓郁的生活气息。元好问《论诗绝句》其四评陶诗："一语天然万古新，豪华落尽见真淳。南窗白日羲皇上，未害渊明是晋人。"与对形式的刻镂雕绘相比，陶诗更重在表现冲和淳厚、坦荡磊落的心灵世界，希望达到诗歌艺术美与主人公心灵美的融合，诗品与人品的统一。

陶诗所述多为农村常见的事物和日常的生活，这些对象一经诗人描写，往往倾注他的情感和人格。如《和郭主簿》"蔼蔼堂前林，中夏贮清阴。凯风因时来，回飙开我襟"，诗写夏日在堂前林中流连的闲适。"贮"字本是平常语，于此却极不平常。炎夏本不堪其热，但林中独有凉爽，似乎天地清阴都全部贮存于此，可以随时享用。南风吹怀，亦及时送爽。《移居》有云"过门更相呼，有酒斟酌之"，"呼"字出语粗率甚或简慢，见出邻人间情意的昵与真，也见出诗人生活的自由。《乞食》中"行行至斯里，叩门拙言辞"，无着意刻画，无多余渲染，将诗人为饥所驱向人乞贷的窘境表现得真拙切形。当然陶诗之淡而淳，不是无技巧，而是无雕痕，这是一种更高的艺术境界。

第二，融情入景，意趣高远。陶诗重意重情胜过对形似的追求。陶诗之景，常含人之情，麦苗、月亮、炊烟、春燕，无不富于人的情趣。如"暧暧远人村，依依墟里烟"，"暧暧"，是日色昏暗之貌，"依依"是物形轻柔之貌，前者远观，后者近察，须得景外观物之人有一种悠然自得的心味，方可记得如此之景。合而观之，渗入体会，置身其境，抒发的是诗人厌弃虚伪做作，热爱淳朴自由的感情。在诗歌形象的选择上，他对青松、秋菊、孤云、归鸟等有偏好。这些景物体现着陶渊明自身的性格，象征意象直接映现着坚贞孤高、崇尚自由的感情。特别是他对菊花的爱好和描写，使之几乎成了陶渊明的化身。如《和郭主簿》"芳菊开林耀，青松冠岩列。怀此贞秀姿，卓为霜下杰"，《归去来兮辞》"三径就荒，松菊犹存"，松、菊成了诗人品格的象征。《归去来兮辞》"鸟倦飞而知还"，《饮酒》"山气日夕佳，飞鸟相与还"，寄托诗人倦游思归的高情远趣。陶渊明的田园诗画面清晰，意境鲜明，使人如临其境。读《归园田居》第一首，在榆柳桃李掩映下，村落、草屋、炊烟、深巷的犬吠、树头的鸡鸣等等，一起构成一种境界，安宁静谧，淳朴自然，促人亲近。

第三，语言自然，富有真趣。陶诗抒情写景，用语朴素，生活哲理自然表达，情、理兼胜。《杂诗》中"落地为兄弟,何必骨肉亲","盛年不重来,一日难再晨","及时当勉励,岁月不待人",《饮酒》中"问君何能尔,心远地自偏","连林人不觉,独树众乃奇"等情感真实,意味深远,朴素脱俗,平淡中含新奇。在晋宋追求辞藻文采的氛围中,这种语言风格独树一帜,新人耳目。

陶渊明的散文以清新自然、语朴情深胜出同时文章。《桃花源记》《归去来兮辞》《五柳先生传》,脍炙人口,表达了他安贫乐道、不慕荣利、不顺恶俗的高尚志节,可视为作者生活和思想的实录。《祭程氏妹文》情意真切感人,《感士不遇赋》《闲情赋》感情激烈深沉,都是传诵佳作。

第四节 陶渊明的地位和影响

陶渊明是整个魏晋南北朝时期艺术成就最杰出的文学家。在玄言诗盛行、雕章琢句风行的时代,在辞藻富丽、文采喧腾的文坛,陶渊明的诗文有不一样的气息。咏怀、咏史诗继承了阮籍、左思的传统,弘扬建安精神。田园诗戛戛独造,此前无人如此多彩、大量与真诚地歌咏农村,具有新颖的思想内容和独特的艺术风格,为诗歌创作开辟了一个新的天地。

陶渊明的影响,随着历史的变迁而逐渐接近其本质。他在世时,为人注目只因是一个合于雅道的隐士,时人并不重视其诗文,他平淡的风格与当时崇尚的文风不合。《文心雕龙》只字未提陶渊明,至钟嵘、萧统发现其文学成就。《诗品》将他列为中品,位在陆机、潘岳之下,《文选》选录其数篇作品,评价极其有限。从唐以后,陶渊明才越来越得到人们的重视,尤其是经苏轼、朱熹等人的弘扬,才确立了陶渊明在文学史上的崇高地位,并获得了世界声誉。

陶渊明主要的影响是积极的。他蔑视权贵,不与统治者同流合污的高尚品德,成为后代优秀作家的榜样,成为士大夫的精神家园。尤其是"不为五斗米折腰"成就了士大夫在出处选择上的自由,而平淡成了他们心目中高尚的艺术境界。由于陶渊明的吟咏,菊和酒成为人格的象征,饮酒可悟人生真谛,赏菊可得高情远致,已经成为中国文化史的典型表象。另一方面,陶渊明乐天知命的思想和逃避现实的态度,也给后世文人以消极的影响。

陶诗艺术对后世的影响很大。自从南朝鲍照、江淹学陶诗,历代"拟陶"、"和陶"续续不绝。李白说"何时到彭泽,狂歌五柳前",杜甫说"焉得思如陶谢手",白居易说"常爱陶彭泽,文思何高玄",陆游说"我诗慕渊明,恨不造其微"。苏轼和陶诗百余篇是文学史上的独特风景。陶渊明开创了田园诗一体,为古典诗歌开辟了新的境界。唐代的田园山水诗派,王、孟、韦、柳都祖述于他。宋代以后,田园诗人多到不可胜数。

思考练习题

1. 陶渊明生平与文学成就的关系。
2. 陶渊明田园诗的成就。
3. 陶渊明对后世的影响。

第四章 东晋南北朝乐府民歌

东晋南北朝乐府民歌是乐府诗史的新发展。它反映了新的社会现实,创造了新的艺术风格。汉乐府诗多数来自民间,魏及西晋乐府诗皆为文人创作。东晋及南朝乐府中的民歌以男女相思题材居多,北朝乐府民歌的风格与南朝大异其趣。南北朝民歌虽是同一时代的产物,但由于南北长期对峙,以及政治、经济、文化以及民族风尚、自然环境等的极大差异,南北民歌也呈现出不同的色彩和情调,正如《乐府诗集》所谓"艳曲兴于南朝,胡音生于北俗"。南朝的抒情长诗《西洲曲》和北朝的叙事长诗《木兰诗》,为这时期民歌卓绝千古的杰作。

第一节 东晋南朝乐府民歌

东晋南朝乐府机关采集民歌配乐演唱,供朝廷选用。南朝民歌多采自城市,作者多为青年男女,题材相对单一,多为情歌。宋郭茂倩《乐府诗集》把汉至唐的乐府诗分为12类,南朝乐府民歌约500首,分吴歌、西曲、神弦歌三大类,其中吴歌326首,西曲142首,神弦歌18首。大部分保存在"清商曲辞"中,少量在"杂曲歌辞"和"杂歌谣辞"中。

吴歌出自长江下游以建业为中心的江南地区,以东晋和宋时的作品居多,有《子夜歌》《子夜四时歌》《读曲》和《华山畿》等二十余种,大都是恋歌。其特点是柔弱艳丽,多表现羞涩缠绵的情态。《子夜歌》共42首,相传是由东晋女子名为子夜者所作,感情细腻,语言清丽。《子夜四时歌》75首,其中可能有文人的拟作。《读曲》今存89首。

西曲产生于长江中游和汉水两岸,而以江陵为中心,为晋宋时期的作品。现存142首,有《石城乐》《乌夜啼》《莫愁乐》等三十四种,大都写商贾行船水上生活和商妇送别怀人情感。

神弦歌产生于建业地区,是祭神曲。现存歌辞18首,有《白石郎曲》《清溪小姑》等,多写人神相恋。

东晋南朝民歌题材和内容狭窄,这与南朝统治者的喜好、南方的优美环境和充足的生活条件有着直接的关系。南朝民歌多作女子口吻,哀怨缠绵,主要表现男女思慕和痛苦。部分作品涉及对封建婚姻制度和家长干涉恋爱自由的抗争。如其中关于青年男女对恋爱不自由、婚姻不自主的反抗和无奈:

  懊恼不堪止。上床解腰绳,自经屏风里。(《华山畿》)
  懊恼奈何许。夜闻家中论,不得侬与汝!(《懊恼歌》)
  始欲识郎时,两心望如一。理丝入残机,何悟不成匹!(《子夜歌》)

不幸的爱情各有其苦楚,幸福的爱情则自有相通的喜悦。南朝民歌中的后一类作品,对爱情所作赤裸天真大胆的抒写,很能显示南朝情歌的特色。如《读曲歌》:

  打杀长鸣鸡,弹去乌白鸟。愿得连冥不复曙,一年都一晓!

由歌词表现的爱情来看,他们显然是一种自由结合。情歌中虽有少女们青春的欢笑,但也有对男女不平等、对男子负心背约的猜疑和哀怨。如:

  渊冰厚三尺,素雪覆千里。我心如松柏,君情复何似?(《子夜冬歌》)
  侬作北辰星,千年无转移。欢行白日心,朝东暮复西!(《子夜歌》)

女子性情坚贞而往往命比纸薄。在男女不平等的时代里,男子负心,女子固然伤心,其实即使男子倾心于她们,女子也不免提心吊胆。

  在南朝民歌中,有不少商旅远行、夫妻或情人伤别的诗,这是在城市和商业、发展的情况下,商人离家经商而夫妻或情人久别的反映。如:

  布帆百余幅,环环在江津。执手双泪落,何时见欢还?(《石城乐》)
  闻欢下扬州,相送江津弯。愿得篙橹折,交郎到头还。(《那呵滩》)

以上两首写恋人离别哀怨之情,泣涕涟涟已是常事,甚至希望篙折橹断留住远行之人,感情出奇而真挚、深切而健康。

  南朝民歌中还有把爱情和劳动结合在一起的作品,如《拔蒲》二首:

  青蒲衔紫茸,长叶复从风。与君同舟去,拔蒲五湖中。
  朝发桂兰渚,昼息桑榆下。与君同拔蒲,竟日不成把。

  南朝民歌中还有受屈辱被损害青楼女子的倾诉,如:

  鸡亭故侬去,九里新侬还。送一却迎两,无有暂时闲。(《寻阳乐》)
  夜来冒霜雪,晨去履风波。虽得叙微情,奈侬身苦何!(《夜度娘》)

  南朝乐府中还有祭神乐歌,其诗有人鬼恋爱的情形。如:

  积石如玉,列松如翠。郎艳独绝,世无其二。(《白石郎曲》)

开门白水,侧近桥梁。小姑所居,独处无郎。(《清溪小姑》)

南朝民歌在体式形制上,突出的特点是篇幅短小,五言四句为多。这种形式与入乐有关。在写作手段上,南朝民歌善于在一个场景、一刹那的思想感情变化中描写人物及情感的微妙变化。如《采桑度》"采桑盛阳月,绿叶何翩翩。攀条上树表,牵坏紫罗裙"。在表现手法上,南朝民歌常用比喻、夸张来抒情状物,善于使用隐语、双关。如《华山畿》"相送劳劳渚。长江不应满,是侬泪成许",《子夜歌》"雾露隐芙蓉,见莲不分明",《三洲歌》"遥见千幅帆,知是逐风流"。在审美风格上,南朝民歌语言清新自然,委婉含蓄,清丽柔弱,与当时文人诗雕琢辞藻形成鲜明的对照。《大子夜歌》说:"歌谣数百种,子夜最堪怜:慷慨吐清音,明转出天然。"正道出了这种风格特征。

《西洲曲》是南朝民歌中的杰作,属于"杂曲歌辞"。其作者,《玉台新咏》题为江淹,《古诗源》题为梁武帝。诗在保有民歌本色的基础上经过文人或乐府机关润饰。由于时间、地点、人物等因素难以确定,理解有不同。

忆梅下西洲,折梅寄江北。单衫杏子红,双鬓鸦雏色。西洲在何处?两桨桥头渡。日暮伯劳飞,风吹乌臼树。树下即门前,门中露翠钿。开门郎不至,出门采红莲。采莲南塘秋,莲花过人头。低头弄莲子,莲子青如水。置莲怀袖中,莲心彻底红。忆郎郎不至,仰首望飞鸿。鸿飞满西洲,望郎上青楼。楼高望不见,尽日栏杆头。栏杆十二曲,垂手明如玉。卷帘天自高,海水摇空绿。海水梦悠悠,君愁我亦愁。南风知我意,吹梦到西洲。

可以认为,诗是以男子口吻开篇。而后写四季相思,暗转为女子口吻。缠绵婉转,别有情致。全诗三十二句,每四句一小节,共八小节。

"忆梅下西洲"四句,诗开篇由回忆引出相思。三四两句由梅想到人,展示出女子形象,同时又标示时令的变迁,交代主人公从早春到暮春、孟夏的相思过程。"西洲在何处"四句,设问两句与开篇头二句相呼应,其后两句进一步具体描绘女郎住处。相思由孟夏到仲夏,自晨至昏,终日萦绕于心。"树下即门前"四句,首句与上节末句衔接,步步推移,层次分明。女子形貌展现,出门采莲。"莲"用双关,谐"怜爱"之"怜"。采莲激起相思之情愈浓,暗补时节进程。"采莲南塘秋"四句,承上采莲,交代地点、时节变迁。"莲子"谐"怜子"。对莲的不同描写标明了时间进程,而相思始终。"置莲怀袖中"四句,接上节的"莲子"而来,暗喻怜爱之情、赤诚之心。继续通过"莲"的变化说明时节推移。"飞鸿"传相思之切,又表明时节已至深秋。"鸿飞满西洲"四句,承上节"望飞鸿"。登高远望,终日相思。"栏杆十二曲"四句,以景物衬托人物的心理活动,思情波涌,恰似夜空如海那样的无边无际。"海水梦悠悠"四句,表现浓重的相思之情。以"西洲"作结,与开篇遥相呼应,全篇一气灌注。这首诗构思布局新颖,章法结构奇特,语言活泼含蓄。借时序的推移、景物的变化,抒发真情实感,乃南朝乐府民歌中艺术性最高的一篇。

第二节 北朝乐府民歌

北朝乐府民歌主要保存于《乐府诗集》"梁鼓角横吹曲"中,还有一小部分保存在"杂曲歌辞"、"杂歌谣辞"中,合计约七十首。大多是北魏、北齐、北周时期的作品。"横吹曲"是马上演奏的军乐,乐器有鼓和号角,故称"鼓角横吹曲"。这些曲子出自不同的北方民族,其中"我是虏家儿,不解汉儿歌"(《折杨柳枝歌》)便是明证,以鲜卑民歌居多。随着南北文化交流,陆续传到南方,梁代的乐府机关将其保留下来,故称"梁鼓角横吹曲"。

北朝民歌广泛地反映了社会生活的各个方面:富于地方色彩的景色和风俗,北方民族的尚武精神和战争,羁旅行役和流亡生活,爱情和婚姻等。北朝文化与南朝的不同在民歌里表现得颇为明显。北朝民歌情调俊朗豪放,表现了北方民众率直、粗犷、英武的性格特征。

北朝民歌中反映北方游牧生活和北国风光的,如敕勒族歌咏草原风光和畜牧之盛的牧歌《敕勒歌》:

敕勒川,阴山下。天似穹庐,笼盖四野。天苍苍,野茫茫,风吹草低见牛羊。

据载,北齐神武帝高欢攻打北周时,曾叫敕勒族人斛律金将军唱《敕勒歌》,"其歌本鲜卑语,易为齐语",可见,该歌是由鲜卑语译成汉语的。它表现的思想内容和格调气魄,积极健康,豪迈感人。据考证,诗中"敕勒川"在今内蒙古呼和浩特附近。元好问《论诗绝句三十首》其七论及《敕勒歌》:"慷慨歌谣绝不传,穹庐一曲本天然。中州万古英雄气,也到阴山敕勒川。"这种背景的自然景象,是北方独有的。牛羊畜牧是北方的经济生产形态。这种富于地方色彩的诗歌与南方歌谣中"春林花多媚,春鸟意多哀"相比,完全是两个不同的天地。生于斯,长于斯,从形象、气质到诗歌表现,自然形成不同的风格。

北方民族能骑善射、好勇尚武,这在北朝民歌中也有很突出的表现:

男儿欲作健,结伴不须多。鹞子经天飞,群雀两向波。(《企喻歌辞》)
新买五尺刀,悬着中梁柱。一日三摩挲,剧于十五女。(《琅琊王歌辞》)
李波小妹字雍容,褰裳逐马如卷蓬。左射右射必叠双,妇女尚如此,男儿安可逢!(《李波小妹歌》)

在北朝历史上,战争几乎不断,"五胡十六国"间战争尤为频繁。北朝民歌中即有反映战争的作品:

男儿可怜虫,出门怀死忧。尸丧狭谷口,白骨无人收。(《企喻歌辞》)

战争的后果之一是人口掳掠而造成大量的民众被迫离开本土,在北朝民歌中有不少怀土

思乡之作,其中表现的绝望、悲哀和愤激自然不同于一般的游子诗,如:

  高高山头树,风吹叶落去。一去数千里,何当还故处?(《紫骝马歌辞》)
  琅琊复琅琊,琅琊大道王。鹿鸣思长草,愁人思故乡。(《琅琊王歌辞》)

《陇头歌》三首写行路之人备受风寒侵袭、寂寞孤独的苦况,最为凄凉动人:

  陇头流水,流离山下。念吾一身,飘然旷野。
  朝发欣城,暮宿陇头。寒不能语,舌卷入喉。
  陇头流水,鸣声幽咽。遥望秦川,心肝断绝。

三首小诗相互关联,形象地反映了各族统治者之间的残酷战争造成人民大批流亡的苦难现实,表现了对社会战乱的愤慨。

有些民歌还反映了民众饥寒交迫的生活,触及社会对立的根本问题:

  雨雪霏霏雀劳利,长嘴饱满短嘴饥。(《雀劳利歌辞》)
  快马常苦瘦,剿儿常苦贫。黄禾起羸马,有钱始作人!(《幽州马客吟辞》)

由于民族性格、礼俗的独特性,北朝民歌中不少反映婚姻和爱情生活的诗歌往往直率热烈、大胆泼辣,绝无南朝民歌的委曲细腻。如南歌说"感郎千金意,惭无倾城色",北歌则说"女儿自言好,故入郎君怀"。南歌叙情,常见泪眼,但在北歌,情人失约,会说"月明光光星欲堕,欲来不来早语我"(《地驱乐歌》)。北朝婚恋民歌中还提到"老女不嫁",反映了战争带来的社会问题:

  驱羊入谷,白羊在前。老女不嫁,踏地呼天。(《地驱乐歌辞》)
  门前一株枣,岁岁不知老。阿婆不嫁女,那得孙儿抱?(《折杨柳枝歌》)

北朝民歌的特点,在内容上,北歌偏重于社会生活,题材较广。在艺术上,语言质朴无华,风格古朴苍劲,悲凉慷慨,质直粗犷,坦率豪迈,刚健激越,非南朝的婉转柔靡可比。在体裁上,以五言四句为主,同时有七言四句的七绝体,并发展了七言古体和杂言体。与南朝乐府民歌相比,这是它的独特之处。

北朝乐府民歌的代表作是《木兰诗》,在《乐府诗集》中属于"梁鼓角横吹曲"。南朝陈释智匠所撰《古今乐录》已著录该诗。从文辞看,可能经过文人润色加工。诗的主人公木兰是一位巾帼英雄,她体现了中华民族广大妇女的人生精神和道德理想。她勤劳能干,聪慧坚强,深明大义。她女扮男装,代父从军,表现出崇高的自我牺牲精神。她武艺超群,能征善战,出生入死,身经百战,成了功勋卓著的"壮士"。凯旋以后,面对高官厚禄、荣华富贵,她不慕荣利。她从军的目的是代父出征、保家卫国、抵御外侮。她的思想境界,坦荡磊落。对木兰形象的刻画和歌颂突破了男尊女卑的传统思想,表现出朴素的男女平等观念,具有强烈的社会意义。此外,这首诗更为典型地反映出北方民族豪侠尚武的精神。

从艺术角度说,首先这是一首成功的叙事诗,与《孔雀东南飞》堪称诗歌史上的"双璧",两者前后辉映。《孔雀东南飞》采用双线叙事,尤重场面铺陈,着意营造悲剧气氛。《木兰诗》以木兰为单线,有精彩的场面描写。《孔雀东南飞》令人悲不能禁,该诗则令人情志昂扬。其次修辞丰富多彩。该诗既有古朴自然、如话家常的口语,又有工稳精绝、气韵流畅的律句,五言和杂言兼用,和谐统一,活泼明快、自然如风。其中运用了多种修辞手法,夸张、比喻、顶针、对偶、铺排等,而无斧凿之痕,古朴刚健,自然本色。押韵不避重字,通篇除开头数句押仄韵外,其余都平韵相转,转捩自然,铿锵谐和,具有音乐美。第三,剪裁得当,繁简相宜。如对战争生活,只以"万里赴戎机"等六句略括,而详述归家后情景,完全符合表现主题和塑造人物形象的需要。

思考练习题

1. 东晋南朝乐府民歌的题材和艺术成就。
2. 北朝乐府民歌的题材和艺术成就。
3. 《西洲曲》《木兰诗》的内容和艺术成就。

第五章 南北朝诗文

南北朝的诗文和魏晋颇多不同。概而言之,有元嘉文学、永明文学、宫体文学三个阶段。元嘉(424—453)是宋文帝的年号,代表作家有谢灵运、颜延之、鲍照。在谢灵运的山水诗中,自然山水成为独立的审美对象。鲍照创作雄健豪放,为七言、杂言乐府诗开拓了道路。齐及梁初"永明体"形成、兴起阶段有沈约、谢朓等诗人,他们将声韵学引入诗歌创作,形成讲究格律、对偶的永明新体诗,是诗体的重大变革。齐梁以后,重形式的诗风统治诗坛。梁中叶至陈末,以梁简文帝萧纲、梁元帝萧绎为代表的"宫体诗"兴盛,浮靡轻艳成为诗歌审美的主流。宫体诗描写女性和宫廷生活,风格绮丽,但在诗歌史上仍有一定积极意义。北朝,直到庾信由南入北,才改变了原来文人诗的状况,带来新的转机。

第一节 山水诗和谢灵运

晋宋之际,山水诗大量出现,并取代玄言诗,成为诗歌主潮。刘勰《文心雕龙·明诗》曰:"宋初文咏,体有因革,庄老告退,而山水方滋。"一直以来,在中国文化传统中,人与自然的关系是融洽和谐的。儒家、道家乃至佛家思想中,都透露出对自然的热爱与欣赏。自然美在魏晋时期被发现,成为文学的审美对象,山水文学的产生是文学自身发展的必然结果。《诗经》《楚辞》及汉赋都为山水诗的写作提供了经验。山水诗兴盛于当时还有其时代原因。首先,它是山林优游和隐逸生活的直观反映。山水林间成为士人幽照情怀的乐土,成为隐士寄托身心的家园。其次,它是一定社会文化的产物。晋宋以来,南方经济发展,南渡世族与南方贵族文人广建园林别墅,优游山水,朝夕赏爱,为山水诗的诞生提供了文化土壤。第三,魏晋玄学和东晋玄言诗直接启迪了山水诗的产生。玄学"得意忘象"、"寄言出意"的思辨方法,玄言诗借山水体悟玄思理致,都在创作观念上为山水诗导夫先路。与之相应,晋宋之际山水绘画及理论应运而生。这些都对山水诗的诞生和诗风转变有着极大的促进作用。

谢灵运(385—433),祖籍陈郡阳夏,世居会稽。东晋名将谢玄之孙,十八岁袭封康乐公,故称谢康乐。小名客儿,故又称谢客。幼时聪颖好学,谢玄感慨说:"我乃生瑍,瑍那得生灵运!"谢灵运"博览群书,文章之美,江左莫逮",又"性奢豪,车服鲜丽,衣裳器物,多改旧制,世共宗之",文章之美与颜延之为江左第一。刘裕代晋后,爵降为侯,政治上不受重用,心怀郁愤。少帝时,任永嘉太守,不久辞官隐居会稽,写了不少清新优美的山水诗。为官荒政,寄情山水。元嘉十年,遭弹劾,兴兵拒捕,流放广州,被杀。绝命诗云:"龚胜无余生,李业有终尽。嵇公理既迫,霍生命亦殒。凄凄凌霜叶,网网冲风菌。邂逅竟几何,修短非所愍。送心自觉前,斯痛久已忍。恨我君子志,不获岩上泯。"

谢灵运自恃才干出众,门第高华,热衷于政治而不得运势,借观赏山水宣泄政治苦闷。在永嘉太守任上,以游山玩水为常事,并每每作诗记胜。其山水诗以细致的刻画力求巧似,过于雕琢,此外还有玄言痕迹。其佳篇如《登池上楼》:

> 潜虬媚幽姿,飞鸿响远音。薄霄愧云浮,栖川怍渊沉。进德智所拙,退耕力不任。徇禄反穷海,卧痾对空林。衾枕昧节候,褰开暂窥临。倾耳聆波澜,举目眺岖嵚。初景革绪风,新阳改故阴。池塘生春草,园柳变鸣禽。祁祁伤豳歌,萋萋感楚吟。索居易永久,离群难处心。持操岂独古,无闷征在今!

谢灵运在政治上本有雄心壮志,但在宋武帝刘裕长子刘义符(少帝)即位后,他卷入大臣徐羡之与刘裕次子刘义真(庐陵王)的矛盾漩涡中。永初三年(422)谢灵运被逐出京,贬至偏僻的永嘉郡任太守。这对他来说是一次沉重的打击。到永嘉后的第一年冬天,他长期卧病,来年春始愈,登楼赏景,写下《登池上楼》。全诗前八句为第一层,主要写官场失意的不满与困境。"潜虬"四句以虚为主,后四句渐实,由虚入实,由远及近,写降到冰点的心绪。自"衾枕"以下八句为第二层,写登楼见景,其中"池塘生春草,园柳变鸣禽"是名句。钟嵘《诗品》引《谢氏家录》说:"康乐每对惠连,辄得佳语。后在永嘉西堂,思诗竟日不就,寤寐间忽见惠连,即成'池塘生春草'。故尝云:'此语有神助,非我语也'。"故事真实性姑置不论,这两句诗名确实很大。其实这两句诗遣词、绘景都极平常,不过这两句精到地表现了初春节令特征及主人公的心情。尤其是"池塘生春草"一句,写池塘周边的草,近池水滋润,又得塘坡缓冲寒风,故复苏早,生长快,青青之色在一片萧瑟之中颇显鲜绿。此景其实平常,然作者久病初起,不经意间被此景触动,继而感到万物生机勃发的春天已经来临,故得此自然清新之句。"园柳变鸣禽",从不易察觉的微小变化得到灵感。诗人敏锐的视觉和听觉,忧郁心情受到的节候变化的激荡尽在其中。最后六句为第三层。由登楼观景联想到写春之诗,借《诗经·豳风·七月》《楚辞·招隐士》表达自己的感慨,情绪又转向感伤。"索居"、"离群"两句,写隐居生活有其不堪忍受的一面,但这无法阻挡他归隐的决心。末两句"持操岂独古,无闷征在今",自我标榜,强为解脱,高调收结全篇。大约半年之后,谢灵运称疾辞官,归隐始宁祖居。

本诗以登楼为触机,抒发复杂的心绪,孤高情调,失意牢骚,进退苦闷,归隐志趣等等,真实地表现了内心活动的过程。全诗景与情通,情随景迁,刻绘细微之景源自敏动感觉,抒发深衷之情起于自然清景。诗人乐自然而好山水,观于外而动于内,心追手摹,这正是成就山水诗一派的重要条件。谢灵运扭转诗风,自他往后,南朝的谢朓、何逊,皆以优美的山水诗篇丰富了诗歌园地。

谢灵运山水诗大都孤清、闲适,其中不少佳句生动细致地刻画出自然美景,开朗清新。如"野旷沙岸净,天高秋月明"(《初去郡》);"明月照积雪,朔风劲且哀"(《岁暮》)等。元好问《论诗绝句》第二十、二十九首都论及谢灵运,"谢客风容映古今,发源谁似柳州深?朱弦一拂遗音在,却是当年寂寞心","池塘春草谢家春,万古千秋五字新。传语闭门陈正字,可怜无补费精神",极其关注推崇谢灵运。谢灵运雕章琢句,他的创作为齐梁新体诗打下了一定的基础。

第二节 鲍 照

鲍照(414—466),字明远,东海(今江苏涟水县北)人。他出身寒庶,少有文学才情,26岁时献诗临川王刘义庆言志,被擢为国侍郎,出任江州刺史。临川王死后,始兴王濬引为国侍郎。此后历任太学博士、中书舍人、秣陵令、永嘉令、临海王刘子顼参军。泰始元年(465),晋安王刘子勋起兵谋反,临海王响应,兵败被赐死。鲍照死于乱军之中。鲍照"身地孤贱",曾经从事农耕,在门阀世族统治下,处处受到压抑。在《瓜步山楬文》中,他曾经叹息说:"才之多少,不如势之多少远矣!"这与左思《咏史》"地势使之然,由来非一朝"的愤慨不平相类。鲍照与谢灵运、颜延之并称为"元嘉三大家"。

鲍照的主要贡献在乐府诗,他是目前所知到南北朝为止创作乐府诗最多的诗人。在其现存约二百首诗歌中,乐府有八十余篇。除《吴歌》三首、《中兴歌》十首为当时流行的五言四句体式之外,其余皆为"文甚遒丽"的拟古乐府。这些拟作有五言和杂言,而以七言为主的杂言乐府诗是鲍照着力的方面。这些乐府诗继承和发扬了汉魏乐府民歌的艺术和精神,描写了广泛的社会生活,深刻同情民众苦难。鲍照诗歌的主要内容是表达建功立业的愿望,以及对门阀统治的不满情绪。《拟行路难》十八首是这方面的代表作。诗人或是直抒胸臆,或是托物寄怀,紧紧地围绕人生和生命的主题反复吟咏,极其强烈地抒发了诗人对于时光易逝、人生无常的悲哀,对于人世不平、人生多艰的愤慨,对于更高的生命价值与理想的追求。如《拟行路难》其一:

奉君金卮之美酒,瑇瑁玉匣之雕琴。七彩芙蓉之羽帐,九华蒲萄之锦衾。红颜零落岁将暮,寒光宛转时欲沉。愿君裁悲且减思,听我抵节行路吟。不见柏梁铜雀上,宁闻古时清吹音。

组诗开篇,诗人触物感怀,长声咏叹着他对时光易逝、生命无常的悲吟。《拟行路难》十八首中这种生命音调,集中、尖锐而强烈。对门阀世族统治的不满情绪表现同样浓重。如其六:

对案不能食,拔剑击柱长叹息。丈夫生世会几时,安能蹀躞垂羽翼?弃置罢官去,还家自休息。朝出与亲辞,暮还在亲侧。弄儿床前戏,看妇机中织。自古圣贤尽贫贱,何况我辈孤且直!

"对案不能食,拔剑击柱长叹息",气氛豪迈悲凉,音情俊发顿挫。"拔剑"、"击柱"、"长叹息"聚集外在举动,准确传神地刻画出诗人痛苦的内心世界。"丈夫生世会几时,安能蹀躞垂羽翼"两句道出诗人的生命思索:人生苦短,立世当骨气端翔,风貌卓杰,不可失意丧志,萎靡不振。鲍照本胸怀大志、才高气盛,但在"上品无寒门,下品无士族"的南朝社会,像鲍照那样出身寒微的人,是不可能在仕途上得意的。在长期遭受冷落和白眼的屈辱生活中,他对这一点更是有相当清醒的认识。《南史》还记载说,鲍照在做中书舍人时,宋文帝"好为文章,自谓人莫能及。照悟其旨,为文章多鄙言累句。咸谓照才尽,实不然也"。才华并没有给他的仕宦带来正面提升,反而时时得提防着遭人嫉恨,避免才高而招致的祸患。诗人对如此人生,表现出了无比的愤慨和不满,所以用"安能"两个字提振语调,慨然发问,豪迈之中充溢着苍凉悲怆之气。此后"弃置罢官去,还家自休息",诗人毫不犹豫地辞官,这两句话写得决绝干脆,令人想见他愤然拂袖而去的高蹈神态。"朝出与亲辞"四句集中笔墨,生动地描绘出一幅温情脉脉的闲居生活图景。只有从喧嚣冷落、受人歧视的官场中暂时摆脱出来的人,才能感受到这种精神慰藉。"弄儿"、"看妇"这两个悠闲动作,隐约透露诗人内心无所事事的悲怨,平静的生活下掩盖着的一股强烈感情潜流在激荡。最后两句"自古圣贤多贫贱,何况我辈孤且直"点破弃官后郁愤不平的真实心情。《论语·微子》曰:"直道而事人,焉往而不三黜?""身地孤贱"与"直道事人",正是诗人一生郁郁坎坷的根本原因。诗人无所顾忌地大胆地指出这一点,无疑是对当时腐朽的社会制度的抨击。无怪乎隋代王通说:"鲍照、江淹,古之狷者也,其文急以怨。"(《文中子·事君篇》)清王夫之说:"《行路难》诸篇,一以天才天韵吹宕而成,独唱千秋,更无和者。"(《古诗评选》卷一)鲍照俊逸豪放、奇矫凌厉、雄肆奔放的诗风对后世产生了深远影响。

　　边塞战争、征夫戍卒的生活,也是鲍照乐府诗的一个重要方面。《代出蓟北门行》里,他歌颂边塞将士"投躯报明主,身死为国殇"的英勇战斗精神,描写了"疾风冲塞起,沙砾自飘扬。马毛缩如猬,角弓不可张"的边塞战场景象,也表现诗人的慷慨不平。《代东武吟》写一个出身寒微的士兵征战一生,有功无赏,晚年过着悲惨的生活,揭露了社会的不合理。又如《拟行路难》之十三:

　　　　春禽喈喈旦暮鸣,最伤君子忧思情。我初辞家从军侨,荣志溢气干云霄。流浪渐冉经三龄,忽有白发素髭生。今暮临水拔已尽,明日对镜复已盈。但恐羁死为鬼客,客思寄灭生空精。每怀旧乡野,念我旧人多悲声。忽见过客问何我,宁知我家在南城。答云我曾居君乡,知君游宦在此城。我行离邑已万里,今方羁役去远征。来时闻君妇,闺中孀居独宿有贞名。亦云悲朝泣闲房,又闻暮思泪沾裳。形容憔悴非昔悦,蓬鬓衰颜不复妆。见此令人有馀悲,当愿君怀不暂忘。

　　全诗以春景最伤征夫情入手,叙述征夫经历。过客和征夫的对话,更曲折地表达了征夫想念妻子、思念故乡的痛苦。作者能抓住最富有特征的现象刻画人物心理。末以思妇形象作结,天南地北,两个人物,一样情愫。

　　此外,《代放歌行》《咏史》及《拟古》其二,表现门阀制度的不合理和自己的怀才不遇。《拟古》其六写他的农耕生活,抒发不能施展才华的愤慨,也流露出对民众疾苦的同情。鲍照大力学习和写作乐府诗,他发展了七言诗,变逐句押韵为隔句押韵,可以自由换韵。这为七言诗开拓了路径,此后七言诗日益繁荣起来。总之,鲍照是南北朝时期继承建安传统,学习民间乐府而取得杰出成就的诗人,对唐代李白、杜甫、高适、岑参等人都有影响。

第三节 新体诗和谢朓

齐梁陈三代是新体诗形成和发展的重要时期。所谓新体,是就形式而言的,新体诗讲究声律、对偶。这种新诗体又称为永明体。齐永明(齐武帝萧赜年号,483—494)年间,周颙发现汉字的平、上、去、入四调,著《四声切韵》。同时的诗人沈约等人又根据四声和双声叠韵来研究诗句中声、韵、调的配合,指出平头、上尾、蜂腰、鹤膝、大韵、小韵、旁纽、正纽等八种声病必须避免,称为"八病",力求做到"一简之内,音韵尽殊;两句之中,轻重悉异"。自觉地运用声律来写诗是中国诗歌史上空前的创举。对偶的诗句,在《诗经》里就已有了,曹植以后的诗人更加有意识地在诗中运用。声律与对偶互相配合,形成新体诗。这是我国格律诗的开端,反映出诗歌从比较自由的体式发展到格律的必然趋势。新体诗的作者很多,代表人物有沈约、谢朓、王融。

沈约(441—513),字休文,吴兴武康(今浙江德清)人。他笃志好学,博览群书,善作诗文,一生经历宋齐梁三代。仕宋,官至尚书度支郎。入齐,为文惠太子属官。永明中,又常游于竟陵王萧子良藩邸。萧衍禅齐,因功迁尚书仆射,封建昌县侯,累官至尚书令。卒年七十三,谥"隐",故世人又称"沈隐侯"。沈约在当时位高权重,在永明体诗人中甚有名望。《诗品》论其"长于清怨",主要指其山水诗和别离诗而言。如《登玄畅楼》:

> 危峰带北阜,高顶出南岑。中有陵风榭,回望川之阴。危险每增减,端平互浅深。水流本三派,台高乃四临。上有离群客,客有慕归心。落晖映长浦,焕景烛中浔。云深岭乍黑,日下溪半阴。信美非吾土,何事不抽簪?

诗在物象措置和结构组织上,先山形水流,后自抒怀抱,再水光山色,最后以反问作结,道出慕归思退之情。语词清爽简练,平淡真实。又如离别诗《别范安成》:

> 生平少年日,分手易前期。及尔同衰暮,非复别离时。勿言一樽酒,明日难重持。梦中不识路,何以慰相思?

此首叙过往少年之别离,衬托而今老年之别离情绪。"彼一时,此一时",不同情境下的分别自然有不同的心境。"今日"之别离的复杂情绪远非旧时可比。老、少别离的对比触目惊心,摹写深沉、婉转。

沈约对齐梁文学的影响,不仅在新体诗的倡导和创作上,而且在他以文坛领袖身份奖掖后进上,谢朓、何逊、刘勰等人都得到过沈约的奖掖。

谢朓(464—499),字玄晖,陈郡阳夏(今河南太康县)人。谢灵运的同族侄辈,世称谢灵运为"大谢",谢朓为"小谢"。最初做南齐诸王幕下的参军、功曹、文学等官职,曾得隋王萧子隆、竟陵王萧子良的赏识,是萧子良的"八友"之一。齐明帝时任中书郎,公元495年出任宣城太守,后世称"谢宣城"。后回朝任尚书吏部郎,因事牵连,下狱死,年三十六。谢朓的出身经历和谢灵运有些类似,受谢灵运影响较大,现存佳作大部分是山水诗。这些作品既吸取了谢灵运那种细致与逼真的长处,又基本摆脱了玄言诗的影响,形成一种清新的风格。如《晚登三山还望京邑》:

> 灞涘望长安,河阳视京县。白日丽飞甍,参差皆可见。余霞散成绮,澄江静如练。喧鸟覆春洲,杂英满芳甸。去矣方滞淫,怀哉罢欢宴。佳期怅何许,泪下如流霰。有情知望乡,谁能鬓不变。

此诗写诗人登临三山遥望京邑所引起的忧思,既有去国怀乡之思,又有对往昔欢会的留恋。"灞涘望长安,河阳视京县",字面上化用前人诗句发端,可谓典丽。王粲《七哀诗》"南登灞陵岸,回首望长安",潘岳《河阳县作》"引领望京室,南路在伐柯"。王粲避乱逃离长安,潘岳负才不遇,渴望回京做官。他们的遭遇和心情,引起谢朓的共鸣,暗中借前人及其诗歌抒写怀抱,气度非凡。"白日丽飞甍,参差皆可见"统写建业之景,一幅夕阳鸟瞰图,可谓宏壮。"余霞散成绮,澄江静如练"仰视天空,俯视长江,各得奇观,设喻贴切,意境优美,引人入胜,可谓绚烂。李白"解道澄江静如练,令人长忆谢玄晖"叹服其造语及意境。"喧鸟覆春洲,杂英满芳甸"这是细笔写近景。眼前晚春景色美不胜收,深深触动了游子的思乡之情。可谓声形兼茂,动人心容。以下转入写久滞京国怀恋故乡之情。"去矣方滞淫,怀哉罢欢宴"化用《诗经》和王粲诗意。王粲《七哀诗》"荆蛮非我乡,何为久滞淫",《诗经·王风·扬之水》:"怀哉怀哉!曷月予旋归哉?"借以写想要离开此地而又被滞留,由于深切怀念家乡,连欢宴之情也没有了。这两句承上因眼前美景触动乡愁,虽生乡愁却不得归,欢宴为之罢,转折顿挫。可谓欢不掩悲,痛彻骨底。"佳期怅何许,泪下如流霰",佳期,指还乡之期;怅何许,不知何时,写还乡无期之悲痛。泪下如霰,具体形象地描写惆怅而泪下的痛苦心情,可谓情动于中涕形于外。最后两句,诗以反问句指出普天之下怀念家乡、思念故土亲人的人都是有情者,做了最普遍的概括,使诗歌具有了广泛的社会意义,把诗人怀念故乡的深情作了最充分的表达。可谓推己及人,悲溢其身。因景生情,情景结合;对偶声律,细致工密;风格清丽,自然飘逸。

谢朓的山水诗,和谢灵运一样,往往有句无篇。写景名句相当多,如"大江流日夜,客心悲未央","天际识归舟,云中辨江树"等。《诗品》曰"微伤细密","善自发诗端,而篇末多踬,此意锐而才弱也",可谓的评。

第四节 庾 信

南北朝时期,文学兴盛的区域在南朝。北朝除乐府民歌外,文人诗坛比较荒寂。直到庾信由南入北,才给北朝诗坛带来新的生机。他一方面把南朝诗歌的丰富财产和新的成就带到北方,一方面又吸收北方文化中健康的精神,批判南朝诗歌的浮艳,创造了新风格,在一定程度上体现了南北文学合流的新趋势。

庾信(513—581),字子山,南阳新野人。父庾肩吾,梁东宫通事舍人。庾信少负才名,十五岁入宫为太子萧统讲读,十九岁任抄撰博士,与其父及徐摛、徐陵父子出入宫禁,深得萧纲信任。他们歌诗酬和,轻艳绮靡,号为"徐庾体"。后出使东魏,归朝任东宫学士,领健康令。公元548年,侯景叛乱,建康陷落,庾信逃奔江陵。侯景叛乱平定后,梁元帝即位,庾信任右卫将军,袭封武康侯,加散骑常侍。后奉命出使西魏,恰好西魏南侵,灭梁。庾信家族被掳至北方,庾信也被留在西魏。北周代魏,庾信官至骠骑大将军、开府仪同三司,故世称"庾开府"。晋爵义城县侯,礼遇有加。他从此一直居住在北方,直到死去。

庾信的生活道路与诗歌创作,以侯景之乱为界,分为前后两个时期。前期,庾信由贵公子而为宫廷宠臣,过的是淫奢腐化生活。受当时浮艳绮靡诗风的影响,写了一些内容空虚、题材狭窄的诗歌,多为宫体。后期,由于社会动乱,他的生活境遇发生了巨大变化。在逃亡途中,在宫苑、山池的恬静闲适之外,他见到了战火烽烟、生灵涂炭。仕周后,他虽官位显赫,却目睹国破家亡,而自己又羁留异国,思想矛盾痛苦很深。后期诗歌内容也发生了巨大变化,家国之思和身世遭遇之恨交织,较为真实地反映出社会的动乱与人民生活的繁苦。

庾信现存诗二百五十余首,《拟咏怀》二十七首为代表作。主要结合自己的身世,抒发故国沦亡的隐痛、以身仕周的内疚和思念乡关的深情,刚健清新,苍凉萧瑟,具有较高的认识价值和艺术价值。其七曰:

> 榆关断音信,汉使绝经过。胡笳落泪曲,羌笛断肠歌。纤腰减束素,别泪损横波,恨心终不歇,红颜无复多。枯木期填海,青山望断河。

诗写乡关之思。《周书》本传载,"信虽位望通显,常有乡关之思"。传统的儒学思想使他心中的仕周成为人生非忠非孝的失足。这种乡关之思包含亡国之痛,而且还有腆颜事敌的耻辱。如"让东海之滨,遂餐周粟"(《哀江南赋》),"遂令忘楚操,何但食周薇"(《谨赠司寇淮南公》),由于内心极端痛苦,他感到"操乐楚琴悲,忘忧鲁酒薄"(《和张侍中述怀》),"见月长垂泪,花开定敛眉"(《伤往》)。庾信自责和无可奈何的结果是痛苦越来越深。其《拟咏怀》二十六写道:

> 萧条亭障远,凄惨风尘多。关门临白狄,城影入黄河。秋风苏武别,寒水送荆轲。谁言气盖世,晨起帐中歌。

前四句写北国景象,萧索而阔大;后四句抒写一己愁怀,沉郁而悲壮。诗中连用别苏武、送荆轲和项羽自刎三个典故,表达故国难归的悲痛心情。总之《拟咏怀》有庾信自己的身世和梁朝覆灭的经过,有强烈的自传性和现实性。所以陈沆评为:"诗史之目,无俟杜陵。"(《诗比兴笺》卷二)再看《拟咏怀》其十一:

> 摇落秋为气,凄凉多怨情。啼枯湘水竹,哭坏杞梁城。天亡遭愤战,日蹙值

愁兵。直虹朝映垒,长星夜落营。楚歌饶恨曲,南风多死声。眼前一杯酒,谁论身后名?

此诗悲悼梁朝灭亡,把国亡归于天意之不可挽回,其实梁元帝在江陵的临时政权,本已内外交困,完全无法抗击西魏。作者面对国家灾难,用天象、占卜之典,表达自己的痛心。《拟咏怀》之外,《奉和山池》虽是早期作品,却有清新风格:

乐宫多暇豫,望苑暂回舆。鸣笳陵绝浪,飞盖历通渠。桂亭花未落,桐门叶半疏。荷风惊浴鸟,桥影聚行鱼。日落含山气,云归带雨余。

这是他与简文帝的和诗,写秋天夕阳归去时分的宫苑山池景致。写得有声有色,情景交融。对偶精切,音韵和谐,笔致清新。庾信的几首小诗也很有意味:

阳关万里道,不见一人归。惟有河边雁,秋来南向飞。(《重别周尚书》)
玉关道路远,金陵信使疏。独下千行泪,开君万里书。(《寄王琳》)

梁亡后,王琳在郢城练兵,与庾信通书信,庾信作此诗回复。前两句言南北道远,音讯疏隔,接获故人书信,当有惊喜。后两句写拆阅书信时的心情。王琳练兵,志在为梁雪耻,可以想象信中满纸慷慨悲壮之词,使诗人深受感动,为之下泪。此诗言短意长,耐人寻味。无限话语尽在潜然而下的"千行泪"中了。

由于思想的变化和北方文化的熏染,庾信的诗歌将抒情性和写实性有机地结合起来。北方一些诗人受到庾信的影响。其中赵王宇文招向庾信学习,将南朝诗文艺术技巧与北地刚健质朴的文风融为一体,时人称为"学庾信体"。李昶的诗文也受到南朝徐陵的高度赞扬,认为他的诗具有写实精神,语句清新,言词哀断,文质相披,意致纵横,比兴手法的运用与悲壮的文风相和谐。

在诗的体裁方面,庾信也有所继承、发展和创造。三言、四言、五言、六言、七言、八言和杂言诸体,无不应有尽有。其中对唐诗有重大影响的是五言和七言中的各体。刘熙载《艺概》卷二说:"庾子山'燕歌行',开唐初七言,'乌夜啼',开唐七律,其他体为唐五绝、五律、五排所本者,亦不可胜举。"此外,他的《代人伤往》二首、《秋夜望单飞雁》,同样是为唐七绝所本。所以,在诗体方面,庾信正是通向诗歌高潮的一座桥梁。

庾信的诗初步融合了南北诗风,是南北朝最后一个优秀诗人,也是唐诗的先驱,为唐诗的繁荣做了必要的准备,深受唐代诗人的重视。杜甫说:"庾信文章老更成,凌云健笔意纵横。"(《戏为六绝句》)又说:"庾信生平最萧瑟,暮年诗赋动江关。"(《咏怀古迹》)正是对他后期作品的评价。

第五节 南北朝的骈文和散文

骈文是一种特别注意形式美的文体。在帝王和贵族左右着文坛的南北朝时期,作家们的生活、思想和艺术趣味都受到很大的束缚,无法在更广阔的天地中施展才华,转而用华丽纤巧的形式掩盖空虚贫乏的内容,甚至重形式超过内容,骈文便繁荣起来。

所谓骈文,是与散文相对而言的。它有三个特点:一是讲究对偶,又多用四六句。每两句成对偶,像并驾的两匹马,故称骈文。二是语音方面讲究平仄。三是多用典故和华丽的辞藻。由于南北朝文坛掌握在帝王贵族手中,骈文得到更大发展,连应用文也可采用骈文形式。骈文注重形式美,但并不等于形式主义,是它的畸形繁荣助长了形式主义的泛滥。

追溯骈文形式至上的历史,可见东汉散文在辞赋的影响下,已开始注意对偶。到魏晋时散文的骈化趋势更加明显,并初步形成骈文。曹氏兄弟及建安七子的文章大都骈散兼行而以偶句为主。曹丕的文章语言渐趋华美,骈偶气重,代表着文章由质趋华的倾向,其《典论·论文》是一篇有理论色彩的议论文,也表现出较多的骈文特色,如:

> 盖文章经国之大业,不朽之盛事,年寿有时而尽,荣乐止乎其身,二者必至之常期,未若文章之无穷。是以古之作者,寄身于翰墨,见意于篇籍,不假良史之辞,不托飞驰之势,而名声自传于后。故西伯幽而演《易》,周旦显而制礼,不以隐约而弗务,不以康乐而加思。夫然则古人贱尺璧而重寸阴,惧乎时之过己。而人多不强力,贫贱则慑于饥寒,富贵则流于逸乐,遂营目前之务,而遗千载之功。日月逝于上,体貌衰于下,忽然与万物化迁,斯志士之大痛也。

晋代的骈文渐趋凝练,散句逐渐变少,追求对偶工整,语言典雅,用典繁复,标志着骈文的成熟。这时骈文的代表作家首推陆机、潘岳。陆机骈文的代表作有《吊魏武帝文》《豪士赋序》等。

在魏晋南北朝各种文体中,辞赋创作的时代特征最为突出,与汉赋的对比也最为鲜明。赋体受诗的影响,也趋于骈化,有些赋其实就是骈文。王粲的诗赋为"七子之冠冕",代表作是《登楼赋》,第一自然段表现出较重的骈化倾向:

> 登兹楼以四望兮,聊暇日以销忧。览斯宇之所处兮,实显敞而寡仇。挟清漳之通浦兮,倚曲沮之长洲;背坟衍之广陆兮,临皋隰之沃流。北弥陶牧,西接昭丘;华实蔽野,黍稷盈畴。虽信美而非吾土兮,曾何足以少留!

此外,曹植《洛神赋》、向秀《思旧赋》、阮籍《大人先生传》、鲁褒《钱神论》、陶渊明《归去来兮辞》、陆机《文赋》等篇,都表现出向骈偶拓进、向抒情复归的特点。如向秀《思旧赋》正文部分:

> 将命适于远京兮,遂旋反而北徂。济黄河以泛舟兮,经山阳之旧居。瞻旷野之萧条兮,息余驾乎城隅。践二子之遗迹兮,历穷巷之空庐。叹黍离之愍周兮,悲麦秀于殷墟。惟古昔以怀今兮,心徘徊以踌躇。栋宇存而弗毁兮,形神逝其焉如。昔李斯之受罪兮,叹黄犬而长吟。悼嵇生之永辞兮,顾日影而弹琴。托运遇

于领会兮，寄馀命于寸阴。听鸣笛之慷慨兮，妙声绝而复寻。停驾言其将迈兮，遂援翰而写心。

南北朝时期，除产生了大量的骈赋和骈文外，少数作家在不同程度上摆脱宫廷贵族生活的限制和浮艳文风的影响，写出了一些内容比较充实，具有独创风格的骈赋和骈文。鲍照的《芜城赋》是凭吊广陵之作，借用西汉时曾在广陵建都的吴王刘濞叛乱失败的故事，讽刺宋大明年间竟陵王刘诞割据叛乱所带来的灾祸。齐孔稚圭的《北山移文》借山神的口吻，尖锐地讽刺了假隐士周颙的丑态。

梁代江淹是南朝最优秀的骈文作家之一，代表作《恨赋》和《别赋》是两篇主题和题材都很新颖别致的骈赋，把诗歌中的咏史和代言的传统引入辞赋之中。《恨赋》写历史上著名的帝王将相、英雄烈士"饮恨吞声"的死亡，取材和汉魏以来咏史诗传统非常接近。《别赋》写从军边塞的壮士、感恩报主的剑客、服食求仙的道士、桑中陌上的情人等不同身份的人们"黯然销魂"的离别，取材和构思又与乐府的代言体相似。梁代陶弘景的《答谢中书书》和吴均的《与宋元思书》等几篇短札也是历来传诵的骈文名作。

庾信是南北朝时期骈赋骈文成就最高的作家。《哀江南赋》是其代表作，是他晚年在北周怀念故国、自悲身世的作品。内容与他的《拟咏怀》诗互为表里。他的《小园赋》，突出地表现了自己在异国愿为隐士而不得的痛苦心情。

魏晋南北朝时期，儒家思想遭冷遇而老庄思想盛行，这种状况影响了散文的发展。三曹、王粲摆脱了汉末板滞的文风，正始文人崇尚清淡，文风趋于玄远。从西晋至南朝，重文采、尚华丽的骈文垄断文坛。东晋末年，陶渊明为文坛注入清风。北朝散文取得一定的成就。郦道元《水经注》是为魏晋时无名氏《水经》一书所做的注释。《洛阳伽蓝记》记载洛阳佛寺建筑的盛况，也记载了当时的社会生活状况，文学意味很浓。在两书中都有一些质朴的叙事、抒情、写景的优美文字，堪称优秀作品，但也不同程度地受到骈文的影响。

思考练习题

1. 山水诗在晋宋之际兴起的原因。
2. 谢灵运和谢朓山水诗创作的成就。
3. 庾信的创作特点及文学史贡献。

第六章　魏晋南北朝小说

"小说"一词，最早见于《庄子·外物篇》："饰小说以干县令，其于大达亦远矣。"但这里的"小说"，指的是一些不合大道的琐屑之谈，而不是后来作为文体的"小说"。班固《汉书·艺文志》说："小说家流，盖出于稗官，街谈巷语，道听涂说之所造也。"此所指始近于今称之"小说"。《汉书》著录小说家书十五种，现在只有《青史子》残存几条遗文。

魏晋南北朝小说渊源于上古神话传说。有些上古神话传说已具有小说的人物、情节等要素。另外，在先秦诸子著作与历史著作中，也常引用故事。这些为魏晋南北朝小说的产生和发展打下一定的基础。东汉赵晔《吴越春秋》收集了不少民间传说，袁康《越绝书》也带有浓厚的神话传说成分。此外，刘向的《说苑》和《新序》中的人物故事对魏晋南北朝小说也都有直接影响。

魏晋南北朝时期，志怪小说的大量产生是有着现实社会原因的。首先和当时宗教迷信思想的盛行密切相关。魏晋南北朝时期社会动荡不安，战乱频繁，宗教迷信思想极易传播，神鬼故事不断产生。另一方面，广大人民在极端困苦的生活里，常常把强烈的反抗意志和对理想的追求，通过大胆的幻想，借助于神鬼故事曲折地表现出来。志人小说的发展，则是魏晋以来文士和贵族崇尚清谈的结果。在魏晋玄学影响下，士大夫还很重视品评人物，而志人小说就是世族人物玄虚的清谈和奇特的举动的记录。东汉以来写作历史和各种传记的风气日盛，许多历史故事都具有想象虚构成分，富于小说意味，也对志人小说的创作有刺激作用，并提供了不少的经验技巧和题材内容。

第一节　志怪小说

魏晋南北朝的志怪小说数量很多。现存的完整与不完整的尚有三十余种，比较重要的有：托名汉东方朔的《神异经》《十洲记》，托名汉班固的《汉武帝故事》《汉武帝内传》，旧题魏曹丕(一作张华)的《列异传》，旧题晋张华的《博物志》，托名晋陶潜的《搜神后记》，题晋王嘉撰、梁萧绮录的《拾遗记》，东晋干宝的《搜神记》，宋刘义庆的《幽明录》，东阳无疑的《齐谐记》，齐王琰的《冥祥记》，梁吴均的《续齐谐记》，北齐颜之推的《冤魂志》等。其中干宝的《搜神记》是比较完整的一部，代表着这个时期志怪小说的面貌，成就最高。

志怪小说的内容十分复杂。其中有很多是宣扬宗教迷信的作品，如《搜神记》的主旨即"发明神道之不诬"，是儒家思想、方术、巫术和道教迷信的大杂烩，但也保存了不少优秀的民间传说和故事。志怪小说中的民间传说故事曲折地反映了社会矛盾,表达了人民的爱憎和要求,充满美丽的幻想,富有积极浪漫色彩,这些作品的内容,第一,鞭挞统治阶级的凶恶残暴,表现人民的反抗斗争。《搜神记》中的《干将莫邪》和《韩凭夫妇》可以作为代表。第二,反映人民群众在战乱和动荡的年代里的种种不幸遭遇,表现他们对美好生活的向往。《搜神后记》中的《白水素女》、《幽明录》中的《刘晨阮肇》为代表。第三,反映封建婚姻制度下青年男女争取婚姻自主的故事。《搜神记》中的《父喻》和《吴王小玉》为代表。第四,不怕鬼神敢斗妖怪的故事。《搜神记中》中的《宋定伯捉鬼》和《李寄斩蛇》为代表。第五,记录和保存了一些神话故事和历史传说。其中不怕鬼神敢斗妖怪的故事,虽然没有否定鬼的存在,但主旨却在表现人的机智勇敢,赞扬不怕鬼的精神,是有积极意义的。如《宋定伯捉鬼》(《列异传》,另见《搜神记》)生动地描述了宗定伯机智斗鬼的经过:

> 南阳宋定伯,年少时,夜行逢鬼。问之,鬼言:"我是鬼。"鬼曰:"汝复谁?"定伯诳之,言:"我亦鬼。"鬼问:"欲至何所?"答曰:"欲至宛市。"鬼言:"我亦欲至宛市。"遂行数里。鬼言:"步行太迟,可共递相担,何如?"定伯曰:"大善。"鬼便先担定伯数里。鬼言:"卿太重,不是鬼也!"定伯言:"我新鬼,故身重耳。"定伯因复担鬼,鬼略无重。如其再三。定伯复言:"我新鬼,不知有何所畏忌?"鬼答言:"唯不喜人唾。"于是共行。道遇水,定伯令鬼渡;听之了然无水音。定伯自渡,漕漼作声。鬼复言:"何以有声?"定伯曰:"新死,不习渡水故耳,勿怪吾也!"行欲至宛市,定伯便担鬼著肩上,急执之。鬼大呼,声咋咋然,索下。不复听之。径至宛市中。下著地,化为一羊。便卖之。恐其变化,唾之,得钱千五百,乃去。当时有言:"定伯卖鬼,得钱千五。"

又如《幽明录》中的《阮德如》:

> 阮德如尝于厕见一鬼,长丈余,色黑而眼大,著皂单衣,平上帻,去之咫尺。德如心安气定,徐笑语之曰:'人言鬼可憎,果然!'鬼即赧愧而退。

魏晋南北朝志怪小说,是我国古代小说发展初期的产物,大多篇幅短小。从艺术形式技巧来看,总体还很幼稚粗糙,但有一些作品开始注意人物性格的刻画和细节描写。如《韩凭夫妇》中何氏的坚贞机智。她"密遗凭书"、"阴腐其衣"、"遂自投台",从思想到行动都有具体勾勒。《李寄斩蛇》中,通过对李寄的语言和行动的描写,表现出她的勇敢豪迈。另外,在题材处理上,能抓住故事最突出的部分,寥寥数语就突出主题,具有简短精悍的风格。总之,魏晋南北朝志怪小说对后世小说的发展有深远的影响,它为唐代的传奇小说做了准备,唐以后,小说中始终有志怪一类。

第二节 志人小说

志人小说,主要记录人物轶事琐闻,所以又称轶事小说。当时品评人物的风气很盛,志人小说也应运而生。

魏晋南北朝志人小说主要有三国魏邯郸淳《笑林》,东晋葛洪《西京杂记》、裴启《语林》、郭澄之《郭子》,宋刘义庆《世说新语》,梁沈约《俗说》、殷芸《小说》。其中除《西京杂记》《世说新语》外,均已散佚。《西京杂记》记述西汉人物轶事,内容庞杂,但"意绪秀异,文笔可观"(鲁迅《中国小说史略》)。

刘义庆的《世说新语》原名《世说》,唐时称《世说新书》。今本共三卷,三十六篇,记述汉末到东晋名士们的逸闻轶事。因此有助于我们了解那个时代社会生活的一些侧面,了解世族文人的生活方式和精神面貌。其主要内容包括:

第一,反映了魏晋时期社会的黑暗、政治的腐败以及统治集团的残暴荒淫。如《汰侈》集中反映了统治阶级骄奢淫逸的生活。石崇与王恺斗富,王"作紫丝布步障碧绫里四十里",石"作锦步障五十里";石以"椒为泥",王以"赤石脂泥壁"。王武子家用人乳喂猪,猪肉肥美异于常味,连皇帝都甚为不平。尤其骇人听闻的是这一段故事:

> 石崇每要客燕集,常令美人行酒。客饮酒不尽者,使黄门交斩美人。王丞相与大将军尝共诣崇。丞相素不能饮,辄自勉强,至于沉醉。每至大将军,固不饮以观其变。已斩三人,颜色如故,尚不肯饮。丞相让之,大将军曰:"自杀伊家人,何预卿事!"

以杀人劝酒为"阔",以冷眼旁观杀人为"豪",这种野蛮的豪奢表现了士族阶级凶残的本质。

第二,大量篇幅记载了名士们奇特的举动和玄妙的清谈,是研究"魏晋风流"的重要资料。鲁迅《中国小说的历史变迁》说:"《世说新语》这部书,差不多就可以看作一部名士的教科书。"如《雅量》有载:

> 顾和始为扬州从事,月旦当朝。未入,顷,停车州门外。周侯诣丞相,历和车边,和觅虱,夷然不动。周既过,反还,指顾心曰:"此中何所有?"顾搏虱如故,徐应曰:"此中最是难测地。"周侯既入,语丞相曰:"卿州吏中有一令仆才。"

又如《任诞》载:"刘伶恒纵酒放达,或脱衣裸形在屋中。人见讥之,伶曰:'我以天地为栋宇,屋宇为裈衣,诸君何为入我裈中'。"又如:"毕茂世云:'一手持蟹螯,一手持酒杯,拍浮酒池中便足了此一生。'"纵酒放达,不务世事,任诞不羁,醉生梦死,便是所谓的名士风度。王孝伯说:"名士不必须奇才,但使常得无事,痛饮酒。熟读《离骚》,便可称名士。"(《世说新语·任诞》)一语道破了这般名士的奥妙。

《世说新语》中关于清谈的记载很多,如《文学》:

> 孙安国往殷中军许共论,往反精苦,客主无间。左右进食,冷而复暖者数四。彼我奋掷,麈尾悉脱落餐饭中,宾主遂至暮忘食。殷乃语孙曰:"卿莫作强口马,我当穿卿鼻。"孙曰:"卿不见决鼻牛,人当穿卿颊。"

文道林初从东出,住东安寺中。王长史宿构精理,并撰其才藻,往与支语,不大当对。王叙致作数百语,自谓是名理奇藻。支徐徐谓曰:"身与君别多年,君义言了不长进。"王大惭而退。

　　第三,记述了一些爱国志士,表彰优秀人物。《世说新语》三卷三十六门中,上卷四门:德行、言语、政事、文学;中卷九门:方正、雅量、识鉴、赏誉、品藻、规箴、捷悟、夙慧、豪爽,这十三门都是正面的褒扬,如:

　　管宁、华歆共园中锄菜,见地有片金,管挥锄与瓦石不异,华捉而掷去之。
　　又尝同席读书,有乘轩冕过门者,宁读如故,歆废书出看。宁割席分坐曰:"子非吾友也。"(《德行》)

通过与华歆的对比,褒扬管宁淡泊名利。又如:

　　公孙度目邴原:"所谓云中白鹤,非燕雀之网所能罗也。"(《赏誉》)

这既是对邴原的褒扬,也是对公孙度善于誉人的褒扬。另有许多条目只是写某种真情的流露,虽无明显褒贬。但既是真情的流露,也就是一种风流的表现,所以编撰者津津有味地加以叙述,如:

　　王子猷尝暂寄人空宅住,便令种竹。或问:"暂住何烦尔?"王啸咏良久,直指竹曰:"何可一日无此君?"(《任诞》)

这种任诞只是对竹的一种妙赏,以及对竹的一往情深,或者在对竹的爱好中寄托了一种理想人格,若是后者则不妨认为是一种表彰。又如:

　　晋文王功德盛大,座席严敬,拟于王者。唯阮籍在坐,箕踞啸歌,酣放自若。(《简傲》)

这简傲正是阮籍的可爱之处,是其人的个性展示。
　　《世说新语》在艺术上有较高的成就,鲁迅《中国小说史略》概括它的艺术特色为:"记言则玄远冷隽,记行则高简瑰奇。"意谓该书善于通过富有特征性的细节,三言两语把人物的思想面貌、性格特征鲜明地表现出来;善于采用多种表现手法来刻画人物形象。语言简约含蓄,隽永传神。如《企羡》写孟昶见王恭"乘高舆被鹤氅裘",乃叹曰:"此真神仙中人!"仅此一语,便传神地写出了他羡慕富贵的心理状况。又如《忿狷》中写道:

　　王蓝田性急,尝食鸡子,以箸刺之,不得,便大怒,举以掷地。鸡子于地圆转未止,仍下地以屐齿蹍之,又不得。瞋甚,复于地取内口中,啮破,即吐之。

在短短的篇幅中,作者用一连串的动作,绘声绘色地描写出蓝田侯王述的性急,给人留下深刻印象。其他如《雅量》中"谢安泛海"的故事,用孙绰等人的慌乱,反衬谢安从容镇定的雅量。

《世说新语》是后世笔记小说和小品文的先驱,对后世文学有深远影响。

思考练习题

1. 魏晋南北朝小说的渊源和发展。
2. 志怪小说的内容及意义。
3. 《世说新语》的内容及艺术成就。

第三编

隋唐五代文学

绪 论

隋文帝开皇九年(589),全国统一,结束了长达270余年的南北分裂,但隋朝维持了不到30年。公元618年,李渊在长安称帝,国号唐,624年统一全国。唐代成为中国历史上政治军事强大、文化经济繁荣的朝代。安史之乱以后,出现藩镇割据、宦官专权、朝臣党争等痼疾,唐帝国在多重危机中走向崩溃。907年,朱全忠废唐哀帝建立后梁,历史进入五代十国时期。隋唐五代文学历370余年。

一、唐代文学繁盛的社会文化背景

从文学自身来说,魏晋南北朝为文学发展到一个全新阶段做好了一切准备,唐文学的繁荣是魏晋南北朝文学发展的必然结果。闻一多认为要欣赏唐诗,先要懂得"诗唐",正是充满诗意的唐代社会才有唐诗的大繁荣。扩而言之,唐代社会的政治、经济、哲学、宗教、文化诸方面都对一代文学的发展有重要作用。

1. 国力强盛,经济繁荣。唐朝是中国历史上最辉煌的时期,与汉代并称为"汉唐盛世"。唐朝立朝后,经济上实行均田制、租庸调制等,解放了生产力,兴修水利,鼓励垦荒;中国传统的自然经济得到高度发展,并促进手工业、商业、交通运输业发达起来。商品经济活跃,手工产品丰富多彩,丝绸和陶瓷代表中国;交通运输四通八达,城市繁荣,长安、洛阳等城市规模扩大。唐朝军事力量增强,疆域大幅度开拓。唐帝国声威远扬,百夷臣服,诸邦来朝。太宗贞观四年(630)至玄宗开元、天宝年间,长达120年之久的"天可汗"实际存在,国力强盛,经济繁荣,杜甫诗云"忆昔开元全盛日,小邑犹藏万家室。稻米流脂粟米白,公私仓廪俱丰实"(《忆昔》)。这给文学带来昂扬的精神风貌与气象。唐朝又经历过安史之乱这样空前的战祸,以及大繁荣与大破坏之后力图中兴而始终未能的振作。这样丰富的社会生活并非每个朝代都有,为文化(文学)发展提供了丰厚的土壤,为文学家提供了丰富的题材。这是唐文学繁荣的客观条件。

2. 文化的南北中外融合。唐代的中外文化交流表现出高度的自信和开放性。唐太宗曰"自古皆贵中华,贱夷、狄,朕独爱之如一"(《资治通鉴》卷一九八),这种一视华夷、"华夷如一"的思想,从根本上保障了国内各民族的融合,促进了对外文化交流。中国传统的音乐、舞蹈、绘画、雕塑乃至生活趣味、风俗习惯,都受到其他民族文化的影响,如胡酒、胡乐、胡舞、胡服,甚至成为时尚。中外文化交融,形成开放的风气,对文学题材的拓广、文学趣味、文学风格的多样化都有重要意义。南北文化交融,各去其短,合其两长,南方的文装点了北方的质,北方的质补充南方的文,追求文质彬彬,尽善尽美。

3. 国力强大，唐代士人气度恢宏，对人生普遍持有积极进取的态度。唐代实行科举制，为寒门士人提供了更多的机会，他们胸怀开阔，抱负远大，不少人自信与狂傲集于一身，如李白自视甚高，要立盖世功，然后像范蠡那样功成身退。高适说"万里不惜死，一朝得成功。画图麒麟阁，入朝明光宫"(《塞下曲》)，岑参《银山碛西馆》说"丈夫三十未富贵，安能终日守笔砚？"王昌龄《从军行》说"黄沙百战穿金甲，不破楼兰终不还"。这种积极进取精神反映到文学上来，便是诗中的昂扬情调。唐人恢宏的气度和对待不同文化的兼容心态，创造了有利于文化繁荣的环境。各个艺术门类极大发展，与文学并进。书法名家辈出，张旭和怀素的草书，龙蛇游走而莫测其神妙，体现出士人昂扬的精神风貌，这与盛唐诗人，特别是李白歌诗的神韵甚为相似。唐代的绘画分科，名家众多，诗画的融通有了更大发展，如"少陵翰墨无形画，韩干丹青不语诗"(苏轼《韩干马》)，大量的咏画、题画诗出现。音乐、舞蹈繁荣，许多诗作与乐舞有关，如杜甫《观公孙大娘弟子舞剑器行》、韩愈《听颖师弹琴》、李贺《李凭箜篌引》、白居易《琵琶行》《霓裳羽衣歌》等。更重要的是唐代燕乐促成了词的产生。

4. 唐代多种思想相容并包，以儒学为主，对佛道兼收并蓄。唐代在人才选拔及用人方面，儒家思想占统治地位，而在人生信仰、生活情趣、生活方式等方面，时时杂入释道。与思想的多元化相应，唐代社会的政治、民族、文化等总体上都有多元化的特点，为文学增添了活力。儒家思想给文学带来积极进取的精神。孔颖达注《五经正义》，成为士人科举的必读书。许多作家"遍观百家"、"好谈王霸大略"，要"济苍生"、"安社稷"、"致君尧舜"，以天下为己任，具有建功立业的政治理想。佛教丰富了唐诗的心境表现，主要是通过影响士人的人生理想、生活情趣反映到文学作品中。如王维、常建、白居易、刘禹锡、陆龟蒙等人的作品中都有佛教影响的印记。佛教给唐诗带来一种新的质量：空寂的境界、明净的趣味、淡泊深厚的含蕴。佛教直接的影响是涌现出一批诗僧，留存诗作2700多首。士人与僧人的交往也大量地反映到诗中。佛教还拓广了文学体裁，如俗讲与变文，带有通俗文学性质。道教促进诗人思想解放，丰富了唐诗的想象，给文学带来追求绚丽神奇的审美情趣，以及色彩斑斓、瑰玮怪诞的意象群。很多诗人都有神仙信仰，李白笔下泰山、天姥山、莲花山的神仙幻境，李贺笔下五彩缤纷的神仙世界，李商隐笔下的圣女、嫦娥形象，都是道教影响的显例。

5. 科举制的推行，刺激了文人的功名心和进取精神，激发他们研练诗文。唐代选拔官吏轻阀阅，进士科为朝野重视，竞争激烈，以诗赋取士，形成整个社会重视文学的风尚。武后"君临天下二十余年，当时公卿百辟，无不以文章达，因循日久，浸以成风"(《通典·选举三》)，开元天宝之际，"缙绅之徒，用文章为耕耘，登高不能赋者，童子大笑"(独孤及语)。大批寒门士子进入仕途，驰骋才华，使文学离开宫廷的狭窄圈子，走向市井和关山塞漠，促进了文学发展。士子们为博得赏识，纷纷拜谒权贵，投诗献文，行卷、纳卷、温卷之风对诗歌、散文、小说的创作影响很大。送人应试、贺人及第、慰人下第的诗也很多。

6. 漫游、入幕、读书山林之风。唐人喜游历，成一时风尚。他们漫游名山大川，通都大邑，关山塞漠，凡佳山水必有诗人足迹。使他们找到了新的体验，拓展了文学题材，丰富了文学表现领域，促进了山水田园诗的发展。边塞漫游，为唐诗带来慷慨壮大的气势和壮美的境界。唐代士人入仕，除科举以外，入幕是一条重要途径，如高适、岑参等都曾入幕；

中唐以后,入幕更是诗人主要的仕途经历,如杜牧在幕府十年,李商隐的仕途主要在幕府。戎幕生活对诗的创作、词的产生、小说的发展都有影响。唐代士人入仕前,或隐居山林,或寄宿寺庙、道观以读书。山林的清幽环境,可以陶冶情趣,提升审美趣味,促使诗人们写出许多格调清幽明秀的诗。

7. 唐代,特别是中唐以后文人的贬谪生活也丰富了唐文学。贬谪的悲愤不平、孤独寂寞、凄楚忧伤和对生命的执着、对理想的追求,构成贬谪文学丰富多样的内涵,初唐的沈佺期、宋之问,盛唐的李白、王昌龄,特别是中唐韩愈、柳宗元、刘禹锡、元稹、白居易等诗人,都有一些优秀的贬谪诗作。

二、唐诗繁荣的表现与发展轨迹

唐代文学的繁荣表现在诗、文、小说、词的全面发展,唐代几乎找不到一个文学沉寂的时期。唐朝乃中国古典诗歌的黄金时代,唐文学的最高成就是诗歌,即一代文学的标志。唐诗繁荣表现在以下几方面。

1. 作家作品众多。《全唐诗》《全唐诗补编》收录诗歌五万四千余首、诗人三千六百多人,作者队伍壮大,有帝王、高级官僚参与,更有大批中下级官僚及普通士人,乃至和尚、道士、妓女等各种身份的,只要有一定文化修养的人,都热情地从事诗歌创作。如杨玉环偶然笔墨,便妙绝,如《赠张云容舞》"罗袖动香香不已,红葉裊裊秋烟里。轻云岭上乍摇风,嫩柳池边初拂水"。诗歌创作在唐代是一种普遍的文化现象,百姓也很喜爱,如开元间,王昌龄、高适、王之涣三位诗人"旗亭画壁"的故事广泛流传。又如中唐李涉,"尝过九江,至皖口遇盗,问何人,从者曰:'李博士也。'其豪首曰:'若是李涉博士,不用剽夺,久闻诗名,愿题一篇足矣。'涉赠一绝云:春雨潇潇江上村,绿林豪客夜知闻。他时不用相回避,世上如今半是君"(《唐诗纪事》卷四十六)。

2. 内容题材广泛。唐诗反映现实的广度、揭示生活的深度都有拓展,来自社会各个阶层特别是中下层的诗人,对社会各方面的情况有深刻的了解和体验,诗人结合自身的人生观念与人生理想,对社会各种现象、各种问题观察思考,并以诗歌形式表现出来。题材如从军、山水、田园、宫怨、闺思、悼亡、赠别、咏怀、游仙,乃至对外用兵、安史之乱、藩镇割据、外族入侵、宦官专权等,内容丰富,造成了唐诗多姿多彩的面貌。

3. 风格流派多样。诗歌的审美特征在魏晋南北朝已受到高度重视,唐代诗人十分注重修辞和华丽的风格。唐诗发展的每一阶段都有一些自标一格、领导创作潮流的大诗人涌现,开派立宗,与众多的诗人共同汇聚为群星璀璨的盛大局面。如开元、天宝间,山水田园与边塞诗派著名,风格则有"李翰林之飘逸,杜工部之沉郁,孟襄阳之清雅,王右丞之精致,储光羲之真率,王昌龄之声俊,高适、岑参之悲壮,李颀、常建之超凡,此盛唐之盛者也"(高棅《唐诗品汇总绪》)。

4. 艺术形式完善。唐人更自觉、更强烈地意识到诗是一种美的构造,"风骨"和"兴象"代表着诗人们普遍的审美追求。"风骨"指作品中的生气、感染力和语言表现力度,有与时代相适应的雄浑壮大之美的意味。"兴象"是指以诗人的情感、神思统摄万象,使之呈现为富有韵味的意境。大量优秀的唐诗都有这样的风格。而且诗体完备,"诗至有唐,菁华极盛,体制大备"(《唐诗别裁凡例》)。

习惯上把唐诗分成初盛中晚四个阶段。初唐诗,最初的90年左右,是唐诗繁荣前的准备阶段。表现领域方面,逐渐从宫廷台阁走向关山塞漠,作者也从宫廷官吏扩大到一般寒士;情思格调上,北朝文学的清刚劲健与南朝文学的清新明媚相融合,逐步走向风骨朗丽的境界;诗歌形式,唐人在永明体的基础上把四声二元化,同时解决了粘式律的问题,创造了律诗这一新体诗。

盛唐诗,经过百年的酝酿,开元、天宝年间,终于迎来波澜壮阔、动人心弦的盛唐诗潮,名家辈出,流派纷呈,风格争奇斗艳。王维、孟浩然把山水田园的静谧明秀之美表现得让人神往。高适、岑参把军旅边塞生活写得瑰奇壮伟、慷慨激壮。还有王昌龄、王之涣等一大批名家。最重要的是大诗人李白,以其绝世的才华,豪放飘逸的气质,把诗写得如行云流水而又变幻莫测。盛唐诗"既多兴象,复备风骨",达到了声律风骨兼备的完美境地。盛唐气象是建安风骨更丰富的展开,指诗歌中洋溢着蓬勃的思想感情所形成的时代品格:青春旋律、乐观向上、豪迈奔放、雄壮浪漫、骨气端翔、兴象玲珑等。

中唐诗,唐诗发展至巅峰时,天宝十四载冬,安史之乱爆发,历时八年的战争席卷北中国,百余年积累的繁荣毁于一旦,社会迅速转入衰乱,唐诗随之发生变化,表现战火中的人间灾难、生灵涂炭成为诗歌主调。诗从盛唐到中唐是一个巨大转变,杜甫是衔接这个转变的大诗人。大历、贞元年间的诗气骨顿衰,总体上格调卑弱。宪宗元和年间,诗坛又热闹起来,创作再度兴盛,先是以韩愈、孟郊为代表的韩孟诗派,稍后是以元稹、白居易为代表的元白诗派相继崛起,风格多样,韩愈、李贺的歌行奇崛瑰丽,元白的乐府平易流畅。两大诗派在盛唐那样高的水平上,以革新精神和创新勇气,开拓出诗的一片新天地。

晚唐诗,长庆以后,中兴成梦,士人生活走向平庸,心态内敛,感情也趋向细腻。诗歌创作进入晚唐,这和唐亡以后的五代是文学史上晚唐五代时期。诗坛的整体状况是感伤气息浓重,雕琢风气盛行,题材境界狭窄。在唐诗的退潮中,杜牧、李商隐突起,卓然成为大家。特别是李商隐,以心造境,以境写心,把诗歌表现心灵世界的能力推向无与伦比的高峰,创造了唐诗最后的辉煌。

三、唐代文学样式得到全面发展

唐代是诗的国度,也是文的国度。唐代散文的发展与诗不同,它的新变,主要是出于政治功利的动机。唐诗达到艺术顶峰,散文有意识的改革才开始。天宝后期,李华、萧颖士、独孤及、梁肃、柳冕提倡古文,尚简古、切实用,但没和当时的政治现实结合,他们的主张带着空言明道的性质。直到韩愈、柳宗元提出文以明道,把文体文风改革与政治革新联系起来,成为儒学复兴思潮的一部分,声势巨大,散体文才取代骈文,占据文坛,这就是"古文运动"。他们把散文的创作推进到全新阶段,大大提高了散文的抒情、叙事、议论等功能。韩柳之后,散体文写作走向低潮,晚唐小品异军突起,但骈体又重新风行文坛。

唐代社会发展变化提供了新的文化土壤,新的读者群的出现有了新的需要;而文学自身的发展也提供可能,于是出现新文体。佛教在民间广泛传播,布道化俗,出现俗讲和变文。说唱结合,形式多样,通俗生动,适应民间娱乐的需要,为人民群众喜闻乐见,具有很强的生命力,但艺术上比较粗糙。

唐传奇,与唐诗并称为"一代之奇"。从文体内部来说,唐传奇是志怪小说和杂史杂传演变发展的产物。从基础上说,则是现实生活中娱乐的需要。由于城市繁荣,作品更多地表现复杂的现实社会,写文人对功名富贵的梦想,许多优秀作品牵涉到士子与妓女的爱恋纠葛,流露出浓厚的市民生活情调。

词的出现,主要因于娱乐的需要,最初来自民间,中唐后,城市经济发展,词迅速兴起,文人加入创作行列。晚唐五代,走向高度繁荣。西蜀出现花间词,绮靡侧艳;南唐词题材虽狭窄,但较少秾艳的脂粉气,转向内心缠绵情致的抒写。特别是后主李煜把词体的绵邈情怀发挥得淋漓尽致,推向很高的艺术境界。

唐代文学的总体风貌,更富于理想色彩,更抒情而不是更理性。从文学自身的发展说,它是艺术经验充分积累之后的大繁荣,又为文学的进一步发展开拓出新的领域,为下一次繁荣做了准备。从文体说,唐诗吸收了之前诗歌艺术的一切经验,达到盛极难继的高峰。唐诗是无法代替的,唐代的律诗成了后来诗歌发展的主要体式,大诗人如李白、杜甫,几乎成了诗歌的代名词。唐代散文的文体文风改革为后来宋代作家发扬,深远地影响着后来散文的发展。唐传奇使中国文言小说走向成熟,也在人情味、情节构造、人物塑造等方面影响着宋代的话本小说。晚唐五代词的成就,则是词文学在以后得以发展的好开端。

思考练习题

1. 唐代文学兴盛的社会文化背景。
2. 为什么诗歌在唐代能得到高度的繁荣和发展?
3. 唐诗的繁荣表现在哪些方面?
4. 综述唐诗发展的轨迹(唐诗流变史)。
5. 如何评价唐代文学?

第一章　隋朝与初唐诗歌

隋至唐睿宗景云中约一百三十年,是六朝诗歌向盛唐的过渡。隋朝开始出现南北诗风合流的趋势,但创作的主流仍然延续梁、陈的浮靡之风。初唐诗人不断发出变革的呼声,从四杰到陈子昂,提倡刚健骨气,风雅兴寄,端正了唐诗发展的方向,诗歌创作逐步摆脱宫廷藩篱,为盛唐诗潮的到来扫清了道路。

第一节　隋代诗歌

隋文帝统一全国,便利了南北融合,但文学上仍直承南朝的浮艳文风。隋代文学作者主要由两部分组成,北齐、北周旧臣如卢思道、杨素、薛道衡等是北朝诗风的代表;南朝入隋的文人如江总、许善心、虞世基、王胄、庾自直等,把南朝诗风带入隋。所以,隋代可以看作是南北文学合流并向唐过渡的最初阶段。

南朝文学比较发达,北方文人在学习南朝文学的表现手法时,诗风常常发生变化。如卢思道(532—583)的《从军行》,采用南朝歌行体,反映边塞军旅生活,但将描写重心转向"征夫"一边,开篇"朔方烽火照甘泉"至"夕望龙城阵云起"十二句,侧重写征战的场面、关塞苦寒生活、战争旷日持久;"庭中奇树已堪攀"以下,从思妇角度反映别离相思与厌战情绪。多贞刚之气,有苍劲骨力,体现了北方诗人重气质的特长,历来为人称道。薛道衡(540—609)受南方文学的影响,诗语骈偶工丽。其《昔昔盐》乃南朝常见的闺怨题材,但抒情委婉细致,"飞魂同夜鹊,倦寝忆晨鸡。暗牖悬蛛网,空梁落燕泥",以女子独居的凄凉冷落衬托哀苦之情,偏于齐梁风格。他聘陈时在江南所作《人日思归》"入春才七日,离家已二年。人归落雁后,思发在花前",以计算归期表达思家深情,含蓄不尽,俨然有唐人绝句的风味。杨素(544—606)是隋朝开国重臣,亲历征战,对军旅生活体验尤深,其诗多寄寓人生悲感。《出塞二首》展现塞外荒寒与军旅征战的艰苦,"荒塞空千里,孤城绝四邻。……风霜久行役,河朔备艰辛。薄暮边声起,空飞胡骑尘"(其二),在平实的叙说中流动着粗犷深沉的情思,诗境苍凉老成。又如述怀之作《赠薛播州诗十四章》连篇迭唱,文气贯通,抒写时世变迁,感伤故人远谪,以及全身远祸,处境险恶,气韵浑成,雄深雅健。

隋文帝为端正文风,开皇四年,诏天下"公私文翰,并宜实录";还惩罚文表写得华艳的泗州刺史司马幼之。治书侍御史李谔上书指斥南朝文风"竞一韵之奇,争一字之巧。连篇累牍,不出月露之形;积案盈箱,唯是风云之状"(《隋书》本传)。文帝将其颁示天下,对改变文坛风气产生了积极影响。此时南北文风尚能并存。炀帝即位后,身边聚集了一批南朝文士,虞世基、王胄、庾自直等作诗着意于词采华美,雕琢堆砌,诗风便转向重文采、尚绮丽。炀帝虽然醉心于南朝文化,且有《江都宫乐歌》《喜春游歌二首》等宫体诗,但他不少诗篇却风骨可感,《饮马长城窟行》《白马篇》仍有北朝诗的刚健劲直;清丽明快之作如《春江花月夜二首》其一"暮江平不动,春花满正开。流波将月去,潮水带星来",诗题虽出自宫体,情调却类于南朝民歌。失题小诗"寒鸦飞数点,流水绕孤村。斜阳欲落处,一望黯销魂",优美灵动,富有情味,为秦观《满庭芳》化用。隋炀帝的诗高出他身边文臣的应诏奉和之作。他以此自负,常聚集文人宴饮赋诗,无非咏物咏宫廷生活琐事,诗歌创作很快走向贵族文学的末路。

第二节 贞观诗风及上官仪

初唐诗第一阶段以唐太宗君臣为代表,提倡中和雅正,多述怀言志,或咏史之作,诗风刚健质朴,南北朝文学逐步由对立走向融合。而受南朝文学的影响,贞观诗风又出现新变,趋向于表现技巧的贵族化和宫廷化。

唐太宗李世民(598—649),主张务实,反对浮华,创作中绮丽文风和通脱朴实之风并存,常常兼有壮大怀抱与华彩。《帝京篇十首》,诗序指出"庶以尧舜之风荡秦汉之弊,用咸英之曲变烂漫之音"。这组诗反映唐帝国新貌,为贞观诗歌多见,但太宗诗表现出雄才伟略;述志诸作如《登三台言志》《还陕述怀》,写心系苍生社稷;《饮马长城窟行》,写清胡尘、安关塞、止干戈、立功名的抱负;《经破薛举战地》开篇"昔年怀壮气,提戈初仗节。心随朗日高,志与秋霜洁",刚健豪迈。其他如《采芙蓉》《咏雨》《咏雪》等诗,则完全是南朝风调,感时应景,吟咏风月。太宗诗在体式、声律、对偶等方面都很讲究,在他的影响下,宫廷应制唱和诗多歌功颂德,点缀太平,追求精工典雅成了时尚。

通过虞世南(558—638)的诗歌创作,可见隋唐之际诗风的递嬗,其《从军行》二首,"犹存陈隋体格,而追琢精警,渐开唐风"(《唐诗别裁集》卷一)。当然,他的诗总体上保留着南朝文士追求华美典雅的积习。魏征(580—643)的《述怀诗》写其隋末群雄起义中的经历和胸襟伟抱,以身许国的壮志,"气骨高古,变从前纤靡之习。盛唐风格,发源于此"(《唐诗别裁集》卷一)。贞观前期,太宗及其史臣对南北文学传统有比较清醒的认识,如魏征《隋书·文学传序》云:

> 江左宫商发越,贵于清绮,河朔词义贞刚,重乎气质。气质则理胜其词,清绮则文过其意。理深者便于时用,文华者宜于咏歌。此其南北词人得失之大较也。若能掇彼清音,简兹累句,各去所短,合其两长,则文质斌斌,尽善尽美矣。

如何用南朝文学的声辞之美来表现新朝的恢宏气象,提出南北诗风融合的策略,"各去所短,合其两长",是对文学发展方向的共识。他们批判南朝齐梁文风,并没有否定声辞之美,这为唐诗在艺术上的发展新变留下余地。杨师道、李百药是具有贞刚气质的北方文人,早年作诗善于吸收南朝诗歌艺术技巧,后来成为唐太宗的宫廷诗人,他们把诗作为唱和应酬的工具,追求华美典雅,声律辞藻精妙,但风格趣味已日益贵族化和宫廷化。

贞观后期的重要诗人上官仪(约608—665),字游韶,幼遭家难,出家为僧。唐太宗贞观初,举进士,召授弘文馆直学士,累迁秘书郎,转起居郎。高宗即位,官至西台侍郎等,麟德元年十二月下狱死。其诗工五言,"好以绮错婉媚为本。仪既贵显,故当时多有学其体者,时人谓为上官体"(《旧唐书》本传)。上官体最主要的特征是"绮错婉媚",重视诗的形式技巧,对仗精工,追求声辞之美。他提出"六对""八对"之说,以音义的对称效果来区分偶句形式。如正名对,天地日月是也;同类对,花叶草芽是也;连珠对,萧萧赫赫是也;双声对,黄槐绿柳是也;叠韵对,彷徨放旷是也;双拟对,春树秋池是也(《诗人玉屑》卷七)。其写景佳句如"晚云含朔气,斜阳荡秋光。落叶飘蝉影,平流写雁行"(《秋日即目应制》),"晓树流莺满,春堤芳草积。风色翻露文,雪花上空碧"(《早春桂林殿应诏》),"云飞送断雁,月上净疏林"(《奉和山夜临秋》)等,笔法精细,缘情体物,绮错成文。音响清越,韵度飘扬,体现出较为健康开朗的创作心态和雍容典雅的气度,代表着当时宫廷诗人的最高水平。下开文章四友和沈宋。

第三节　初唐四杰

太宗贞观年间,不与宫廷诗风合流,较为独特的是王绩(590—644),有感于隋唐丧乱变故,他归隐山林田园,以诗酒自娱。自谓"此日长昏饮,非关养性灵。眼看人尽醉,何忍独为醒"(《过酒家五首》其二)。一些吟咏村居生活的诗质朴清新,抒写真情,显出与宫廷诗迥然不同的特色。如《野望》"东皋薄暮望,徙倚将何依。树树皆秋色,山山唯落晖。牧人驱犊返,猎马带禽归。相顾无相识,长歌怀采薇",以即目触兴的手法写田园生活的恬静,也透露出对世乱的隐忧。初唐诗坛,王绩最先摆脱齐梁浮艳诗风,是"王杨卢骆之滥觞,陈杜沈宋之先鞭"(杨慎《升庵诗话》卷二)。然而,王绩的诗在当时是一个孤立存在,真正能反映中下层士人精神风貌和创作的是"初唐四杰"。

"四杰"之称最早见于唐中宗时郗云卿《骆宾王文集序》:高宗朝,骆宾王"与卢照邻、杨炯、王勃文词齐名,海内称焉,号为四杰,亦云卢骆杨王四才子"。王勃(650—676),六岁解属文,构思无滞,词情英迈。杨炯(650—693?),十岁举神童,待制弘文馆。卢照邻(632?—686?),弱冠为邓王府典签。骆宾王(627?—684?),七岁能诗,被称为"神童"。他们都是英姿逸发的少年天才,但仕途上又都坎坷不遇,深刻影响了他们的思想和创作。四杰年少而才高,官小而名大,心中充满博取功名的激情和不甘居人下的人生期待,以一种变革文风的自觉意识,"开辟翰苑,扫荡文场"(王勃《山亭思友人序》),矛头指向当代的宫廷文学,提倡刚健骨气。他们对诗歌的题材、风格、形式等方面都有新的开拓,使诗歌重新担负起歌唱人生的使命,从而使唐诗获得了转机。

题材内容上,四杰面向现实人生,使诗歌的表现领域"由宫廷走到市井","从台阁移至江山与塞漠"(闻一多《四杰》),举凡离别、怀乡、边塞、市井、山川景物等皆入诗。王勃的《山中》"长江悲已滞,万里念将归。况属高风晚,山山黄叶飞",将羁愁乡思与苍凉寥廓的山川秋景糅合起来,《始平晚息》"观阙长安近,江山蜀路赊。客行朝复夕,无处是乡家",语浅意深,含思凄婉。渴望立功边塞,为诗歌注入高情壮思、慷慨情怀,骆宾王曾两度从军塞上,集中颇多边塞诗,《早秋出塞》《边城落日》《至分水戍》《边夜有怀》等在初唐边塞诗中大放异彩。即使是咏物诗,四杰也往往托物抒怀,融入郁勃不平之气,卢照邻《失群雁》诗中借"惆怅惊思悲未已,徘徊自怜中冈极"的孤雁自喻,伤叹自己"羸卧空岩"的命运。骆宾王的《在狱咏蝉》"西陆蝉声唱,南冠客思深。不堪玄鬓影,来对白头吟。露重飞难进,风多响易沉。无人信高洁,谁为表予心",以蝉自喻,抒写政治上不得意,言论受压制,表达对人世不平的哀怨和昭雪沉冤的愿望。其成功之处在于出色地处理物我关系,形神兼备,寄托遥深。诗中蝉的形象是自然物,又是作者人格、遭际和思想感情的化身。

风格上与宫体诗的绮靡不同,是真实情感的抒发,或开朗豪放、积极进取,或悲凉雄放、铺张扬励。四杰善为不平之鸣,诗中出现一种壮大的气势,有慷慨悲凉的力量,如王勃所说:"高情壮思,有抑扬天地之心;雄笔奇才,有鼓怒风云之气。"(《游冀州韩家园序》)如其《送杜少府之任蜀川》:

> 城阙辅三秦,风烟望五津。与君离别意,同是宦游人。海内存知己,天涯若比邻。无为在歧路,儿女共沾巾。

伤别之外,尚有一种昂扬的气势怀抱,尤其是颈联,虽然点化曹植《赠白马王彪》"丈夫志四海,万里犹比邻",但更工整精炼,以宽阔的胸怀提出对离别的态度,蕴含着积极的人生态度,给人以乐观、奋发、向上的力量。之后张九龄《送韦城李少府》"相知无远近,万里尚为邻",高适《别董大》"莫愁前路无知己,天下谁人不识君"与此一脉相承。颔联以友情宽释离情,尾联由豪情勉励转为柔情开导,结出不必伤别之意。歧路分手送别,本来十分伤感,却以豁达爽朗的情调表现,胡应麟曰:"终篇不着景物,而兴象宛然,气骨苍然。实首启盛中妙境。"(《诗薮》内编卷四)道破其特色,"兴象"、"气骨",正是四杰对唐诗最重要的贡献。四杰诗中的壮思和气势,在他们的古体和歌行中表现得更充分,特别是卢、骆的七言歌行,视野开阔,神采飞扬,较早地开启了一代新诗风。

创作形式上,王、杨擅长五律,卢、骆喜作七言歌行,他们找到了自己表达情志的诗歌形式。王、杨的五律属对工切,如杨炯《从军行》在苍凉的戎马氛围中直抒不甘庸碌为生的胸襟,"烽火照西京,心中自不平。牙璋辞凤阙,铁骑绕龙城。雪暗凋旗画,风多杂鼓声。宁为百夫长,胜作一书生",中二联对仗工整,音韵铿锵,严整的格律与奔放的气势得以谐和。尾联写决心从军,豪情多气。与建安诗颇有相近处,但时代内涵已不同,体现了初唐士人的精神风貌。杨炯现存的十余首五言律,完全符合粘式律,为五言律的定型做出了重要贡献。

七言歌行工丽整炼,本有一种流动感,更适合于表现四杰所追求的刚健骨气。而卢、骆创造性地发挥这种诗体之所长,铺排中显出流宕之势,大大加强了它的抒情性和表现力。卢照邻《长安古意》长达六十八句,极力铺张排比帝京的风物以及豪贵们骄奢淫逸的生活方式,最后却突然一转:

> 自言歌舞长千载,自谓骄奢凌五公。节物风光不相待,桑田沧海须臾改。昔时金阶白玉堂,即今惟见青松在。寂寂寥寥扬子居,年年岁岁一床书。独有南山桂华发,飞来飞去袭人裾。

表明荣华富贵不过如过眼烟云,同时道明自己寂寞清贫的生活态度。艺术上以赋为诗,吸收齐梁以来歌行的特点,章法上以体物铺张始,以抒情议论结;句法上以骈为主,以散行骈;用韵上多四句一转,且平仄相间,丝毫不爽,而转韵处又多用蝉联法接字;用语上虽未洗净六朝粉黛,却能于丽句中嵌入清词,大量运用叠字叠词,且用俗语、虚词加强语调,以传神情。卢照邻历经人生艰难,作品多悲苦之音,其《行路难》从长安城北渭桥边的"枯木横槎"写起,备言世事艰辛、离别伤悲,蕴含着历史兴亡之叹,其情怀已超乎个人,所以诗的后半部分以"人生贵贱无始终,倏忽须臾难久持"为转折,抒发世事无常、人生有限的伤悲。

骆宾王的七言歌行中自有激荡的情思和磊落的风神,其《帝京篇》写长安的华富和贵族的奢靡,内容和结构与卢照邻《长安古意》相近,但篇幅更大,思路更为开阔,也更多辞赋铺排。"古来荣利若浮云,人生倚伏信难分"以下感慨抒情,结以"汲黯薪逾积,孙宏阁未开。谁惜长沙傅,独负洛阳才",抒发自己十年不调、沉沦下僚的愤懑不平。这诗是呈吏部侍郎,内容上较《长安古意》庄重,形式上自由活泼,铺叙、抒情、议论,各尽其妙,"当时以为绝唱"。总之,卢、骆的个性在七言歌行中得到充分展现,为歌行体开出一条宽阔的新路;七言歌行,"一变而精华浏亮。抑扬起伏,悉协宫商;开合转换,咸中肯綮"(《诗薮》内编卷三),为之后的李白、李颀、高适、岑参等诗人所喜用。

四杰的创作重视抒发一己情怀,出现新的气象和活力,为唐诗的发展做出了一定的贡献。但"王杨卢骆当时体",他们并没完全摆脱当时流行的宫廷诗风的影响,其中一些作品,仍有雕琢繁缛之病。

第四节 杜审言与"沈宋"

唐高宗、武后时期,以主文词为特点的进士科勃兴,杜审言、李峤、宋之问、沈佺期等都是由进士科及第入朝,他们写的分题赋咏和寓直酬唱之类的诗,内容上与此前宫廷诗人无太大差别,但为近体诗的定型做出了贡献。

杜审言、李峤、苏味道、崔融并称"文章四友",其中最有诗才的是杜审言(645?—708),字必简,恃才傲物,尝谓人曰:"吾之文章,合得屈宋作衙官;吾之书迹,合得王羲之北面。"现存28首五言律,首先达到了较高的艺术水平,胡应麟说:"初唐无七言律,五言亦未超然。二体之妙,杜审言实为首倡。"(《诗薮》内编卷四)并以《和晋陵陆丞早春游望》为"初唐五言律第一":

> 独有宦游人,偏惊物候新。云霞出海曙,梅柳渡江春。淑气催黄鸟,晴光转绿蘋。忽闻歌古调,归思欲沾襟。

高宗咸亨元年(670),杜审言登进士第,仕途不得意,则天后永昌元年(689)前后,任职江阴县。同郡邻县僚友寄诗,审言遂作和诗,生动真切地描绘出江南早春清新秀美的景色,抒发其宦游近二十年,有家难归的悲哀。故首句发感慨:只有宦游人才对异乡的节物气候感到新奇惊讶。"新"字扣诗题"早","物候"二字为全篇关键,引出下文,颔联写"望",颈联写"游",出、渡、催、转四字突出"早春"。思乡情切,如此春景与原唱引发归思,便伤心流泪。

　　李峤有五言咏物诗 120 多首,大多合律,十分讲究技巧,对五言律的发展起到推动作用。而五律的定型,则是由宋之问和沈佺期最后完成的,高宗上元二年(675),二人同榜进士,媚附权贵;中宗神龙、景龙年间,以修文馆学士的身份频频出入宫廷文会,堪称词臣班首,时号"沈宋"。善写应制诗,多点缀升平,标榜风雅,同时有充裕的时间琢磨诗艺,精益求精。他们对诗律的贡献是:总结六朝以来声律方面的创作经验,把讲求平上去入的"四声律"二元化;由消极地防止"八病"变为主动地运用声韵规律;将"两句之中,轻重悉异"发展成两联间平仄须粘,并把这种粘对规律贯穿全篇;完成律诗的体制,扩大了律诗的影响。所以元稹《唐故工部员外郎杜君墓系铭》云:"沈宋之流,研练精切,稳顺声势,谓之为律诗。"这也是"律诗"之名的最早记载,故沈、宋为律诗定型的标志。从诗的律格演变说,"魏建安后迄江左,诗律屡变。至沈约、庾信以音韵相婉附,属对精密。及之问、沈佺期又加靡丽,回忌声病,约句准篇,如锦绣成文。学者宗之,号为沈宋。语曰:苏李居前,沈宋比肩"(《新唐书·宋之问传》)。

　　沈、宋二人曾被贬谪岭南,当他们把真情实感注入这种规整的律体诗中去,也写出了一些精警动人、情韵俱佳的作品。如宋之问的《度大庾岭》:

　　　　度岭方辞国,停轺一望家。魂随南翥鸟,泪尽北枝花。山雨初含霁,江云欲
　　　　变霞。但令归有日,不敢恨长沙。

写未到贬所而先想归期,把含泪吞声的感怆情思表现得真切细腻,一唱三叹,余味无穷。他自贬所逃归路上写的五绝《渡汉江》"岭外音书断,经冬复历春。近乡情更怯,不敢问来人",妙在将空间悬隔、音书断绝、时间久远三层意思递进递深,强化了贬居遐荒的孤愁剧痛。

　　宋之问长于五言律,而沈佺期善作七律,成名作是《古意呈乔补阙知之》,又题《独不见》,伤思而不得见也。不得见者是她的丈夫,他征戍辽阳,十年未归;妻子在"寒砧催木叶"的秋夜,身居华屋,心驰万里外,辗转反侧,夜不能寐,孤独愁苦。但艺术感染力不如他的《遥同杜员外审言过岭》:

　　　　天长地阔岭头分,去国离家见白云。洛浦风光何所似?崇山瘴疠不堪闻。
　　　　南浮涨海人何处?北望衡阳雁几群。两地江山万余里,何时重谒圣明君?

前六句字字是遥同,抒发远谪的苦悲心境,到了大庾岭,离家越来越远,顿感天长地阔。"岭头分"引出中二联,"洛浦"、"崇山"对比,倍觉凄苦;再往南渡海,孤苦伶仃,暗含天涯沦落人之感。可见诗人过岭时怅惘迷茫神情。通篇用语质朴,气韵流畅,声律和谐铿锵,是早期成熟七律的样板。

沈宋之诗,格律形式完整,为历代推崇。王世贞说:"五言至沈宋,始可称律。"(《艺苑卮言》卷四)从武后至中宗景龙年间,唐代近体诗的各种声律体式定型,这在中国诗史上意义重大。自此后近体与古体、诗人之专工,渐有区划。

第五节 陈子昂与唐诗风骨

陈子昂(659—700),字伯玉。家世豪富,少骋侠使气,青年时始折节读书。二十一岁出蜀,流露"江山代有才人出"的意绪。二十四岁进士,释褐将仕郎。上书论政,为武后赏识,拜麟台正字。垂拱二年,从乔知之出征西北。长寿二年,擢右拾遗,翌年陷狱。狱解,复官。万岁通天元年(696),随武攸宜军讨契丹,因谏议不合降职。圣历元年(698),辞官还乡,为县令段简诬陷入狱,忧愤而死。

陈子昂好纵横任侠,又崇信佛道,但儒家的兼善天下仍然是他思想的主导。入仕后,他上疏谏言,积极参政。他的悲剧,如赵儋所说:"陈君道可以济天下,而命不通于天下;才可以致尧舜,而运不合于尧舜,悲夫!"(《故右拾遗陈公旌德碑》)陈子昂的诗歌理论主张表现在他的《与东方左史虬修竹篇序》:

> 文章道弊五百年矣。汉魏风骨,晋宋莫传,然而文献有可征者。仆暇时观齐梁间诗,彩丽竞繁,而兴寄都绝,每以永叹。思古人,常恐逶迤颓靡,风雅不作,以耿耿也。一昨于解三处见明公《咏孤桐篇》,骨气端翔,音情顿挫,光英朗练,有金石声。遂用心饰视,发挥幽郁。不图正始之音,复睹于兹,可使建安作者相视而笑。

这篇序里,首先指出齐梁诗的弊病在于过分追求辞采华丽,缺乏内在的生命力。其次,他主张恢复汉魏风骨和风雅兴寄的传统,追踪多悲凉慷慨之气的建安风骨,要求诗歌有充沛的思想感情和充实的现实内容,表达方式上要寄意深远。第三,陈子昂提出新的诗歌美学风范,要将壮大昂扬的情思与声律词采之美结合起来,创造一种健康而瑰丽的文学。此序对唐诗的变革具有关键性的意义,为唐诗发展确立了正确的方向。陈子昂还以其创作实践,为唐诗注入生命力,贯穿在他诗歌中的是对新的人格理想的呼唤和塑造;情调昂扬壮大,充满壮伟之情和豪侠之气,体现出个性风采,而这正是唐诗风骨。友人卢藏用说他"横制颓波,天下翕然,质文一变"(《唐右拾遗陈子昂文集序》)。明高棅云:"唐兴,文章承陈隋之弊,子昂始变雅正,复然独立,超迈时髦。……继往开来,中流砥柱。上遏贞观之微波,下决开元之正派。"(《唐诗品汇叙目》)开启了盛唐一代诗人。

陈子昂的《感遇》组诗三十八首,并非一时一地之作,但基本上都作于入仕后,大多有感于政事而发,内容丰富,思想复杂。一些边塞题材的诗反映妄开边衅。如其三"汉甲三十万,曾以事匈奴。但见沙场死,谁怜塞上孤",指陈武后不修边备给人民带来深重苦难;其三十七"塞垣无名将,亭堠空崔嵬。咄嗟吾何叹,边人涂草莱",对将帅无能、边民遭受侵害愤慨,都表现出诗人悲天悯人的情怀。其二十九"丁亥岁云暮",揭发武后开蜀山取道袭击吐蕃的穷兵黩武;其三十四"朔风吹海树",写边塞将士的爱国热情遭到压抑,这些诗具有强烈的现实意义。另外一些有政治倾向的诗,从不同侧面暴露社会黑暗面,尤其对较为敏感的武后内政弊端无所避忌,如其四"乐羊为魏将",指斥武后时重用酷吏,开告密之门,以至于朝臣人人自危。其十二"呦呦南山鹿",写酷吏用诱鹿的方式罗织冤狱,滥杀无辜。其十五"贵人难得意",讽刺武后待臣下时而信任、时而杀戮的作风。其十九"圣人不利己",指责武后挥霍民脂民膏,建佛寺,制佛像,府库空虚。其二十六"荒哉穆天子"等篇,借古讽今,鞭挞统治者奢侈腐化,纵欲享乐。

还有一部分感慨身世、述怀言志之作,将其匡时济世、建功立业的人生抱负化为慷慨悲歌,其三十五"本为贵公子,平生实爱才。感时思报国,拔剑起蒿莱。西驰丁零塞,北上单于台。登山见千里,怀古心悠哉。谁言未忘祸,磨灭成尘埃",作于第一次随军北征,亲临沙场,情调昂扬,颇有壮怀激烈的豪侠之气。而现实无情,诗人抱才招祸。唐朝虽然给士人带来了希望和奋发的雄心,但官场险恶,而陈子昂又自视甚高,两度入狱。这些身世遭际也蕴含在诗中,"孤凤"、"孤英"、"孤鳞"之类的语汇常出现在笔端,饱含着落寞自伤的人生忧思。如其二:

兰若生春夏,芊蔚何青青。幽独空林色,朱蕤冒紫茎。迟迟白日晚,袅袅秋风生。岁华尽摇落,芳意竟何成。

通篇比兴,借楚辞之草木零落、美人迟暮的意境,以兰若自比,隐喻其抱负才华无处施展的悲哀;后四句写秋风中芳草摇落,含蓄地表达政治失意的苦闷。组诗里也有一些感叹人生祸福无常,赞美隐逸,求神访仙,但即使如此,陈子昂也绝不表现为沮丧沉沦,而是高傲不屈,如"登山望宇宙,白日已西暝。云海方荡漾,孤鳞安得宁"(其二十二)。他总是以博大的胸襟感慨宇宙永恒、人生苦短,"徂落方自此,感叹何时平"(其十三)。《感遇》组诗及《登幽州台歌》皆抒发怀才不遇的悲伤,不同的是,后者直抒胸臆,大声疾呼;而《感遇》则是托物比兴,委婉表达,被杜甫称为"千古立忠义,感遇有遗篇"。

据卢藏用《陈氏别传》,陈子昂随武攸宜征讨契丹,因登蓟北楼,作《蓟丘览古七首》,"乃泫然流涕,歌曰:前不见古人,后不见来者。念天地之悠悠,独怆然而涕下。时人莫之知也"。《蓟丘览古七首》歌颂礼贤下士的燕昭王、燕太子及乘时立功的乐毅、郭隗等历史人物。只要读其最后一篇《郭隗》"逢时独为贵,历代非无才。隗君亦何幸,遂起黄金台",就知道《登幽州台歌》的作意;通过登台吊古伤今,抒发报国无门、壮志难酬的哀痛。写他在高台放眼四野时的感受,俯仰古今,感慨生不逢时,怀才不遇。苍茫天地间,古往今来,只有自己的存在是真实的,他感到孤独,而又自豪。岁月无穷,生命有限,这个如此自豪的"我",跟天地的辽阔永恒相比,人的存在是渺小短暂的,于是悲愤孤独弥漫在浩浩空间,发出"独怆然而涕下"的哀叹,有力地突现了独立苍茫、怆然涕下的诗人形象。这诗化用《楚辞·远游》诗意,又用前人成句,境界开阔,气象宏大,托意深远;不同于一般登临之作,突破一时一事的局限,着力表现时空的无限和人生的有限,在有限与无限的对照中表现深沉的忧伤;直抒胸臆,无景物描写,无藻饰,亦无刻画,却有四顾苍茫之感,格调苍凉悲壮,给人以崇高的美感。

第六节　张若虚与唐诗兴象

　　初唐诗经过九十多年的发展,题材扩大,声律风骨完备,体物写景技巧成熟,为唐诗的繁荣奠定了基础,刘希夷、张若虚的歌行体则为诗歌的意境创造提供了成功的经验,唐诗的浪漫气质日趋强化。刘希夷,字廷芝。少有文华,善弹琵琶,落魄不拘常格。高宗上元二年(675),登进士第。《代悲白头翁》诗成后不久,即为人所害。此诗触景生情,以落花起兴,"洛阳城东桃李花,飞来飞去落谁家？洛阳女儿惜颜色,行逢落花长叹息。今年花落颜色改,明年花开复谁在？已见松柏摧为薪,更闻桑田变成海。古人无复洛城东,今人还对落花风",写洛阳女儿见花落而感伤,抒发青春易逝之悲;在这深微的叹息中,有一种朦胧的生命意识在觉醒,诗人领悟到自然的周而复始与青春的转瞬即逝,写出"年年岁岁花相似,岁岁年年人不同"。花相似而人不同,深藏着诗人对生命短促的悼惜之情。这种青春伤感的情思贯穿全篇,"寄言全盛红颜子,应怜半死白头翁"以下,通过红颜子与白头翁的对比,描写愈加浓烈,创造出韵味无穷的诗境。诗中欢乐与悲哀交织,情理相生。告诫人们:韶华易逝,富贵难久,世事无常。如此沉重的主题,诗人用流丽明快的七言歌行写来,呈现为美丽动人的青春惆怅。这种青春气息,到张若虚笔下一变而为更热烈的咏叹,并融合着对宇宙人生的礼赞。

　　张若虚,与贺知章、张旭、包融并称"吴中四士"。中宗神龙年间,以文词俊秀名扬京城。存诗两首,单凭一首《春江花月夜》就奠定了他唐诗大家的地位,正所谓"孤篇横绝,竟为大家"(王闿运《王志》卷二)。《春江花月夜》为乐府旧题,相传为陈后主制。张若虚沿用旧题,但能洗脱宫体诗的脂粉气,赋予全新内容,将诗情、画意和对宇宙人生的体察融为一体,创造出情景交融、玲珑剔透的诗境,表明唐诗的意境创造已炉火纯青。自明人发现这首诗的价值以来,好评不断。明王尧衢《古唐诗合解》云:"情文相生,各各呈艳,光怪陆离,不可端倪,真奇制也!"以至于闻一多说"在这种诗面前,一切的赞叹是饶舌,几乎是亵渎","这是诗中的诗,顶峰上的顶峰"(《宫体诗的自赎》)。

　　全诗三十六句,前半部分描绘春江月夜美景,引发对人生、宇宙的哲理思考。前八句是起,依题将春、江、花、月逐字吐出。从春江月夜美景写起,由虚到实,由远及近,由大及小,展现出皓月当空、透明纯净的春江远景,创造出明月高悬、月光盈盈的空明意境,幽美、朦胧、恬静。"空里流霜不觉飞,汀上白沙看不见",一句写天上,一句写地上,整个宇宙都浸染上月色,故以"江天一色无纤尘,皎皎空中孤月轮"概括。诗人感受着月夜美景,身处江天一色之境,内心变得澄澈,很自然地从写景转向观照宇宙人生、体认似水流年。"江畔何人初见月,江月何年初照人",是一个天真的问,也是没有答案的谜。但诗境却别开生面,"人生代代无穷已,江月年年只相似",人类代代相传,生生不息,因而能与明月共存。欣慰之感油然而生,承"只相似"而说"不知江月待何人,但见长江送流水",微情渺思,只见月光下大江奔流,诗情遂生波澜,引出人事。

　　"白云一片去悠悠,青枫浦上不胜愁。谁家今夜扁舟子,何处相思明月楼",四句为过渡,由"白云"点染离情,诗境随着月的游移、水的流淌,融入诗人淡淡的哀伤。诗的后半部分展开游子思妇的描写,抒发怀恋相思之情,以思妇怀人为重心。"昨夜闲潭梦落花"以下八句写游子思归,是全诗的结,将春、江、花、月逐字收拾。"江潭落月复西斜",想借月寄托相思也不可能了,海雾隐遮落月,碣石潇湘,地北天南,山遥水远;在这春江花月之夜,不知几人能乘月归,那没有着落的离情,伴随着残月余辉,洒满江边树林。诗以景结,景中含情。在读者心理产生情思摇曳、动人心弦的艺术效果,深情绵邈,余味无穷。

这首诗四句一换韵,平韵与仄韵交互杂沓,高低音相间,随着韵脚的转换,形成一唱三叹,回环往复的音韵美;同时切合诗情的起伏,声情与文情丝丝入扣,流畅婉转,完美地抒发了诗人的宇宙人生之思和游子思妇的凄婉相思之情,表现出对青春年华的珍惜,对美好生活的向往。情景交融,流动着哲理的思致。

全诗围绕标题五字运思,逐层铺展,为抒情说理提供背景;由"江月"联想到"人生",写景转入抒情,并深入到哲理探寻;再转入游子思妇的离愁别恨;情因景生,景随情移,春江花月夜诸多良辰美景,构成一幅幽美的画卷。诗情、画意、哲理,水乳交融辉映,意境空灵邈远,令人心醉神迷。在诗题五种景色中,重点写月,全诗以月统摄,转情换意,前后呼应;随着月的初升、高悬、西斜、落下,依次展开画面;景物描写变换角度,色彩斑斓。总之,以月为线索,把从天上到地下的寥廓空间,从月下江天、芳甸、花林、沙汀、白云到落花、海雾诸多景物环环相扣的组织起来,并借月光所到之处,表现离人望月怀人,对月遥想。展现出鲜丽华美、澄澈纯净的景观,游子思妇的相思之情升华为优美动人的艺术境界,同时洋溢着浓郁的青春气息,这正是盛唐诗的特征之一。

思考练习题

1. 初唐诗歌革新经历了哪几个阶段?
2. 什么是上官体,它的基本特点是什么?
3. 概述初唐四杰对唐诗的开拓与贡献。
4. 简述律诗的定型及其在唐诗发展中的意义。
5. 陈子昂的诗歌主张和创作实践对唐诗发展有何影响?
6. 刘希夷、张若虚对唐诗的贡献是什么?
7. 张若虚《春江花月夜》是如何紧扣标题来写的?

第二章 盛唐诗人群体

唐诗经过百年的准备和酝酿,开元、天宝年间终于迎来了波澜壮阔、动人心弦的盛唐诗潮。一代诗人胸襟开阔,气质豪迈,诗风争奇斗艳,诗歌创作达到了声律风骨兼备的完美境界,成为盛唐诗风形成的标志,严羽以"盛唐气象"概括。盛唐前期,张说、张九龄先后为相,延纳才士,有力地推进了唐诗的变革和发展。张说(667—731)自武后起历任四朝,与苏颋并称"燕许大手笔"(李肇《唐国史补》)。诗歌中表现出鲜明的英雄性格和倜傥意气,正是盛唐诗最显著的精神内涵。张九龄(678—740),文章高雅,创作在精神上和张说有一脉相承之处,他的诗更多地表现自己在穷达进退中保持高洁操守的人格理想。"首创清澹之派,盛唐继起"(《诗薮·内编》卷二),为孟浩然、王维、储光羲、常建所本。刘熙载认为张九龄能超出四杰一格,"为李、杜开先"(《艺概·诗概》)。

第一节 王维与孟浩然

王、孟在盛唐诗坛影响很大。苑咸在《酬王维》诗序中称王维为"当代诗匠",王士源说孟浩然的五言诗"天下称其尽美矣"(《孟浩然集序》)。

王维(701—761),字摩诘。开元九年(721),进士擢第,释褐太乐丞。因事获罪,谪济州司仓参军。先后居淇上、嵩山、终南山。二十三年,为张九龄擢拔,拜右拾遗,任监察御史等职。天宝中官左补阙、侍御史、吏部郎中等。安史乱起,叛军陷长安,王维被迫受伪职。至德二载(757),两京收复,被定罪下狱;旋即获赦,授太子中允,迁中书舍人,上元元年(760),拜尚书右丞。二年,卒。

王维早期有儒家济时用世的情怀,向往功名,锐意进取,如《少年行》"孰知不向边庭苦,纵死犹闻侠骨香",《送张判官赴河西》云"沙平连白雪,蓬卷入黄云。慷慨倚长剑,高歌一送君",诗多慷慨英发之气,声调高朗,雄浑博大。但受家庭环境影响,他早年即信佛,后经贬官济州、张九龄罢相,他亦官亦隐,尤其晚年失节事后,潜心禅理,随缘任运,"退朝之后,焚香独坐,以禅诵为事"(《旧唐书》本传),《叹白发》云"一生几许伤心事,不向空门何处销",无意于仕途荣辱,多山水田园诗,风格幽邃空静,多禅趣。

王维的诗大致可分四类。政治感遇诗,将心中的不平化为激愤的诗篇,言辞直切,或直抒胸臆,或咏史寄托。《济上四贤咏三首》讽刺权贵骄纵跋扈,对才士的坎坷境遇表示愤惋。《寓言二首》《偶然作六首》主题相似。王维曾赴河西节度使幕,他的游侠边塞诗《从军行》《陇头吟》《老将行》《燕支行》等洋溢着壮大明朗的情思,有盛唐雄壮浪漫的时代特色。如《使至塞上》颔联"征蓬出汉塞,归雁入胡天",为塞上所见,比兴两用,情景交融。颈联"大漠孤烟直,长河落日圆"最为人传诵,写出塞上黄昏时特有的奇景及其触发的诗人情怀。诗以路遇候骑、喜闻捷报收尾,化平直而为豪放。其《出塞作》"暮云空碛时驱马,秋日平原好射雕",气象开阔,驱马射雕,慷慨豪迈。《观猎》塑造了一位将军形象:

> 风劲角弓鸣,将军猎渭城。草枯鹰眼疾,雪尽马蹄轻。忽过新丰市,还归细柳营。回看射雕处,千里暮云平。

章法、句法、字法俱佳。章法上,发端突兀,笔势轩昂。中二联警策,一气流走,承转自如,以两个镜头写驰骋射猎,猎后景象暗示将军治军有方,有名将风度,英武形象自见。尾联以回顾之笔兜裹全篇,呼应篇首。字法上,劲、枯、疾、尽、轻、忽过、还归,下字巧妙,精炼传神,有瞬息千里之势,遒劲有力。

王维写乡情、友情、爱情的诗,《九月九日忆山东兄弟》《相思》《送别》,及《杂诗三首》其二"君自故乡来,应知故乡事。来日绮窗前,寒梅着花未",抒情寄意,真挚动人。尤其《送元二使安西》一出,"一时传诵不足,至为三叠歌之。后之咏别者,千言万语,殆不能出其意之外"(李东阳《麓堂诗话》)。前二句为送别勾勒出明朗清新的环境,气氛轻快。不同于一般送别诗的低回伤感,便是盛唐乐观向上的时代精神的体现。"劝君更进一杯酒",将深切的惜别、关切、担忧等情感寄寓在"劝酒"这一举动中,充满人情味。"西出阳关无故人",表现对友情的珍惜,对离别的无奈,对友人的祝愿,借酒壮行,鼓励其立功边塞。写得情韵深长,气度从容,所以被翻演成千古传唱的别离歌。

王维诗歌成就最高、最有代表性的则是山水田园诗,抒写隐逸情怀,诗境明秀清雅,兴象玲珑,具有空明、宁静之美,历来为人看重。首先,王维具有高度的文学修养,精通音乐绘画,善于着色取势,结构画面。他敏于捕捉自然物的光和色,创造出画境,"雨中草色绿堪染,水上桃花红欲燃"(《辋川别业》),"嫩竹含新粉,红莲脱故衣"(《山居即事》),"日落江湖白,潮来天地青"(《送邢桂州》),"荆溪白石出,天寒红叶稀"(《山中》),写物态天趣,风神摇曳。王维还擅长借声来写自然物的形态,"入春解作千般语,拂曙能先百鸟啼。万户千门应觉晓,建章何必听鸣鸡"(《听百舌鸟》),"啼莺绿树深,语燕雕梁晚"(《闺人赠远》其三)。总之,绘画美、音乐美、诗歌美在他的作品中得以充分结合,苏轼云:"味摩诘之诗,诗中有画;观摩诘之画,画中有诗。"且如《山居秋暝》:

> 空山新雨后,天气晚来秋。明月松间照,清泉石上流。竹喧归浣女,莲动下渔舟。随意春芳歇,王孙自可留。

以"空"字领起,为全诗定下空明澄净的基调。颔联写景明丽秀美,卓绝千古;颈联写浣女渔舟之喧哗,生活气息浓厚。尾联写山居感受,表明乐于放情山水、洁身自好的意愿。整体上写景白描,笔致简约;动静相衬,视听结合,声色俱佳,组成一幅和谐的画面。构图上,远景近景相宜,高处低处相谐,浓墨重彩,极富层次感,末句虚写,其意于前三联之景中暗示。诗境纯美,境界空明,于诗情画意中寄托着诗人山居的高雅志趣和高洁情怀,以自然美表现诗人的人格美。

其次,盛唐隐逸之风下,诗人入于山林,纵情山水,情怀高逸,以一种虚灵的胸襟体悟山水,发现山水之美与人的真性情,这种隐逸情结、山水情怀对静逸明秀诗境的创造十分重要。王维生性好静,甘于寂寞,惯于在自然中寻求天人一体之境,把宁静的自然作为观照的对象,观察感觉,"搜求于象,心入于境,神会于物,因心而得"(王昌龄《诗格》),进行诗境创造。"寂寞掩柴扉,苍茫对落晖"(《山居即事》),是他隐居山中的心态写照。《酬张少府》云"晚年惟好静,万事不关心。自顾无长策,空知返旧林。松风吹解带,山月照弹琴。君问穷通理,渔歌入浦深",想象园田归隐,与松风山月相伴,流露出不得已的隐痛。

第三,王维归心佛法,精研佛理,从观物方式到感情格调,都深受禅风熏染。他喜欢写独坐时的感悟,表现静极生动、动极归静的禅意;将禅的凝神观照与山水审美合而为一,山水描绘中折射出浓厚的禅境。如"独坐悲双鬓,空堂欲二更。雨中山果落,灯下草虫鸣"(《秋夜独坐》),"独坐幽篁里,弹琴复长啸。深林人不知,明月来相照"(《竹里馆》),"木末芙蓉花,山中发红萼。涧户寂无人,纷纷开且落"(《辛夷坞》),诗境虚幻明秀,显示出心境的空明与寂静,饶有禅趣。

《辋川集》是王维,也是盛唐山水诗的代表作。辋川在陕西蓝田县西南辋谷,山水胜绝,王维置别业于此,常与裴迪浮舟往来,弹琴赋诗,各以辋川二十景作五言绝二十首,题为《辋川集》。王维诗大多精美如画,清空自然,表现其澄澈超脱的心境。如《鹿柴》"空山不见人,但闻人语响。返景入深林,复照青苔上",写傍晚时分鹿柴附近的空山密林空灵寂静之景。王维喜用"空山",不同的诗中境界有别,"空山新雨后,天气晚来秋"侧重于雨后秋山的空明洁净,"人闲桂花落,夜静春山空"(《鸟鸣涧》)主要写夜晚春山的宁静幽美,而"空山不见人"侧重表现山的空寂清冷,接以"但闻人语响",更反衬出空山的幽静。后二句由声而色,描写深林返照,以斜阳余晖反衬深林的幽暗,韵味无穷。

总之,独具特色的宁静之美和空灵禅境,奠定了王维在中国山水田园诗发展史上的正宗地位。他很多诗都充满生活情趣,如《田园乐七首》其六"桃红复含宿雨,柳绿更带朝烟。花落家僮未扫,莺啼山客犹眠",《渭川田家》更是这方面的代表作,以白描之笔画出一幅田家晚归图,反衬自己急欲归隐的心情。

与王维齐名,同样以写自然山水见长的是孟浩然(689—740),四十岁以前,他隐居于距鹿门山不远的汉水之南,曾游江、湘,北去幽州,开元十二至十四年,滞留洛阳,往游越中。十六年(728),赴京应试。翌年落第。游秘省,同诸名士赋诗,得"微云淡河汉,疏雨滴梧桐"句,举座叹为清绝。后南下吴越,寄情山水。二十五年,入张九龄荆州幕,为从事。三年后,不达而卒。

孟浩然工五言诗,兴致清雅,杜甫诗云"赋诗何必多,往往凌鲍谢"(《遣兴五首》其五)。高岑王孟并驰声于盛唐,唯独浩然布衣终身,但他并非无意仕进。与其他诗人一样,他怀有济时用世的思想,《书怀贻京邑同好》诗中自叙家世重儒风,秉承诗礼遗训,自强不息,"词赋颇亦工";然而"三十既成立,嗟吁命不通",自甘执鞭捧檄,弹冠阵衣,"秦楚邈离异,翻飞何日同",说明他对仕途的热望。这种期待援引的心情在《临洞庭湖赠张丞相》一首中表现得更突出:

> 八月湖水平，涵虚混太清。气蒸云梦泽，波撼岳阳城。欲济无舟楫，端居耻圣明。坐观垂钓者，徒有羡鱼情。

前四句写洞庭景色，气势磅礴，境界壮阔，颔联与杜甫《登岳阳楼》名句"吴楚东南坼，乾坤日夜浮"并提。后四句转入本题，"临渊羡鱼"而坐观垂钓，仍然表示入仕愿望，表露希望引荐的迫切心情。此诗巧用比兴，以"欲济无舟楫"为枢纽，就眼前景顺势作譬设喻，表达心曲，雅驯得体，措辞巧妙。

浩然禀性孤高，求仕无门，应举落第，感慨道"不才明主弃，多病故人疏"(《岁暮归南山》)，"欲取鸣琴弹，恨无知音赏"(《夏日南亭怀辛大》)，清高自赏的寂寞心绪可见。而且王维也劝他以隐居为宜，不必辛劳于献赋求官。他放弃仕宦而走向山水。他的山水诗，从艺术的完整和精美来说，是和王维各标风韵的。由于生活环境和性格气质与王维不同，诗的写法和艺术风格也与王维有别。

其一，孟浩然的山水田园诗更贴近自己的生活，喜用"余""我"等字样，而且诗里的景物常常就是他生活环境的一部分，故乡襄阳的鹿门山、万山、岘山、鱼梁州、高阳池等山水名胜出现笔端，"人事有代谢，往来成古今。江山留胜迹，我辈复登临"(《与诸子登岘山》)，写登岘山感怀，"鱼梁"、"梦泽"、"羊公碑"皆在其中；"木落雁南渡，北风江上寒。我家襄水曲，遥隔楚云端"(《江上思归》)，融合初冬江上凄寒之景写思归之情；"北山白云里，隐者自怡悦。相望始登高，心随雁飞灭"(《秋登万山寄张五》)，流露出怀慕隐逸的思古幽情；特别是《夜归鹿门歌》"山寺鸣钟昼已昏，鱼梁渡头争渡喧。人随沙岸向江村，余亦乘舟归鹿门。鹿门月照开烟树，忽到庞公栖隐处。岩扉松径长寂寥，惟有幽人自来去"，故乡的景物经诗人平实的叙述，亲切自然。因此晚唐张祜诗云"襄阳属浩然"。

其二，孟浩然写景带有即兴而发、不假雕饰的特点，诗语纯净，似比王维的诗更显淳朴，更接近陶渊明"豪华落尽见真淳"的境界。以自然平淡、幽雅清旷为主要特色。其诗多以单行之气运笔，一气浑成，无刻画之迹；妙在自然流走、冲淡闲远，不求工而自工。闻一多说"淡到看不见诗了，才是真正孟浩然的诗"，如《万山潭》"垂钓坐磐石，水清心益闲。鱼行潭树下，猿挂岛藤间"，《春晓》"春眠不觉晓，处处闻啼鸟。夜来风雨声，花落知多少"，皆如此。《游精思观回王白云在后》"出谷未停午，到家日已曛。回瞻下山路，但见牛羊群。樵子暗相失，草虫寒不闻。衡门犹未掩，伫立望夫君"，整篇风韵绝佳，不可句摘字赏。他的田园诗数量虽不多，但生活气息却相当浓厚，如《过故人庄》：

> 故人具鸡黍，邀我至田家。绿树村边合，青山郭外斜。开轩面场圃，把酒话桑麻。待到重阳日，还来就菊花。

这诗的独特价值在于，通过家常事、家常饭、家常景、家常话来表现恬静优美的环境美与朴实真挚的人情美。尤其尾联写对下次聚会的期待，也就是对本次聚会的肯定，那么前述之饭菜可口、景色宜人、交谈投机、心情愉快皆跃然纸上。

其三，王维长于表现空山的宁静之美，孟浩然的乘舟行吟则表现山水的纯净之美，将净化的情思、清淡的语言、明秀的诗境融为一体。他无意于模山范水，只是遇景入咏点染，如《宿建德江》"移舟泊烟渚,日暮客愁新。野旷天低树,江清月近人",借山水景物写客愁与思乡。前二句点出游子漂泊,以暮色苍茫、烟渚迷离衬托迷惘忧愁。后二句以旷野空阔衬托游子孤独,心情压抑;江水清冷,明月近人,暗寓情怀凄恻,孤独无依,寂寞惆怅的心绪清远无际。《宿桐庐江寄广陵旧游》"山暝听猿愁,沧江急夜流。风鸣两岸叶,月照一孤舟",淡墨轻描猿愁流急、风鸣月照,笔势连贯,冲和平淡中深蓄远韵。《耶溪泛舟》"落景余清辉,轻桡弄溪渚。澄明爱水物,临泛何容与。白首垂钓翁,新妆浣纱女。相看似相识,脉脉不得语",落景余晖中泛舟,逸兴散淡,垂钓老翁、浣纱少女,妙在"相看似相识",脱尽凡俗之气,诗味醇厚;清溪丽景,闲远余情,意趣悠然。

当时以王孟为中心,储光羲、裴迪、张子容等人诗风相近,而以常建的创作成就为高。殷璠《河岳英灵集》开篇为常建,称"高才而无贵仕",登进士第后做过一段时间县尉,但大部分时光隐居。归隐诗作,风调孤高幽僻,灵慧秀雅和空明寂静与王维相近。如《题破山寺后禅院》"清晨入古寺,初日照高林。曲径通幽处,禅房花木深。山光悦鸟性,潭影空人心。万籁此俱寂,惟余钟磬音",诗人心无纤尘,把古寺的清幽和山光潭影的空明写得极为真切,涤荡人心,通于禅境;情思融入万籁俱寂,清润悠扬的钟磬声更使山水虚灵化、情致化。

第二节 王昌龄、崔颢等诗人

活跃在盛唐诗坛的一批具有北方阳刚气质的诗人,非常自信自负,个性鲜明,诗歌创作豪爽俊丽,风骨凛然,创造出一种具有清刚劲健之美的诗风。

王昌龄(?—约756),字少伯,京兆万年人。开元十五年(727),进士及第,补秘书省校书郎。二十二年,登博学宏词科,授汜水尉。二十七年,谪岭南。翌年,遇赦返长安,任江宁丞。天宝初,贬龙标尉。安史乱起,弃官至江淮,为亳州刺史闾丘晓所杀。昌龄工诗,以七言绝成就最高,有"七绝圣手""诗家夫子"之誉,后人常与李白并提,明王世贞说可"与太白争胜毫厘,俱是神品"(《艺苑卮言》卷四);胡应麟说"七言绝,如太白、龙标,皆千秋绝技","七言绝,太白、江宁为最","太白、江宁妙绝千古"(《诗薮》内编卷六),清叶燮说:"七言绝句,古今推李白、王昌龄。李俊爽,王含蓄。"(《原诗》卷四)

王昌龄留存七十余首七绝,每首几乎都好。他作诗讲究立意构思,意境高远,情致深长,语言含蓄婉转。边塞诗以清刚劲健为基调,风格苍凉悲壮,带有透视历史的厚重感。如以乐府旧题《从军行》写的七首七绝,可视为完整的边塞组曲。既写将士们安边报国的豪迈精神,也抒发他们无法排遣的乡思离愁。略如:

烽火城西百尺楼,黄昏独坐海风秋。更吹羌笛关山月,无那金闺万里愁。
(其一)
琵琶起舞换新声,总是关山旧别情。撩乱边愁听不尽,高高秋月照长城。
(其二)
大漠风尘日色昏,红旗半卷出辕门。前军夜战洮河北,已报生擒吐谷浑。
(其五)

其一写戍边者黄昏独坐,秋风凉意中守望着西烽火台,乡思已自无奈,岂料羌笛更吹《关山月》,闻之使人倍难为情。妙在"不言己之思家,而但言无以慰闺中之思己,正深于思家者"(李锳《诗法易简录》),断句伤神。其二和第一首一样写征夫戍卒的思乡离情,也同样以异域的乐器弹奏为契机。首先描绘出一个喧闹的场景,琵琶声声,歌舞阵阵,可想见其人的神采飞扬。然而"总是关山旧别情",气氛为之一变,诗人在一扬一抑之间,把征人的离情别绪和盘托出,乡思绵绵,边愁无尽,这就进入内心的刻画。昌龄作七绝,十分重视结句,曾言"每至落句,事须含思,不得令语尽思穷"(遍照金刚《文镜秘府论》)。"高高秋月照长城"这一结句,声调高响,振起全篇。征人眼观歌舞,耳闻琵琶,乡愁无法排遣之时,不知何时在巍峨群山上升起一轮皓月,照彻莽莽长城。境界阔大,种种闲愁遂置之一旁。其五先写自然环境恶劣,进而写在如此恶劣的环境下还得出兵打仗,"红旗半卷",准确地写出出征场面,让人如临其境。后二句写后续部队听到前锋部队获胜的消息,产生意外的惊喜,构思巧妙。又如昌龄的压卷之作《出塞》:

秦时明月汉时关,万里长征人未还。但使龙城飞将在,不教胡马度阴山。

前二句言边塞战争由来已久,征人未还,概括力极强。后二句表面上扬古,实则讽今,希望有古代那样的名将来解除边患,还边塞以和平。诗人将边塞战争放到历史长河中思考,把历史和现实勾连,言少意多,内蕴深广;如此丰富的内容和深厚的情感压缩在短短四句诗中,堪称大手笔。故清人施补华说:"边塞名作,意态绝健,音节高亮,情思悱恻,百读不厌也。"(《岘佣说诗》)

王昌龄的边塞诗出手不凡,而他的送别诗和宫怨闺情诗也很出色。如其出为江宁丞,有《芙蓉楼送辛渐二首》其一:

寒雨连江夜入吴,平明送客楚山孤。洛阳亲友如相问,一片冰心在玉壶。

平明送客,临别托意。以"寒雨"起兴,暗示离别时的凄凉心绪。冰心玉壶,自喻高洁。昌龄遭"谤议",因此当朋友要到他曾生活过的洛阳,送行之际,便以"冰心在玉壶"告慰洛阳亲友,有谪宦之人渴望理解、自我表白之意。

王昌龄的宫怨诗"秾雅俊逸,真遗响千春"(明王叔承《宫词五十首序》),如《长信秋词五首》其三"奉帚平明金殿开,且将团扇共徘徊。玉颜不及寒鸦色,犹带昭阳日影来",诗用班婕妤故事,后二句以宫妃之美而幽闭长信,反不及寒鸦之丑犹带昭阳日影,玉颜寒鸦,一人一物,比拟不伦。自伤连异类的寒鸦都不如,更不用说不如同类的人,寄情无奈,尤觉沉痛。其闺情诗《闺怨》"闺中少妇不知愁,春日凝妆上翠楼。忽见陌头杨柳色,悔教夫婿觅封侯",写相思之情,起笔却是"不知愁",又以"忽见"绾结,与后两句之急转、悔悟形成鲜明对照。清俞樾评:"以无情言情则情出,从无意写意则意真。"(《湖楼笔谈》)

唐薛用弱《集异记》卷二载有开元中王昌龄、高适、王之涣"旗亭画壁"事。虽为小说家言,但可说明三诗人及其诗之流传颇广。王之涣(688—742),晋阳人,性倜傥,有才略,诗多"歌从军,吟出塞",今仅存六首,皆精品。《登鹳雀楼》诗思高远,气势雄浑奔放,短短二十字,给人以尺幅千里、境界壮阔之感,并可得哲理的启示。而《凉州词》之首句又有"黄河直上白云间"之说。

王翰,并州晋阳人,少豪荡,恃才不羁。睿宗景云元年(710),登进士第,"发言立意,自比王侯"(《旧唐书·王翰传》),为人狂傲放纵。开元初赴吏部诠选时,私定海内文士为九等,几遭刑。颐指侪类,人多嫉之。入仕后生活放荡,日聚英豪,从禽击鼓为欢,纵酒蓄妓,被贬道州司马,卒。王翰狂放不羁的行为心态在盛唐士人中具有典型性,与追求功名富贵、及时行乐相关,《古娥眉怨》末云"人生百年夜将半,对酒长歌莫长叹。情知白日不可私,一死一生何足算"。王翰工诗,多一气流转的壮丽之词、俊爽之语,如《凉州词》其一:

葡萄美酒夜光杯,欲饮琵琶马上催。醉卧沙场君莫笑,古来征战几人回?

首句用当地产的美酒与精美的酒杯形容宴会丰盛。次句写正当人们馋涎欲滴时,侑酒的琵琶乐奏响。三四写痛饮,但只写痛饮的原因。此诗写出军人马革裹尸的英雄气概以及内心的悲戚等复杂心理。沈祖棻说:"这种感情是很沉痛的,但却用豪迈的语言表达出来,显得这位军人的胸襟似乎很是旷达。凡是忧伤的感情,如果用悲哀的语言来表达,还不一定能使人感受到它的分量,而用与之正好相反的豪迈旷达的口气说出来,就往往使人觉得非常沉重深刻。"(《唐人七绝诗浅释》)

崔颢(?—754),汴州人。开元十一年(723),登进士第。早年好蒱博饮酒,择妻以有貌者为准,稍不惬意,即去之,《旧唐书》称其"有俊才,无士行"。殷璠《河岳英灵集》说他"年少为诗,名陷轻薄。晚节忽变常体,风骨凛然。一窥塞垣,说尽戎旅"。早期诗风浮艳,"忽变常体",始于他南游吴越、荆鄂,标志是行至武昌时作的《黄鹤楼》:

昔人已乘黄鹤去,此地空余黄鹤楼。黄鹤一去不复返,白云千载空悠悠。晴川历历汉阳树,芳草萋萋鹦鹉洲。日暮乡关何处是?烟波江上使人愁。

前四句紧扣黄鹤楼落笔,抒发人去楼空的感慨;后四句落入深重的乡愁,以所用之典"鹦鹉洲"为关捩,写其登楼所见,伤叹一代名士的风采已被萋萋芳草湮没。崔颢以祢衡为同调,而名陷轻薄,游历至此,顿生空茫之感,有不如归去之叹,美景当前,却哀愁难禁。此诗"体例不纯",乃变体律诗,严羽却说"唐人七言律诗,当以崔颢《黄鹤楼》为第一"(《沧浪诗话·诗评》)。原因在于作者以摇曳生姿的古歌行体入律,前四句用辘轳相转的句式,一气流转,豪爽俊丽。这或得益于沈佺期《龙池篇》的句法"龙池跃龙龙已飞,龙德先天天不违。池开天汉分黄道,龙向天门入紫微"。崔诗先虚写后实写,先变格后整饬,五六句对仗工稳,使流走的气势得以顿蓄,进而发为尾联的唱叹。这种结构"不古不律,亦古亦律,千秋绝唱"(吴昌祺《删订唐诗解》卷十九),便于表现高唱入云的雄健气格,易于形成寄情高远的超妙诗境。因此纪昀说:"偶尔得之,自成绝调。然不可无一,不可有二。再一临摹,便成窠臼。"(《瀛奎律髓勘误》卷一)言下之意,李白《登金陵凤凰台》的"气魄远逊崔诗",《鹦鹉洲》"虽效之而实不及"。

崔颢为什么要以古歌行入律?就其现存诗40余首看,七言律仅4首,《七夕》写宫怨,

《黄鹤楼》为登临,《雁门胡人歌》写边地风光,《行径华阴》写行旅,前三首皆参用歌行的句式,具有奇崛流利的韵味。而崔颢非常擅长七言歌行,本色当行,其中《渭城少年行》《卢姬篇》《江畔老人行》《霍将军篇》等,有对人生命运的思考,对盛衰更迭的感叹,对世态炎凉的洞察,章法精致,节奏流畅。如《行路难》以"建章宫中金明枝"起兴,写妃嫔宫女色衰见弃的悲哀;《邯郸宫人怨》以明丽俊逸之笔写出出宫人的生活,"一旦放归旧乡里,乘车垂泪还入门。父母憨我曾富贵,嫁与西舍金王孙。念此翻覆复何道,百年盛衰谁能保"。

崔颢南游吴越,豪爽中有清丽的韵味。《长干曲四首》其一"君家定何处,妾住在横塘。停船暂借问,或恐是同乡",仿民歌体,清新活泼。开元后期,他从军辽西,边塞诗作风骨凛然,《赠王威古》云"报国行赴难,古来皆共然",《古游侠呈军中诸将》云"仗剑出门去,孤城逢合围。杀人辽水上,走马渔阳归"。

李颀,居颍阳东川,开元二十三年(735),登进士第。《缓歌行》云"男儿立身须自强,十年闭户颍水阳。业就功成见明主,击钟鼎食坐华堂。……早知今日读书是,悔作从前任侠儿",写寒俊士人初入仕的种种"尊荣"。后厌薄世务,归东川别业,炼丹求仙。与王昌龄、崔颢、高适、王维有交往,名重当时。李颀长于七言,"发调既清,修辞亦秀,杂歌咸善,玄理最长"(殷璠《河岳英灵集》)。今存边塞诗虽不多,但境界高远,气格雄浑,如《古从军行》:

　　白日登山望烽火,黄昏饮马傍交河。行人刁斗风沙暗,公主琵琶幽怨多。野云万里无城郭,雨雪纷纷连大漠。胡雁哀鸣夜夜飞,胡儿眼泪双双落。闻道玉门犹被遮,应将性命逐轻车。年年战骨埋荒外,空见蒲桃入汉家。

起调雄浑狂放,写白日观望边警,黄昏饮马交河;风沙弥漫的黑夜,只听得巡营更声与如泣如诉的琵琶声。荒无人烟,雨雪漫天,以至于和大漠连成迷蒙一片。胡雁胡儿土生土长,尚且耐不住荒凉,而哀鸣落泪。玉门被遮,回归无望;和亲交战,反反复复,穷兵黩武,拼命的结果出人意料,竟是"蒲桃入汉家"。托古讽刺帝王好大喜功,草菅人命,精辟深刻,透出一种苍凉的悲怆情怀。

李颀还有诸多的赠别诗,颇负盛名,如《赠张旭》《别梁锽》《送陈章甫》《送王昌龄》等,以写意手法突出人物的精神面貌,刻画出盛唐士人的性格特征。李颀写音乐的诗也为人传诵,如《听董大弹胡笳声兼寄语弄房给事》用众多幽奇神明的意象,形容胡笳声的酸楚哀怨,真境与幻景交织,听觉和视觉恍惚难分,弹者与听者的情绪交融一起,对音乐形象的描摹出神入化。

第三节　高适与岑参

伴随着疆域的相对不稳定,中国诗史上遂有边塞一体。唐代的疆域大大拓展,与周边的关系也出现新的局面。许多诗人或从军边塞、参与军幕,或边塞旅行,以切身的边塞经历和生活体验进行创作,另一些诗人则利用道听途说,或用乐府旧题进行旧调翻新的创作,但无论何种途径,都使唐代边塞诗创作出现了万紫千红的繁荣局面。终唐之世,边塞诗始终是唐诗中思想性最深刻、想象力最丰富、艺术性最强的部分。而盛唐是边塞诗创作的鼎盛时期,写过边塞诗的盛唐作家是一个颇为庞大的群体,并涌现过著名的边塞诗派。杜甫寄高适、岑参诗云"高岑殊缓步,沈鲍得同行。意惬关飞动,篇终接混茫",高、岑并称始于此。

高适(700—765),字达夫。少孤贫,落拓不羁。开元九年前后,西游长安,求仕不果。东归梁宋,北上蓟门。天宝八载(749),有道科及第,释褐封丘尉;有诗《封丘县》"拜迎官长心欲碎,鞭挞黎庶令人悲"。十二载,入河西节度使哥舒翰幕,充掌书记。安史乱起,以监察御史佐守潼关。至德元载(756),擢淮南节度使;后出为蜀、彭二州刺史。宝应元年(762),进成都尹、剑南西川节度使。广德二年(764),召为刑部侍郎,转散骑常侍,封渤海县侯。永泰元年卒,谥忠。《旧唐书》本传称"有唐已来,诗人之达者,唯适而已",又说"适喜言王霸大略,务功名,尚节义,逢时多难,以安危为己任"。高适功名心强,抱负远大,"二十解书剑,西游长安城。举头望君门,屈指取公卿"(《别韦参军》);他非常自信,"公侯皆我辈,动用在谋略。圣心思贤才,朅来刘葵藿"(《和崔二少府登楚丘城作》);向往立功边塞,"北上登蓟门,茫茫见沙漠。倚剑对风尘,慨然思卫霍"(《淇上酬薛三据兼寄郭少府》)。

高适曾两度出塞,擅写边塞诗,有40多首,代表着他诗歌创作的最高成就。内容上,他以自己的边塞生活体验和对战争的冷静观察思考为基础,除了写自己关心国事、建功立业,以及边塞风物、军旅生活、异域风情外,最大的特色是能触及社会深层,思想内容深刻,具有较强的现实性。其风格凝重浑厚,慷慨悲壮,气骨沉雄,如殷璠所谓"适诗多胸臆语,兼有气骨"(《河岳英灵集》)。代表作《燕歌行》诗序云:"开元二十六年,客有从元戎出塞而还者,作《燕歌行》以示适。感征戍之事,因而和焉。"元戎,盖指张守珪。自开元十八年,契丹连年为边患,唐军败多胜少,二十一年十二月,张守珪为幽州节度使,频出击之,每战皆捷,次年,拜辅国大将军等职。二十四年、二十六年,其部下两次兵败,守珪隐瞒败绩。高适得悉败状,结合自己的边塞经验,艺术地概括了这场历时多年的战争,叙事、写景、议论、抒情熔为一炉,诗云:

    汉家烟尘在东北,汉将辞家破残贼。男儿本自重横行,天子非常赐颜色。摐金伐鼓下榆关,旌旆逶迤碣石间。校尉羽书飞瀚海,单于猎火照狼山。山川萧条极边土,胡骑凭陵杂风雨。战士军前半死生,美人帐下犹歌舞。大漠穷秋塞草腓,孤城落日斗兵稀。身当恩遇常轻敌,力尽关山未解围。铁衣远戍辛勤久,玉箸应啼别离后。少妇城南欲断肠,征人蓟北空回首。边庭飘摇那可度,绝域苍茫无所有。杀气三时作阵云,寒声一夜传刁斗。相看白刃血纷纷,死节从来岂顾勋,君不见沙场征战苦,至今犹忆李将军。

先写出师,再写战败、被围困的处境与心境等,次第井然。尤其以"犹忆李将军"终篇,主题醒豁,诗境更为深广雄浑。这诗内容丰富,感情复杂,以悲悯的情怀表彰男儿自当横行天下,不畏苦寒、浴血奋战、以身许国的英雄气概;同情战士久戍不归,有家难回的遭遇以及在艰苦战争中的思乡之情;谴责边防失策,将帅贪功冒进,骄逸轻敌,不恤士卒,致使战争旷日持久;深刻揭露了将士之间苦乐悬殊,令战士心寒。总之,表达了诗人对这场战争的冷静思考,足以代表盛唐士人对战争的普遍心态,因而被誉为盛唐边塞诗的压卷之作。从艺术上来看,诗人将苦难与崇高对照,悲凉中见慷慨激昂,笔力矫健,气势畅达。七言歌行中多用偶对,却不以文采华丽见长,而是纵横顿宕,以气质沉雄和骨力浑厚取胜。成功运用反复对比、多重对比,大大加强了讽刺效果,深化了情感表达。

　　高适还多采用长篇咏怀式的五言古诗,基调慷慨昂扬,如《塞下曲》前十句写征战场面壮观,"万鼓雷殷地,千旗火生风","青海阵云匝,黑山兵气中",后八句直言向往边功,"万里不惜死,一朝得成功。画图麒麟阁,入朝明光宫。大笑向文士,一经何足穷。古人昧此道,往往成老翁",壮志满怀,雄心勃发。战争的艰苦往往超出想象,如《登百丈峰二首》其一"忆昔霍将军,连年此征讨。匈奴终不灭,塞下徒草草。唯见鸿雁飞,令人伤怀抱",慷慨激昂中见悲凉。

　　高适诗以质实的古体见长,一些边塞题材的绝句,亦有气质沉雄的特点,如《别董大》其二"千里黄云白日曛,北风吹雁雪纷纷。莫愁前路无知己,天下谁人不识君",不作伤别语,以苍凉壮阔的北国风光,烘托旷达磊落的襟怀,鼓舞人心,振奋精神。《塞上听吹笛》"雪尽胡天牧马还,月明羌笛戍楼间。借问梅花何处落,风吹一夜满关山",拆用《梅花落》曲名,写边塞月夜闻笛思乡之情。笔致空灵,饶有余味。虽然抒写戍边乡思,但基调乐观开朗,感而不伤。此外,高适还是开元诗坛最早反映农村凋敝和民生疾苦的诗人,《苦雨寄房四兄昆季》云:"惆怅悯田农,徘徊伤里间。曾是力耕税,竭为无斗储?"《答侯少府》云:"边兵若刍狗,战骨成埃尘。行矣勿复言,归欤伤我神。"

　　岑参(约715—770),荆州江陵人,郡望南阳。其家有光荣的历史,曾祖文本、伯祖长倩、伯父羲,皆致位宰相,父植两任州刺史。少孤贫,能自砥砺。天宝三载(744)举进士,释褐授兵曹参军。八载赴龟兹,入参安西四镇节度使高仙芝幕掌书记。十载回长安。十三载赴庭州,充北庭都护封常清幕节度判官。任职约三年。入为右补阙,转起居舍人等职。永泰元年(765),出为嘉州刺史,因蜀中兵乱,大历二年(767)赴任,三年,秩满罢官,流寓成都,卒于客舍。和所有边塞诗人一样,岑参也热衷功名,有从军立功的雄心壮志,诗云"功名须及早,岁月莫虚掷"(《送郭乂杂言》);"功名只向马上取,真是英雄一丈夫"(《送李副使赴碛西官军》),"万里奉王事,一身无所求。也知塞垣苦,岂为妻子谋"(《初过陇山途中呈宇文判官》),体现了盛唐诗人朝气蓬勃、勇往直前的健康心态。

　　岑参一生五入戎幕,两度出塞,他的边塞诗,用心良苦,多入佳境,"往往超拔孤秀,度越常情,与高适风骨颇同"(《唐才子传》卷三),当时流传很广,杜确《岑嘉州诗序》云:"每一篇绝笔,则人人传写,虽间里士庶,戎夷蛮貊,莫不讽诵吟习焉"。他入仕后不如意,无奈出塞任职,赴安西途中有《逢入京使》"故园东望路漫漫,双袖龙钟泪不干。马上相逢无纸笔,凭君传语报平安",远离京都和家园的心情是凄凉的,正遇上和自己反向而行之人,更加伤感。远行之人想安慰家人,说自己在外平安。朴素而又复杂的人之常情用朴实无华之语道出,更觉真切感人,正所谓"人人胸臆中语,却成绝唱"(《唐诗别裁集》卷十九)。

　　边塞生活艰苦,自然环境恶劣,岑参初过陇山,"马走碎石中,四蹄皆血流";初到边塞,"走马西来欲到天,辞家见月两回圆。今夜不知何处宿,平沙万里绝人烟"(《碛中作》);在天山,"九月天山风似刀,城南猎马缩寒毛"(《赵将军歌》),"银山峡口风似箭,铁门关西月如练。双双愁泪沾马毛,飒飒胡沙迸人面。丈夫三十未富贵,安能终日守笔砚"(《银山碛西馆》)。但他乐观进取,充满昂扬精神。二次出塞写的边塞诗,是他的代表作,充分体现了长于写感觉印象的艺术才能。在立功边塞的豪情支配下,他用慷慨豪迈的语调和奇特浪漫的手法写边塞风物、异域风情,别具奇伟壮丽之美。边塞风光有雄奇的一面,岑参以新奇的眼光为之高歌,面对"北风吹地白草折,胡天八月即飞雪",却生出"忽如一夜春风来,千树万树梨花开"的美丽想象,让人在严寒的环境中唤起对春天温暖的回忆。这首《白雪歌送武判官归京》,前四句写塞外奇异的雪景,以"春风"使梨花盛开比拟"北风"使雪花飘飞,"忽如"写胡天气候变幻无常,传达出作者惊喜好奇的神情。接着六句写边地奇寒,后八句写中军置酒钱别,胡琴、琵琶、羌笛这类西域乐器的演奏,更增添了离别气氛的凄冷。送人"去时雪满天山路,山回路转不见君,雪上空留马行处",全诗以雪统摄,写得大气磅礴,明丽飞动。又如《火山云歌送别》"火山突兀赤亭口,火山五月火云厚。火云满天凝未开,飞鸟千里不敢来",在这出奇奇观中送别,"迢迢征路火山东,山上孤云随马去"。

  岑参同时写出将士的雄心壮志和富有传奇色彩的军旅生活内容。《北庭西郊候封大夫受降回军献上》"胡地苜蓿美,轮台征马肥。大夫讨匈奴,前月西出师。甲兵未得战,降虏来如归",写出师未战,受降回军,歆羡封常清富贵能及时,"前年斩楼兰,去岁平月支。天子日殊宠,朝廷方见推",而自己"侧身佐戎幕,敛衽事边陲。自逐定远侯,亦着短后衣。近来能走马,不弱并州儿"。有两篇写出师,极力渲染唐军的声威,《轮台歌奉送封大夫出师西征》"上将拥旄西出征,平明吹笛大军行。四边伐鼓雪海涌,三军大呼阴山动",愿效命疆场,气势高昂,"亚相勤王甘苦辛,誓将报主静边尘"。这诗十八句,凡八换韵,体现其诗用韵灵活、意奇语奇调奇之美的特点,又如《走马川行奉送出师西征》:

    君不见走马川行雪海边,平沙莽莽黄入天。轮台九月风夜吼,一川碎石大如斗,随风满地石乱走。匈奴草黄马正肥,金山西见烟尘飞。汉家大将西出师。将军金甲夜不脱,半夜军行戈相拨,风头如刀面如割。马毛带雪汗气蒸,五花连钱旋作冰,幕中草檄砚水凝。虏骑闻之应胆慑,料知短兵不敢接,车师西门伫献捷。

一反传统上逢双押韵的惯例,此诗句句用韵,三句一换,平仄相间,先从平声舒徐而入,仄韵声情如狂风骤起,音节拗峭劲折,富有紧张的促迫感,可谓以语言节奏表现生活节奏的范例。雪夜风吼、飞沙走石这些塞漠中令人望而生畏的景象,在岑参笔下却成了衬托英雄气概的壮观奇伟之景。若无积极进取的精神,很难产生这种效果。只有盛唐诗人,才有如此开阔的胸襟和此种艺术感受。

  高岑都以边塞诗名世,都抒发了从军立功边塞的雄心壮志,描述了边塞风光,都具有豪迈雄壮的风格,都长于七言诗,但又有各自的特色。题材内容上,高诗的最大特色和最高成就在于思想深刻,触及社会较深层次,现实意义比岑诗强烈,元代陈绎曾说高诗"尚质主理",同时指出岑诗"尚秀主景"(《诗谱》),即岑诗最高成就在于崇尚秀美,多写边塞风光、边塞生活,酷热严寒,火山黄云,狂风大雪,莽莽平沙等皆入诗,充满异域情调和浪漫色彩,突破了以往征戍诗多写边地苦寒和士卒劳苦的传统格局,极大地拓宽了边塞诗的题材和内容范围。

  表现形式上,高诗常常直抒胸臆,叙议兼行,深沉浑厚,与此相应,体裁上更习惯于使用乐府旧题和七言古体,给人一种风骨刚劲、直逼汉魏之感。岑诗以雄肆壮丽的浪漫情调为特色,因而擅长形式自由、舒卷自如的歌行体,尤善用能表达丰富思想感情的七言歌行。形式虽近乐府,但自立新题。岑参感情热烈奔放,手法多变,想象奇特丰富,夸张比喻精巧,语言瑰奇,用韵灵活,或轻快平稳,或急促劲折,音节洪亮而调高意远,如殷璠所谓"语奇体峻,意亦奇造",兼有调奇之美。概言之,岑诗以"奇才奇气"写"奇情奇景",妙在一"奇"。

艺术风格上,宋严羽指出"高岑之诗悲壮,读之使人感慨"(《沧浪诗话》),"悲壮"基本概括了二人的相似之处。但也有区别,清王士禛说"高悲壮而厚,岑奇逸而峭"(《师友诗传续录》引),高适在悲壮之中透出深沉的质实和冷静,岑诗多感性色彩,在悲壮之外显得绮丽峭拔。刘熙载《艺概》说"岑超高实",道明高诗凝重、浑厚、苍老的现实风格,岑诗壮美、飘逸、奇丽的浪漫色彩。

盛唐边塞诗人,岑参留存作品最多,尤其后一次出塞,他写出同类题材中最优秀的作品,取得很高的艺术成就,无愧于高岑并称,陆游甚至说"公诗信豪伟,笔力追李杜",岑参以其鲜明的艺术个性成为李白之外的又一位浪漫诗人。

思考练习题

1. 结合作品说明王维山水田园诗的艺术成就。
2. 比较王维、孟浩然诗风的异同。
3. 孟浩然山水诗的风格特点。
4. 举例说明王昌龄七言绝句的艺术特点。
5. 如何评价崔颢的《黄鹤楼》?
6. 为什么说边塞诗最能体现盛唐精神?
7. 举例分析高岑边塞诗的异同。
8. 简述岑参边塞诗的主要艺术特色。

第三章 李 白

盛唐诗潮波澜壮阔,最引人瞩目的无疑是李白。李白一出现就震惊诗坛。贺知章呼为"谪仙人",对这个美妙而神奇的称号,李白很满意。杜甫《饮中八仙歌》云"李白一斗诗百篇,长安市上酒家眠。天子呼来不上船,自称臣是酒中仙",这幅写照惟妙惟肖,光彩动人,李白的诗酒才气,皆在其中。李白非凡的自负与自信、狂傲的人格与气度,充分体现了盛唐士人的时代性格和精神风貌;他的诗歌充满激情和浪漫情怀,饱含风神情韵。

第一节 李白的生平与思想性格

李白(701—762),字太白,号青莲居士,自称陇西成纪(今甘肃秦安)人。中宗神龙初,徙居绵州昌隆县。少有逸才,"五岁诵六甲,十岁观百家"(《上安州裴长史书》),"十五观奇书,作赋凌相如"(《赠张相镐》其二)。蜀中道教气氛浓郁,青城、峨眉、紫云山是道教圣地,蜀中又有任侠风气,李白少年时就喜欢结交侠、道、隐士,"十五游神仙,仙游未曾歇"(《感兴》其五),"结发未识事,所交尽豪雄"(《赠从兄襄阳少府皓》)。他的青少年就是在读书、漫游、神仙道教信仰与任侠中度过。20岁游成都,益州长史苏颋赞其"天才英特"。25岁游峨眉山,秋,沿平羌江东下至渝州,有《峨眉山月歌》,借咏月表达对蜀之依恋。

开元十三年(725)春,李白东出夔门,"仗剑去国,辞亲远游"(《上安州裴长史书》),东涉溟海,南泛洞庭,作客汝海,"酒隐安陆,蹉跎十年";以安陆为中心漫游、干谒。西入长安求仕,结果大失所望。《古风》组诗中有好几首作于此时,与《蜀道难》《梁甫吟》《行路难》等都表现了官场黑暗和他的愤激不平。离开长安,再次漫游,后举家迁居任城。

李白游历甚广,所到之处,形诸吟咏,诗名誉满天下。玄宗天宝元年(742),奉召入京,诗云"仰天大笑出门去,我辈岂是蓬蒿人"(《南陵别儿童入京》)。入朝供奉翰林,玄宗"降辇步迎,如见绮皓。以七宝床赐食,御手调羹以饭之。……置于金銮殿,出入翰林中,问以国政,潜草诏诰,人无知者"(李阳冰《草堂集序》)。不久遭到权贵忌恨谗毁,天宝三载春,"赐金放还",被迫离开长安。悲愤更大,诗云"玉不自言如桃李,鱼目笑之卞和耻。楚国青蝇何太多?连城白璧遭谗毁。荆山长号泣血人,忠臣死为刖足鬼"(《鞠歌行》),"君王虽爱蛾眉好,无奈宫中妒杀人"(《玉壶吟》),托言美人见妒,暗喻自己不见容于朝廷。

李白离开长安,在洛阳遇杜甫,同游梁宋。在齐州请北海高天师授道箓,出世入道。又独游江南,北上幽燕。安禄山反,避乱庐山。永王璘舟师过浔阳,辟为幕僚。肃宗至德二载(757),李璘军败被杀,李白以"附逆"获罪,长流夜郎。乾元二年(759),途中于夔州会赦东还。暮年欲从李光弼军平乱,半道因病折回,依族叔当涂令李阳冰。宝应元年(762)卒。代宗即位,以左拾遗召,已卒。

李白的思想,以道家为主,杂糅了儒、侠等思想。盛唐士人积极用世的人生态度在他身上被理想化了。他认为"苟无济代心,独善亦何益"(《赠韦秘书子春》),有兼善天下之志,功名心强,政治上极端自负,"申管晏之谈,谋帝王之术",欲"济苍生""安社稷",投谒官吏,渴望得到识拔,"愿为辅弼,使寰区大定,海县清一"(李白《代寿山答孟少府移文书》)。李白的神仙道教信仰最是浓厚,他"身在方士格",虔诚地求仙学道,采药炼丹,出门则"仙药满囊,道书盈箧"(独孤及《送李白之曹南序》)。他充满对神仙境界的幻想,一百多首与此有关的诗表现追求绝对精神自由,也涉及人生如梦、及时行乐等主题。李白还深受游侠思想的影响,"以侠自任","不事产业","谈天信浩荡,说剑纷纵横","才术信纵横"。如出蜀后,"东游维扬,不逾一年,散金三十余万,有落魄公子悉皆济之"(《上安州裴长史书》),轻财好施,任侠仗义,还喜豪饮纵博,精于骑射。

李白把儒、道、侠三者结合起来,始终幻想着"平交王侯"、"一匡天下",建立盖世功业,"然后与陶朱留侯浮五湖,戏沧洲",这是支配他一生的主导思想。他接受神仙道教,特别是庄子遗世独立的思想,当仕途失意时,进一步走向道教。龚自珍曰:"庄、屈实二,不可以并,并之以为心,自白始。儒、仙、侠实三,不可以合,合之以为气,又自白始也。"(《最录李白集》)李白最突出的性格是独立不羁,不拘常调,兀立傲岸,"常欲一鸣惊人,一飞冲天,彼渐陆迁乔,皆不能也"。李白不屑于走科举入仕之路,又不愿从军边塞,他寄希望于风云际会,因此在现实中不断招致失败,常常陷于悲愤不平中。而道教信仰使他能解脱世俗烦扰,任侠使他敢于正视现实,形成独有的浪漫、狂放和达观的性格。终其一生,他始终保持着慷慨自负,乐观豪迈,自信昂扬的精神风貌。

第二节 李白的乐府歌行与绝句

李白的乐府诗基本沿用旧题来写,他的《古风》组诗其一云"大雅久不作,吾衰竟谁陈",表现出创新意识。一是借古题写时事,缘事而发,如《上之回》《丁都护歌》《出自蓟北门行》《侠客行》等,表达他对现实生活的感受,具有深刻的寓意和鲜明的时代精神。二是用古题抒写自己的情怀,重主观抒情,更能体现李白创作发兴无端、气势壮大的特色。如《蜀道难》,寓有功业难成之意,正是这一点触动李白初入长安求仕未成时的悲愤,他用这一古题在诗中再三感叹"蜀道之难,难于上青天"。李白出蜀,并未亲历剑阁蜀道,此诗唯结合神话传说及历史故事,通过丰富的想象、大胆的夸张、精妙的比喻,以及雄放的语言、穷极变化的句式和韵律,时间上由古到今,空间上由远及近,创造了奇险壮丽的艺术天地,把"蜀道难"主题表现得淋漓尽致,充分代表了李白诗的浪漫风格。开篇至"然后天梯石栈相钩连",从历史、地理等角度概括蜀道难(开辟之难),突出"高"与"险"。"上有六龙回日之高标"至"嗟尔远道之人胡为乎来哉",正面写蜀道难(攀登之难),夸饰山峰之高,衬托绝壁之险。"剑阁峥嵘而崔嵬"以下写蜀地形势险要,环境险恶(居留之难),突出人为之险,深化主题。此诗句式灵活多变,以七言为主,杂以四言、五言等,短则三字,长达十一字,随心所欲,穷极变化;语言奔放恣肆,利于内容的表达和情感的抒发。

乐府旧题《将进酒》,有饮酒放歌之意,李白由此引发,写其豪壮气概。开头的排比声气夺人,"君不见黄河之水天上来,奔流到海不复回。君不见高堂明镜悲白发,朝如青丝暮成雪",分别从空间和时间上夸张,穷极黄河之源与入海,把人生说成朝暮之间的事。人生苦短,"莫使金樽空对月",诗情由悲叹转欢乐,引出壮语"天生我材必有用"。尽情狂饮,高声劝酒:"岑夫子、丹丘生,将进酒,杯莫停。与君歌一曲,请君为我倾耳听。""钟鼓馔玉不足贵"以下为所歌,直言富贵不足贵,放言"但愿长醉不愿醒",由狂放转激愤。"主人何为言少钱"二句故作跌宕,引出豪言"五花马,千金裘,呼儿将出换美酒,与尔同销万古愁"。古来贤士怀才不遇,唯有借酒图销,把曲名主题写得激情澎湃,深沉悲壮,具有大河奔流的气势,充分展示出李白狂放自信的人格与风采。清代徐增以为"太白此歌,最为豪放,才气千古无双"(《而庵说唐诗》卷六)。又如《行路难》多写世事艰辛与离别悲恨,李白此诗作于他被排挤出长安,友人饯别时,诗云:

> 金樽清酒斗十千,玉盘珍馐直万钱。停杯投箸不能食,拔剑四顾心茫然。欲渡黄河冰塞川,将登太行雪满山。闲来垂钓碧溪上,忽复乘舟梦日边。行路难,行路难,多歧路,今安在?长风破浪会有时,直挂云帆济沧海。

发端二句写宴席之美。对此良宴,本应感到畅快,但诗人却停杯、投箸、拔剑、四顾茫然,其原因在于人生失意、志向不得施展。接着用姜、伊故事,表明自己情深意笃的期待。"行路难"四个短句突出世路艰难、人生无着落的苦闷与迷茫。结句振起,意气风发,表现对自己才能的自信,对理想的执着。诗中交织着悲愤与乐观、忧郁与自信等复杂情绪,风格雄奇奔放。总的来说,李白的乐府,虽说是拟古,却处处有"我"在,从语调到气势,都是李白式的。他把浪漫气质带进乐府,完全打破了传统乐府以赋体叙事的写法,把乐府诗创作推向无与伦比的高峰。

李白乐府诗行云流水式的抒情方式,在他的歌行中表现得更为充分。歌行到李白手里,最具风神,他的《襄阳歌》《扶风豪士歌》《少年行》《古朗月行》《玉壶吟》《梁园吟》《庐山谣》等篇,抒情意味更浓,想象飞腾,虚实相生,笔势大开大合,所有的激情都是从胸中奔涌而出。天宝五载(746),李白准备南下吴越,临行前与东鲁朋友告别,有作《梦游天姥吟留别》,一作《别东鲁诸公》,艺术构思、表现手法、语言风格都体现出浪漫色彩。首先,它突破一般留别诗的伤离惜别常调,结构上按入梦、梦游、梦后展开,别具匠心。梦游原因以虚幻的瀛洲衬托现实的天姥,用夸张对比手法描绘天姥山的高大。梦游经过,从入梦到梦醒,从山下到山上,展现出一幅幅瑰丽变幻的奇景。梦后感慨,归到"留别"题面,表明对世事看法、今后去向,及不媚权贵的人生态度。其次,丰富的想象和大胆的夸张表现出雄放飘逸的浪漫风格,艺术形象辉煌流丽,缤纷多彩。因为开篇夸张了天姥山的高峻,后来梦游所见山水奇幻、云霞明灭、众仙来会的境界,都显得合理。第三,语言酣畅淋漓,感情色彩强烈。全诗以七言为主,随着感情起伏,杂以长短不齐的句式,疾徐相间,如"列缺霹雳"四句以急骤的节奏表现电闪雷鸣、山崩石开的情景;接着改用七言写神仙来会,以舒缓的节奏表现众仙飘然而下的情景。不同的节奏与不同的内容相统一,极尽和谐之妙。

李白的歌行,素无定体,句式以七言为主,参差错落,长句畅达,短句简洁,特别适于表达思想的冲突和狂放不羁的豪情。他的《宣州谢朓楼饯别校书叔云》借饯别以咏怀,作于他二入长安,被"赐金放还"之后,他高傲自负,但不为世所容,一种难以抑制的悲愤在开篇喷薄而发,破空而来:

> 弃我去者,昨日之日不可留;乱我心者,今日之日多烦忧。长风万里送秋雁,对此可以酣高楼。蓬莱文章建安骨,中间小谢又清发。俱怀逸兴壮思飞,欲上青天揽明月。抽刀断水水更流,举杯消愁愁更愁。人生在世不称意,明朝散发弄扁舟。

发端二句抒郁积于心的烦忧,实际是诗人长期以来遭遇和感受、理想与现实矛盾的艺术概括。三四两句转写秋空明朗、万里长风送鸿雁的壮丽景象,以及酣饮高楼的豪情雅兴。诗情由极端苦闷到开阔明朗,变化无端。中段四句称赏主客双方,又自然关合题中之意。二人俱怀豪情壮志,借助酒力,飘然欲飞遨游,但身处污浊现实,内心苦闷不平,这却没有减弱他那不可一世、自命不凡的气概,抽刀断水、举杯消愁,说得慷慨悲壮。理想与现实的矛盾不可调和,只有散发弄扁舟而已。全诗情绪起伏跳跃,结构大开大合,将失意表现得淋漓酣畅,气势凌厉。

李白歌行的创作,空无依傍,笔法多变,达到了变幻莫测、摇曳多姿的神奇境界,其感情奔腾跌宕,还以句式的长短变化和音节的错落显示回旋振荡的节奏,以造成诗的气势,突出诗的力度,呈现出豪迈飘逸的风神。他独特的艺术个性、非凡的气魄和激情,在他的歌行中全都展露出来,充分体现了盛唐诗气来、情来、蓬勃昂扬的时代精神,具有壮大奇伟的阳刚之美,代表着盛唐艺术的浪漫个性。《新唐书》李白传载:"文宗时,诏以白歌诗、裴旻剑舞、张旭草书为三绝。"

盛唐诗人中,兼长五七言绝并至极境的,只有李白一人。胡应麟云:"太白五七言绝,字字神境,篇篇神物。"又说:"太白诸绝句信口而成,所谓无意于工而无不工者。"(《诗薮》内编卷六)其超高的艺术境界与成就古往今来颇多盛赞。如他的《独坐敬亭山》"众鸟高飞尽,孤云独去闲。相看两不厌,只有敬亭山",作于天宝十二载秋,离他被迫离开长安已整整十年,他长期漂泊,惯看世态炎凉,诗写独坐敬亭山之时片刻的超然情趣。似乎世间万物都厌弃他,众鸟飞去,孤云不留,唯有敬亭山亲近,相看两不厌,落寞之情与寂静的山景冥会,人与山灵性相通,诗人将心领神会的感受信口说出,仿佛毫不费力,却饱含无限情思。这与《静夜思》《劳劳亭》《玉阶怨》诸作被誉为"妙绝古今"。

李白性格爽朗,风神飘逸,他的绝句有语言清新秀丽、音节美妙明快、意境空灵俊逸的情思韵味。绝句体制短小,贵在含蓄。沈德潜云:"七言绝句,以语近情遥、含吐不露为贵。只眼前景、口头语而有弦外音,使人神远。太白有焉。"(《唐诗别裁集》卷二十)李白的七言绝以山水诗和送别诗为多,写得最为出色。写景言情,具有一气连贯的风韵,《望庐山瀑布》《望天门山》《山中问答》等多写其审美感悟及片刻情思,兴到神会,自然天成。如《黄鹤楼送孟浩然之广陵》:

故人西辞黄鹤楼,烟花三月下扬州。孤帆远影碧空尽,唯见长江天际流。

前两句写二人在烟花三月相聚于黄鹤楼,却不得不在这大好的时间与地点送别,遗憾、惆怅之情油然而生。后二句用形象化的语言写出李白对孟浩然的依依惜别深情。全诗构思巧妙,写景如画,一气呵成,宛如大江东去,奔流而下。又如李白流放夜郎,差不多走了一年,乾元二年(759)春,三峡过尽,到了夔州遇赦,喜从天降,放舟东归,《早发白帝城》写他的喜悦:

朝辞白帝彩云间,千里江陵一日还。两岸猿声啼不住,轻舟已过万重山。

轻舟过万重山,一日千里,即以江流的迅疾抒发他重获自由的欢快。这可与他过三峡时的心情沉重相对照,《上三峡》诗云:"巫山夹青天,巴水流若兹。巴水忽可尽,青天无到时。三朝上黄牛,三暮行太迟。三朝又三暮,不觉鬓成丝。"按,此诗化用民歌《三峡谣》:"朝发黄牛,暮宿黄牛。三朝三暮,黄牛如故。"其实,李白的绝句受乐府民歌的影响也极为明显,150多首绝句中,拟乐府民歌的约占近三分之一,脍炙人口的如《静夜思》"床前明月光,疑是地上霜。举头望明月,低头思故乡",道出了浓郁的思乡之情中最动人的那一点,具有清新纯朴的民歌情调。《越女词五首》其三"耶溪采莲女,见客棹歌回。笑入荷花去,佯羞不出来",出口成章,写出采莲女天真纯朴的情态,平易真切,富有生活情趣。此外,李白的绝句,特别是七言绝,还融入乐府歌行开合随意、自由发挥而以气贯穿的表现手法,这一点明人许学夷已经指出:"太白七言绝多一气贯成者,最得歌行之体。"(《诗源辨体》卷十八)

第三节　李白诗歌的艺术特征

李白说自己的创作是"兴酣落笔摇五岳,诗成啸傲凌沧洲"(《江上吟》)。杜甫赞美李白诗"笔落惊风雨,诗成泣鬼神"(《寄李十二白二十韵》),"白也诗无敌,飘然思不群。清新庾开府,俊逸鲍参军"(《春日忆李白》),指出李白诗豪放飘然、清新俊逸的艺术魅力。南宋严羽说:"子美不能为太白之飘逸,太白不能为子美之沉郁。""飘逸"与"沉郁",是两位大诗人最主要的艺术风格。

李白诗的艺术特征,首先表现为强烈的主观色彩,侧重抒写豪迈气概和激昂情怀。王世贞《艺苑卮言》卷四用"以气为主,以自然为宗"概括李白的五言古和七言歌行。李白作诗,常以奔放的气势贯穿,一气呵成,具有以气夺人的特点。他自视甚高,屡次以大鹏自比,如《临路歌》"大鹏飞兮振八裔,中天摧兮力不济";《上李邕》"大鹏一日同风起,抟摇直上九万里。假令风歇时下来,犹能簸却沧溟水";《天台晓望》"凭高远登览,直下见溟渤。云垂大鹏翻,波动巨鳌没",在不凡的气势里体现他自信与进取的志向和傲世独立的人格力量。李白诗之所以惊动千古者在此。他以气骋词,诗中反复出现"我"、"余"、"吾"等字,"大道如青天,我独不得出"(《行路难》其二),"太白与我语,为我开天关"(《登太白峰》),"白云见我去,亦为我飞翻"(《题情深树寄象公》),"忆昔洛阳董糟丘,为余天津桥南造酒楼"(《忆旧游寄谯郡元参军》)等。他的名字也常在笔端,如"李白乘舟将欲行,忽闻岸上踏歌声"(《赠汪伦》),"纪叟黄泉里,还应酿老春。夜台无李白,沽酒与何人"(《哭宣城善酿纪叟》)。很多诗里,张良、韩信、诸葛亮等历史人物的名字常被他用作第一人称,借以表达胸襟抱负,他希望像姜尚、郦食其那样得遇明主,"逢时壮气思经纶","风期暗与文王亲"(《梁甫吟》)。写谢安"暂因苍生起,谈笑安黎元。余亦爱此人,丹霄冀飞翻。遭逢圣明主,敢进兴亡言"(《书情赠蔡舍人雄》)。李白生逢盛世,却礼赞风云际会的英雄,实在是"余亦草间人,颇怀拯物情"(《读诸葛武侯传书怀赠长安崔少府叔封昆季》)。

  与洒脱不羁的气质、壮志难酬的愤激相关,李白的抒情方式往往是喷发式的,一旦感情触发,就不可遏止地奔涌而出,宛若天际狂飙,又如喷薄的火山。因此,他偏爱便于纵横驰骋、随意抒写的乐府,尤其七言歌行。他才思横溢,个性强烈,诗歌便有一种排山倒海般的气势,严羽《评点李集》说他一往豪情,"盖他人作诗用笔想,太白但用胸口一喷即是"。沈德潜也说:"读李诗者于雄快之中,得其深远宕逸之神,才是谪仙人面目。"(《唐诗别裁集》卷六)

  其次,李白诗歌的想象非常奇特,往往发想无端,变幻莫测,奇之又奇,如"西岳峥嵘何壮哉,黄河如丝天际来。黄河万里触山动……巨灵咆哮擘两山,洪波喷流射东海"(《西岳云台歌送丹丘子》),"黄河落天走东海,万里写入胸怀间"(《赠裴十四》)。写愁如《秋浦歌十七首》中"秋浦猿夜愁,黄山堪白头"(其二),"猿声催白发,长短尽成丝"(其四),"白发三千丈,缘愁似个长"(其十五)。写思念,"我寄愁心与明月,随风直到夜郎西"(《闻王昌龄左迁龙标遥有此寄》),"狂风吹我心,西挂咸阳树"(《金乡送韦八之西京》),"雁引愁心去,山衔好月来"(《与夏十二登岳阳楼》)。想落天外,匪夷所思。比喻、拟人、夸张等艺术手法,随处可见。他奇特的想象,常有异乎寻常的衔接,随着情思的流动而变化万端,想象之间,跳跃极大,意象的衔接组合也是大跨度的。

  李白的想象突破常人思维模式,打破物我界限,空间方位、时间概念,以及物之轻重、大小、长短等任其驱遣调度,给人以天马行空之感。如《望庐山瀑布》"挂流三百丈,喷壑数十里。……初惊河汉落,半洒云天里"(其一),"飞流直下三千尺,疑是银河落九天"(其二)。写一诺千金,"三杯吐然诺,五岳倒为轻"(《侠客行》),"感君恩重许君命,太山一掷轻鸿毛"(《结袜子》)。他如"谁道此水广,犹如一匹练"(《江夏寄汉阳辅录事》),"燕山雪花大如席,片片吹落轩辕台"(《北风行》)。《寄韦南陵冰》"月色醉远客,山花开欲燃。春风狂杀人,一日剧三年",这是时间上的夸张。《长相思》"此曲有意无人传,愿随春风寄燕然。忆君迢迢隔青天。昔时横波目,今为流泪泉。不信妾肠断,归来看取明镜前",奇妙地把瞬间凝固起来。又如《古风》其二十四之惊人想象:

    大车扬飞尘,亭午暗阡陌。中贵多黄金,连云开甲宅。路逢斗鸡者,冠盖何
  辉赫!鼻息干虹蜺,行人皆怵惕。世无洗耳翁,谁知尧与跖?

前八句极力夸张,一写宦官权势熏天,豪华宅第直逼霄汉。二写鸡童服饰华贵,飞扬跋扈,不可一世,以至于人皆怵惕。结尾二句写诗人的感慨。

  李白的想象多具有非现实的特点,诗里的神话传说、历史故事、虚幻之境等令人目接

不暇,艺术形象便显得恣肆宏丽。他善于借助游仙、梦境、幻境补充或组织画面,如《梁甫吟》"我欲攀龙见明主,雷公砰訇震天鼓。帝旁投壶多玉女。三时大笑开电光,倏烁晦暝起风雨。阊阖九门不可通,以额叩关阍者怒",在惝恍迷离的幻境中表现理想与现实的对立。如《古风》第十九首:

> 西上莲花山,迢迢见明星。素手把芙蓉,虚步蹑太清。霓裳曳广带,飘拂升天行。邀我登云台,高揖卫叔卿。恍恍与之去,驾鸿凌紫冥。俯视洛阳川,茫茫走胡兵。流血涂野草,豺狼尽冠缨。

李白本有神仙道教信仰,他把现实生活感受寄托于幻境,在升天神游的美丽幻想中表现人民惨遭屠戮,血流遍野,而豺狼却衣冠簪缨。艺术境界大开。

李白英风豪气,笑傲碧霄,他的诗壮美、优美风格兼具。与作诗的气魄宏大和想象丰富相关,李白诗颇多吞吐山河、包孕日月的壮美意象,大鹏天马、长鲸巨鱼、大江大河、沧海雪山等都是他喜欢吟咏的对象,如《庐山谣寄卢侍御虚舟》"登高壮观天地间,大江茫茫去不还。黄云万里动风声,白波九道流雪山",《横江词》其四"海神来过恶风回,浪打天门石壁开。浙江八月何如此,涛似连山喷雪来",《渡荆门送别》"山随平野尽,江入大荒流。月下飞天镜,云生结海楼",气势磅礴,雄奇壮美的意象组合,给人以崇高的心灵震撼。在广阔的空间背景下,诗人的豪情壮思、傲岸性格和超凡的自然意象浑然一体。他慷慨任侠,《侠客行》云"十步杀一人,千里不留行。事了拂衣去,深藏身与名","纵死侠骨香,不惭世上英",真是狂放不羁。他长流夜郎说"昔在长安醉花柳,五侯七贵同杯酒。气岸遥凌豪士前,风流肯落他人后"(《流夜郎赠辛判官》)。直到晚年,豪兴未减,"我且为君捶碎黄鹤楼,君亦为吾倒却鹦鹉洲"(《江夏赠韦南陵冰》)。李白喜用壮美意象,当与豪放天性相关,又如《日出入行》云:

> 日出东方隈,似从地底来。历天又复入西海,六龙所舍安在哉。其始与终古不息,人非元气,安得与之久徘徊。草不谢荣于春风,木不怨落于秋天。谁挥鞭策驱四运,万物兴歇皆自然。羲和羲和,汝奚汩没于荒淫之波。鲁阳何德,驻景挥戈。逆道违天,矫诬实多。吾将囊括大块,浩然与溟涬同科。

这诗采用杂言句式,灵活自如;或问或答,波澜迭起。其中的意象包罗天地宇宙、神话传说,"逆道违天,矫诬实多"则将前述之诸般神奇一笔抹倒,末二句揭出要表达的主题。诗人将囊括天地自然,浩浩然与溟涬同科,显出"天地与我并生,万物与我为一"的豪迈。诗中多用巨大、不同凡响的宏伟意象,焕发着才气大、力气大、口气大的个性,这或许是李白精神力量的源泉。

李白诗中又有清新明丽的优美意象,他着意追求澄澈之美,在秀丽的意境中表现其真性情,如"清溪清我心,水色异诸水。……人行明镜中,鸟度屏风里"(《清溪行》),"竹色溪下绿,荷花镜里香"(《别储邕之剡中》),"江城如画里,山晓望晴空。两水夹明镜,双桥落彩虹"(《秋登宣城谢朓北楼》)。由清溪、竹色、荷花、晴空、明镜等明净景物构成的清丽意象极大丰富了李白诗歌的艺术蕴含。《秋浦歌》其十三"渌水净素月,月明白鹭飞。郎听采菱女,一道夜歌归",渌水素月白鹭,风情幽美,简笔素描采菱女的欢快和开朗活泼的性格。

李白天才豪逸,诗歌语言多率然而成,总体上清新自然,有"清水出芙蓉,天然去雕饰"的美。他随意驱遣语言创造诗美,乐府歌行,雄奇飘逸;五七言绝,明丽爽朗,呈现出多样化的风格。许多诗篇,开口成文,如"楚山秦山皆白云,白云处处长随君。长随君,君入楚山里,云亦随君渡湘水。湘水上,女萝衣,白云堪卧君早归"(《白云歌送刘十六归山》),流丽率真,深得民歌的风韵。李白对白色透明体有一种本能的喜爱,诗里用得最多的色彩是白色,如"有时白云起,天际自舒卷。心中与之然,托兴每不浅"(《望终南山寄紫阁隐者》),"夫君弄明月,灭景清淮里。高踪邈难追,可与古人比。清扬杳莫睹,白云空望美"(《寄弄月溪吴山人》),白云成为高洁隐者的象征。他最感亲切的是月亮,"小时不识月,呼作白玉盘。又疑瑶台镜,飞向青云端"(《古朗月行》),"清风朗月不用一钱买,玉山自倒非人推"(《襄阳歌》),活泼自然,一读难忘。如《月下独酌四首》其一"花间一壶酒,独酌无相亲",他忽发奇想,"举杯邀明月,对影成三人",于是场面热闹起来,诗人既歌且舞。而月不解饮,他希望"永结无情游,相期邈云汉",表出对月的深情。月与酒和李白结缘甚深,如《山中与幽人对酌》"两人对酌山花开,一杯一杯复一杯。我醉欲眠卿且去,明朝有意抱琴来",《忆旧游寄谯郡元参军》"袖长管催欲轻举,汉中太守醉起舞。手持锦袍覆我身,我醉横眠枕其股",颇有童真般的情趣,亦见交情深厚。又如《短歌行》:"吾欲揽六龙,回车挂扶桑。北斗酌美酒,劝龙各一觞。富贵非所愿,为人驻颓光。"

李白的奇言警语,挥洒自如,充溢着生命活力,表达了对人生无限的依恋。他的民歌体《长干行》一往情深,通过人物独白,撷取生活片断,融叙事、写景、抒情为一体,最令人感叹的是"相迎不道远,直至长风沙"(其一),"那作商人妇,愁水复愁风"(其二)。他的《山中问答》"问余何意栖碧山,笑而不答心自闲。桃花流水杳然去,别有天地非人间",碧山葱翠,桃花流水,无异于人间仙境;诗人笑而不答,悠然自得地享受生活美景,格调高远,在闲适潇洒的后面,是那与大自然契合并净化了的纯洁心灵与精神世界。

第四节 李白的地位与影响

李白为他的理想奋斗一生,也痛苦了一生。围绕着入世与出世、交织着失望与期待,他的诗突出展示出潇洒飘逸、傲岸不屈的自我形象,他以不世之才自居,以天下为己任,正面表达了他的盛世雄心,建立一番奇功伟业,然后功成身退,以"五湖"、"沧洲"为家。他说"终与安社稷,功成去五湖"(《赠韦秘书子春》),"功成拂衣去,摇曳沧洲旁"(《玉真公主别馆苦雨赠卫尉张卿》),"功成拂衣去,归入武陵源"(《登金陵冶城西北谢安墩》),"若待功成拂衣去,武陵桃花笑杀人"(《当涂赵炎少府粉图山水歌》),"功成谢人间,从此一投钓"(《翰林读书言怀》),"待吾尽节报明主,然后相携卧白云"(《驾去温泉宫后赠杨山人》),"我以一箭书,能取聊城功。终然不受赏,羞与时人同"(《五月东鲁行答汶上翁》)。安史乱中,幻想着"谈笑静胡沙"、"一扫胡尘静"、"志在清中原";流放夜郎,"中夜四五叹,常为大国忧","抚剑夜吟啸,雄心日千里。誓欲斩鲸鲵,澄清洛阳水"。六十岁时,投李光弼军,壮心不老,"半道谢病还,无因东南征"。

李白纵有才华,但在现实中却处处碰壁,他说"我本不弃世,世人自弃我"(《赠蔡山人》),"世人见我恒殊调,闻余大言皆冷笑"(《上李邕》),"一生傲岸苦不谐,恩疏媒劳志多乖"(《答王十二寒夜独酌有怀》)。李白的可贵在于无情地鞭挞了是非颠倒的社会现实,"鱼目亦笑我,谓与明月同。骅骝拳跼不能食,蹇驴得意鸣春风"(同前),"鸡聚族以争食,凤孤飞而无邻。蟂蜓嘲龙,鱼目混珍。嫫母衣锦,西施负薪"(《鸣皋歌送岑征君》)。《古风》中许多诗篇斥责奸佞当道,贤路阻塞,如"奈何青云士,弃我如尘埃。珠玉买歌笑,糟糠养贤才"(其十五),"白日掩徂晖,浮云无定端。梧桐巢燕雀,枳棘栖鸳鸾"(其三十九),"苍榛蔽层丘,琼草隐深谷。凤鸟鸣西海,欲集无珍木"(其五十四)。他渴望挣脱羁绁,腾风凌云,但这只能在梦里、醉乡和他建构的神仙世界里寻求寄托。

李白对后世的影响,首先是他诗歌中所表现的独立人格和非凡的自信,他"出则以平交王侯,遁则以俯视巢许"(《冬夜送烟子元演隐仙城山序》),蔑视权贵,"安能摧眉折腰事权贵,使我不得开心颜"(《梦游天姥吟留别》),"黄金白璧买歌笑,一醉累月轻王侯"(《忆旧游寄谯郡元参军》),"乍向草中耿介死,不求黄金笼下生"(《设辟邪伎鼓吹雉子斑曲辞》),没有丝毫的奴颜媚骨。他"戏万乘若僚友,视同列如草芥"的凛然风骨,"人生达命岂暇愁?且饮美酒登高楼"的旷达心态,"五岳寻仙不辞远,一生好入名山游"的潇洒风神,为无数士人景仰。

李白是盛唐文化孕育的天才诗人,他气挟风雷的诗歌创作享有崇高的声誉和地位。他开创诗歌艺术的新境界,"往往风雨争飞,鱼龙百变。又如大江无风,波浪自涌;白云从空,随风变灭,诚可谓怪伟奇绝者矣"(《唐宋诗醇》卷六),赢得了同时代人的推许,杜甫就对李白的天才纵逸赞叹不已。时人任华说李白的"新诗传在宫人口,佳句不离明主心"(《杂言寄李白》)。中晚唐韩愈、李商隐等人对他推崇不已。宋以后,论诗者皆李杜并称。李白以才气写诗,风格豪放飘逸,想象变幻莫测,魅力超凡卓特,对后来的诗人有巨大的吸引力。他是中国最深入人心的大诗人,他的诗无法学习摹拟,在中国诗歌史上,他的盛名长盛不衰。

思考练习题

1. 概述李白的思想和性格特征。
2. 李白的乐府取得了哪些艺术成就?
3. 如何评价李白歌行的价值。
4. 简述李白绝句的艺术特色。
5. 李白诗的豪放飘逸表现在哪些方面?
6. 李白诗歌的艺术个性是什么?
7. 举例说明李白诗歌的想象艺术。
8. 怎样评价李白的地位及影响?

第四章 杜甫与中唐前期诗坛

安史之乱爆发,唐王朝迅速由盛转衰,唐诗也随之发生变化。杜甫用诗歌描绘了社会动乱,表述他对民族命运的责任感和个体人生的飘零。唐诗至杜甫这里,充满豪迈自信、富于浪漫色彩和自由飞扬精神的盛唐诗歌情调戛然而止。以杜诗为代表,中唐诗歌咏社会的流离丧乱,重视写实,标志着唐诗的重大转折。

第一节 杜甫及其乱世悲歌

杜甫(712—770),字子美,京兆杜陵人。十三世祖是西晋名将杜预,祖父杜审言是初唐诗人,父亲杜闲做过兖州司马等官。"奉儒守官"之家给了他良好的儒家文化教养,终其一生,他追求仕途事业和不朽的诗名,"诗卷长留天地间"。

太极元年至天宝五载(712—746),是杜甫的读书壮游时期,存诗20多首。清徐增曰:"诗总不离乎才也。有天才,有地才,有人才。吾于天才得李太白,于地才得杜子美,于人才得王摩诘。"(《而庵说唐诗·与同学论诗》)事实上,杜甫也是天才,"往昔十四五,出游翰墨场。斯文崔魏徒,以我似班扬。七龄思即壮,开口咏凤凰。九龄书大字,有作成一囊",这是他晚年写的《壮游》所说。据该诗,他20岁南下吴越。24岁回洛阳,举进士未第。此时他的诗才受到赏识,《奉赠韦左丞丈二十二韵》自叙:"读书破万卷,下笔如有神。赋料扬雄敌,诗看子建亲。李邕求识面,王翰愿卜邻。自谓颇挺出,立登要路津。致君尧舜上,再使风俗淳。"表明他致君尧舜的政治抱负。25岁以后东游齐赵一带。30岁时回洛,筑室偃师。33岁在洛阳遇到李白,同游梁宋。又北上齐鲁,过历下。这一时期有诗《望岳》《房兵曹胡马》《画鹰》《赠李白》等。

天宝五载至十四载(746—755),杜甫困居长安十年,存诗110首左右。35岁时他到长安求取官职,次年参加李林甫操纵的考试,落入骗局。回偃师,父亲去世,生活艰困,为了生存,他又奔走于长安权贵门下,希望得到引荐提携,但都落空;他两次向皇帝献赋,希望青睐自己的才华。种种努力的结果是到天宝十四载十月,才获得右卫率府胄曹参军这样一个卑微的官职,这已是安史之乱前夕。长安十载,他寄人篱下,"卖药都市,寄食友朋",历尽人间辛酸与屈辱,"朝扣富儿门,暮随肥马尘,残杯与冷炙,到处潜悲辛"(《奉赠韦左丞丈二十二韵》),"饥卧动即向一旬,敝衣何啻联百结"(《投简咸华两县诸子》)。尽管如此,他仍关心国家安危。玄宗后期朝政昏暗,大权旁落,李林甫、杨国忠先后独揽大权,安禄山拥兵自重,酝酿着一场大动乱。杜甫透过个人不幸看到国家和人民的不幸,天宝十载写的《兵车行》记录了人民被驱逐到战场送死的史实,"被驱不异犬与鸡"。开头描绘出一幅悲惨的图景:"车辚辚,马萧萧,行人弓箭各在腰。爷娘妻子走相送,尘埃不见咸阳桥。牵衣顿足拦道哭,哭声直上干云霄。"接着说"边庭流血成海水,武皇开边意未已",锋芒直指唐玄宗穷兵黩武,开边不断,士卒大量死亡。战争对生产造成大破坏,写到"纵有健妇把锄犁,禾生陇亩无东西",诗人对生男生女提出质疑,"信知生男恶,反是生女好。生女犹得嫁比邻,生男埋没随百草",而以"君不见青海头,古来白骨无人收。新鬼烦冤旧鬼哭,天阴雨湿声啾啾"结束全篇。《唐宋诗醇》卷九曰:"此体创自老杜,讽刺时事而记为征夫问答之词。……词意沉郁,音节悲壮,此天地商声,不可强为也。"杜诗思想内容从此转变,严肃的写实态度、对国家民族命运的忧念、对民生疾苦的深切同情等,贯穿在他此后的创作中。此期名作还如《丽人行》,揭露杨玉环兄妹奢侈荒淫,《前出塞九首》讽刺玄宗开边黩武,《后出塞五首》揭露安禄山反唐的真相,《自京赴奉先县咏怀五百字》写安史乱前危在旦夕的情状。

天宝十五载至乾元二年(756—759),杜甫飘零战乱中,存诗290多首。安史之乱第二年四月,他携家到白水;六月潼关失守,玄宗奔蜀,白水告急,杜甫携家逃难,经三川到鄜县羌村;八月只身投奔灵武,中途被俘押解到陷落的长安。有《悲陈陶》《悲青坂》《春望》《哀江头》等作。至德二载(757)四月,他逃出长安,历尽艰辛,投奔凤翔行在,授官左拾遗。不久因上疏营救房琯,触怒肃宗,几乎被杀头;八月回鄜县探亲,一路上目睹了人民的苦难,写出《北征》《羌村三首》等诗;九月长安收复,十一月他回长安继续担任左拾遗。乾元元年(758)六月,被贬华州司功参军,冬赴洛阳。次年春由洛返华州,有"三吏"、"三别",描述了在途中耳闻目睹的百姓生离死别等悲惨情状。时值关中饥荒,他无法养家,又对仕途失望,于是七月弃官,携家逃往秦州,十月到同谷,之后辗转入蜀,年底到成都,开始了晚年的漂泊。战乱中,杜甫被迫沦为难民,生活异常艰辛凄惨,《秦州杂诗二十首》《乾元中寓居同谷县作歌七首》等诗皆有记述。

乾元三年至大历五年(760—770),杜甫漂泊西南天地,存诗1070首左右,占《杜工部集》存诗总数的三分之二强。杜甫离开兵祸连天的中原,到成都不久,靠朋友帮助,在成都西郊建草堂暂时定居。起初有一段"为农"的安定生活,后又经历一系列地方性战乱,携家逃离成都。764年春,故交严武出任剑南东西川节度使,杜甫回草堂。严武对他照顾颇多,保荐他任节度参谋、检校工部员外郎。次年,严武突然去世,剑南西山兵马使崔旰叛,蜀中大乱。五月他离开草堂逃难,经嘉州、渝州、忠州、云安,766年春抵达夔州。此期有诗《蜀相》《春夜喜雨》《茅屋为秋风所破歌》《闻官军收河南河北》《旅夜书怀》等。旅居夔州将近二年,生活相对安定,杜甫创作力旺盛,特别是律诗创作达到炉火纯青的境界,著名的《诸将五首》《秋兴八首》《咏怀古迹五首》《登高》等作于此时。他人生的最后三年,穷困潦倒,疾病缠身,万分凄凉。57岁时离开夔州,乘舟出三峡,漂泊江陵、公安、岳阳、潭州、衡州,59岁冬,客死在自潭州赴岳州途中的舟上。

杜甫的一生很平凡,但他是中国文学史上最伟大的诗人,"诗圣"是对他至高无上的称誉。他生于思想多元化的时代,自幼受家庭"奉儒守官"传统的熏陶,有"致君尧舜上,再使风俗淳"的宏伟抱负,即使晚年贫病交加,仍初衷不改,把自己的理想寄托在他人身上,"致君尧舜付公等,早据要路思捐躯"(《暮秋枉裴道州手札率尔遣兴寄递呈苏涣侍御》),因此,终生不渝的忠君恋阙、忧国忧民思想占主导地位。他后半生历经战乱流离,辗转漂泊,却总是心系天下,诗歌创作始终贯穿这条主线。略如 44 岁"穷年忧黎元,叹息肠内热"(《自京赴奉先县咏怀五百字》);45 岁"乾坤含疮痍,忧虞何时毕"(《北征》);50 岁"强将笑语供主人,悲见生涯百忧集"(《百忧集行》);53 岁"朝野欢娱后,乾坤震荡中"(《寄贺兰铦》);55 岁"不眠忧战伐,无力正乾坤"(《宿江边阁》),"向来忧国泪,寂寞洒衣巾"(《谒先主庙》),《白帝》后四句:"戎马不如归马逸,千家今有百家存。哀哀寡妇诛求尽,恸哭秋原何处村?" 56 岁"已诉征求贫到骨,正思戎马泪盈巾"(《又呈吴郎》);57 岁"社稷缠妖气,干戈送老儒"(《舟出江陵南浦奉寄郑少尹审》),"天下郡国向万城,无有一城无甲兵"(《蚕谷行》);58 岁"恋阙劳肝肺,论材愧杞楠"(《楼上》);59 岁"已衰病方入,四海一涂炭。乾坤万里内,莫见容身畔"(《逃难》),直到他的绝笔《风疾舟中伏枕书怀奉呈湖南亲友》"战血流依旧,军声动至今",写得动天地、泣鬼神,而又精妙绝伦。

杜甫从开元盛世走来,历经万方多难,形成博大精深的情怀,他的爱国理想与人民性跨越了功名之念,他的诗感人肺腑,震撼人心,具有诗史性质。晚唐孟棨《本事诗》云:"杜逢禄山之难,流离陇蜀,毕陈于诗。推见至隐,殆无遗事。故当时号为'诗史'。"他 1400 多首诗,绝大部分作于安史乱后。从安史之乱爆发到杜甫入川的四年,北中国处在剧烈的震荡中,王朝倾危,人民大量死亡,战乱生活题材自然进入诗歌创作中,"国家不幸诗家幸,赋到沧桑句便工",正是由于血与泪的滋养,杜诗创作达到巅峰。他用诗歌最早、最全面地记录了这场战乱造成的大破坏、大灾难,展现出战火中社会的真实画面和人的内心世界,塑造了饱受离乱之苦的百姓血肉饱满的形象,具有丰富的政治内容和浓郁的时代气息,既提供了史实,又令人千载以下为之动情。

第二节　杜诗的艺术特征

一部杜诗,一代诗史,"浑涵汪洋,千汇万状"(《新唐书·本传》),题材广泛,主要有爱国忧民诗、咏怀抒情诗、写景咏物诗、思乡怀友诗、咏史怀古诗、题画论诗诗等类。杜诗的艺术特征可从以下几方面概括。

第一,叙事技巧高度成熟。杜甫以古诗写时事,即事名篇,具有艺术概括性和形象典型性:杜诗叙事,既叙事件的经过,又着力于细节描写,从细微处展开画面。代表作《北征》写他从凤翔往鄜州途中所见、到家的情境等,从概括描写到具体细节,写的都是生活中的平常事,而乱离与贫困一一显现,更有真实感。他能选择有典型意义的人物,通过个别反映一般,对现实生活高度概括,这就是杜诗千百年来一直令人感到惊心动魄的秘密所在。又如"三吏"、"三别"的写法主要是从一件事、一个人、一个家庭写起。乾元二年春,郭子仪、李光弼、王思礼等九节度兵围邺城,胜利在望。因唐肃宗宠信宦官鱼朝恩而不信任将帅,不到一个月,九节度 60 万大军兵败。为迅速补充兵员,沿途征兵,实行惨无人道的拉夫政策。杜甫以实录的笔法,揭露当权者的残暴,另一方面在写战争带给百姓苦难的同时,歌颂人民隐忍痛苦服兵役的爱国精神。《新安吏》写"县小更无丁",而"次选中男行",行前"肥男有母送,瘦男独伶俜。白水暮东流,青山犹哭声",山川为之悲痛。诗人劝勉道:

"莫自使眼枯,收汝泪纵横,眼枯即见骨,天地终无情!"当说出这样悲愤的话时忽然收笔,转写宽慰送行者"我军取相州,日夕望其平"云云,所谓的军中劳役轻、长官爱惜士兵、行役没有危险这些话,恐怕杜甫本人都不能相信。诗人的心理复杂矛盾,但此时此刻,他只能这样安慰从军少年及其家人,总之,还是要人民继续为唐王朝做出牺牲。如《新婚别》以新娘赠别劝勉的独白写其悲哀,又以较多的笔墨描绘此女识大体、明大义,她要丈夫"勿为新婚念,努力事戎行",是从国家利益考虑的。仇兆鳌《杜诗详注》卷七评,"君妻"、"君床",聚之暂也;"君行"、"君往",别之速也;"随君",情之切也;"对君",意之伤也;"与君永望",志之贞且坚也。频频呼"君",几乎一声三泪,荡气回肠,表现对爱情的忠贞,抒情色彩浓郁。

第二,描写细腻,融抒情、叙事、议论于一体。杜诗在叙事中融入了强烈的感情,一些诗很难分出是叙事还是抒情。记叙的是时事,反映的是历史真实,抒发的是一己情怀,兼有议论。这在中国诗史上是空前的,是诗歌表现方法的一种转变,也是杜诗异于盛唐诗的地方。如被俘长安作的《哀江头》,前四句"少陵野老吞声哭,春日潜行曲江曲。江头宫殿锁千门,细柳新蒲为谁绿",通过这个昔日繁华热闹的地方,写曲江今日的萧条,勾起国破家亡的痛苦回忆,表达沧桑之感。接着八句,从"忆昔霓旌下南苑"到"一笑正坠双飞翼",追忆贵妃昔日游苑事,极言盛时欢乐,暗示祸乱的根苗。最后八句"明眸皓齿今何在"以下,感慨贵妃命丧马嵬坡,玄宗西狩剑南道,"去住"两无消息,悲叹故主死别生离。江草江花年年依旧,借景言情,触目增愁。结以"欲往城南望城北",哀恸欲绝。同时有诗《月夜》,开篇"今夜鄜州月,闺中只独看",从对面写来,本来是自己望月思家念妻,却设想妻子在鄜州独自对月怀人,为下文之儿女不解母亲为何忆长安铺垫,深情悲婉,精丽绝伦。尾联"何时倚虚幌,双照泪痕干",企盼团聚,而此时夫妻死活都很难料。又如至德二载(757)八月回鄜县探家,《羌村三首》呈现出乱世重逢的悲喜交集,其一写突然归家,"妻孥怪我在,惊定还拭泪",这惊心动魄的一笔刻画出妻子见丈夫仍在人世,刹那间惊奇的神情。"世乱遭飘荡,生还偶然遂。邻人满墙头,感叹亦歔欷。夜阑更秉烛,相对如梦寐",九死一生,岂不偶然;大战乱中,家破人亡是寻常之事,骨肉重聚似乎不可思议。杜诗以准确生动的语言,把家人重逢时彼此如在梦中,亦惊亦悲亦喜的复杂心情呈现出来,感人至深。而像《自京赴奉先县咏怀五百字》《北征》等篇幅较长的作品,因为容量较大,更是融写景、抒情、叙事、议论于一体。

第三,沉郁顿挫的风格。杜甫一生坎坷,屡遭磨难,但他关心国家安危、生民疾苦,因此他的情怀深沉悲壮,他又以理性节制这种情感,而不至于使其在诗中倾泻,于是形成"沉郁顿挫"的风格。其基调是沉郁,指感情的深沉、深厚、忧愤、悲慨,主要表现为意境开阔壮大,感情苍凉悲壮。从字面看,顿挫指语意的停顿、间歇、转折。仿佛音乐上的休止符,表面休止,实际是韵味的延续深化。从风格看,顿挫是感情表达的跌宕反复,千回百折,主要表现为节奏的徐疾相间,音调的抑扬抗坠,韵律的曲折有力。二者并列,水乳交融地结合为一体。如《自京赴奉先县咏怀五百字》写安禄山反叛前一月,诗人自京赴奉先途中的见闻感受、玄宗在骊山的欢愉聚敛以及社会危在旦夕的情况。诗分三段,开头至"放歌破愁绝"写其政治抱负及壮志难酬的感慨,叙一贯的忧国忧民情怀。"岁暮百草零"至"惆怅难再述"写途中闻见感想,述当前的感怀。"北辕就泾渭"以下,叙到家后所见的惨状,写来日的忧怀。他在诗中将忠君念家、怀才不遇等情感错综地交织在一起,构成沉郁顿挫风格。

通篇从述怀写起,以"穷年忧黎元"贯串,表现深沉的忧思。叙道中闻见,感慨民不聊生,悲叹"荣枯咫尺异,惆怅难再述",感情深厚激切。叙抵家惨事,由个人不幸扩及天下"失业徒""远戍卒"的痛苦,仍归结到"忧黎元",以"忧端齐终南,澒洞不可掇"收束,真实地描绘出战乱爆发时国家岌岌可危,而玄宗君臣荒宴若罔闻,反映了贫富尖锐对立的严酷现实。《唐宋诗醇》卷九说此诗"与《北征》为集中巨篇,摅郁结,写胸臆,苍苍莽莽,一气流转。其大段有千里一曲之势,而笔笔顿挫,一曲中又有无数波折也"。比如先叙其自比稷契之志,后写仕既不成,隐又不遂,胸中忧愁郁积,欲吐还咽,而不作痛快的奔泻喷发,给人以愁肠百转、哀思深沉的感觉。又如"终愧巢与由,未能易其节",一句一折。前面写自己不想"潇洒送日月",原因是"生逢尧舜君,不忍便永诀",因而转出下文"沉饮聊自遣,放歌破愁绝"。再如震撼人心的"朱门酒肉臭,路有冻死骨。荣枯咫尺异,惆怅难再述",前两句客观描绘,后两句主观叙述,从客观转入主观,间歇转折中蕴蓄着多少忧愤之情。杜诗中那些具有诗史性质的重大题材多以沉郁顿挫为基本特征。以"感时花溅泪,恨别鸟惊心。烽火连三月,家书抵万金"著名的《春望》,作于沦陷的长安,首联"国破山河在,城春草木深"明为写景,实为感怀;山河依旧而国破家亡,春回京城却满城荒芜。触景生情,对现实深沉的伤感是通过句意、对仗的错位造成的。

第四,萧散自然的风格。杜诗的风格多样,除了沉郁顿挫之外,又一特色是萧散自然。当杜甫生活坎坷,颠沛流离,或身处战乱时,他的诗往往表现为沉郁顿挫。而当生活稍为安定,就写一些萧散自然的诗。特点是心境闲适,情趣简淡,境界明秀,如"细雨鱼儿出,微风燕子斜"(《水槛遣心》其一),"仰面贪看鸟,回头错应人"(《漫成》其一),"云掩初弦月,香传小树花"(《遣意》其二),最有代表性的是《江畔独步寻花七绝句》。又如上元元年夏,他在成都浣花溪畔建草堂,有诗《江村》,写其饱经忧患、备尝颠沛流离之后的欢乐情绪:

清江一曲抱村流,长夏江村事事幽。自来自去堂上燕,相亲相近水中鸥。老妻画纸为棋局,稚子敲针作钓钩。但有故人供禄米,微躯此外更何求。

开篇写初夏江村优美恬静的自然环境,有轻快俊逸之感。"事事幽"领起下文,可写的很多,但诗人紧扣江村特点,选取最能反映快乐情绪的日常生活小事,颔联写物,梁间燕子自来自去,江上白鸥相亲相近。颈联写人,母子做着各自轻松愉快的事。黄生《杜诗说》卷九云:杜甫律诗"不难于老健,而难于轻松"。本来是写闲适心境,但尾联吐露落寞不欢之情。同时有《春夜喜雨》,"好雨知时节","好"是对雨的赞美,统摄全篇。首先写好雨是及时雨,自然令人高兴。"随风潜入夜,润物细无声",写好雨适时,和风细雨。前四句以喜悦的心情一气写下春雨的神韵。"野径云俱黑,江船火独明",以映衬的手法说明雨量充沛。"晓看红湿处,花重锦官城",想象植物经细雨滋润的结果,写出雨后花团锦簇的盛况。广德元年(763)春,杜甫流寓梓州,听到官军收复失地、捣毁叛军老巢的捷报,欣喜若狂,写下他"生平第一首快诗"《闻官军收河南河北》,全诗一气呵成,痛快淋漓,一变沉郁顿挫之风,直抒胸臆。感情欢快,笔调畅快,节奏明快。明王嗣奭《杜臆》卷五云:"无一字非喜,无一字不跃。""喜""跃"流走诗中,也表现在虚词运用上,"忽、初、却、漫、即从、便下"的使用,使全诗节奏急促,给人以应接不暇的快感,完美地表现出诗人"喜欲狂"的情态。

第五,杜甫的律诗创作取得了辉煌的艺术成就,首先拓宽了律诗的表现范围,不仅以律诗写应酬、咏怀、羁旅、宴游、山水,而且用律诗写时事及身世怀抱,"诗料无所不入"。为扩大律诗表现力,多用组诗形式。五律《秦州杂诗二十首》,七律《咏怀古迹五首》《诸将五首》都是精品,而《秋兴八首》更是登峰造极,作于大历元年(766)秋,55岁滞留夔州,漂泊沧江,疾病缠身,因山城秋色而感发诗兴,故名之曰《秋兴》。八首前后照应,感情激荡,情思脉络连贯,表现他的故国之思和对京华的怀念、对时局的看法。其一是领起之作:

  玉露凋伤枫树林,巫山巫峡气萧森。江间波浪兼天涌,塞上风云接地阴。丛菊两开他日泪,孤舟一系故园心。寒衣处处催刀尺,白帝城高急暮砧。

以夔州秋景起兴,写得秋意满纸,萧飒衰残气象笼罩全篇。杜诗之妙,正在言外触发无限感慨,捕捉到秋声秋色的内在性格,把个人飘零与国家丧乱融于其中,融情于景,饱含身世之感和家国之思,悲壮苍凉。秋菊两开,感慨前尘往事辛酸,身常望登舟,心常系故园。"催刀尺""急暮砧",写客子凄寒之感,怀乡之情,尽在言外。正当他沉浸在回忆与思念中,忽然被白帝城四处的砧声惊断,于是有第二首"望京华",从现实写起,感慨万千,极顿挫之致。八首诗反复着忆往昔、感盛衰、伤沦落、叹身世,要表现一种深沉复杂的感情,用组诗才能做到。

  杜甫50岁写的《江上值水如海势聊短述》云"为人性僻耽佳句,语不惊人死不休。老去诗篇浑漫与,春来花鸟莫深愁",可见,炼字炼句是他的自觉追求,这在律诗中表现得最精彩,用力处在表现神情韵味,即刘熙载所说"少陵炼神"。56岁有诗云"晚节渐于诗律细"(《遣闷呈路十九曹长》),晚年的律诗格律谨严,章法整饬,境界浑融,技巧圆熟多变,达到了炉火纯青的地步。当年秋,在夔州,登高临眺,萧瑟的秋景激起他身世飘零之感,作《登高》:

  风急天高猿啸哀,渚清沙白鸟飞回。无边落木萧萧下,不尽长江滚滚来。万里悲秋常作客,百年多病独登台。艰难苦恨繁霜鬓,潦倒新停浊酒杯。

前四句写登高闻见,紧扣季节特色,描绘江边空旷寂寥的景致。突出猿声凄厉,惊心动魄;秋景壮阔,定全诗基调。颔联以落木和江水写秋景,"萧萧"、"滚滚"迭用,气势非凡,冠以"无边"、"不尽",境界阔大,被誉"古今独步"的化境。后四句自伤身世境遇,抒发穷愁潦倒,年老多病,流离他乡的悲哀。这诗写景以"风急"二字领起,抒情用沉痛的"悲秋"二字承转,目睹秋景苍凉,生出无限悲哀。语言凝练,雄浑苍莽,为沉郁悲壮风格的代表,被誉为"古今七言律第一"。篇法上四联皆对,首联对起,句中自对。尾联对结,写其老病穷愁,不像是全诗主题思想的结束语。清沈德潜《杜诗偶评》云:"结句意尽语竭,不必曲为之讳。"杜甫57岁,十二月在江汉间,舟经岳阳有《登岳阳楼》,"昔闻洞庭水,今上岳阳楼",昔今对举,包含一生坎坷、老来漂泊。"吴楚东南坼,乾坤日夜浮",赞美洞庭湖气象壮阔,气势磅礴,《西清诗话》云"不知少陵胸中吞几云梦也"。"亲朋无一字,老病有孤舟",写身世之感,体弱多病,老境凄凉。"戎马关山北,凭轩涕泗流",倚栏遥望,胸怀家国,"胸襟气象,一等相称"(黄生《杜诗说》卷五)。如此胸襟,和颔联所写的雄奇伟丽气象,互为表里。杜甫本有经天纬地之志,却报国无门,晚年孤苦无援,登楼美景当前,也竟满目凄凉。

第三节　杜诗的地位与影响

　　杜甫去世后才放射出光辉,得到中晚唐诸贤一致推崇,韩愈云"李杜文章在,光焰万丈长"(《调张籍》),白居易云"吟咏流千古,声名动四夷"(《读李杜诗集因题卷后》),元稹《唐故工部员外郎杜君墓系铭》说杜甫"盖所谓上薄风骚,下该沈宋,古傍苏李,气夺曹刘,掩颜谢之孤高,杂徐庾之流丽。尽得古今之体势,而兼人人之所独专矣"。杜牧云"杜诗韩集愁来读,似倩麻姑痒处抓"(《读韩杜集》),李商隐云"李杜操持事略齐,三才万象共端倪"(《漫成》)。

　　杜诗之集大成,在元稹的话中呼之欲出,到宋代已成为共识。秦观《韩愈论》曰:"杜子美之于诗,实积众家之长。"认为"杜氏、韩氏,亦集诗文之大成"。陈师道《后山诗话》云:"子瞻谓:杜诗、韩文、颜书、左史,皆集大成者也。"杜甫转益多师,诗中的叙事与写实受《诗经·小雅》的影响,爱国忧民的情怀与《离骚》相近,即事名篇,缘事而发继承汉乐府的传统,慷慨悲凉的格调具有建安诗歌的风格。在诗的表现方法及形式、诗的语言及意象等方面,他吸收的更为广泛。就诗人而论,杜甫非常推崇曹植、陶渊明、谢灵运、谢朓、鲍照、庾信,特别对于阴铿、何逊,他说自己"颇学阴何苦用心"。他不薄今人爱古人,对陈子昂、四杰、孟浩然、王维、李白更是推崇备至,从而使他成为集大成者。

　　杜甫是一位承前启后、继往开来的诗人,清代叶燮总结得很好:"杜甫之诗,包源流,综正变,自甫以前,如汉魏之浑朴古雅,六朝之藻丽秾纤,澹远韶秀,甫诗无一不备。然出于甫,皆甫之诗,无一字句为前人之诗也。自甫以后,在唐如韩愈、李贺之奇崛,刘禹锡、杜牧之雄杰,刘长卿之流利,温庭筠、李商隐之轻艳;以至宋、金、元、明之诗家,称巨擘者无虑数十百人,各自炫奇翻异,而甫无一不为之开先。"(《原诗》卷一)杜诗兼有各家风格,崇尚古调,兼取新声,语言雄浑古朴,修辞清丽华美;句法、炼字都到了惊人的地步。杜诗千锤百炼,可为人典则;不仅是唐诗发展的转折,而且深刻影响到后来的诗歌创作。元稹、白居易继承杜甫缘事而发、写生民疾苦的一面,韩愈、李贺受杜甫奇崛、炼字的影响,李商隐的七律得力于杜甫七律的技法,他们都学杜甫的一枝一节,而开新诗派。宋以后,杜甫的地位更高,其影响历千年而不衰。

　　更重要的是,杜甫身上集中体现了中国传统文化的基本品质:仁民爱物与忧国忧民的情怀、自觉的社会良知、崇高热烈的人道主义精神。南宋朱熹赞赏杜甫,将他与诸葛亮、颜真卿、韩愈、范仲淹并列,认为杜甫足以与那些道德高尚、功业彪炳的名臣同样光耀史册。这五个人遭遇不同,但毫无私心,"皆所谓光明正大,疏畅洞达,磊磊落落而不可掩者也"(《王梅溪文集序》)。杜甫崇敬诸葛亮,49岁作《蜀相》,55岁有《八阵图》《武侯庙》《古柏行》及《咏怀古迹》其五(诸葛大名垂宇宙)。二人人品高洁,可相提并论。历代士人仰慕杜甫,主要因为他与日月争辉的人格。宋抗金将领宗泽临死时诵"出师未捷身先死,长使英雄泪满襟",正是千载英雄有同感。南宋爱国将领文天祥兵败被俘,有《集杜诗》二百首,自序云"凡我意所欲言者,子美先为代言之",又有《读杜诗》"耳想杜鹃心事苦,眼看胡马泪痕多"。杜甫的思想情操影响至今。闻一多称他为"一等的"诗人,认为他是文学与良心二者皆备的代表,指出杜甫有着"伟大的人格",是"四千年文化中最庄严、最瑰丽、最永久的一道光彩"(《杜甫》)。

第四节 中唐前期诗坛

大历、贞元年间,相对来说是唐诗史上的低潮期。诗人大多生于开元盛世,身经沧桑巨变和王朝衰微,诗歌创作多染上了感伤色彩,呈现出一种过渡状况。一方面存有盛唐诗的流风余韵,更重要的是表现出了中唐诗的时代个性。

一、大历诗风及其代表诗人

大历诗风,指大历至贞元年间(766—805)活跃于诗坛上的一批诗人的共同创作风貌。大历诗主要出于两个诗人群体,一是以长安和洛阳为中心的"十才子"诗人,一是长期在江南任职的地方官诗人如刘长卿、韦应物等。他们中的大多数,青少年时期在开元太平盛世度过,经历了安史之乱及乱后的破败萧条。由极盛走向极衰的时代变迁使他们的心态产生巨大落差,追忆往昔,多感到生不逢时,诗中发出无奈的叹息。他们追求清雅高逸的情调,以表现冷落寂寞的心境和宁静淡泊的情趣,使诗歌创作由雄浑的风骨气概转向淡远的情致和精细的意象创造,"神情未远,气骨顿衰"(《诗薮》),遂露出中唐诗的面目。

大历诗人意气消沉,受特定心境意绪影响,诗歌词语选择往往带有凄清寒冷、萧瑟暗淡的色彩。类似秋风、落叶、夕照、寒雁等词语,俯拾即是,给人以凄凉衰飒的印象。以刘长卿为例,如"寒渚一孤雁,夕阳千万山"(《秋杪干越亭》),"万里通秋雁,千峰共夕阳"(《移使鄂州次岘阳馆怀旧居》),"山含秋色近,鸟度夕阳迟"(《陪王明府泛舟》),"帆带夕阳千里没,天连秋水一人归"(《青溪口送人归岳州》),"秋草独寻人去后,寒林空见日斜时"(《长沙过贾谊宅》)。他如卢纶"孤村树色昏残雨,远寺钟声带夕阳"(《与从弟瑾同下第后出关言别》),钱起"竹怜新雨后,山爱夕阳时",李嘉祐"惆怅闲眠临极浦,夕阳秋草不胜情",韦应物"寒树依微远天外,夕阳明灭乱流中"等句。

与词语选择相关,诗人多通过象征性或描述性意象表达冷漠的情思。象征性意象有强烈的情绪化倾向,如刘长卿诗"青山数行泪,沧海一穷鳞"(《负谪后登干越亭》),"荷笠带夕阳,青山独归远"《送灵澈上人》,"落日孤舟去,青山万里看"(《却赴南邑留别苏台知己》),"惆怅暮帆何处落,青山无限水漫漫"(《送子婿崔真父归长城》),"同作逐臣君更远,青山万里一孤舟"(《重送裴郎中贬吉州》),"青山"成了他愁苦人生之旅中的归宿地及内心深处向往的安宁之所,"夕阳"意象隐喻衰败消沉,"白云"喻隐逸高洁,"孤舟"象征生活漂泊不定等。象征性意象富于暗示性,意蕴丰富,但反复使用变得程序化后失去新鲜感。描述性意象,采用白描手法写诗,如司空曙《喜外弟卢纶见寄》"雨中黄叶树,灯下白头人",韩翃《酬程延秋夜即事见赠》"星河秋一雁,砧杵夜千家",李端《过谷口元赞所居》"重露湿苍苔,明灯照黄叶",李嘉祐《题灵台县东山村主人》"处处征胡人渐稀,山村寥落暮烟微"等句,追求精确具体的写实,往往从细微处感受,再加以逼真描绘,意象多由生活中常见的山峰、寒雨、落叶、蝉声、苍苔等组成。此外,注重字句的刻削烹炼,时见清词丽句,警语名联,一些诗作过于刻琢,有佳句而无佳篇。诗体工整,多以近体为主,尤以五律居多。

大历十才子,据《新唐书·卢纶传》:"纶与吉中孚、韩翃、钱起、司空曙、苗发、崔峒、耿湋、夏侯审、李端皆能诗,齐名,号'大历十才子'。"十才子有相近的生活态度、创作倾向和诗风。他们门第不显,"以能诗出入贵游之门"(《旧唐书》卷一六八),作为生存的依托。兴趣不在政事,而是寄情于山水景物。诗歌内容以酬赠送别、感伤身世、隐逸思归为主,也有反映动乱、民生疾苦的。主要抒发冷漠寂寥的情怀,表现超然世外的隐逸风调,追求清雅闲淡,工于白描写景,喜为律体。作品在气象上有盛唐余韵,却染上浓厚的萧瑟衰飒,正是大历诗特有的情思韵味。以十才子为代表的诗风,标志着盛唐向中唐的转变。

十才子诗歌成就不一,如钱起才能很全面,被公认为十才子之冠,其诗各体皆工,"体格新奇,理致清赡"(《中兴间气集》)。《裴迪书斋玩月之作》等五律淡雅秀媚。《省试湘灵鼓瑟》末两句"曲终人不见,江上数峰青"颇为人称道。卢纶交游甚广,与盛唐诗人声气相接,曾到过边塞,《塞下曲》六首有盛唐余味,其二"林暗草惊风,将军夜引弓。平明寻白羽,没在石棱中",写得雄壮豪放;其三"月黑雁飞高,单于夜遁逃,欲将轻骑逐,大雪满弓刀",迫近高潮时刻,犹如箭在弦上,引而不发,言有尽而意无穷。

刘长卿(726?—790),字文房,家境贫寒,矢志苦读,屡试不第。及第后任海盐令,他傲岸耿直,常被诬谤,两遭贬谪,身世坎坷,长期抑郁寡欢,诗歌情调凄清悲凉,常常流露出痛苦彷徨,如"地远明君弃,天高酷吏欺"(《初贬南巴至鄱阳题李嘉祐江亭》);"地远心难达,天高谤易成"(《按覆后归睦州赠苗侍御》);"愁中卜命看周易,梦里招魂读楚辞"(《感怀》);"寂寂江山摇落处,怜君何事到天涯"(《长沙过贾谊宅》)等,典型地反映了这一时期士人的孤独冷漠心态,是地道的大历诗风的代表。即使他早期的作品,也没有青年人的慷慨意气,后来进一步沉积为茫然失落,莫明的惆怅,发为衰世的哀鸣。历经安史之乱前后社会的巨变,他心头留下深深的痛苦,《奉使至申州伤经陷没》云"归人失旧里,老将守孤城。废戍山烟出,荒田野火行",《穆陵关北逢人归渔阳》云"城池百战后,耆旧几家残。处处蓬蒿遍,归人掩泪看",废墟满目,遍地荒芜。面对战乱后的残破凋零,在被称为"中唐妙唱"的《送李录事兄归襄邓》说"十年多难与君同,几处移家逐转蓬。白首相逢征战后,青春已过乱离中"。对国家的命运和自己的前途丧失信心,生不逢时的惆怅感伤在他诗中层层递进,又融入黯淡萧瑟的景物描写中,冷漠寂寥的情调反复出现,形成诗歌意象的类型化特征。

刘长卿敏于感受,拙于叙述,其诗"大抵十首以上,语意稍同,于落句尤甚,思锐才窄也"(《中兴间气集》)。他长于五言诗,自许为"五言长城"。早年喜五古五排,后来以五律、五绝写离别与山水景物,多优秀之作,《逢雪宿芙蓉山主人》"日暮苍山远,天寒白屋贫。柴门闻犬吠,风雪夜归人",写到投宿人家时的所见及入夜后之所闻,用笔凝练,清幽中弥漫着难以言说的冷寂情思。

韦应物,京兆万年人,天宝十载至天宝末,为玄宗侍卫。任侠负气,后折节读书。广德元年任洛阳丞。早期所写的部分作品,明显带有刚健明朗的盛唐余韵,绝大部分诗作于因秉公执法而被迫辞去洛阳丞之后,后期作品,慷慨昂扬的意气消失,代之以看破世情的无奈和散淡,如"今来萧瑟万井空,唯见苍山起烟雾。可怜蹭蹬失风波,仰天大叫无奈何"(《温泉行》),"鬓眉雪色犹嗜酒,言辞淳朴古人风。乡村年少生离乱,见话先朝如梦中"(《与村老对饮》)。创作倾向于隐逸的宁静,有意效法陶渊明的冲和平淡,诗风清雅闲淡,气貌高古,自成一家。如《寄全椒山中道士》云:"今朝郡斋冷,忽念山中客。涧底束荆薪,归来煮白石。欲持一瓢酒,远慰风雨夕。落叶满空山,何处寻行迹?"表达出诗人真挚的关切之情,出以恬淡之语,一片神行。他许多诗都有这种浑然一体的韵味,如《滁州西涧》"独怜幽草涧边生,上有黄鹂深树鸣。春潮带雨晚来急,野渡无人舟自横",诗人独爱涧边幽草,以听觉形象弥补视觉的不足,反衬涧边行走时环境的幽静。后二句传神地写出闲适生活的宁静恬淡,但有挥之不去的寂寞情思。

二、主流诗风以外的诗人

元结(719—772),字次山,经历安史之乱,注重反映现实民生,多五言古诗,如《系乐府十二首》中的《贫妇词》《去乡悲》《农臣怨》等,模拟汉乐府形式写生民疾苦,而最有名的是《舂陵行》,写安史之乱以来州县残破,民不聊生,"朝餐是草根,暮食是木皮。出言气欲绝,意速行步迟",悲悯千家今有百家存。《贼退示官吏》写赋税之祸害甚于盗贼。两诗以仁心结为真气,直抒胸臆,字字悲痛。元结"尝欲济时难",多次上书,"救世劝俗"。论诗主张美刺教化,要求诗歌归于"雅正",崇尚古朴。元结与他辑录的《箧中集》中的诗人们,一变盛唐诗中那种慷慨豪雄情调,而转向写人生悲苦,但缺乏艺术魅力。

顾况,至德二载(757)登进士第。推重风雅,要求诗歌反映现实、关心民瘼,如《上古之什补亡训传十三章》从形式到内容皆模拟《诗经》,取开篇一二字为题,并加小序。但顾况诗的主流是抒发生活的感受,《行路难》三首、《悲歌》六首,感慨世路艰险。他个性豪放,才气横溢,是中唐前期富有独创精神的诗人。受江南民歌影响,他的诗真率自然,格调通俗明快,语言有如白话,如《苔藓山诗》云"一如白云飞出壁,二如飞雨岩前滴,三如腾虎欲咆哮,四如懒龙遭霹雳",《山中》诗云"野人爱向山中宿,况在葛洪丹井西。庭前有个长松树,夜半子规来上啼",这一特点影响了张、王、元、白诗。顾况诗又常常俗中有奇,怪奇的想象、比喻,为韩、孟继承而变本加厉。

李益(748—827),字君虞,大历四年(769)登进士第,约在大历九年至贞元初,先后入幕从军十余年。后入朝,官中书舍人、右散骑常侍,以礼部尚书致仕,大和初卒。李益诗题材广泛,边塞诗写得极好,有的抒发将士安边定远、以身许国的壮烈情怀,《塞下曲》"伏波惟愿裹尸还,定远何须生入关。莫遣只轮归海窟,仍留一箭定天山"写豪迈气概、豪情壮志。有的描写边塞雄奇瑰丽的风光,展现多姿多彩的军旅生活,《暖川》"胡风冻合鸊鹈泉,牧马千群逐暖川。塞外征行无尽日,年年移帐雪中天"写风光壮美,意境阔大。有的表现征人久戍边庭、厌战思归的浓重乡愁。李益这类边塞诗常常是壮烈慷慨中带有感伤悲凉情调,《夜上受降城闻笛》"回乐峰前沙似雪,受降城下月如霜。不知何处吹芦管,一夜征人尽望乡",前二句描绘边地特有的荒寒寂寞的夜景,这样的边塞之夜最易引发思乡之情。诗最精彩的地方是,忽然听到不知何处传来的芦笛声,一夜之间,大家的乡情都被触动,确切表现了边关将士久戍思归的情怀心境。而《从军北征》"天山雪后海风寒,横笛偏吹行路难。碛里征人三十万,一时回首月中看",写法类似,天山高寒,雪后冷风吹来,环境更恶劣,偏偏此时此地,横笛吹起《行路难》这样悲伤的曲调,使人触耳惊心、触景生情。横笛撩动了人的乡思,他们便一时都在月光之下,回头东望,望一样的月光照着的故乡。二首同样是写由乐声引起的思乡之情,末句的写法也相似,却无重复之感,体现出诗人高度的技巧。胡应麟云:"七言绝开元之下,便当以李益为第一。如夜上西城、从军北征、受降、春夜闻笛诸篇。皆可与太白龙标竞爽。"(《诗薮》内编卷六)有盛唐诗的流风余韵,而他诗中的感伤悲凉情调,又与时代风貌有关。他的《江南曲》"嫁得瞿塘贾,朝朝误妾期。早知潮有信,嫁与弄潮儿",精炼自然,韵味深长。

思考练习题

1. 杜诗为什么被称为"诗史"?
2. 杜甫诗歌的艺术风格表现在哪些方面?
3. 举例分析杜诗叙事写实的特点
4. 举例说明杜甫律诗的艺术成就。
5. 举例分析杜诗的沉郁顿挫风格。
6. 为什么说杜诗具有集大成性质?
7. 分析杜甫的地位与影响。
8. 大历诗风的内涵及其艺术特征是什么?
9. 刘长卿、韦应物诗歌创作的艺术特点。
10. 顾况、李益的创作对诗风演变的影响。

第五章 中唐后期诗坛

中唐后期，韩孟、元白两大诗派相继崛起，唐诗又一次掀起高潮。白居易云"诗到元和体变新"，诗歌创作呈现出多样化的风格特征。清赵翼《瓯北诗话》卷四曰："中唐诗以韩孟元白为最。韩孟尚奇警，务言人所不敢言；元白尚坦易，务言人所共欲言。"两大诗派的创作道路不同，韩孟奇崛险怪，元白通俗平易。

第一节 韩孟诗派

韩愈广交文友，提携奖掖，在他周围聚集了不少志趣相投，风格相近的文人，形成以他和孟郊为代表的诗歌流派。他们标新立异，避熟就生，追求新的形式和意境，把新的语言风格和章法技巧引入诗坛，开创了一代新诗风。

韩孟诗派具有相同的诗歌主张和美学追求：(1)"不平则鸣"。韩愈曾为穷困潦倒、怀才不遇的孟郊作《送孟东野序》，其中有云"大凡物不得其平则鸣"，而"人之于言也亦然"。"不平"，主要强调内心不平情感的抒发。文中还推许孟郊"善鸣"，"鸣其不幸"。对于穷愁哀怨、饱经磨难者，"不平"之鸣更能惊世骇俗。(2)"笔补造化"。李贺《高轩过》云"殿前作赋声摩空，笔补造化天无功"。诗歌创作理论上，既要重视心智胆力，有创造性的诗思，又要对物象进行主观裁夺，即孟郊所说"物象由我裁"（《赠郑夫子鲂》）。韩愈也说"雕刻文刀利，搜求智网恢"（《咏雪赠张籍》），"规模背时利，文字觑天巧"（《答孟郊》）。都是主张造端命意、遣词造句要力避流俗，大胆创新。(3)崇尚雄奇怪异之美。韩愈《醉赠张秘书》说他与孟郊、张籍等人的诗"险语破鬼胆，高词媲皇坟"，体现了韩愈的美学追求，即力量雄大、造境奇异、词语险怪。尽管在论诗时韩愈也注意到"妥帖"、"平淡"的一面，但创作时往往并不顾及，于是形成奇崛险怪的风格。韩孟诗派的诗歌创作理论，突破了以往重视人伦道德和温柔敦厚的传统诗教，转而重视诗歌的抒情特质，重创作主体内心的展露和艺术创造力的发挥。

韩愈(768—824)，字退之，河阳(今河南孟县)人，郡望昌黎。三岁而孤，由兄嫂抚养成人。贞元八年擢进士第，先后任汴州观察推官、四门博士、监察御史等。十九年以论事切直得罪权要，贬阳山令。元和元年起，先后任国子博士、史馆修撰、中书舍人，十二年，随裴度宣慰淮西有功，授刑部侍郎。十四年，因上表谏迎佛骨忤旨，贬潮州刺史。穆宗时任国子祭酒、兵部侍郎，转吏部侍郎、京兆尹等。长庆四年十二月二日卒，谥文。世称韩吏部或韩文公。

韩愈今存诗四百多首,其《龊龊》诗"报国心皎洁,念时涕泫澜",表达了济世情怀,他仗义执言、为民请命,诗中不乏揭露现实矛盾的佳作,如《赴江陵途中寄翰林三学士》写天灾人祸的惨状,抨击官吏不恤民病,雪上加霜;《汴州乱二首》《次潼关先寄张十二阁老使君》《元和圣德诗》等篇谴责藩镇割据,歌颂平藩战争;《猛虎行》《读东方朔杂事》《南山有高树行》等讽刺小人为非作歹;《谢自然诗》《华山女》等揭露佛道迷信的危害。韩愈的歌咏山水、写景记游、酬赠抒怀之作,《晚雨》《盆池五首》《早春呈水部张十八员外二首》等写得清新自然、平易流畅。元和十四年,唐宪宗遣使迎佛骨入禁中,朝臣无谏阻者,韩愈一生致力于兴儒辟佛,上《论佛骨表》谏阻,言辞激切,得罪宪宗,贬潮州刺史。在赴潮州途经蓝田关时作诗《左迁至蓝关示侄孙湘》:

一封朝奏九重天,夕贬潮州路八千。欲为圣明除弊事,肯将衰朽惜残年。云横秦岭家何在?雪拥蓝关马不前。知汝远来应有意,好收吾骨瘴江边。

时值严冬远贬,韩愈借侄孙送行,抒发他内心的感伤和对前途的担忧。首联对比强烈,见处罚迅疾严厉,怨愤之情溢于言表。颔联写欲为宪宗革除弊端,岂肯顾惜衰朽残年而隐忍不言,坦荡地表明心迹和刚正不屈。颈联写景境界雄阔,深情悲壮。他远贬启程,仓促离家,"云横秦岭"遮天蔽日,回顾长安不知"家何在";"雪拥蓝关",前路艰危,严令限期,怎奈"马不前"。二句即景抒情,表现他系念家国之情、英雄失路之悲。卓然千古名句。韩愈抱着必死的决心上表言事,尾联写自料此去必死,故向侄孙安排后事,章法上紧扣颔联,吐露凄楚难言的激愤,悲歌当哭,却又慷慨沉雄。俞陛云曰:"昌黎文章气节,震烁有唐。即以此诗论,义烈之气,掷地有声,唐贤集中所绝无仅有。"(《诗境浅说》丙编)

韩诗以雄奇险怪著称,总体艺术风格以雄大的气势见长,以怪奇的意象著称,具体表现在三个方面。(1)尚险好奇、瑰丽奇崛的诗歌意境,以俗为美、以丑为美的怪奇诗风。韩愈一生用世心切,性格刚直,政治上遇挫,贬阳山,受荒僻险怪的南国景观的感染,加上他"少小尚奇伟"(《县斋有怀》)、"搜奇日有富"(《答张彻》),性格中本喜爱新鲜奇伟之物,于是诗风大变,尚险求奇成为他的艺术追求。作诗多用激荡惊怖、幽险凶怪的词语,以"激电"、"惊雷"、"怒涛"、"妖怪"、"鬼物"、"阴风"、"蛟龙"等惊心动魄的意象构成艰重险怪的境界。如《永贞行》极写贬所环境的险恶与无罪遭贬的怨愤,创造出前人未曾用过的险怪意象。元和元年回京以后,他仍然倾心于怪奇诗境,与孟郊等创作了不少联句诗,以竞赛为目的,逞奇炫怪,夸示才学,写出大量令人难以卒读的诗句。此后更以世俗、丑陋、可怖、惨淡的事物和景象入诗,如写妖写怪、写落齿写鼾睡、写恐怖写血腥,引起了诗歌变革,形成以俗为美、以丑为美的特点。

(2)用写赋的方法作诗,铺张罗列,浓彩涂抹,穷形尽相,力尽而后止。如《南山》诗102韵,一千多字,连用七联叠字句和51个带"或"字的诗句,铺排描写了终南山脉全貌,四时景象变幻,气势磅礴,把终南山写得雄壮奇伟,气象万千。又如《陆浑山火和皇甫湜用其韵》,极写一场山火的酷烈,"山狂谷很相吐吞,风怒不休何轩轩"、"天跳地踔颠乾坤,赫赫上照穷崖垠",铺排山火蔓延;"虎熊麋猪逮猴猿。水龙鼍龟鱼与鼋,鸦鸱雕鹰雉鹄鹑。燖炰煨爊孰飞奔",形容群兽逃窜,完全是赋体手法。

（3）以文为诗，以议论入诗，融叙述、写景、议论为一体。韩愈的尚奇精神和豪放性格使他不惯于诗律的束缚，而他又熟谙古文章法，所以诗歌创作具有散文化的倾向，以自由的散文笔调写诗，痛快畅达地叙事、抒情，将散文的章法结构、句式、虚词，以至议论、铺排等手法移植到诗歌创作中。陈寅恪说韩诗"既有诗之优美，复具文之流畅，韵散同体，诗文合一"（《金明馆丛稿初编·论韩愈》）。如《嗟哉董生行》，开篇以人物传记的写法介绍董生行止："淮水出桐柏山，东驰遥遥千里不能休。淝水出其侧，不能千里，百里入淮流。寿州属县有安丰，唐贞元时，县人董生召南隐居行义于其中。"又如《山石》诗：

　　　　山石荦确行径微，黄昏到寺蝙蝠飞。升堂坐阶新雨足，芭蕉叶大栀子肥。僧言古壁佛画好，以火来照所见稀。铺床拂席置羹饭，疏粝亦足饱我饥。夜深静卧百虫绝，清月出岭光入扉。天明独去无道路，出入高下穷烟霏。山红涧碧纷烂漫，时见松枥皆十围。当流赤足踏涧石，水声激激风吹衣。人生如此自可乐，岂必局束为人鞿。嗟哉吾党二三子，安得至老不更归。

此诗并非咏山石，而是按游记时间、行程顺序，用素描式的散文笔调记叙游踪。由黄昏而深夜、而清晨，依次叙述游寺、宿寺和离寺的情景，层次清晰。诗中不同时刻选择独特的画面描绘，给人如临其境之感；色彩浓淡明暗错落相间，语言平易，不事雕琢，似散文却富有诗意；风格自然流丽中见奇绝宏伟。

韩诗不仅采用散文章法，而且不受韵律、节奏、对称的约束，大量使用长短错落的散文句法，如《忽忽》"忽忽乎余未知生之为乐也，愿脱去而无因。安得长翮大翼如云生我身，乘风振奋去六合，绝浮尘，死生哀乐两相弃，是非得失付闲人"。韩诗有意打破诗歌常规的句式，五言如"固罪人所徙"（《泷吏》），"乃一龙一猪"（《符读书城南》），"在纺织耕耘"（《谢自然诗》），"千以高山遮，万以远水隔"（《路傍堠》）；七言如"嗟我道不能自肥"、"子去矣时若发机"（《送区弘南归》），"忍令月被恶物食"（《月蚀诗效玉川子作》）。他还在诗句中屡用虚词，如"破屋数间而已矣"、"忽此来告良有以"、"放纵是谁之过欤"等，从而使诗歌平稳和谐的节奏与意脉拗折变化，令人感到陌生而新奇。他屡屡在诗中大发议论，形成以议论入诗的特点，有的诗用哲理取代形象，读来枯燥无味。

韩愈以雄健的笔力，在李杜之外开一代诗风，《唐宋诗醇》卷二十七云："其壮浪纵恣，摆去拘束，诚不减于李；其浑涵汪茫，千汇万状，诚不减于杜。而风骨崚嶒，腕力矫变，得李杜之神而不袭其貌，则又拔奇于二子之外，而自成一家。"韩诗不仅在当时为人瞩目，对后世尤其宋诗创作产生了深远影响。叶燮《原诗》说："韩愈为唐诗之一大变。其力大，其思雄，崛起特为鼻祖。宋之苏、梅、欧、苏、王、黄，皆愈为之发其端。"他在取得突出成就的同时也给后世开启了弊端，沈括曾评韩诗是"押韵之文耳。虽健美富赡，然终不是诗"（《冷斋夜话》卷二引）。韩诗喜用生僻字和冷涩词，破坏了诗歌阅读的连贯性和整体意境，影响后世诗人把诗当成炫耀奥博的工具，形成以学问为诗、以才学为诗的陋习。韩诗用词刻意求新，致使语意晦涩，一些丑陋怪诞的意象，不符合诗歌的审美习惯。韩诗有意使用散文化的章法句式，以文为诗，以议论为诗，在一定程度上忽略、破坏了诗的节奏美与形象美，给宋代一些诗人带来不好的影响。

孟郊(751—814),字东野。狷介孤傲,功名心强,却累试不第,直到46岁进士及第,四年后选任溧阳尉。有《孟东野诗集》。孟郊作诗以苦吟著名,其《夜感自遣》云"夜学晓不休,苦吟鬼神愁。如何不自闲,心与身为仇"。元好问说"东野穷愁死不休,高天厚地一诗囚"。孟郊一生穷困潦倒,"拙于生事,一贫彻骨"(《唐才子传》),诗多写其凄凉心境与苦寒穷态,如"借车载家具,家具少于车"(《借车》),"一片月落床,四壁风入衣"(《秋怀》),"晚霞弄日光不定,暖得曲身成直身"(《答友人赠炭》),"负我十年恩,欠尔千行泪"(《悼幼子》),"无子抄文字,老吟多飘零"(《老恨》),多方面表现了自己贫病交加的生活状态。

孟郊具有碧山青松般的操守,但不为世所容,"玉京十二楼,峨峨倚青翠。下有千朱门,何门荐孤士"(《长安旅情》),"出门即有碍,谁谓天地宽"(《赠崔纯亮》)。可贵的是,他没有局限于自己的啼饥号寒,而能关心现实民生,《贫女词》《织妇辞》《寒地百姓吟》《长安道》等诗讽刺贵族骄奢,揭示贫富悬殊;《汴州离乱后》《杀气不在边》《吊国殇》《乱离》《伤春》等诗展现时局的动荡和人民的苦难,对藩镇割据、内战不息表示忧愤。

韩孟诗派的怪奇诗风在孟郊这里向幽僻冷涩一路发展,以古拙、奇峭、瘦硬为美,苏轼称"郊寒岛瘦"(《祭柳子玉文》)。孟郊把人间的不幸和自己的穷愁失意发为不平之鸣,写得最多最引人注目的是那些充满幽僻、清冷、苦涩意象的诗作,如"日短觉易老,夜长知至寒"(《商州客舍》)、"天色寒青苍,北风叫枯桑。……调苦竟何言,冻吟成此章"(《苦寒吟》),着力写"寒",突出对生活的特殊感受。尤其组诗《秋怀十五首》中,用"冷露"、"峭风"、"秋草"、"吟虫"、"秋露"等意象,渲染出浓郁的凄寒萧索氛围,写尽了他晚年老病穷愁的生活,如其二:

秋月颜色冰,老客志气单。冷露滴梦破,峭风梳骨寒。席上印病文,肠中转愁盘。疑怀无所凭,虚听多无端。梧桐枯峥嵘,声响如哀弹。

述其长年奔波,一生壮志消磨殆尽。运用视觉、触觉、听觉形象和瘦硬的字词,给人以险怪、生硬、艰涩之感,"冷露"、"峭风"二句突出居处破陋,寒夜难眠。"梳骨",意同刺骨,但更形象,令人感到透骨钻心。结以弹琴哀音,寄托诗人穷愁失意的悲哀。孟郊这类诗作往往把内心的哀愁刻画入骨,惊耸人心。

孟郊苦吟,穷力追新,《游终南山》诗前四句"南山塞天地,日月石上生。高峰夜留日,深谷昼未明"写景,"塞"字展现出终南山的雄姿,有出人意表的雄奇气概。《古怨》"试妾与君泪,两处滴池水。看取芙蓉花,今年为谁死",表现怨情之深,设想奇绝。孟郊多五言古体,用语刻琢,峭拔古拙,如韩愈所谓"横空盘硬语,妥帖力排奡"(《荐士》)。这类诗高妙简古,有汉魏风貌。

孟郊屡试不中,下第、落第诗较多,46岁中进士,有《登科后》"昔日龌龊不足夸,今朝放荡思无涯。春风得意马蹄疾,一日看尽长安花",极言喜悦欢快。50岁时任溧阳尉,迎养老母,昔日辞家别母的情景历历在目,写出《游子吟》,歌颂母爱的真淳、无私、深厚,引起游子的千古共鸣。

李贺(790—816),字长吉。父李晋肃,曾任县令。李贺以有讳父名而不得参加进士考试。后来荫举做了个从九品的奉礼郎,不久托疾辞归,年仅27岁,卒于故里。李贺成名很早,少年时就"以长短之制名动京华"(《唐撫言》)。但诗歌成就并没能改变他不幸的命运,他处于极度的抑郁苦闷中,诗歌成为他的精神家园。在短短27年生命中,将卓尔不群的才华和全部精力投入诗歌创作。

李贺常用诗歌抒发他怀才不遇的悲愤。李贺才高志大,《南园》诗云:"男儿何不带吴钩,收取关山五十州。请君暂上凌烟阁,若个书生万户侯?"二十三首《马诗》中他以马自喻,"此马非凡马,房星本是星。向前敲瘦骨,犹自带铜声"。他的理想被现实击碎,抱负难伸,加之家境贫寒,生来羸弱多病,他比常人加倍地品尝到人生苦涩,屡屡在苦闷中为生命唱挽歌,把忧郁痛苦放在心中反复咀嚼,在诗中吟诵,"我当二十不得意,一心愁谢如枯兰。衣如飞鹑马如狗,临岐击剑生铜吼"(《开愁歌》);"不须浪饮丁都护,世上英雄本无主。买丝绣作平原君,有酒唯浇赵州土"(《浩歌》);"我有迷魂招不得,雄鸡一声天下白。少年心事当拏云,谁念幽寒坐呜呃?"(《致酒行》)又如《秋来》:

桐风惊心壮士苦,衰灯络纬啼寒素。谁看青简一编书,不遣花虫粉空蠹。思牵今夜肠应直,雨冷香魂吊书客。秋坟鬼唱鲍家诗,恨血千年土中碧。

秋风起,梧桐叶落,诗人为秋的来临而心惊,呕心沥血写下的诗篇徒饱蠹鱼之腹,自叹如此锻章炼句,又有何益?今夜愁思绵绵,九曲回肠几被牵而直,幽风冷雨中只有古代诗人的香魂怜悯我。后二句由"苌弘化碧"故事和鲍照的《代蒿里行》引申出"鬼唱",由"鬼唱"推衍出秋坟。写流年似水,功名不就,恨血千年。他对生死、对理想与现实观照,为才秀人微的古人感慨,为自己的不平激愤。

李贺以锐利的诗笔揭露社会丑恶现象,反映民生疾苦。《苦昼短》嘲笑妄求长生的封建帝王"刘彻茂陵多滞骨,赢政梓棺费鲍鱼"。《马诗》直斥烧金炼丹之虚妄可笑"武帝爱神仙,烧金得紫烟。厩中皆肉马,不解上青天!"《吕将军歌》针砭宦官擅权统军,"橚槠银龟摇白马,傅粉女郎火旗下。恒山铁骑请金枪,遥闻筱中花箭香"。《猛虎行》写猛虎食人,官府束手无策,实际是中唐藩镇割据祸害百姓的写照。《荣华乐》《秦宫诗》《贵公子夜阑曲》等篇揭露权贵之家冶游无度日掷万金的糜烂生活。写劳动者饥寒苦辛的如《老夫采玉歌》"斜山柏风雨如啸,泉脚挂绳青袅袅。村寒白屋念娇婴,古台石磴悬肠草"。

李贺的游仙诗也很著名,他有时把解脱痛苦的希望或理想寄托在虚无缥缈的神鬼世界,著名的《梦天》《瑶华乐》《上云乐》等诗,描绘了他心中虚构的神奇美丽世界。但睁眼又面对现实,借游仙抒发孤愤情感。如其《天上谣》:

天河夜转漂回星,银浦流云学水声。玉宫桂树花未落,仙妾采香垂珮缨。秦妃卷帘北窗晓,窗前植桐青凤小。王子吹笙鹅管长,呼龙耕烟种瑶草。粉霞红绶藕丝裙,青洲步拾兰苕春。东指羲和能走马,海尘新生石山下。

前二句总写银河,次八句以四个独立的画面描绘想象中的天庭美景与欢乐,月宫中仙妾采香,秦妃卷帘,窗前梧桐树上的青凤依然那样娇小,王子吹笙,乐声驱使神龙翻耕烟云种仙草,仙女艳装丽服,漫步仙洲,寻芳拾翠。而末句一声长叹,回到人间:沧海变桑田。李贺虚幻出如此美景,显然有所寄托。

李贺汲取前人的创作经验和艺术手法,搜奇猎艳,惨淡经营,以奇特的想象构思和怪异的意象语言,创造出幽奇冷艳、荒诞瑰丽的艺术境界和浪漫风格,他的诗风自成一家,称"李长吉体",其主要艺术特色体现在以下方面。

(1)想象奇特丰富。李贺的艺术思维迥异常人,想象奇异荒诞,而且跳跃性大,有时完全凭直觉引导,他的想象更近于一种病态的天才的幻想。如《梦天》诗前半部分写瑰丽的月宫仙境景色,扑朔迷离,后半部分突然转而俯览人世的沧桑,构思甚为奇特,想象力惊人。又如《官街鼓》,由寻常的官街鼓引发想象,一切都会消逝,不死的只有官街鼓与南山并寿,鼓声与漏声日夜相随,万古长存。

(2)意境诡丽幽冷。李贺诗歌的选材往往不取常情常景,而取那些光怪陆离,以至荒诞不经的意象。如其《河南府试十二月乐词·二月》"饮酒采桑津,宜男草生兰笑人。蒲如交剑风如薰。劳劳胡燕怨酣春,薇帐逗烟生绿尘。金翘峨髻愁暮云,沓飒起舞真珠裙。津头送别唱流水,酒客背寒南山死"。前七句写仲春二月风和日丽,花开草长,燕语呢喃,津头舞女长裙飘飞,气氛浓艳热烈,但诗末却陡转为凄厉,构成诡丽幽冷的诗境。又如他的《苏小小墓》把楚辞《山鬼》的意境和南齐苏小小的传说结合起来,创造了一个荒诞迷离、艳丽凄清的幽灵世界。

(3)比喻精妙绝伦。李贺诗歌的非同寻常,还在于异想天开、别出心裁的比喻,借以创造视觉、听觉、味觉上互通的艺术效果,主观色彩非常强烈。如《江南弄》"江上团团贴寒玉"写月亮;《龙夜吟》"粉泪凝珠滴红线"写泪水;《梁台古意》"绿粉扫天愁露湿"写竹丛;《杨生青花紫石砚歌》"端州石工巧如神,踏天磨刀割紫云"写采石。《李凭箜篌引》中的比喻更是层出不穷,昆山玉碎、凤鸣九天、荷花泣露、香兰含笑、石破天惊等分别形容箜篌声的清脆、嘹亮、凄切、欢快和高亢,用神话传说、比喻、通感等手法描绘出乐声的不同凡响。

(4)语言奇峭冷艳。李贺把作诗视为生命之所系,他呕心沥血,辞必己出;他心境抑郁,对冷艳凄迷、枯寂幽僻的意象有特殊的偏爱,他营造的瘦硬、坚脆、狠透、刺目的意象群显示出一种哀感顽艳的病态美。这都归功于他的苦吟,为强化感染力,他精选语词,喜用"老、瘦、枯、硬"等词,以及"金、铜、铅、石"等坚硬沉重之物为喻,颜色词中,红有"冷红"、"老红"、"愁红"、"笑红";绿有"凝绿"、"寒绿"、"颓绿"、"静绿"。并大量用"死、恨、愁、涕、泣、寒、涩、血"等字眼,加重悲感色彩,刺激主观感受。如《雁门太守行》:

黑云压城城欲摧,甲光向日金鳞开。角声满天秋色里,塞上燕脂凝夜紫。半卷红旗临易水,霜重鼓寒声不起。报君黄金台上意,提携玉龙为君死。

此诗没有正面写战斗场面,而是通过象征、暗示、烘托、以虚见实、以声显形等艺术手法表现,用奇异的色彩设色造型,变幻莫测的光与色组合形成一系列战场图画。后四句讴歌将士忠勇为国的英雄气概,为报君恩,提剑上阵。

李贺重视内心世界的挖掘与主观幻想,更有诗人气质,他的诗也成为真正的诗人之诗。他心中的世界是"天迷迷,地密密。熊虺食人魂,雪霜断人骨"(《公无出门》),诗歌内容狭窄,有些诗写得晦涩零乱;他沉湎于个人扭曲的心境中一意追求怪异,难免走向神秘、阴森、恐怖。尽管如此,他还是给中国诗歌开了新的境界。

第二节 元白诗派

　　以白居易、元稹为代表的元白诗派,继承杜甫"即事名篇"的新题乐府形式,反映社会问题,针砭政治弊端,创作了大量的"新乐府"诗,艺术表现上,追求平易浅切的语言和自然流畅的意脉,总的特点是尚俗、崇实、务尽。

　　"新乐府"一词,出自白居易《新乐府序》,指上继《诗经》和汉乐府民歌"感于哀乐,缘事而发"的现实传统,以自拟新题的方式写作的乐府诗。元白诗派重写实、尚通俗,这是中唐文化转型时期文学世俗化的新思潮。从诗歌渊源说,《诗经》中部分作品有"饥者歌其食,劳者歌其事"的特点,而汉魏乐府民歌大都用乐府旧题写时事。新乐府创作的近源是安史之乱以来一批有写实倾向的诗人的创作,尤其是杜甫反映民生疾苦的优秀诗篇,如"三吏"、"三别"及《兵车行》《悲陈陶》《哀江头》等继承古乐府的形式,自拟新题,缘事而发,又以朴实真切的语言乃至口语入诗,力求通俗浅显。元结、顾况、戴叔伦等人也曾采用新题乐府写过反映现实的诗篇。从社会背景来说,新乐府诗的创作与古文运动同时,元和初年,唐宪宗颇能励精图治,虚心纳谏,士人们再次萌发中兴之望,崇古学、尚儒术蔚为风气,变革创新成为时代精神。在这样的背景下,张籍、王建、元稹、白居易、李绅等新进官员政治热情高,彼此唱和,以诗歌宣传政治主张,李绅有"乐府新题"20首,引起响应,元和四年前后,元稹作《和李校书新题乐府十二篇》,白居易扩充作《新乐府》50首,把新乐府创作推向高潮,但为时不长。后来元白贬谪外放,政治热情冷淡,元稹转向"艳情",白居易转向"闲适"。元和以后的诗章"学浅切于白居易,学淫靡于元稹"(李肇《国史补·叙时文所尚》)。

　　元白继承杜甫写实传统的意识非常明确,因有杜甫在前导源,后继者纷纷。白居易对新题乐府下的功夫更大,他对诗歌创作有一套系统的看法,主要体现在《策林·采诗以补察时政》《新乐府序》《与元九书》等文及《寄唐生》《读张籍古乐府》等诗中。其新乐府诗论的要点有四,① 创作原则:白居易社会诗论的口号是"文章合为时而著,歌诗合为事而作"(《与元九书》),主张诗歌反映现实,能"补察时政"、"泄导人情"。② 创作内容:讽喻美刺,针砭时弊,强调诗歌"篇篇无空文,句句必尽规","惟歌生民病,愿得天子知"(《寄唐生》);"但伤民病痛,不识时忌讳"(《伤唐衢》),发挥诗歌"救济人病,裨补时阙"的功能。要求诗人"六义互铺陈",反对"嘲风雪,弄花草"。③ 创作追求:崇实、尚俗、务尽。白居易认为诗歌应做到文直事核,题旨鲜明,通俗易懂,"非求宫律高,不务文字奇"。《新乐府序》指出作诗的标准:"其辞质而径,欲见之者易谕也。其言直而切,欲闻之者深诫也。其事核而实,使采之者传信也。其体顺而肆,可以播于乐章歌曲也。"④ 创作技艺:形式与内容统一;《与元九书》指出"诗者,根情,苗言,华声,实义",特别强调"情"、"义"对"言"、"声"的决定作用。白居易诗论的负面影响是,由于过分注重政教,强调诗歌的功利性,忽略诗歌的艺术特性,违背诗歌的艺术法则,从而把诗歌沦为政治工具。

第五章 中唐后期诗坛

在向重写实、尚通俗之路发展的过程中,张籍、王建较早从事乐府诗创作,二人风格相似,并称"张王"。明高棅说:"大历以还,古声愈下。独张籍、王建二家体制相似,稍复古意。"(《唐音癸签》卷七引)张籍(766？—830？),字文昌,贞元十五年(799)登进士第。存《张司业集》,其中乐府诗 90 首左右,有古题,也有新题,取材广泛,而以同情民生疾苦为重要内容,如《野老歌》:"老农家贫在山住,耕种山田三四亩。苗疏税多不得食,输入官仓化为土。岁暮锄犁傍空室,呼儿登山收橡实。西江贾客珠百斛,船中养犬长食肉。"出语平易,却字字饱含血泪。《凉州词》指斥"边将皆承主恩泽,无人解道取凉州"。

张籍乐府诗往往由一人一事一语见出社会缩影,如《牧童词》前八句写牧牛情景,盎然如画,末两句为牧童喝牛之语:"牛牛食草莫相触,官家截尔头上角!"借牧童用"官家"吓唬牛,揭示百姓对统治者的畏惧。《贾客乐》在描写贾客们"年年逐利西复东,姓名不在县籍中"的快乐逍遥之后,却说"农夫税多长辛苦,弃业宁为贩宝翁"。更有反映妇女命运的诗作,"家中姑老子复小,自执吴绢输税钱"(《促促词》),"贫儿多租输不足,夫死未葬儿在狱"(《山头鹿》),写农妇的艰辛与悲苦;"不如逐君征战死,谁能独老空闺里"(《别离曲》)写征妇的思念,"九月匈奴杀边将,汉军尽没辽水上。万里无人收白骨,家家城下招魂葬。妇人依倚子与夫,同居贫贱心亦舒。夫死战场子在腹,妾身虽存如昼烛!"(《征妇怨》)写得尤其沉痛,展现战争造成的苦难。其《节妇吟》诗则借男女情爱写自己的政治态度,入情入理,一波三折,最后以"还君明珠双泪垂,恨不相逢未嫁时"结束全篇,心理描写细致入微,贴切传神。他如《江南曲》《采莲曲》《寒塘曲》《江村行》等篇,再现了江南风情,意境清新,洋溢着浓郁的水乡情怀。

王建(766？—830？),字仲初,与张籍同窗。存《王司马集》。乐府中有不少描写农民生活,表现他们的喜怒哀乐,如《田家行》写收获季节的农村场景,平和恬淡,洋溢着愉悦的情绪,结尾却指出农民微薄的希望"田家衣食无厚薄,不见县门身即乐",用质朴幽默的诗句反映欢乐表层掩抑下农民的悲哀和忍耐。王建诗的写实含蓄隐曲。如《织锦曲》描写织锦女劳作的艰辛"一梭声尽重一梭",结尾却是"莫言山积无尽日,百尺高楼一曲歌",劳动果实自己不能享有,内心的哀伤可想而知。《簇蚕词》前半铺写渲染农民对好年景的期望和丰收时的喜悦,后半却陡变:"三日开箔雪团团,先将新茧送县官。已闻乡里催织作,去与谁人身上着？"这冷然的一问表露诗人的愤懑不平。《当窗织》写贫女织布"水寒手涩丝脆断,续来续去心肠烂",后面却跟了一句"当窗却羡青楼倡,十指不动衣盈箱",突现了贫女痛苦的心境。《水运行》写官府运粮船队"西江运船立红帜,万棹千帆绕江水",而农民却"去年六月无稻苗,已说水乡人饿死"。《送衣曲》"愿身莫着裹尸归,愿妾不死长送衣",写妻子给丈夫送征衣的沉痛心情。

张王乐府继承了汉乐府民歌的现实精神,多短篇七古,善用比兴白描,语言通俗明晰,凝练精悍,王安石叹为:"看似寻常最奇崛,成如容易却艰辛!"

李绅(772—846),字公垂,首开风气,有意识地创作"新题乐府"20 首,惜已亡佚。今存《悯农》二首,为其早年所作,哀贫恤农,启人深思,传诵不衰。正是在李绅启发下,元稹、白居易才开始写新题乐府,并形成一时之热潮。

元稹(779—831),字微之。贞元九年(793),十五岁以明经擢第,十年后与白居易同以书判拔萃科登第,元和元年(806),又与白居易一起以制科入等,授左拾遗,后转监察御史。

生性刚烈,参政意识和功名欲望甚强,屡上书论事,指摘时弊。元和四年,受李绅"新题乐府"的启发,取其"病时之尤急者",作《和李校书新题乐府十二首》,皆写实之作,如《上阳白发人》写宫女幽禁之苦,《华原磬》以两种乐器对比,暗指君主不辨正邪,致乱天下;《五弦弹》借五弦比五贤,写任用贤才事,《西凉伎》指斥"连城边将但高会",却不能安定边疆。元和十二年,元稹又与刘猛、李余相和,所作19首《乐府古题》,或"虽用古题,全无古意",或"颇同古意,全创新词",都是"寓意古题,刺美见事"(《乐府古题序》)的讽喻之作。其中《织妇词》写织妇为缴纳紧迫的租税而艰苦劳动,头白了还不能嫁人,以至于羡慕檐前蜘蛛"能向虚空织网罗"。《田家词》写战争连连,农民生活苦难。这些古题乐府,每首只述一意,题旨集中明确。

元稹的长篇叙事诗《连昌宫词》写于元和十三年,通过连昌宫的兴废变迁,以对话体探索"太平谁致乱者谁"的问题,题旨为"努力庙谟休用兵"。诗以叙述为主,杂以议论,劝诫规讽之意明显。陈寅恪认为该诗"取乐天《长恨歌》之题材,依香山新乐府之体制,改进创造而成之新产品也"(《元白诗笺证稿》第三章)。元稹的《行宫》诗"寥落古行宫,宫花寂寞红。白头宫女在,闲坐说玄宗",包孕丰富,情致宛然,明瞿佑《归田诗话》云:"《长恨歌》一百二十句,读者不厌其长,微之《行宫》词才四句,读者不觉其短,文章之妙也。"

白居易(772—846),字乐天,贞元十六年(800),进士及第,十九年与元稹同登拔萃科。元和元年,为应制举,与元稹闭户累月研讨各种社会政治问题,撰《策林》75篇,同年授盩厔尉。元和三年到五年,任左拾遗、翰林学士。其时,他以极高的参政热情,"有阙必规,有违必谏"(《初授拾遗献书》),作《秦中吟》《新乐府》等讽喻诗,锋芒所向,权豪贵近为之"变色"、"扼腕"、"切齿"。元和六年至九年冬,母丧,回乡守制,有余暇思考人生,佛道思想渐占上风,政治热情开始减退。十年,回朝任官,因宰相武元衡被盗杀而第一个上书"急请捕贼,以雪国耻",结果被加了越职言事及一些莫须有的罪名,贬江州司马。

江州之贬是白居易政治生活的转折点,从此,"兼济天下"的热情为"独善其身"的冷淡所代替。同年有《与元九书》,系统地表述了人生哲学和诗歌主张,"仆志在兼济,行在独善。奉而始终之则为道,言而发明之则为诗。谓之讽喻诗,兼济之志也;谓之闲适诗,独善之义也"。元和十三年底,迁忠州刺史,十五年,回朝,官主客郎中、知制诰、中书舍人。长庆二年,出刺杭州,后历苏州刺史,秘书监,刑部侍郎,河南尹,太子少傅等。会昌二年,致仕,六年卒。

由其仕历可见,白居易思想的转变明显分为前后两个阶段,前期"兼济天下",后期"独善其身",这深刻影响到他的诗歌创作。白居易51岁时,将自己的诗歌编为讽喻、闲适、感伤、杂律四类,前二类体现他"奉而始终之"的兼济、独善之道。讽喻诗是白居易政治抱负的体现,也是他新乐府理论的实践。170余首讽喻诗,大都作于贬谪前,以《秦中吟》10首、《新乐府》50首为代表。主要内容有四个方面:

(1) 揭露统治者横征暴敛,深切同情民生疾苦,以"惟歌生民病"为主题。《观刈麦》写农妇拾穗充饥的哀痛,"复有贫妇人,抱子在其傍。右手秉遗穗,左臂悬敝筐。听其相顾言,闻者为悲伤。家田输税尽,拾此充饥肠"。《杜陵叟》以沉重的笔触写天灾人祸袭来时农村的凋敝和农民的惨状:"剥我身上帛,夺我口中粟,虐人害物即豺狼,何必钩爪锯牙食人肉!"《轻肥》写百姓处于水深火热之中,"是岁江南旱,衢州人食人"。这类诗还有《卖炭翁》《采地黄者》等。

（2）抨击豪门贵族骄奢淫逸，批评中唐社会的各种弊政。《秦中吟》第九首《买花》前14句写京城贵游买花，后6句写田舍翁看买花，旨在讽刺统治者带领下社会风气的堕落腐化。《新乐府》第二十九首《红线毯》题旨"忧蚕桑之费也"，开头至"织作披香殿上毯"，描写七道制作工序，可见红线毯工艺复杂精良。"披香殿广十丈馀"至"年年十月来宣州"，铺陈描绘红线毯的精美。之后写太守残民邀功，结以"地不知寒人要暖，少夺人衣作地衣"，发人深思。

（3）抒发渴望收复失地，谴责穷兵黩武的战争。中唐外患频仍，国土日蹙，而镇边武将无动于衷，如"刺封疆之臣"的《西凉伎》写道"凉州陷来四十年，河陇侵将七千里。平时安西万里疆，今日边防在凤翔。缘边空屯十万卒，饱食温衣闲过日。遗民肠断在凉州，将卒相看无意收"。又如《新丰折臂翁》写一位60年前为逃兵役而"偷将大石捶折臂"的老人的不幸遭遇，"此臂折来六十年，一肢虽废一身全。至今风雨阴寒夜，直到天明痛不眠。痛不眠，终不悔，且喜老身今独在"。虽然命运悲惨，但侥幸活了下来；诗人借此谴责了不义的战争。

（4）关注妇女命运，同情其不幸遭遇。《母别子》写立功边塞的关西骠骑大将军喜新厌旧，"新人迎来旧人弃，掌上莲花眼中刺"。《井底引银瓶》写一对青年男女的爱情悲剧。《太行路》中感慨"行路难，难重陈。人生莫作妇人身，百年苦乐由他人！"道破封建社会妇女的不幸和心声。还有写宫女幽禁之苦的，如《上阳白发人》以一位终生幽禁的老宫女为代表，从时间、容貌、衣着、居室环境等角度细致刻画老宫人的痛苦煎熬，写出无数宫女被拘禁的悲剧。

白居易讽喻诗的特点，(1)主题专一，事件典型。"一吟悲一事"，主题集中；一般是篇下小序即该篇主旨，如《上阳白发人》"愍怨旷也"；《红线毯》"忧蚕桑之费也"；《秦吉了》"哀冤民也"；《卖炭翁》"苦宫市也"等，意旨明确。(2)人物形象鲜明，心理刻画细腻，并富有典型意义，如"卖炭翁"、"折臂翁"等形象令人难忘。(3)对比鲜明，如《歌舞》叙写秋官与廷尉"醉暖脱重裘"，开怀痛饮，却用"岂知阌乡狱，中有冻死囚"对比，沉痛无比。(4)语言通俗，浅显流利，为达到讽喻的目的，文字上力求平易浅显，"欲见之者易谕"，读来琅琅上口。其艺术上的缺陷，"首句标其目，卒章显其志"（《新乐府序》），虽然主题突出，但添加议论的尾巴，以丧失艺术性为代价；有些诗篇本无深感，只为凑数而作，如《七德舞》《法曲歌》《二王后》《采诗官》等。真情实感相对不足。

唐宣宗《吊白居易》云"童子解吟长恨曲，胡儿能唱琵琶篇"，提及白居易最著名的两首感伤诗。《长恨歌》作于元和元年十二月，时任盩厔县尉，与陈鸿、王质夫同游仙游寺，谈起50多年前的"天宝遗事"。根据王质夫提议，白居易写《长恨歌》，陈鸿写《长恨歌传》。中唐时，明皇和贵妃的故事颇多流传，白居易根据历史事实，杂糅民间传说，经过想象虚构艺术加工，蜕化出一个婉转动人的故事。在很大程度上已脱离了历史原貌。其层次可分为三，第一层从玄宗的重色写李、杨会合的经过及杨妃专宠；第二层写贵妃殒命及玄宗的伤痛和无尽的思念，乃最感人之处；第三层写仙境中的杨贵妃，表达他们爱情的忠贞不渝。本诗主题一向聚讼纷纭，主要有讽喻说、爱情说、双重主题说、长恨说、同情说、惋惜说、感慨说、自伤说、矛盾主题说等。诗以"惊破霓裳羽衣曲"为界，此前写致"恨"的原因，这是讽喻说的根据,旨在讽刺明皇、贵妃荒淫误国。后写"长恨"本身及天人永隔的长爱与长恨,这是爱情说的根据。双重主题说认为,全诗既揭示李、杨荒淫误国,又同情他们的爱情悲剧,出现批判与同情并存,讽喻与惋惜兼有的现象,因而造成双重主题。但从创作意图看,《长恨歌》即"歌长恨",诗人自言"一篇长恨有风情",说明是为歌"风情"而作。

该诗故事情节完整,曲折离奇,哀感顽艳。按理说,杨妃死后,悲剧已完成,作者却匠心独运,大肆铺写明皇幸蜀途中、还京路上、回长安后对贵妃的思念,推动情节深入,波澜迭起,别开生面,同时加重了悲剧气氛,强化了长恨主题。人物描写传神。现实描述与艺术想象结合,叙事中抒情气氛浓郁,写景中蕴含人物的感情与心理活动。从唐玄宗的思倾国、选妃子、华清赐浴、骊宫歌舞等角度刻画其"重色"的性格。对于杨妃,诗中隐去历史人物杨玉环的不美之处,而着重写其形貌美和对明皇的钟情专一、生死不渝。同时,情思缠绵悱恻,由乐而悲而思而恨,感情脉络分明。语言明丽宛转,将近体诗的音律融入乐府歌行创作,声韵和谐流畅。中唐以后,以李、杨事件为题材的诗歌极多,但只有此诗被反复敷衍为小说戏剧,著名的如元白朴《梧桐雨》、清洪升《长生殿》。

《琵琶行》自序言及,元和十年,乐天被贬江州,江边送友,夜遇琵琶女,闻其遭遇,"感斯人言,是夕始觉有迁谪意。因为长句,歌以赠之"。听来真有其事,前人或以为未必,如宋洪迈《容斋五笔》卷七云:"白乐天《琵琶行》一篇,读者但羡其风致,敬其词章,至形于乐府,歌咏之不足,遂以谓真为长安故倡所作。予窃疑之。唐世法网虽于此为宽,然乐天尝居禁密,且谪居未久,必不肯乘夜入独处妇人船中,相从饮酒,至于极弹丝之乐,中夕方去。岂不虞商人者他日议其后乎?乐天之意,直欲抒写天涯沦落之恨尔。"《唐宋诗醇》卷二十二亦云:"满腔迁谪之感,借商妇以发之,有同病相怜之意焉。比兴相纬,寄托遥深,其意微以显,其音哀以思,其辞丽以则。"可见其主旨是借琵琶女的飘零沦落,抒写自己遭谗受贬、政治失意的怨愤牢骚。诗中最精彩的地方是开篇一段音乐描写,诗人通过连续使用一系列精妙的比喻,将抽象的音乐化为人们熟知的自然景象和生活场景,描绘出音乐节奏的起伏变化——从急骤到轻微,从流利、清脆到幽咽、滞涩,再到突然激昂,如此传达出琵琶女内心回荡的情感变化,声情融合,也为下文诉说身世作了渲染铺垫。同时,诗人的情绪也随着乐声而起伏。

白居易特别看重他的闲适诗和讽喻诗,二者都有尚俗、崇实、务尽的特点,但在内容和情调上却很不相同。讽喻诗志在"兼济",多写得意气激烈;闲适诗意在"独善",有淡泊平和、闲逸悠然的情调。江州之贬后,他悔恨自己"三十气太壮,胸中多是非",明哲保身,不再过问政治,"世间尽不关吾事"、"世事从今口不言"、"天下闲人白侍郎"。这源于他"知足保和,吟玩情性"(《与元九书》)的人生观和诗学观。他的知足保和又是因为对政治的厌倦和佛老思想的影响,他炼丹服药,诵经坐禅;也与他根深蒂固的浅俗思想相关。他的性格很矛盾,一方面关切现实,一方面又很爱惜自己,生一根白头发就终日惶惶然。他很多闲适诗,热衷于铺叙身边琐事,将衣食俸禄挂在嘴边,千篇一律,了无新意;也总爱在诗里表白淡泊高雅,哀叹衰老孤独,连他自己也感觉趣味索然,"诗成淡无味,多被众人嗤"(《自吟拙什因有所怀》)。总之,从内容到形式都是浅俗。苏轼说"元轻白俗",白俗主要表现在这里。但这些闲适诗吻合了后世文人的心理,影响很大。白居易另有不少记游写景的闲适诗,风格独特,笔调清新,如《大林寺桃花》"人间四月芳菲尽,山寺桃花始盛开。长恨春归无觅处,不知转入此中来",写得活泼可爱,蕴含了人间事"别有一番天地"的理趣。白居易的杂律诗中有不少精品,五律如《赋得古原草送别》,最为人传诵。七律如《钱塘湖春行》,浅切平易,清新明丽,尤其中四句用字贴切、精致。

第三节 刘柳诗风

中唐诗坛,韩孟、元白之外,刘禹锡和柳宗元也以诗闻名,多所建树,"子厚骨耸,梦得气雄,元和之二豪也"(管世铭《读雪山房唐诗序例》)。刘禹锡(772—842),字梦得,柳宗元(773—819),字子厚。二人交情甚笃,才华相当,政治遭遇和诗风都较接近。贞元九年(793),同登进士第,任地方官,十九年(803),同调入京,刘为监察御史,柳为监察御史里行。二十一年正月,顺宗即位,命王叔文等革新政治,刘任屯田员外郎,柳任礼部员外郎,短短四五个月,推行一系列措施,政局为之一新;八月宪宗即位,改元永贞,在守旧派反击下,革新失败;九月刘贬连州刺史,柳贬邵州刺史;十一月再贬刘朗州司马、柳永州司马。

元和十年(815)正月,刘、柳被召赴京师。刘禹锡作《元和十年自朗州承召至京戏赠看花诸君子》"紫陌红尘拂面来,无人不道看花回。玄都观里桃千树,尽是刘郎去后栽"。此诗但写诸人回京后兴情之盛,却为人所忌。《本事诗》云"其诗一出,传于都下。有素嫉其名者,白于执政,又诬其有怨愤"。《旧唐书》本传亦云"语涉讥讽,执政不悦"。当年三月,柳贬柳州刺史,刘贬播州刺史。播州穷僻荒远,柳欲以柳州授刘,而自去播州。刘遂改连州刺史。

元和十四年十月,柳宗元经长期贬谪及沉重的思想苦闷,47岁卒于柳州。次年正月,刘母卒,自连州护柩北归,过衡阳得柳讣书,作《祭文》并吊诗。长庆中,刘转徙夔州、和州刺史。宝历二年(826),罢归,同时白居易从苏州归洛,相逢在扬州。席间白有《醉赠刘二十八使君》"为我引杯添酒饮,与君把箸击盘歌。诗称国手徒为尔,命压人头不奈何。举眼风光长寂寞,满朝官职独蹉跎。亦知合被才名折,二十三年折太多"。刘回诗《酬乐天扬州初逢席上见赠》:

巴山楚水凄凉地,二十三年弃置身。怀旧空吟闻笛赋,到乡翻似烂柯人。沉舟侧畔千帆过,病树前头万木春。今日听君歌一曲,暂凭杯酒长精神。

首联叙说贬所环境恶劣,时间长。颔联感叹回来后,许多朋友故去,吟诵"闻笛赋"寄托哀思;感觉恍如隔世,人事全非。颈联针对白诗颈联所发,以"沉舟"、"病树"自喻,反而劝白居易不必为自己的寂寞、蹉跎忧伤,可见其胸襟豁达。

大和二年(828),刘禹锡入朝任主客郎中。赋诗《再游玄都观》"百亩庭中半是苔,桃花开尽菜花开。种桃道士归何处?前度刘郎今又来",借玄都观内的今昔巨变,以豪迈之情嘲弄政敌如昙花一现。《旧唐书》本传载,"执政又闻诗序,滋不悦。累转礼部郎中,集贤院学士。(裴)度罢政事,禹锡求分司东都。"后外任苏州、汝州、同州刺史,继迁太子宾客。会昌二年秋,病故洛阳。由上可见,刘禹锡是一个个性鲜明、性格倔强、没有丝毫奴颜与媚骨的人。晚年虽与白居易流连诗酒,但终有不同,可以其"莫道桑榆晚,为霞尚满天"来概括。

与韩孟元白不同,刘柳大部分时间在贬所度过,历经忧患,心理上的哀怨、愤懑与精神上的傲视、高扬便成了诗歌创作的主要内容。贬谪,磨砺他们的人生,强化他们的诗人气质,丰富了诗的深度和力度,造就了不同凡响的诗风。刘禹锡诗众体皆备,尤长七言律绝,这一特点已为诗家所公认。同时兼有雄直劲健、明快俊爽的特征。他性格刚毅,诗有哲人的睿智和诗人的挚情,极富艺术张力和恢宏的气度,沉着痛快、雄浑苍劲,如《始闻秋风》"昔看黄菊与君别,今听玄蝉我却回。五夜飕飗枕前觉,一年颜状镜中来。马思边草拳毛动,雕眄青云睡眼开。天地肃清堪四望,为君扶病上高台",句句围绕秋风而作,简洁明快,骨力雄健,格调激越,一反传统的悲秋观,赋予秋一种导引生命、催人向上的力量。又如《秋词二首》其二"自古逢秋悲寂寥,我言秋日胜春朝。晴空一鹤排云上,便引诗情到碧霄",含蓄深沉,胸次高昂,表现出诗人高扬开朗的精神境界。刘禹锡最为人称道的咏史怀古诸作,议论精深,刻画熨帖。他针对国家隆替、人世沧桑而发议论,用意深远,含蓄精练,如长庆四年写的《西塞山怀古》:

> 王濬楼船下益州,金陵王气黯然收。千寻铁索沉江底,一片降幡出石头。人世几回伤往事,山形依旧枕寒流。今逢四海为家日,故垒萧萧芦荻秋。

西塞山在湖北大冶东长江边,吴曾以此为江防前线。晋武帝太康元年,益州刺史王濬率楼船沿江东下伐吴。前四句怀古叙事,写出交战双方的攻与守、强与弱、胜与败,虚实相间,笔致洗练。后四句抒发感慨,明写吴晋兴亡,暗示六朝政权更迭,而西塞山、长江却依然如旧。此诗对六朝兴废作了高度概括,借古鉴今,蕴涵着沧桑悲情,感慨自然的永恒与人事的短暂,强烈的对比中充溢着诗人傲视千古的气象。又如《金陵五题·石头城》"山围故国周遭在,潮打空城寂寞回。淮水东边旧时月,夜深还过女墙来",写青山江潮依旧,而六朝繁华烟消云散;借月抒怀,不胜凄凉,以宇宙永恒显现世事倏忽。又如《乌衣巷》"朱雀桥边野草花,乌衣巷口夕阳斜。旧时王谢堂前燕,飞入寻常百姓家",前二句对偶天成。金陵城南这个繁华的地方,野草花开,可见衰败;乌衣巷口,六朝盛极一时,日薄西山时景象惨淡。后二句通过旧时王谢豪宅变为普通百姓人家来写世事沧桑,巧妙的是利用燕子作为这一巨变的见证,将变化前后截然相反的情况联系起来,完美地表达了由极盛而转衰的沧桑之感。

刘禹锡的民歌体诗,情辞兼美。他在长期流贬生涯中常常收集并汲取民歌的格调进行创作,其《踏歌词》《堤上行》《竹枝词》《杨柳枝词》等诗介于雅俗之间,清新可爱,自然传神。如《竹枝词》其二、其七:

> 山桃红花满上头,蜀江春水拍山流。花红易衰似郎意,水流无限似侬愁。
> 瞿塘嘈嘈十二滩,此中道路古来难。长恨人心不如水,等闲平地起波澜。

其二以比兴手法写满山红焰燃烧,山水相依恋。花似郎意,红而易衰;水如侬愁,永无尽期。其七写瞿塘险恶,因水为山所阻,一入平原,江流缓慢。人心之平地波澜,险恶过于瞿塘千尺滩。又《浪淘沙词九首》其八"莫道谗言如浪深,莫言迁客似沙沉。千淘万漉虽辛苦,吹尽狂沙始到金",写迁客虽遭诬陷,但历尽艰辛,真相终白;千淘万漉,真金乃见。诗凡九首,回环咏叹,简练晓畅,隐约其言,愤世之意历历可见,从中可领悟诗人独立不移的情怀和坚毅高洁的人格。

柳宗元今存诗仅一百多首,但历来评价很高,如苏轼云:"所贵乎枯淡者,谓其外枯而中膏,似淡而实美。"(《评韩柳诗》)柳诗淡泊简古、深沉内敛的风格特点有其深刻的成因,首先缘于他独特的心性气质。他性格激切偏狭,思想敏锐,面对沉重的人生忧患,他希望超越,但激切孤直的心性使他对那场政治悲剧耿耿于怀,难以超拔。而他又有恬静闲适的追求,因此他的诗"忧中有乐,乐中有忧",并且"忧之深",常常是闲适与寂寞、恬静与孤独、平和与悲伤纠结在一起。空灵淡泊是他自觉的追求,而悲凉则是不自觉的内心呈露。当这种悲凉侵入心头,不能自已时,那闲适淡泊也就消失,只剩下悲愤之气,因此显得简淡。如他英雄失路的悲歌《登柳州城楼寄漳汀封连四州刺史》:

城上高楼接大荒,海天愁思正茫茫。惊风乱飐芙蓉水,密雨斜侵薜荔墙。岭树重遮千里目,江流曲似九回肠。共来百越文身地,犹自音书滞一乡。

作于初抵柳州,难以排遣的愁思充塞于天地山海间,从高楼写起,极目茫茫海天,愁思随之弥漫扩散。颔联写风雨中之景,兼有比兴,以风雨喻逸人之高张;以芙蓉薜荔喻人格的美好与芳洁遭受摧残,寄慨遥深。颈联仰观岭树重遮,所思不见,俯察江流,愁绪萦绕。同在瘴乡谪宦,而音书不达,愈加孤寂悲凉。清代贺裳《载酒园诗话又编》云:"柳五言诗犹能强自排遣,七言则满纸涕泪。"如"零落残魂倍黯然,双垂别泪越江边。一身去国六千里,万死投荒十二年。桂岭瘴来云似墨,洞庭春尽水如天。欲知此后相思梦,长在荆门郢树烟"(《别舍弟宗一》)。

其次缘于诗人自觉的美学追求。柳宗元在《答韦中立论师道书》中明确提出写作标准,如"奥"、"节"、"清"、"幽"、"洁"等,内在指向都与清冷峭拔有关。创作中偏爱具有凄冷意味和峭厉之感的意象,如"残月"、"枯桐"、"深竹"、"寒松"等。色彩选用上偏重冷色调"青碧"、"凝碧"、"青枝"、"阴草"等,使诗境阴暗幽冷,与词语的峭硬结合,便呈现出冷峭的风格。如著名的《江雪》,前二句通过想象夸张,将鸟飞绝的"千山"与人踪灭的"万径"组合起来,构成一个冰天雪地的环境。后二句塑造了一个渔翁形象,表现自己的孤独感和虽然孤独但仍坚持斗争的精神。这位独钓寒江雪的渔翁,显然是作者的化身。

第三,柳宗元崇信佛教,由来已久,他说"吾自幼好佛"(《送巽上人赴中丞叔父召序》),"余知释氏之道且久"(《永州龙兴寺西轩记》)。他所贬谪的永州、柳州又是禅风极盛,他常与禅僧往来,从禅僧那里,接受了"乐山水而嗜闲安"、对一切都以"平常心"对待的人生哲理,追求超越尘世而无所滞累的心境。

第四,永州、柳州秀丽山水的熏染。在贬所的十余年间,他在压抑时感受自然山水的亲切,诗中常出现一种空旷孤寂的意境,大量的纪游诗都染上一层浓郁的悲凉色彩。虽然受陶诗平淡风格的影响,却写得精刻孤峭。如《南涧中题》写他沉重的失意之感,独游的乐趣一步步回缩,最终荡然无存;在内心悲感支配下,他为景物统统染色,营造出一个砭人肌骨的清冷诗境,苏轼赞为"绝妙古今"。

思考练习题

1. 简述韩孟诗派及其诗歌理论主张。
2. 举例说明韩愈的以文为诗及其创新意义。
3. 韩诗的艺术成就及其影响。
4. 孟郊、李贺诗歌的艺术特征。
5. 元白新乐府理论主张及其评价。
6. 白居易新乐府诗歌创作的得失。
7. 谈谈你对《长恨歌》主题的认识。
8. 《长恨歌》的艺术成就表现在哪些方面?
9. 比较张王、元白、刘柳的诗歌创作。
10. 分析刘禹锡诗歌创作的艺术成就。

第六章 古文运动与唐代散文

"古文"是相对于六朝时盛行、在唐代仍占据主导地位的"今文"或"时文"(即骈体文)而言的,指先秦两汉时单行散句、不讲究骈偶的散文。它是真正意义上的散文,也是唐宋古文家心仪的写作范本。中唐时进行的散文文体文风改革,自内容言,是明道载道,把散文引向政教之用,和当时的政治形势有密切的关系;自形式言,是由骈体而散体,是散文自身发展的要求。这是一次有目的、有理论主张、有广泛参与者,且有深远影响的文学革新,今人习惯上称之为"古文运动"。它是一种儒学复兴运动,同时又是文体改革运动。从贞元到元和的三十多年间,古文逐渐压倒了骈文。就解放文体、推倒骈文的绝对统治、恢复散文自由抒写的功能这一点来说,古文运动有其不可磨灭的功绩。

第一节 古文运动的兴起

古文运动在中唐达到高潮,有其深刻的社会原因。历时八年的安史之乱使盛唐的强大繁荣一去不返,代之而起的是藩镇割据、吏治腐败、宦官专权、佛老蕃滋、士风浮薄,以及民贫政乱等一系列社会问题,面对这种严峻的局面,一部分怀有忧患意识的士人慨然奋起,积极参政议政,思欲变革,以期王朝中兴。与强烈的中兴愿望相伴而来的是复兴儒学思潮。唐初修《五经正义》,重章句之学,而疏于义理之探讨。安史乱后,社会形势急剧变化,儒学开始出现重大义而轻章句的倾向,从章句之学回到义理的探讨上来,促成了儒学的复兴和致用。韩愈、柳宗元将这一思潮推向高峰。韩愈最突出的主张是重建儒家的道统,他越过西汉以后的经学而复归孔孟,并以孔孟之道的继承者和捍卫者自居。但韩愈的着眼点是"适于时,救其弊"(《进士策问》其二),解救现实危难,撰写了以《原道》为代表的大量政治论文,不遗余力地抨击藩镇,尤其是佛老。柳宗元也重新阐发儒家义理,但与韩愈不同,他强调"辅时及物之道"(《答吴武陵论非国语书》),体现了"从宜救乱"的精神,具有通经以致用的治学特点。

中兴的愿望促成了儒学复兴,也促成了政治改革。永贞元年(805),以王叔文、韦执宜为首,柳宗元、刘禹锡、吕温等为中坚,发起一场旨在打击宦官集团的政治革新运动,实施了一系列措施,政局一新。在多种势力的打击下改革很快失败了,但它致力于王朝中兴的精神,却直接影响到此后的政治方向。宪宗元和一朝,继续推行永贞时期的一些改革措施,抑制宦官的权势、解决藩镇问题皆取得了一些成效,有力地促使唐王朝走向中兴,极大地鼓舞了民心士气。

文体文风改革缘于儒学复兴思潮和政治改革，也与文章自身的演变相关。作为一种美文学，骈文的兴起，是古代散文形式上唯美化的追求。到了唐代，写作的讲究越来越多，束缚也越来越大，其精致华美的形式成了表达思想的障碍。而骈文却并没有失去存在的土壤。不过，其内部也出现了一些新的变化。

关于文体复古，西魏宇文泰、苏绰等提倡模仿《尚书》，隋初的文帝、李谔等试图强行改革文体，但都没有成功。初唐史官从历史兴衰的角度批评六朝文风，一些总结历史、议论时政的文章，如魏征的《论时政疏》等，骈体中多杂有散语单句。王绩的《无心子传》《醉乡记》《五斗先生传》等，用笔简劲，情感真切，皆显示了文风转变的契机。陈子昂出，"始变雅正"，"属词皆以经典为本，时人钦慕之，文体一变"（《旧唐书》本传），他的努力在初唐文风的转变上起了关键性作用，影响很大，但没有形成普遍的风气。文体的由骈而散，在开元时有了相当的发展，写散体文的人数增多，表现领域也日趋扩大。

天宝末到贞元末，文章由骈而散成为不可阻挡之势，萧颖士、李华、独孤及、梁肃、柳冕等人以复古宗经相号召，以古文创作为旨归，都曾围绕文体文风改革进行理论探讨。萧颖士自云："平生属文，格不近俗，凡所拟议，必希古人。"（《赠韦司业书》）独孤及主张"先道德而后文学"，特别推崇两汉文章，认为"荀孟朴而少文，屈宋华而无根，有以取正，其贾生史迁，班孟坚云尔"（梁肃《常州刺史独孤及集后序》引），批判骈文华而不实，抨击"俪偶章句"（《赵郡李公中集序》）。梁肃承其说，《补阙李君前集序》云："文之作，上所以发扬道德，正性命之纪；次所以财成典礼，厚人伦之义；又其次所以昭显义类，立天下之中。"这样才能使文章内容充实，气格刚健，即是"道能兼气，气能兼辞"。他注重文章的气势和骨力，对其弟子韩愈的文气说有直接影响。柳冕的理论主张更系统、更集中，也更绝对，极力突出文章的教化功用，"文章之道，不根教化，别是一枝耳。当时君子，耻为文人"（《谢杜相公论房杜二相书》）。由此出发，否定与教化无关的文学性作品，认为自屈宋以后，"为文者本于哀艳，务于恢诞，亡于比兴，失古义矣"（《与徐给事书》），实质是由文返质，倡导复古。不过，这时的散体文似乎还不具备与骈文一争高下的实力，主要是因为缺乏艺术上的独创性。清人赵翼说："今独孤及文集尚行于世，已变骈体为散文，其胜处有先秦两汉遗风，但未自开生面耳。"（《廿二史札记》卷二〇）总之，这一批古文家的理论主张缺乏实践性品格，有空言明道的性质，虽然偏颇，但他们打着"经典"的权威和"古人"的旗号攻击骈体文，客观上有力地推进了文体改革。宝应二年（763），杨绾和贾至都提出废诗赋、去帖经而重义旨的科举改革意见。建中元年（780），令狐峘知贡举，制策和对策始用散体。自此以后，历年策问皆散多而骈少。这说明文体改革已为朝野普遍接受，声势也益发高涨。以上都可视作古文运动的先声。而它的进一步发展和完成，则有待韩、柳等人的最后努力。

韩愈、柳宗元出于相同的政治目的，不约而同地走向以文明道、反对不切实际的文体文风之路途，他们将文体文风改革作为其政治实践的组成部分，赋予文以强烈的政治色彩和现实品格，创作了大量饱含政治激情、具有强烈针对性和感召力的古文杰作。韩愈还以文坛盟主的地位，大力扶持从事古文的写作者，在他周围，聚集了张籍、李翱、李汉、皇甫湜、樊宗师、侯喜等一批古文作者，声势浩大。柳宗元当时身在南方贬所，"江岭间为进士者，不远数千里皆随宗元师法，凡经其门，必为名士。著述之盛，名动于时"（《旧唐书》本传）。至此，由儒学复兴和政治改革所触发、以复古为新变的文体文风改革高潮到来。

第二节 韩柳倡导古文的理论主张

韩柳的古文革新,极力反对浮艳文风,要求用质朴自由的散体文传载古道,他们投身于古文写作,而且提出了系统明确的理论主张,影响深远。

一、文以明道,注重实用。文以明道是韩愈古文理论的基石、核心,韩愈作古文,"修其辞以明其道"(《争臣论》),是为了有志于古道。《题欧阳生哀辞后》说:"愈之为古文,岂独取其句读不类于今者耶?思古人而不得见,学古道则欲兼通其辞,通其辞者,本志乎古道者也。"《答李秀才书》说:"愈之所志于古者,不唯其辞之好,好其道焉耳。"他说的"古道"在《原道》有解释:"吾所谓道也,非向所谓老与佛之道也。尧以是传之舜,舜以是传之禹,禹以是传之汤,汤以是传之文武、周公,文、武、周公传之孔子,孔子传之孟轲。轲之死,不得其传焉。"可见韩愈宣扬的"道",是指正统的儒家之道,以儒家仁政为主,以除弊救时为宗旨,有鲜明的现实性。柳宗元《答韦中立论师道书》云:"始吾幼且少,为文章,以辞为工。及长,乃知文者以明道。"韩、柳明确了文和道的关系,重道的同时,也重文的实用,韩愈《答陈生书》说:"愈之志在古道,又甚好其言辞。"柳宗元《答吴武陵论非国语书》说:"言而不文则泥,然则文者固不可少耶!"韩、柳的这些主张对当时处于儒学复古运动中的士人有着很大的号召力。

二、不平则鸣,穷言易好。韩愈的"道"指儒家之道,多表现为文章的内容,他从自身的坎坷遭遇出发,尤其是联系到当时士人的不公平待遇时,又突破儒家发乎情止乎礼义、温柔敦厚的观点,提出"大凡物不得其平则鸣"(《送孟东野序》),把明道与批评社会不公、抒发郁愤结合起来。在他看来,"喜怒、窘穷、忧悲、愉佚、怨恨、思慕、酣醉、无聊"(《送高闲上人序》),皆可发而为文。在《荆潭唱和诗序》中提出"欢愉之辞难工,而穷苦之言易好"的论题后说:"文章之作,恒发于羁旅草野。至若王公贵人气满志得,非性能而好之,则不暇以为。"其可贵之处在于,揭示出了作家的身世遭遇、真情实感对文学作品的决定性作用。作家对现实生活的感受越强烈,郁积越深厚,鸣声也就越高。

三、闳中肆外,气盛言宜。韩、柳非常重视作家内在的道德修养和文章的情感力量,认为作家的品德是根本,文章是品德的反映。韩愈告诫作者"无望其速成,无诱于势利。养其根而竢其实,加其膏而希其光。根之茂者其实遂,膏之沃者其光晔。仁义之人,其言蔼如也"(《答李翊书》)。这样,文章才能充实,在此基础上,韩愈还提出了为文的普遍原则:"气盛则言之短长与声之高下者皆宜。"(《答李翊书》)柳宗元强调:"文以行为本,在先诚其中。"(《报袁君陈秀才避师名书》)就是说,真诚的作品只能出自真诚的作家,作家的本质及其品德的优劣在作品中是无法掩饰的。柳宗元《与京兆杨凭书》说:"凡为文,以神志为主。"指出作家在创作中必须精神饱满,而饱满的精神状态则来自完备的品德修养。

四、含英咀华,词必己出。韩、柳倡导并创作古文,遵循文学自身的发展规律,对前人积累的艺术经验去粗取精,含英咀华,即使对他们指斥的"骈四俪六,锦心绣口"(柳宗元《乞巧文》)的骈文,也未全予否定,而注意吸取其有益成分。韩愈提出为文宜"自树立,不因循",学习古人应"师其意不师其辞"(《答刘正夫书》),反对陈词滥调,"唯陈言之务去"

(《答李翊书》);强调语言新颖,"词必己出"、"不袭蹈前人一言一句"、"文从字顺"(《南阳樊绍述墓志铭》),表达流利妥帖,贵在创新。柳宗元自述为文旁推交通,各取所长,反对盲目师古,批评不良倾向"荣古虐今"、"渔猎前作,戕贼文史"(《与友人论文书》)。

韩、柳古文理论的精华在于对文体、文风、文学语言等方面的革新,他们论"道",只关系写什么,论"文"则重在解决怎么写、怎样才能写好的问题,这凝聚了他们更多的心力,从而把散文的创作推进到一个全新的阶段。

第三节 韩愈、柳宗元的散文成就

韩柳散体文创作别开生面,有众多的开拓,在创新的基础上建立了新的散文美学传统。他们将浓郁的情感注入散文,强化了作品的抒情特征和艺术魅力,把古文提高到了真正的文学境地。韩文如潮,柳文如泉,二人的八百多篇散文,举凡政论杂说、传记赠序、祭文墓志、寓言游记等,应有尽有。

韩愈的议论文,内容广博,思想丰富。重在宣扬道统和儒家思想的《原道》《原性》《原人》《原毁》等篇结构严谨,但文学价值不高。另一类也或多或少存在着明道倾向,但重在反映现实,作不平之鸣。他不少文章有一种反流俗、反传统的力量。其《师说》,针对当时士大夫阶层耻于从师、轻视学习的风气,开篇立论"古之学者必有师",层层深入,从正反两面申说"必有师"的道理,提出了新的师道思想,如"是故无贵无贱,无长无少,道之所存,师之所存也","是故弟子不必不如师,师不必贤于弟子,闻道有先后,术业有专攻"。韩愈的杂文写作更为自由随便,或长或短,或庄或谐,文随事异,各当其用。如写于元和八年(813)的《进学解》,在形式上通过训诲、问难、论辩方式,反复强调学子要埋头进德修业,曲折地抒发自己的怀才不遇,也暗讽了当时执政者不以才德取人的现实。全文多用辞赋铺陈的手法排比对偶,骈散兼行,笔法灵活。近乎寓言的杂感杂说,如《杂说》《获麟解》《伯夷颂》等嘲讽现实,短小精悍,行文不拘一格,有很高的文学价值。如《杂说四·说马》,通篇以马喻人,议论尖刻犀利,形象生动,包含了作者对人才受压抑的悲愤,或穷愁寂寞的叹息。

韩愈的记叙文,善于选择典型的事件和细节来突出人物的性格特征,在客观叙述中寄寓了强烈的感情。《张中丞传后叙》是韩愈为澄清真相,驳斥流言而作,补叙张巡、许远、南霁云等人守卫睢阳的英雄业绩和气节。人物形象栩栩如生,他们同仇敌忾,表现出维护国家利益、英勇无畏的英雄本色,但三人又有不同的形象:张巡临危不乱,视死如归,威武豪爽;许远宽厚温和,胸怀磊落,为抗敌大局而坦然让贤;南霁云正气凛然,忠勇刚烈,如其乞师贺兰进明一段:

> 霁云慷慨语曰:"云来时,睢阳之人不食月余日矣。云虽欲独食,义不忍;虽食,且不下咽。"因拔所佩刀,断一指,血淋漓,以示贺兰。一座大惊,皆感激为云泣下。

韩愈的碑志虽有溢美隐恶的"谀墓之文",但也不乏巧于摹写,议论精辟,感情真挚的作品。写法上不拘格套,善于剪裁刻画,重细节描写,从而成为"一人一样"的人物传记。不惟叙墓主事迹,时亦发议论,寓讽刺,表现爱憎之情。《柳子厚墓志铭》选取柳宗元一生中的四个片断:少年英俊、柳州德政、以柳易播和文学成就,刻画出柳宗元的光辉形象,尤其以大段议论表述他对浮薄世风和乘人之危、落井下石的愤慨,对柳、刘在危难中相扶持的义烈之风由衷敬慕。

韩愈的抒情文,大都言简意赅,别出心裁,悼念其侄韩老成的《祭十二郎文》,忆身世、叙家常,如泣如诉,哀情满纸,传达出他对兄嫂和十二郎的悲痛哀悼,"一在天之涯,一在地之角,生而影不与吾形相依,死而魂不与吾梦相接……彼苍者天,曷其有极",怅恨无穷,悱恻无极,情真意切,因而被誉为古代祭文中的"千年绝调"、"绝世奇文"。韩愈的赠序往往融抒情、记事、议论为一体,如《送孟东野序》为孟郊鸣不平,发泄其对埋没人才现象的一腔怨愤。《送董邵南序》借安慰董邵南因"举进士,连不得志于有司"而去燕赵谋事,抒发对才士沉沦不遇的感慨。《送李愿归盘谷序》借李愿之语刻画三种人,高洁之士,隐居山林;得意权贵,作威作福;追名逐利的小人,"伺候于公卿之门,奔走于形势之途,足将进而趑趄,口将言而嗫嚅",笔法冷峻,斥责痛快淋漓。

韩愈的散文创作达到了前人所未曾有的高度,苏轼称其"文起八代之衰"(《潮州韩文公庙碑》)。韩愈文章的艺术特征,(1)气势雄大,感情充沛。韩愈为文,颇重气势,理直气壮,有一股风发云涌、一泻千里之势。柳宗元说韩文"猖狂恣肆",皇甫湜称赞说"如长江清秋,千里一道,冲飚激浪,瀚流不滞"(《谕业》),苏洵则称"如长江大河,浑浩流转,鱼鼋蛟龙,万怪惶惑"(《上欧阳内翰书》)。(2)深于立意,巧于构思。习见的题材,韩愈却也写得耳目一新,曲折多姿。如《毛颖传》奇特地为毛笔立传,以戏谑的方式讽刺现实。《送穷文》奇妙的构思出五个穷鬼,嘲讽社会。(3)逻辑严整,锐利善辩。韩愈"发言真率,无所畏避"(《旧唐书》本传),所以胆壮气盛,他的论辩文往往惊世骇俗,如《原毁》《争臣论》《论佛骨表》等篇反映现实,写得大气磅礴,笔力雄健。《讳辩》为李贺鸣不平,抨击"避讳"的不合理,感情激越。《送董邵南序》开篇云"燕赵古称多感慨悲歌之士",发唱惊挺。(4)长于描绘,巧于用譬。韩愈善于用对比、排比、比喻、反讽等艺术手法,增强文章的变化,成功描绘出一系列生动形象。《进学解》第二段论先生之业、儒道、文章、为人四个方面,各层叙述结尾的句式皆是"先生之(于)……可谓……矣",节奏分明,语气流畅中有反复,为后面的转折作好铺垫。(5)语言准确精练,富独创性。韩文破骈为散,形成文从字顺、明白晓畅的新的散文语言。韩愈重视语言锤炼,力求精练准确,自铸伟词,有不少已是成语,如《进学解》中的爬罗剔抉、刮垢磨光、贪多务得、细大不捐、含英咀华、佶屈聱牙、同工异曲、闳中肆外、动辄得咎、投闲置散等。

柳宗元的散文,韩愈许之为"雄深雅健,似司马子长",《旧唐书》本传则称"精裁密致,璨若珠贝",取得了很高的艺术成就。他的论说文识见卓异,踔厉风发,包括哲学、政论以及以议论为主的杂文有两个显著的特征,一是正话反说,抒发自己被贬被弃的幽愤,如《答问》《起废答》《愚溪对》等篇;一是巧借形似之物,抨击政敌和现实,如《骂尸虫文》《憎王孙文》《斩曲几文》等,语言辛辣,痛快淋漓。《封建论》针对中唐藩镇割据的社会现实,论述帝王受命于人,而不在天,"郡县制"取代"封建制"乃"势"之必然,逻辑谨严,文笔犀利。

柳宗元的传记文,往往取材于社会中下层人民生活,《捕蛇者说》篇幅虽短,而波澜曲折,揭露封建剥削之残酷胜于毒蛇,全文"含无限悲伤凄惋之态"(《古文观止》卷九),写出中唐百姓生活的悲惨。《段太尉逸事状》截取段秀实的典型事迹,显现出段秀实的刚勇、仁厚,勇服郭晞,仁愧焦令谌,生动而有说服力。柳文剪裁精当,无论记事、记言,都能曲尽其妙。用传奇法写作的传记文,大多借此寓彼,发抒己议,《梓人传》借梓人之事论述宰相治国之道,写梓人高超的技艺,认为梓人是"能知体要者","足为佐天子、相天下法矣"。文章立论明彻,说理透辟,善于用简朴生动的语言勾勒出人物形象。《祭吕衡州温文》最为动情,以无比沉痛的笔墨哀悼他的亡友吕温,全文气势凌厉,感情跌宕真挚,荡气回肠,写至结语"幽明茫然,一恸肠绝",但见泪痕,不复睹文字。

柳宗元的寓言文,大多以虚构的动物故事,讽刺社会病态,结构短小而极富哲理,具有高度的概括性和现实性。其作意如《三戒》序所说:"吾恒恶世之人,不知推己之本而乘物以逞,或依势以干非其类,出技以怒强,窃时以肆暴,然卒迫于祸。有客谈麋、驴、鼠三物,似其事,作三戒。"其中《临江之麋》,讽刺依仗权贵而得意忘形的小人;《黔之驴》,借驴比喻那些外强中干、实无所能的庞然大物;《永某氏之鼠》,讽刺自以为饱食无祸而最终惨败的小人。三篇命意奇特,类比贴切。柳宗元善于绘声绘影,因物肖形,寓言形象个性化突出,寓意深刻。《罴说》讽刺那些"不善内而恃外者",只知虚张声势欺世惑众,而终必败灭。《蝜蝂传》借蝜蝂为喻,讽刺那些"日思高其位,大其禄"、辄取其亡的贪心者;用语精警,犀利传神。寓言在柳宗元手中,有了根本性的变化,嬉笑怒骂,表现出高度的幽默讽刺艺术,确立了寓言在文学史上的独立地位。

山水游记,是柳宗元散文的精品,也是作者悲剧人生和审美体验的结晶;主要是借对山水的传神写照抒发感受,将其悲情沉潜于作品中,从而形成山水游记"凄神寒骨"之美的特色。寄情山水以排解贬谪之苦,"永州八记"最佳,八记各自成篇,又前后连贯成为一个整体,形神毕肖地再现了自然山水之美,在字里行间中蕴涵着自己被迫害的愤慨抑郁,抒发"才不为世用,道不行于时"的悲哀。正如其《愚溪诗序》所说,他是以心与笔"漱涤万物,牢笼百态",借以安顿他那苦闷的灵魂。他笔下的山水,大都奇异美丽,却遭人忽视、为世所弃,一如他的遭遇。他深深地喜爱这些山水,"怜而售之"、"枕席而卧"(《钴鉧潭西小丘记》),它们具有他所向往的高洁、幽静、清雅的情趣。作者把丑恶和憎恨写在寓言中,于是把美好和热爱都寄托在游记里,他"上高山,入深林,穷回溪,幽泉怪石,无远不到",八记中的山、水、草、木、鱼、石,无不精彩,无不浸透着感情。首篇《始得西山宴游记》仿佛八记的序言,以自然山水美与作者人格美相互映照,突出他在游西山中的精神感悟及身遭贬谪却特立独行的品格。《小石潭记》善于体物,写景不是客观的模山范水,而是投入了自己的主观感受,如写鱼:"潭中鱼可百许头,皆若空游无所依。日光下澈,影布石上,怡然不动。俶尔远逝,往来翕忽,似与游者相乐。"柳宗元的咏山赋水并不一般地抒写闲情逸致,而是有所寄托;语言精巧优美,骈散兼备,有强烈的节奏感和音韵美,充满诗情画意,是真正的艺术性的文学,把山水游记推向了高峰。

第四节　晚唐小品与骈文

韩、柳之后，其继承者片面发展韩愈的创新主张，追求奇异怪僻，致使古文创作之路越走越窄，逐渐丧失了内在的生命力。在古文逐渐走向衰落的过程中，晚唐小品文异军突起，大放光彩。它有三个基本特点：一是篇幅短小精悍；二是多为刺时之作，有的放矢，批判性强；三是情感炽烈，生气贯注。晚唐时世黑暗，作家遭遇坎坷，皮日休、陆龟蒙、罗隐等人以其敏锐的思想，过人的胆识指陈时弊，锋芒毕露。皮日休声称要"上剥远非，下补近失"（《皮子文薮序》），往往发前人所未发或不敢发，小品文如弹丸脱手，字字见血。《读司马法》揭露暴君罪恶及皇权政体与人民的对立，开篇明义："古之取天下也以民心，今之取天下也以民命。"进而指出："由是编之为术，术愈精而杀人愈多，法益切而害物益甚。"《原谤》则激切声言："后之王天下有不为尧舜之行者，则民扼其吭，捽其首，辱而逐之，折而族之，不为甚矣。"笔锋犀利，表现出叛逆情绪。陆龟蒙虽退隐乡里，仍心忧天下。他的小品文主要收在《笠泽丛书》中，现实性强，议论精切。《野庙碑》借"碑"刺时警世，揭露封建官吏"平居无事，指为贤良，一旦有天下之忧，当报国之日，则恇挠脆怯，颠踬窜踣，乞为囚虏之不暇"。《记稻鼠》指出百姓要对付大小贪官两种老鼠，则民"不流浪转徙、聚而为盗"。罗隐的文集名《谗书》，多为愤懑不平之言，以泄其怒，他在《谗书重序》中自叙著述用意："著私书而疏善恶，斯所以警当世而诫将来也。"如其《英雄之言》直斥刘邦、项羽盗取国家，与强盗无异，剥下了他们"救民涂炭"的伪装。《说天鸡》借两种"天鸡"外观和技能的不同，巧妙地讽刺那些"峨冠高步"却无甚德能的达官贵人，表述了不能以貌取人的道理。其他各篇，也无不文笔犀利，情绪愤激。

晚唐小品在社会急剧动荡中诞生，形式上发展了韩、柳杂说、寓言等类文体，将散文题材开拓到日常的琐闻、杂感等方面，成为唐代散文最后的辉煌。鲁迅说："罗隐的《谗书》几乎全部是抗争和愤激之谈；皮日休和陆龟蒙自以为隐士，别人也称之为隐士，而看他们在《皮子文薮》和《笠泽丛书》中的小品文，并没有忘记天下，正是一塌糊涂的泥塘里的光彩和锋芒。"（《小品文的危机》）。

古文到晚唐落潮，骈文几乎恢复了原先独占文坛的模样。韩、柳主要用文章内容的变革带动文体及表现形式的变革，这为骈文留下了余地。晚唐政局纷乱，文人分化，有的仍然关心政治，有的冷眼旁观，而更多的人消极颓废，寄情声色，追求形式之美，给骈文提供了复兴的温床，在绮靡轻艳的文风催生下，骈文卷土重来。代表作家令狐楚、李商隐、温庭筠、段成式等，大力提倡四六文，重辞藻、典故、声韵、偶对，将骈文广泛应用到书信、公文、表奏等文体，创作上，大都雕镂精工，用典深僻，词采繁缛，偶对切当，风格更是华丽浓艳。以李商隐来说，他早期致力于古文写作，《李贺小传》《刘叉》等传记文生动传神。后在骈文大家令狐楚门下，通习四六之文，所作骈文具有骈四俪六的一般特点外，还呈现出宛转流畅、典丽清俊的风神。但不少章、表、书、启类作品一味用典，文意晦涩，缺乏情感力量。这种文风，在北宋初期曾风靡一时，形成所谓的"西昆体"。

思考练习题

1. 古文运动及其兴起的原因是什么?
2. 为什么说韩愈"文起八代之衰"?
3. 韩柳的古文理论有哪些主张?
4. 概述韩愈散文创作的成就与艺术特征。
5. 柳宗元散文创作取得了哪些成就?
6. 简述柳宗元的寓言、山水游记的成就及影响。
7. 晚唐小品文及其思想价值是什么?

第七章　唐传奇与俗讲变文

唐传奇是唐代文学继诗歌、散文之后的又一重大收获,后人把它与唐诗并称为"一代之奇"。俗讲和变文,扩大了文学的影响,是唐代俗文学的典型代表。

第一节　唐传奇的兴盛原因与发展历程

中国文学史上,"传奇"有多种含义,唐代作家"始有意为小说",当时流行的文言短篇小说称为传奇,它是六朝志怪和杂史、杂传发展演变的产物。中唐元稹的《莺莺传》原名"传奇",后来逐渐被认为是小说体裁。唐传奇作者大多以"记"、"传"名篇,以史家笔法,传奇闻逸事;同时也灌输了社会内容,增添了不少直接描写人情世态的成分。其创作精神、题材范围、思想内容、艺术手法等,都发生了根本性的变化,标志着中国文言短篇小说的成熟。

从小说自身的演变看,唐传奇的兴盛与唐人的小说创作观念有直接的关系。唐人作意好奇,"虽尚不离于搜奇记逸,然叙述宛转,文辞华艳,与六朝之粗陈梗概者较,演进之迹甚明,而尤显者乃在是时则始有意为小说"(鲁迅《中国小说史略》)。唐传奇兴盛的原因可概括为:(1)唐代社会生产力的发展,促进了城市经济的繁荣,为传奇小说提供了丰富的素材,使之由六朝志怪单纯的谈神说鬼,向反映复杂的社会生活方面演变,满足了市民阶层对文化娱乐的需要。(2)唐代文学全面繁荣,各种文体相互渗透影响,对传奇的创作也有推动作用。古文运动为传奇创作提供了富于表现力的文体。诗歌与古文的发展,诗人与小说家协作,形成传奇中诗文结合、抒情叙事交融的独特风格。(3)唐代的通俗文艺形式如变文、俗赋、话本、词文等盛行,其表现方式、艺术技巧也对传奇的创作有一定的启发。特别在中唐由雅入俗的浪潮中,士大夫阶层有了新的审美要求,以重叙事、重情节为特征的传奇才会大批地涌现出来。(4)唐代举子们的"温卷"风气,对传奇发展也有一定的促进作用。"唐之举人,先藉当世显人,以姓名达之主司,然后以所业投献,踰数日又投,谓之温卷。如《幽怪录》《传奇》等皆是也。盖此等文备众体,可以见史才、诗笔、议论"(赵彦卫《云麓漫钞》卷八)。由此吸引着一批具有高度文学素养的文人从事传奇写作。此外,佛道教义、神怪传说的流行及想象虚构的方式,史传文学的传统等,都对传奇创作有影响。

今存唐代传奇小说,数量不少,大都收入宋人编集的《太平广记》等书里,其中流传较广的有几十篇。根据唐传奇的发展情况,可分为三个时期。

初盛唐可视为唐传奇的发轫期,也是从六朝志怪体向传奇体转变的过渡期,作品数量少，艺术表现不够成熟。现存几篇主要作品，王度的《古镜记》写一面古镜降妖、伏兽、显灵、治病等诸般灵异，始终以古镜为中心，编织12个小故事而成。采用第一人称叙事，结束了此前小说一律用第三人称叙事法的局面。"上承六朝志怪之余风，下开有唐藻丽之新体"（汪辟疆《唐人小说》）。无名氏的《补江总白猿传》写梁将欧阳纥之妻被白猿掠去，纥入山历险，杀死白猿，救回妻子，后其妻生子如猿，长大后，"文学善书，知名于时"。这两篇作品，还明显残存着搜奇志怪的倾向。张鷟的《游仙窟》是传奇初兴时期字数最多、艺术成就较高的一篇。以第一人称自述奉使河源途中投宿神仙窟，与女主人十娘、五嫂宴饮欢乐的情事，诗文交错，韵散相间，于华丽的文风中杂有俚俗的气息。此篇基本脱离了志怪而转向现实生活的描写，颇具后来成熟期传奇的体貌。

中唐是传奇的繁盛期，传奇样式走向成熟，艺术成就较高，作品数量也空前增多，是传奇小说的黄金时代。存作品近四十种，题材转向现实生活，涉及爱情、历史、政治、豪侠、梦幻、神仙等方面，而以爱情小说的成就为高。

陈玄祐的《离魂记》运用浪漫的手法，幻设奇妙的情节，是传奇步入兴盛期的标志性作品，描写张倩娘为追求自由爱情，冲破封建家庭的阻挠，灵魂离躯体而去，与情人结合；后返归故里，与在闺房病卧数年的身躯"翕然而合为一体"。沈既济的《任氏传》写贫士郑六与狐精幻化的美女任氏相爱，富家子韦崟闻知此事后，登门施暴，任氏坚拒不从，责以大义。后郑六携任氏赴外地就职，途中任氏为猎犬所害。故事生动地刻画了任氏的多情、机敏、刚烈，在使异类人性化、人情化方面取得了开创性的成就。李朝威的《柳毅传》写人神相恋故事，"风华悲壮"，别具特色。男主人公柳毅形象丰满，性格豪侠刚烈，他在泾阳邂逅远嫁异地、被逼牧羊的洞庭龙女，得知龙女备受虐待的遭遇后，顿时"气血俱动"，为之千里传书。钱塘君闻讯大怒，凌空而去，诛杀泾河逆龙，救出龙女。当钱塘君令柳毅娶龙女时，柳毅严词拒绝。其自尊自重的正气赢得了龙王的敬佩，几经曲折后，终与龙女成婚。《柳毅传》将灵怪、侠义、爱情三者完满结合，展现出奇异浪漫的色彩和清新峻逸的风神，是不可多得的佳作。

贞元中期到元和末，元稹、白行简、蒋防三位大家崛起，传奇创作取得了极大的成功。元稹的《莺莺传》，凄婉动人地描写了莺莺与张生相见、相悦、相欢，而以张生"始乱终弃"作结的爱情悲剧。记述张生寓居普救寺，其表姨郑氏携女崔莺莺同寓寺中。其时蒲州发生兵变，张生设法保护了崔家。崔夫人设宴答谢，张生认识并倾心于莺莺。在红娘帮助下，二人幽会累月。后张生赴京应考，滞留不归，莺莺虽寄长书和信物，但张生终与之决绝，并自诩"善补过者"，斥莺莺为"必妖于人"的"尤物"。一年多以后，二人各自嫁娶，张生偶过其家，以表兄的身份求见，莺莺赋诗拒之，遂"绝不复知"。

白行简的《李娃传》，写天宝中荥阳生赴京应试，与名妓李娃相恋，一年余资财耗尽，被鸨母设计逐出，流浪街头，沦为丧葬店唱挽歌的歌郎。在一次与人赛歌时为其父荥阳公发现，责其玷辱家门，鞭打至昏死而弃之。荥阳生浑身溃烂，得同伴相救，沦为乞丐。一日，在风雪中哀叫，李氏闻之，悲恸自咎，赎身与生同居，护理勉励，荥阳生身体恢复，发愤读书，终于登第为官，授成都府参军。适其父任成都尹，父子相认。父感其事，备六礼迎娶。十余年后，荥阳生官至方面大员，李娃也被封国夫人。小说的精华在前半部分，尤其表现在对李娃形象的塑造上。李娃是一个身份低贱的风尘女子，一出场就以妖艳的姿色吸引了荥阳生,并大胆让他留宿,表现得温柔多情。但她深知与贵公子荥阳生难以匹配,所以当荥阳生在妓院荡尽钱财时,她主动偕同鸨母骗逐荥阳生。此后荥阳生流落街头、乞讨为生,她对这位"殆非人状"的昔日情人生出怜惜之情和愧悔之心,"前抱其颈"、"失声长恸",与鸨母决绝,全力照顾他,使他功成名遂。这时候她却十分理智地提出与荥阳生分手,这种过人的清醒明智、坚强练达,构成李娃性格中的闪光点。当时社会中士人和妓女的爱情是不可能有结果的,这个"大团圆"结局回避了现实矛盾,反映了人们善良美好的愿望,成为后世戏曲小说经常套用的模式。艺术表现上趣味性浓,结构完整,人物性格丰满。小说虽本身出于虚构,但在叙述过程中有很多真实动人、描写细腻的细节,遂显出一种生活气息。

  蒋防的《霍小玉传》精彩动人,是中唐传奇的压卷之作。小玉本是霍王婢女所生,霍王死后,以庶出被逐,沦落为娼。她与出身名门望族的才子李益欢会,起初她即预感到自己"一旦色衰,恩移情替"的命运,因此只求与李益共度八年幸福生活,而后永遁空门。但李益后来却违背誓言,另娶贵姓女卢氏。小玉相思成疾,百般设法以求一见,李益总是避不见面。后有一位黄衫豪士"怒生之薄行",将李益强拉到小玉处,小玉怒斥:"我为女子,薄命如斯。君是丈夫,负心若此。……李君李君,今当永诀!我死之后,必为厉鬼,使君妻妾,终日不安!"这血泪控诉和强烈的复仇意绪,表现了一个备受欺凌的弱女子临终前的愤怒与反抗。至此,小玉性格中的温柔多情、清醒冷静已为坚韧刚烈所取代,小说写她说完这话后,"乃引左手握生臂,掷杯于地,长恸号哭数声而绝",这是悲剧的终点,也是悲剧的高潮。此篇妙于叙述,情节相对简单,但最有情致,以悲剧结局激发人们的渴望,比《李娃传》幻想的大团圆给人以虚假的满足相比,更有艺术感染力。

  中唐传奇还有一些佳作借寓言、梦幻以讽世。沈既济的《枕中记》写"黄粱美梦"的故事:热衷于功名的卢生自叹贫困,一心追求"建功树名,出将入相,列鼎而食,选声而听,使族益昌而家益肥"。后在邯郸旅舍借道士吕翁的青瓷枕入睡,梦中娶高门女、登进士第、出将入相、子孙满堂,三十年间,享尽了人间的荣华富贵,可梦醒之时,店主蒸的黄粱饭犹未熟,于是大彻大悟,万念俱息。李公佐的《南柯太守传》写"南柯一梦"的故事:游侠淳于棼梦游"槐安国",做了驸马,任南柯太守,在郡二十年,功业显赫,"赐食邑,赐爵位,居台辅"。后与檀罗国交战失利,继而公主死后,失宠遭逸,被遣返故里。一梦醒来,发现适才所游的槐安、檀罗国者,原来都是古槐下的一个蚁穴。从此他深感人生虚幻,乃栖心道门,不问世事。这两篇都是托笔梦幻,实写人生,凝缩了唐代士子的情志欲望,又借梦境的破灭,说明功名富贵的虚幻,讽刺了士子汲汲于名利富贵。此外,中唐还有不少以历史故事为题材的传奇作品,如郭湜的《高力士传》、姚汝能的《安禄山事迹》、无名氏的《李林甫外传》等,而以陈鸿的《长恨歌传》、《东城老父传》为突出。前者系配合白居易《长恨歌》而作,故事情节大致相似。后者前半叙写斗鸡童贾昌的得宠发迹,以致民间有"生儿不用识文字,斗鸡走马胜读书"之叹。小说极力描写当时京城斗鸡的盛况,对玄宗君臣骄奢淫逸、纵欲享乐多有讽刺。安史之乱后,贾昌流落民间,往日荣华,烟消云散。

  晚唐是传奇的衰落期,作品数量虽有增无减,但质量下降。题材上,豪侠小说和讽刺小说取代了爱情小说而兴起,并出现不少传奇专集,如袁郊的《甘泽谣》、皇甫枚的《三水小牍》、李复言的《续玄怪录》、裴铏的《传奇》、薛用弱的《集异记》等,大多篇幅短小,或搜奇猎异,或言神志怪,思想性和艺术性都失去了前一时期的光彩。爱情题材的小说,虽然在晚唐显得衰落,但还有几篇较好的,如皇甫枚的《步飞烟》,写身为豪门姬妾的步飞烟为追求爱情而遭到毒打致死,刻画了她"生得相亲,死亦何恨"的坚强性格。

晚唐的豪侠小说常常和爱情故事纠缠在一起,增添了浪漫气息。最著名的是《虬髯客传》,写隋末天下纷乱,杨素的宠妓红拂慧眼识英雄,私奔李靖,二人在客店中遇到意在图王的虬髯客,结为至交。后来虬髯客见到"李公子"世民,为其英气所折服,知天下有主,但又不甘称臣,遂远去海岛称王。小说构思巧妙,同时写三个具有英雄气概的人物,各有各的个性,光彩照人,虬髯客豪爽慷慨,红拂聪慧敏锐,李靖沉着冷静,后世把他们誉为"风尘三侠",广为流传。名篇裴铏的《昆仑奴》写一老奴武艺高强,为其少主窃得他所爱的豪门姬妾,使二人如愿以偿。裴铏的《聂隐娘》和袁郊的《红线传》,均写身怀绝技的女子因知遇之恩,为主人排难解纷的故事。这种知恩图报,反映了民间的一种道德观。

第二节 唐传奇的艺术成就与文学地位

唐代传奇在小说这一文体的独立历程上迈出了关键性的一步,其内容广泛,思想丰富,题材多样,在人物塑造、情节结构、细节描写、语言技巧等方面都取得了较高的成就,标志着中国古代小说创作成熟期的到来。

首先,唐传奇作家"有意为小说",将奇诡动人的故事传示与人,借以驰骋想象,展露才华,"著文章之美,传要妙之情"(沈既济《任氏传》)。故事的传奇性与现实性相容,内容上更偏于反映人情世态,以展示复杂的人间生活,注重作品的审美价值和小说愉悦性情的功用,也寄寓个人的志趣爱好和理想追求。

其次,艺术虚构的成功运用。唐传奇摆脱了史家"实录"传统,改变了六朝小说粗陈梗概的叙述方式,进行有意识的艺术虚构。以神怪、异梦为题材的作品,基本手法自然是虚构想象;即使以历史和现实生活为题材的作品,作者也并不拘泥于史实、传闻,而是根据创作的需要幻设情节,多方描绘。虽然在结构布局上往往采用史传的表现方法,明确交代故事发生的时间、地点,给人以表面的真实感,但在叙述中大量使用虚构想象,又致力于细节描写。

第三,艺术构思精巧,情节曲折动人,出现了较六朝志怪更为宏大的体制,建立了比较完整的小说结构。如《离魂记》只有五百字,记叙了故事发生的时间、地点,人物的身份、性格、外貌,以及人物活动的场景都交代得非常清楚。在结构上,以时间为序,脉络清楚,写倩娘与王宙一生的三个阶段:成年前,五年漂泊,后四十年。而以五年漂泊为重点。情节安排上,作者巧布疑阵,构想出奇特的"离魂"情节,以幻写真,恍惚迷离,直到魂体合一,表现出高超的艺术构思。

第四,人物形象生动传神。唐传奇塑造了许多性格鲜明的人物形象,尤其是妇女形象,如热情深沉的李娃、痴情刚烈的霍小玉、温顺执着的张倩娘、美丽善良的任氏、矜持端庄的崔莺莺、智勇双全的红线、敢作敢当的步飞烟、明智果断的红拂等。作者善于以精湛的细节描写揭示心理活动,用对比、衬托等手法突出人物性格特点,尤工于肖像摹写,往往三言两语,飞笔传神。

第五,语言凝练,文采斐然。唐传奇用文言来描写人情物态以至琐事,雅俗兼采,时庄时谐,有些作品虽施以藻绘,却有明丽之美。如鲁迅先生评价王度的《古镜记》"犹有六朝志怪余风,而大增华艳"。有些作品善于用诗化的语言,营造含蓄优美的情境,景物描写、气氛渲染也颇富艺术表现力,情韵盎然。

唐传奇展开了一片崭新的艺术天地,在中国文学史上有重要的地位和影响。(1)唐传奇反映城市生活的繁荣与复杂,描写人的生存状态、生活情趣和理想,具有现实精神,一些优秀的作品往往兼有积极浪漫的情调。(2)唐传奇以其简洁、丰富、优美的语言,把古文的表现力发挥到很高的地步,取得了相当高的艺术成就,使文言短篇小说成为独具民族风格的文学样式,对后世小说的创作有很大的借鉴意义。(3)唐传奇为后世戏曲提供了基本素材,最显著的是元明戏曲大量移植唐传奇的人物故事,如郑德辉《倩女离魂》取材于《离魂记》,王实甫《西厢记》源于《莺莺传》,石君宝《李亚仙诗酒曲江池》取材于《李娃传》,汤显祖《紫荆记》取材于《霍小玉传》。而元代白朴《梧桐雨》、清代洪升《长生殿》皆与《长恨歌传》有一定的关系。(4)唐传奇的兴起本身与民间通俗文学有关,它的兴盛对后来宋元话本、明清拟话本有重要影响,并促成了中国白话小说的产生。

第三节　俗讲与变文

20世纪初,敦煌藏经洞近五万卷遗书的发现为研究中古时期,特别是唐五代的社会政治经济、历史地理、哲学宗教、艺术、中外文化交流等提供了极其珍贵的文献资料。其中有大量的文学作品,讲经文与变文,就是重要的两类。

佛教传入中土,佛徒为弘传佛教,除译经建寺、斋会讲经外,还利用音乐、绘画、雕塑、文学等手段布道化俗。佛家讲经,因听讲者不同,有僧讲与俗讲之别。俗讲是僧徒依经文为俗众讲说佛家教义、"悦俗邀布施"的一种宗教性说唱活动。它与中国固有的说唱传统有关,但更主要的来源是六朝以来佛家的一种讲道化俗手段:"转读"与"唱导"。转读,或称咏经、唱经,指讲经时抑扬其声,讽诵经文。到了唐代,转读经师吸收民间声腔,趋附时好,专以取悦俗众为务,转读遂向大众娱乐的方向发展。唱导是宣唱法理、开导众心。转读与唱导,以及偈颂歌赞的梵呗,融讲说、咏唱为一体,有说有唱,遂形成唐代的俗讲。其时相当盛行,韩愈《华山女》诗形容它的盛况"街东街西讲佛经,撞钟吹螺闹宫廷"。日僧圆仁《入唐求法巡礼行记》卷三载,武宗会昌元年(841),仅在京都长安,一次就有七座寺院同时开讲,"正月十五日起首,至二月十五日罢"。

俗讲的底本,就是讲经文,即用来讲解经义的文本,每引一段经文而后讲解一段,大都是散韵结合,说唱兼行。说为浅近的文言或口语,唱为七言,间或用六言或五言。讲经文取材全为佛经,解释佛教经典,将艰深而不为"俗人"所懂的经文,加以通俗的演绎后,变得使人人都能明白知晓。为了吸引听众,讲经人尽量发挥其想象力,穿插丰富的描摹和形象的譬喻,使讲经活动更富有艺术魅力。其中一些作品,以生动的故事情节,采用叙事、描绘、抒情等手法,把深奥的教义生活化,以其新奇别致的内容,张弛起伏的情节,通俗生动的语言,引人入胜。如《妙法莲华经讲经文》《维摩诘讲经文》等。敦煌遗书中的十来种讲经文,《长兴四年中兴殿应圣节讲经文》保存最完好,《金刚般若波罗蜜经讲经文》《佛说阿弥陀经讲经文》《双恩记》等,皆有一定的文学色彩。

唐五代与俗讲同时流行的民间说唱技艺尚有"转变"。转变,就是说唱变文,当时极为盛行,上自宫廷,下至闹市都有演出,且出现了演出的专门场所"变场"。变文,或简称"变",乃转变的底本。转变与变文中"变"字的含义与渊源,至今尚无定论。变文的体制是:韵散相间,逐段铺叙,有说有唱,演述故事。说唱相间,说为表白宣讲,多用俗语或浅近的骈体;唱为行腔咏歌,多为押韵的七言。一般不引原经文,与讲经文不同。说白与吟唱转换时,每有习用的"若为陈说","当尔之时,有何言语"等提示听众。讲经文则没有。

敦煌说唱类作品中,保存了较多变文,一类是宗教性变文,与佛经故事相关,如《八相变》《降魔变文》《破魔变文》《大目乾连冥间救母变文》等,通过说唱,宣传佛家的基本教义,但不直接援引经文,常选佛经中有趣味的故事铺陈敷衍。一类是讲史性变文,如《伍子胥变文》《王昭君变文》《汉将王陵变》等,大多以一个历史人物为主,撷取轶事趣闻,吸收民间传说,加以渲染。一类是民间传说题材的变文,如《舜子至孝变文》《刘家太子变》等,虽假借历史人物,但所讲的故事了无历史根据。还有吟唱时事的,有变文的特点,今人称拟变文,仅《张议潮变文》《张淮深变文》两篇,讴歌张议潮叔侄及其率领的归义军艰苦卓绝,英勇抵御异族侵扰、收复失地、保境安民的业绩。

敦煌变文以民众喜闻乐见的形式,融文学、音乐、表演为一体,声情并茂地演述故事。语言大都通俗易懂,生活气息浓厚,杂用俚语方言、谚语成语,新鲜活泼,流畅明快,悦耳动听。艺术结构上,多数故事有头有尾,脉络清晰;同时注意情节波澜起伏。如《伍子胥变文》叙述忠言相谏的伍奢为楚平王诛杀,其子伍子胥历经艰辛逃入吴国,佐吴王灭楚,最后又因忠谏,为吴王夫差所杀。情节比较丰富,人物性格鲜明,写了伍子胥机智勇敢、临难不惧、恩怨分明的品格,还写了浣纱女、渔父等不贪富贵,不避诛戮,帮助伍子胥逃亡等情节。

敦煌俗讲与变文的发现填补了文学史上的空白。我们可以从中找到后代许多文学题材、文学形式的源头,如宋的陶真、鼓子词、诸宫调,元的词话,明清的弹词、鼓词、宝卷等,都可溯源到俗讲,尤其是俗讲体制的影响。变文对唐传奇有很大影响;宋元以后的各类说唱和戏曲文学,也都与变文有些渊源。变文中的一些故事情节,往往为后世小说、戏剧所吸收。后世通俗小说之"有诗为证"、"欲知后事如何?且听下回分解"等,无疑也受到变文体制的影响。变文采用的文图相配形式,是后世"全相"、"绘图"本小说的滥觞。变文里用唱词代替故事中人物对话的方式,也为近代戏曲所借鉴。

思考练习题

1. 唐传奇及其兴盛的原因是什么?
2. 概括唐传奇的发展阶段及代表作。
3. 分析唐传奇的艺术成就及对后世的影响。
4. 为什么说唐传奇是中国古代文言小说成熟的标志?
5. 简述《李娃传》《莺莺传》《霍小玉传》的艺术特点。

第八章　李商隐与晚唐五代诗歌

文学史上的晚唐五代时期指唐文宗大和以后约八十年和唐亡以后的五代。中唐诗到穆宗长庆时逐渐落潮,此后,唐王朝政治危机进一步加深,士人心态发生变化,诗歌相应地有了新的内容和表现形式,唐诗风貌再次出现转变。

第一节　贾岛姚合与苦吟诗风

贾岛、姚合,是中唐诗风向晚唐转化过程中的枢纽人物,他们以苦吟作诗,风格"清新奇僻",代表着晚唐一种普遍的创作风尚,追随者众多。

贾岛(779—843),"日日攻诗亦自强,年年供应在名场"(姚合《送贾岛及钟浑》),累举不第,一生穷愁,张籍《赠贾岛》说其潦倒"拄杖傍田寻野菜,封书乞米趁时炊"。贾岛怀才不遇,其诗多悲愁苦闷之词,《下第》云"下第只空囊,如何住帝乡"、"泪落故山远,病来春草长",《斋中》云"所餐类病马,动影似移岳",《上谷旅夜》云"世难那堪恨旅游,龙钟更是对穷秋。故园千里数行泪,邻杵一声终夜愁"等,哀叹穷愁困顿,给人以衰飒的感觉。他的诗多不出个人生活范围,往往是早年的禅房生活,他借山水顾影自怜,笔下的山水林泉、落日黄昏,表现出他凄清冷寂的内心世界,构成幽冷奇峭的诗风。

贾岛的人生际遇与孟郊相似,累举不第,心性相通。二人的诗歌,都写贫病饥寒、穷困潦倒、郁郁不得志;同时也关注社会,关心下层士人的苦闷,但贾岛诗反映生活的深广度不如孟郊,内容单薄,情感淡漠,显得不饱满。像《剑客》《代边将》这样的慷慨之作在其诗中当为别调。风格上,他与孟郊相近,都以苦吟著称,以古拙、奇峭、瘦硬为美,苦吟成癖,自云"苦吟遥可想,边叶向纷纷"(《寄贺兰朋吉》),"默默空朝夕,苦吟谁喜闻"(《秋暮》),"一日不作诗,心源如废井"(《戏赠友人》)。又《送无可上人》颈联"独行潭底影,数息树边身",自注"两句三年得,一吟双泪流"。传说他曾骑驴苦吟,琢磨"鸟宿池边树,僧敲月下门"(《题李凝幽居》),冲撞了京兆尹韩愈。这里用"敲"字与鸟宿树上的静态相配,一暗一明,很有味道,比用"推"字,更能突出夜深人静时清脆的叩门声,还暗示了对宿鸟的惊动,增添了夜的静谧感。孟郊专工五古,有汉魏遗风;贾岛把孟诗幽僻奇险的意境、苦涩寒峭的风格引入五律,营造出奇峭瘦硬的诗境。但贾岛的苦吟并不走向险怪,而是"往往造平淡"。他在定型的格律形式内精雕细琢,苦涩清淡,幽冷孤高的情感,出之以平淡之语,因而精警动人,尖新奇巧,为五言律诗的创作开辟了新的途径。

姚合(775—855?),元和十一年(816)进士。与贾岛关系甚密,诗风颇接近,当时有"姚贾"之称。姚合的才华和苦吟工夫不及贾岛,他的仕途较顺利,诗歌多写琐细的日常生活情景,呈现出闲适萧散的特点。如《武功县中作三十首》中的"微官长似客,远县岂胜村"(其十),"吏来山鸟散,酒熟野人过"(其十三);《闲居遣怀十首》中的"优游随本性,甘被弃慵疏(其四)","野性多疏惰,幽栖更称情"(其八),都充满闲淡情趣和随分安乐的情怀。他的诗多五律,较为平易,语言简练朴实。

贾岛、姚合的诗歌已经偏离了元和时韩愈等人的主流诗风,内容上走向抒发个人孤寂凄清心境的道路;创作上以苦吟为主,五律圆熟工稳,有了一些成熟的套路,诗歌内容和情调投合晚唐士大夫的口味,引起大批久困科场、被社会冷落的文人的共鸣。多数晚唐诗人,如马戴、顾非熊、雍陶、刘得仁、薛逢、李频、方干、李群玉、赵嘏等,追摹贾姚,"以刻琢穷苦之言为工",抒写他们的无奈,工整中见清新奇僻,成为一时风尚。还有李洞,则称贾岛为"佛",铸了贾岛的铜像,"事之如神"(晁公武《郡斋读书志》),至宋初仍有诗人效法贾姚。

晚唐苦吟诗人生活阅历有限,诗境狭窄,主要吟咏个人日常生活,或应酬唱和,多写自然山水,追求工巧、精警、清丽,着意在音律、对偶、字句上见功夫。由于苦吟,确实也锤炼出不少佳句,缺点是有句无篇,缺少完整的意境。

第二节　杜牧与怀古咏史诗

晚唐的社会特征发生很大变化,皇帝的昏庸、政治的腐败,以及宦官专权、藩镇割据、朝臣党争等痼疾愈演愈烈,各个独立王国已然形成。在这样的背景下,晚唐诗人面对不可收拾的局面,深感回天无力,他们的思想、心态、艺术追求与中唐士人不同,心理蒙上一层暗淡、伤感的色调。晚唐诗遂呈现感伤气息浓重、雕琢风气盛行、题材境界狭窄的面貌,前期以"小李杜"的成就最高,承中唐士人影响,尚怀抱希望,眷念朝廷,在迷惘中面对现实的黑暗与颓败。

杜牧(803—852),字牧之,京兆万年人。祖父杜佑是中唐名相,父亲杜从郁官至驾部员外郎。他的童年生活富裕快乐,后随着祖父、父亲相继去世,家道中衰。大和二年,26岁进士及第,至36岁,辗转于幕府之间,即他说的"十年幕府吏"。居扬州,颇好游宴,流连于酒市妓楼。之后入京任左补阙、史馆修撰,转膳部、比部员外郎。会昌二年(842)起,出为黄州、池州、睦州刺史。大中二年(848),入任司勋员外郎、史馆修撰,迁吏部员外郎。四年,出守湖州,五年,内升为考功郎中、知制诰,六年,迁中书舍人,冬十二月,病卒。

杜牧才气纵横,抱负远大,继承其祖杜佑的经世致用之学,注意研究"治乱兴亡之迹,财赋兵甲之事,地形之险易远近,古人之长短得失"(《上李中丞书》),希望建功立业,有所作为。文学上推崇李杜、韩柳,"李杜浩泛泛,韩柳摩苍苍。近者四君子,与古争强梁"(《冬至日寄小侄阿宜》)。创作上主张"文以意为主,气为辅,以辞采章句为之兵卫"(《答庄充书》),追求"高绝"(《献诗启》)。

杜牧有经邦济世的抱负,今存400余首诗中有不少写现实政治和社会生活,这类咏怀时事诗,名篇如《感怀诗》《郡斋独酌》等概括了藩镇割据、外族入侵等现象,也表达了他的报国壮志。《河湟》通过今昔对比,抒发对沦陷区人民盼望收复的心情。他在黄州刺史任

上写的《早雁》表现对边民的关切:

> 金河秋半虏弦开,云外惊飞四散哀。仙掌月明孤影过,长门灯暗数声来。须知胡骑纷纷在,岂逐春风一一回。莫厌潇湘少人处,水多菰米岸莓苔。

此诗用比兴手法,把逃避回鹘侵扰的边民比作哀鸿,房弦开张,边民四散,向南逃难。他安慰说不要厌弃潇湘空旷人稀,这里有菰米莓苔,暂且安居下来吧。可见诗人对国事、对边民的关心,也隐含着对朝廷不能御侮安民的不满。

咏史怀古诗,是杜牧写得最出色、成就最突出的一类诗歌。不仅数量多,而且针砭奢侈淫乐,有总结兴亡教训的意味。如其《过华清宫三首》:

> 长安回望绣成堆,山顶千门次第开。一骑红尘妃子笑,无人知是荔枝来
> 新丰绿树起黄埃,数骑渔阳探使回。霓裳一曲千峰上,舞破中原始下来。
> 万国笙歌醉太平,倚天楼殿月分明。云中乱拍禄山舞,风过重峦下笑声。

这组诗选了送荔枝、探使回、禄山舞三事,用以小见大的手法,对明皇、贵妃的荒淫误国加以艺术的概括。尤其其一,刻画出一个奢侈的贵妃形象,揭露统治者为满足一己口腹之欲,穷人之力,绝人之命,有所不顾。其沉痛程度,一如苏轼《荔枝叹》所云"宫中美人一破颜,惊尘溅血流千载"。杜牧还有不少的咏史诗是借题发挥,表现自己的政治感慨与识见,如《赤壁》"折戟沉沙铁未销,自将磨洗认前朝。东风不与周郎便,铜雀春深锁二乔",立意十分奇特,不写赤壁史实,却以假设发言,若无东风助周郎,则胜负难料。实际是借慨叹周瑜因有东风之便而成功,隐含自己怀才不遇。这类诗主题不在怀古,又如《泊秦淮》:

> 烟笼寒水月笼沙,夜泊秦淮近酒家。商女不知亡国恨,隔江犹唱后庭花。

先描写秦淮月夜扑朔迷离之景,酒家夜市繁荣,弦歌处处,花天酒地,歌舞沉迷。接以商女不解陈亡之恨,在陈的故都尚唱靡靡遗音。诗人闻其歌,以冷眼看时事,感慨执政者醉生梦死以及世人的居安忘危。

杜牧的写景纪行诗佳作迭出,或即景生情,或咏物表意,或纪行述闻。如《江南春》"千里莺啼绿映红,水村山郭酒旗风。南朝四百八十寺,多少楼台烟雨中",此诗善于立题,诗意既广,万千情景,总而命曰《江南春》,用写意手法描绘出江南烟水迷离、生机勃勃的春景,同时含蓄地借前朝故事揭露当时的崇佛修寺。杜牧还能在即景抒情中注入深沉的历史感慨,抒写繁荣消逝的伤悼情绪,常带有盛衰兴亡不可抗拒的哲理,如其《题宣州开元寺水阁》:

> 六朝文物草连空,天澹云闲今古同。鸟去鸟来山色里,人歌人哭水声中。深秋帘幕千家雨,落日楼台一笛风。惆怅无因见范蠡,参差烟树五湖东。

此诗伤悼六朝繁华消逝,又以"今古同"三字把当前也带入历史长河中;一代又一代人都消没在永恒的时间里,连范蠡的清尘也寂寥难寻,留下的只有天淡云闲,草色连空。此诗笔意超脱,在广阔的时空背景上展开诗境,以丽景写哀思,很能体现杜牧诗含思悲凄的特色。另外尚有《山行》《清明》《遣怀》《赠别》等佳篇,以及《杜秋娘诗》《张好好诗》《题桃花夫人庙》等妇女题材之作。

总体上来说,杜牧诗众体兼备,内容丰富,风格清新明丽,豪爽俊逸。七律向受推崇,七绝最为人称道,精炼含蓄,风调悠扬。无论是感慨往事、针砭现实,还是抒写怀抱、描摹自然,都能在忧郁中透出俊爽的高情远致。

许浑(788—860?),大和六年(832)进士及第。与杜牧是朋友,诗风相似。今存诗400余首,全部为五七言律绝,属对精切,用字精工。以怀古咏史名家,如《咸阳城东楼》"一上高楼万里愁,蒹葭杨柳似汀洲。溪云初起日沉阁,山雨欲来风满楼。鸟下绿芜秦苑夕,蝉鸣黄叶汉宫秋。行人莫问当年事,故国东来渭水流",诗以雄浑之笔描绘了秋日傍晚咸阳东楼所见之景。渭水东流,一去不返,暗喻秦汉已成陈迹,俯仰古今兴废,带有深沉的历史空漠感。许浑这类咏史诗,大多是即景生情,另一篇名作《金陵怀古》结联云"英雄一去豪华尽,惟有青山似洛中",涵盖极广,抒发对繁华昌盛终将消尽的无可奈何。

第三节 李商隐对唐诗的开拓

晚唐李商隐,以心造境,以境写心,把诗歌艺术提高到一个新的高度,别开了诗歌天地。李商隐(812—858),字义山,号玉溪生,又号樊南生,郑州人。对于李商隐,从身世理解到内心理解,尤为重要,其生平可分为三个阶段。

(1) 幼年飘零到受知令狐(812—837)。李商隐三岁时随父寄身幕府,直到十岁,父亲去世。孤儿寡母扶丧北回郑州,如同外来的逃荒者一般,"四海无可归之地,九族无可倚之亲",这是其《祭裴氏姊文》所说当时无家可归、举目无亲的孤苦。李商隐幼年即涉笔诗文,十六岁作《才论》《圣论》,才名显露。大和三年(829),令狐楚爱其才,聘入幕府为巡官,特加优待,亲自指点,教授今文。这一年是他流落飘零生涯的结束,从此他忙于读书、交游、科考等有关美好未来的事情。开成二年(837),因楚子令狐绹之荐,登进士第;年底,令狐楚病逝。

李商隐少慧早熟,家境贫寒,七八年的幕府生活使他品尝了寄人篱下的滋味;移居洛阳郊外,他抄书服役,体会了世态炎凉。他心性敏感,身体瘦弱,铸就了多愁善感的性格,他的诗正是从这种忧郁感伤中生发出来的。《宿骆氏亭寄崔雍崔衮》诗云"竹坞无尘水槛清,相思迢递隔重城。秋阴不散霜飞晚,留得枯荷听雨声",以枯荷雨声渲染长夜相思,情浓意重,神韵悠然。

同杜牧一样,义山少时饱读诗书,志向远大,政治上有"欲回天地"的抱负,创作上追求直抒胸臆,"不爱攘取经史"。文宗大和九年冬,甘露之变,朝野震慑,人人自危。次年他写了《有感二首》《重有感》《曲江》等诗,感时伤乱,抨击宦官篡权乱政,惋惜谋诛失败,由此形成他诗歌创作的第一次高潮,艺术上,明丽激切。诗学杜甫,但得杜之仿佛而未能脱其藩篱。直到后期,他于杜诗沉郁顿挫中掺入自己的感伤绮丽,才达到了浑融幽美的境界。

(2) 入幕泾原至秘省正字(838—846)。开成三年春,李商隐应博学鸿词科,为考官所取,复审时被抹去。落选后入泾原节度使王茂元幕,茂元爱其才,以女妻之。时朋党斗争激烈,令狐父子为牛党要员,王茂元则被视为亲近李党的武人。李商隐转依茂元,招致令狐绹忌恨,说他"背恩"。次年,释褐为秘书省校书郎,后调补弘农尉,因活狱触怒观察使孙简,差点罢职。会昌二年(842),以书判拔萃,入为秘省正字。旋因母丧,离职守制。三年,岳父病逝。等他服丧期满,再回到秘省,已是会昌六年,武宗去世,政局混乱。此等人生境遇,使其诗歌内容由先前的关注现实逐渐转向抒写个人遭遇、人生感慨。形式上以五七言律绝、五排为主,七律艺术技巧纯熟,感伤色彩逐渐成为主导风格。如其客居泾州的登楼感怀之作《安定城楼》:

迢递高城百尺楼,绿杨枝外尽汀洲。贾生年少虚垂涕,王粲春来更远游。永忆江湖归白发,欲回天地入扁舟。不知腐鼠成滋味,猜意鹓雏竟未休。

此诗作于博学宏词科考试落选后,首联写登楼,即景生情,生发出无穷感慨;颔联以贾谊、王粲自比,抒写其当前的处境与心绪;颈联暗用范蠡功成身退事,写其淡泊名利之心与建功立业之志。最后借寓言表白自己鄙视功名利禄,正告他人不要妄加猜测自己的光明磊落、淡泊宁静。此诗有的放矢,因朝臣无端猜忌而致使他落选,空怀一腔才情,余恨难消。诗中多用典故,结构严谨。王安石以为,"虽老杜无以过也",《昭昧詹言》说此诗"脉理清,句格似杜"。

(3) 大中幕府飘零期(847—858)。宣宗即位,一反武宗朝许多积极政策,打击会昌年间的旧臣李德裕、李回、郑亚等。朝政日非,前途黯淡,深化了李商隐诗歌的伤感情调。大中元年(847)三月,桂管观察使郑亚赏识其才,李商隐远赴桂林幕府。此时,牛党得势,他却追随李党要员郑亚,令狐绹在湖州刺史任上寄信严厉斥责他。次年,郑亚再贬。他离开桂幕北返。行前闻知令狐绹已任京官,写诗《寄令狐学士》,希望能原谅,并引荐他,而令狐绹的态度是愤怒和疏远。大中二年九月,李商隐回长安,十月朝廷选调,任盩厔尉,后在京兆府暂代某曹参军,职位卑微,生活困窘,但得以与久别的妻儿团聚。本月,令狐绹青云直上,以御史中丞充翰林学士承旨,对李商隐已是恩断义绝,不理会他的穷困。大中三年五月,旧相识卢弘止镇徐,伸出援手,十月,辟李商隐入幕为判官,得侍御史。年底赴徐州,但好景不长。大中五年春,卢弘止去世,他倚靠的屏障倒塌。祸不单行,其妻王氏病入膏肓,等他回京,已经去世,给他留下一双儿女。为生活所迫,他再次干求已居相位的令狐绹,得到一个正六品的太学博士,官位不低,但是冷官,他的生活、内心都悲凉到极点。丧妻之痛,给他精神上以沉重打击,他盘桓妻子居住的洛阳崇让宅,悲不自胜,写下许多催人泪下的悼亡诗。七月,柳仲郢任东川节度使,辟为书记。九月上旬,他将子女寄养长安,充满凄伤和牵挂,只身赴梓幕。十月底到东川。独守梓幕的日日夜夜,他心境苍凉,思亲思乡之情倍增,诗作篇篇深情贯注,如《夜雨寄北》"君问归期未有期,巴山夜雨涨秋池。何当共剪西窗烛,却话巴山夜雨时"。

感伤思念的诗,是李商隐为心找到的归宿。大中七年冬,这种情绪无以自控,他终于北归长安,探望子女,释放了郁结的思念情怀。回梓后二年的诗作,再也没有先前那种浓厚的思乡情绪了。九年十一月,幕主柳仲郢升吏部侍郎,李商隐随即结束五年的梓幕生涯,随柳北返,途经诸葛亮的屯兵故地,有诗《筹笔驿》"猿鸟犹疑畏简书,风云长为护储胥。徒令上将挥神笔,终见降王走传车。管乐有才真不忝,关张无命欲何如? 他年锦里经祠庙,梁父吟成恨有余",着意表现诸葛亮的才智与悲剧,结句的"恨有余"点醒全篇。笔力雄健,以虚字承接转合,融抒情、议论、叙事于一体,寓含惋惜、激愤、无奈之情。他学杜沉郁顿挫诗风,终成深情绵邈之体。北返途中,柳仲郢改任兵部侍郎,充诸道盐铁转运使,念其旧情,奏李商隐为盐铁推官。任前,他西赴洛阳,居崇让宅亡妻故居,人去楼空,荒凉破败,作《正月崇让宅》寄托哀思。十一年春,抵达扬州。次年二月,柳仲郢入朝任刑部尚书,李商隐罢职回家,年底,凄凉地走完了孤苦的一生。

友人崔珏《哭李商隐》极悲痛地说:"虚负凌云万丈才,一生襟抱未曾开。鸟啼花落人何在,竹死桐枯凤不来。良马足因无主踠,旧交心为绝弦哀。九泉莫叹三光隔,又送文星入夜台。"写尽了李商隐的天赋才情,以及入世不得、出世不能的抑郁忧伤与内心痛苦。李商隐一生有志难伸,他的诗往往带有浓重的感伤情调。今存近600首,内容丰富,体裁多样,艺术风格如前人所评"包蕴密致"、"沉博绝丽"、"绮密瑰妍"、"深情绵邈"、"寄托深而措辞婉"等。李商隐诗在盛唐、中唐之后,多方面地充分挖掘,使唐诗再次出现高峰。

一、对诗歌表现心灵世界做出了重大开拓。对心灵世界的丰富层次及其变化的复杂奥妙等方面,做了前所未有的细腻、传神的展示。围绕表现心灵世界,他发掘诗歌语言的潜在能力,探索比兴象征手法和典故运用等。

中唐后期,李贺开启了重心灵、重自我的创作趋向,李商隐受此推动,把心灵世界作为表现对象,重在对心境的挖掘。他许多诗歌所写的不只是一时一事,乃是整个心境,一种情绪。他的心境又非常复杂。因对政治执着关注,他的精神境界通之于人世、宇宙、历史和治乱兴衰等方面的探究,实际生活中,各方面的困扰又缠结于心。这种心理状态用繁复的诗歌意象表现出来,便无法明确地诠释。而有些诗,虽有一时一事触动,但仍着力写心境,所要表现的,只是感觉或情绪。如《乐游原》"向晚意不适,驱车登古原。夕阳无限好,只是近黄昏",由登古原遥望夕阳触发,引起整个心灵的投注,百感茫茫,一时交集;其中的情感,只以"意不适"三字概括,而不适的因由及其内涵,一任读者想象。

李商隐作诗才思绵密,语言有沉郁之致,又精美妥帖温润,尤其爱情和绮艳题材之作,讲究辞藻声律、对仗用典,侧重感情表现,深情绵邈。《无题二首》其一抒写对昨夜一夕相值、旋成间隔的意中人的深切怀想:

昨夜星辰昨夜风,画楼西畔桂堂东。身无彩凤双飞翼,心有灵犀一点通。隔座送钩春酒暖,分曹射覆蜡灯红。嗟余听鼓应官去,走马兰台类转蓬。

开篇追述昨夜良辰美景,盛宴良会。"身无"、"心有"相互映照,写出心虽相通而身不能相亲相接的苦闷,将对立的感情交融,铭心刻骨,无法排遣。颈联的送钩射覆,酒暖灯红,可见两心相知。晨鼓相催,身不由己,故有如转蓬之叹。

为了使有限的诗句包含丰富的内容,李商隐大量用典,擅长对典故的内涵加以增殖改造,用典方式也别开生面。他往往不用原典事理,而着眼于原典所传达或喻示的情思韵味。李商隐一生坎坷,感受复杂,常把典事演化成与原故事相悖的势态,由正到反,正反对照。如《嫦娥》"云母屏风烛影深,长河渐落晓星沉。嫦娥应悔偷灵药,碧海青天夜夜心",嫦娥吃了不死药,得成月中仙子,这本是常人羡慕的事,但诗人却设想嫦娥会因为天上孤寂而后悔偷吃了灵药。这一典故经过反用,那种高远清寂之境和永恒的寂寞感,沟通了不同类型人物某种近似的心理,从而使此诗可以从不同角度加以解读。

二、开拓了一个全新的艺术表现领域:非逻辑、跳跃的意象组合;朦胧情思与朦胧境界的创造;把诗境虚化。这非写实的艺术表现手法,极大地扩大了诗的容量,留给读者更大的联想空间,在中国诗史上是空前的。

李商隐刻意追求诗美与朦胧诗境,与一般诗人所用的意象客观性较强不同,其诗意象独特,本身有一定的美感,多富非现实色彩,主要源于内心,珠泪、玉烟、蓬山、青鸟、彩凤、灵犀、碧城、瑶台、灵风、梦雨,这类精心选择的意象被他心灵化了,内涵远较一般意象复杂多变,同时又蕴含着哀愁、伤感的色彩。而且意象组合也很独特,诗人心理负荷重,内心体验纤细敏感,当心灵受到外界的触动时,形形色色的心象若隐若显地浮现,发而为诗,其意象往往错综跳跃,不受现实时空与因果顺序的限制。但李商隐所用意象,在色调、气息、情意指向上有其一致性,他用哀婉的情调,美丽的形象与辞采,写其心境感受,把感伤的情绪注入朦胧瑰丽的诗境,具有凄艳之美,但艳而不靡,凄艳中含有哀感,皆与他不幸的身世遭遇,乃至对唐王朝命运的忧思相联系。李商隐技法纯熟,能以艳丽通于圆融,各种浓郁的伤感情绪弥漫,使诗的各部分融会贯通,浑然一体,因此形成凄艳浑融的风格,艺术上有博大的气象和完整性。

李商隐的诗致力于情思意绪的体验、把握与再现,表达上又采取幽微隐约、迂回曲折的方式,情绪暗淡而意象美丽,情调遂显幽美朦胧。为表现其复杂矛盾,甚至怅惘莫名的情绪,他善于把心灵中的朦胧图像,化为恍惚迷离的诗歌意象,形成如雾里看花的朦胧诗境,辞意缥缈难寻。如其《锦瑟》:

> 锦瑟无端五十弦,一弦一柱思华年。庄生晓梦迷蝴蝶,望帝春心托杜鹃。沧海月明珠有泪,蓝田日暖玉生烟。此情可待成追忆,只是当时已惘然。

此诗通过多个典故表现人生如梦、往事如烟的恍惚迷惘,苦苦追寻而又无果的悲哀。所呈现的意象不构成完整的境界,错综其间的是怅惘、感伤、寂寞、向往、失望的情思,诗境超越时空限制,实难确解。元好问感叹:"诗家总爱西昆好,独恨无人作郑笺。"梁启超说《锦瑟》等诗,"讲的什么事,我理会不着;拆开一句一句叫我解释,我连文意也解释不出来。但我觉得他美,读起来令我精神上得到一种新鲜的愉快"(《中国韵文里头所表现的情感》)。

三、对无题、咏史、咏物三类诗歌的贡献。

无题诗,是李商隐创写的一种富有特色的新体式,影响巨大而持久,最能代表其独特的艺术风貌。他有比较进步的爱情观和女性观,从纯情的角度写爱情写女性,他以无题为中心的爱情诗,情挚意真,深厚缠绵,如《无题》:

> 相见时难别亦难,东风无力百花残。春蚕到死丝方尽,蜡炬成灰泪始干。晓镜但愁云鬓改,夜吟应觉月光寒。蓬山此去无多路,青鸟殷勤为探看。

这诗最为人传诵,说尽离情别恨,正当暮春离别,其难堪更添一层。春蚕到死、蜡炬成灰,语气沉痛,追求执着,相爱深切,生死不渝。颈联从对面写来,设想孤苦之状,暗含离人心心相印之情。尾联以蓬山暗喻人神阻隔,无望中希望有青鸟传信。全诗用语华丽,晓畅自然,情怀凄苦,紧紧围绕别愁离恨创造伤感气氛,把爱情纯化、升华到明净而又缠绵悱恻的境地,熔铸着深沉的相思之苦。

李商隐的咏史诗,情韵深长,善于突破"史"的局限,而进入"诗"的领域,兼具抒情性和典型性。他往往通过咏史,曲折地发表政治见解,揭露统治者骄奢昏聩与其内部矛盾。如《吴宫》《北齐》《隋宫》《华清宫》等篇揭露封建帝王荒淫亡国,引为现实的殷鉴。《瑶池》借周穆王事,讽刺唐代帝王访道求仙的昏愚可笑。《贾生》借汉文帝故事,影射当朝不能真正重用人才。《马嵬二首》其二"海外徒闻更九州,他生未卜此生休。空闻虎旅传宵柝,无复鸡人报晓筹。此日六军同驻马,当时七夕笑牵牛。如何四纪为天子,不及卢家有莫愁",起句破空而来,次联写事甚警,三联排宕,结句却极沉痛。

咏物诗,大多托物寓怀,很好地处理了物与我、形与神、情与理等类关系。如《流莺》诗"流莺漂荡复参差,度陌临流不自持。巧啭岂能无本意,良辰未必有佳期。风朝露夜阴晴里,万户千门开闭时。曾苦伤春不忍听,凤城何处有花枝?"流莺漂荡流转,无所依托,象征诗人飘零无依的境遇命运,交融着独特的人生体验和精神意绪。又如《夕阳楼》"花明柳暗绕天愁,上尽重城更上楼。欲问孤鸿向何处,不知身世自悠悠",楼在荥阳,大和七年,萧澣建;九年,萧澣入朝任刑部侍郎,七月贬遂州刺史;秋,义山登楼,有感而作。伤人之情托之于孤鸿,由伤人而自伤,皆源乎他内心的痛苦缠绵多情。

四、李商隐成就最高的是七言律绝,深婉精丽,充分发挥了这两种诗体在抒写情感、表现心理方面的潜能。在很大程度上,正是以近体律绝写成的抒情诗,奠定了他在文学史上的地位。尤其是七律,绮丽精工,用语精美华丽,构成朦胧幽深的浑融境界,含蓄地表现心灵深处的意绪与感受。王安石说:"唐人知学老杜而得其藩篱者唯义山一人而已。"(《蔡宽夫诗话》引)李商隐诗学杜甫,秾丽之中,时带沉郁,七律都达到了浑成境界,而律法较杜甫更规范细密幽美。

李商隐诗有声有色,有情有味,他开创的风格境界,代表晚唐而又高于晚唐,清代吴乔《西昆发微序》说:"唐人能自辟宇宙者,惟李、杜、昌黎、义山。"的确,李商隐是继李白、杜甫、韩愈之后,再次为诗国开疆辟土的大诗人。

与李商隐同以艳丽诗风著名的是温庭筠(812?—866),字飞卿,才思敏捷,风流浪漫,擅长乐府和七言古诗,诗风华美流丽,如其《春愁曲》,属一般闺怨题材,但侧重视觉彩绘,有齐梁风格,在细密隐约、遣词造境上又有词的特征。但温诗也不仅限于情爱,近体诗中亦不乏抒情寄愤之作,如《过陈琳墓》"曾于青史见遗文,今日飘蓬过此坟。词客有灵应识我,霸才无主始怜君。石麟埋没藏春草,铜雀荒凉对暮云。莫怪临风倍惆怅,欲将书剑学从军",有沉郁清润之致,极写墓地荒凉,抒发他与陈琳异代同心之感,有英雄失路、用世无门之慨。其《苏武庙》《五丈原》等诗皆能见出他在放荡之外,还有执着和有所作为的一面。

他的咏史诗,多借咏叹南朝君主荒淫亡国,讽刺现实。

韩偓(842—923),字致光,早年以写绮艳的香奁诗著名,严羽《沧浪诗话》谓其诗"皆裾裙脂粉之语",多与齐梁宫体一脉相承,写得清丽婉约;部分诗作尚保持一定的品位,如"绕廊倚柱堪惆怅,细雨轻寒花落时"(《绕廊》),"细水浮花归别涧,断云含雨入孤村"(《春尽》),"碧阑干外绣帘垂,猩色屏风画折枝"(《已凉》)。但他身经离乱后所写的感时述怀之作,别是一种风格,慷慨激昂,哀感沉痛,在唐末诗坛颇具光彩,"天涯烈士空垂涕,地下强魂必噬脐"(《故都》)、"郁郁空狂叫,微微几病癫"(《感事三十四韵》)等,写朱温强迫昭宗迁都洛阳和废哀帝自立等重大历史事件,堪称一代兴亡的诗史。

第四节　唐末五代诗人

自唐懿宗咸通后期开始,唐王朝风雨飘摇,进入动乱阶段,"西北乡关近帝京,烟尘一片正伤情。愁看地色连空色,静听歌声似哭声"(司空图《浙上》)。诗人们更多地感受到个人在历史变迁中的无奈,更难有所作为,一些人看淡了功名,平安闲放,终老烟霞,精神上则淡然处之,努力保持内心的闲适。另一部分诗人,置身唐末动乱,历经易代之际的种种劫难,依然关注民生疾苦和社会灾难,以近体诗为主,用精致的语言,创造出幽美深婉、清旷明丽的颓唐诗境。

一、陆龟蒙、皮日休、司空图

陆龟蒙(？—881),字鲁望,举进士不第,隐居松江甫里。"不喜与流俗交,虽造门不肯见。不乘马,升舟设蓬席,赍束书、茶灶、笔床、钓具往来。时谓江湖散人,或号天随子、甫里先生"(《新唐书·隐逸传》),散人者,意在心散、意散、形散、神散。他以散淡自处,过着自得其乐的生活。存诗600首,多是闲散隐逸之作,以清新明丽的语言,描画吴中秀美的山川风光,如《自遣诗三十首》,其一"五年重别旧山村,树有交柯犊有孙。更喜下峰颜色好,晓云才散便当门",其二十五"一派溪随箬下流,春来无处不汀洲。漪澜未碧蒲犹短,不见鸳鸯正自由",表达自己的山林恬适之趣,流露出对家乡田园的依恋心情。他又有一些反映民生疾苦的小诗,尖刻精警,如《筑城词二首》"城上一抔土,手中千万杵。筑城畏不坚,坚城在何处","莫叹将军逼,将军要却敌。城高功亦高,尔命何劳惜",以质朴浅近之语,抒发戍卒悲怨之情。正语反说,讽刺将军们不顾民命以求功高。又如《新沙》"渤澥声中涨小堤,官家知后海鸥知。蓬莱有路教人到,应亦年年税紫芝",讽刺官府榨取赋税,贪得无厌,语带夸张,发人深省。

皮日休(834？—883？),字逸少,后改字袭美,出身贫寒。有用世之心,以张扬儒家道统为己任,力图挽救国势的颓败。诗歌方面,推崇杜甫,受白居易影响尤深,《正乐府十篇》,针对现实,有感而发,如《橡媪叹》,写农妇一年的收成被剥削殆尽,只得拾橡栗充饥,《贪官怨》写贪官污吏狠毒无能,《卒妻怨》《农夫谣》《哀陇民》等笔锋犀利,多角度深刻反映了农民起义前夕极端的社会黑暗。他这类题材的诗不多,而且由于偏重政治议论,较缺乏艺术趣味。

咸通八年(867)，皮日休登进士第。十年，入苏州刺史崔璞幕，结识了隐居其地的陆龟蒙，二人诗酒唱和，写了600多首诗，编为《松陵唱和集》。多摄取日常生活中的器具、景物、人事为诗料，一题之下，连篇累牍地唱和，《渔具诗》《樵人十咏》《酒中十咏》《添酒中六咏》《茶具十咏》等无非酒茶、渔钓、赏花、玩石等琐物碎事，以及各种闲趣闲情，不免繁杂而又单调。

司空图(837—908)，字表圣，咸通十年进士，官至知制诰、中书舍人。屡经动乱艰危，"家山牢落战尘西，匹马偷归路已迷"(《丁未岁归王官谷》)、"乱来已失耕桑计，病后休论济活心"(《丁巳重阳》)。战乱中，他遁归乡里，隐居自全，避世情怀内含着浓重的悲凉，诗境一般比较凄冷，如"重阳阻雨独衔杯，移得山家菊未开。犹胜登高闲望断，孤烟残照马嘶回"(《重阳阻雨》)。司空图的诗并不十分出色，但在诗歌理论方面，却提出一些具有深远影响的看法，如"韵外之致"、"味外之旨"(《与李生论诗书》)等，对后人有重要的启发，南宋严羽的《沧浪诗话》、清代王士禛的"神韵说"都受到他的影响。

二、曹邺、聂夷中、杜荀鹤

曹邺，字邺之，累举不第，困居长安十年，饱尝辛酸，作《四怨三愁五情》诗以泄愤。大中四年(850)登进士第。曹邺多刺时愤世之作，《奉命齐州推事毕寄本府尚书》诗中，揭露晚唐吏治腐败的黑暗现实，显示了诗人为民请命的风骨："社鼠不可灌，城狐不易防。偶于擒纵间，尽得见否臧。截断奸吏舌，擘开冤人肠！"《筑城三首》《战城南》等篇控诉唐末军阀穷兵黩武，给人民带来深重灾难。曹邺诗风古朴，多用民谣口语入诗，如《官仓鼠》："官仓老鼠大如斗，见人开仓亦不走。健儿无粮百姓饥，谁遣朝朝入君口？"《捕渔谣》云："天子好征战，百姓不种桑。天子好年少，无人荐冯唐。天子好美女，夫妇不成双。"锋芒凌厉，在幽默诙谐的语气中，蕴含深刻的批评和无比的沉痛。曹邺还有许多哀愁叹穷的作品，如《翠孤至渚宫寄座主相公》"全家到江陵，屋虚风浩浩。中肠自相伐，日夕如寇盗。其下有孤侄，其上有孀嫂。黄粮贱于土，一饭常不饱。天斜日光薄，地湿虫叫噪。惟恐道忽消，形容益枯槁"，从中可见下层寒士生活艰难。

聂夷中(837—?)，字坦之，咸通十二年(871)进士第，授华阴县尉，赴任时惟琴书而已。工诗，尤长五言古诗，"古乐府尤得体，皆警省之辞，裨补政治，乐而不淫，哀而不伤，正国风之义也"(《唐才子传》卷九)，缘乎他备尝辛楚，哀稼穑之艰，意在劝讽。如《咏田家》"二月卖新丝，五月粜新谷。医得眼前疮，剜却心头肉。我愿君王心，化作光明烛。不照绮罗筵，只照逃亡屋"，反映民瘼世乱，形象典型，比喻精辟，对比鲜明，增强了诗的讽刺力量。又《田家》"父耕原上田，子劚山下荒。六月禾未秀，官家已修仓"，父耕子劚，极言农民辛劳；六月修仓，可见征敛急迫，对比强烈，冷峭有力。《闻人说海北事有感》展示农村凋敝荒凉："故乡归路隔高雷，见说年来事可哀。村落日中眠虎豹，田园雨后长蒿莱。海隅久已无春色，地底真成有劫灰。荆棘满山行不得，不知当日是谁栽？"聂夷中以悲天悯人的情怀反映人间苦难，其诗真朴自然，广为传诵。

杜荀鹤(846—904)，字彦之，出身寒微，自谓"江湖苦吟士，天地最穷人"(《郊居即事投李给事》)。他早有诗名，却屡败科场，自叹"空有篇章传海内，更无亲族在朝中"(《投从叔补阙》)。直到大顺二年，46岁登进士第。存诗300多首，以七律成就为高。受贾岛、姚合影响很深,他说自己"苦吟无暇日,华发有多时"(《投李大夫》),"生应无辍日,死是不吟时"(《苦吟》),"宁可百年无称意,难教一日不吟诗"(《秋日闲居寄先达》),但他的诗却绝不生涩,也无寒苦之气,倒显得清浅直白,在严整的格律中运以通俗流利之气,诗风平易晓畅,清新自然,被后世称为"杜荀鹤体"。名句如"风暖鸟声碎,日高花影重"(《春宫怨》),"窗竹影摇书案上,野泉声入砚池中"(《题弟侄书堂》),"四五朵山妆雨色,两三行雁帖云秋"(《隽阳道中》)等,不胜枚举。

穷困潦倒的处境并没有消磨掉诗人的济世之志,"男儿出门志,不独为谋身"(《秋宿山馆》),"共有人间事,须怀济物心"(《与友人对酒吟》),"言论关时务,篇章见国风"(《秋日山中寄李处士》)。身逢唐末战祸频仍、民不聊生的乱世之秋,他用诗歌反映民瘼,揭露战乱带来的灾难,《旅泊遇郡中叛乱示同志》"握手相看谁敢言,军家刀剑在腰边。遍搜宝货无藏处,乱杀平人不怕天。古寺拆为修寨木,荒坟开作甃城砖。郡侯逐出浑闲事,正是銮舆幸蜀年",诗写黄巢军兵占长安,唐僖宗逃往四川,各地军阀趁火打劫,烟尘干戈中屠杀平民,地方官吏虐民邀功。杜荀鹤更多的诗描写军阀官吏劫掠,赋敛苛重,以及百姓的悲惨命运:

> 夫因兵死守蓬茅,麻苎衣衫鬓发焦。桑柘废来犹纳税,田园荒后尚征苗。时挑野菜和根煮,旋斫生柴带叶烧。任是深山更深处,也应无计避征徭。(《山中寡妇》)

> 去岁曾经此县城,县民无口不冤声。今来县宰加朱绂,便是生灵血染成。(《再经胡城县》)

> 经乱衰翁居破村,村中何事不伤魂?因供寨木无桑柘,为点乡兵绝子孙。还似平宁征赋税,未尝州县略安存。至于鸡犬皆星散,日落前山独倚门。(《乱后逢村叟》)

三、郑谷、韦庄、罗隐

郑谷(851?—910?),字守愚。七岁能诗,屡试不第。在晚唐万方多难的岁月里,亲历流离战乱,奔亡巴蜀,羁游荆楚间。光启三年(887)登进士第,入仕后,在强藩互斗中又多次"奔走惊魂"。今存诗300余首,近百首写其奔亡避难,真实地再现了战乱中惊惧仓皇的无限凄苦,如"乡园几度经狂寇,桑柘谁家有旧林"(《送进士潘为下第南归》);"宗党相亲离乱世,春秋闲论战争年"(《宗人作尉唐昌》);"访邻多指冢,问路半移原"(《访姨兄渭口别墅》);"十口飘零犹寄食,两川消息未休兵"(《漂泊》),将个人的怨愤与时代悲剧糅合在一起,深沉浑成,有一定的社会意义。郑谷的绝句风神绵邈,如《淮上与友人别》"扬子江头杨柳春,杨花愁杀渡江人。数声风笛离亭晚,君向潇湘我向秦",抒写南北分携,茫茫别意,余韵不尽,又如《柳》"半烟半雨江桥畔,映杏映桃山路中。会得离人无限意,千丝万絮惹春风",词意婉约,悠然情深。

韦庄(836—910),字端己,少孤贫力学。乾宁元年(894),59岁登进士第,后入蜀依王建,劝其称帝,历左散骑常侍,判中书门下事,终吏部侍郎平章事。存诗300余首,大多写于僖宗广明元年(880)至昭宗天复三年(903),主要反映唐末动荡的真实面貌,《汴堤行》"欲上隋堤举步迟,隔云烽燧叫非时。才闻破虏将休马,又道征辽再出师。朝见西来为过客,暮看东去作浮尸。绿杨千里无飞鸟,日落空投旧店基",写烽火连天,一片伤亡残破。《悯耕者》抒发忧国忧民情怀,"何代何王不战争,尽从离乱见清平。如今暴骨多于土,犹点乡兵作戍兵",不见清平之世,唯见骸骨蔽地!又如《闻再幸梁洋》"才喜中原息战鼙,又闻天子幸巴西",《忆昔》"今日乱离俱是梦,夕阳唯见水东流"等。

韦庄最著名的是长篇叙事诗《秦妇吟》,广为流传,人称其"秦妇吟秀才"。他目睹耳闻黄巢入长安前后之事,写成此诗,可以说是唐末世乱,尤其黄巢暴乱的真实记录,展现了战乱中人民遭受的大灾难,"家家流血如泉沸,处处冤声声动地",场面惨烈。诗人借一曾委身黄巢部下的妇人之口,述乱离之悲惨,"忽看庭际刀刃鸣,身首支离在俄顷。仰天掩面哭一声,女弟女兄同入井","含元殿上狐兔行,花萼楼前荆棘满","内库烧为锦绣灰,天街踏尽公卿骨",写黄巢部众攻入长安烧杀淫掠,殃及无辜百姓;"千间仓兮万丝箱,黄巢过后犹残半。自从洛下屯师旅,日夜巡兵入村坞",大胆揭露了官军的残暴行径,痛陈生民之艰,"家财既尽骨肉离,今日残年一身苦。一身苦兮何足嗟,山中更有千万家。朝饥山草寻蓬子,夜宿霜中卧荻花",可谓惨绝人寰,读来满纸腥风。

韦庄诗以自然流畅为宗,有如他的词风,语言浅近明丽,意境淡远,如其《台城》"江雨霏霏江草齐,六朝如梦鸟空啼。无情最是台城柳,依旧烟笼十里堤",借对南朝史迹的凭吊,寄寓自己对唐末动乱的哀婉,流露出浓厚的末世感伤情调。

罗隐(833—909),原名横,字昭谏,举进士,十上不第,愤而改名为隐。少聪敏,善属文,怀才不遇,流离落魄,满腔怨愤,发之于诗,"诗文多以讥刺为主,虽荒祠木偶,莫能免者"(《唐才子传》)。如《曲江春感》"江头日暖花又开,江东行客心悠哉。高阳酒徒半凋落,终南山色空崔嵬。圣代也知无弃物,侯门未必用非才。一船明月一竿竹,家住五湖归去来",诗以曲江胜景反衬自己的伤心之情,结以归隐五湖,旷怀洒落中透出孤傲峭拔之气。他的《感弄猴人赐朱绂》尤其沉痛愤激,倾诉了晚唐士子的失意伤心:"十二三年就试期,五湖烟月奈相违。何如买取胡孙弄,一笑君王便着绯。"罗隐反映时事之作,内容广阔,"其诗自光启以后,广明以前,海内乱离,乘舆播迁。艰难险阻之事,多见之赋咏"(王士禛《五代诗话》卷五)。《中元甲子以辛丑驾幸蜀四首》记录黄巢起义,僖宗奔蜀的史事。《江亭别裴饶》"乾坤垫裂三分在,井邑摧残一半空",《送王使君赴苏台》"两地干戈连越绝,数年麋鹿卧姑苏。疲甿赋重全家尽,旧族兵侵大半无",描写战乱给国家和人民造成巨大破坏。罗隐长于咏史,或讥刺黑暗现实,借古讽今,抒怀泄愤,如《帝幸蜀》"马嵬山色翠依依,又见銮舆幸蜀归。泉下阿蛮应有语,这回休更怨杨妃"。罗隐的咏物诗,亦意在借题嘲讽,如《蜂》诗云:"不论平地与山尖,无限风光尽被占。采得百花成蜜后,为谁辛苦为谁甜?"

此外,尚有著名的诗僧贯休(832—912),在干戈遍地的动荡岁月中,他用诗歌抨击时弊,谴责军阀纷争,描写戍卒悲苦,如《古塞下曲四首》其二"战骨践成尘,飞入征人目。黄云忽变黑,战鬼作阵哭。阴风吼大漠,火号不得出。谁为天子前,唱此边城曲",描绘边境战场的惨烈图景,悲愤伤痛满眼。贯休同情生民疾苦,如《偶作五首》其一"尝闻养蚕妇,未晓上桑树。下树畏蚕饥,儿啼亦不顾。一春膏血尽,岂止应王赋。如何酷吏酷,尽为搜将去"。

总之,唐末五代的诗人们在动乱中惶惶不安,自顾不暇,诗境一般比较浅狭,而且笼罩着末世的凄凉黯淡情绪,表现出痛苦绝望的心理。郑谷的《慈恩寺偶题》,就被金圣叹称为"唐人气尽之作"。罗隐的《中秋夜不见月》"阴云薄暮上空虚,此夕清光已破除。只恐异时开雾后,玉轮依旧养蟾蜍",借讽慨月中有蟾蜍阴影,而不得有真正的光明皎洁,表示他对清平世界不抱幻想。基于内心的由失望痛苦到近于绝望,诗境再也难有大的开拓,唐诗遂降下了帷幕。

思考练习题

1. 概述晚唐诗歌的题材与风格走向。
2. 孟郊、贾岛诗歌的"苦吟"特征有何异同?
3. 简述杜牧诗歌创作的艺术成就。
4. 分析李商隐在诗歌发展史上的地位。
5. 李商隐诗歌的艺术特色及其影响。
6. 分析李商隐无题诗在文学史上的意义和影响。

第九章 唐五代词

唐诗繁荣的同时，中国诗歌又出现了一种重要的新形式——词。初盛唐，词已在民间和部分文人中开始创作，中唐词体基本建立，晚唐五代，艺术趋于成熟。

第一节 词的产生和发展

词是曲子词的简称，和乐歌唱，原是配合隋唐燕乐的歌词，后来逐渐脱离音乐，成为一种长短句的诗体。在唐代称为曲子词，后来简称词。又叫诗余、乐府、长短句；亦称乐章、笛谱、歌辞、歌曲、倚声、琴趣等。词兴起后，作词一般按某种乐调曲拍之谱填制歌词，按词调作词称"填词""倚声"或"倚歌"。

词最根本的发生原理在于以辞配乐，所配的是隋唐新起的燕乐。唐代本位乐是"雅乐"和"清乐"，沈括云："自唐天宝十三载，始诏法曲与胡部合奏。自此乐奏全失古法，以先王之乐为雅乐，前世新声为清乐，合胡部者为宴乐。"(《梦溪笔谈》卷五)燕乐是中原音乐融合胡乐(主要是西域音乐)的产物。燕乐之起，可追溯到北朝。随着少数民族入主中原，可统称为胡乐的边地及境外音乐，陆续传入内地。西域音乐悦耳新鲜，富刺激性，给华夏音乐发展带来强大的推力。一方面，中原音乐吸收胡乐成分；一方面，胡乐也吸收汉乐成分，相互融合渗透，形成了包含中原乐、江南乐、边疆民族乐、外族乐等多种因素在内的隋唐燕乐。燕乐的曲调繁多，使用各种乐器伴奏，节奏鲜明，旋律欢快，满足了日常娱乐的需要。有乐有曲，一般也就相应地需要与之相配的歌辞。缪钺先生指出："盖唐代以诗入乐，诗句齐整，而乐谱参差，以词就谱，必加衬字，久之，感其不便，于是或出于乐工之请求，或由于诗人之自愿，依乐谱之音律，作为长短句之新词，以便歌唱，所谓'逐弦吹之音，为侧艳之词'。而词体遂兴。"(《诗词散论·论词》)

词起源于民间。1900年，敦煌石室打开，敦煌卷子中的词曲面世。其中有温庭筠、唐昭宗、欧阳炯词共五首，其余为无名氏之作。作者范围广泛，写作时间大抵起自武则天末年，迄于五代。其中最重要的抄卷是《云谣集杂曲子》，收词30首，抄写时间不迟于后梁乾化元年(911)，比《花间集》的编定早出近三十年。敦煌曲子词的发现，解决了由诗而词，以及词发展史上悬而未决的疑问。敦煌词创作的早期性与作者来源的民间性，使得作品从内容、体制到语言风格，都表现出过渡性的特征。敦煌词虽多写男女之情，但题材内容十分庞杂。

敦煌词在格律上比较粗糙，如字数不定，韵脚不拘，平仄通押，兼押方音，常用衬字等，

皆表现出词草创时期的特征。敦煌词用语朴拙,保存了民间词的素朴风格,富于生活气息,如质朴率意的爱情誓词《菩萨蛮》:

> 枕前发尽千般愿,要休且待青山烂。水面上秤锤浮,直待黄河彻底枯。 ○ 白日参辰现,北斗回南面。休即未能休,且待三更出日头。

此词不是正面歌颂海枯石烂不变心,而是写可以变心,但又提出一系列不能实现的自然现象作为变心的条件;这些条件采用排比方法提出,显得分外有力,最后又出人意料地提出一个更苛刻的条件,真是百尺竿头,更进一尺。此词采用换韵形式,从内容到技巧,无疑借鉴了汉乐府民歌《上邪》的风格特色。

词从孕育、萌生到词体初步建立,经历了一个较长的历史阶段。初期的创作呈偶发状态,从思想内容到体制,差异很大。相当一部分作品,表现出抒情化、市井化,甚至艳情化的倾向。民间曲子词生动活泼的形式,丰富多彩的音乐性,引起文人好奇,中唐张志和、韦应物、戴叔伦、王建、白居易、刘禹锡等诗人遂向民间词学习,竞相试作,风气渐开,表明词创作从偶发走向自觉。如刘禹锡有《忆江南》,自注:"和乐天春词,依《忆江南》曲拍为句。"这是迄今所知文人依曲填词最早的记载。按一定曲调的曲拍作词,自觉把诗和词的创作方式区分开来。走向自觉的文人词创作大多带有绝句的风格,如张志和《渔父》五首其一"西塞山前白鹭飞,桃花流水鳜鱼肥。青箬笠,绿蓑衣,斜风细雨不须归",为七绝之变,第三句作六字折腰句。择取富有季节和地域特征的景物,描绘出江乡二月桃花汛期间春江水涨、烟雨迷蒙的图景,色泽鲜明柔和,格调清新,妙造自然。

元和以后,作词的文人更多。如白居易《忆江南》"江南好,风景旧曾谙。日出江花红胜火,春来江水绿如蓝。能不忆江南?"中二句同色烘染、异色映衬,写出江南美丽迷人的自然风光。白居易《忆江南》共三首,首章首句"江南好",总绾,二三首分咏杭州、苏州胜景。白居易又有《长相思》:

> 汴水流,泗水流,流到瓜洲古渡头。吴山点点愁。 ○ 思悠悠,恨悠悠,恨到归时方始休。月明人倚楼。

上片看似写景,实写心牵游子行踪,结以"吴山点点愁",使前三句化为愁痕。下片由歇拍之愁化来,抒情为主,思与恨交加,切盼游子回归。结拍倚楼望月,怨从中来。又如刘禹锡的《忆江南》"春去也!多谢洛城人。弱柳从风疑举袂,丛兰裛露似沾巾,独坐亦含嚬",从春将去而恋人着笔,词风婉丽,别饶风趣。总之,中唐文人词较多受到民间词的影响,使词体逐渐脱离粗糙的原始状态,在艺术上更精致细腻,格律上更为讲究。此外,现存最早的文人词是被宋代黄升《唐宋诸贤绝妙词选》中誉为"百代词曲之祖"的李白两首:

> 平林漠漠烟如织,寒山一带伤心碧。暝色入高楼,有人楼上愁。 ○ 玉阶空伫立,宿鸟归飞急。何处是归程?长亭更短亭。(《菩萨蛮》)
> 箫声咽,秦娥梦断秦楼月。秦楼月,年年柳色,霸陵伤别。 ○ 乐游原上

清秋节,咸阳古道音尘绝。音尘绝,西风残照,汉家陵阙。(《忆秦娥》)

《菩萨蛮》为望远怀人之作,通篇写旅愁。《忆秦娥》借闺怨以伤今怀古,寄托遥深,气魄雄伟,实冠今古。然而是否为李白之作,尚无定论。

第二节 温庭筠与花间词人

晚唐五代是中国词史上的第一个创作高潮。当时社会变乱,军阀割据,中原地区陷于水深火热之中。五代十国的历史闹剧中,各个小朝廷大都贪图声色享受,沉湎歌舞酒色,世风的华靡浮艳继续为词的发展提供有利的环境。由于地理分割的原因,逐渐形成两个词人创作群体:西蜀花间词人和南唐词人。

后蜀赵崇祚于广政三年(940),选录晚唐五代温庭筠、皇甫松、韦庄等十八家词500首,编为《花间集》十卷。其中除温庭筠、皇甫松、孙光宪等人以外,大都是蜀人或者流寓入蜀的,他们在词风上大体相近,后世称之为"花间词人"。《花间集》是我国最早的文人词总集,集中代表了词在格律方面的规范化,作为文本范例,奠定了以后词体发展的基础。欧阳炯在《花间集序》中描述西蜀词人的创作情景:"绮筵公子,绣幌佳人,递叶叶之花笺,文抽丽锦;举纤纤之玉指,拍按香檀。不无清绝之词,用助娇娆之态。自南朝之宫体,扇北里之倡风。"在这种生活背景和文艺风气下作词,自然充溢着脂香腻粉的气味。其题材大抵以男女艳情或离愁别恨为中心,写女性的姿色和生活情状等。艺术上则缛采轻艳,绮靡温馥,镂玉雕琼,裁衣剪叶,以艳丽精工,香软婉媚为主要风格。

温庭筠在《花间集》中列于首位,入选66首词,成为花间鼻祖。他出入秦楼楚馆,精通音律,"能逐弦吹之音,为侧艳之词"(《旧唐书·温庭筠传》)。温词的风格并不单一,有境界阔大之作,也有清丽疏朗之词,"花落子规啼,绿窗残梦迷"(《菩萨蛮》其六),"衰桃一树近前池,似惜红颜镜中老"(《玉楼春》),"玲珑骰子安红豆,入骨相思知不知"(《新添声杨柳枝》)等,写得直率明快。温词精妙绝伦,但题材狭窄,以绮丽闺阁为主,反映男女思慕或别离愁怨,大都是写"心事竟谁知,月明花满枝","音信不归来,社前双燕回"之类的情怀,且如:

梳洗罢,独倚望江楼。过尽千帆皆不是,斜晖脉脉水悠悠,肠断白蘋洲。(《梦江南》)

玉炉香,红蜡泪。偏照画堂秋思。眉翠薄,鬓云残。夜长衾枕寒。 ○ 梧桐树,三更雨。不道离情正苦。一叶叶,一声声。空阶滴到明。(《更漏子》)

这二首把离情写得格外动人。《梦江南》写思妇倚楼期盼丈夫归来。然而,千帆过尽,不见归舟,极目江天,但见脉脉斜晖,悠悠绿水,末句揭出肠断之意,凄恻无限。全篇意境开阔,别具丰神。《更漏子》通篇自昼至夜,自夜至晓,境幽情苦。上片浓丽,写境暗关女主人愁肠百结,写人则眉薄鬓残,可见辗转反侧、思极无眠之况。下片疏淡,承夜长,单写梧桐夜雨,一气直下,语浅情深。

总体而言,温庭筠词秾艳细腻,绵密隐约,含蓄委曲,言尽而意不尽。感情深隐,意境朦胧,所以后代的评价颇有分歧,如《菩萨蛮》:

> 小山重迭金明灭,鬓云欲度香腮雪。懒起画蛾眉,弄妆梳洗迟。 ○ 照花前后镜,花面交相映。新帖绣罗襦,双双金鹧鸪。

温庭筠流传至今的十四首《菩萨蛮》中,这是第一首,最能代表其词风,最为人传诵。从文字表达看,写闺中女子从起床到梳洗画眉、簪花照镜、穿衣等动作和情态。但对其内涵却有两个极端的评价。常州词派推尊温词,比之于屈子《离骚》,而贬低者说"浪费丽字"。王国维、唐圭璋等人说是兴到之作,只是写离愁别恨的闺怨而已。此词语言富丽精致,设色错彩镂金,意象密集,构成深婉隐曲、华美秾艳的风格,内在的意蕴主要靠暗示,所以显得深隐含蓄。

温庭筠是晚唐成就最高的词人,从他开始,词律始趋严整,文采声情、修辞意境都有新的突破。与他齐名的是韦庄,并称"温韦",《花间集》录词48首。

韦庄词有花间词婉媚、柔丽、轻艳的共同风格,如"红楼别夜堪惆怅,香灯半卷流苏帐。残月出门时,美人和泪辞"(《菩萨蛮》其一),"眉眼细,鬓云垂,唯有多情宋玉知"(《天仙子》),"朱唇未动,先觉口脂香"(《江城子》)等,都是较为典型的花间作风。但韦庄又有他自己的特征,有些词笔法清疏,抒情明朗。与温庭筠相比,温词客观描绘,虽可能时或寓有沦落失意的苦闷,却非常隐约,而韦词则直抒胸臆,显而易见。温词意象迭出,一两句能包含多层意蕴,韦词则一首围绕一件事从容展开。温词绵密雕饰,韦词疏朗自然。韦庄词还长于描述对象的心理、情感,并直接呈露意旨,结构意脉显得流畅。如其二首:

> 春日游,杏花吹满头。陌上谁家年少,足风流。妾拟将身嫁与,一生休。纵被无情弃,不能羞。(《思帝乡》)
>
> 四月十七,正是去年今日。别君时,忍泪佯低面,含羞半敛眉。 ○ 不知魂已断,空有梦相随。除却天边月,没人知。(《女冠子》)

《思帝乡》写一位女子要求婚姻自由选择的强烈愿望,质朴直率,显然受民间曲子词的影响,以热烈的抒情见长。《女冠子》回忆与情人一场难堪的离别,脱口而出,心理描摹生动传神,下片写梦境和梦醒后的悲凉。

韦词除写艳情外,还常写个人身世之慨,抒情又有深婉低回之致。"似直而纡,似达而郁"(《白雨斋词话》),有相反相成的效果。如《菩萨蛮》其二:

> 人人尽说江南好,游人只合江南老。春水碧于天,画船听雨眠。 ○ 垆边人似月,皓腕凝霜雪。未老莫还乡,还乡须断肠。

起两句自为呼应,暗示游人漂泊,有乡不得还,唯有羁滞江南,以待终老。接以江南景色秀美、人物佳丽。末二句笔锋陡转,江南纵好,终是异乡;而中原板荡,今日若还,目击离乱,只令人断肠。情真意切,哀伤之至。以浅谈之语,浓缩了漂泊之感、亡国之痛、思乡之情,表面上劲直旷达,而内含曲折悲郁。

第三节 李煜与南唐词人

五代词的另一创作中心是南唐,拥有35州,当时号称大国。因远离战乱,经济尚有发展,其君臣沉溺声色,酣歌醉舞与西蜀相类,但文化修养较高,艺术趣味文雅一些。南唐留下的作品不多,有影响的是冯延巳、李璟、李煜。

冯延巳(903? —960),字正中,词作数量居五代词人之首,其词内容虽不出花间范围,仍以相思别离、闺思艳情为题材,但能着意表现人物的心境与意绪,时或寄托怀抱。他的词清新明丽,委婉情深,如《谒金门》:

> 风乍起,吹皱一池春水。闲引鸳鸯香径里,手挼红杏蕊。 ○ 斗鸭栏干独倚,碧玉搔头斜坠。终日望君君不至,举头闻鹊喜。

上片由景入情,浑然一体。以春风吹动池水,写人物内心情绪的变化,巧妙含蓄。其人孤独,手挼杏蕊,心烦意乱可知。过片承上写寂寞惆怅。结句情趣陡转,气氛转为欢快,造成了抒情曲折,词意跌宕的艺术效果。虽然写女子的闺怨,却不为闺情或具体的人事所限。有些词只是写一种感情的境界,如《鹊踏枝》:

> 谁道闲情抛掷久?每到春来,惆怅还依旧。日日花前长病酒,不辞镜里朱颜瘦。 ○ 河畔青芜堤上柳,为问新愁,何事年年有?独立小桥风满袖,平林新月人归后。

这词下笔虚括,写出一种怅然自失,无由解脱的愁苦之情,抑郁惆怅,若隐若现。怅惘的具体内容与缘由,则留待读者想象。王国维以"和泪试严妆"作为冯延巳的词品,冯延巳仕宦显达,在南唐内外交困之际,屡遭贬斥,内心有着忧患危苦的意识。在描写寻欢作乐、登临赏景中总是隐含着挥之不去的忧伤,尤其在词中第一次抒写了封建文人所共有的"人生无常"、"世事难料"的悲哀,渗透着一种时间意识和生命意识,标志着五代词在意境和艺术手法上向前跨进一步。他写艳情、抒哀愁,而能清丽秀雅,意蕴深厚,比起花间词,内涵广阔得多。所以王国维说:"冯正中词虽不失五代风格而堂庑特大,开北宋一代风气。与中、后二主词皆在花间范围之外。"(《人间词话》十九)影响了宋代晏殊、欧阳修等词家。

李璟(916—961),保大元年(943),于金陵嗣位称帝,在位十九年。初期尚思振作,承先世余烈。后来唯有称臣于后周,以求苟安。最后六年,处境十分危苦。李璟多才艺,好读书,存词四首,尤以《摊破浣溪沙》著名:

菡萏香销翠叶残,西风愁起绿波间。还与韶光共憔悴,不堪看! 　○　细雨梦回鸡塞远,小楼吹彻玉笙寒。多少泪珠无限恨,倚栏干。

李璟的忧患意识与感伤色彩比冯延巳更深,词的上片即景生情,用深秋的凄冷来表现人物内心的痛苦与时光流逝的悲哀。下片情中有景,梦回之时,在细雨迷蒙中凭栏吹笙,望远怀人,写尽了思妇的愁怨。全词情景交融,将秋日的萧瑟凋零与闺中的思远念别联系起来,感慨无端,寄寓国运身世之慨,凄绝深沉。

李煜(937—978),字重光,中主李璟第六子,25岁嗣位,39岁国破为宋军所俘,囚居汴京三年,后被赐药毒死。他多才多艺,善属文,工书画,通乐理。今存词三十余首,内容上,前后期虽不同,但有其一贯的特点,那就是"真"。王国维称他有"赤子之心",李煜始终保有纯真的性格,词中一任真实情感倾泻。前期词多写宫中享乐生活,对自己的沉迷与陶醉不加掩饰,如"晓妆初了明肌雪,春殿嫔娥鱼贯列。笙箫吹断水云间,重按《霓裳》歌遍彻"(《玉楼春》),"佳人舞点金钗溜,酒恶时拈花蕊嗅,别殿遥闻箫鼓奏"(《浣溪沙》)。

南唐亡国,李煜从国主变为囚徒,在词创作上获得了成就。面对残酷的现实,"日夕只以眼泪洗面"(王铚《默记》),在词里倾泻他的故国之思、亡国之痛,血泪至情,感慨遂深,完全脱去了秾丽色彩与脂粉气味,艺术感染力大大加强。李煜词本色而不雕琢,丽质天成,多用口语和白描;他的真情性还在于真正用血泪写出了国破家亡的不幸,直悟人生苦难无常之悲哀,如其《乌夜啼》:

　　林花谢了春红,太匆匆,无奈朝来寒雨晚来风。 　○　燕脂泪,留人醉,几时重。自是人生长恨水长东。

上片写生命之春凋谢,人生苦短,包蕴了对生命的理性思考;换头三句以拟人化的笔法表现惜别,人与花共有的希冀无法实现,怅惘迷茫一气呵成,涵盖了人类所共有的生命缺憾,是融汇了无数痛苦人生体验的浩叹。王国维《人间词话》说:"词至李后主而眼界始大,感慨遂深,遂变伶工之词而为士大夫之词。"这种面貌全新的士大夫之词有两个特点,一是"眼界大",艺术视野开阔,面向人生与社会塑造深美闳约的境界;二是"感慨深",具有超越狭隘的一己闲愁的大悲哀与大感慨。李煜以其纯真,写其深哀剧痛,如《虞美人》:

　　春花秋月何时了,往事知多少! 小楼昨夜又东风,故国不堪回首月明中。 　○　雕栏玉砌应犹在,只是朱颜改。问君能有几多愁,恰似一江春水向东流。

词中流露了不加掩饰的故国哀思,抒写阶下囚真切的情感。词以问起,由问天、问人而到自问,把亡国之痛与人事无常的悲慨融合起来,把"往事"、"故国"、"朱颜"等长逝不返的悲哀扩展得极深广,一任愁情奔涌,最终汇成"一江春水向东流"般的气势。这词以具象的流水喻抽象的愁怀,将愁思形象化,所以产生广泛的共鸣,千古传诵。著名的《浪淘沙》也是写亡国破家的故国之思:

> 帘外雨潺潺,春意阑珊。罗衾不耐五更寒。梦里不知身是客,一晌贪欢。
> ○ 独自莫凭栏,无限江山。别时容易见时难。流水落花春去也,天上人间!

抒发由天子降为臣虏的失落感以及对故国的深切眷念。上片用倒叙手法写五更梦回;潺潺春雨,阵阵春寒,惊醒残梦,想起阶下囚身份,心中无限哀痛。下片宕开,写亡国恨,自我劝慰莫凭栏,因为那无限江山,会勾起人无限伤感;后三句长叹收束,又与开篇呼应,"水流尽矣,花落尽矣,春归去矣,而人亦将亡矣。将四种了语,并合一处作结,肝肠欲断,遗恨千古"(唐圭璋《唐宋词简释》)。

李煜后期词呜咽缠绵,满纸血泪。身为国主,他富贵繁华到了极点;而身经亡国,悲哀也到了极点,他的词里有一缕缕的血痕泪痕,例如:

> 多少恨,昨夜梦魂中。还似旧时游上苑,车如流水马如龙,花月正春风。(《望江南》)
>
> 四十年来家国,三千里地山河,凤阁龙楼连霄汉,玉树琼枝作烟萝。几曾识干戈? ○ 一旦归为臣虏,沈腰潘鬓销磨。最是仓皇辞庙日,教坊犹奏别离歌,垂泪对宫娥。(《破阵子》)

从国君变为阶下囚,李煜屡屡在词中抒写对"故国""往事"的眷恋和悲痛,这是他真情的流露,最真诚的自白,因而具有感人的力量。李煜词很少作帝王家语,他以近乎普通人的身份追惜年华,感慨人事无常,诉说自己的不幸和哀苦,容易与普通人的感情相沟通,唤起读者共鸣。李煜以血和生命写词,对词的境界和气象做出了较大的开拓,艺术风格别开生面,是五代词坛上最杰出的作家。

思考练习题

1. 简述词的起源及民间词的特征。
2. 分析温庭筠与韦庄词的异同。
3. 概述五代词坛的创作情况。
4. 李煜前后期词的不同艺术特点是什么?
5. 结合作品谈谈李煜词的本色和真情性。
6. 李煜的生平与其词风有什么关系?

第四编

宋代文学

解説篇

キネマ旬報

绪　论

纵观整个宋代，其疆域从未完整过。按理说，宋太祖赵匡胤、宋太宗赵匡义都出身于行伍，都能征善战，何以就无法完成国家的一统呢？这不得不说到宋朝的军事政策。鉴于中唐以来藩镇强盛、尾大不掉的历史教训，也为了避免"黄袍加身"的事件再度发生，宋王朝统治者对武人特别加以防范。宋太祖即位的次年，便以"杯酒释兵权"的手段，解除了禁军统帅石守信等人的兵权，封他们为仅有虚衔的节度使，从而根除了将领拥兵自重乃至割据叛乱的可能性。此后，宋朝历任皇帝都对军事将领深加防范，并多用儒臣治军，把军权牢牢控制在自己手中。宋代整个军制是乡兵、厢军、禁军。禁军是中央军，为最精良的部队，任务是"守京师，备征戍"；厢军是州一级的军队，守在地方镇上；乡兵是地方上最基层的军队，在民户中选出或招募，"以为所在防守"。而且，军队的将领经常轮换，造成兵不知将、将不知兵的局面。这一方面有力地消弭了国内的军事割据之患，另一方面却不可避免地造成边防的虚弱局面。

与军事制度相关联的是宋代的政治制度。为了防范武人，宋朝统治者实行了"崇文抑武"的基本国策，并且采取了一些切实的措施，比如不尚门第，凡读书人皆可以通过科举考试进入仕途。而且考试制度更为完善、严密、公平，实行封弥誊录制度，这就使得寒门子弟与高门贵族子弟在科举取士的竞争中处于同等的位置，排除了人为干预。同时，宋代的科举还有些值得注意的地方：一是规模扩大，每科所取的人数常常超过唐代十倍，朝廷并因此大量增设官职。二是为显示君权具有绝对权威，进士及第后都要通过皇帝亲自主持的"殿试"考选，及第者不得对主考官自称门生。三是仕途出身集中于科举一路。真宗朝以后，凡是欲进入仕途者，必须要通过科考。文人由科举考试而进入仕途，成为宋代官僚阶层的主要成分。文士地位大大提升。宋代士大夫的生活环境也相当宽松。据说宋太祖打下天下，曾立下誓言不杀文臣。因而文人士大夫的社会责任感和参政热情空前高涨。他们以国家的栋梁自居，意气风发地发表政见。

宋代随着生产力的提高，经济高度繁荣，城市经济随之蓬勃发展。然而，由于宋朝对内防范的军事政策，从宋初直到宋王朝的覆灭，在对辽、西夏和金的历次战役中，几乎没有一次不是以丧师失地而告终的。失败后又以土地、财物换取和平。再加上宋代官员众多，官员的俸禄及贴补又比较优厚，因而常常造成国库空虚，国家因此大肆盘剥人民，这就造成宋代经济一方面呈现出繁荣的局面，另一方面又表现为国家财力不振的形象。

宋代文化极为发达，陈寅恪序邓广铭的《宋史职官志考证》，有个著名论断："华夏民族之文化，历数千载之演进，造极于赵宋之世。"王国维、邓广铭等人也有类似观点。其实，宋朝文化之发达，宋朝本朝人就有清醒的认识，朱熹有言："国朝文明之盛，前世莫及。"文化发展到宋代,已达到一个全面繁荣和高度成熟的新境界。首先是大型类书的编撰。《太平御览》《太平广记》《文苑英华》和《册府元龟》四大类书及史学巨著《资治通鉴》都是在北宋时期完成编撰的,内容涉及文化领域的各个方面,规模远远超过前代,给当时与后世树立了良好的典范。其次,读书成为读书人的基本生活方式。宋代士人读书的范围非常广泛,杜甫自称"读书破万卷",言下不无自矜之意,而宋人读破万卷书很正常。王安石称:"某自百家诸子之书,至于《难经》《素问》《本草》、诸小说,无所不读。"而且,宋人读书非常认真。苏轼提出的"八面受敌"读书法,就是一个典型例子。也正因如此,宋代出现不少百科全书式的人物,如苏轼。再次,宋学成为专门的学问。尽管宋学的内涵有广义与狭义之分,但可以肯定的是宋代的学术自成一家。总体上讲,宋学所探究的是人在自然天地之间、社会人伦关系中的地位和使命,重视人"与天地参"的自主自觉性。所谓"内圣外王",所谓"圣贤气象",就是要把仁、义、礼、智、信的五常之道和治国平天下的帝王之学结合起来,把道德自律与事功统一起来(宋人与唐人讲的事功有区别),使人人在内省修身中穷天穷地穷人之理,臻于天理,合二为一,达到个体与人类社会、自然界和谐融汇的美妙境界。把人的伦理主体性提高到一个前所未有的高度。张载言:"为天地立心,为生民立命,为往圣继绝学,为万世开太平。"而宋学(尤其是理学)体系的建立,是很精细化的思维,是"致广大而尽精微,极高明而道中庸"的境界,思辨色彩相当浓厚。没有广泛的阅读与深刻的思考是难以达到的。

因为崇文政策的导向,也因为社会的现实问题,宋代的文人士大夫的精神状态有自己的特征。首先是"先天下之忧而忧,后天下之乐而乐"的淑世情怀。他们与传统的文士不同,不仅是坐而论道,而且进一步去改革制度、参与实施,以期改变本朝内忧外患的窘境。北宋庆历年间有以范仲淹为首的庆历新政,北宋中期又有以王安石为代表的熙宁变法。而且,即便是新法的反对者,亦非出于一己之私利,而是从国家大局出发来考虑问题,比如苏轼亦主张变法,只是不同意王安石的变法手段,同样体现出浓重的济世之心。

其次,用世之心与惧祸心理的矛盾加剧。内外交困的政治社会局面直接促使一部分有责任感的文人积极争取改变社会现实,在此过程中,两宋时期围绕国家大政方针的讨论与制订形成了激烈尖锐的党派之争。这种冲突在北宋由公开的党争逐步转变成地位和权力的争夺与更迭,最终演变为政治上无原则的无情打击和残酷迫害;南宋时期主要围绕"和"与"战"的分歧而形成主战与主和派之争,最后亦演变为残酷的政治迫害。严峻的政治动荡给文人政治前途带来不可预期的恐惧和忧虑,他们的政治热情、思想情绪产生大起大落的变化。

宋代文学最引人注意的是宋词的创作。尽管宋词的创作者及其作品在数量上远不如宋文与宋诗,然而宋词却是宋代的"一代之文学",后人将其与"唐诗"并称。宋词的作者与词作数量,据唐圭璋编纂的《全宋词》、孔凡礼辑补的《全宋词补辑》统计,现存宋代有姓氏可考的词人共1493人,词作逾两万首,比之唐五代词,数量翻了十倍有余。而且宋词流派众多,名家辈出,自成一家的词人就有几十位,如柳永、张先、苏轼、晏几道、秦观、贺铸、周邦彦、李清照、朱敦儒、张元幹、张孝祥、辛弃疾、刘过、刘克庄、姜夔、吴文英、王沂孙、蒋捷、张炎等人,都有其独特的艺术风格。

宋人对词的观念不尽相同,总体而言,不少人认为诗庄词媚,"词为艳科"、"词为别体"。正是在这样的观念下,词人将个人生活中的欢愉忧愁,将丰富诱人的声色享受、男女之间的旖旎风情、轻柔细密的审美心态写入词里,从而保持了词特有的审美属性。另外一方面,宋代词人又积极推进词的雅化与诗化,甚至文化。秦观、李清照、周邦彦、姜夔、张炎等婉约词人努力将词雅化,尽可能剔除词中香艳的成分。自苏轼开始,豪放派词人则诗化、文化词作,扩大词的表现功能。宋词的题材范围,几乎达到了与五七言诗同样广阔的程度,某些方面甚至有所超越,咏物词、咏史词、田园词、爱情词、赠答词、送别词、谐谑词,应有尽有。而在艺术风格上,宋词也是争奇斗艳,婉约与豪放并存,清新与秾丽相竞。无论是题材还是风格,后代词人很少能超出宋词的范围。

宋人面对唐诗,犹如面对一座巨大的山峰,宋代诗人认识到走与唐人相同的道路必然难以超越,必须另辟蹊径,才能形成宋诗自身的特色。宋人对唐诗最初采取学习和模仿的态度,北宋中叶逐渐试图摆脱唐诗的影响,开始在多个方面探索宋诗自己的特征。在题材上,宋诗将日常生活中的琐事细物变成诗料,几乎无一不可入诗。对于唐人已经写过的题材,宋诗则选取世俗化的角度进行创作。

宋诗的任何创新都是以唐诗为参照对象的。宋人惨淡经营的目的,便是在唐诗美学境界之外另辟新的境界,求异出新。他们凭借超越唐人的政治优势和文化品位,直笔"以议论为诗","以才学为诗",增强了诗歌的意蕴、理趣和学识含量;却比唐诗少了激情、含蓄和形象意味。宋人发展了韩愈以散文入诗的技法,使宋诗沿着两个方向充分展示各自的特色:苏轼以才情驾驭诗笔,"大放厥词,别开生面,成一代之大观";黄庭坚细密工致,"点铁成金",于平淡中造奇绝,甚至故作拗律、故压险韵,显示了"以文字为诗"的苦心孤诣和不凡实力。至于梅尧臣的平淡,王安石的精致,陈师道的朴拙,杨万里的活泼,皆同样可以看作有意与唐诗异的结果。然而宋代诗坛有一个整体性的风格追求,那就是平淡为美。不过这样的平淡不是不加修饰的朴素,而是指一种超越了雕润绚烂的老成风格,一种炉火纯青的美学境界。唐诗的美学风范,是以风华情韵为特征,而宋诗以平淡为美学追求,显然是对唐诗的深刻变革。这也是宋代诗人求新求变的终极目标。

经过不懈的努力,宋诗形成了有别于唐诗的特征,代表性的诗人是苏轼与黄庭坚。唐诗和宋诗,也因此成为诗歌史上双峰并峙的两大典范。宋以后的诗歌,虽然也有所发展,但大体上没能超出唐宋诗的风格范围。

宋代散文是沿着唐代散文的道路而发展,但最终的成就却超过了唐文。后人有"唐宋八大家"之说,而八位古文作家中有六人是宋人。而且北宋的王禹偁、范仲淹,南宋的胡铨、陆游等人,也都堪称散文名家。

宋代作家吸取了唐代古文的经验和教训,使古文更加健康发展。宋代作家的文论观更为通达,他们既认可唐代韩愈、柳宗元等人古文创作中所积累的经验,又不排斥骈文;他们认为骈文亦有可取之处,因而在古文的创作中常常注意吸收骈文在辞采、声调等方面的长处,从而使古文同样具备节奏韵律之美。而且宋代不少散文家同时亦是四六文高手,如欧阳修、苏轼,他们甚至还借用古文的创作方法改造四六文,创造出一种既具有赋的铺排特征,又具有散文单行之气的新文体——文赋。

宋代文风在韩文之雄肆、柳文之峻切外开辟出新的艺术境界,风格也呈现出多样化的趋势,如欧阳修的平易纡徐、王安石的简洁峻切、苏轼的自然雄放等,然而整体倾向则和诗歌的发展路径基本一致,主要是朝着更加自然、更加贴近生活的方向发展,趋于平易畅达、简洁明快。

思考练习题

1. 简述宋代社会文化特征及其对文学发展的影响。
2. 简述宋代文学的基本特征表现在哪些方面?
3. 简述宋词兴盛的原因及其成就。
4. 简述宋诗对唐诗的因革及发展轨迹。

第一章 北宋初期文学

第一节 宋初"三体"诗

宋末元初的方回《送罗寿可诗序》说:"宋铲五代旧习,诗有白体、昆体、晚唐体。"将宋初诗风概括为三体,颇能反映当时诗坛状况。

"白体",又称香山体,因效法白居易的创作而得名。白体诗人最初是一些由五代入宋的文人,如李昉、徐铉等,因其特殊的身份,在政治上既然无法有所作为,不得不把作诗作为消遣的方式。而赵宋王朝也需要文臣粉饰太平。这样,五代以来的应酬诗风就自然而然被继承,而白体诗因其创作难度小,易于学习,尤为受到青睐。这部分诗人学习白居易创作,丢掉了他敢于"直陈""讽喻"的一面,而效法白居易诗歌浅易的风格,承袭元白等人次韵酬唱之习。

宋初白体诗人中,成就最高的是王禹偁(954—1001),字元之,济州巨野人,太平兴国八年(983)进士。王禹偁为人正直,仕途多舛,多次遭到贬谪,因曾被贬至黄州为知州,故被后人称为"王黄州"。著有《小畜集》。王禹偁自幼喜爱白诗,注重学习白诗创作方法,早年就曾写过大量具有闲适风格的唱和诗。但是,王禹偁学白诗与李昉、徐铉等馆阁之臣并不完全相同,他并不排斥白居易诗歌中干预现实的内容,非常注重学习白居易的讽喻精神,尤其是被贬商州期间,有意识地学习白居易的新乐府诗,如《感流亡》中写"老翁与病妪,头鬓皆皤然。呱呱三儿泣,惸惸一夫鳏"的不幸,写诗人面对人们"襁负且乞丐,冻馁复险艰。惟愁大雨雪,僵死山谷间"的悲惨境遇所表现出的深切同情。又联系自己的身世之感,"我闻斯人语,倚户独长叹;尔为流亡客,我为冗散官",将对他人的同情与自己境遇联系在一起,言之有物,感人至深。

在学习白居易的同时,王禹偁还进而有意识地学习杜甫。《蔡宽夫诗话》载,王禹偁诗《春居杂兴》"两株桃杏映篱斜,装点商州副使家。何事春风容不得,和莺吹折数枝花",与杜甫诗句"恰似春风相欺得,夜来吹折数枝花"的构思如出一辙。他儿子指出这种相似性,禹偁不仅不懊恼,反而欣喜异常,写下"本与乐天为后进,敢期子美是前身"之句。又在《日长简仲咸》中称赞"子美集开诗世界"。也就是说,王禹偁之所以以学白居易为主,而不是主要学杜,不是因他没有认识到杜甫的价值,而是认为杜诗较白诗更为难学,将杜甫视为更高的标准。事实上,王禹偁在创作中对杜甫有所借鉴,如《春居杂兴》(其二):"春云如兽复如禽,日照风吹浅又深。谁道无心便容与,亦同翻覆小人心。"诗意取自杜甫《可叹》:"天

上浮云如白衣,斯须改变如苍狗。"由于王禹偁对杜诗的学习借鉴,导致他对浅俗平易的白体诗风也时有超越,如其《村行》:

> 马穿山径菊初黄,信马悠悠野兴长。万壑有声含晚籁,数峰无语立斜阳。棠梨叶落胭脂色,荞麦花开白雪香。何事吟馀忽惆怅,村桥原树似吾乡。

语言晓畅自然,中间两联对仗工稳,情感含蓄深沉,尤其最后一联,顿挫有致,体现出杜诗风格因素向白体诗风的渗透。

总之,王禹偁诗主要学白居易,风格平易流畅,不少作品古雅简淡,在宋初白体诗中独树一帜。其长篇叙事简直,议论畅达,开宋诗散文化、议论化的风气。吴之振《宋诗钞》称:"元之独开有宋风气,于是欧阳文忠得以承流接响。"

"晚唐体"也是当时较为引人注目的诗歌群体。晚唐体诗人指宋初效法、模仿唐代贾岛、姚合诗风的一派诗人,因宋代习惯把姚、贾当作晚唐诗人,所以称他们的诗为"晚唐体"。晚唐体诗人的主体是僧人与隐士,但亦有例外,如寇准就官至宰相,但诗风却是典型的晚唐体,而且事实上是这个群体的盟主。晚唐体诗人的创作,继承了贾岛、姚合反复推敲的苦吟精神,内容多描绘深邃幽静的山林景色和枯寂淡泊的隐逸生活,形式上特别注重五律,喜爱在五律的中间两联表现其镂句钵字的苦心孤诣,常常出现有句无篇的缺点。

"晚唐体"诗人中最恪守贾、姚门径的是"九僧",即希昼、保暹、文兆、行肇、简长、惟凤、惠崇、宇昭、怀古等九位僧人,其中惠崇的成就比较突出。"晚唐体"中的隐士群体诗人有潘阆、魏野、林逋等人,他们的诗歌所表现的生活内容比"九僧"诗充实一些。其中林逋的成就最大,其《山园小梅》(其二)历来被誉为咏梅诗的压卷之作:

> 众芳摇落独暄妍,占尽风情向小园。疏影横斜水清浅,暗香浮动月黄昏。霜禽欲下先偷眼,粉蝶如知合断魂。幸有微吟可相狎,不须檀板共金樽。

林逋种梅养鹤成癖,终身不娶,世称"梅妻鹤子",所以他眼中的梅含波带情,笔下的梅更是引人入胜。首联用一"独"字,写出梅花之美不同凡响。"疏影"、"暗香"一联,素来被誉为"警绝",其实,这一联是借鉴五代南唐江为残句:"竹影横斜水清浅,桂香浮动月黄昏。"但江为的诗句显得太过质实,林逋只改了两字,诗境便迥然不同,梅花形神毕现。上二联实写,下二联虚写。颈联"以物观物","霜禽"句为实写,描摹传神;"粉蝶"句虚写,略显夸张,下语凝重。两句将梅之色、香、味推崇到"极致的美"。尾联虽然与前几句略不相称,但用"微吟"替代"檀板共金樽",显示出作者懂梅、惜梅,引梅为知音。

与白体和晚唐体这两个诗人群体较为松散不同,宋初诗坛上的西昆诗派则是关系相当密切的诗人群体,是当时声势最盛的一派。西昆体,是以《西昆酬唱集》而得名的。真宗年间,翰林学士杨亿等人奉命编纂《历代君臣事迹》(成书后诏题《册府元龟》),这些馆阁之臣在编书之余,便作诗唱酬。杨亿将他们的唱酬之作编成诗集,根据《山海经》中"昆仑之西有群玉之山,是为帝王藏书之府"的传说,将诗集题作《西昆酬唱集》。由于西昆体诗人集中于秘台馆阁,身居高位,人数众多,故不少文人争相效仿,在宋初诗坛产生了极其广泛的影响。

西昆体在艺术上推崇唐代诗人李商隐,兼重唐彦谦。《西昆酬唱集》中的诗大多师法李商隐诗的雕润密丽、音调铿锵、对仗工稳、用事深密、文字华美,呈现出整饬、典丽的艺术特征。然而,西昆诗人因为创作环境的束缚,又没有李商隐深沉的情感体验,故创作的作品徒有李商隐诗华丽的外表而缺乏内在的气韵。如李商隐有诗《泪》:"永巷长年怨绮罗,离情终日思风波。湘江竹上痕无限,岘首碑前洒几多。人去紫台秋入塞,兵残楚帐夜闻歌。朝来灞水桥边问,未抵青袍送玉珂。"通过列举古人挥泪送别的六个场面,表达自己的痛苦远过于此,构思巧妙,而情感深沉。比较而言,杨亿的模仿之作则显得了无生机:"锦字梭停掩夜机,白头吟苦怨新知。谁闻陇水回肠后,更听巴猿拭袂时。汉殿微凉金屋闭,魏宫清晓玉壶欹。多情不待悲秋气,只是伤春鬓已丝。"内容空虚,缺乏真情实感。当然,西昆体诗人的诗歌并非皆一无所取,如刘筠的《汉武》:

> 汉武天台切绛河,半涵非雾郁嵯峨。桑田欲看他年变,瓠子先成此日歌。夏鼎几迁空象物,秦桥未就已沉波。相如作赋徒能讽,却助飘飘逸气多。

诗歌咏汉武晚年好神仙、求长生的事迹,语带讥刺。联系到宋真宗在咸平、景德年间崇信符瑞、求仙祀神的活动,则不难看出该诗显然有借古讽今的意味,体现出对当下时政的批判。当然,这样的作品,毕竟不是西昆体的主流。

因为《西昆酬唱集》中有些诗篇含有讥刺时政的倾向,所以朝廷下诏,借口其诗风"浮艳"而予以禁止。但西昆体并没有因此而衰歇。西昆体衰微的真实原因在于这类诗歌立足于模仿,缺乏自立精神,又因其题材过于狭窄,缺乏时代气息,故后来慢慢退出了历史舞台。

第二节 宋初散文的复兴

与宋初诗歌基本因承着唐诗不同,宋初文章在经历了不长时间,即由五代入宋的词臣所创作出的风格浮艳作品这一阶段后,开始有意识地与五代风格隔绝。北宋初期散文创作领域成就较高的作者是王禹偁,他的文学观念较为通达。一方面,他强调文章的传道功能,这与稍后的复古派有相同之处;另一方面,又强调文章要抒写自己的情感。他在《答张扶书》中提出:"夫文,传道而明心也。"因其通达的文章观,王禹偁的散文在当时独树一帜,骈散结合,清丽疏朗。如《黄州新建小竹楼记》:

> 远吞山光,平挹江濑。幽阒辽夐,不可具状。夏宜急雨,有瀑布声。冬宜密雪,有碎玉声。宜鼓琴,琴调虚畅。宜咏诗,诗韵清绝。宜围棋,子声丁丁然。宜投壶,矢声铮铮然。皆竹楼之所助也。公退之暇,披鹤氅,戴华阳巾,手执《周易》一卷,焚香默坐,消遣世虑。江山之外,第见风帆、沙鸟、烟云、竹树而已。

这部分文字骈散结合,既有古文的疏朗流畅,也兼具骈体文文字对称、音调铿锵的优点,生动活泼地描述了竹楼内外的急雨声、密雪声、鼓琴声、咏诗声、围棋声、投壶声。六对排句交相呼应,既增强了语句的节律之美,又将浓重的抒情意味凝聚其中,声情并茂,风致极佳。

　　当时在理论上鲜明地提出复古主张的是柳开、穆修等人。柳开等人提出道统与文统合二为一,他在《应责》中说:"吾之道,孔子、孟轲、扬雄、韩愈之道。吾之文,孔子、孟轲、扬雄、韩愈之文也。"这对后来的古文家和理学家产生了深刻的影响。因为把文看成了道的工具,这些作家提出文章不应华艳,尖锐批判晚唐五代以来流行的骈文。柳开在《上王学士第三书》中说骈文:"华而不实,取其刻削为工,声律为能。"穆修《答乔适书》也认为:"今世士子习尚浅近,非章句声偶之辞不置耳目,浮轨滥辙,相迹而奔,靡有异途焉。"柳开、穆修等人的理论,批判性很强,观点亦很鲜明。但因柳开等人的创作实绩不行,在当时应者寥寥,并没有对当时文坛产生实际的影响。尽管如此,他们的理论却成为欧阳修领导的第二次古文运动的源头,而且,穆修还成功地培养了一些写作古文的弟子,如尹洙、苏舜钦等人后来都成了古文运动的中坚。

思考练习题

1. "宋初三体"具体指什么?分别有哪些特征?
2. 白体流行的原因是什么?
3. 西昆体衰弱的原因是什么?
4. 王禹偁的诗歌具有哪些特征?
5. 如何评价柳开、穆修等人的散文复古理论?

第二章 北宋中期的诗文革新

第一节 欧阳修的散文

欧阳修(1007—1072),字永叔,号醉翁,又号六一居士,庐陵人。自幼家境贫寒,而勤奋聪敏,仁宗天圣八年进士。景祐初入京后,因支持范仲淹的政治改革主张被贬,庆历年间,再度积极参与范仲淹主持的"庆历新政",新政失败后,长期贬外。后又入朝,逐渐升至枢密副使、参知政事等要职。

欧阳修是北宋文坛的领袖,这由三方面的原因和条件所决定。首先,欧阳修具有突出的业绩、深厚的学问和高尚的人格魅力,影响力十分广泛。他博学多才,诗文创作和学术著述都成就卓著,为天下仰慕。他又敢于维护正义,支持"庆历新政",对吏制、军事、贡举均提出过明确的改革主张,社会声望极高。其次,欧阳修地位高,能团结同道,革新科举,褒掖后进,培养提拔了大批杰出人才。嘉祐二年(1057),他借主持科举考试之机,严斥险怪奇涩的"太学体",提倡经世致用的文风,对革除文弊、端正文风起到了决定性的作用。他又喜奖掖人才,曾极力举荐王安石、苏洵等人,又选拔出苏轼、苏辙、曾巩等大批人才,为诗文革新准备了人才基础。再次,欧阳修文学观念通达,具有切合实际、富有调和与包容精神的文学革新主张。他虽然革除"太学体",但并不完全否定"道统"思想占统治地位的古文观念。他对西昆体为代表的文风虽有所批评,但也并不完全否定。这种通达的文学观念易于为人接受,为诗文革新减少了阻力和障碍。

与空泛论道而不注重实践创作的古文家不同,欧阳修的文学主张,是从自己的文学创作实践中总结出来的,因而更具有可行性。他对文与道的关系提出新的见解。首先,欧阳修认为儒家之道是与现实生活密切相关的,《答李诩第二书》曰:"六经之所载,皆人事之切于世者。"其次,欧阳修文道并重,他在《答祖择之书》中提出:"道纯则充于中者实,中充实则发为文者辉光。"另外,他还认为文具有独立的性质,《与乐秀才书》曰:"古人之学者非一家,其为道虽同,言语文章,未尝相似。"欧阳修文道并重,把文学看得与道同样重要,并且将文学的艺术形式看得与思想内容同样重要,这大大提高了文学的地位。

欧阳修的散文创作,内容丰富、形式多样、思想深刻、个性鲜明、风格平易、笔触曲折舒婉。尤其其简洁流畅、纡徐委婉的语言特征,创造了一种平易自然的新风格,代表了宋文发展的新方向。如其《醉翁亭记》开头一段:

环滁皆山也。其西南诸峰，林壑尤美。望之蔚然而深秀者，琅琊也。山行六七里，渐闻水声潺潺而泻出于两峰之间者，酿泉也。峰回路转，有亭翼然临于泉上者，醉翁亭也。作亭者谁？山之僧智仙也。名之者谁？太守自谓也。太守与客来饮于此，饮少辄醉，而年又最高，故自号曰醉翁也。醉翁之意不在酒，在乎山水之间也。山水之乐，得之心而寓之酒也。

这段文字语言平易晓畅、晶莹润畅，既简洁凝练又圆融轻快。深沉的感慨和精当的议论都出之以委婉含蓄的语气，娓娓而谈，纡徐有致。故金圣叹《天下才子必读书》曰："一路逐笔缓写，略不使气之文。"

欧阳修还在散文文体的改造上有所贡献，他对前代的骈赋、律赋进行了改造，创造了文赋。具体办法是去除俳偶、限韵的规定，用单笔散体作赋。如《秋声赋》：

　　欧阳子方夜读书，闻有声自西南来者，悚然而听之，曰："异哉！"初淅沥以萧飒，忽奔腾而砰湃，如波涛夜惊，风雨骤至。其触于物也，鏦鏦铮铮，金铁皆鸣；又如赴敌之兵，衔枚疾走，不闻号令，但闻人马之行声。予谓童子："此何声也？汝出视之。"童子曰："星月皎洁，明河在天，四无人声，声在树间。"

　　余曰："噫嘻悲哉！此秋声也，胡为而来哉？盖夫秋之为状也：其色惨淡，烟霏云敛；其容清明，天高日晶；其气慄冽，砭人肌骨；其意萧条，山川寂寥。故其为声也，凄凄切切，呼号愤发。丰草绿缛而争茂，佳木葱茏而可悦；草拂之而色变，木遭之而叶脱。其所以摧败零落者，乃其一气之余烈。夫秋，刑官也，于时为阴；又兵象也，于行用金；是谓天地之义气，常以肃杀而为心。天之于物，春生秋实，故其在乐也，商声主西方之音，夷则为七月之律。商，伤也，物既老而悲伤；夷，戮也，物过盛而当杀。嗟乎！草木无情，有时飘零。人为动物，惟物之灵，百忧感其心，万事劳其形，有动于中，必摇其精。而况思其力之所不及，忧其智之所不能；宜其渥然丹者为槁木，黟然黑者为星星。奈何以非金石之质，欲与草木而争荣？念谁为之戕贼，亦何恨乎秋声！"

　　童子莫对，垂头而睡。但闻四壁虫声唧唧，如助余之叹息。

注重骈偶铺排以及声律的赋到了宋代以后，由于内容的空乏和形式上的矫揉造作，已经走向没落。欧阳修深明其弊，他为"赋"体打开了一条新的出路，即赋的散文化，使赋的形式活泼起来，既部分保留了骈赋、律赋的铺陈排比、骈词俪句及互为问答的形式特征，又呈现出活泼流动的散体倾向，且增加了赋体的抒情意味。欧阳修的成功尝试，对文赋形式的确立具有里程碑的意义。

第二节　欧阳修、梅尧臣、苏舜钦的诗歌

欧阳修在变革文风的同时，也对诗风进行了革新。其委婉平易的风格特征代表了宋

诗发展的基本走向,对宋诗发展影响最大。其诗内容丰富,有不少反映现实之作,如《边户》《食糟民》等,但更重要的内容则是表现个人生活经历,抒发个人情怀,以及对历史题材的吟咏等,如《戏答元珍》:

> 春风疑不到天涯,二月山城未见花。残雪压枝犹有橘,冻雷惊笋欲抽芽。夜闻归雁生乡思,病入新年感物华。曾是洛阳花下客,野芳虽晚不须嗟!

宋仁宗景祐三年(1036)五月,欧阳修降职为夷陵县令。次年,他的朋友丁宝臣(元珍)写诗《花时久雨》给他,欧阳修便写了此首作答。诗题冠以"戏"字,声明自己写的不过是游戏文字,其实这正是他受贬后政治上失意的掩饰之辞。首二句是其得意之句。据《苕溪渔隐丛话》引《西清诗话》说,欧阳修曾对人说:"若无下句,则上句不见佳处,并读之,便觉精神顿出。"后人也说"起得超妙"。这两句一果一因,语气连贯;次序上先以"疑"领起,引出解释,显得富于波澜而不平板;另外,此联还寓含着诗人在受贬之际期待和失望的心情。所以,虽然诗句有如口语,但写得很有技巧。接下来先写虽未见花,自然的生机仍从残雪中的橘枝和将欲破土而出的竹笋显露出来;继而叙述个人因闻雁而思乡,因新年却在病中感慨时光流逝。最后自我宽慰。全诗一联紧接一联,意脉含蓄而绵细。

梅尧臣(1002—1060)是专力作诗的文人。他对宋诗的贡献首先体现在题材的扩大上。梅尧臣的创新意识很强,有意要在诗歌上自成一家,而扩大诗歌表现的范围便是方法之一。他有意用诗歌表现日常生活,有意识地向各种自然景象、生活场景、人生经历开拓,有意识地寻找前人未曾注意的题材,或在前人写过的题材上翻新。比如他写破庙,写变幻的晚云,写怪诞的传说,写又丑又老的妓女,甚至写虱子、跳蚤,写乌鸦啄食厕中之蛆等。客观地说,梅尧臣在这方面的尝试有些是失败的,有些不宜入诗、破坏诗的美感的内容在当时及后世并没得到回响,但由他开创的用诗歌表现日常生活题材,却代表了宋诗发展的方向。与题材内容趋于平凡化相应,梅诗在艺术风格上以追求"平淡"为终极目标。梅尧臣《读邵不疑学士诗卷杜挺之忽来因出示之且伏高致辄书一时之语以奉呈》论诗曰:"作诗无古今,唯造平淡难。"这里的"平淡",是指一种炉火纯青的艺术境界,一种超越了雕润绮丽的老成风格。例如其代表作《东溪》:

> 行到东溪看水时,坐临孤屿发船迟。野凫眠岸有闲意,老树着花无丑枝。短短蒲茸齐似剪,平平沙石净于筛。情虽不厌住不得,薄暮归来车马疲。

此诗语气连贯,节奏比较舒缓,语言自然流畅,乍看出于天然,细看则会发现此种自然是经过细密的琢磨而返归于自然的自然。首联交代出游至东溪。颔联历来被视为名句,然而,这一联的写景却与唐诗的风神远韵完全不同,而是有意追求意趣的新奇,两句的前四字写景,后三字写意,边写边议,有景有意,而意又饱含在情中,使景、情、意融为一体。颈联故作拙笔。尾联意随言尽,且故作枯涩之笔。这首诗作于梅尧臣晚年。如果与其中年所作且同样以"平淡"著称的《鲁山山行》作一比较,则明显发现其自觉的艺术追求,诗云:

  适与野情惬,千山高复低。好峰随处改,幽径独行迷。霜落熊升树,林空鹿饮溪。人家在何许,云外一声鸡。

  显然,《鲁山山行》的"平淡"之中带有几分清丽,结尾尤为蕴藉,以情韵见长,颇类唐诗。而《东溪》则显得较为枯淡。从中可见,梅尧臣不是不能写出类似唐诗的作品,而是有意远离唐诗,自成风格。梅诗的题材和风格倾向都有得宋诗风气之先的意义,后人因此称他为"宋诗之祖",可见其独特的文学史地位。

  与梅、欧共同革新诗风的重要诗人还有苏舜钦(1008—1049)。苏舜钦的诗歌,以庆历年间的进奏院案为界,可以分成前后两个时期。前期反映时政,抒发强烈的政治感慨之作较多,诗歌以古体为主,风格豪放雄肆。比如《对酒》:

  丈夫少也不富贵,胡颜奔走乎尘世!予年已壮志未行,案上敦敦考文字。有时愁思不可掇,峥嵘腹中失和气。侍官得来太行颠,太行美酒清如天。长歌忽发泪迸落,一饮一斗心浩然。嗟乎吾道不如酒,平褫哀乐如摧朽。读书百车人不知,地下刘伶吾与归!

  诗歌情绪坦露激昂,虽然不如李白同类之作意气高扬,不可一世,但亦淋漓酣畅,在宋诗中颇为奇特。

  进奏院案之后,苏舜钦罢官,退居苏州。他的诗歌仍有不少激愤之语,但感慨变得深沉。苏舜钦后期写了不少以写景为主的律诗与绝句,艺术成就颇高。如《淮中晚泊犊头》:

  春阴垂野草青青,时有幽花一树明。晚泊孤舟古祠下,满川风雨看潮生。

  这首诗语言凝练,颇有唐诗的韵味。前两句写白日之景,船行水上,人动而野草幽花静止;后两句写晚泊犊头,人静而风雨潮水动荡不息。诗人于动中观静,静中观动,与外界景物始终保持相当的距离,从而显示了一种悠闲、从容、超然物外的心境和风度。刘克庄《后村诗话》评曰:"极似韦苏州。"而陈衍指出该诗与韦应物诗之差异:"视'春潮带雨晚来急',气势过之。"(《宋诗精华录》)

第三节 王安石、苏洵等人的散文创作

  王安石(1021—1086),字介甫,晚年号半山,临川(今属江西)人,庆历二年(1042)进士。神宗熙宁二年(1069)为参知政事,主持历史上著名的熙宁变法。王安石以政治家自许,不愿仅仅只做一个文人。因而在文论观上,特别强调文学的实用功能,其《上人书》曰:

  所谓文者,务为有补于世而已矣;所谓辞者,犹器之有刻镂绘画也。诚使巧且华,不必适用;诚使适用,亦不必巧且华。要之,以适用为本,以刻镂绘画为之

容而已。

王安石虽不排斥文学的艺术性,但他更重视文学的实际功用。不过,他说的"适用"偏重在具体实际的社会功用方面,而不像道学家偏重道德说教。因为这样的文学观,王安石的散文,有不少与社会、政治或人生的实际问题关系密切。如《上仁宗皇帝言事书》《答司马谏议书》等文本来就是与变法有关的政论,并非出于审美的目的而作,其特点是论点鲜明,逻辑严密,有很强的说服力。相对而言,王安石的短文更能体现其散文的个性风格,如史论《读孟尝君传》:

> 世皆称孟尝君能得士,士以故归之,而卒赖其力,以脱于虎豹之秦。嗟乎!孟尝君特鸡鸣狗盗之雄耳,岂足以言得士?不然,擅齐之强,得一士焉,宜可以南面而制秦,尚何取于鸡鸣狗盗之力哉?夫鸡鸣狗盗之出其门,此士之所以不至也。

全篇紧紧围绕"孟尝君不能得士"之旨,一立,一驳,一转,一断,把孟尝君能得士这一传统看法一笔扫倒,虽转折三次,但严谨自然,议论周密,词气凌厉,势如破竹,具有不容置辩的逻辑力量。吴汝纶评曰:"此文乃短篇中之极则,雄迈英爽,跌宕变化,故能尺幅中具有万里波涛之势。"(《唐宋文举要》引)不过,即便如《读孟尝君传》这样的小品文,实际上也包含很实际的用意,而不是为了文学的审美。其实,即便是传统被认为重视辞采和情趣的王安石的游记散文《游褒禅山记》,也用了近半的篇幅,引申讨论一个哲理性的问题,虽议论透辟精警,但写景仅寥寥数笔,形象性稍嫌不足。这也正是王安石散文的缺陷。

苏洵(1009—1066),深受战国纵横之士的影响,因而散文颇有纵横家的遗风,文笔犀利,气势凌厉,惯于通过对客观形势的分析来评价历史上的是非成败。如《六国论》就是典型。苏辙(1039—1112)的散文取材及风格均与苏洵相近,他在创作理论上推崇孟子的"养气"说,认为作家的修养、学问和见识决定着文章的优劣。其《上枢密韩太尉书》曰:

> 然文不可以学而能,气可以养而致。孟子曰:"我善养吾浩然之气"……太史公行天下,周览四海名川大山,与燕、赵间豪俊交游,故其文疏荡,颇有奇气。此二子者,岂尝执笔学为如此之文哉?其气充乎其中,而溢乎其貌;动乎其言,而见乎其文,而不自知也。

苏辙散文风格汪洋淡泊,纵横有致,又不乏秀隽深醇之气。《六国论》《黄州快哉亭记》《墨竹赋》等为其代表作。

曾巩(1019—1083),年少时与王安石为密友,后深受欧阳修赏识,是著名的古文家。曾巩作文遵循欧阳修的指点,其特点是议论委曲周详,文字简练平正,结构严谨舒缓。其文得到吕祖谦、朱熹等理学家的高度评价。

司马光(1019—1086),亦是当时重要的古文家。其成就主要体现在历史散文方面。风格质朴简洁,文笔流畅,叙事清晰,形象生动,善于通过语言描写表现人物的典型性格,尤以战争场面的描写最为动人,有很强的文学色彩,对后世的史传文学和历史小说都产生了深远的影响。

第四节　王安石的诗歌创作

　　诗歌创作上,王安石也秉持着与散文创作相同的重视实际功用的倾向,不过他把诗歌也当成抒情述志的工具,偏重于抒写个人的情怀,艺术水准较散文要高。其诗歌创作,以熙宁九年罢相、退居江宁为界,前后两期的诗风差异很大。前期王安石宗杜,学习杜甫关心时事、同情百姓疾苦的创作精神。诗歌中政治诗较多,反映面广,提出的问题也很尖锐,体现出王安石作为政治人物的情怀与抱负。如《感事》《河北民》《收盐》《省兵》等诗,仅从标题就可看出作者的创作倾向。除了政治诗,王安石前期还有大量的咏史诗。如《贾生》:

　　　　一时谋议略施行,谁道君王薄贾生?爵位自高言尽废,古来何啻万公卿?

前人咏贾谊,多同情其才高位卑的悲剧命运,此诗却不囿前人成说,认为贾谊的政治主张多被朝廷采纳,贾谊虽然未能达到传统上人们认为的获得高官厚爵的成功,但其作为政治家的命运却远远超过那些显赫一时之人。王安石的《明妃曲二首》更是传诵一时的名作,其一曰:

　　　　明妃初出汉宫时,泪湿春风鬓脚垂。低徊顾影无颜色,尚得君王不自持。归来却怪丹青手,入眼平生几曾有?意态由来画不成,当时枉杀毛延寿。一去心知更不归,可怜着尽汉宫衣。寄声欲问塞南事,只有年年鸿雁飞。家人万里传消息:好在毡城莫相忆。君不见咫尺长门闭阿娇,人生失意无南北!

该诗一扫历代描写王昭君留恋君恩、怨而不怒的传统,别出心裁。而且,王昭君被君王冷落,此前人们多怪罪于毛延寿,而此诗却说王之美貌本非画像所能传达。又认为王昭君如果不远嫁胡地,其将与古今宫嫔一样终老汉宫,因而流落异域的命运未必为不幸。本诗观点新颖,议论精警,充分体现了宋诗长于议论的特征。而在王昭君的形象中,作者又寄托了诗人怀才不遇的幽愤之情。

　　王安石前期诗歌过于直露,后期则含蓄深沉,逐渐形成自己诗歌的风格特征,后人称之为半山体,又称荆公体。其特点是既新奇工巧又含蓄深婉,主要载体是晚年的绝句(当然也包括一部分早期绝句与律诗),既体现了宋诗的部分特征,又体现了向唐诗复归的倾向。该时期的诗歌,王安石其实并不是完全忘怀世事,而是寓悲壮于闲淡之中,如《北陂杏花》中"纵被春风吹作雪,绝胜南陌碾成尘"两句,无疑寓有对自己高尚情操的孤芳自赏之意,但显然在表述上已从前期的直截刻露变为深婉不迫。王安石后期的绝句,佳作极多,比如:

京口瓜洲一水间,钟山只隔数重山。春风又绿江南岸,明月何时照我还?
(《泊船瓜洲》)
涧水无声绕竹流,竹西花草弄春柔。茅檐相对坐终日,一鸟不鸣山更幽。
(《钟山即事》)
杖藜缘堑复穿桥,谁与高秋共寂寥?伫立东冈一搔首,冷云衰草暮迢迢。
(《寄蔡天启》)
北山输绿涨横陂,直堑回塘滟滟时。细数落花因坐久,缓寻芳草得归迟。
(《北山》)
雪干云净见遥岑,南陌芳菲复可寻。换得千颦为一笑,东风吹柳万黄金。
(《雪干》)
茅檐长扫净无苔,花木成畦手自栽。一水护田将绿绕,两山排闼送青来。
(《书湖阴先生壁》)

叶梦得《石林诗话》卷上云:"王荆公晚年诗律尤精严,造语用字,间不容发。然意与言会,言随意遣,浑然天成,殆不见有牵率排比处。……至'细数落花因坐久,缓寻芳草得归迟',但见舒闲容与之态耳。而字字细考之,若经檃括权衡者,其用意亦深刻矣。"正道出了王安石该类诗歌的特点。

思考练习题

1. 欧阳修为什么能成为文坛领袖?
2. 欧阳修的散文理论与创作有什么特点?
3. 欧阳修的诗歌有什么特点?
4. 梅尧臣诗的创新有哪些?其文学史地位如何?
5. 如何理解梅尧臣诗歌的平淡?
6. 苏舜钦前后期诗歌有什么不同?
7. 王安石的散文有什么特征?
8. 王安石的文学主张有哪些?
9. 半山体的特征有哪些?

第三章　北宋前期词风与柳永的新变

宋代立国之初的半个世纪，词的创作基本处于停滞状态，词作者不过10人，词作仅存33首，而且尚未形成一种独特的时代风貌，缺乏开拓性和独创性。直到晏殊、欧阳修、柳永等词人登上词坛，宋词的创作才大有改观。

第一节　对五代词风的因革

宋代前期词的创作，是从沿袭继承晚唐五代词风开始的。当然，此期的词作，在继承中开始有所开拓。在这个进程中，代表性的词人是晏殊与欧阳修。

晏殊(991—1055)，字同叔，抚州临川(今江西抚州)人。七岁能文，十四岁即以"神童"赐进士出身，官至参知政事、枢密使。有《珠玉词》传世。晏殊词绝大部分的内容是抒写男女之间的相思爱恋和离愁别恨，并没有多少创新之处。但晏殊词写男女恋情，已过滤了"花间"词所包含的轻佻艳冶的杂质，而显得纯净雅致。他往往略去对女性容貌色相的描写，而着重表现抒情主人公的恋情，做到了写艳情而不纤佻。例如颇负盛名的《蝶恋花》：

　　　　槛菊愁烟兰泣露，罗幕轻寒，燕子双飞去。明月不谙离恨苦，斜光到晓穿朱户。　○　昨夜西风凋碧树，独上高楼，望尽天涯路。欲寄彩笺兼尺素，山长水阔知何处？

这首伤离怀远之作是婉约词的写法，但与花间词典型的镂金错彩不同，风格疏淡，境界寥廓高远。尤其是"昨夜西风凋碧树"数句，固然有凭高望远的苍茫之感，也有不见所思的空虚怅惘，但这所向空阔、毫无窒碍的境界却又给主人公一种精神上的满足，使其从狭小的帘幕庭院的忧伤愁闷转向对广远境界的骋望，这是从"望尽"一词中可以体味出来的。这三句尽管包含望而不见的伤离意绪，但感情是悲壮的，没有纤柔颓靡的气息；语言也洗净铅华，纯用白描。

晏殊是一个具有哲思的词人，他的词中常常蕴含着对人生深刻的思考，因而其词具有"情中有思"的特征。上文所举"昨夜西风凋碧树，独上高楼，望尽天涯路"被王国维视为古今之成大事业、大学问者必经过三种境界之第一境，即体现出其词作中固有的可供人生发的哲思。再如《浣溪沙》：

第三章 北宋前期词风与柳永的新变

一曲新词酒一杯。去年天气旧亭台。夕阳西下几时回？ 〇 无可奈何花落去，似曾相识燕归来。小园香径独徘徊。

在伤春怀人的表层意象中，蕴含着强烈的时间意识和生命意识。花的凋落，春的消逝，时光的流逝，都是不可抗拒的自然规律，虽然惋惜流连也无济于事，所以说"无可奈何"；然而这暮春天气中，所感受到的并不只是无可奈何的凋衰消逝，还有令人欣慰的重现，那翩翩归来的燕子就像是去年曾在此处安巢的旧时相识。这一句应上"几时回"。花落、燕归虽也是眼前景，但一经与"无可奈何"、"似曾相识"相联系，它们的内涵便变得非常广泛，意境非常深刻，带有美好事物的象征意味。惋惜与欣慰的交织中，蕴含着某种生活哲理：一切必然要消逝的美好事物都无法阻止其消逝，但消逝的同时仍然有美好事物的再现，生活不会因消逝而变得一片虚无。只不过这种重现毕竟不等于美好事物的原封不动的再现，它只是"似曾相识"罢了。渗透在句中的是一种混杂着眷恋和惆怅，既似冲澹又似深婉的人生怅触。如此两句，体现出作者对时光急促、生命有限的沉思和体悟。

晏殊又是一个理性的词人，其词集取名为《珠玉词》，很能代表其词之特征。晏殊的词作之中，不是没有情感，而是将情感控制在理性的范围之内。因而其词给人以温润秀洁之感。如其《清平乐》：

金风细细，叶叶梧桐坠。绿酒初尝人易醉。一枕小窗浓睡。 〇 紫薇朱槿花残。斜阳却照阑干。双燕欲归时节，银屏昨夜微寒。

词的上片是写酒醉以后的浓睡。起首二句在写景中点明时间，渲染环境。用笔轻灵，色调淡雅，语气仿佛在与友人娓娓而谈。其中"细细"、"叶叶"两组叠字，首尾相接，音律谐婉，在读者面前展开一片片叶子飘落的景象。"绿酒"一句，因为用了"初"、"易"二字，道出了主人公酒量不大，浅尝辄醉。以上皆是陪笔，至"一枕小窗浓睡"，才写出此阕的主旨。小饮何以"易醉"？浅醉何得"浓睡"？原来词人有一点闲愁罢了。上片是从昨晚的醉眠写起，下片写次日薄暮酒醒时的感觉。词人一醉就睡了整整一个昼夜，睡眠极浓。浓睡中无愁无忧，酒醒后情绪如何，他没有言明，只是通过他眼中所见的景象，折射出心情之悠闲，神态之慵懒；不过在结句中仍然透露出一丝丝哀愁：词人从小窗望出去，此刻紫薇、朱槿花都已凋残；一抹斜阳正照着阑干。残花、斜阳，其中似寓有无可奈何的心境。而双双紫燕即将归巢，这个景象又兴起词人独居无偶之感。于是他想到昨夜醉后原是一个人独宿，一种凄凉意绪，落寞情怀，不禁油然而生。

此词呈现一种圆融平静、安雅舒徐的风格。在这首词里，丝毫找不到自宋玉以来诗人们一贯的衰飒伤感的悲秋情绪，有的只是在富贵闲适生活中对于节序更替的一种细致入微的体味与感触。抒情主人公是在安雅闲适的相府庭园中从容不迫地咀嚼品尝着暑去秋来、自然界变化给人身心的牵动之感。这当中，也含有因节序更替、岁月流逝而引发的一丝闲愁，但这闲愁是淡淡的、细柔的，甚至是飘忽幽微、若有若无的。作者通过对外物的描写，将他在这一环境中特有的心理感触舒徐平缓地宣泄出来，使整个意境十分轻婉动人。

欧阳修对词的认识，大体停留在词是消遣性、娱乐性的文体这一观念传统上，即其在

《采桑子·西湖念语》中所谓"翻旧阕之辞,写以新声之调,敢陈薄伎,聊佐清欢"。这就使得欧阳修的词中有近于"香艳"的描述,故后人常常误会其词是否为他人创作而冠以欧阳修之名,败坏其名声。

欧阳修的词与晏殊相似,大体以冯延巳词为自己的创作渊源。刘熙载《艺概》曰:"冯延巳词,晏同叔得其俊,欧阳永叔得其深。"的确,欧阳修的词虽然与当代词人的主要倾向一致,那就是用典雅精致的语言、流贯的结构、含蓄的风格描述男女恋情中细腻的心理,但风格上显得更为深婉。如《蝶恋花》:

> 庭院深深深几许,杨柳堆烟,帘幕无重数。玉勒雕鞍游冶处,楼高不见章台路。○雨横风狂三月暮,门掩黄昏,无计留春住。泪眼问花花不语,乱红飞过秋千去。

深院、柳烟、帘幕一重又一重地关闭着孤独的少妇,而她的丈夫正在她翘首高楼也难以望及的地方寻觅浪漫的艳遇;下片宕开,以风雨中的暮春黄昏烘托伤春怀人的情绪,又暗示少妇美好年华被不幸的命运所摧残。而末二句写乱红飞去,情深语婉,两句话中含有四层转折:第一层写女主人公因花而有泪;第二层写因泪而问花;第三层是花儿竟一旁缄默,无言以对;第四层,花儿不但不语,反而像故意抛舍她似的纷纷飞过秋千而去。表述婉转,令人回味。

欧阳修尽管在词的创作中创新不多,但也还是有些可取之处,其一是扩大了词的抒情功能,沿着李煜词所开辟的方向,进一步用词来抒发自我的人生感受。尤其是其一生宦海浮沉,对人生命运的变幻有着深刻的体验,因而以词抒发人生体验更有可能,如《朝中措·平山堂》:

> 平山栏槛倚晴空。山色有无中。手种堂前垂柳,别来几度春风。○文章太守,挥毫万字,一饮千钟。行乐直须年少,尊前看取衰翁。

这首词一发端即带来一股突兀的气势,笼罩全篇。第一句写得气势磅礴,为以下的抒情定下了疏宕豪迈的基调。接下去一句是写凭栏远眺的情景。"手种堂前垂柳,别来几度春风"的描写更为具体,此刻当送刘敞出守扬州之际,词人情不自禁地想起平山堂,想起堂前自己亲手栽种的杨柳,深情又豪放。"几度春风"四字,更能给人以欣欣向荣、格调轩昂的感觉。过片三句写所送之人刘敞,词云"文章太守,挥毫万字",对刘敞的倚马之才作了精确的概括。缀以"一饮千钟"一句,则添上一股豪气,栩栩如生地刻画了一个气度豪迈、才华横溢的文章太守的形象。词的结尾二句,先是劝人,又回过笔来写自己。饯别筵前,面对知己,一段人生感慨,不禁冲口而出。无可否认,这两句抒发了人生易老、及时行乐的消极思想。但由于豪迈之气通篇流贯,反有一股苍凉郁勃的情绪奔泻而出。该词风格疏隽豪宕,为后来苏轼一派豪放词开了先路。

欧阳修词的创新之处还体现在改变了词的审美趣味,使词朝着通俗化的方向开拓。其恋情词中,有一部分是用活泼的对话来写的,比较多地保存了民间俚词的特点,感情的表达也显得比较直率大胆。如《南歌子》：

> 凤髻金泥带，龙纹玉掌梳。走来窗下笑相扶，爱道"画眉深浅入时无"。　○　弄笔偎人久，描花试手初。等闲妨了绣功夫，笑问："双鸳鸯字怎生书？"

此词纯用白描手法，生动而传神地描绘出了一位活泼娇憨而多情的少妇形象，表现了青年男女间的亲昵情感，描写得生动而坦率。

第二节　开拓词境的尝试

宋代前期的词坛，出现了一些旨在提高词境的词人，其中代表性的作家是范仲淹与王安石。范仲淹(989—1052)，字希文，吴县(今苏州)人，他的主要身份是政治家，创作并不多，但诗文均有令人仰止的作品，如《岳阳楼记》就是代表。其词今存仅有五首，有风格婉约者，如《苏幕遮·怀旧》：

> 碧云天，黄叶地，秋色连波，波上寒烟翠。山映斜阳天接水，芳草无情，更在斜阳外。　○　黯乡魂，追旅思，夜夜除非、好梦留人睡。明月楼高休独倚，酒入愁肠、化作相思泪。

此词念远伤别，表面同"晏欧"较为接近，但风格更爽朗，意境更开阔，能以沉郁雄健的笔力抒写低徊婉转的愁思，声情并茂，意境宏深。开篇即不同凡响，用语凝练概括，物象典型，境界宏大，气象空灵，画笔难描，不同凡响。更妙在内蕴个性，中藏巧用。"芳草无情"，自然引出下篇之思乡之情。下片因景生情，尽抒离恨，开合有致，前后浑然一体，虽选材于离恨梦语，却荡气回肠，尽显男儿气质。范仲淹对宋词更大的贡献，是豪放之作《渔家傲》：

> 塞下秋来风景异，衡阳雁去无留意。四面边声连角起，千嶂里，长烟落日孤城闭。　○　浊酒一杯家万里，燕然未勒归无计。羌管悠悠霜满地，人不寐，将军白发征夫泪。

这是一首反映北宋西北边境军旅生活的词。上片描绘荒凉的秋景，以显示边地生活的艰苦和军事态势的严重。下片是作者自抒怀抱，慨叹功业未立和思念家乡的复杂心情。全篇造语雄浑有力，情调苍凉悲壮。"塞下"二句首先点明地点、时间和边地延州与内地不同的风光，再具体地描述风光的不同之处：西北边疆气候寒冷，一到秋天，寒风萧瑟，满目荒凉，大雁此时奋翅南飞，毫无留恋之意。"四面边声"三句写延州傍晚时分的景象，边声伴着军中的号角响起，凄恻悲凉。在群山的环抱中，太阳西沉，长烟苍茫，城门紧闭，"孤城闭"三字隐隐透露出宋王朝不利的军事形势。千嶂、孤城、长烟、落日，这是静；边声、号角则是伴以声响的动。动静结合，展现出一幅充满肃杀之气的战地风光图画，形象地描绘了边塞特异的风景。首句中的"异"字通过这十七个字得到了具体的发挥。下片抒情。"浊酒一杯"二句,自抒怀抱:战争没有取得胜利,还乡之计就无从谈起。而要取胜又谈何容易,因此更浓更重的乡愁就凝聚在心头,无计可除。"羌管悠悠霜满地"写夜景,紧承"长烟落日"。到夜晚,笛声悠扬,秋霜遍地,更引动征人的乡思。全词结束在"人不寐,将军白发征夫泪"二句,从写景转入写情。戍边将士上下一心,同仇敌忾,本可战胜敌人,无奈朝廷奉行不抵抗政策,戍守艰苦,又无归计,人怎么能睡得着呢!该词沉郁雄浑,风格苍凉悲壮,上下片之间情景相生,浑然一体,气象开阔,开苏、辛豪放词之先河。

王安石今存词29首。其词意境开阔,感慨深沉,风格独特,已脱离晚唐五代以来婉约词的固定轨道,而主要是抒发自我的性情怀抱,并进一步对历史和现实社会反思,使词具有了历史感和现实感。其最有名的是《桂枝香·金陵怀古》:

登临送目,正故国晚秋,天气初肃。千里澄江似练,翠峰如簇。归帆去棹残阳里,背西风、酒旗斜矗。彩舟云淡,星河鹭起,画图难足。　○　念往昔、繁华竞逐,叹门外楼头,悲恨相续。千古凭高,对此漫嗟荣辱。六朝旧事随流水,但寒烟、芳草凝绿。至今商女,时时犹唱,后庭遗曲。

此词通过对金陵景物的赞美和历史兴亡的感喟,寄托了作者对当时朝政的担忧和对国家政治大事的关心。上片写登临金陵故都之所见。"澄江"、"翠峰"、"征帆"、"斜阳"、"酒旗"、"西风"、"云淡"、"鹭起",依次勾勒水、陆、空的雄浑场面,境界苍凉。下片写在金陵之所思。通过今昔对比,时空交错,虚实相生,对历史和现实表达出深沉的抑郁和沉重的叹息。全词情景交融,境界雄浑阔大,风格沉郁悲壮,把壮丽的景色和历史内容和谐地融合在一起,自成一格,堪称名篇。该词写景奇伟壮丽,气象开阔绵邈。章法上讲究起承转合,层次井然,极类散文的写法。而且,该词一改以往作词习惯,频繁使用语典与事典。可见,在王安石的笔下,词已完全当成诗歌看待,也就是词开始诗化。

第三节　柳永词的新变

柳永(987?—1053?),原名三变,字景庄,晚年改名永,字耆卿,崇安人。仁宗景祐进士,官至屯田员外郎,故称"柳屯田"。在内容方面,柳永词的部分作品沿袭传统题材,如写男女爱恋,或是写歌儿舞女情态,但其同时将词的题材扩大到山程水驿之中,如《八声甘州》就是其中的代表:

对潇潇暮雨洒江天,一番洗清秋。渐霜风凄紧,关河冷落,残照当楼。是处红衰翠减,苒苒物华休。惟有长江水,无语东流。　○　不忍登高临远,望故乡渺邈,归思难收。叹年来踪迹,何事苦淹留。想佳人、妆楼颙望,误几回、天际识归舟。争知我,倚栏杆处,正恁凝愁!

此词抒写作者漂泊江湖的愁思和仕途失意的悲慨。上片描绘了雨后清秋的傍晚,关河冷落、夕阳斜照的凄凉之景;下片抒写词人久客他乡急切思念归家之情。全词语浅而情深,融写景、抒情为一体,通过描写羁旅行役之苦,表达了强烈的思归情绪,写出了古代文人怀才不遇的典型感受。这样的题材,将词的品格进一步提升。而其中"渐霜风凄紧,关河冷落,残照当楼"之句,历来受到人们的激赏。连一向鄙视柳词的苏轼也赞叹"此语于诗句不减唐人高处。"(赵令畤《侯鲭录》)所谓"不减唐人高处",主要是指景中有情,情景交融,悲壮阔大。

柳永在词的题材方面,还创造性地描绘都市繁荣华丽景象,如《望海潮》:

东南形胜,三吴都会,钱塘自古繁华。烟柳画桥,风帘翠幕,参差十万人家。云树绕堤沙,怒涛卷霜雪,天堑无涯。市列珠玑,户盈罗绮,竞豪奢。 ○ 重湖叠巘清嘉,有三秋桂子,十里荷花。羌管弄晴,菱歌泛夜,嬉嬉钓叟莲娃。千骑拥高牙,乘醉听箫鼓,吟赏烟霞。异日图将好景,归去凤池夸。

本词主要描写杭州的富庶与美丽。上片描写杭州的自然风光和都市的繁华,下片写西湖,展现杭州人民和平宁静的生活景象。在写法上以点带面,明暗交叉,铺叙晓畅,形容得体,一反柳永惯常的风格。以大开大阖、波澜起伏的笔法,浓墨重彩地铺叙展现了杭州的繁荣、壮丽景象。这些都市风情画,前所未有地展现出当时社会的太平气象,而这一类题材,在以往的创作中是前所未见的。

柳永对词的贡献,除了题材的扩展外,更重要的体现在词的体制与艺术手法等方面。在晚唐至五代的100多年间,词的体式一直以小令为主,这种情形一直延续到宋朝初期。与柳永同时的晏殊、张先,和稍后的欧阳修等作品较多的词人,所写长调不过30余首,而柳永创作的慢词就多达87种125首。柳永创作慢词,从根本上改变了自唐五代以来词坛小令一统天下的格局,使慢词成为与小令同样重要的体式。而且,由于慢词的篇幅大大增加,有效增加了词的内容含量,词的表现力进一步加强。在词的创作技法上,柳永最重要的贡献是将赋的铺陈手法运用到词的创作中,成熟地运用了长调词适合铺叙、层次丰富、变化多端的特点,为后人在词中融抒情、叙事、写景于一体,容纳更复杂的内涵开拓了新路。柳永又喜爱使用白描铺陈的手法,如《雨霖铃》:

寒蝉凄切,对长亭晚,骤雨初歇。都门帐饮无绪,留恋处,兰舟催发。执手相看泪眼,竟无语凝噎。念去去,千里烟波,暮霭沉沉楚天阔。 ○ 多情自古伤离别,更哪堪、冷落清秋节!今宵酒醒何处?杨柳岸、晓风残月。此去经年,应是良辰好景虚设。便纵有、千种风情,更与何人说?

上片一层写秋景,一层写送别,一层写别后之景,细腻刻画了情人离别的场景,抒发离情别绪;下片着重摹写想象中别后的凄楚情状。一层写秋日离别的伤感,一层写想象中酒醉醒来时的凄凉景色,再一层收回,叹息从此天各一方、孤单寂寞。或写景,或叙事,或抒情,曲折回环、重重叠叠地渲染气氛,缠绵悱恻地表现了离愁别绪。全词遣词造句不着痕迹,绘景直白自然,场面栩栩如生,起承转合优雅从容,情景交融,蕴藉深沉。

柳词的语言也有特色,一方面,他善于化用以前诗歌中的语汇和意象,如《八声甘州》中"误几回、天际识归舟"出于南朝谢朓诗《之宣城郡出新林浦向板桥》,《满朝欢》中"人面桃花,未知何处,但掩朱扉悄悄"出于唐代崔护诗《题都城南庄》。另一方面,又善于运用口语俚句,如《定风波》:

> 自春来、惨绿愁红,芳心是事可可。日上花梢,莺穿柳带,犹压香衾卧。暖酥消、腻云䶄,终日厌厌倦梳裹。无那。恨薄情一去,音书无个。 ○ 早知怎么,悔当初、不把雕鞍锁。向鸡窗,只与蛮笺象管,拘束教吟课。镇相随、莫抛躲,针线闲拈伴伊坐。和我,免使年少,光阴虚过。

这是一首伤春怨别的恋情词。上片叙述痴情女子别后百无聊赖的情形;下片写怨妇的心理活动,系内心独白,坦露她的一片痴心,以及对爱情的渴望,实在而又单纯。其中口语俚语如"早知怎么"、"镇相随"等的运用,增加了全词浓厚的民歌风味,使词通俗真实,富人情味和朴素美。

思考练习题

1. 晏殊词的特征有哪些?
2. 如何理解欧阳修婉约词深婉的特点?
3. 欧阳修词的多样性体现在哪些方面?
4. 范仲淹对词境的开拓表现在哪里?
5. 王安石对词的贡献在哪里?
6. 柳永对词体的贡献在哪里?

第四章 苏 轼

苏轼(1037—1101),字子瞻,号东坡居士,眉山人。苏轼乃旷世奇才,仁宗嘉祐二年进士,22岁与弟苏辙同科进士,才华、文章震惊朝廷内外。26岁又中制科三等(宋代的最高等)。苏轼在文学与艺术领域取得了巨大成就,诗、词、文、赋、书、画等几乎都代表着当时甚至整个宋代最高的水准,堪称千古独步。

王安石变法,而苏轼不同意王安石变革制度法规,主张解决"任人之失"的弊病,要以"礼"治国。苏轼离开朝廷,先后到杭州、密州、徐州和湖州任地方官。由于观察到王安石新法推行中产生的种种弊端,苏轼便写诗讽刺。新党中的一些官员以此大做文章,将苏轼逮至汴京,交御史台审讯。这就是历史上著名的"乌台诗案"。后经多方营救,苏轼被贬至黄州。元丰八年(1086)宋神宗病故,哲宗年幼,高太后临朝,以司马光为相,苏轼入朝受命为中书舍人、翰林学士、知制诰。他体恤民情,不同意司马光将新法全部废除,因而为人所忌,元祐四年出知杭州,之后知颍州、扬州、定州。高太后去世,哲宗亲政,复用新党,贬谪元祐旧臣,苏轼连贬英州、惠州、儋州,历尽人世艰辛,直至元符三年宋徽宗即位,才遇赦北还。靖国元年(1101)七月病故于常州。苏轼去世前自题画像说:"问汝平生功业,黄州、惠州、儋州。"正概括出他坎坷的一生。

苏轼的思想以儒学体系为根本而浸染释、道的思想。苏轼学识渊博,思想通达,而北宋儒、释、道三教思想本来就相互影响,相互渗透,因而苏轼的思想在这种思想氛围中更是如鱼得水。苏辙在《亡兄子瞻端明墓志铭》中记述苏轼的读书过程是:"初好贾谊、陆贽书,论古今治乱,不为空言。既而读《庄子》,喟然叹息曰:'吾昔有见于中,口未能言。今见《庄子》,得吾心矣!'……后读释氏书,深悟实相,参之孔、老,博辩无碍,浩然不见其涯也。"苏轼不仅对儒、道、释三种思想都欣然接受,而且认为它们本来就是相通的。他在《庄子祠堂记》中曾说"庄子盖助孔子者",庄子对孔学的态度是"阳挤而阴助之"。他在《南华长老题名记》一文中又认为"儒释不谋而同"、"相反而相为用"。

第一节 苏轼的散文创作

苏轼强调"有意而言,意尽而言止"(《策总叙》),并将其视为创作最重要的指导思想。他还认为文学创作要"有为",即有救世济贫的作用,《凫绎先生诗集叙》曰:"言必中当世之过,凿凿乎如五谷必可以疗饥,断断乎如药石必可以伐病"。尽管如此,苏轼并不是重道轻文,而是文、道并重。他推崇韩愈和欧阳修对古文的贡献,《潮州韩文公庙碑》评价韩愈:

"文起八代之衰,道济天下之溺",就是兼从文、道两方面论述的。苏轼的文道观在北宋具有独特性。苏轼认为文章的艺术具有独立的价值,如"精金美玉,市有定价",文章并不仅仅是载道的工具,而且有审美的功能。而且,苏轼心目中的"道"不限于儒家之道,而是泛指事物的规律。故苏轼主张文章应像客观世界一样,文理自然,姿态横生。

苏轼把绘画艺术和文学创作结合起来,又广泛地从前代作家的创作中汲取营养,其中最重要的渊源是孟子和战国纵横家的雄放气势、庄子的丰富联想和自然恣肆的行文风格,总结出具有规律性的创作方法,大大丰富了中国文学创作的理论。其在《自评文》中自谓:"吾文如万斛泉源,不择地皆可出,在平地滔滔汩汩,虽一日千里无难。及其与山石曲折,随物赋形,而不可知也。所可知者,常行于所当行,常止于不可不止。"苏轼认为客观事物是在发展的,创作就应当"随物赋形","尽物之变",才能表现艺术的真实。

苏轼论文,尤其是晚年,逐渐形成"寄味淡泊"的美学追求,其《书黄子思诗集后》强调:"发纤浓于简古,寄至味于淡泊"。其晚年总结自己的创作经历,作《与侄儿书》曰:"渐老渐熟,乃造平淡,其实不是平淡,乃绚烂之至也"。

苏轼认为创作风格应该多样化,否则会造成文坛"弥望皆黄茅白苇"般的荒芜。苏轼就继承与创新提出独到见解,《书吴道子画后》说"出新意于法度之中,寄妙理于豪放之外",从而形成"自是一家"的风格。又认为观察和积累有重要意义,《答谢民师推官书》曰:"求物之妙,如系风捕影,能使是物了然于心者,盖千万人而不一遇也,而况能使了然于口与手者乎?是之谓辞达。辞至于能达,则文不可胜用矣。"如画竹,先要"执笔熟视","营度经岁",做到"成竹于胸",才能"振笔直遂","须臾而成"(《文与可画筼筜谷偃竹记》)。

苏轼擅长写议论文。早年文风受其父苏洵的影响较大,具有浓郁的纵横家习气,有时故作惊人之论,如《范增论》提出范增应为义帝诛杀项羽。但也有些作品发前人所未发,见解独到,如《留侯论》,一扫"圯上老人授书"的神秘色彩,以为圯上老人乃秦时的隐君子,折辱张良是为了培育其坚忍之性;并借古喻今,说明社会变革、人才磨砺的客观规律。史论和政论表现出苏轼非凡的才华,不过,苏轼散文中更能体现其文学成就的是杂说、书札、序跋等文体。这些文章与上述文体一样,善于翻新出奇,但更为活泼生动,具有强烈的艺术感染力并因此更具逻辑说服力。如《文与可画筼筜谷偃竹记》,看似杂乱无章,随性所致,实则内里有着密切的关系。文章主要记述苏轼和文同以论竹为题,酬诗为乐的一段交往,体现两人间的真挚情感。以论竹为诗题,写苏轼和文同之间赠诗为乐的往事,表现了文同平易而不从俗的品德。以曝画而引起睹物思人,忆旧伤怀之情,表达了作者对亡友的悼念之情。前半部分玩笑取乐,后半部分则是对友人的深沉追悼。一方面记述文同画竹的情形,另一方面以充满感情的笔触回忆自己与文同亲密无间的交往,以及文同死后自己的悲慨,具有浓郁的抒情意味。文章语言朴素自然,叙述往事,娓娓如道家常;抒发感情又都出自肺腑,无矫揉造作之态而真实动人。在记叙人物语言的时候,仅仅三言两语,就表现出人物的性格特征,十分生动。又从文同的创作经验中总结出艺术创作应胸有成竹的规律,夹叙夹议,打破以往叙事即叙事,议论即议论的格式,别出心裁,另辟蹊径。

苏轼的小品文亦颇为精妙,常常在似乎不经意间显示出苏轼的睿智与慧心。如《记承天夜游》:

> 元丰六年十月十二日,夜,解衣欲睡,月色入户,欣然起行。念无与为乐者,遂至承天寺,寻张怀民。怀民亦未寝,相与步于中庭。庭下如积水空明,水中藻荇交横,盖竹、柏影也。何夜无月?何处无竹柏?但少闲人如吾两人者耳。

全文仅八十余字,但意境超然,以真情实感为依托,信笔写来,起于当起,止于当止,犹如行云流水,于无技巧中见技巧,达到了"豪华落尽见真淳"的境界。

继欧阳修后,苏轼在文赋创作方面也取得了巨大成就。其辞赋继承了欧阳修所开创的传统,但更多地融入了古文的疏宕萧散之气,吸收了诗歌的抒情意味,创作了《赤壁赋》和《后赤壁赋》这样的名篇。《赤壁赋》全文如下:

> 壬戌之秋,七月既望,苏子与客泛舟游于赤壁之下。清风徐来,水波不兴。举酒属客,诵明月之诗,歌窈窕之章。少焉,月出于东山之上,徘徊于斗牛之间。白露横江,水光接天。纵一苇之所如,凌万顷之茫然。浩浩乎如冯虚御风,而不知其所止;飘飘乎如遗世独立,羽化而登仙。
> 于是饮酒乐甚,扣舷而歌之。歌曰:"桂棹兮兰桨,击空明兮溯流光。渺渺兮予怀,望美人兮天一方。"客有吹洞箫者,倚歌而和之。其声呜呜然,如怨如慕,如泣如诉,余音袅袅,不绝如缕。舞幽壑之潜蛟,泣孤舟之嫠妇。
> 苏子愀然,正襟危坐,而问客曰:"何为其然也?"客曰:"'月明星稀,乌鹊南飞。'此非曹孟德之诗乎?西望夏口,东望武昌,山川相缪,郁乎苍苍,此非孟德之困于周郎者乎?方其破荆州,下江陵,顺流而东也,舳舻千里,旌旗蔽空,酾酒临江,横槊赋诗,固一世之雄也,而今安在哉?况吾与子渔樵于江渚之上,侣鱼虾而友麋鹿,驾一叶之扁舟,举匏樽以相属。寄蜉蝣于天地,渺沧海之一粟。哀吾生之须臾,羡长江之无穷。挟飞仙以遨游,抱明月而长终。知不可乎骤得,托遗响于悲风。"
> 苏子曰:"客亦知夫水与月乎?逝者如斯,而未尝往也;盈虚者如彼,而卒莫消长也。盖将自其变者而观之,则天地曾不能以一瞬;自其不变者而观之,则物与我皆无尽也,而又何羡乎!且夫天地之间,物各有主,苟非吾之所有,虽一毫而莫取。惟江上之清风,与山间之明月,耳得之而为声,目遇之而成色,取之无禁,用之不竭,是造物者之无尽藏也,而吾与子之所共适。"
> 客喜而笑,洗盏更酌。肴核既尽,杯盘狼藉。相与枕藉乎舟中,不知东方之既白。

沿用赋体主客问答、抑客伸主的传统格局,既保留了传统赋体的特质与情韵,又吸取散文的笔调和手法,打破赋在句式、对偶等方面的束缚,更多散文的成分,兼具诗歌的深致情韵与散文的透辟理性。其中散文的笔势笔调使文情郁郁顿挫,如"万斛泉涌"喷薄而出,而形式相对自由,更使本文具参差摇落之美,如开篇三句,全是散句,参差疏落之中又有整饬之致。而此赋更多的篇幅,则大多押韵,且换韵较快,换韵处又往往是文意的一个段落,这就使本文特别宜于诵读,富声韵之美。

第二节 苏轼的诗歌

在苏轼一生的文学活动中,其投入精力最多的文体是诗歌。苏轼现存2700多首诗作,在博采众长的基础上,别开生面,成为宋诗的一大宗,代表着宋诗的最高成就。苏诗思想内容十分丰富,前人认为难以成诗料的题材,苏轼亦能作诗。嬉笑怒骂,皆为诗篇,大大拓展了诗歌表现的范围。

苏轼终身从政,非常重视文学的社会作用。苏轼诗尤其是早期诗一个重要的主题便是批判现实,如《吴中田妇叹》是为讽刺新法的弊病而作;《荔枝叹》批判了统治者的奢侈行为给老百姓带来的灾难,同时揭露官员们争新买宠、阿谀奉承、讨好皇帝的丑恶行径。其诗曰:

十里一置飞尘灰,五里一堠兵火催。颠坑仆谷相枕藉,知是荔枝龙眼来!飞车跨山鹘横海,风枝露叶如新采。宫中美人一破颜,惊尘溅血流千载。永元荔枝来交州,天宝岁贡取之涪。至今欲食林甫肉,无人举觞酹伯游。我愿天公怜赤子,莫生尤物为疮痏。雨顺风调百谷登,民不饥寒为上瑞。君不见武夷溪边粟粒芽,前丁后蔡相笼加。争新买宠各出意,今年斗品充官茶。吾君所乏岂此物?致养口体何陋耶!洛阳相君忠孝家,可怜亦进姚黄花。

这是苏轼晚年贬谪惠州的作品。苏轼并非不喜爱荔枝,其曾经作诗《惠州一绝》曰:"日啖荔枝三百颗,不辞长作岭南人",然而诗人初见荔枝、龙眼,马上想到的是李林甫为讨好杨贵妃而使天下百姓"惊尘溅血流千载"的罪恶,不仅如此,诗人还进一步借以讽刺宋代官僚势族"争新买宠"的种种丑态。"吾君所乏岂此物",笔锋一转,直接指向当朝皇帝,显示了作者正气无畏的胆识。

苏轼是一个哲理诗人,善于从人生遭遇中总结经验,从极平常的生活和自然景物中挖掘深刻的哲思,著名的《题西林壁》即是。又如《和子由渑池怀旧》:

人生到处知何似?应似飞鸿踏雪泥。泥上偶然留指爪,鸿飞那复计东西?
老僧已死成新塔,坏壁无由见旧题。往日崎岖还记否?路长人困蹇驴嘶。

苏辙送兄苏轼远行,其送别诗中有"相携话别郑原上,共道长途怕雪泥"之句,担忧兄长的远行,苏轼便以此为话题展开。诗歌一开始就发出感喟,有发人深思、引人入胜的作用,并挑起下联的议论。次联以"泥"、"鸿"领起。鸿爪留印属偶然,鸿飞东西乃自然。偶然故无常,人生如此,世事亦如此。巧妙的比喻,把人生看作漫长的征途,所到之处,诸如曾在渑池住宿、题壁之类,就像万里飞鸿偶然在雪泥上留下爪痕,接着就又飞走了;前程远大,这里并非终点。人生的遭遇既为偶然,则当以顺适自然的态度去对待。

苏轼多才多艺,对艺术有着独特的鉴赏力,其诗集中有不少评文论艺之作。这也构成了苏轼诗独有的特色。比如《书鄢陵王主簿所画折枝二首》其一：

> 论画以形似，见与儿童邻。赋诗必此诗，定非知诗人。诗画本一律，天工与清新。边鸾雀写生，赵昌花传神。何如此两幅，疏澹含精匀。谁言一点红，解寄无边春。

苏轼精通诗、画，这里阐述的有关形似与神似关系的艺术见解出于他多年的创作实践，在中国古代艺术理论中占有重要地位。他提出"传神"和"诗画一律"的理论，颇有见地。在写作方法上，本诗几乎全用议论，然而读来并无枯淡寡味之弊。原因在于该诗不但议论中肯独到，而且与情景描写配合有致，故能摇曳多姿。

　　苏轼诗歌总体来说，带有典型的宋诗特征，即以才学为诗，以议论为诗。苏轼诗歌爱发议论，但通常能将理趣融于形象之中，没有枯瘠之病，前面所举《书鄢陵王主簿所画折枝二首》即为其例。苏轼诗歌常常用典，而且不乏僻典，但不雕琢，而是出以自然。例如他作《余与李廌方叔相知久矣，领贡举事，而李不得第，愧甚，作诗送之》诗安慰落第的李廌说："平生漫说古战场，过眼终迷日五色。"既以李华、李程期许李廌，又对自己未能选拔李廌而懊恼不已，堪称用典精妙的范例。苏轼诗歌亦讲究对仗工稳，然而其典既精工又活泼流动，构思打破常规，如"三过门间老病死，一弹指顷去来今"（《过永乐文长老已卒》），对法生新，不落俗套。苏轼诗歌的结构既有宋诗一般的意脉贯通（即少有唐诗的跳跃），诗篇的构成，或以主题的情绪变化为脉络，或以主体所感受到的时间流逝、景物转移等为脉络，文理自然，但他的诗又较前人如欧、苏、梅等又多一些流动感，在跌宕起伏中把情绪表现得淋漓尽致。苏轼诗歌的语言追求自然平淡，推崇陶渊明，但其活跃的性格、难以抑制的才华使得他的作品在平淡外又多有神采飞动、色彩艳丽之处，弥补了宋诗过于平淡枯瘠之不足。如《有美堂暴雨》："游人脚底一声雷，满座顽云拨不开。天外黑风吹海立，浙东飞雨过江来。十分潋滟金樽凸，千杖敲铿羯鼓催。唤起谪仙泉洒面，倒倾鲛室泻琼瑰。"写得气势开张，声色喧腾，有典故，有丽藻，绝不是一种朴素平淡的风格。

　　与其文论一样，苏轼对诗歌风格也主张兼收并蓄。他曾模仿过陶渊明、李白、杜甫、韩愈、孟郊乃至同时诗友黄庭坚的诗风。多元化的审美情趣使他能在创作中将不同的风格融合到一起，比如他的诗歌主导风格是雄放，然而又常在诗歌中调节以清丽等其他与雄放对立的风格，从而呈现出"清雄"的风格，如《游金山寺》：

> 我家江水初发源，宦游直送江入海。闻道潮头一丈高，天寒尚有沙痕在。中泠南畔石盘陀，古来出没随涛波。试登绝顶望乡国，江南江北青山多。羁愁畏晚寻归楫，山僧苦留看落日。微风万顷靴文细，断霞半空鱼尾赤。是时江月初生魄，二更月落天深黑。江心似有炬火明，飞焰照山栖乌惊。怅然归卧心莫识，非鬼非人竟何物！江山如此不归山，江神见怪惊我顽。我谢江神岂得已，有田不归如江水。

本诗分为三段：开头至"江南江北青山多"，写登高远眺，触景生情，勾起乡思；中间"羁愁畏晚寻归楫"至"飞焰照山栖鸟惊",描绘傍晚和夜间江上的景色;末六句"怅然归卧心莫识"至"有田不归如江水",阐发辞官归田的意愿。这三段分别写游金山寺的所思、所见、所感,表达诗人对于故乡的思念,对于仕途奔波的厌倦和立意辞官归隐的决心。本诗描写细致,层次分明,但又笔势骞腾,兴象超妙。呈现出清新不滞,视野广阔、气势纵横、语言奔畅的特征,颇有李白诗的风韵,然而较李白的歌行体的跳荡飞越,苏诗则更如行云流水。

赵翼《瓯北诗话》评苏轼:"天生健笔一枝,爽如哀梨,快如并剪,有必达之隐,无难显之情,此所以继李、杜后为一大家也。"苏轼以其高度的诗歌成就成为宋代最重要的诗人。他虽然在创造宋诗生新面貌的过程中做出了巨大贡献,但其诗具有较强的艺术兼容性,能避免宋诗尖新生硬和枯燥乏味这两个主要缺点。因而就风格个性的突出、鲜明而言,王安石、黄庭坚、陈师道也许比苏诗更引人注目,但在成就上,苏轼却超越同时代之人,成为最受后人欢迎的宋代诗人。

第三节　苏轼的词

词经过晏殊、欧阳修、柳永等人的开拓,有了长足的发展,但总体上仍延续着晚唐五代以来的传统,局限在男女相思、离愁别绪等题材范围内。苏轼的出现,大大拓宽了词的表现范围、提高了词的表现能力,从而提高了词的地位。王灼《碧鸡漫志》评价词至苏轼,"指出向上一路,新天下耳目,弄笔者始知自振"。

苏轼首先在理论上破除了诗尊词卑的观念。他提出诗词同源,认为词"为诗之苗裔",词既然与诗歌同源,又由诗歌发展而来,当然具有合理合法的地位,当然也就为词向诗风靠拢、实现词与诗的相互沟通渗透提供了理论依据。而且,苏轼还提出了词须"自是一家"的创作主张,意谓作词应像写诗一样,词品应与人品保持一致,有词人自己的个性。苏轼革新词体的主要方向在于扩大词的表现功能,开拓词境。苏轼的词今存三百六十多首,虽然其中也有传统的男女恋爱题材,但大量的作品反映文人士大夫的生活,使词可和诗一样表现作者的性情怀抱,展示自己的人生感慨、生活情趣;表达怀古念旧、山川风光、游记悼亡等情感,打破了"词为艳科"的樊篱,无意不可入,无事不可言。苏轼把词的题材取向回归到自我,使词真正成为自我抒情的工具。例如《定风波》:

莫听穿林打叶声,何妨吟啸且徐行。竹杖芒鞋轻胜马,谁怕?一蓑烟雨任平生。　○　料峭春风吹酒醒,微冷,山头斜照却相迎。回首向来萧瑟处,归去,也无风雨也无晴。

这首记事抒怀之词作于1082年春,是苏轼因"乌台诗案"被贬为黄州团练副使的第三个春天。词人与友人外出买田,风雨忽至,同行之人深感狼狈,词人有感而发,故有是作。此词通过野外途中偶遇风雨这一生活中的小事,于简朴中见深意,于寻常处生奇景,表现出旷达超脱的胸襟,寄寓着超凡脱俗的人生理想。上片着眼于雨中,下片着眼于雨后,诗人刚刚经过"乌台诗案"的浩劫,劫后余生的苏轼对生活中的一切淡然处之,体现出苏轼在坎坷人生中力求解脱之道。此词篇幅虽短,但意境深邃,内蕴丰富,诠释着作者的人生信念,展现着作者的精神追求,表达自己对人生的思考。

在表现方法上,苏轼"以诗为词"。所谓"以诗为词",是将诗的表现手法移植到词中。苏轼在词的创作中,常常如诗歌一样使用题序和典故。苏轼之前的词,大多是应歌而作的代言体,无须题序。苏轼将词变为缘事而发、因情而作的抒情言志之体,因而为何事何情而作,必须有所交代和说明。然而词体长于抒情,不宜叙事。苏轼便在词中借鉴诗歌,采用标题和小序,从而弥补词叙述性的不足。如《满江红》(并序):

> 董毅夫名钺,自梓漕得罪,罢官东川。归鄱阳,遇东坡于齐安。怪其丰暇自得。余问之,曰:"吾再娶柳氏,三日而去官。吾固不戚戚,而忧柳氏不能忘怀于进退也。已而欣然同忧患,如处富贵,吾是以益安焉。"乃令家僮歌其所作《满江红》。嗟叹之不足,乃次其韵。
>
> 忧喜相寻,风雨过、一江春绿。巫峡梦、至今空有,乱山屏簇。何似伯鸾携德耀,箪瓢未足清欢足。渐粲然、光彩照阶庭,生兰玉。 ○ 幽梦里,传心曲。肠断处,凭他续。文君婿知否,笑君卑辱。君不见《周南》歌《汉广》,天教夫子休乔木。便相将、左手抱琴书,云间宿。

词序用来纪事,词本文则着重抒发由其事所引发的情感。这样,题序与词本文在内容上相互补充,丰富和深化词的审美内涵。

苏轼以诗为词的另一种方式是在词中使用典故。典故能起到言简义丰的作用,而且又能曲折深婉地抒情。如《江神子·密州出猎》:

> 老夫聊发少年狂,左牵黄,右擎苍,锦帽貂裘,千骑卷平冈。为报倾城随太守,亲射虎,看孙郎。 ○ 酒酣胸胆尚开张,鬓微霜,又何妨。持节云中,何日遣冯唐?会挽雕弓如满月,西北望,射天狼。

词作描写外出打猎之事,具有较浓厚的叙事性和纪事性,但写射猎打虎的过程非三言两语所能穷形尽相,而作者用历史上孙权射虎的典故来做替代性的概括描写,就一笔写出了太守一马当先、亲身射虎的英姿。词的下片用了冯唐替魏尚辩白的典故,《史记》中记载,魏尚于汉文帝时为云中太守,防御匈奴,作战有功。后报功文书上的杀敌数字与实际不符,只差六颗头颅,被削职查办。郎中署长冯唐代为辩白,认为对魏尚的处理不当,文帝派冯唐手持符节去云中赦免魏尚的罪过,恢复了他云中太守的官职。这一典故内涵丰富,文字亦多,词人显然无法在词中一一表现,而用"何日遣冯唐"一句,便既表达出词人的壮志,又蕴含着历史人物和自身怀才不遇的隐痛,增强了词的历史感和现实感。苏词大量运用题序和典故,丰富和发展了词的表现手法,对后来词的发展产生了重大影响。

苏轼词的风格多样,但最能代表苏轼,也是其最重要贡献的,还是他所开创的一种与诗相通、雄壮豪放、开阔高朗的艺术风格。如《念奴娇·赤壁怀古》:

大江东去,浪淘尽、千古风流人物。故垒西边,人道是、三国周郎赤壁。乱石穿空,惊涛拍岸,卷起千堆雪。江山如画,一时多少豪杰! ○ 遥想公瑾当年,小乔初嫁了,雄姿英发。羽扇纶巾,谈笑间,樯橹灰飞烟灭。故国神游,多情应笑我,早生华发。人生如梦,一樽还酹江月。

此词通过对月夜江上壮美景色的描绘,借对古代战场的凭吊和对风流人物才略、气度、功业的追念,曲折地表达了作者怀才不遇、功业未就、老大未成的忧愤之情,同时表现了作者关注历史和人生的旷达之心。全词借古抒怀,雄浑苍凉,大气磅礴,笔力遒劲,境界宏阔,将写景、咏史、抒情融为一体,给人以撼魂荡魄的艺术力量,曾被誉为"古今绝唱",其影响力巨大而深远。

苏词的风格多样,苏轼虽然以豪放著称,但其创作中,从数量上看,仍然以婉约词为多,而且质量很高。如《水龙吟·次韵章质夫杨花词》:

似花还似非花,也无人惜从教坠。抛家傍路,思量却是,无情有思。萦损柔肠,困酣娇眼,欲开还闭。梦随风万里,寻郎去处,又还被、莺呼起。 ○ 不恨此花飞尽,恨西园、落红难缀。晓来雨过,遗踪何在,一池萍碎。春色三分,二分尘土,一分流水。细看来、不是杨花,点点是离人泪。

这首咏物词开头便抓住了杨花的特点,接着以"无人惜"的意脉贯下,提起"无情有思"。由此开始,将杨花喻为美人,她正在梦中"随风万里",寻郎游踪。上片体物,花与人糅合,饱含情愫。下片就杨花事生发议论,展开抒情。"不恨"三句,突出伤春幽恨。花已飘落,断无重上枝头之望,令人伤感。晓雨过后的杨花又令人心寒。那流水中化为一池的浮萍,仔细辨认,不是杨花,分明是离人点点滴滴的眼泪!全词不仅写出了杨花的形神,而且采用拟人手法,把咏物与写人巧妙地结合起来,将物性与人情毫无痕迹地融合到一起,真正做到了"借物以寓性情",写得声韵谐婉,情调幽怨缠绵,反映了苏词婉约的一面。

思考练习题

1. 苏轼的文学主张是什么?
2. 苏轼的诗歌在内容上有什么特点?
3. 苏轼诗歌的风格特征是什么?
4. 苏轼的豪放词在文学史上有什么特别的意义?
5. 苏轼"以诗为词"的含义是什么?

第五章　北宋中后期诗词

第一节　黄庭坚与江西诗派

　　作为"苏门四学士"之一的黄庭坚，与其他诸人不同，其诗与苏轼相提并论，并称"苏黄"，是宋诗史上开宗立派、影响深远的大家。

　　黄庭坚（1045—1105），字鲁直，自号山谷道人，又号涪翁，洪州分宁（今江西省修水）人。治平四年（1067）进士。黄庭坚乃苏轼弟子，与张耒、晁补之、秦观并称为"苏门四学士"。因而其政治命运与苏轼休戚相关。元祐年间，苏轼在朝任翰林院学士，黄庭坚在京城任职；绍圣年间，新党重新执政，迫害元祐党人，黄庭坚因此受到牵连，被贬。徽宗初，又被流放至宜州编管。61岁卒。

　　黄庭坚立身以儒家思想为根本，然北宋后期党争激烈，他的处世方式发生了一定的变化。他强调要保持内心的涵养与圣洁，不与世俗同流合污，处事则和光同尘。因而他反对苏轼在创作中嬉笑怒骂。《答洪驹父书》曰："老夫绍圣以前，不知作文章斧斤，取旧所作读之，皆可笑。绍圣以后始知作文章，但以老病惰懒，不能下笔也……东坡文章妙天下，其短处在好骂，慎勿袭其轨也。"《书王知载朐山杂咏后》又曰："诗者，人之情性也，非强谏争于廷，怨忿诟于道，怒邻骂坐之为也。"时人及后人常常将黄庭坚看作旧党，其实他虽然在政治上追随苏轼，但并未积极参加新旧党争，他一生的心血主要倾注在诗歌和书法创作上，现存诗歌一千九百余首，风格独特，自成一家，人称"山谷体"。就题材范围而言，其诗没有显著的特点，主要是文人气和书卷气特别浓厚，诗中的人文意象格外密集。其诗作喜爱吟咏书画作品、亭台楼阁以及笔、墨、纸、砚等物品，又有意识地挖掘自然事物的文人意识。如《演雅》诗咏及蚕、蛛、燕、蝶等43种动物，然而他所表现的并不是自然中的事物，而是古代典籍里的动物。

　　山谷体更重要的特征体现在艺术方面。概而言之，首先，在章法修辞上打破常规，务求新奇。在诗歌章法上，黄诗不论长短，往往都包含多层次的意思，章法回旋曲折，绝不平铺直叙。黄庭坚论诗曰："作诗正如作杂剧，初时布置，临了须打诨。"（见《王直方诗话》）如其《子瞻诗句妙一世，乃云效庭坚体，盖退之戏效孟郊樊宗师之比，以文滑稽耳，恐后生不解，故次韵道之》：

　　我诗如曹邻，浅陋不成邦；公如大国楚，吞五湖三江。赤壁风月笛，玉堂云雾窗;句法提一律,坚城受我降。枯松倒涧壑,波涛所舂撞;万牛挽不前,公乃独力扛。诸人方嗤点,渠非晁张双;袒怀相识察,床下拜老庞。小儿未可知,客或许敦庞;诚堪婿阿巽,买红缠酒缸。

这是黄庭坚答和苏轼的一首诗。开首四句说他的诗没有苏轼那样阔大的气象。中间十二句写苏轼对他的赏识,同时表现黄庭坚自己傲兀的性格,就如倒在涧壑里的枯松,波涛推不动,万牛挽不前。结四句说自己的儿子或可以同苏轼的孙女阿巽相配,言外之意即说他的诗不能同苏轼相比。这正是后来江西派诗人说的"打猛浑入,打猛浑出",用一种诙谐取笑的态度表示他们的情谊。这首诗从用字、琢句以至命意布局,变尽建安以来五言诗人熟习之路,如以枯松倒卧山涧比喻人性格的倔强、兀傲等,章法上跌宕起伏,布局巧妙,给人新奇之感。尤其最后两联,乍读感觉与前文没有必然的联系,但仔细寻味,发现意脉似断实续,如草蛇灰线,以国之大小比两人诗歌的境界,读来令人捧腹。

黄庭坚重视炼字造句,如"秋水粘天不自多"(《赠陈师道》)、"春去不窥园,黄鹂颇三请"(《次韵张询斋中晚春》)、"家徒四壁书侵坐,马耸三山叶拥门"(《次韵宋茂宗僦居甘泉坊雪后书怀》)、"心犹未死杯中物,春不能朱镜里颜"(《次韵柳通叟寄王文通》)。黄庭坚诗歌还喜欢运用新奇的修辞手法达到出奇制胜的效果,如"程婴杵臼立孤难,伯夷叔齐采薇瘦"(《寄题荣州祖元大师此君轩》),以古代的志士仁人来比喻竹子的高风亮节,比喻新警。

其次,在诗歌的语言上追求简古生新,在诗意上追求单行直下,对仗上追求意远。在诗歌语言等方面,黄庭坚有意追求与唐诗异,从而形成自己的特点。他的诗歌语言从中期开始,有意追求生新瘦硬的感觉,其中方法之一便是以质朴的语言替代唐诗语言之丰腴。如其《冲雪宿新寨忽忽不乐》:"山衔斗柄三星没,雪共月明千里寒。小吏有时须束带,故人颇问不休官。"虽然也是一联写景,一联抒情的常见格局,然景联以清淡之笔写萧瑟之景;情联更是质朴简古。在诗歌的形式方面,黄庭坚有意回避因对仗工整而带来的僵化之弊,而努力追求一气流转的艺术效果。如《郭明甫作西斋于颍尾请予赋诗二首》:"食贫自以官为业,闻说西斋意凛然。万卷藏书宜子弟,十年种木长风烟。未尝终日不思颍,想见先生多好贤。安得雍容一樽酒,女郎台下水如天。"虽然四联有四层意思,然如行云流水,流转自如,即使中间两联也没有因对仗而受到拘滞,颇有运古入律之意。在诗句的对仗方面,黄庭坚也有意摆脱传统的妃青俪白而追求意远。《次韵裴仲谋同年》中间两联:"舞阳去叶才百里,贱子与公俱少年。白发齐生如有种,青山好去坐无钱。"上下句的意思相去甚远,充满内部的张力。

再次,在声律上打破常规,追求矫健奇峭的风格。唐代形成的律体诗最大的特点是平仄交替,声韵和谐。然而,一旦这种形式固化以后,便出现过于圆熟、软绵之弊。唐代的杜甫开始尝试创作拗体,黄庭坚为了使诗歌区别于唐诗,有意学习杜诗此法,大量创作拗体诗。黄庭坚主张"宁律不谐而不使句弱"。他的不谐律是有讲究的,方东树就说他"于音节尤别创一种兀傲奇崛之响,其神气即随此以见"。如"故人相见自青眼,新贵即今多黑头"(《次韵盖郎中率郭郎中休官》),"自"字应平而仄,"多"字应仄而平,又如《寄黄几复》:

我居北海君南海,寄雁传书谢不能。桃李春风一杯酒,江湖夜雨十年灯。持

第五章 北宋中后期诗词

家但有四立壁,治病不蕲三折肱。想得读书头已白,隔溪猿哭瘴溪藤。

此诗称赞黄几复廉正、干练、好学,而对其垂老沉沦的处境深表惋惜,抒发思念友人的殷殷之情,寄寓了对友人怀才不遇的不平与愤慨,情真意厚。其中"持家"句两平五仄,"治病"句也顺中带拗,其兀傲的句法与奇峭的音响正有助于表现黄几复廉洁、刚正的性格。这样的写法,将声律与内容完美地结合起来。

最后,好用典故,力求化故为新。黄庭坚主张以丰富的书本知识作为写诗的基础,其在《答洪驹父书》中认为杜诗韩文"无一字无来处"。黄庭坚用典,喜欢用僻典;即便使用常用之典,亦以追求出人意料为目标。如《弈棋呈任公渐》中"湘东一目诚甘死,天下中分尚可持"二句,前句是用《南史》所载湘东王萧绎眇一目而对此尤为忌讳的故事,说棋盘上有一块棋仅一眼,死而心甘;后一句转折,用《史记》中刘邦、项羽以鸿沟为界相持不下的故事,说虽死了一目棋,大局未定,胜负难分,犹可支撑争战,都用得新颖妥切。再如《次韵刘景文登邺王台见思》"公诗如美色,未嫁已倾城"二句,把出于李延年《李夫人歌》的"倾国倾城"这样无人不晓的成语,用来说明刘景文之诗,出人意料。而且,黄庭坚诗歌典故还很密集。比如《和钱穆父咏猩猩毛笔》,8句中竟有12个典故。

黄庭坚晚年的诗风逐步体现出返朴归真的倾向。随着诗人阅历的加深和修养的提高,诗人在创作中达到了形迹尽泯的境界。如《雨中登岳阳楼望君山二首》:

投荒万死鬓毛斑,生出瞿塘滟滪关。未到江南先一笑,岳阳楼上对君山。
满川风雨独凭栏,绾结湘娥十二鬟。可惜不当湖水面,银山堆里看青山。

虽然诗中仍有典故成语及化用前人成句之处,字里行间也仍表现诗人的倔强性格,苦涩而沉痛,保持着劲峭的风格,但意境清新,语言流畅,并不晦涩,不再奇险生硬。再如《新喻道中寄元明用觞字韵》:

中年畏病不举酒,孤负东来数百觞。唤客煎茶山店远,看人秧稻午风凉。但知家里俱无恙,不用书来细作行。一百八盘携手上,至今犹梦绕羊肠。

虽然这首诗歌仍然用了不少语典,但对阅读并无影响。诗歌清空如话,旋折自然,一气呵成,体现出黄庭坚所提出的"平淡而山高水深"的境界。

黄庭坚在开创宋诗面貌方面取得成效,又喜爱论诗,总结出一套可行的创作理论与方法。黄庭坚常指点青年诗人,多从诗歌艺术角度切入,主张循序渐进:第一步要多读前人的作品,从中汲取艺术营养,力求熟练地掌握炼字、造句、谋篇等写作技巧。第二步再力求打破技巧的束缚而进入"不烦绳削而自合"的境界,并争取超越前人而自成一家。黄庭坚的理论具有很强的操作性,因而在当时影响很大,诗坛形成了一股学习山谷体的潮流。江西诗派也就自然而然产生。

大约北宋末年,吕本中作《江西诗社宗派图》,江西诗派的名称正式被提出。吕本中尊黄庭坚为宗派之祖,下列25人:陈师道、潘大临、谢逸、洪朋、洪刍、饶节、祖可、徐俯、林敏修、洪炎、汪革、李錞、韩驹、李彭、晁冲之、江端本、杨符、谢薖、夏倪、林敏功、潘大观、王直方、善权、高荷、何觊。因黄庭坚是江西人,又因其余 25 人中有 11 人籍贯亦属江西,故名。吕本中所列诗人中,以陈师道的成就最为突出。南宋末年,方回把吕本中、曾几、陈与义列入江西诗派,提出"一祖三宗"之说:杜甫为"祖师",黄庭坚、陈师道、陈与义为"三宗"。

陈师道(1053—1102),字履常,一字无己,号后山居士,彭城人。尝师从曾巩,因不满新学和党争,不应科举。元祐二年因苏轼等联名推荐,授徐州州学教授。哲宗即位,被列为苏轼余党,罢职;元符三年(1100)起用为秘书省正字,次年冬因冒寒参加郊祀,又不肯穿妻子从品质不端的亲戚处借来的绵衣,受冻病卒。

陈师道学诗,"初无诗法",后学习黄诗技法,之后苦学杜甫,深得杜诗之法。其诗歌题材主要写日常生活经历和人生感慨,最引人注目的是至亲骨肉的聚散、落魄文士的清贫,以及亲故朋友间的同病相怜,写得真挚动人。如《示三子》:

去远即相忘,归近不可忍。儿女已在眼,眉目略不省。喜极不得语,泪尽方一哂。了知不是梦,忽忽心未稳。

陈师道家境贫寒,岳父郭概任西川提刑,陈师道的妻儿随郭入蜀,数年后方与子女相见。此诗通篇造语质朴浑厚,无矫饰造作之气,读来恻恻感人,其原因主要在于诗人感情真挚,语语皆从肺腑中流出,乃至情之文。

陈师道诗歌有自觉的艺术追求,其论诗云:"宁拙无巧,宁朴无华。"(《后山诗话》)他在创作中有意贯彻这样的美学思想,创造出朴拙的风格特征,比如上文所举《示三子》即是如此。《示三子》全诗完全没有使用典故,没有藻饰,章法平直,句法简洁,丝毫不追求文外曲致。再如《九日寄秦觏》:

疾风回雨水明霞,沙步丛祠欲暮鸦。九日清尊欺白发,十年为客负黄花。登高怀远心如在,向老逢辰意有加。淮海少年天下士,可能无地落乌纱。

首联从眼前实景下笔,描绘诗人舟行一天,泊船投宿时的景色,写其旅况之萧条。颔联即景生感,叹十年重阳不胜杯酌,更无赏菊之事。颈联写对秦觏的怀念之情。尾联是祝愿与鼓励之辞,希望秦觏能意气风发。这首诗作者巧妙地将吟诗、饮酒、赏花、登高糅合在诗中,有实有虚。笔触精炼,剪裁巧妙,风格沉郁含蓄,意蕴深长。可以看出,本诗运思遣词很是深刻,但字面上却洗净风华绮丽。

第二节 秦观与贺铸

秦观(1049—1110),字少游,又字太虚,高邮人,元丰八年(1086)进士,是"苏门四学士"之一,政治上与苏轼休戚相关,绍圣间因受苏轼牵连列入旧党,一再遭到贬谪,流放到郴州、雷州,后来遇赦而还,途中,卒于滕州。

与苏轼旷达超脱的生活态度不同,秦观更多感伤情绪。秦观词的主导风格是典雅含蓄细腻,内容上没有脱别恨离愁的藩篱,但柳永、苏轼各自开创的风格和技巧对他产生了很大影响。因而其词有自己的特色。首先,秦观善于创造凄婉动人的意境,微妙地表达出抒情主人公细腻的感受。如《踏莎行》:

雾失楼台,月迷津渡,桃源望断无寻处。可堪孤馆闭春寒,杜鹃声里斜阳暮。
○ 驿寄梅花,鱼传尺素,砌成此恨无重数。郴江幸自绕郴山,为谁流下潇湘去?

词人因党争遭贬,远徙郴州,精神上倍感痛苦。此词写客次旅舍的感慨:上片写谪居中凄冷寂寞的环境;下片由叙实开始,写远方友人殷勤致意、安慰。词人悲苦的心境,投射到他的所见所闻外界事物之中,使之染上凄婉的色调;又用清丽的语言把这些外界景物编织成词中的意象,以主体的情绪与视角为脉络串连成流动的意境,虚实相间。身边事与心中情相互回环缠绕,构成浓厚的感伤气氛,极为细致地表现了身处逆境的文人对于不能自主的命运的哀怨,读来令人肠断。

其次,将身世之感融进艳情。如贬往郴州,途经衡阳所做的《阮郎归》:

潇湘门外水平铺。月寒征棹孤。红妆饮罢少踟蹰。有人偷向隅。 ○ 挥玉箸,洒真珠。梨花春雨馀。人人尽道断肠初。那堪肠已无。

全词上下片不直接写作者谪徙羁旅之苦和宴别伤离之悲,而是通过一位美女的饯别伤离,向隅而泣,挥泪如玉箸的情态描写,突出离别的痛楚。词中"红妆"的哀怨,未必为写实,而更可理解为词人自我遭贬后孤独悲伤的投影。

再次,秦观虽然也描写男女爱情,但能过滤掉庸俗猥亵的情趣,而对私人感情言说得极有分寸,表现出真切、柔婉、执着、健康的情调。如《鹊桥仙》:

纤云弄巧,飞星传恨,银汉迢迢暗度。金风玉露一相逢,便胜却人间无数。
○ 柔情似水,佳期如梦,忍顾鹊桥归路!两情若是久长时,又岂在朝朝暮暮!

汉魏以来,题咏牛女故事的作品很多,几乎都是同情他们会短离长,并为之代诉相思之苦。秦观此作,不落陈套,自出机杼,歌颂天长地久的忠贞爱情。用笔虽然平直,却在立意上取得了耐人寻味的艺术效果。《草堂诗馀》正集卷二:"七夕以双星会少别多为恨,独谓情长不在朝暮,化臭腐为神奇。"

最后,秦观词吸取柳词长调的婉转铺叙手法,又借鉴小令语言含蓄,结构缜密,意境深婉的长处,将两种词体的优点融合到一起,从而达到情韵兼胜的审美效果。如《满庭芳》:

山抹微云,天粘衰草,画角声断谯门。暂停征棹,聊共引离尊。多少蓬莱旧事,空回首、烟霭纷纷。斜阳外,寒鸦数点,流水绕孤村。 ○ 销魂。当此际,香囊暗解,罗带轻分。谩赢得、青楼薄倖名存。此去何时见也,襟袖上,空惹啼痕。伤情处,高城望断,灯火已黄昏。

此词写男女离别,与柳永《雨霖铃》的题材相同。然而,在具体写法上,两者却有很大的差异。柳永《雨霖铃》的"执手相看泪眼,竟无语凝咽",男女的亲昵之意显然,而此作中则无此举动。此作写别时的伤感,往日的柔情,别后的思念,层层铺叙,但情思不是一泻无余,而是以景写情,尽可能雅化。刚提"旧事",即以"烟霭纷纷"接之。词末亦不采用柳永《雨霖铃》结句"便纵有千种风情,更与何人说"的直抒胸臆之法,而以景作结,含蓄不尽。

贺铸(1052—1125),字方回,原籍山阴(今浙江绍兴)。生长于卫州(今河南汲县)。出身于外戚之家,又娶宗室之女。晚年退居苏杭一带,自称庆湖遗老。有《东山词》。贺铸作词受到苏轼的影响较大,吸纳苏轼"以诗为词"的创作方法和豪迈的风格,写了一些表现激越豪情的作品。如《六州歌头》:

少年侠气,交结五都雄。肝胆洞,毛发耸。立谈中,死生同,一诺千金重。推翘勇,矜豪纵,轻盖拥,联飞鞚,斗城东。轰饮酒垆,春色浮寒瓮,吸海垂虹。闲呼鹰嗾犬,白羽摘雕弓,狡穴俄空。乐匆匆。 ○ 似黄梁梦,辞丹凤;明月共,漾孤篷。官冗从,怀倥偬,落尘笼,簿书丛。鹖弁如云众,供粗用,忽奇功。笳鼓动,渔阳弄,思悲翁。不请长缨,系取天骄种,剑吼西风。恨登山临水,手寄七弦桐,目送归鸿。

此词先从追忆作者在东京度过的倜傥逸群的侠少生活写起,"侠"、"雄"二字总摄下文,接写豪侠们的"侠"、"雄"品格,勇敢正义,慷慨豪爽,再写豪侠们"侠"、"雄"的具体行藏,驰逐、射猎、豪饮,过着快活的生活。上片有点有染,虚实相间地展示了一幅弓刀武侠的画卷。换头紧承"乐匆匆"三字,用"似黄梁梦"四字转折文意,变换情绪,锋芒直指埋没扼杀人才的统治者。"笳鼓动"以下六句是全词的高潮,极写报国无门的悲愤,感人至深。最后三句,变激烈为凄凉,写理想破灭的悲哀。全词风格苍凉悲壮,感情充沛,叙事、议论、抒情结合紧密,有苏轼诗歌之神。不同于苏轼之处在于缺少高逸之思,而多凌厉奇崛的味道。

贺铸词的主导风格,并非慷慨激越,而是深婉密丽。不过,虽然他的婉约词较多地继承晚唐五代花间词人所创作的以秾丽精致的语言写男女之情和人生愁绪的写法,但其写恋情不那么露骨,笔调爽利。如《青玉案》:

凌波不过横塘路,但目送、芳尘去。锦瑟华年谁与度?月桥花院,琐窗朱户,只有春知处。 ○ 碧云冉冉蘅皋暮,彩笔新题断肠句。试问闲愁都几许?一川烟草,满城风絮,梅子黄时雨。

上片借邂逅一个女子而不知所往写人生的怅惘,也含蓄地流露其沉沦下僚、怀才不遇的感慨;下片由此写因思慕而引起的无限愁思,表现了幽居寂寞而积郁难抒的情绪。全词虚写相思之情,实抒悒悒不得志的"闲愁"。立意新奇,想象丰富,历来广为传诵。末节更是为人激赏,词人用博喻的修辞手法将无法言说的"闲愁",形象地描绘出,将无形变有形,将抽象变形象,手法高妙,贺铸还因此得了一个"贺梅子"的雅号。从全篇来看,多用丽藻、替代词,形成辞面的优雅华美。

第三节 周邦彦

北宋末年最重要的词人周邦彦(1056—1121),字美成,号清真居士,钱塘(今浙江杭州)人。在徽宗朝,因其精通音律、善作词,被任命为徽猷阁待制、提举大晟府。有《清真集》(又名《片玉集》)传世。

周邦彦词,内容上没有太大的创新,不外乎男女恋情、别愁离恨、人生哀怨等传统题材。其成就主要体现在融合诸家之长,使词这一文体更加精致。周邦彦对词体的贡献,体现在三个方面。首先,极端重视词与音乐的配合,使词的声律模式进一步规范化、精密化。周邦彦精于音律,新创、自度了如《六丑》《华胥引》《花犯》等五十多个新调。所作之词,格律十分严谨。

其次,周邦彦词极讲究"章法",即整篇结构。长调因为篇幅长,布局决定着整首词的效果。此前的柳永词善铺叙,多平铺直叙,按情事发生、发展的时空顺序来组织词的结构,明白晓畅,但过于平板单一。周邦彦在吸收柳词优点的基础上,变直叙为曲叙,往往将顺叙、倒叙和插叙错综结合,时空结构上将过去、现在、未来的场景交错叠映,章法严密而结构繁复多变。如《六丑·蔷薇谢后作》:

> 正单衣试酒,怅客里、光阴虚掷。愿春暂留,春归如过翼,一去无迹。为问花何在?夜来风雨,葬楚宫倾国。钗钿堕处遗香泽,乱点桃蹊,轻翻柳陌。多情为谁追惜?但蜂媒蝶使,时叩窗槅。 ○ 东园岑寂,渐蒙笼暗碧。静绕珍丛底,成叹息。长条故惹行客,似牵衣待话,别情无极。残英小、强簪巾帻。终不似、一朵钗头颤袅,向人欹侧。漂流处,莫趁潮汐;恐断红、尚有相思字,何由见得。

此词不过写惜花之情,然而多方铺垫,千回百折,显示出过人的功力。上片抒写春归花谢之景象。客中未及赏春,已是怅惘;而留春不住,怅惘又深一层。"愿春暂留,春归如过翼,一去无迹"数句,一句一转,一波三折,将词人对将去之春的痛惜留恋之情刻画而出。"为问"以下三句,一开一合,一起一伏,很好地表达了词人内心的矛盾与苦闷。"钗钿"以下六句,大力铺开,尽情写蔷薇谢后的飘落情况。词作下片着意刻画人惜花、花恋人的生动情景。词作从空间角度多方描写寻觅落花的踪迹。"长条"以下三句,写花恋人。花已"无迹",但有"长条",而"故惹行客",话别"牵衣",有同病相怜之意,也写出"行客"之无人怜惜、孤寂之境况。不说人惜花,而写花恋人。无情之物,而写得似有情,虽无中生有,却动人心弦,感人至深。"残英"四句,在"长条"之上,偶见残花。残花本非"簪巾帻"之物,然而"行客"却"强"而"簪"之,有聊胜于无之感。同时,勾引起作者回忆花盛时玉人簪花之旧事,映带凋谢后之景况,有无限珍惜慨叹之意。"漂流处"三句,词人因终不愿落花"一去无迹",所以又对花之"漂流"劝以"莫趁潮汐",冀望"断红"上尚有"相思"字。如果落花随潮水流去,那上面题的相思词句,就永远不会让人看见了。末句逆挽而不直下,拙重而不呆滞。文笔跌宕,变幻多姿,将一缕惜花情思表现得淋漓尽致,跌宕起伏。

再次,周邦彦词善于化用典故和前人诗句入词,浑然天成,如从己出。如《西河·金陵怀古》:

> 佳丽地。南朝盛事谁记。山围故国绕清江,髻鬟对起。怒涛寂寞打孤城,风樯遥度天际。○ 断崖树,犹倒倚。莫愁艇子曾系。空余旧迹郁苍苍,雾沉半垒。夜深月过女墙来,伤心东望淮水。○ 酒旗戏鼓甚处市。想依稀、王谢邻里。燕子不知何世。入寻常、巷陌人家,相对如说兴亡,斜阳里。

全词化用刘禹锡《金陵五题》等前人诗句多处。其中"佳丽地"句,化用谢朓《入朝曲》"江南佳丽地,金陵帝王州"。"山围故国",化用刘禹锡《石头城》"山围故国周遭在,潮打孤城寂寞回。淮水东边旧时月,夜深还过女墙来"。"莫愁艇子",化用古乐府《莫愁乐》"莫愁在何处?莫愁石城西。艇子打两桨,催送莫愁来"。"郁苍苍"化用曹植《赠白马王彪》"山树郁苍苍"。"想依稀"以下数句化用《乌衣巷》"朱雀桥边野草花,乌衣巷口夕阳斜。旧时王谢堂前燕,飞入寻常百姓家"。虽然全词隐括前人作品,但写得完整流贯,丝毫没有让人感觉突兀之处。

思考练习题

1. 黄庭坚诗歌的艺术特点是什么?
2. 黄庭坚诗歌在题材上有什么特点?
3. 后山体的特征是什么?
4. 江西诗派是如何形成的?
5. 如何理解秦观的"以小令之法入慢词"?
6. 贺铸的豪放词在文学史上有什么意义?
7. "一川烟草,满城风絮,梅子黄时雨",妙在何处?
8. 周邦彦词有什么特征?其文学史地位如何?

第六章 南宋初期文学

靖康之难是两宋的分界,经历过这场剧变的文人,文学创作无不受其影响,因而或多或少偏离了本来应有的走向,而呈现出较强的时代特色。

第一节 南宋初期诗歌

客观地说,南宋初期诗歌成就不高,一是大诗人不多。无论是元祐诗坛,还是南宋中期诗坛,皆有一批成就卓越的诗人。而南渡时期,真正称得上大家的诗人只有一个陈与义。二是南渡诗坛上佳作不多。南渡诗歌中当然有名篇名作,甚至一些小诗人也有流传千古的作品,但这个时期艺术水准很高的诗作数量不多。然而,宋代南渡时期的诗歌却体现出一些新变,具有深远的文学史意义。

宋诗特征之一是崇尚理趣,严羽《沧浪诗话》早就指出:"以议论为诗。"当然严羽是将这一特征作为缺点来批评的。但这一时期纯粹以议论手法写出的诗歌的数量远远低于元祐时期。为数不少的诗人已经或有意或无意地开始回避以议论入诗这一写法。比如张嵲的诗歌,少以说理为主的诗作,而多情感饱满之作。如其《建炎庚戌溃兵犯襄汉寒食阻趋光化拜扫追慕痛哭因成二诗》:"故园坟树想青葱,寒食风光泪眼中。自痛不如伧父子,纸钱犹挂树头风。"该诗虽然较之唐诗稍显幽折,但其中喷薄而出的情感,令人扼腕的感伤,却很类唐诗。

宋诗与唐诗另一个很重要的区别在于唐诗中自然意象占主导地位,而宋诗中人文意象占主导地位。宋代诗人的人文修养普遍较唐代诗人高,学者型诗人也相应增加,再加上宋人更重内在修养而轻外在事功,因而诗歌中表现文人生活情趣的题材大量涌现。在唐诗中难得一见的题材,频频出现于宋人笔端。纸、墨、笔、砚、琴、棋、书、画成为诗人吟咏的对象,评茶、玩石、品酒、论艺之作亦充斥于诗人的诗集中。相反,唐人热衷表现的题材如边塞之景、名山大川等外在自然的意象却不太受到诗人的青睐。这种状况,到南渡时期有所改变。

南渡诗人笔下,一度为北宋诗人冷落的自然意象又重新大量出现。徐俯、韩驹、陈与义、林季仲、曹勋、汪藻、吕本中、郭印、曾几、孙觌、王庭珪等人皆有数量不少描写自然风物的作品,意象多为自然意象。如韩驹《绝句》:

天寒候雁作行远,沙晚浴凫相对眠。松醪朝醉复暮醉,江月上弦仍下弦。

该诗意境清寒，对仗工整。吴曾认为后二句出自陆龟蒙《别墅怀归》："题诗朝忆复暮忆，见月上弦还下弦。"韩驹此诗具有唐诗风味，一个很重要的原因是运用白描手法将一个个自然意象巧妙地组合起来，构成一幅深秋月夜晚景图。

语言风格的差别也存在于唐诗与宋诗之间。从大处讲，唐诗语言风格自然和谐，宋诗则质朴生硬。唐诗之自然，并非言其诗不事修饰，而是指读来朗朗上口，清通流畅，富于音乐美；宋诗之质朴生硬，是人为地避免晚唐诗歌的圆熟而有意追求质木瘦硬，缺乏和谐的音乐美感。宋诗的这些语言特点一方面是因为宋型诗用典多，造成诗歌的阅读阻力很大；另一方面也是因为宋人有感于唐诗过于圆熟，诗歌中陈词套语太多，故有意追求一种迥异于唐音的宋调。然而物极必反，宋诗因过于追求异于唐诗，在其特点得到充分发展后，自身的弊病也逐渐暴露出来。吕本中因此提出了"活法说"，刘克庄《江西诗派小序·吕紫微》载：

> 紫微公作《夏均父集序》云："学诗当识活法。所谓活法者，规矩备具而能出于规矩之外；变化不测而亦不背于规矩也。是道也，盖有定法而无定法，无定法而有定法。知是者则可以与语活法矣。"谢元晖有言"好诗流转圆美如弹丸"，此真活法也。近世惟豫章黄公首变前作之弊，而后学者知所趣向，必精尽知，左规右矩，庶几至于变化不测。

吕本中主要讨论的是诗歌创作中法度与自然的关系问题，其中包含对诗歌语言的思考。同时期，张元斡也曾提出活法的概念："风行水上，自然成文，俱名活法。"因而，这一时期，不少诗人的创作在语言上开始有意识与江西诗风背离。陈与义的诗歌语言亦追求清新晓畅，吴师道《吴礼部诗话》云："世称宋诗人，句律流丽，必曰陈简斋。"而流丽之诗，往往与唐诗有相似之处，故《墨庄漫录》卷六举例云："七言绝句，唐人之作，往往皆妙。……陈与义去非《秋夜》云：'中庭淡月照三更，白露洗空河汉明。莫遣西风吹叶落，只愁无处着秋声。'如此之类甚多，不愧前人也。"又如吕本中《梅花》诗：

> 野水依城竹映沙，江梅开处又人家。天晴径欲花前醉，只恐衰颜不称花。

该诗主题并无深意，仅是古典诗歌中叹老之常调。在艺术上，诗人也未作精心设计，结构简单，语言不事雕饰。这种写法，显然不是诗人用心之作，但该类诗歌在吕本中晚年诗歌中占很大比重。无疑，这是诗人有意追求"活法"导致的结果。

南宋初年，诗坛上转移风气的是吕本中，但创作成就较高的则是陈与义与曾几。陈与义（1090—1138），青年时诗名已著，高宗建炎二年（1128），避乱南奔，在途中作诗《正月十二日自房州城遇虏至，奔入南山，十五日抵回谷张家》说："但恨平生意，轻了少陵诗！"亡国之痛与颠沛流离的经历使陈与义对杜诗的意义认识更为深刻，其诗歌风格沉郁、壮阔，深得杜诗之神。例如《伤春》：

> 庙堂无策可平戎，坐使甘泉照夕烽。初怪上都闻战马，岂知穷海看飞龙。孤

臣霜发三千丈,每岁烟花一万重。稍喜长沙向延阁,疲兵敢犯犬羊锋。

这是一首伤春诗,实质上却在感伤时势,表现出作者爱国主义的思想感情。全篇雄浑沉郁,忧愤深广,跌宕起伏,深得杜诗同类题材的神韵。首联"庙堂无策可平戎,坐使甘泉照夕烽"二句,上句是因,下句是果。采用借古喻今的手法,直叙国事的危急,感叹朝廷无策抗金,直将矛头指向皇帝,此为首顿。颔联"初怪"二句,承上直写南宋小朝廷狼狈逃奔的可悲行径,以"初怪"、"岂知"的语气出之,造成更强烈的惊叹效果,显得感情动荡,表达了局势出乎意料的恶化,流露了诗人对高宗的失望之情,再次跌宕。颈联"孤臣"二句,直接抒发感慨,扣着题目写"伤春"。上句写伤,下句写春。尾联,落笔很有力量。诗人在对向子諲的歌颂中,包含着对"庙堂"当权派的批判。这首诗作深刻地反映了南宋前期战乱动荡的社会现实,同时也体现了陈与义南渡后的诗风开始转变,卓然成家而自辟蹊径。宋代刘克庄《后村诗话》说陈与义"建炎以后,避地湖峤,行路万里,诗益奇壮。……以简洁扫繁缛,以雄浑代尖巧,第其品格,故当在诸家之上。"这些评语并非溢美之词,而是符合南渡后陈与义诗风特征的。而且,这首七律处处可见杜诗之影响,其显露出来的爱国情思,沉雄浑成的艺术风格,已经不是在形貌上与杜甫相似,而是在气味上逼近杜甫。

曾几(1084—1166)与吕本中同年出生,但成名较晚。曾向吕本中请教诗法,后来居上,在吕本中流动圆美的风格基础上更进一步,形成了一种清新活泼的新风格,如《三衢道中》"梅子黄时日日晴,小溪泛尽却山行。绿阴不减来时路,添得黄鹂四五声",是曾几最负盛名之作,也是曾诗语言风格向唐诗复归的典型。全诗语言浅显却风流蕴藉,声调委婉和谐,清新活泼,呈轻快流动之态。

第二节　李清照

李清照(1084—约1151),号易安居士,济南人。李清照出生在一个书香之家,其父李格非是学者兼散文家,母亲出身于官宦人家,也有文学才能。李清照多才多艺,能诗词,善书画,少时即有才名。十八岁时嫁给太学生赵明诚,赵爱好金石之学,也有很高的文化修养。金人南侵,李清照随丈夫南奔避难。后来赵明诚病亡,从此,李清照孑然一身,流落江南。有《漱玉词》。

李清照写过一篇《词论》,提出词"别是一家"之说,对唐五代以来特别是北宋以来的主要词人分别提出批评,如认为柳永的词"虽协音律,而词语尘下",表明她反对过于俚俗化和市民情趣;认为晏殊、欧阳修、苏轼等人的词"皆句读不葺之诗尔,又往往不协音律",表明她重视词风与诗风的区别,强调音律。概而言之,李清照特别强调词在艺术上的独特性,即词"别是一家",要求词与诗歌相区别;特别重视词的声律形式,认为词对音乐性和节奏感有更独特的要求,否则词就成了"句读不葺之诗",失却了词独特的文体特性。

李清照的词以南渡为界,可分为前后两个时期。前期词主要体现一位少女、少妇悠闲风雅的生活情趣,以及对丈夫赵明诚的思念等等。如《如梦令》"常记溪亭日暮,沉醉不知归路。兴尽晚回舟,误入藕花深处。争渡,争渡,惊起一滩鸥鹭",回忆其少女生活的情趣和心境。寥寥数语,似乎是随意而出,却又惜墨如金,句句含有深意。开头两句,写沉醉兴奋之情。接着写"兴尽"归家,又"误入"荷塘深处,别有天地,更令人流连。结句纯洁天真,言尽而意不尽。词作境界优美怡人,以尺幅之短给人以足够的美的享受。再如《醉花阴》:

薄雾浓云愁永昼,瑞脑销金兽。佳节又重阳,玉枕纱厨,半夜凉初透。 ○ 东篱把酒黄昏后,有暗香盈袖。莫道不销魂,帘卷西风,人比黄花瘦。

此作是李清照婚后思念丈夫而作,通过描述作者重阳节把酒赏菊的情景,烘托了一种凄凉寂寥的氛围,表达因思念而产生的孤独与寂寞的心情。上片咏节令,写别愁;下片写赏菊情景。作者在自然景物的描写中,加入自己浓重的感情色彩,使客观环境和人物内心的情绪融和交织。尤其是结尾三句,用黄花比喻人的憔悴,以瘦暗示相思之深,含蓄深沉,言有尽而意无穷。虽然词作写的是"人比花瘦"的思念之苦,但情感其实并不沉痛,而带有孤芳自赏的潇洒。

时代的巨变打破了李清照闲适恬静的生活。李清照家破夫亡,受尽劫难和折磨。人生命运的剧变,李清照的心境和词境也随之变化。词作一变前期的清丽明快而充满凄凉、低沉之音,内容上主要抒发悼亡之悲和怀旧之思,同时寄寓家国之痛和故土之情。如其名作《声声慢》:

寻寻觅觅,冷冷清清,凄凄惨惨戚戚。乍暖还寒时候,最难将息。三杯两盏淡酒,怎敌他晚来风急?雁过也,正伤心,却是旧时相识。 ○ 满地黄花堆积。憔悴损,如今有谁堪摘?守著窗儿,独自怎生得黑?梧桐更兼细雨,到黄昏、点点滴滴。这次第,怎一个愁字了得!

通过描写残秋所见、所闻、所感,抒发自己因国破家亡、天涯沦落而产生的孤寂落寞、悲凉愁苦的心绪,具有浓厚的时代色彩。在结构上打破了上下片的局限,一气贯注,着意渲染愁情,如泣如诉,感人至深。开头连下十四个叠字不同寻常,音调上徘徊低迷,婉转凄楚,先声夺人地抒写作者的心情;下文"点点滴滴"又前后照应,表现作者孤独寂寞的忧郁情绪和动荡不安的心境。全词大气包举,别无枝蔓,一字一泪,风格深沉凝重,哀婉凄苦,极富艺术感染力。

李清照亦写出了"绝似苏辛派"的雄奇之作,如《渔家傲》:

天接云涛连晓雾,星河欲转千帆舞。仿佛梦魂归帝所,闻天语,殷勤问我归何处? ○ 我报路长嗟日暮,学诗谩有惊人句。九万里风鹏正举,风休住,篷舟吹取三山去。

此词写梦中海天溟蒙的景象以及与天帝的问答,隐喻着对社会现实的不满与失望,对理想境界的追求和向往。词人置身于广漠无垠的太空,不顾"路长"、"日暮",在九万里风的推动下作精神的探寻,将真实的生活感受融入梦境,以浪漫的艺术构思,梦游的方式,奇妙的设想，倾诉隐衷，寄托情思。全词打破了上片写景，下片抒情或情景交错的惯常格局，以故事性情节为主干，以人神对话为内容，实现了梦幻与生活、历史与现实的有机结合，用典巧妙，景象壮阔，气势磅礴，音调豪迈，充分显示了作者性情中豪放不羁的一面。

李清照在文学史上具有极其重要的地位。她是宋代乃至中国古代文学史上创造力最强、艺术成就最高的女性作家。她以女性的身份和视角，观察世界并生动地抒写自我的情感世界，改变了以往"男子作闺音"的创作格局。

第三节　张元幹、张孝祥等词人

词经过长期的发展，题材不断拓宽，技巧日益成熟，地位也得到很大的提高。南宋初期，词与诗歌、散文一样，已经成为文人惯用的文学体裁。由于靖康之变的巨大冲击，文人的悲愤心态反映到词的创作中，而且，由于词的形式上长短参差的特点，比诗更适宜于表达激奋的、跳荡的情绪，此时一些反映当时社会共同心态和期望的词作，社会影响甚至要比同类的诗歌还大。这样，词的题材和风格在南宋初期又出现了一次新的重大变化。

张元幹（1091—1161），字仲宗，号芦川居士，因曾被抗金名将李纲辟为属官，后随着李纲免职而被贬斥。有《芦川词》。在南渡之前，张元幹生活疏狂放荡，创作上则模拟"花间"，词风绮艳轻狭。靖康之难发生后，其词风变得慷慨悲凉。绍兴年间，胡铨上书请斩秦桧，遭到流放，张元幹不畏秦桧的打击，作词《贺新郎·送胡邦衡待制赴新州》为胡铨送行：

> 梦绕神州路。怅秋风、连营画角，故宫离黍。底事昆仑倾砥柱，九地黄流乱注？聚万落千村狐兔。天意从来高难问，况人情老易悲难诉。更南浦，送君去。〇凉生岸柳催残暑。耿斜河、疏星淡月，断云微度。万里江山知何处？回首对床夜语。雁不到、书成谁与？目尽青天怀今古，肯儿曹恩怨相尔汝？举大白，听《金缕》。

这首词打破历来送别词的旧格调，把个人之间的友情放到了民族危亡这样一个大背景中表达。上片述时事。"梦绕神州路"四句为第一层，写中原沦陷的惨状；"底事昆仑倾砥柱"三句为第二层，严词质问悲剧产生的根源；"天意从来高难问"至"送君去"为第三层，感慨时事，点明送别。下片叙别情。"凉生岸柳销残暑"至"断云微度"为第一层，状别时景物；"万里江山知何处"至"书成谁与"为第二层，设想别后心情；"目尽青天怀今古"至最后为第三层，申述遣愁送别。全词境界壮阔，气势开张；感情慷慨激昂，悲壮沉郁，抒情曲折，表意含蓄。这首词在当时曾广为流传，并激怒了秦桧，张元幹因此而被除名。

南宋初期另一位以豪放风格著称的词人是张孝祥。张孝祥（1132—1170），历阳乌江人，字安国，号于湖居士，绍兴二十四年（1154），被高宗擢为廷试第一，因上疏申理岳飞冤情，触犯秦桧，被诬下狱。秦桧死后，才得以复出。有《于湖词》。张孝祥的气质与苏轼相似，其词作中有豪放之作者，如著名的《六州歌头》：

> 长淮望断,关塞莽然平。征尘暗,霜风劲,悄边声。黯销凝。追想当年事,殆天数,非人力。洙泗上,弦歌地,亦膻腥。隔水毡乡,落日牛羊下,区脱纵横。看名王宵猎,骑火一川明。笳鼓悲鸣,遣人惊。 ○ 念腰间箭,匣中剑,空埃蠹,竟何成。时易失,心徒壮,岁将零。渺神京。干羽方怀远,静烽燧,且休兵。冠盖使,纷驰骛,若为情?闻道中原遗老,常南望、翠葆霓旌。使行人到此,忠愤气填膺,有泪如倾。

此词写临淮之感触,通过国土形势的纵览,谴责批评朝廷的苟安政策,抒发强烈的忠愤报国之情。上片描写沦陷区的凄凉景象和敌人的骄纵横行。北望中原,山河移异。金人南侵,举火宵猎;笳鼓悲鸣,几千年文化之邦沦为异族统治地。下片写南宋朝廷苟且偷安,中原父老渴望光复,自己的报国志愿难以实现。边境上冠盖往来,使节纷驰,一片妥协求和的气氛,词人为之痛心疾首。全词声情激壮,笔饱墨酣,淋漓痛快,而且,词人有意选用《六州歌头》,因其篇幅长,格局阔大,又多用三言、四言短句,构成激越紧张的促节,从而抒发满腔爱国激情。

张孝祥在词创作中,还有意识学习苏轼之放达,如其《念奴娇·过洞庭》:

> 洞庭青草,近中秋、更无一点风色。玉鉴琼田三万顷,着我扁舟一叶。素月分辉,明河共影,表里俱澄澈。悠然心会,妙处难与君说。 ○ 应念岭表经年,孤光自照,肝胆皆冰雪。短发萧骚襟袖冷,稳泛沧溟空阔。尽吸西江,细斟北斗,万象为宾客。扣舷独啸,不知今夕何夕!

泛舟在一片晶莹澄澈、碧波浩渺而近乎无迹无相的世界中,词人的心灵与宇宙的永恒本质似乎达成一种默契,从而产生"难与君说"的微妙感受。显然词中的豪情逸兴与苏轼的某些作品有某种内在的联系。

思考练习题

1. 南宋初期的诗歌体现出怎样的转变倾向?
2. 李清照提出词"别是一家"有何文学史意义?
3. 李清照南渡前后词的内容与风格有何不同?
4. 张孝祥的《念奴娇·过洞庭》有何独特之处?

第七章　陆游等中兴四大诗人

从宋孝宗隆兴二年(1164)与金第二次和议,至宋宁宗开禧二年(1206)宋朝第二次北伐,这期间南宋政局相对稳定,出现了所谓的中兴局面,活跃在诗坛的是以陆游等中兴四大家为代表的诗人。

第一节　陆　游

陆游(1125—1210),字务观,号放翁,越州山阴(今浙江绍兴)人。幼年经历靖康之乱,随父陆宰离开中原,南下避难,经多年颠沛,到九岁时方回到故乡山阴。其父陆宰是一个学者和藏书家,也是坚定的主战派;陆游所师从的曾几也是一位爱国诗人。现实的苦难、家教、师承对陆游思想影响非常深刻,使他从小就立下雄心大志,"上马击狂胡,下马草军书"(《观〈大散关图〉有感》)。

陆游诗歌的题材非常广泛,其中最重要的无疑是爱国主题。爱国精神贯穿于陆游的一生,他临终绝笔诗《示儿》仍念念不忘抗金恢复大业。南宋朝廷安于现状,奉行妥协政策,致使苟安情绪蔓延,边关将领贪图享乐,主战人士受到排挤与打击。陆游在诗歌中抒发对此类现象的不满。比如《关山月》:

和戎诏下十五年,将军不战空临边。朱门沉沉按歌舞,厩马肥死弓断弦。戍楼刁斗催落月,三十从军今白发。笛里谁知壮士心,沙头空照征人骨。中原干戈古亦闻,岂有逆胡传子孙?遗民忍死望恢复,几处今宵垂泪痕。

这首诗是以乐府旧题写时事,作于陆游罢官闲居成都时。诗中痛斥了南宋朝廷文恬武嬉、不恤国难的态度,表现了爱国将士报国无门的苦闷以及中原百姓殷切盼望恢复的愿望,体现了诗人忧国忧民、渴望统一的爱国情怀。全诗十二句,每四句一转韵,表达一层意思,分别从将军权贵、戍边战士和中原百姓着眼。诗人构思非常巧妙,以月夜统摄全篇,将三个场景融成一个整体,构成一幅关山月夜的全景图。诗人还选取了一些典型事物,如朱门、厩马、断弓、白发、征人骨、遗民泪等,表现诗人鲜明的爱憎感情。爱国主义题材的诗歌中,最令人动容的是陆游表现英雄迟暮、壮志难酬的感慨。比如《书愤》:

早岁那知世事艰,中原北望气如山。楼船夜雪瓜洲渡,铁马秋风大散关。塞上长城空自许,镜中衰鬓已先斑。出师一表真名世,千载谁堪伯仲间?

本诗系宋孝宗淳熙十三年(1186)春,陆游居家乡山阴时所作,时年六十一岁。前四句概括陆游自己青壮年时的豪情壮志和战斗生活情景,其中颔联撷取了两个最能体现"气如山"的画面来表现。后四句抒发壮心未遂、时光虚掷、功业难成的悲愤之情,但悲愤而不感伤颓废。尾联以诸葛亮自比,不满和悲叹之情交织在一起,展现了诗人复杂的内心世界。

陆游善于从各种生活情景中发现诗材。就算是平凡的书斋生活,他都津津乐道,如《临安春雨初霁》"世味年来薄似纱,谁令骑马客京华?小楼一夜听春雨,深巷明朝卖杏花。矮纸斜行闲作草,晴窗细乳戏分茶。素衣莫起风尘叹,犹及清明可到家。"抒写对世态炎凉的无奈和客居京华的蹉跎感慨,但对江南春雨和书斋闲适生活的描写却优美动人。尤其第二联,被誉为"绘尽江南春之神魄"。

陆游和唐婉被迫离婚后重逢沈园,不久唐氏抑郁而亡。沈园一再勾起陆游痛苦的回忆,75岁时还写下感人肺腑的《沈园》二首:

城上斜阳画角哀,沈园非复旧池台。伤心桥下春波绿,曾是惊鸿照影来。
梦断香消四十年,沈园柳老不吹绵。此身行作稽山土,犹吊遗踪一泫然。

时隔四十多年,年逾古稀的诗人故地重游,触景生情,无法压抑哀痛,禁不住潸然泪下,可见此情深挚,陈衍《宋诗精华录》评该诗为"绝等伤心之诗"。

陆游其人热情奔放,神采飞扬,常常将现实生活中无法实现的壮志豪情表现于诗中,凭借幻境、梦境一吐抑郁不平之气。这一点与李白非常相似,陆诗因而具有飘逸奔放的特点。然而严酷的现实环境导致诗人心灵压抑,因而陆游的诗风又有近于杜甫沉郁悲凉的一面。兼容李白的飘逸奔放与杜甫的沉郁顿挫于一炉,构成了陆游的独特诗风。不过,与李、杜诗相比,陆诗又比较有法度,陆诗的语言平易晓畅,章法整饬谨严,而不像李、杜诗那样雄奇莫测。如《长歌行》:

人生不作安期生,醉入东海骑长鲸。犹当出作李西平,手枭逆贼清旧京。金印煌煌未入手,白发种种来无情。成都古寺卧秋晚,落日偏傍僧窗明。岂其马上破贼手,哦诗长作寒螿鸣?兴来买尽市桥酒,大车磊落堆长瓶。豪竹哀丝助剧饮,如巨野受黄河倾。平时一滴不入口,意气顿使千人惊。国仇未报壮士老,匣中宝剑空有声。何当凯旋宴将士,三更雪压飞狐城。

这首七古作于淳熙元年(1174),陆游五十岁,离蜀州通判任,闲居成都安福院僧舍。回想人生路程,尤其想到自己从前方被调回,一生坚持的杀敌愿望落空,心中苦闷而作诗抒怀。诗歌以浪漫之想开端,然而细细寻绎,虽然笔力清壮顿挫,结构波澜迭起,气势恢宏雄放,然而语言晓畅,句式整饬。马星翼《东泉诗话》云:"放翁《长歌行》最善,虽未知与李、杜何如,要已突过元、白。"赵翼《瓯北诗话》评曰:"看似奔放实则谨严。"正说明陆游诗歌与李、杜之渊源及其个性。

第二节 杨万里与范成大

杨万里(1127—1206),字廷秀,吉州吉水(今江西吉水)人。绍兴二十四年(1154)进士,历任国子博士、侍讲等职,曾奉命赴宋金交界地充接伴金国贺正使。韩侂胄当政时,因政见不合,隐居十五年不出。闻韩侂胄草率北伐,痛哭失声,留绝命书忧愤而死。其诗较少反映广阔的社会生活,但为数不多的此类作品,颇有可观之处。如《初入淮河四绝句》写他出使金国时所见所思,颇为感人:

船离洪泽岸头沙,人到淮河意不佳。何必桑乾方是远,中流以北即天涯。
刘岳张韩宣国威,赵张二相筑皇基。长淮咫尺分南北,泪湿秋风欲怨谁?
两岸舟船各背驰,波浪交涉亦难为。只余鸥鹭无拘管,北去南来自在飞。
中原父老莫空谈,逢着王人诉不堪。却是归鸿不能语,一年一度到江南。

第一首诗总起,以"意不佳"点题,奠定了组诗的基调,并化用前人诗句以说明"意不佳"的原因。第二首诗以欲抑先扬的手法对造成山河破碎的南宋朝廷进行委婉的谴责。第三首诗因眼前景物起兴,以抒发感慨,采取了虚实相生的写法,表达了对国家统一、人民自由往来的愿望。第四首诗写中原父老不堪忍受金国压迫之苦,并借羡慕鸿雁南飞来表达遗民们对故国的向往。组诗慨叹半壁沦陷、半壁偏安的惨淡时局,萦怀北方沦陷区的广大人民,感触丰富,意蕴深沉。

杨万里诗集中更多的是描写自然景物和日常生活的作品。这些作品比较典型地体现出其"诚斋体"的特点。杨万里的诗风发生过多次变化。他早年学诗从江西诗派入手,后来改而学习王安石和晚唐诗人的绝句,最后终于领悟到应该摆脱前人的藩篱而自成一家,并形成了独具面目的诚斋体。诚斋体的基本特征是:语言通俗活泼,构思新颖奇特,风格幽默风趣。诚斋体的风格,在描写自然景物和日常生活的作品中表现得最为明显。例如《过松源晨炊漆公店》:

莫言下岭便无难,赚得行人空喜欢。正入万山圈子里,一山放出一山拦。

诗的前半部是议论,后半部是描摹。诗人借助景物描写和生动形象的比喻,通过写山路行走的感受,创造了一种深邃的意境,寄寓着一个具有简单意义的深刻哲理:人生在世岂无难,人生就是不断地与"难"做斗争,没有"难"的生活,在现实社会中是不存在的。人们无论做什么事,都要对前进道路上的困难做好充分的估计,不要被一时的成功所迷失。诗歌语言朴实平易,生动形象,表现力强,一个"空"字突出表现了"行人"被"赚"后的失落神态,幽默风趣。"放"、"拦"等词语的运用,赋予"万山"人的思想、人的性格,使万山活了起来。

范成大(1126—1193),字致能,号石湖,吴郡(今江苏苏州人)人,宋高宗绍兴二十四年(1154)进士,宋孝宗乾道六年(1170),范成大以资政殿大学士身份出使金国,官至参知政事,是南宋前期地位较高的作家之一。

范成大诗中成就最高的是使金组诗绝句七十二首和田园组诗《四时田园杂兴》六十首。乾道六年(1170),宋孝宗决定废除使臣向金国皇帝跪拜受书这一耻辱性的礼仪,范成大抱着必死的决心出使金国。他在金国几乎被害,终于不辱使命。著名的使金七十二绝句便作于他这次出使往返途中。这组诗歌记录了诗人出使的一路见闻,尽情抒发了作者的爱国情怀。如《州桥》:

州桥南北是天街,父老年年等驾回。忍泪失声问使者,几时真有六军来?

此诗截取了一个生动的场面,有人物、有环境、有情节、有对话。州桥,是个特定的环境,为南北御路,作者经过此地,不直写自己内心的亡国之痛,而是从对面写来,写中原父老的感情,场景非常典型。忍泪失声的询问,是这个场面的高潮,然而突然收结,这样更深刻集中地表现中原人民盼望北伐的心情。在感情的顶点收结是诗歌创作的妙法,起到语尽意不尽的效果,余音袅袅,不绝如缕。

范成大晚年隐居石湖十年,创作了大量的田园诗,其中以《四时田园杂兴》六十首最著名,分为春日、晚春、夏日、秋日和冬日五目,每目十二首。中国古代的田园诗歌有两大系统,即叙写农民疾苦,反映农民贫困处境的诗,文学史家一般习惯称之为"田家诗"(或"田家词"、"农家诗");与描写田园风光,表现闲适情调的作品,文学史家一般称之为"田园诗"。然而这两类传统几乎并不交叉。尽管此前的曹勋已开始尝试将这两大传统的田园诗合二为一,但其诗影响不大。真正将这两大系统合而为一,且产生重大影响的是范成大的该组诗:

胡蝶双双入菜花,日长无客到田家。鸡飞过篱犬吠窦,知有行商来买茶。
(《晚春田园杂兴》之三)
昼出耘田夜绩麻,村庄儿女各当家。童孙未解供耕织,也傍桑阴学种瓜。
(《夏日田园杂兴》之七)

前一首描写了农村晚春恬静的景色,后一首表现农民艰辛的劳作。此外,其他的诗歌中表现官府租税之苛刻、农民生活之艰难、农家丰收之快乐等等,皆反映出农村真实而全面的生活状态。范成大成功地实现了对传统题材的改造,使田园诗成为名副其实的反映农村生活的诗,在文学史上具有深远的影响。

思考练习题

1. 陆游的诗歌具有哪些特征?
2. 试述杨万里诗歌创作转变的轨迹?
3. 诚斋体的特征有哪些?
4. 范成大《四时田园杂兴》有什么文学史意义?

第八章　辛弃疾和辛派词人

南宋中期,词的创作也达到了一个高潮,词坛上以辛弃疾为代表的豪放词与以姜夔为代表的婉约词并行不悖,都取得了令人瞩目的成绩。辛弃疾继承苏轼词的创作并进一步发展,空前解放了词体,使词体最终获得与诗歌平分秋色的文学史地位。辛派词人著名者有陈亮、刘过、刘克庄、刘成翁、文天祥等人。

第一节　辛弃疾及其词

辛弃疾(1140—1207),字幼安,号稼轩,历城(今山东济南)人。出生于已被金占领的北方,自幼接受祖父的爱国教育,又目睹汉人在女真人统治下所受的屈辱与痛苦,青少年时就立下恢复中原的志向,身上有一种燕赵奇士的侠义之气。高宗绍兴三十一年(1161),济南人耿京聚数十万众抗金,时年22岁的辛弃疾也揭竿而起,投奔耿京部,为掌书记。耿京采纳辛弃疾的建议,次年派辛弃疾到建康与南宋朝廷洽商协同作战之事。在完成使命返回山东途中,辛弃疾获知耿京被降金的叛徒张安国杀害,便立即率五十骑于敌营五万之众中生擒叛徒张安国,并疾驰缚送建康,斩首示众,伸张抗敌正气,由此名重一时。

然而,辛弃疾南归以后,并没有得到施展才华的机会。尽管他曾提出不少抗金北伐的建议如《美芹十论》《九议》等,在当时深受人们称赞,但胆怯的南宋朝廷对此却并不感兴趣。而且,身为"归正人",辛弃疾又遭到朝廷的防范。他南归后,基本都是在地方任职,而且每任时间都很短,从29岁到42岁,13年间调换14任官职,因而无法在任上有大的建树和作为。辛弃疾42岁时,因受到弹劾而被免职,归居上饶。此后二十年间,他除了有两年一度出任福建提点刑狱和安抚使外,大部分时间都在乡闲居。

辛弃疾的人生理想本来是做统兵将领,在战场上博取功名,然而时代却并没赋予他这样的机遇,因而不得不将满腔的热情与愤懑表现于词作之中。历史因此少了一个名将,而多了一个伟大的词人。辛弃疾既有词人的气质,又有军人的豪情,其词成为表现自我行藏出处和精神世界的载体。他的词空前绝后地把自我一生的人生经历、生命体验和精神个性完整地表现出来。

最能引起读者注意的,是辛弃疾词中所展现的虎啸风生、气势豪迈的英雄形象,如著名的《破阵子·为陈同甫赋壮词以寄》:

醉里挑灯看剑,梦回吹角连营。八百里分麾下炙,五十弦翻塞外声。沙场秋点兵。○马作的卢飞快,弓如霹雳弦惊。了却君王天下事,赢得生前身后名。可怜白发生。

作者通过对早年抗金部队豪壮的气概以及自己沙场生涯的追忆,表达杀敌报国、收复失地的理想,抒发壮志难酬、英雄迟暮的悲愤心情。从意义上看,前九句是一段,生动地描绘出一位披肝沥胆,忠贞不二,勇往直前的将军形象。第一句六个字,却用三个连续的、富有特征性的动作,塑造了一个壮士形象,让读者从那些动作中体会人物的内心活动,想象人物所处的环境,意味无穷。次句"梦回吹角连营",词人在醉梦里仿佛回到了战火纷飞的战场。接下来数句便写梦中所见。"八百里分麾下炙,五十弦翻塞外声",两个对仗极工稳而又极其雄健的句子,突出表现了雄壮的军容,表现了将军及士兵们高昂的战斗情绪。"马作的卢飞快,弓如霹雳弦惊"两句,写出词人的展望:敌人纷纷落马;残兵败将,狼狈溃退;将军身先士卒,乘胜追杀,一霎时结束了战斗;凯歌交奏,欢天喜地,旌旗招展。"了却君王天下事,赢得生前身后名",词人直抒胸臆,展示自我怀抱。末一句是一段,以沉痛的慨叹,抒发了词人"壮志难酬",报国无门的苦闷之感。全词意境雄奇、人物形象鲜明,英雄形象跃然纸上。在唐宋词史上,只有在辛弃疾的词里,才能见到如此意气风发的壮伟英雄形象与壮阔飞动的战争场面。

辛弃疾在南宋生活的四十五年中,整整有十八年被迫隐居江西,另外二十余年中,虽出任一些官职,但畅行其志的机会极少,几乎可以说一生无所遇合,其一腔悲愤贯注于词中,并将之延伸到对世界的思考上,表现出更为深广的社会忧患意识。如《水龙吟·登建康赏心亭》:

> 楚天千里清秋,水随天去秋无际。遥岑远目,献愁供恨,玉簪螺髻。落日楼头,断鸿声里,江南游子。把吴钩看了,栏杆拍遍,无人会,登临意。○休说鲈鱼堪脍。尽西风、季鹰归未。求田问舍,怕应羞见,刘郎才气。可惜流年,忧愁风雨,树犹如此。倩何人,唤取红巾翠袖,揾英雄泪。

登高望远,秋色无边,江山壮丽,而故国沦陷、国耻未雪。词人胸怀报国大志,而英雄无用武之地、壮怀理想无人理解。理想与现实的冲突,使他萌生退隐之念,但英雄无功又使之耻于归隐谋私。欲进不能,欲退不忍,年光如水,英雄失路,又何其沉痛悲凉,不禁潸然泪下。辛弃疾丰富的心灵世界得到充分表现。这首词豪而不放,壮中见悲,沉郁顿挫。上片以山水起势,雄浑而不失清丽。"献愁供恨"用倒卷之笔,迫近题旨。以下七个短句,一气呵成。落日断鸿,把看吴钩,拍遍栏杆,在阔大苍凉的背景下,凸现出一个孤寂的爱国者的形象。下片抒怀,写其壮志难酬之悲。不用直笔,连用三个故实,或反用,或正取,或半句缩住,以一波三折、一唱三叹手腕出之。结尾处叹无人唤取红巾翠袖"揾英雄泪",遥应上片"无人会,登临意",抒慷慨呜咽之情,别具深婉之致。

创作手法上,辛弃疾在继承苏轼"以诗为词"的基础上,进而"以文为词",即将古文辞赋中常用的创作手法,如辞赋的章法、对话、散文的议论以及散文的语言移植于词创作中。如《贺新郎》:

第八章 辛弃疾和辛派词人

甚矣吾衰矣。怅平生、交游零落,只今馀几。白发空垂三千丈,一笑人间万事。问何物、能令公喜。我见青山多妩媚,料青山、见我应如是。情与貌,略相似。 ○ 一樽搔首东窗里。想渊明、停云诗就,此时风味。江左沉酣求名者,岂识浊醪妙理。回首叫、云飞风起。不恨古人吾不见,恨古人、不见吾狂耳。知我者,二三子。

此词从不同文献中化用较多,化用经部的语句如"甚矣吾衰矣",出自于《论语·述而》:"子曰:'甚矣吾衰矣,久矣吾不复梦见周公。'""二三子"出自《论语·述而》:"二三子以我为隐乎。"化用史部的语句,"不恨古人吾不见,恨古人、不见吾狂耳",出自《南史·张融传》:"融善草书,常自美其能。帝曰:'卿书殊有骨力,但恨无二王法。'答曰:'非恨臣无二王法,亦恨二王无臣法。'……常叹云:'不恨我不见古人,所恨古人又不见我。'""我见青山多妩媚",出于《唐书·魏征传》:"太宗曰:'人言魏征举动疏慢,我但见其妩媚耳。'"化用子部的语句:"问何物、能令公喜",出自《世说新语·宠礼篇》:"髦参军,短主簿,能令公喜,能令公怒。"化用集部的语句:"白发空垂三千丈,一笑人间万事",出自李白的《秋浦歌》:"白发三千丈,缘愁似个长。""想渊明、停云诗就,此时风味",出自陶潜《停云》:"静寄东轩,春醪独抚。""江左沉酣求名者"出自苏轼《和陶渊明饮酒》:"江左风流人,醉中亦求名。渊明独清真,谈笑得此生。"该词几乎句句用典,却能熟练化用各类典籍中的典故和前人词句,浑然天成,有千锤百炼之功。正如清刘熙载《艺概·词曲概》所说:"稼轩词龙腾虎掷,任古书中理语、廋语,一经运用,便得风流,天姿是何复异!"稼轩词真正达到了无意不可入,无语不可用,出神入化的艺术境界,大大解放了词体。

辛词的风格多样,内容博大精深,表现方式千变万化,语言不主故常。其众多风格中,最具自身特色的是刚柔相济与寓庄于谐。辛弃疾创作了不少豪放词,然而在表述上,有时却用深婉的方式出之,如《摸鱼儿》:

更能消几番风雨,匆匆春又归去。惜春长怕花开早,何况落红无数。春且住,见说到,天涯芳草无归路。怨春不语,算只有殷勤,画檐珠网,尽日惹飞絮。 ○ 长门事,准拟佳期又误。蛾眉曾有人妒。千金纵买相如赋,脉脉此情谁诉?君莫舞,君不见,玉环飞燕皆尘土?闲愁最苦。休去倚危栏,斜阳正在,烟柳断肠处。

此词是一首忧时感世之作。此词有多重的象征意蕴,上片描写抒情主人公对春光的无限留恋和珍惜之情,表面看来是惜春主题;下片所写内容乃美人伤春、蛾眉遭妒。然而,这只是表层的含义。据说,当年宋孝宗阅读此词,颇不悦。可见,词人抒发的情感绝不仅仅是伤春与美人迟暮这么简单。词人实际是借写伤春表达强烈的时间意识和对英雄生命徒然流逝的惋惜怨恨;借写美人遭妒,抒发作者对耽误自己风云际会、建功立业"佳期"的狐媚邀宠而妒贤害能者的痛恨之情,抒发自己不得重用,有志难申的愤慨和对国家命运的关切之情。全词托物起兴,借古伤今,融身世之悲和家国之痛于一炉,沉郁顿挫,寄托遥深,以雄豪之气驱遣花间丽语,在悲凉的主旋律上弹奏出百啭千回,哀艳欲绝的温婉之音。在如花的色貌之下表达的是似火肝肠,是一腔忠愤之情。

辛弃疾的另一具有独特性的风格是寓庄于谐。在辛弃疾之前,曾盛行过滑稽谐谑词,但这些词仅仅是游戏之作,少有严肃的深意。辛弃疾却赋予谐谑词以严肃的主题和深刻的思想。如《千年调》:

> 卮酒向人时,和气先倾倒。最要然然可可,万事称好。滑稽坐上,更对鸱夷笑。寒与热,总随人,甘国老。 ○ 少年使酒,出口人嫌拗。此个和合道理,近日方晓。学人言语,未会十分巧。看他们,得人怜,秦吉了。

借酒器表现官场上圆滑而没有骨气的和事佬,极富幽默感。冷嘲热讽、痛快淋漓,诙谐而不失庄重,严峻而不乏幽默,亦庄亦谐,俱臻妙境。

第二节 辛派词人

陈亮(1143—1194),字同甫,一生未仕,去世前一年方考取进士,授签书建康府判官,未赴任而卒。他和辛弃疾交谊深厚,亦是豪侠奇士,是南宋中期著名的政论家和北伐中原的热情鼓吹者。其词多表现抗战复仇、救国安民的思想怀抱,风格也与辛词相似。他的词具有强烈的现实针对性、鲜明的政治功利性和纵横开阖的议论性。如其著名的《水调歌头·送章德茂大卿使虏》:

> 不见王师久,漫说北群空。当场只手,毕竟还我万夫雄。自笑堂堂汉使,得似洋洋河水,依旧只流东。且复穹庐拜,会向藁街逢。 ○ 尧之都,舜之壤,禹之封。于中应有,一个半个耻臣戎。万里腥膻如许,千古英灵安在,磅礴几时通?胡运何须问,赫日自当中。

淳熙十二年(1185)十二月,宋孝宗命章森(字德茂)以大理少卿试户部尚书衔为贺万春节(金世宗完颜雍生辰)正使,陈亮作此词为章德茂送行。贺万春节是耻辱性的事件,然而陈亮却写得振奋人心。词人以饱满的政治热情,从消极的事件中发现有积极意义的因素,开掘词意,深化主题,词中充溢着强烈的民族自豪感和必胜的信心。全词通篇议论,言辞慷慨,充满激情,表达了不甘屈辱的正气与誓雪国耻的豪情。这首词尽管豪放雄健,但无粗率之弊。全篇意脉贯通,章法有序。开头以否定句式入题,比正面叙说推进一层,结尾与开头相呼应而又拓开意境。中间十五句,分为两大层次。前七句主要以直叙出之,明应开头;后八句主要以诘问出之,暗合开篇。上下两片将要结束处,都以疑问句提顿蓄势,形成飞喷直泻、欲遏不能的势态,使结句刚劲有力。词是音乐语言与文学语言紧密结合的特殊艺术形式。词的过片,是音乐最动听的地方,前人填词都特别注意这个关键处。陈亮在这首思想性很强的《水调歌头》中,成功地运用了这一艺术技巧,将连珠式的短促排句领头、全篇最激烈的文字"尧之都,舜之壤,禹之封,于中应有,一个半个耻臣戎"安插在过片处,如高山突兀,如利剑出鞘,因而也充分地表达了作者火一般的感情,突出地表现了作品的主旨。

刘过(1154—1206),字改之,自号龙洲道人,终身布衣,长期流落于江湖间。晚年与辛弃疾交往,受赏识。刘过作词有意学辛,有些得其豪壮,却未得其婉转沉郁,甚至其有不少粗豪之作。不过,亦有成功者,如《沁园春》:

> 斗酒彘肩,风雨渡江,岂不快哉!被香山居士,约林和靖,与坡仙老,驾勒吾回。坡谓西湖,正如西子,浓抹淡妆临镜台。二公者,皆掉头不顾,只管衔杯。
> ○ 白云天竺飞来,图画里、峥嵘楼观开。爱东西双涧,纵横水绕;两峰南北,高下云堆。逋曰不然,暗香浮动,争似孤山先探梅。须晴去,访稼轩未晚,且此徘徊。

词题一作"风雪中欲诣稼轩,久寓湖上,未能一往,因赋此词以自解",此词是仿效辛弃疾《沁园春·将止酒戒酒杯使勿近》的对话体,稼轩招刘,刘赠词答以不能赴招,但这层意思却借百年前的苏轼、白居易、林逋三人交相劝阻,曲折而又风趣的传达出来,且又关合三人咏西湖诗作,语言舒卷自如,无拘无束,构思奇特,妙趣横生,深得辛词狂放豪迈、幽默诙谐的神韵。

南宋后期,辛派词人的代表是刘克庄。刘克庄(1187—1269),字潜夫,自号后村居士,福建莆田人。早年仕途坎坷,晚年通显。其词受辛弃疾影响很深,常表现出对国事的关心和壮志难酬的感伤,继承并发展辛弃疾词奔放驰骋、雄健疏宕的一面。如《沁园春·梦孚若》:

> 何处相逢?登宝钗楼,记铜雀台。唤厨人斫就,东溟鲸脍;圉人呈罢,西极龙媒。天下英雄,使君与操,馀子谁堪共酒杯?车千辆,载燕南赵北,剑客奇才。
> ○ 饮酣画鼓如雷,谁信被晨鸡轻唤回。叹年光过尽,功名未立;书生老去,机会方来。使李将军,遇高皇帝,万户侯何足道哉!披衣起,但凄凉感旧,慷慨生哀。

孚若就是方信孺,曾出使金国,不屈。这词是作者借怀念方信孺以抒发报国无门、壮志难酬的郁愤。上片叙述梦中与方信孺畅游中原,意气风发。词的下片写梦醒之后的现实景象。借李广不得封侯事,写自己生不逢时之慨,也是对苟且偷安,不重视人才、不思进取的南宋统治者的谴责。这首词上片记梦,下篇写实。上片为宾,下篇为主。挚友方信孺已乘鹤西归,恢复国家统一的大业更难以实现,词人感旧生哀,一腔凄凉悲愤的感情发泄无遗,伤时忧国的思想被充分地表现出来。作者巧妙地引用历史典故,虚实相彰,使主题思想表达得更加充分、深刻。

宋亡时,能继承辛词传统的词人是刘辰翁和文天祥。刘辰翁(1232—1297),字会孟,号须溪,以耿直得名,曾任濂溪书院山长,宋亡后隐居不出。刘辰翁词在风格上颇似辛弃疾豪纵,然身经亡国的时代巨变,已无辛词的豪迈之气,其词于沉痛中时见悲壮之情,如《柳梢青·春感》:

铁马蒙毡,银花洒泪,春入愁城。笛里番腔,街头戏鼓,不是歌声。　○　那堪独坐青灯,想故国、高台月明。辇下风光,山中岁月,海上心情。

　　此词作于南宋灭亡之后。作者悲愤难当,创作该词。词作从想象落笔,虚中见真意。词的上片,全是想象故都元宵节的凄凉景象,词中的"铁马"、"银花"、"笛里番腔"、"街头戏鼓"都不是真实情状的描绘,而是着重于表露主观感情,如"春入愁城"这样的叙写则更完全是虚空涵盖。下片则更尽虚涵概括之意,"想故国、高台月明",只表现出故都临安的宫殿楼台在淡淡月光照射下的暗影,其中蕴含了作者的种种感慨。结尾三句,作者只是用虚笔轻轻带过,而非细细描写其中的景象和内容,留给读者想象和体味的空间。这种想象落笔、虚处见意的写法更有欲说还休之意。全词节奏明快,更加强了作者的苍凉悲郁之情。

　　文天祥在国难当头之时,以高度自觉的社会责任感和历史使命感,自觉承担起救国的重任,在青史上留下了浓墨重彩的一笔。同时,文天祥以视死如归的崇高气魄、悲壮激越的声腔为两宋词史作了辉煌的收束。其词忠愤激烈,如那首忠义凛然、气壮山河的《沁园春·题潮阳张许公庙》：

　　为子死孝,为臣死忠,死又何妨！自光岳气分,士无全节；臣忠义缺,谁负刚肠。骂贼张巡,爱君许远,留得声名万古香。后来者,无二公之操,百炼之钢。　○　人生翕欻云亡,好烈烈轰轰做一场！使当时卖国,甘心降虏,受人唾骂,安得流芳？古庙幽沉,仪容俨雅,枯木寒鸦几夕阳。邮亭下,有奸雄过此,仔细思量！

　　此词决非一般的咏史怀古词可比,其中凝结着作者光照千秋的人格力量和中国文化精神的主要精华,是文天祥给后世留下的宝贵的思想遗产。

思考练习题

1. 如何理解辛词"刚柔相济"的风格？
2. 辛弃疾以文为词的具体含义是什么？
3. 简述辛派词人及其词的主要特色。

第九章 姜夔与宋末词坛

第一节 姜 夔

姜夔(1155—1221?),字尧章,号白石道人,鄱阳(今江西波阳)人。终身为布衣,浪迹江湖、寄食诸侯,然耿介清高。精于书画、能诗善文,具有多方面艺术才能。与词创作最为相关的,是姜夔擅长音乐,长于自度曲。其17首词自注有工尺谱,是今存唯一的宋代词乐文献,在我国音乐史上具有重大价值。与柳永、周邦彦的因声制词,即先曲后词不同,姜夔有的自度曲是先作词后谱曲。

从题材上看,姜夔词写得最多的是记游与咏物两类,并没有什么拓展。他对词的主要贡献在于对传统婉约词的表现艺术上进行改造,建立起新的审美规范。姜夔改变了北宋婉约派词人软媚缠绵的笔法,秉承周邦彦字雕句琢的创作态度,一定程度上引进江西诗派清劲瘦硬的语言来表达相思之情,因而其词呈现出幽冷、清刚的审美风格。如《踏莎行·自沔东来丁未元日至金陵江上感梦而作》:

燕燕轻盈,莺莺娇软。分明又向华胥见。夜长争得薄情知,春初早被相思染。○别后书辞,别时针线。离魂暗逐郎行远。淮南皓月冷千山,冥冥归去无人管。

此词乃怀念合肥恋人之作,极易写得缱绻缠绵,然而该词却不是展现两情欢愉,而只是表现魂牵梦萦、刻骨铭心的相思离别的苦况。以清刚之笔写柔情浓愁,其中"淮南皓月冷千山"的寒凉旷远实为恋情词中少见,创造出词史上少见的冷境。

姜夔的咏物词,往往别有寄托,常写得空灵蕴藉,寄托遥深。如《暗香》《疏影》乃咏梅之作,前人的研究基本形成一致的意见,这两首不是单纯的咏物之作,而是有所寄托。然而,这两首词借梅抒发何情志,则莫衷一是。

姜夔注重词作尤其是长调的层次结构,其长调擒纵自如,变化跌宕,使词的层次错落有致,产生一种往复回环的美感,如《暗香》:

旧时月色,算几番照我,梅边吹笛?唤起玉人,不管清寒与攀摘。何逊而今渐老,都忘却、春风词笔。但怪得、竹外疏花,香冷入瑶席。　○　江国,正寂寂。

叹寄与路遥,夜雪初积。翠尊易泣,红萼无言耿相忆。长记曾携手处,千树压、西湖寒碧。又片片、吹尽也,几时见得?

这词写得比较朦胧,大致是对梅怀旧兼以梅喻人。上片通过月色和梅花,勾连现在和过去,然后转入同"玉人"月下摘梅的回忆,又转到现在,自比何逊,表示对美景无从下笔,后面却又说梅香不断沁人,撩人情思,欲罢不能。下片开头宕开一笔,马上再切入对故人的思恋之情,然后写出回忆中的另一幅景象——西湖携手赏梅,最终回到现在,惋惜梅花片片零落,不知何时再开,暗暗绾合相忆之人不知何时重逢的意思。全篇不断在过去、现在之间作往复摇曳,又在这种往复摇曳中不断拓开。全词无句非梅,同时又借梅喻人,结构精致,意境清虚骚雅。

姜词兼具清空、骚雅之长,所谓清空是指意念的空灵含蓄,对事物的描写避免直接刻画,而是遗貌取神,虚处着笔,从侧面烘托出来。例如《扬州慢》:

淮左名都,竹西佳处,解鞍少驻初程。过春风十里,尽荠麦青青。自胡马窥江去后,废池乔木,犹厌言兵。渐黄昏,清角吹寒,都在空城。 ○ 杜郎俊赏,算而今,重到须惊。纵豆蔻词工,青楼梦好,难赋深情。二十四桥仍在,波心荡,冷月无声。念桥边红药,年年知为谁生!

开头三句点明扬州昔日名满国中的繁华景象,以及自己对传闻中扬州的深情向往,从侧面着笔;接着二句写映入眼帘的只是无边的荠麦,与昔日盛况截然不同,从正面入手。用笔一正一反,一实一虚,恰好形成鲜明对照。"自胡马"三句,言明眼前的残败荒凉完全是由于金兵南侵造成的,在人们心灵上留下不可磨灭的创伤;"渐黄昏"二句,以回荡于整座空城之上的凄凉呜咽的号角声,进一步烘托今日扬州的荒凉落寞。下片化用杜牧系列诗意,抒写自己哀时伤乱、怀昔感今的情怀。"杜郎"成为词人的化身,词的表面是咏史、写古人,更深一层是写己与叹今。全词洗尽铅华,用雅洁洗练的语言,描绘出凄淡空蒙的画面,笔法空灵,寄寓深长,声调低婉,具有清刚峭拔的气势,冷僻幽独的情怀。

姜词在形式上还有一个显著的特色,就是往往配有精心结撰的小序,其小序如同韵味隽永的小品文,与歌词珠联璧合,相映成趣,本身就具有独立的艺术审美价值,如《念奴娇》序:

予客武陵,湖北宪治在焉。古城野水,乔林参天。予与二三友日荡舟其间,薄荷花而饮。意象幽闲,不类人境。秋水且涸,荷叶出地寻丈,因列坐其下。上不见日,清风徐来,绿云自动。间于疏处窥见游人画船,亦一乐也。揭来吴兴,数得相羊荷花中。又夜泛西湖,光景奇绝。故以此句写之。

第二节　姜派词人

吴文英(1207？—1269？)，字君特，号梦窗，晚年别号觉翁，四明(今浙江宁波)人。是一位以布衣终老的江湖游士，喜欢结交显贵，却又并不希求仕禄，潦倒终生。他一生的心力都倾注在词创作上，有《梦窗词》。他力求摆脱前人的束缚，自成一家，将主要精力花在艺术技巧的翻新出奇上。

首先，词人彻底改变正常的思维习惯，打破正常的时空顺序，以心理发展和情感逻辑为线索，把不同时间、空间的情事、场景浓缩统摄于同一画面内，把虚境与实境组合在一起，把感觉和幻想组合在一起。他的作品构成了一个特有的扑朔迷离的艺术境界。如《八声甘州·陪庾幕诸公游灵岩》：

渺空烟四远，是何年、青天坠长星。幻苍崖云树，名娃金屋，残霸宫城。箭径酸风射眼，腻水染花腥。时靸双鸳响，廊叶秋声。　○　宫里吴王沉醉，倩五湖倦客，独钓醒醒。问苍波无语，华发奈山青。水涵空、阑干高处，送乱鸦、斜日落渔汀。连呼酒，上琴台去，秋与云平。

这首词以苏州西郊的灵岩山起兴，开篇打破登高怀古词描写眼前实景的思维定式，而以出人意表的想象把灵岩山比拟为青天陨落的星辰，化实为虚。西施的遗迹本是一片废墟，而作者却以超常的联想，逼真地表现当年花径中残存的脂香腥味和响屟廊里西施穿着木屐漫步的声响，化虚为实，亦幻亦真，境界空灵。

其次，秾丽、缜密的语言风格。吴文英喜用怪字，遣词往往出人意表，给人造成一种陌生感、突兀感，甚至是一种强烈的感官刺激。梦窗词还喜用艳字，造成其词强烈的装饰性，有"炫人眼目"之感。如《高阳台·丰乐楼分韵得如字》：

修竹凝妆，垂杨驻马，凭阑浅画成图。山色谁题？楼前有雁斜书。东风紧送斜阳下，弄旧寒、晚酒醒馀。自销凝，能几花前，顿老相如。　○　伤春不在高楼上，在灯前敧枕，雨外熏炉。怕舣游船，临流可奈清臞？飞红若到西湖底，搅翠澜、总是愁鱼。莫重来，吹尽香绵，泪满平芜。

词中寒，以"旧"饰之；鱼，以"愁"饰之，皆给人生新之感。吴文英有些词写得流丽雅正，如其追念亡妾的词作《风入松》：

听风听雨过清明，愁草瘗花铭。楼前绿暗分携路，一丝柳、一寸柔情。料峭春寒中酒，交加梦啼莺。　○　西园日日扫林亭，依旧赏新晴。黄蜂频扑秋千索，有当时、纤手香凝。惆怅双鸳不到，幽阶一夜苔生。

此首西园怀人,上片追忆昔年清明时之别情,下片入今情,怅望不已。起言清明日风雨落花之可哀,次言分携时之情浓,"料峭"两句,凝练而曲折,因别情可哀,故借酒消之,但酒醉之梦,又为啼莺惊醒,怅恨之情,油然而生。换头,入今情,言人去园空,我则依旧游赏,而人则不知何往。"黄蜂"两句,触物怀人。因园中秋千,而思纤手;因黄蜂频扑,而思香凝,情深语痴。"惆怅"两句,用古诗意,望人不到,但有苔生。全词语言纯雅而一往情深,眼前的垂柳和秋千,幻化出伊人的倩影,而门前阶上经夜丛生的青苔,隔断了来往的路径,只能空余惆怅。如此种种,皆体现出词人之重情。

姜派词人史达祖也工于咏物,他最负盛名的是两首咏燕、咏春雨的自度曲《双双燕》和《绮罗香》,尤其是《双双燕》,堪称是咏燕的绝唱:

> 过春社了,度帘幕中间,去年尘冷。差池欲住,试入旧巢相并。还相雕梁藻井。又软语、商量不定。飘然快拂花梢,翠尾分开红影。 ○ 芳径。芹泥雨润。爱贴地争飞,竞夸轻俊。红楼归晚,看足柳昏花暝。应自栖香正稳。便忘了、天涯芳信。愁损翠黛双蛾,日日画阑独凭。

上片写燕子飞来,重回旧巢的欢快场景;下片写燕子在春光中嬉戏,夜幕降临时回巢栖息的情景。全词用拟人、白描手法刻画了燕子的生动形象,又抒发了闺怨之情,隐含着对人生的感慨。结构安排上也匠心独运,用春燕双宿双飞衬出思妇盼归之情,完整而自然。通篇不出"燕"字,而句句写燕,极妍尽态,神形毕肖,而又不觉繁复。尤其最后两句看似离题,实是词人匠心独到之处。上片花较多笔墨写燕子徘徊旧巢,欲住还休,实际上这是暗示人去境清,深闺寂寥的人事变化,只是一直没有道破,到最后将意思推开一层,融入闺情,更有馀韵。

张炎(1248—1322),字叔夏,号玉田,晚号乐笑翁,祖籍秦州成纪(今甘肃天水),后居临安,南宋抗金名将张俊六世孙,宋亡时,祖父被杀,家产被抄没,全家也因此被籍为奴,晚年穷困潦倒。《解连环·孤雁》最能代表他入元后的心境和词境,且这首词为其赢得"张孤雁"的雅号:

> 楚江空晚。怅离群万里,恍然惊散。自顾影、欲下寒塘,正沙净草枯,水平天远。写不成书,只寄得、相思一点。料因循误了,残毡拥雪,故人心眼。 ○ 谁怜旅愁荏苒。谩长门夜悄,锦筝弹怨。想伴侣、犹宿芦花,也曾念春前,去程应转。暮雨相呼,怕蓦地、玉关重见。未羞他、双燕归来,画帘半卷。

这是词人在南宋灭亡后而作。此词描写了一只离群失侣的孤雁独自在江野彷徨的凄苦情景,抒发了作者自己羁旅漂泊的愁怨,委婉地流露出故人之思和亡国之痛。全词将咏物、抒怀、叙事紧密结合,构思巧妙,体物细腻,委婉缠绵,情意隽永。通观全篇,状物言情极尽精巧而不着雕饰痕迹,词人遣词炼意、体物抒情、化用典故的精湛造诣淋漓尽现。

由宋入元的王沂孙不仅取法姜夔,也博采周邦彦、吴文英等诸家长处,从而形成自己的独特风貌。其词工于咏物,并于咏物词中使事用典以寄托兴亡之感,代表作如《眉妩·

新月》：

> 渐新痕悬柳，澹彩穿花，依约破初暝。便有团圆意。深深拜，相逢谁在香径？画眉未稳，料素娥、犹带离恨。最堪爱，一曲银钩小，宝帘挂秋冷。 ○ 千古盈亏休问，叹慢磨玉斧，难补金镜。太液池犹在，凄凉处、何人重赋清景？故山夜永，试待他、窥户端正。看云外山河，还老尽、桂花影。

此词写于南宋覆亡之际，借歌咏新月以寄托故国山河破碎之悲。上片写赏玩新月之感，句句写新月，处处盼月圆。下片放开笔势，立足于宇宙历史视角，纵论盈亏圆缺的演变，写出遗民心中长夜漫漫、祈盼殷殷的忧思。收拍又作顿宕，暗含月轮盈虚有时，而山河旧影复现无期之慨。全词以新月意象象征、映衬沦亡故国的残缺，或写景寓情，或双关运典，意象柔丽而苍凉，情景深婉而沉郁。

蒋捷在宋末词坛独树一帜。词风不主一家，兼容豪放词的清奇流畅和婉约词的含蓄蕴藉。既无辛派后劲粗放直率之病，也无姜派末流刻削隐晦之失。其词常托物言志、借景抒怀，于落寞愁苦中寄寓感伤故国之情。如《虞美人·听雨》：

> 少年听雨歌楼上。红烛昏罗帐。壮年听雨客舟中。江阔云低断雁叫西风。 ○ 而今听雨僧庐下。鬓已星星也。悲欢离合总无情。一任阶前点滴到天明。

词中体现的感情非常复杂，词人避开抽象的概括总结，而选取三个典型的画面予以表现。上片感怀已逝的岁月。先用"歌楼"、"红烛"、"罗帐"等绮艳意象交织成少年听雨歌楼的画面，展现少年时代春风骀荡的欢乐；又用"江阔"、"云低"、"断雁"、"西风"等衰飒意象构成中年听雨客舟中的画面，映现出词人中年颠沛流离的坎坷遭际和悲凉心境。词的下片慨叹目前的境况。这里没有上片所写两个时期听雨画面景物的烘染，只是出现了词人鬓发苍苍的自画像，展示晚年历尽离乱后的憔悴而又枯槁的身心。最后两句总结了他听雨的一生，看似旷达的自我解脱，实则是痛苦的深化。全词脉络分明，既写出了词人个人一生的生活感受，又折射出时代特征，深刻而独到。又如《一剪梅·舟过吴江》：

> 一片春愁待酒浇。江上舟摇，楼上帘招。秋娘渡与泰娘桥，风又飘飘，雨又萧萧。 ○ 何日归家洗客袍？银字笙调，心字香烧。流光容易把人抛，红了樱桃，绿了芭蕉。

全词以首句的"春愁"为核心，用"点""染"结合的手法，选取典型景物和情景层层渲染，写出了词人伤春的情绪及久客异乡思归的情感。结句以一"红"一"绿"将明艳的春光形象化，然而正是从这清丽浏亮的声韵中，读者听到了夹杂着风声雨声的出自心底的呜咽，伤逝怀归之情溢于言表。

思考练习题

1. 为什么说姜夔词彻底地反俗为雅?
2. 清空骚雅的风格特征有哪些具体表现?
3. 吴文英词的特征有哪些?
4. 如何理解张炎评价吴文英词"如七宝楼台,眩人眼目,碎拆下来,不成片段"?
5. 史达祖的《双双燕》有什么特色?
6. 蒋捷词有什么独特性?

第十章 南宋后期与辽金诗歌

第一节 永嘉四灵和江湖诗派

永嘉四灵是指温州地区的赵师秀(字灵秀)、徐玑(字灵渊)、徐照(字灵晖)、翁卷(字灵舒)四位诗人,他们因字号都有一个"灵"字,故名。他们四人或为布衣,或为小官,很少有吏事纷扰和官场的迎来送往,故寄情于山水,流连于江湖而专注于诗歌创作。四灵诗派的出现,与南宋著名思想家叶适的积极扶植密不可分。永嘉四灵的出现,一方面是不满于"以道学为诗",即反对当时理学家为宣扬性理思想而创作的枯燥无味的诗;另一方面,也是"以矫江西之失",即反对江西诗派末流的"资书以为诗"和生硬拗捩的诗风。

四灵诗人的生活面狭小,诗歌内容也比较单薄,多数作品的内容是题咏景物,唱酬赠答。其诗歌格局较小,以贾岛、姚合为宗。四灵的诗歌内容描写深邃幽静的景色和枯寂淡泊的隐逸生活,艺术上精雕细琢,玲珑雅洁。但由于过分注重炼字琢句,"四灵"的多数五律虽有较精警的句子,而全篇意境完整的诗篇却不多,这也与姚贾相类。倒是他们的七绝间有意境浑融之作,例如赵师秀的《约客》:

> 黄梅时节家家雨,青草池塘处处蛙。有约不来过夜半,闲敲棋子落灯花。

写诗人在一个风雨交加的夏夜独自等客的情景。前两句交代当时的环境和时令。"黄梅"、"雨"、"池塘"、"处处蛙",写出江南梅雨季节的夏夜之景:雨声不断,蛙声一片,这看似很"热闹"的环境,实际上诗人要反衬出它的"寂静"。后二句点出人物和事情。他耐心地而又有几分焦急地等着,没事可干,"闲敲"棋子,而致灯花落。"落灯花"固然是敲棋所致,但也委婉地表现了灯芯燃久,期客时长的情形,诗人怅惘失意的形象也就跃然纸上了。敲棋这一细节中,包含了多层意蕴,有语近情遥,含吐不露的韵味。情景交融、清新隽永、耐人寻味。

南宋后期,一些没能进入仕途的游士流转江湖,以卖文献诗干谒维持生计,当时杭州有一个名叫陈起的书商,喜欢结交文人墨客,其中包括许多江湖谒客。陈起为这些诗人刻印诗集,总称为《江湖集》。以江湖谒客为主的这些诗人群体就被称为江湖诗派。严格意义上讲,江湖诗派只是一个具有大致相似创作倾向的松散群体。其诗歌主要成就在古体和七言绝句方面。他们大多不满江西诗派的习气,力求平直流畅。许多人崇尚晚唐诗风,但又不像永嘉四灵那样专守律体、竭力锻炼。江湖诗人的创作水平参差不齐,总体上较低,其中诗名最著的是戴复古与刘克庄。

戴复古(1167—1248?),字式之,号石屏。平生不事科举,唯好漫游,以布衣终老。其诗艺术水平较高,写感慨时事的诗最好,如《江阴浮远堂》:

横冈下瞰大江流,浮远堂前万里愁。最苦无山遮望眼,淮南极目尽神州。

前两句写登上横冈,俯视大江,又在浮远堂上远望万里山河,只觉忧愁郁结,无法排解。诗歌把登浮远堂一事分作两句写。第一句"大江流"写浮远堂所在环境,前加"下瞰"二字,以说明其高,引出下面的远望;同时以水流无限来寄托自己无尽的哀思。第二句的"万里愁",承上句,一是说长江水流万里,带不去心中的愁怨;一是说眼前的万里江山,使自己产生无穷的愁怨。第三句又接上,"无山遮望眼"照应"万里愁",所以说最苦;第四句点出主题,说明眼见万里会引起哀愁是因为向淮南眺望,眼前都是沦陷的中原国土。大凡登高,没有不希望看得远的,因而一般登临诗总是对眼前因为有山、有云遮断视线表示伤感。第三四句翻过一层,打破历来登临诗的惯套,偏说希望有山遮住视线,免得见到中原,更加深了自己的沉痛。诗人通过不想看而更深沉地表达出对中原的怀念,望之则不忍,不望又不能,于是深悔这次登上供北望的高堂为多此一举了,充分表达了国耻不雪,国土不归的极度悲愤之情,耐人寻味。

在江湖诗人中,刘克庄(1187—1269)年寿最长,官位最高,成就也最大,喜提携后进,无形中成为四灵之后江湖诗人的领袖。他在艺术上兼师唐、宋诸家,诗歌风格呈现出多种渊源,尤以贾岛、姚合到"四灵"的一脉比较显著,但并未被"四灵"诗束缚。其诗贪多务得,追求数量,故多率意之作,但也有不少好的作品,如《戊辰书事》:

诗人安得有春衫,今岁和戎百万缣。从此西湖休插柳,剩栽桑树养吴蚕。

这首诗讽刺南宋统治者为保苟安的局面,不惜向金人输绢赔款,表达诗人的愤怒。诗歌表现的是严肃主题,然而在写法上却幽默风趣。首句说读书人将没有春衫可穿,次句紧接着解释首句提出的问题:因为要向金国增纳大量绢帛。诗人无春衫这一说法显然不是实情,夸张过度,但也似乎只有用不可能存在的现实方能反衬诗人极度的愤慨。第三四句诗人给统治者提出解决这一问题的办法:砍光西湖著名景点上的柳树,栽种桑树以养蚕,这样就或许有可能完成向金国纳绢的任务,诗人或许还有春衫可穿。诗人的话听上去很率直,而表现出来的心思却很曲折。诗人在此竭尽挖苦讽刺之能事,乃愤怒之极的表现。

第二节 文天祥与南宋遗民诗人

文天祥(1236—1283),字履善,号文山,吉州庐陵(今江西吉安)人,宝祐四年(1256),理宗亲自识拔为进士第一名。元人入侵,文天祥在临安临危受命为右丞相兼枢密使,并被

第十章 南宋后期与辽金诗歌

派出城与元军谈判,被元人拘留,后脱逃,继续率兵抗元。宋端宗景炎三年(1278)兵败被俘,被囚四年,坚贞不屈,从容就义。

文天祥早年的诗歌比较平庸,诗风近于江湖派。但以其起兵抗元为明显界限,从德祐二年起兵勤王开始,文天祥的诗歌创作进入一个全新的境界。《过零丁洋》即为其中的代表:

> 辛苦遭逢起一经,干戈寥落四周星。山河破碎风飘絮,身世浮沉雨打萍。惶恐滩头说惶恐,零丁洋里叹零丁。人生自古谁无死?留取丹心照汗青。

此诗是文天祥被俘后为誓死明志而作。一二句回顾平生,选取入仕和兵败一首一尾两件事加以概括。中间四句紧承"干戈寥落",明确表达了作者对当前局势的认识:国家处于风雨飘摇之中,亡国难以避免;个人命运更是如同浮萍,无法把握,感受着惶恐与零丁。至此,诗中表达的家国之恨、艰难困厄达到极致。最后诗人突然宕开转而议论:人皆会死亡,不如舍生取义,彪炳史册。最后一联气势磅礴、情调高亢,感召着后来无数英雄志士为了正义事业英勇献身。全诗格调沉郁悲壮,浩然正气直贯长虹,具有独特的崇高美,是一首用生命谱写的动天地、泣鬼神的伟大爱国主义诗篇。诗歌的意义远远超出了语言文字的范围。

《正气歌》是文天祥的另一首爱国名篇,诗歌颂扬历代忠臣义士的高风亮节,用文学形式宣告刚毅正大的道德力量不可战胜,全面表现了文天祥忠义的情怀和英雄气概,千古之下,读来令人震撼。文天祥晚期诗歌还有200首"集杜诗",即把杜甫的诗句重新组合成诗。集句诗向来被视为文字游戏,但文天祥的集杜诗却赋予这种诗体独立的文学价值。

在宋末元初的诗坛上,还有汪元量、真山民、方凤等诗人,他们的作品主导情绪是哀怨、消沉,其中汪元量成就比较突出。

汪元量(1245?—1331?),字大有,号水云,钱塘(今浙江杭州)人,宋亡前,以琴艺供奉宫掖,宋亡后随三宫北迁,住大都十年,后求为道士,不知所终。宋亡前,汪元量诗作主要受江湖派影响,但身经乱离,他对杜甫的诗尤为倾心。由于其特殊的身份,亲眼看见了宋朝灭亡后太皇太后、幼主及宫廷侍从被掳北行的惨景,对亡国去国的悲苦,感慨尤深。其代表作是《醉歌》10首,《湖州歌》98首,《越州歌》20首,这些组诗对南宋王朝的覆灭过程作了多角度、多层次的展示,如《醉歌》其五"乱点连声杀六更,荧荧庭燎待天明。侍臣已写归降表,臣妾签名谢道清",本诗记述南宋的太皇太后谢氏在降表上签名之事,直书其事,并无议论,但作者的痛愤之情却溢于言表。诗歌是诗人在那沧桑巨变之际,用饱蘸血泪的笔,写下的宋亡的伤心史,可以和正史参读。

第三节 辽金诗歌

辽是契丹民族建立的北方政权,起于907年,迄于1125年,恰与整个五代、北宋时期相始终。辽诗留存下来的作品只有七十余首,契丹诗人大多是君主、皇族和后妃。辽代第一个较有名的契丹诗人是耶律倍。存《海上诗》一首"小山压大山,大山全无力。羞见故乡人,从此投外国"。据《辽史》本传载,该诗是他让位其弟耶律德光后仍遭疑忌,决心远投他国时所作,诗人利用汉字"山"的意象与契丹文"可汗"的意思之巧合,巧妙地透露出自己的怨怒凄凉之情。此诗既有鲜明的意象,又有深微的隐喻义,设想奇特,颇能表现兀傲之气、不平之感。

辽代文学创作中,女性作家比较活跃,尤为出色的是辽道宗宣懿皇后萧观音。她被道宗冷落疏远,感到绝望之时写下十首《回心院》词,如其一、其二写女主人公满腔幽怨,而表现得委婉深曲,如泣如诉,感人至深:

  扫深殿,闭久金铺暗。游丝络网尘作堆,积岁青苔厚阶面。扫深殿,待君宴。
  拂象床,凭梦借高唐。敲坏半边知妾卧,恰当天处少辉光。拂象床,待君王。

金是女真族建立的政权,始于1115年,迄于1234年。金在灭辽侵宋以后,不仅侵占了中原的大量物质财富,还获取了大量图书资料,同时也带走不少汉族文人,而且又占据了淮河以北的广大地区,在文化上突然间有了很好的基础。金代诗坛,诗人辈出,作品繁多。其发展过程大致可分为三个阶段。

第一个阶段是从金国初建到海陵朝(1115—1161)。此期的主要作家都是由辽、宋入金的文士。这种情形,后人称为"借才异代"。其中比较重要的诗人有宇文虚中、吴激、蔡松年等。这一时期更多的是宋代文学的强势移入,形成金代文学发展的基础,并初步显示出南北融合的趋向。第二个阶段是金世宗、金章宗统治时期(1162—1208)。随着金朝对汉文化的主动接受,金诗也逐渐走向成熟,初步形成了自己的特色。此期的主要诗人有王庭筠、党怀英、周昂等。第三个阶段是金朝在蒙古的进逼下被迫南渡直到金亡前后。这一时期金国国势虽然渐趋衰弱,文风却蒸蒸日上。诗歌创作中以激越悲凉之笔反映时危世乱和民生疾苦,代表性的诗人是元好问,他的创作使金诗的成就飞跃到一个崭新的境界。

元好问(1190—1257),字裕之,号遗山,早有才名,被誉为"元才子"。金兴定五年(1221)中进士,曾任行尚书省左司员外郎等职。金亡后隐居家乡,致力于金代史料收集,并编辑了金诗总集《中州集》。元好问诗、词、散文成就都很高,尤以诗歌为甚,是金代乃至宋金时期最杰出的诗人之一。元好问在古代文学批评史上也占有重要的地位,他受杜甫《戏为六绝句》以诗论诗的启发,写下了著名的《论诗绝句》三十首,评论汉魏迄唐宋一千多年间的重要诗人和诗歌流派,阐述文学主张,提倡雄豪刚健的诗歌风格,反对纤弱柔靡的诗风。

因亲身经历了亡国的惨痛,元好问个人的遭遇与民族、国家的命运息息相关,写于金亡前后的"纪乱诗"情感深沉,雄浑悲壮。如《岐阳三首》其二:

  百二关河草不横,十年戎马暗秦京。岐阳西望无来信,陇水东流闻哭声。野蔓有情萦战骨,残阳何意照空城。从谁细向苍苍问,争遣蚩尤作五兵?

描写金哀宗正大八年(1231)蒙古军围攻岐阳的惨状,控诉了蒙古军的杀戮暴行。首联即以"百二关河"、"十年戎马"作时间、空间的强烈对比,深刻有力地指斥统治者有险不能守,致使生灵涂炭。颔联从一般到个别。"西望"二字,流露出诗人对国事的无限关切,对人民的无比同情。以下几句,均从"望"字生发开。颈联写战后的荒凉,野外是暴露的尸骨,无人掩埋,只有枯藤缠绕着尸骨,城中空无所有,夕阳照射着空城也似乎无精打采。野蔓本无情之物,诗人加上"有情"二字,将自己的感情灌注其中。斜阳无意,诗人用"何意"二字,将诗的抒情气氛推向高峰,于是逼出最后一联"从谁细向苍苍问,争遣蚩尤作五兵",蚩尤是神话人物,传说他喜好五种兵器。这里以蚩尤借指侵略好战的蒙古统治者。蒙古军围攻岐阳长达四个月之久,关中一带人民遭受残酷的屠杀。金国灭亡,其原因当然不是因为蚩尤作干戈,然而作者故作无理之语,以无理写深情,表达对战争的憎恨。这首诗纪实论事很是成功。纪实不离形象,"草不横"极写太平无事,"暗秦京"极写兵尘烽火,"西望"描状,"陇水"写声,野蔓、残阳更是情景如见。论事,则以情语出之:"有情"、"何意",问苍苍,恨蚩尤,无不情深语挚,从肺腑中迸出。故赵翼《瓯北诗话》评元好问的丧乱诗云:"此等感触时事,声泪俱下,千载后犹使读者低徊不能置。"

思考练习题

1. "永嘉四灵"诗歌有什么特征?
2. 江湖诗派是怎么产生的?有哪些特征?
3. 永嘉四灵与江湖诗派有什么关系?
4. 文天祥诗歌创作的成就,对你有什么启示?
5. 元好问的文学成就有哪些?

第五编

元代文学

绪 论

元朝是我国以蒙古族上层贵族集团为主要统治者掌握国家政权的时代。自成吉思汗于公元1206年建立大蒙古国以来,经过几代人的南征北战,先后于公元1234年灭金统一北方,1276年灭南宋统一全国。九十二年之后,于1368年由明取代。元朝尽管短命,但因为疆域辽阔,又是少数民族统治,整个元朝在政治、经济、文化各方面都呈现出特殊的形态,这对文学产生了巨大的影响。

政治上,元蒙统治者奉行民族压迫政策,较为集中地体现在"四等人制"上,即把国民分成蒙古、色目、汉人和南人四种等级。蒙古贵族包揽军政大权,汉族人不得染指;色目人包括西域各族和西夏人,地位仅次于蒙古人;第三等人为汉人,包括原属金朝境内的汉族和契丹、女真等族;最末等为南人,指最后被元朝征服的南方各族。汉人即便在朝中做官,也是备受倾轧,忍气吞声。

元朝政府在经济上也有民族掠夺性质。蒙古人入主中原后,一些蒙古贵族在相当长的一段时间,把大量耕地圈为不耕不稼的牧地、草场,严重影响了农业发展。朝廷给予西域商人发放高利贷的特权,中原百姓为交纳赋税,常常向西域商人借银,结果连本带息,越滚越大,以至倾家荡产。然而,元代的商业和手工业却畸形发展,由于国土统一,交通畅顺,形成了空前规模的市场;也由于朝廷重视商业经营,采取不同于传统的重农抑商的政策,商人的地位大大提高。与此相关,许多城市的规模日益扩大。城市的发展为市民阶层的壮大提供了条件,市民阶层的审美需求刺激了戏剧、小说等文体的创作。

在元代,儒家的独尊地位和它的思想统治力量较前代都受到严重削弱,造成思想界相对松动和活跃的局面。表面上看,正统儒学仍有所发展,程朱理学不断扩展影响力,但蒙古民族原有的粗犷豪放的性格、重视实利的习惯使他们推行儒家思想的态度并不十分积极。而且,官方虽然利用儒学,但对其他宗教思想也采取宽容态度,从整个元代的情况来看,统治者崇信佛、道,甚至超过儒教。

元代社会一个重要的、与文学发展关系最为密切的现象,是元代科举考试时行时辍,儒生失去仕进的机会,当然也就摆脱了对政权的依附。读书人中的一部分不再依附政权,因而人格相对独立,他们的人生观念、审美情趣,由此发生了明显的变化。仕途失落的知识分子,或为生计,或为抒愤,大量涌向勾栏瓦肆,文坛上出现了众多的颇有成就的书会文人作家。

到元代,中国文学发生了新的转折,叙事文学得到长足的发展,相反,以往在文学史上占主导地位的抒情文学如诗词等反而显得逊色很多。

首先,杂剧这种文学样式完全成熟并迅猛发展。我国戏曲的萌芽可以追溯到原始社会的歌舞。《诗经》《礼记》《楚辞》《吕氏春秋》等古籍中记载了诸多含有戏剧因素的上古宗教仪式、礼仪风俗。汉代盛行汇集当时民间各种奇技和歌舞表演的角抵戏。自南北朝到隋唐时期，出现了一些如"代面"、"踏摇娘"等的歌舞小戏。又有以口头表演为主，互相调笑为乐的参军戏。到了北宋时期，随着城市经济的繁荣，勾栏瓦舍这些综合娱乐场所立足城市，民间的各种技艺得到了相互交流的机会。杂剧发展迅速，出现了以滑稽为主的宋杂剧。北宋灭亡后，北方流行与宋杂剧相似的金院本。与此同时，宋金说唱文学技艺也很发达，主要有鼓子词、词话和诸宫调等。金末元初，杂剧在继承和融合金院本与诸宫调的基础上应运而生。元杂剧的成熟和繁荣，是戏剧艺术内部发展规律作用的结果。

从现存的资料可知，元代杂剧的创作和演出十分繁盛。虽然由于古代对戏剧的轻视，难以统计出元代杂剧作家作品的具体数量，但就从仅存的文献来看，元代有姓名可考的剧作家有一百多人，剧目七百多种。现存的元杂剧的数量，仅以臧懋循《元曲选》和隋树森《元曲选外编》所收相加就有一百六十二种。元杂剧的题材内容十分丰富，可分为爱情婚姻、公案、历史、豪侠、神仙道化等几大类，反映的社会生活画面非常广阔。

一般以大德年间（1297—1307）为界，元杂剧分为前后两期。前期杂剧高度繁荣，不仅作家作品数量可观，而且质量很高。其时杂剧创作与演出的活动中心多在北方，如大都、真定、汴梁、平阳、东平等经济繁荣的北方城市及其周围乡村。前期的南方，以杭州为中心，亦形成了一个杂剧的活动中心。到元代后期，杂剧无论数量还是质量均不如前，呈现衰微趋势。其原因很多，体制上的缺陷是根本原因。杂剧由一人主唱的形式，明显地有着说唱文学的痕迹，这固然可以使主角尽情发挥，但其他角色只能作为陪衬，也必然限制了作家的发挥。

其次，南戏在元代中后期也取得了实质性的发展。南戏产生于南宋初年，入元以后在民间相当活跃。与杂剧相比，南戏在元代的成就逊色很多，今存剧目虽然有二百一十多种，但南戏的影响主要还局限于民间。南戏在发展的过程中，逐渐吸取了杂剧的优点，由粗转精，再加上南戏的体制比杂剧更合于演出，南戏逐渐得到人们的重视，一些文人开始加入到创作队伍中，尤其是元末高明《琵琶记》的创作，对南戏的雅化起到了极大的推动作用。此外，这个时期的四大南戏，即《荆钗记》《白兔记》《拜月亭》《杀狗记》，简称"荆、刘、拜、杀"，亦有可观之处。南戏与杂剧相比，题材上也有很大的差异，南戏的题材相对而言更多描写爱情婚姻和家庭伦理道德，更为贴近底层老百姓的生活。

再次，话本小说继续发展。在宋代，说话作为一门技艺，已向精细化方向发展，分为小说、说经、讲史、合生四家。元代城市经济的发展更促进了"说话"继续盛行。今存讲史类话本《全相平话五种》《新编五代史平话》《大宋宣和遗事》《薛仁贵征辽事略》；说经类话本《大唐三藏取经诗话》等均刊于元代。近年发现的小说类话本《红白蜘蛛》（残页）亦刊于元。说话底本成为后来《三国演义》《水浒传》《西游记》等长篇小说和《三言》等短篇小说题材的直接蓝本。

元代还出现了一种新鲜的文学类型——散曲。散曲和杂剧中的唱词使用同样的格律形式，具有相近的语言风格，是"元曲"的一部分。散曲兴起以后，作者甚多，作品繁多，内容涉及社会生活面非常广泛，大多歌咏男女爱情，描绘江山景物，感慨人情世态，揭露社会黑暗，抒发隐逸之思，乃至怀古咏史，刻画市井风情等等方面，皆有涉及。元代前期的散曲作家主要有书会才人作家、平民胥吏作家与达官显宦作家,他们的创作呈现出雅俗之分,但即便是传统的文士,其散曲创作中也鲜明地体现出元代文学的新面目。散曲在内容上比传统诗词大大拓展了表现范围,表现了丰富多彩的市井生活、体现市民的情趣。

与元代前期的散曲作家主要为北方人不同,元代后期的散曲作家大多为南方人。此时的散曲创作在风貌上有较为显著的变化。散曲的题材被不断开拓,举凡写景、言情、赠别、怀古、谈禅、咏物、赠答、抒怀等等,几乎无所不涉。在思想情调方面,哀婉蕴藉的感伤情调逐渐替代前期散曲中对现实的不满和喷薄而出的情感。在形式上出现了追求形式美的倾向。无论是韵律平仄的严谨、语言的典丽,还是对仗的工稳、典故的运用等形式诸因素,都较前期有所强化,有散曲词化、诗化的倾向。

元代的诗文与上述几类文体相比,成就逊色得多。元代诗歌大致可以分为前、中、后三个时期。前期主要是指元世祖忽必烈统治北方,进而统一全国的三十多年,主要作家有戴表元、郝经、刘因、仇远、赵孟頫等。这个时期的许多文人或目睹金室的倾颓,或亲临南宋的覆灭。故国之思、黍离之感,是元初众多诗作的主题。元代前期的这些诗人,大多主张诗歌要回到唐代乃至汉魏六朝。

中期约在大德至天历间,代表作家为"元诗四大家"。这时政治局面相对稳定,经济也较为繁荣,又正式恢复科举制度,不少诗人养尊处优。"四大家"皆以盛唐诗风作为典范。虽然四大家负有盛名,但实际成就并不高。

元后期,出现了一些求新求异的诗人,如萨都剌、杨维桢、高启、王冕等。这些诗人的诗富于世俗生活的情调,也富有自我意识的觉醒。他们的诗敢于写前人所不敢写的东西,敢于用惊世骇俗的语言、意象,诗歌风格也表现出强烈的个人特征。如杨维桢的"铁崖体",因奇奇怪怪的特异诗风,被人攻击为"文妖"。

思考练习题

1. 元代有哪些主要文学样式?
2. 元杂剧的体制有哪些内容?
3. 元代戏剧繁荣的原因是什么?
4. 元代社会对元代文学的发展有何影响?

第一章　宋元话本小说

"说话"的本义是口传故事。后来,人们以"话"代指口传的"故事"。话本是宋元间说话人讲述故事所用的底本,是随民间"说话"伎艺发展而成的民间白话通俗小说。说话艺术在宋代开始盛行,这是因为宋代社会随着社会生产力的提高,手工业和商业发展起来,随之而起的是形成了更多的如汴京、成都、临安等这样的商业都市。随着城市经济的繁荣,市民阶层也壮大起来,大量的手工业工人、商人、小业主等聚集在大城市里,他们的审美趣味直接导致娱乐市场的产生,大都小邑设立了勾栏瓦舍,在这种专门的娱乐场所,各种声、乐、伎艺兴盛一时,民间艺人说书讲故事的"说话"伎艺是其中非常重要的一个组成部分。而随着说话伎艺的兴盛,说话艺术不但职业化,而且专门化。从事说话艺术的人称为说话人,人数众多的说话人还互相联络,成立一种行会组织,称为书会,书会中专为说话人编写底本的作家称为才人。这说明已经有一批人以此作为职业,而且由于相互之间的竞争,出现了细致的分工,依据所表述的题材和主题,形成了四种主要的家数(派别)。

据宋耐得翁《都城纪胜·瓦舍众伎》载,"四家"的名目是小说、说经、讲史、合声(生)。后一种以演出者的敏捷见长,如"指物题咏,应命辄成"之类,与以叙事取胜的前三类显然有别。今传宋元话本不是一时一地一人的创作,这就使我们难以判断现有作品的创作年代,而只能大致依据这些作品反映的内容和一些书目文献对宋元小说话本的记载来进行判断。现有比较可靠的宋代小说话本主要见于《京本通俗小说》《清平山堂话本》及《古今小说》《三言》等书。话本的概念有广义和狭义之分,广义的包括说话四家所有的作品,狭义的则是单指小说一家的白话短篇小说。小说是宋代说话诸家中最为盛行者。

宋元小说话本有一定的体制。其文本大体由入话(头回)、正话、煞尾几个部分构成。入话是小说话本的开端部分,是说话人在正文开讲前候客、垫场、吸引听众用的。它有时以一首或若干首诗词"起兴",说风景,道名胜,往往与故事的发生地点相联系,或与故事的主人公相关联;有时先以一首诗点出故事题旨,然后叙述一个与题旨相关的小故事,其行话是"权做个'得胜头回'",实则这个小故事与将要细述的故事有着某种类比关系。正话,则是话本的主体,情节曲折,细节丰富,人物形象鲜明突出。有韵文穿插,说话人为渲染故事场景或人物风貌,往往在话本中穿插骈文或诗词。正话之后是煞尾,往往以一首诗总结故事主题,或以"话本说彻,权做散场"之类套话作结。

在题材内容上,小说话本主要以"烟粉"、"公案",也即爱情与讼狱小说最受读者的欢迎。宋元话本中爱情小说中的主角多为城市平民,且多着意于女性形象的塑造,往往突出女性对爱情生活的主动追求。如《碾玉观音》,讲述出身于贫寒的装裱匠家庭的璩秀秀生得美貌出众,聪明伶俐,更练就一手好刺绣,无奈家境窘迫,其父以一纸"献状",将她卖与咸安郡王。从此身入侯门,失去自由。其后郡王允诺以后将秀秀许给碾玉匠崔宁。秀秀和崔宁品貌相当,皆心灵手巧,相互爱恋。王府失火,崔宁与秀秀乘机远走他乡,一起私奔。后来二人行踪被发现,屡次被郡王迫害,崔宁被发配,秀秀杖责而亡。秀秀父母担惊受怕投河而死。秀秀魂魄与崔宁又续前缘。最后,崔宁发现秀秀非人,秀秀父母也非人。当崔宁回家询问之时,秀秀父母入水而逃。秀秀携崔宁一起在地府做了一对鬼夫妻。小说中的璩秀秀,追求爱情,主动大胆,完全无视当时的礼法,趁王府失火之机,撞见平素钟情的崔宁后,步步进逼,逼崔宁就范,带其远走他乡:

> 崔待诏望见了,急忙道:"在我本府前不远。"奔到府中看时,已搬挈得罄尽,静悄悄地无一个人。崔待诏既不见人,且循着左手廊下入去。火光照得如同白日,去那左廊下,一个妇女摇摇摆摆从府堂里出来,自言自语,与崔宁打个胸厮撞。崔宁认得是秀秀养娘,倒退两步,低声唱个喏。原来郡王当日曾对崔宁许道:"待秀秀满日,把来嫁与你。"这些众人都撺掇道:"好对夫妻。"崔宁拜谢了,不则一番。崔宁是个单身,却也痴心。秀秀见怎地个后生,却也指望。当日有这遗漏,秀秀手中提着一帕子金珠富贵,从左廊下出来,撞见崔宁,便道:"崔大夫!我出来得迟了,府中养娘,各自四散,管顾不得。你如今没奈何,只得将我去躲避则个。"
>
> 当下崔宁和秀秀出府门,沿着河走到石灰桥。秀秀道:"崔大夫!我脚疼了,走不得。"崔宁指着前面道:"更行几步,那里便是崔宁住处。小娘子到家中歇脚,却也不妨。"到得家中坐定,秀秀道:"我肚里饥,崔大夫与我买些点心来吃。我受了些惊,得杯酒吃更好。"当时崔宁买将酒来,三杯两盏,正是:
>
> 三杯竹叶穿心过,两朵桃花上脸来。
>
> 道不得个"春为花博士,酒是色媒人"。秀秀道:"你记得当时在月台上赏月,把我许你,你兀自拜谢。你记得也不记得?"崔宁又着手,只应得喏。秀秀道:"当日众人都替你喝彩:'好对夫妻!'你怎地到忘了?"崔宁又则应得喏。秀秀道:"比似只管等待,何不今夜我和你先做夫妻,不知你意下何如?"崔宁道:"岂敢!"秀秀道:"你知道不敢,我叫将起来,教坏了你。你却如何将我到家中?我明日府里去说!"崔宁道:"告小娘子:要和崔宁做夫妻不妨;只一件,这里住不得了。要好趁这个遗漏,人乱时,今夜就走开去,方才使得。"秀秀道:"我既和你做夫妻,凭你行。"当夜做了夫妻。

可见宋元小说话本中的爱情故事与一般的以才子佳人为主人公的爱情小说大异其趣,脱离了缠绵悱恻、低回感伤的意绪,显示出强烈的市民气息与趣味。

封建时代,官府昏庸、吏治腐败现象非常常见,这就导致大量公案题材的产生。它反映出民众对不公平、不合理现象的关注,以及对生存权利、社会治安的深重忧虑。像《错斩崔宁》,讲述由一个命案引发的一段冤情,就颇有典型意义。故事写刘贵从丈人处借来十五贯钱,夜间在家中被人偷走,刘贵被杀死。就在这天晚上,刘的小妾陈二姐因相信刘贵说的要将她休弃的戏言,偷回娘家。陈二姐途中遇一后生崔宁,二人正结伴同行,被赶来的邻居捉拿送官。崔宁身上正好有十五贯钱,于是官府就屈打成招,将陈二姐和崔宁处以斩刑。其后刘贵大娘子被山大王掳到山上,得知偷十五贯钱并杀死刘贵的是这个山大王。刘娘子告官后,将山大王处斩。尽管崔宁被错斩有很多的偶然性因素,但这些偶然因素并非决定性因素。如果官府在侦破案件时,不是想当然地推断,不是严刑逼供,屈打成招,这样的悲剧完全可以避免。作品深刻暴露了封建吏治的黑暗腐败,滥杀无辜。

宋元的讲史话本,又称"平话"。"平话"的含义,一方面具有评论的意思;另一方面又是指以平常口语讲述而不加弹唱;作品间或穿插诗词,也只用于念诵,不施于歌唱。另外,称之为"平",当是强调讲史话本虽脱胎于史书,而语言风格却摆脱艰深的文言而趋于平易。

现存宋元讲史话本中,宋人编的有《梁公九谏》《五代史平话》《宣和遗事》等。元人编刊的讲史话本,今存元至治建安虞氏刊印的《全相平话五种》,即《武王伐纣平话》《七国春秋平话后集》《秦并六国平话》《前汉书平话续集》及《三国志平话》。

讲史话本在艺术上总体来说不如小说话本,但在文学史上却具有重要的意义。首先,与小说话本大多是短篇不同,讲史话本篇幅更长,不能一次讲完,于是就分了回,有了回目,这就是后来章回小说分回的起源;其次,在语言上,由于讲史话本往往取材于前代正史或杂史,而这些书都是用文言写的,所以讲史话本也夹杂着浅近的文言,以通俗的文言文来从事历史小说的写作,后来便形成了一个传统;再次,讲史话本往往成为后世长篇历史小说创作的题材来源,如《水浒传》由《花和尚》《武行者》等平话及《大宋宣和遗事》而来;《三国演义》由《三国志平话》而来等。

说经,其原意是演说佛书。今存的宋元说经话本,只有无名氏的《大唐三藏取经诗话》。之所以题名中有"诗话"二字,因为其中有诗有话。全书叙述高僧玄奘与白衣秀才猴行者,克服种种障碍,终于到达天竺取经的故事,为明代小说《西游记》的创作提供了最早的根据。

思考练习题

1. 说话四家指的是哪四家?
2. 什么是话本?话本有什么特征?
3. 小说话本的体制、题材内容主要包含哪些?
4. 平话的含义是什么?
5. 小说话本中"诗话"的含义是什么?

第二章　元代杂剧

元杂剧把歌曲、宾白、舞蹈、表演等有机地结合起来，开始形成具有独特民族风格的戏曲艺术形式，并且产生了韵文和散文结合的结构完整的文学剧本。以唱词、宾白、科范组成的元杂剧，在结构上一般是一本四折加演一个楔子，只有个别的是一本五折、六折，或多本连演（如《西厢记》）。折是音乐组织的单元，也是故事情节发展的自然段落，每一折大都包括较多的场次。四折则为全剧的主体（即矛盾的开端、发展、高潮、解决）。楔子一般在第一折的前面演出，对故事由来作简单的介绍，也有在折与折之间的，作用和后来的过场戏相似。

元杂剧的每一折和楔子都是由曲文和科白共同组成。曲子用的基本是北曲，整体风格健朗。在每支曲子的前面，都有宫调和曲牌。一折之中，只能用同一个调，注在第一支曲子前面。楔子只用一两支曲子。而一折所用曲子在十几支上下，押一个韵，按一定的顺序联为一套，全剧四折用了四套曲子，一般分属四种宫调。元杂剧的独特之处通常是一人主唱，只有楔子可以由其他角色来唱，因此利于集中塑造主要人物，抒发主人公的感情。演出时一本四折都由正末或正旦独唱，其他角色只有说白，分别称为"末本"或"旦本"。

科白指剧本中的宾白和科范。宾白包括对白和独白，由白话和部分韵语组成。相对于曲文，称为宾白。对白与话剧的对话相似，独白兼有叙述性质，在情节发展和人物塑造上起着重要作用。在曲白中夹注着表演时要做的程式化的动作、表情和舞台效果，就是科范，如"做悲科"、"做相见科"、"内作起风科"。

元杂剧的角色较多。旦和末是最主要的两类，旦有正旦、副旦、外旦、小旦、搽旦、贴旦等。末有正末、冲末、外末、副末、小末等，主唱的即为正旦或正末，如《李逵负荆》中李逵主唱，李逵即是正末。此外还有净、副净、外净，演的多是反面角色。而外则是中老年男子。另有孤（官员）、卜儿（老太婆）、孛老（老头）、邦老（强盗）等直以身份起名，统算做是杂类。

第一节　关汉卿与《窦娥冤》

关汉卿，其人生卒年不详，籍贯不详，仕宦情况亦不详。尽管学界对这些问题都做过深入研究，但皆未能够得出令人信服的结论。之所以如此，与关汉卿作为书会才人，其时地位低下有着密切的关系。现有的研究依据一些材料推测，关汉卿大概金亡时，尚为少年；入元之际（1271）大概已年近半百。至元、大德年间，活跃于杂剧创作圈中，和许多作者演员交往，有时还"面傅粉墨"，参加演出，成为名震大都的梨园领袖。关汉卿风流倜傥，行为放荡。元末熊自得编纂的《析津志》说他"生而倜傥,博学能文,滑稽多智,蕴藉风流,为一时之冠"。关汉卿的套曲【南吕·一枝花】《不伏老》,流露了他及时行乐和滑稽放诞的作风,而且还鲜明地显示了其极为倔强刚直、我行我素的狂放性格。

关汉卿一生创作杂剧,多达67种,今存18种,其中若干种,是否为关汉卿原作,学术界尚有争议。他最著名的杂剧是《窦娥冤》,全名是《感天动地窦娥冤》。该杂剧是一部悲剧,具有一种震撼人心的力量。王国维曾说此剧"即列入世界大悲剧中亦无愧色"(《宋元戏曲史》)。作品的素材,源于《汉书·于定国传》和由此演化出来的干宝《搜神记》中"东海孝妇"的故事。但是,关汉卿却将其植根于元代社会黑暗的现实生活之中,进行提炼升华,创造出悲剧杰作。

《窦娥冤》的故事情节并不复杂。其情节如下:贫穷的读书人窦天章借了高利贷者蔡婆婆二十两银子,因为行的是一年之内翻一倍的羊羔儿利,无法偿还,又因为还需要盘缠进京赶考,不得已,将年仅七岁的女儿窦端云送到蔡家当儿媳妇(即童养媳),后来蔡婆婆将其名改为窦娥。窦娥成年后,与蔡婆婆的儿子成亲,但婚后不到两年,窦娥丈夫去世;窦娥与蔡婆婆相依为命。有一次,蔡婆婆向赛卢医讨债,赛卢医还不了钱,竟然要将蔡婆婆勒死。此时,张驴儿父子经过,将蔡婆婆救起。不料张驴儿父子比赛卢医更加凶狠,恃恩趁机搬进蔡家,威迫婆媳与他们父子成亲,窦娥严词拒绝。蔡婆想吃羊肚汤,张驴儿趁机在羊肚汤中放入利用威胁赛卢医而讨来的毒药,想借毒死窦娥婆婆来霸占窦娥,不料羊肚汤反而被其父误吃,其父遂被毒死。张驴儿于是诬告窦娥杀人之罪。太守桃杌严刑逼供,窦娥不忍心婆婆连同受罪,便含冤招认药死张驴儿父亲,被判斩刑。窦娥被押赴刑场。临刑前,窦娥为表明自己冤屈,指天立誓,死后将血溅白练而血不沾地、六月飞霜(降雪)三尺掩其尸、楚州亢旱(大旱)三年,结果全部应验。三年后,窦娥的冤魂向已经担任廉访使的父亲控诉;案情重审,将赛卢医发配充军,昏官桃杌革职永不叙用,张驴儿斩首,窦娥冤情得以昭彰。最后窦娥的冤魂希望父亲窦天章能够将亲家蔡婆婆接到住所,代替窦娥尽孝道,窦父应允,全剧结束。

《窦娥冤》中女主人公的悲剧命运,最具有震撼力和典型意义。窦娥是一位善良而多难的女性,她三岁丧母,七岁成了债主蔡婆婆的童养媳,十七岁结婚,十九岁就成了寡妇。然而,苦难并没有因此放过窦娥。她无缘无故遭到了飞来横祸,被张驴儿诬陷致死。在展示窦娥悲剧命运的过程中,关汉卿不是简单地就事论事,而是将矛盾置于三个依次递进的戏剧冲突中。

首先是社会冲突。高利贷如羊羔儿息的经济剥削,地痞流氓如张驴儿的社会恶势力,糊涂官吏如州官桃杌的政治压迫,这些是造成窦娥冤案的社会原因、外在机缘。《窦娥冤》的戏剧冲突在两个方面先后展开:一是窦娥同张驴儿的冲突,二是窦娥同桃杌太守的冲突。

其次是道德冲突。在作品中,窦娥与张驴儿的冲突,主要是守节守贞的传统道德同蹂躏节操、鄙夷贞节的不道德行为的冲突。张驴儿和他父亲乘人之危,以死相要挟,强行入赘蔡家,这种不道德的反常行为,在作品的世界里反而成为一种习以为常、见怪不怪的正常现象,传统道德遭到现实社会中强权和野蛮的践踏。而窦娥与州官桃杌的冲突,也主要是窦娥相信官府、愿意"官休"的道德行为同州官桃杌弃廉明如敝屣的不道德行径的冲突。结果道德被愚昧和贪婪所吞噬,窦娥被冤枉地判处了死刑。第四折中窦娥唱道:"我不肯顺他人,著我赴法场;不辱我祖上,把我残生坏。"窦娥冤案的主要根源竟然是坚守传统的道德!

再次,意志冲突。作品以形象的笔触揭示了窦娥内心的意志冲突,即不安于现状与不得不安于现状、不相信天地鬼神与不得不相信天地鬼神、明知道德无用与不得不遵从道德之间的冲突。这种意志冲突是道德冲突的内化与深化。在第一折中,窦娥对自己前半生的悲惨命运,怨愤满怀,难以抑制,有一段独白:

> 窦娥也,你这命好苦也啊!(唱)
> 【仙吕·点绛唇】满腹闲愁,数年禁受,天知否?天若是知我情由,怕不待和天瘦。
> 【混江龙】则问那黄昏白昼,两般儿忘餐废寝几时休?大都来昨宵梦里,和着这今日心头。催人泪的是锦烂漫花枝横绣闼,断人肠的是剔团圞月色挂妆楼。长则是急煎煎按不住意中焦,闷沉沉展不彻眉尖皱,越觉的情怀冗冗,心绪悠悠。
> 〔云〕似这等忧愁,不知几时是了也呵!(唱)
> 【油葫芦】莫不是八字儿该载着一世忧?谁似我无尽头!须知道人心不似水长流。我从三岁母亲身亡后,到七岁与父分离久。嫁的个同住人,他可又拨着短筹;撇的俺婆妇每都把空房守,端的个有谁问,有谁瞅?
> 【天下乐】莫不是前世里烧香不到头,今也波生招祸尤?劝今人早将来世修。我将这婆侍养,我将这服孝守,我言词须应口。

对于自己的悲剧命运,窦娥感到不公,又用自己所理解的因果报应来解释。如果没有张驴儿父子的出现,窦娥压抑住自己青春的愁闷,本本分分做一个孝顺媳妇,甘愿接受悲剧性的人生。然而她无端蒙受冤屈,不禁诅咒天地鬼神糊涂昏愦:

> 【滚绣球】有日月朝暮悬,有鬼神掌着生死权。天地也,只合把清浊分辨,可怎生糊突了盗跖、颜渊:为善的受贫穷命更短,造恶的享富贵又寿延。天地也,做得个怕硬欺软,却原来也这般顺水推船。地也,你不分好歹何为地?天也,你错勘贤愚枉做天!哎,只落得双泪涟涟。(第三折)

尽管如此,窦娥又不得不相信鬼神,对天发下三桩誓愿:

> 〔正旦云〕要一领净席,等我窦娥站立,又要丈二白练,挂在旗枪上。若是我窦娥委实冤枉,刀过处头落,一腔热血休半点儿沾在地下,都飞在白练上者。〔监斩官云〕这个就依你,打甚么不紧。〔刽子做取席,站科,又取白练挂旗上科〕〔正旦唱〕
> 【耍孩儿】不是我窦娥罚下这等无头愿,委实的冤情不浅。若没些儿灵圣与世人传,也不见得湛湛青天。我不要半星热血红尘洒,都只在八尺旗枪素练悬。等他四下里皆瞧见,这就是咱苌弘化碧,望帝啼鹃。

〔刽子云〕你还有甚的说话,此时不对监斩大人说,几时说那?〔正旦再跪科,云〕大人,如今是三伏天道,若窦娥委实冤枉,身死之后,天降三尺瑞雪,遮掩了窦娥尸首。〔监斩官云〕这等三伏天道,你便有冲天的怨气,也召不得一片雪来,可不胡说!〔正旦唱〕

【二煞】你道是暑气暄,不是那下雪天;岂不闻飞霜六月因邹衍?若果有一腔怨气喷如火,定要感的六出冰花滚似锦,免着我尸骸现;要什么素车白马,断送出古陌荒阡?

〔正旦再跪科,云〕大人,我窦娥死的委实冤枉,从今以后,着这楚州亢旱三年。〔监斩官云〕打嘴!那有这等说话!〔正旦唱〕

【一煞】你道是天公不可期,人心不可怜,不知皇天也肯从人愿。做甚么三年不见甘霖降,也只为东海曾经孝妇冤。如今轮到你山阳县,这都是官吏每无心正法,使百姓有口难言。

显然,窦娥又将所有的希望寄托在老天身上,希望借老天之力为自己昭雪冤屈。而且,最后窦娥之所以能够得以将自己的冤屈大白于天下,一方面借她的父亲窦天章之力,另一方面,还是窦娥自己化作鬼魂,亲自为自己诉冤。这同样说明窦娥对于命运、鬼神等神秘力量的依赖。这样,在窦娥心目中,天地鬼神呈现为一个矛盾的组合体:既昏愦得任意把无罪之民推向死境,又聪明得自觉为蒙冤之人昭显冤屈。天地鬼神的这种矛盾,正是窦娥内心矛盾的形象表现。

《窦娥冤》集中体现了关汉卿杂剧的艺术特征。关汉卿创作剧本,注意尽快"入戏"。《窦娥冤》一开始便以洗练的笔触交代戏剧情境与人物关系,将读者的目光"聚焦"到主要的戏剧矛盾上。窦娥前19年的人生历程仅在楔子与第一折中几笔带过。当她在第一折出场时,蔡婆婆被赛卢医谋杀、又为张氏父子所救的事件已经发生;张氏父子强行入赘蔡家,要分别娶婆媳为妻。这样,窦娥一登场,便面临异常严峻的戏剧情境。守寡的窦娥如何应对?一下子就成为观众关注的焦点,全剧的主要矛盾也由此顺理成章地展开。关汉卿还善于将人物放在强烈的戏剧冲突中去揭示他们的性格特征。如窦娥是一个善良、孝顺、安分的年轻寡妇,她的性格如果在正常的生活轨迹下难以体现,而作品则将她置于一连串的迫害中,窦娥的反抗性格和复仇意志也因此愈来愈清楚地显示出来。

关汉卿是本色派的代表,《窦娥冤》的语言本色当行,无论曲文还是宾白,总是声口毕肖,极富性格化和表现力。如第三折中窦娥临刑前对婆婆的说白:

婆婆,那张驴儿把毒药放在羊肚儿汤里,实指望药死了你,要霸占我为妻。不想婆婆让与他老子吃,倒把他老子药死了。我怕连累婆婆,屈招了药死公公,今日赴法场典刑。婆婆,此后遇着冬时年节,月一十五,有瀽不了的浆水饭,瀽半碗儿与我吃;烧不了的纸钱,与窦娥烧一陌儿。则是看你死的孩儿面上。

这些语言出自窦娥这个生活在社会底层的小媳妇之口,而且是临刑之前,完全符合其身份与情境、贴切、准确,富有感染力。

《窦娥冤》塑造人物惟妙惟肖，生动丰满。杂剧中的主人公窦娥的性格有一个发展的过程。窦娥本来是封建社会下的一个安分守己的妇女的典型，她的性格善良，虽然对自己的命运不满，亦不敢有非分之想。因而，最初的窦娥只是一个发誓信守孝顺、贞节等封建伦理纲常的妇女，但残酷的现实把她推向深渊。先是流氓恶棍张驴儿对她进行逼婚，后遭官府的酷刑，在同邪恶势力的斗争中，她性格中刚强、反抗的一面逐渐显露出来并急剧发展，由安分守己、逆来顺受而发展到毫不犹豫地进行坚决的斗争。在法场上，她对天地鬼神发出了惊心动魄的控诉，实际是对黑暗社会现实的否定，表现出她不可征服的反抗精神。

第二节　王实甫与《西厢记》

　　王实甫，名德信，大都人，生卒年与生平事迹俱不详。大概与关汉卿同时而略晚，常混迹于风月场中。王实甫创作的杂剧计有 14 种。完整地保留下来的，除《西厢记》外，还有《破窑记》四折和《贩茶船》《芙蓉亭》曲文各一折。杂剧《西厢记》的结撰不同于其他的元人杂剧。元人杂剧一般以四折来表现一个完整的故事，而王实甫的《西厢记》则有五本二十一折，竟像是由几个杂剧连接起来演出一个故事的连台本。在每一本第四折的末尾，既有"题目正名"，标志着故事情节到了一个转折性的段落。还突破了元杂剧一人主唱的通例，由末与旦轮番主唱，有时红娘亦唱。体制上的创新，丰富了艺术表现能力，为更细腻地塑造人物性格，更完美地安排戏剧冲突，提供了有利的条件。

　　王实甫的杂剧《西厢记》是根据董解元的《西厢记诸宫调》而改编的。《西厢记》的基本情节，在诸宫调中已经基本奠定，王实甫所做的，是在《西厢记诸宫调》的基础上，更重视人物形象的塑造。《西厢记》的基本情节是：前朝崔相国去世，夫人郑氏携其女崔莺莺，送丈夫灵柩回河北安平安葬，途中因故受阻，暂住河中府普救寺。崔莺莺年十九岁，针织女红，诗词书算，无所不能。她父亲在世时，就已将她许配给郑氏的侄儿郑尚书之长子郑恒。

　　书生张生碰巧遇到殿外玩耍的小姐与红娘。张生本是西洛人，是礼部尚书之子，父母双亡，家境贫寒。他只身一人赴京城赶考，路过此地，忽然想起他的八拜之交杜确就在蒲关，于是住了下来。听状元店里的小二哥说，这里有座普救寺，是则天皇后香火院，景致很美，三教九流，过者无不瞻仰。本是欣赏普救寺美景的张生，无意中见到了容貌俊俏的崔莺莺，赞叹道："十年不识君王面，始信婵娟解误人。"为能多见上几面，便向寺中方丈借宿，住进了西厢房。一日，崔老夫人为亡夫做道场，崔老夫人治家很严，道场内外没有一个男子出入，张生硬着头皮溜进去。这时斋供道场都已完备，张生看到小姐崔莺莺进香，报答父亲的养育之恩。张生想："小姐是一女子，尚有报父母之心；小生湖海飘零数年，自父母下世之后，并不曾有一陌纸钱相报。"张生从和尚那知道莺莺小姐每夜都到花园内烧香。夜深人静，月朗风清，僧众都睡着了，张生来到后花园内，偷看小姐烧香。随即吟诗一首："月色溶溶夜，花阴寂寂春；如何临皓魄，不见月中人？"莺莺也随即和了一首："兰闺久寂寞，无事度芳春；料得行吟者，应怜长叹人。"张生夜夜苦读，感动了小姐崔莺莺，她对张生心生爱慕之情。

叛将孙飞虎听说崔莺莺有"倾国倾城之容,西子太真之颜"。便率五千人马,将普救寺层层围住,限老夫人三日之内交出莺莺做他的"压寨夫人",大家束手无策。崔莺莺倒是异常刚烈,她宁可死,也不愿被贼人抢了去。危急之中,夫人声言:"不管是什么人,只要能杀退贼军,扫荡妖氛,就将小姐许配给他。"张生的八拜之交杜确,乃武状元,任征西大元帅,统领十万大军,镇守蒲关。张生先用缓兵之计,稳住孙飞虎,然后写信给杜确,让他派兵前来,打退孙飞虎。惠明和尚下山去送信,三日后,杜确的救兵赶到,打退孙飞虎。崔夫人在酬谢席上以莺莺已许配郑恒为由,让张生与崔莺莺结拜为兄妹,并厚赠金帛,让张生另择佳偶,这使张生和莺莺都很痛苦。看到这些,丫鬟红娘安排他们相会。夜晚张生弹琴向莺莺表白自己的相思之苦,莺莺也向张生倾吐爱慕之情。

自听琴后,多日不见莺莺,张生害了相思病,趁红娘探病之机,托她捎信给莺莺,莺莺回信约张生月下相会。张生误会了莺莺的诗意,约会时翻墙而入,莺莺见此,反怪他行为下流,发誓再不见他,致使张生病情愈发严重。莺莺借探病为名,到张生房中与他幽会。之后,老夫人见莺莺神情恍惚,言语不清,行为古怪,便怀疑她与张生有越轨行为。于是叫来红娘逼问,红娘无奈,只得如实说来。红娘向老夫人替小姐和张生求情,并说这不是张生、小姐和红娘的罪过,而是老夫人的过错,老夫人不该言而无信,让张生与小姐兄妹相称。老夫人无奈,告诉张生如果想娶莺莺,必须进京赶考取得功名方可。莺莺在十里长亭摆下筵席为张生送行,她再三叮嘱张生休要"停妻再娶妻",休要"一春鱼雁无消息"。长亭送别后,张生行至草桥店,梦中与莺莺相会,醒来不胜惆怅。

张生考得状元,写信向莺莺报喜。此时郑恒来到普救寺,捏造谎言说张生已被卫尚书招为东床佳婿。于是崔夫人再次将小姐许给郑恒,并决定择吉日完婚。恰巧成亲之日,张生以河中府尹的身份归来,征西大元帅杜确也来祝贺。真相大白,郑恒羞愧难言,含恨自尽,张生与莺莺终成眷属。

与《西厢记诸宫调》相比,王实甫《西厢记》在思想上更趋深刻。《西厢记》正面提出"愿天下有情人都成了眷属",具有更鲜明的反封建礼教和封建婚姻制度的主旨。《西厢记》歌颂了以爱情为基础的结合,而非门第、财富、权势。莺莺和张生始终追求真挚的感情。他们最初是彼此对才貌的倾心,经过联吟、寺警、听琴、赖婚、逼试等一系列事件,他们的感情内容也随之更加丰富,这里占主导的正是一种真挚的心灵上的相契合的感情。而且,莺莺和张生实际上已把爱情置于功名利禄之上。张生为莺莺而"滞留蒲东",不去赶考;为了爱情,他几次险些丢了性命,直至被迫进京应试,得中之后,他也还是"梦魂儿不离了蒲东路"。莺莺在长亭送别时叮嘱张生"此一行得官不得官,疾便回来",她并不看重功名,认为"但得一个并头莲,煞强如状元及第";即使张生高中的消息传来,她也不以为喜而反添症候。《西厢记》虽然也是以功成名就和有情人终成眷属作为团圆结局,但全剧贯穿了重爱情、轻功名的思想,显示出王实甫思想的进步性。

而且,《西厢记》对《诸宫调西厢记》在人物形象的塑造上也有了很大的提高。比如,《诸宫调西厢记》中的张生,性格中仍有不少轻浮之处。他第一次见到莺莺,竟然毫无顾忌地尾随,显得好色异常。在孙飞虎兵围普救寺时,他自称有退兵之策,却一定要老夫人亲自恳求他,有乘人之危的感觉。他跳墙赴约,被莺莺拒绝,竟要和红娘"权做夫妻",显得庸俗不堪。在老夫人听了郑恒的谎言,第二次悔婚之后,竟然束手无策,说:"郑公,贤相也,稍微见知;我与其子争一妇人,似涉非礼。"如此等等,王实甫《西厢记》都予以改写。

《西厢记》在艺术上取得很高的成就。首先,它塑造了一系列性格鲜明的人物形象。如崔莺莺作为已故相国之女,受到严格的礼教约束,而且有婚约在身,本来不该再追求爱情,然而当她遇见风流倜傥的张生之后,不由自主地渴求爱情。呈现出想爱又不敢爱,不敢爱而又不得不爱的矛盾状态。最终,在红娘的帮助下,冲破了封建礼教的束缚,主动追求爱情。张生是才华出众、风流潇洒的人物,他出场时唱的一曲〔油葫芦〕,充分将其文采风流和豪逸气度表现出来。但当他一旦坠入情网,竟成了一个傻角。张生在佛殿撞见了莺莺,猛然惊呼:"我死也!"这三个字,刻画出他魂飞魄散的情态。他在道场上迎着红娘,自报家门:"小生姓张,名珙,本贯西洛人也,年方二十三岁,正月十七日子时建生,并不曾娶妻。"红娘反问:"谁问你来?"张生竟不答话,单刀直入地又问:"敢问小姐常出来么?"这一段对话,把张生在爱情的驱动下痴迷冒失的性格,表现得栩栩如生。再比如红娘,热心为剧中的男女主人公穿针引线,然而又不敢过分表露,既要照顾小姐崔莺莺的自尊,又得应付老妇人。红娘愈是在困境中巧妙周旋,就愈能生动地表现她机智倔强的个性。而当崔莺莺与张生的私情被老妇人发现,老妇人"拷红"之际,红娘竟然临危不乱,说出了让老妇人哑口无言的话:

> 信者人之根本,"人而无信,不知其可也,大车无輗,小车无軏,其何以行之哉!"当日军围普救,老夫人所许退军者,以女妻之。张生非慕小姐颜色,岂肯区区建退军之策?兵退身安,夫人悔却前言,岂得不为失信乎?既然不肯成其事,只合酬之以金帛,令张生舍此而去。却不当留请张生于书院,使怨女旷夫,各相早晚窥视,所以老夫人有此一端。目下老夫人若不息其事,一来辱没相国家谱;二来日后张生名垂天下,施恩于人,忍令反受其辱哉?使至官司,老夫人亦得治家不严之罪。官司若推其详,亦知老夫人背义而忘恩,岂得为贤哉?

用封建的道理指责老妇人,转危为安,体现出红娘的聪明机智。如此等等,皆可见王实甫在塑造人物上的用心。

其次,戏剧情节简单,但戏剧冲突错综复杂,引人入胜。全剧以崔、张、红与老夫人的矛盾为主线,以崔、张、红之间的误会性冲突为副线,展现了崔张爱情的发生、发展到圆满结局的全过程。整个故事虽很单纯,主要人物只有三四个,地点几乎没有离开普救寺,但却写得波澜起伏,目不暇接。其中最重要的艺术手法就是"悬念"和"突转"的运用,造成强烈的戏剧效果。许多地方巧妙地设置悬念。"兵围普救寺"为莺莺的命运和崔张爱情的发展创造了悬念,杜确退贼兵,使悬念解除,但"赖婚"又引起新的悬念,"酬简"使赖婚悬念得到了部分解除,"拷红"又起悬念,拷红后老夫人勉强允婚,使悬念解除,紧接着逼张生"赴考"又起悬念,直至剧尾才使悬念解除,同时也使赖婚的悬念得以解除。如此安排"围夺"、"赖婚"、"拷红"、"赴考",可谓悬念丛生。"突转"是使剧情突然向相反的方向发展。"突转"与悬念紧密联系。"围夺"给崔张爱情带来危机,是一突转,"赖婚"使崔张由希望到失望,红娘从喜悦到烦恼,整个剧情从欢乐到悲愤是典型的"突转","赖简"莺莺变卦,出乎张生意料,又是一突转,"拷红"又使崔张爱情由酬简后的欢乐跌入冰山,继而又化险为夷,又是一大突转,"悬念"和"突转"的运用使剧情波澜起伏式地向前推进,如此大起大落,实属罕见。

再次,王实甫《西厢记》的语言本色当行。《西厢记》杂剧的语言往往既符合人物性格,又适合舞台演出,在戏剧性和性格化方面取得了突出的成就。张生的唱词爽朗热烈,跟他热情而乐观的性格一致。崔莺莺的唱词则表现出大家闺秀聪慧、优雅而又深沉、多情的风度。红娘的唱词特别泼辣、爽快,表现了她机敏、巧慧、侠心义骨的性格特征。如第三本的楔子,莺莺和红娘的一段对白,就把两个不同身份的少女的情态表现得十分逼真传神:

【红上云】姐姐唤我,不知有什么事,须索走一遭。
【旦云】这般身子不快呵,你怎么不来看我?
【红云】你想张……
【旦云】张什么?
【红云】我张着姐姐哩。
【旦云】我有一件事央及你咱。
【红云】什么事?
【旦云】你与我望张生去走一遭,看他说什么,你来回我话者。
【红云】我不去,夫人知道不是耍。
【旦云】好姐姐,我拜你两拜,你便与我走一遭!

《西厢记》杂剧的语言构成,以当时的民间口语为主体,适量而自然地化用前人诗词文赋中的语句,形成通晓流畅与秀丽华美相统一的艺术风格。第四本第三折"长亭送别"里崔莺莺一出场唱的三只曲子,历来为人称道:

【端正好】碧云天,黄花地,西风紧,北雁南飞。晓来谁染霜林醉?总是离人泪。
【滚绣球】恨相见的迟,怨归去的疾。柳丝长玉骢难系,恨不倩疏林挂住斜晖。马儿迍迍的行,车儿快快的随,却告了相思回避,破题儿又早别离。听得一声'去也',松了金钏;遥望见十里长亭,减了玉肌。此恨谁知?
【叨叨令】见安排着车儿马儿不由人熬熬煎煎的气,有甚么心情花儿靥儿打扮的娇娇滴滴的媚。准备着被儿枕儿则索昏昏沉沉的睡,从今后衫儿袖儿都揾做重重叠叠的泪。兀的不闷杀人也么哥!兀的不闷杀人也么哥!久已后书儿信儿索与我惶惶的寄。

第一只曲子化用范仲淹《苏幕遮》词句,把莺莺送别张生的离情别绪与萧瑟的秋景水乳交融地结合在一起,十分真切感人。第二只曲子借景写情,情溢于景;第三只曲子由雅而俗,直抒胸臆。三只曲子紧扣莺莺的情感变化,表情达意,臻于化境。另外,《西厢记》杂剧中的佳句美不胜收,脍炙人口,千载传唱。

《西厢记》在元明以来一直是最受广大群众欢迎的杂剧,流传广泛,明清以来的爱情小说和戏剧如《牡丹亭》《红楼梦》也受到它的影响。作为戏剧艺术,《西厢记》自问世后,就一直在戏曲舞台上长演不衰,尽管王实甫《西厢记》的原本已经失传,但出现多种改编、续作本。而且,《西厢记》杂剧也在世界各地广为流传。迄今为止,《西厢记》有英文、法文等10多个语种的译本。

第三节　白朴与《梧桐雨》

白朴(1226—1306?),原名恒,字仁甫。改名朴,字太素,号兰谷。祖籍陕州(今山西河曲附近),后迁居真定(今河北正定),出生于金朝首都南京(今河南开封)。父亲白华与元好问是世交。战乱中,白朴得到元好问的携带抚养。

《梧桐雨》是白朴最重要的杂剧,四折一楔子,描写安史之乱前后唐明皇与杨贵妃爱情的悲欢离合。剧情是:安禄山有一次未能完成军令,幽州节度使张守珪本欲将他斩首,惜其骁勇,将他押至京城问罪。丞相张九龄奏请明皇杀安禄山,明皇不从,反而召见授官。此时贵妃正受宠幸,奉明皇命收安禄山为义子,赐洗儿钱。后来安禄山因与杨国忠不和,出京任范阳节度使。七月七日,贵妃与明皇在长生殿欢宴。明皇将金钗钿盒赐给贵妃,酒酣之际,二人深感牛郎织女的坚贞,盟誓愿生生世世为夫妇。好景不长,天宝十四年,贵妃正在品尝她喜爱的荔枝,安禄山谋反的消息传到,明皇携贵妃仓皇入蜀。驻扎马嵬驿时,军队起了骚乱。龙武将军陈玄礼请明皇诛杀祸国殃民的杨国忠,明皇依言而行。但军队仍不肯前进,陈玄礼又请诛媚惑君王的杨贵妃。明皇无奈,令高力士将杨贵妃带到佛堂中,由她自尽。这样,军队得到了安抚,保护明皇逃亡。肃宗收复京都后,太上皇(明皇)闲居西宫,悬挂贵妃像,与之朝夕相对,追念不已。一夜,明皇正在梦中与贵妃相见,却被梧桐雨惊醒。他追思往日与贵妃欢爱情景,惆怅万分。

《梧桐雨》取材于唐代陈鸿的传奇《长恨歌传》和白居易的《长恨歌》。关于杨、李故事,自中唐以来甚多,对二人的评价,每部作品亦不尽相同。白朴的《梧桐雨》也与很多作品一样,写到杨、李的情爱、侈逸,但其重点则是写人世的沧桑巨变,宣示深刻沉痛的人生变幻之感。

《梧桐雨》中,白朴通过唐明皇概括了一代王朝兴亡的变化,不仅有对亡国教训的总结,更突出地流露出对时世陵替、人生变迁、盛衰转化的哀愁、凄恻的感伤情绪。全剧主要是借历史故事来抒发作者深切的现实感受,尤其是第四折,描写唐明皇忆旧、伤逝、相思、哀愁等感情交织搅扰的心境,同雨打梧桐的凄凉萧瑟的氛围融为一体。作者极力铺叙唐明皇对贵妃眷恋之情,从端详妃子画像,以至困乏而到园中散心,到回去小睡时梦见贵妃又被梧桐雨惊醒,无时无刻不是陷于深深的失落之中。景色仍在,人事已非,一切都触起唐明皇无限的感伤:

【蛮姑儿】懊恼,窨约。惊我来的又不是楼头过雁,砌下寒蛩,檐前玉马,架上金鸡;是兀那窗儿外梧桐上雨潇潇。一声声洒残叶,一点点滴寒梢,会把愁人定虐。

【滚绣球】这雨呵，又不是救旱苗，润枯草，洒开花萼，谁望道秋雨如膏。向青翠条，碧玉梢，碎声儿必剥，增百十倍，歇和芭蕉。子管里珠连玉散飘千颗，平白地瀽瓮番盆下一宵，惹的人心焦。

【叨叨令】一会价紧呵，似玉盘中万颗珍珠落；一会价响呵，似玳筵前几簇笙歌闹；一会价清呵，似翠岩头一派寒泉瀑；一会价猛呵，似绣旗下数面征鼙操。兀的不恼杀人也么哥！则被他诸般儿雨声相聒噪。

【倘秀才】这雨一阵阵打梧桐叶凋，一点点滴人心碎了。枉着金井银床紧围绕，只好把泼枝叶做柴烧，锯倒。

（带云：）当初妃子舞翠盘时，在此树下；寡人与妃子盟誓时，亦对此树；今日梦境相寻，又被他惊觉了。（唱）

【滚绣球】长生殿那一宵，转回廊，说誓约，不合对梧桐并肩斜靠，尽言词絮絮叨叨。沉香亭那一朝，按霓裳，舞六幺，红牙箸击成腔调，乱宫商闹闹炒炒。是兀那当时欢会栽排下，今日凄凉厮辏着，暗地量度。（高力士云）主上，这诸样草木，皆有雨声，岂独梧桐？（正末云）你那里知道，我说与你听者。（唱）

【三煞】润蒙蒙杨柳雨，凄凄院宇侵帘幕。细丝丝梅子雨，装点江干满楼阁。杏花雨红湿阑干，梨花雨玉容寂寞。荷花雨翠盖翩翩，豆花雨绿叶萧条。都不似你惊魂破梦，助恨添愁，彻夜连宵。莫不是水仙弄娇，蘸杨柳洒风飘？

【二煞】咻咻似喷泉瑞兽临双沼，刷刷似食叶春蚕散满箔。乱洒琼阶，水传宫漏，飞上雕檐，酒滴新槽。直下的更残漏断，枕冷衾寒，烛灭香消。可知道夏天不觉，把高凤麦来漂。

【黄钟煞】顺西风低把纱窗哨，送寒气频将绣户敲。莫不是天故将人愁闷搅，度铃声响栈道。似花奴羯鼓调，如伯牙水仙操。洗黄花润篱落，渍苍苔倒墙角。渲湖山漱石窍，浸枯荷溢池沼。沾残蝶粉渐消，洒流萤焰不着。绿窗前促织叫，声相近雁影高。催邻砧处处捣，助新凉分外早。斟量来这一宵，雨和人紧厮熬。伴铜壶点点敲，雨更多泪不少。雨湿寒梢，泪染龙袍，不肯相饶，共隔着一树梧桐直滴到晓。

全剧的戏剧冲突生动跌宕，笔墨酣畅优美，曲词文采飘逸而又自然生动，而构筑的意境则深沉含蓄，具有强烈的艺术感染力。因此，此剧可以说是一部诗剧。

第四节　马致远与《汉宫秋》

马致远，字千里，号东篱，（一说名不详，字致远，晚号东篱），元大都（今北京）人，生卒年不详，但年辈晚于关汉卿、白朴等人，早年追求功名，中年曾经做过一段时间的江浙行省务官，后退隐。善写杂剧散曲，名气很大，有"曲状元"之誉，与关汉卿、郑光祖、白朴并称"元曲四大家。"今存杂剧七种，内容多写怀才不遇和神仙道化之类。《汉宫秋》是其代表作：汉元帝因后宫寂寞，听从毛延寿建议，让他到民间选美。王昭君美貌异常，但因不肯贿赂毛延寿,被他在美人图上点上破绽,因此入宫后独处冷宫。汉元帝深夜偶然听到昭君弹琵琶,爱其美色,将她封为明妃,又要将毛延寿斩首。毛延寿逃至匈奴,将昭君画像献给呼韩邪单于,让他向汉王索要昭君为妻。元帝舍不得昭君和番,但满朝文武怯懦自私,无力抵挡匈奴大军入侵,昭君为免刀兵之灾自愿前往,元帝忍痛送行。单于得到昭君后大喜,率兵北去,昭君不舍故国,在汉番交界的黑江投水而死。单于为避免汉朝寻事,将毛延寿送还汉朝处治。汉元帝夜间梦见昭君而惊醒,又听到孤雁哀鸣,伤痛不已,后将毛延寿斩首以祭奠昭君。

杂剧《汉宫秋》是马致远的代表作,取材于历史上王昭君出塞和亲的故事,却不拘泥于史实,在前人创作的基础上,结合元代的时代精神和作者的现实感受,进行了全新的艺术创作。首先,将汉朝与匈奴之间的关系由本来的汉强匈奴弱改为汉弱匈奴强,将王昭君由本来主动请求和亲变为匈奴强娶。史载王昭君是汉元帝的宫女,因不得皇帝的宠幸,乘匈奴单于呼韩邪来朝求婚之际主动请求出行。临行之期,"昭君丰容靓饰,光明汉宫,顾景徘徊,悚动左右。帝见大惊,意欲留之,而难于失信,遂与匈奴"(《后汉书·南匈奴传》)。杂剧改为汉元帝因闻琵琶得见昭君,惊其姿容绝伦,纳为宠妃,恩爱备至。奸臣毛延寿携昭君美人图叛逃,唆使匈奴王以武力讨娶昭君。汉廷文武惧于匈奴威势,胁迫元帝割爱媚敌,昭君"怕江山有失","情愿和番",以息刀兵。行前留下汉家衣服,以示不辱汉室,这就突出了王昭君对祖国的深沉感情。

其次,将传说中的毛延寿由画师身份改为朝廷重臣——中大夫,他为巩固自己的地位,把持朝中权力,劝汉元帝"少见儒臣,多昵女色"。他刷选宫女,中饱私囊,又因索贿未成,将昭君画像献给单于,唆使匈奴攻汉,从贪婪的奸臣发展为"忘恩咬主"、卖国求荣的叛臣。

再次,史载昭君和亲去到匈奴,生子育女,并"从胡俗"为两代单于阏氏,杂剧却将结局改写为王昭君尚未入匈奴之境便投江,殉节而死。

经过这样的改动,昭君故事便被赋予了新的主题,成为金元、宋元之交家国兴亡和民族情绪的曲折反映。第四折写昭君去后,汉元帝听到孤雁悲鸣,倍增伤感,在反复吟叹中抒发了他的满腔愁绪,这正是作者借历史上的兴亡聚散抒写家国衰败之痛以及在乱世中失去美好生活而生发困惑、悲凉的人生感受。在第三折中,作者借汉元帝之口,唱出了人生无法主宰自己命运的困惑:

【七弟兄】说什么大王、不当、恋王嫱,兀良!怎禁他临去也回头望。那堪这散风雪旌节影悠扬,动关山鼓角声悲壮。

【梅花酒】呀!俺向着这迥野悲凉。草已添黄,兔早迎霜。犬褪得毛苍,人捥起缨枪,马负着行装,车运着粮糗,打猎起围场。他、他、他,伤心辞汉主;我、我、我,携手上河梁。他部从入穷荒;我銮舆返咸阳。返咸阳,过宫墙;过宫墙,绕回廊;绕回廊,近椒房;近椒房,月昏黄;月昏黄,夜生凉;夜生凉,泣寒螀;泣寒螀,绿纱窗;绿纱窗,不思量!

【收江南】呀!不思量,除是铁心肠;铁心肠,也愁泪滴千行。美人图今夜挂昭阳,我那里供养,便是我高烧银烛照红妆。

贵为天子的汉元帝亦无法支配自己命运,那么,历史变迁、人生无常也就是作者必然的感受。这部戏深含哲理,表达出那个时代的知识分子传达出人生落寞、迷惘莫名的感受,具有浓郁的悲剧感。

第五节 元代其他主要杂剧

一、纪君祥《赵氏孤儿》

纪君祥,大都人,生卒年代及生平事迹均不详。所作杂剧著录有六种,仅存《赵氏孤儿》。该剧本于《左传》《史记·赵世家》,主要依据《史记》敷演而成,将晋灵公杀赵盾和晋景公诛赵氏这两个相隔多年的事件捏合在一起,增添变动了若干情节,着力歌颂了韩厥、公孙杵臼、程婴等人为了保存赵孤,不惜自我牺牲或忍辱负重,前仆后继、不屈不挠地同恶势力作殊死的斗争。剧本写春秋时晋灵公昏愦不君,武将屠岸贾擅权,将大臣赵盾满门抄斩,其子驸马赵朔亦被逼自杀。赵朔妻在幽禁中生下赵氏孤儿,赵朔门下医士程婴冒着生命危险,将出生的孤儿放在药箱里,带出赵朔府门。奉屠岸贾之命把守宫门的韩厥发现了程婴的行为,但韩厥不愿献孤儿以图荣进,自忖:"我若献利便图名分,便是安自己损他人",遂放走程婴,自刎而死。屠岸贾得知后,下令屠杀全国所有半岁以下婴儿。程婴为保赵家骨血,与退休老臣、赵盾友人公孙杵臼商议,公孙杵臼倡言:"见义不为非为勇,言而无信成何用",义无反顾地献身救孤。于是,程婴将自己的儿子送给公孙,顶替赵氏孤儿,然后出首,揭发公孙收藏了赵氏孤儿。结果程子被杀,公孙自杀,程婴被屠岸贾收留为门客,所携赵氏孤儿也被屠岸贾认为义子。20年后,孤儿长大成人,程婴告之以真相,终于报了大仇。

该剧张扬强烈的复仇精神,呼唤正义,讴歌为正义而献身的自我牺牲精神,但这部剧作真正吸引人的地方,是剧中人物在道德完成中所表现出的人格力量。作者赋予一批正面人物不畏强权、见义勇为、视死如归的崇高品格。但他们性格的完成,并不是标签式的抽象道德观念的外化,而是在剧情的展示和尖锐的矛盾冲突中加以凸现,因而显得真实感人。程婴忍辱负重、沉着坚毅、公孙杵臼视死如归等高贵的品质,在这部剧中得到了充分的表现。

二、杨显之《潇湘雨》

杨显之,元代戏曲作家。大都人,生卒生不详,约与关汉卿同时,与关汉卿为莫逆之交,常在一起讨论、推敲作品。杨善于对别人的作品提出中肯的意见,因而被誉为"杨补丁"。在元初杂剧作家中,他年辈较长,有威望。散曲作家王元鼎尊他为师叔,他与艺人们来往也较密切,著名演员顺时秀称他为伯父。今仅存剧本两种《临江驿潇湘秋夜雨》《郑孔目风雪酷寒亭》,前者影响较大。

《临江驿潇湘秋夜雨》,简称《潇湘雨》,是一部以男子负心为题材的作品。剧情是:谏议大夫张天觉因触犯权贵被贬官,他携女儿翠鸾同行,渡淮河时船翻,父女二人失散。渔父崔文远将翠鸾救回家中,收她为义女。崔文远的侄子崔通正要进京赴考,前来辞别伯父,崔文远便将翠鸾许配给他。崔通临行之际约好成名后迎回翠鸾,结果及第后却情愿被试官赵钱招为女婿,携赵女赴任秦川县令。翠鸾听说崔通得了官,却总不见他回来,便只身到秦川寻夫。崔通已变心,赵女又凶悍善妒,他便诬陷翠鸾为逃婢,刺配沙门岛。当年翠鸾之父张天觉水中也得救,此时任提刑廉访使,携御赐上方剑。翠鸾发配途中受尽千辛万苦,风雨之中艰难带枷赶路,与父亲重逢于临江驿。张天觉听女儿诉说冤情,怒不可遏,将崔通和赵女绑缚治罪。崔文远及时赶到,向他求情,张天觉于是放了他们,将官还给崔通,让他与翠鸾同赴任所,赵女则沦为婢妾。

《潇湘雨》具有深刻的社会意义,其悲剧意义是封建科举取士制度的间接产物。封建时代的某些知识分子一旦得志,往往抛弃原来患难与共的妻子,另娶高门,寻求仕途上的靠山;而不少权贵也希望通过儿女婚事,笼络新贵,以巩固自己的权势,因此停妻再娶的现象时有发生,造成了种种婚姻悲剧。此剧反映的就是这种现象。作者对此类现象深恶痛绝,然而剧本的结尾,却让崔通在未受到惩罚的情况下,与翠鸾重归于好,极其勉强,反映了作者无法找到解决此类问题的办法的历史局限。《潇湘雨》以描写人物心理见长。剧本第三折把荒郊空野、风雨交加的凄凉景象,与翠鸾披枷带锁、负屈衔冤的痛苦心情融为一体,曲辞如泣如诉,扣人心弦,宾白关目朴实无华,切合人物情境,历来为人们所激赏。

三、石君宝《秋胡戏妻》

石君宝(1192?—1276?),平阳人。撰有杂剧10种,今存《秋胡戏妻》《曲江池》《紫云亭》都是爱情婚姻剧。其代表作《秋胡戏妻》本于西汉刘向《古列女传·鲁秋洁妇》、晋葛洪《西京杂记》、汉乐府民歌《陌上桑》以及唐末阙名《秋胡变文》,并加以增饰。杂剧写秋胡新婚才三日,即被征召入伍,妻罗梅英在家含辛茹苦,侍奉婆婆。财主李大户倚势谋娶,遭梅英拒绝。十年后,秋胡得官荣归,在桑园与其相遇,竟调戏梅英。梅英发现调戏自己的竟是盼望多年的丈夫,顿感羞辱,要求离异,然迫于婆母不允之命,勉强相从。该剧虽取材于前代传说,却融合了元代现实生活,成功地塑造了一个农村劳动妇女的艺术形象。剧中女主角罗梅英有见识,有志气,识大体,明大义,对自己所处的社会地位,对婚姻对象的选择,对婚姻的责任感等,都表现出不同凡俗的看法。她认为婚姻是男女双方彼此情投意合,和睦相处而非其他外在的因素如财产等。结婚三日,秋胡被迫去当兵,罗梅英艰难度日,养活婆母。她的父母、婆母在李大户的威逼、利诱下,先后前来劝她改嫁,但她却丝毫也不退让。当她得知在桑园中调戏自己的就她日思夜想了十年的丈夫时,尽管秋胡此时做了高官,并给她带来了金冠霞帔,她也决不原谅秋胡的丑行,向他索要休书,誓与他一刀两断。这就把一个自尊自重,富贵不能淫、威武不能屈的劳动妇女形象鲜明生动地刻画了出来。剧末罗梅英唱道:"非是我假乖张,做出这乔模样,也则要整顿我妻纲!"(《鸳鸯煞》)"整顿妻纲",就是要为妇女扬眉吐气。剧作语言本色泼辣,形象鲜明生动,充满喜剧色调,但又写出了妇女的不幸遭遇,讴歌了她们的反抗精神。

四、康进之《李逵负荆》

康进之,棣州(今山东惠民)人,生平不详,今存元代水浒戏中最著名之作《李逵负荆》。

写的是梁山附近杏花庄开酒店的老王林,被冒称宋江、鲁智深(实际上是冒名的宋刚和鲁智恩)的恶棍抢去了女儿满堂娇。正逢宋江在清明时节放众人下山,李逵来店饮酒,王林向他哭诉。李逵听了大怒,回山大加嘲讽宋江和鲁智深,并砍倒杏黄旗。宋江为辩明事实,与他下山质对。王林一看却不是这两位,李逵只有负荆请罪,而宋江却怎么也不肯饶恕。恰好两个恶棍又送满堂娇回门,王林上山报信,宋江即指派李逵下山捉拿,"将功折罪"。最后,全剧在庆功声中结束。这是一出用"误会法"构成的喜剧,但并不止于"误会",而是将人物的性格与杂剧的矛盾结合在一起展开情节。剧中的李逵是一个令人喜爱的形象,他是非分明,爱憎强烈,忠于梁山的正义事业,为人坦诚豪爽而又天真鲁莽。作者用了较细致的笔法从不同侧面来描写这个莽撞汉子,使这个形象显得丰满生动。如一开始李逵听了王林的哭诉,又见到所谓"证据",便上山问罪,从旁敲侧击到正面冲突,从挥斧砍旗到堂前赌赛,自以为真理在握,步步进逼,气冲牛斗,显示他疾恶如仇、火爆而不顾后果的个性;在下山对质途中,李逵因先入为主的成见,对宋江和鲁智深的一举一动都表示怀疑。对宋江行走的快慢,总能找出他认为合理的解释,好像很精明,却在这种"精明"中愈发显出他的憨直与鲁莽。真相大白后,他懊悔起来,于是装糊涂耍无赖,以保住自己的脑袋;最终抓住了歹徒,他又得意起来,自诩为宋江、鲁智深洗刷了坏名声。戏剧中性格鲁莽的人物最容易写得简单化,《李逵负荆》却避免了这样的毛病。整个剧情也写得紧凑而饶有风趣,语言又很老练,在古代喜剧作品中是相当出色的一部。

五、李潜夫《灰阑记》

李潜夫,字行甫,一作行道,绛州(今山西新绛)人。其《灰阑记》全名《包待制智勘灰阑记》,受到东汉应劭《风俗通义》所载黄霸故事的启发,故事的基本情节是:富翁马均卿纳妓女张海棠为妾,生有一子,马的正妻为独霸家产,与奸夫合谋将马均卿毒死,嫁罪于海棠,并强夺其子为己子。案子进了官府,太守凭银子断是非,街坊邻居、接生婆等各色人物也都收了马妻的银子作伪证,张海棠最终在酷刑下屈打成招,被判处死罪。后来包拯重审此案,用石灰在小儿周围画一圆圈,令马妻和海棠对拽,说谁能拽出小儿就是亲生母亲。海棠怕伤害儿子,不忍使力;马妻却悍然不顾,将小儿强行拉出。包拯根据"人情可推",断定小儿为海棠亲生,为她昭雪冤枉,并将其余案情一一查清。

这出戏表现决疑断狱,颇合情理,突出了包拯明断是非的智慧。作品也揭露了描写封建家庭中对财产继承权的激烈争夺,以及倚强凌弱、欺诈浇薄的社会风气以及吏治的黑暗。这种审判二母夺一子的类型故事,在古代印度、希腊、罗马等地也有流传;《旧约全书》里所罗门判案的故事,与"灰阑拉子"也很相近。《灰阑记》在国外很著名,曾被译成英、法、德等多种文字,德国著名剧作家布莱希特曾据此改编成《高加索灰阑记》。

六、郑廷玉、秦简夫的家庭伦理剧

郑廷玉,杂剧23种,题材多样,有历史题材,也有公案、神仙道化、社会伦理题材,呈现出眼界阔大、题材多样化的特点。其作品大多揭露了贫富不均、贫富对立的社会现象,批判了富人的为富不仁,描绘了在金钱腐蚀下的人情冷暖和世态炎凉,同时也充满了浓重的宿命论思想。代表作《看钱奴》取材于晋干宝《搜神记》中的"张车子"故事。杂剧写秀才周荣祖上京应举,将家财埋在地下。贫民贾仁平时以挑土筑墙为生,其在佛前祈福,因周荣祖的父亲曾对佛不敬,故神灵遂将周家财富借与贾仁,于是贾仁挖到周荣祖家藏在墙下的祖产而致富,周荣祖夫妇则因此落魄。贾仁虽有了万贯家财,却无儿无女,命坐馆先生陈德甫替他买一个儿子,恰巧买了风雪之中走投无路的周荣祖夫妇卖的儿子长寿。二十年后,长寿长大成人,贾仁财富越聚越多,却吝啬成性,拥有"鸦飞不过的田产",却因一抹油指头被狗所舔而气急致死。周荣祖夫妇乞讨至东岳庙中,遇到长寿,发生冲突,后经陈德甫说明实情,一家人才得以重聚,贾仁二十年前无意中得到的财产又原封不动地归于周家,而自己只是替别人做了二十年的看钱奴。

此剧的主旨是借周、贾二人的荣枯转换,宣扬贫富天定,因果报应的思想。在这种宿命的框架中,作品装进深刻的现实内容,用漫画手法涂抹守财奴的形象,把财主贪婪悭吝的心理和伪善狡诈的手段刻画得入木三分。贾仁想吃烤鸭,却舍不得花钱,把自己的手放在烤鸭上"着实的挝了一把,恰好五个指头挝的全全的",到家之后每咂一个手指头就吃一碗饭。剩下一个指头上的鸭油不幸被狗舔了,气恼之下一病不起。作者通过吃饭这一细节,将贾仁的贪婪吝啬刻画出来。再如他临死前咬紧牙要"破一破悭,使些钱"。想吃豆腐,只想"买一个钱的豆腐"。儿子请人画一喜神,他竟让画背身儿,因为"画匠开光明,又要喜钱"。最后交代自己后事更让人目瞪口呆。拒绝儿子为他买棺材,用斧头把身子拦腰剁成两段放在马槽里埋掉,剁尸骨要借别人家的斧子,因为"我的骨头硬,若使我家斧子剁卷了刃,又得几文钱钢"!这样有悖常理的行为着实让人咂舌,自己快咽气了念念不忘的还是怎样省钱。钱成为其人生的唯一乐趣,他也成了金钱的奴隶。这样的人物在现实生活中不可能存在,是作者漫画式的夸张描写,把一个爱财胜于命的守财奴形象呈现给读者。作者运用讽刺喜剧的夸张手法,淋漓尽致地揭露了这一守财奴为富不仁的本性、贪婪悭吝的心理和伪善狡诈的手段。剧作家在用喜剧手法对贪婪无耻的财主尽情嘲弄的同时,又掩抑不住满腔憎恨。

秦简夫,大都人,后流寓杭州,生平不详。剧作见于著录的有五种,今存《东堂老》《剪发待宾》《赵礼让肥》三种。《东堂老》写扬州富商赵国器之子扬州奴,在父亲死后,浪荡成性,挥霍无度,将家产荡尽,沦为乞丐。其父生前好友东堂老李实,受亡友之托,对扬州奴苦心教诲。当扬州奴挥霍败家之际,李实暗中将扬州奴所卖家产全部暗中买下,待其醒悟后,尽行归还,使之恢复家业。

作品歌颂了东堂老受人之托,忠人之事的善良诚实品德,并对不肖子、帮闲也进行了真实生动的描绘。《东堂老》第一次正面塑造了李实这样诚恳可信的商人形象。中国古代传统观念中的重农抑商反映到文学中,商人也总是受鞭挞,而《东堂老》却赞美了一个见财不昧、忠于友谊、诚恳可信的商人,这是过去极少见的。剧作家对商人阶层勤劳致富的处世观的赞赏,对平民百姓素朴切实的人生价值的肯定,破除了长期以来把商人看成是坐收渔利、不劳而获的因循陋见,也对文士阶层唯以功名仕进为求的狭隘和迂腐观念提出了善意的规讽。剧中东堂老夫妇,一严正,一慈祥;扬州奴夫妇,一糊涂,一善良,处处相映成趣,俱见作者匠心。该剧情节虽然单纯,但结构严谨,排场工致,描写委曲尽致,曲宾真切动人,堪称元杂剧后期佳作。剧中所提出的具有新的时代意义的道德观念,也并非是理性的阐释,而是在写实中自然地反映出来,这体现了古代文学的重要进步。它对后来,尤其是明代文学中描写商人的作品产生了较大的影响。

七、郑光祖、尚仲贤的婚姻爱情剧

郑光祖(？—1329前)，字德辉，平阳襄陵(今山西襄汾)人。元代后期创作杂剧最多的作家，《录鬼簿》著录有17种，今存7种，包括爱情婚姻剧、历史剧等。代表作《倩女离魂》，取材于唐人陈玄祐的传奇小说《离魂记》。剧作写王文举与张倩女原系"指腹为婚"，但张母嫌文举功名未就，不许二人成婚。文举被迫上京应试，倩女忧念成疾，灵魂离开躯体去追赶王文举，结伴至京，同居三年。王文举中状元得官，携倩女魂归至张家，倩女灵魂与久卧病榻的倩女躯体合二而一，遂与文举欢宴成亲。这是一个富于浪漫色彩的爱情故事。郑光祖以优美的文笔，从两个方面叙写了女子在礼教抑制下精神的痛苦。一方面，倩女的魂魄，代表了女性对爱情婚姻的渴望与追求。倩女爱恋的是文举本人，她不在乎有无功名，担心的倒是文举高中后别娶高门。在离魂的状态下，她大胆冲破礼教观念，与心上人私奔，遂了心愿。另一方面，现实中倩女的躯体，则只能承受离愁别恨的熬煎，病体恹恹。当文举中了状元，寄信给张家，说"同小姐一时回家"时，病中的倩女以为文举另娶，悲恸欲绝。显然，既渴求爱情婚姻，又面对礼教禁锢，这便是封建时代女性的真实处境。她们唯有在非常的情况下，才能挣脱束缚，实现自己的理想。而一旦"灵魂出窍"，精神获得自由，她们便表现得热情似火，敢作敢为。在这里，离开躯体的倩女之魂，寄寓着挣脱礼教枷锁的女性的心态；至于倩女在家中的病躯，那种幽怨悱恻，凄凄楚楚，正体现出礼教禁锢下广大女性的百般无奈。所以，这一剧作不仅情节离奇，而且在离奇的情节中表现了较为深刻的内涵。在根本上，它指出了人的天然情感的不可抑制，伸张人们追求自由幸福的权利。剧中，郑光祖让离魂与躯体有不同表现，这一艺术处理，给明代汤显祖《牡丹亭》的创作以有益启迪。

《倩女离魂》情节安排颇具匠心，描写细致生动，特别是写倩女病中忽忽如狂的状态准确传神。作者把幻想形象化，让幽魂与躺在病床上的张倩女互不沟通，甚至产生误会。这样张倩女、幽魂、王文举关系重重，写得亦真亦幻，产生了一种惝恍迷离的艺术效果。第二折幽魂追赶王文举的描写一直为人称道：

人去阳台，云归楚峡。不争他江渚停舟，几时得门庭过马？悄悄冥冥，潇潇洒洒，我这里踏岸沙，步月华；我觑这万水千山，都只在一时半霎。——【越调斗鹌鹑】

想倩女心间离恨，赶王生柳外兰舟，似盼张骞天上浮槎。汗溶溶琼珠莹脸，乱松松云髻堆鸦，走得我筋力疲乏。你莫夜泊秦淮卖酒家。向断桥西下，疏剌剌秋水菰蒲，冷清清明月芦花。——【紫花儿序】

蓦听得马嘶人语闹喧哗，掩映在垂杨下。唬得我心头丕丕那惊怕，原来是响当当鸣榔板捕鱼虾。我这里顺西风悄悄听沉罢，趁着这厌厌露华，对着这澄澄月下，惊得那呀呀呀寒雁起平沙。——【小桃红】

不仅活现出一个轻手轻脚，急急忙忙的精灵，而且让其与凄清朦胧的夜色景致融合一起，营造出月下幽魂"悄悄冥冥,潇潇洒洒"的优美意境。曲词写得挥洒自如,逸气横飞,化用古人意象不露痕迹,表现出老到的功力。

尚仲贤,曾任江浙省务提举,后弃官归去。所作杂剧10种,今存3种。以《柳毅传书》最为著名。《柳毅传书》取材于唐人李朝威传奇《柳毅传》。杂剧讲述的是洞庭湖龙君女三娘遭丈夫泾河小龙虐待,被罚在岸边牧羊。落第举子柳毅怜其不幸,代其传信。三娘叔父钱塘君率水卒打败泾河小龙,救回三娘,柳毅遂与龙女结为夫妇。此剧虽然涂抹了一层浓厚的神话色彩,但折射出的仍然是现实人间社会图景。在封建时代,夫权是捆缚妇女的一条粗大的绳索,造成了无数妇女的悲惨命运。此剧反映的就是这一现实问题。

剧中柳毅的见义勇为、龙女的愤懑抗争以及钱塘君的疾恶如仇,刻画得较为成功。柳毅和三娘人神结合的爱情,符合广大观众的愿望,又具有浪漫色彩。此剧通过浪漫的神话反映人们的现实愿望,但剧中的人物,却并不是理想化的。柳毅传书之后,两位龙君要把龙女嫁给他,他心里"想着那龙女三娘在泾河岸上牧羊那等模样,憔悴不堪,我要他做甚么",嘴里却说出一番仗义涉险,不可"杀其夫而夺其妻"的大道理,及其见到龙女盛妆如仙,就懊悔地想:"早知这等,我就许了那亲事也罢。"这样写固然有些俗气,与全剧浪漫而美丽的情调也似乎有些不和谐,却反映出元代文学世俗化,因而更接近平凡真实的人性趋向。

思考练习题

1. 简述元杂剧的体制。
2. 分析《窦娥冤》的艺术特征及悲剧性。
3. 王实甫《西厢记》与元稹《会真记》的同与异?
4. 分析《西厢记》的戏剧冲突及人物形象塑造。
5. 王实甫《西厢记》的艺术特点?
6. 白朴《梧桐雨》的主题是什么?
7. 马致远《汉宫秋》的主题是什么?
8. 马致远《汉宫秋》对史实的改造及其目的是什么?
9. 纪君祥《赵氏孤儿》是否具有反元复宋的主题?
10. 杨显之《潇湘雨》悲剧的社会意义?
11. 试述石君宝《秋胡戏妻》对民间故事的改造。
12. 试述康进之《李逵负荆》的误会手法。
13. 李潜夫《灰阑记》的影响?
14. 郑廷玉《看钱奴》塑造人物形象的方法?
15. 秦简夫《东堂老》的社会价值?
16. 郑光祖《倩女离魂》的艺术特色?
17. 尚仲贤《柳毅传书》人物形象的塑造有什么特点?

第三章 元代散曲与诗文

从音乐意义来说，散曲是元代流行的用北曲演唱的歌曲；从文学意义来说，它是一种具有独特语言风格的抒情诗。因此元人习称散曲为"今之乐府"。散曲和词的关系最密切，体制也最接近，都属于有固定格律的长短句形式。据王国维统计，元曲曲牌出于唐宋词牌的有七十五种之多。所以，有人把散曲叫作"词馀"。

宋金之际，北方少数民族如契丹、女真、蒙古相继入据中原，他们带来的胡曲番乐与汉族地区原有的音乐相结合，孕育出一种新的乐曲。这样，逐渐形成一种新的诗歌样式，即散曲。散曲之名最早见于明初朱有燉的《诚斋乐府》，不过该书所说的散曲专指小令，尚不包括套数。明中叶以后，散曲的范围逐渐扩大，把套数也包括了进来。至20世纪初，吴梅、任讷等曲学家的一系列论著问世以后，散曲作为包含小令和套数的完整的文体概念，最终被确定了下来。

小令又称"叶儿"，一般是独立的单只曲子，每首能独立，相当于一首诗或一阕词。它是由民间小唱、唐宋诗词发展演化而来的。小令形制短小，语言精练，适于抒情写景。小令也包括"带过曲"和"重头小令"。"带过曲"是写完一曲之后意犹未尽，还可再写另外一个曲调，但必属同宫调，只要两个曲调音律衔接，又押同一个韵，可以算作一首。重头小令是由同题同调，内容相连，首尾句法相同的数支小令联合而成，支数不限，每首可各押一韵，而且各首可以单独成立。

套数又称"散套"，沿自宋金时的诸宫调和唱赚。它由同一宫调的三支以上曲子组成，宫调不同而管色相同者，也可"借宫"组成。套数应具备以下条件：首先，须有两只以上同一宫调的曲子连缀而成；其次，每套除了用带过曲做结外，大多数情况在结束处有一个尾声；再次，每套一般用一二只小曲开端，中间选用的调数可多可少，少则二三调，多则二三十调。不管套数多长，都必须一韵到底，不能换韵。套数多标明该套曲子属于何宫何调。

散曲作为一种新兴的文学样式，和传统的诗词相比，具有很鲜明的艺术特征。首先，用韵灵活自由，虽然要一韵到底，但平上去三声可以互协，也可以重复韵脚；其次，根据表情达意的需要，可以增加衬字，甚或增加句子，大大增加了声调和句式的美感；再次，以大量的口语方言入曲，通俗易懂，丰富了表现技巧。

第一节 元代前期散曲

金元散曲的创作大略可以仁宗延祐元年(1314)为界，分为前后两期。前期是散曲的繁荣期,后期是变异期。前期散曲创作的中心也是在北方,主要作家有关汉卿、王和卿、白朴、马致远、卢挚等。

关汉卿的散曲数量不多,作为早期的作家,在运用活泼灵动、豪放风趣的语言为文人散曲建立一种独特的艺术风格方面,起了重要作用。其散曲中有一部分是抒写自身的人生情怀的,其中以《南吕一枝花·不伏老》套数最为著名:

> 攀出墙朵朵花,折临路枝枝柳。花攀红蕊嫩,柳折翠条柔,浪子风流。凭着我折柳攀花手,直煞得花残柳败休。半生来折柳攀花,一世里眠花卧柳。
>
> 【梁州】我是个普天下郎君领袖,盖世界浪子班头。愿朱颜不改常依旧,花中消遣,酒内忘忧。分茶攧竹,打马藏阄;通五音六律滑熟,甚闲愁到我心头?伴的是银筝女银台前理银筝笑倚银屏,伴的是玉天仙携玉手并玉肩同登玉楼,伴的是金钗客歌金缕捧金樽满泛金瓯。你道我老也,暂休。占排场风月功名首,更玲珑又剔透。我是个锦阵花营都帅头,曾玩府游州。
>
> 【隔尾】子弟每是个茅草冈、沙土窝初生的兔羔儿乍向围场上走,我是个经笼罩、受索网苍翎毛老野鸡蹅踏的阵马儿熟。经了些窝弓冷箭鑞枪头,不曾落人后。恰不道"人到中年万事休",我怎肯虚度了春秋。
>
> 【尾】我是个蒸不烂、煮不熟、捶不匾、炒不爆、响珰珰一粒铜豌豆,恁子弟每谁教你钻入他锄不断、斫不下、解不开、顿不脱、慢腾腾千层锦套头?我玩的是梁园月,饮的是东京酒,赏的是洛阳花,攀的是章台柳。我也会围棋、会蹴鞠、会打围、会插科、会歌舞、会吹弹、会咽作、会吟诗、会双陆。你便是落了我牙、歪了我嘴、瘸了我腿、折了我手,天赐与我这几般儿歹症候,尚兀自不肯休!则除是阎王亲自唤,神鬼自来勾。三魂归地府,七魄丧冥幽。天哪!那其间才不向烟花路儿上走!

这套散曲既反映了关汉卿经常流连于市井和青楼的生活面貌,同时又表现出关氏以"风流浪子"的自夸,成为叛逆封建社会价值系统的大胆宣言。对于士大夫的传统分明带有"挑衅"的意味。这种人生选择固然是特定的历史环境所致,但关汉卿的自述中充满昂扬、诙谐的情调,较之习惯于依附政治权力的士人心理来说,这种热爱自由的精神是非常可贵的。当然,关汉卿不仅是一个"风流浪子"而已。他一方面主张"人生贵适意",主张及时享乐,同时又表现出对社会的强烈关怀,对于社会中弱小的受压迫者的同情和赞颂,这和许多具有官员身份的文人出于政治责任感所表现出的同情人民的态度有很大不同,在这里很少有理念的成分,而更多地包含着个人在社会中的切身感受,出自内心深处的真实情感。此曲重彩浓墨,层层晕染,集中而又夸张地塑造了"浪子"的形象,这形象之中固然有关氏本人的影子,也可视作以关氏为代表的书会才人精神面貌的写照。当然,曲中刻意渲染的玩世不恭游戏人生的态度并不可取,但如果我们结合元代特定的历史环境来看,不难发现,在这一"浪子"的形象身上所体现的对传统文人道德规范的叛逆精神、任性所为无所顾忌的个体生命意识,以及不屈不挠顽强抗争的意志,实际上是向市民意识、市民文化认同的新型文人人格的一种表现。全曲气韵深沉,语势狂放,语言本色、生动、诙谐、夸张,笔调大胆而夸张,感情倾诉一泻无余,历来为人传颂,被视为关汉卿散曲的代表作。

关汉卿写得最多的是男女情爱,表达对自由爱情的赞美。大多写得生动活泼,饶有情趣。如《一半儿·题情》:"碧纱窗外静无人,跪在床前忙要亲。骂了个负心回转身。虽是我话儿嗔,一半儿推辞一半儿肯。"

王和卿,与关汉卿相熟,为人滑稽佻达,善于嘲谑。王和卿的散曲从总体上看趣味不高,具有极为鲜明的嘲弄个性,如《咏秃》《胖妓》《王大姐浴房内吃打》等选材粗俗,更多地表现了市民意识和文化中庸俗的一面。不过有些作品的确富有创作个性,如【仙吕·醉中天】《咏大蝴蝶》:

> 弹破庄周梦,两翅驾东风。三百座名园、一采一个空。谁道风流种,唬杀寻芳的蜜蜂。轻轻飞动,把卖花人搧过桥东。

据说此曲是因街上出现一只奇大的蝴蝶而写。以狂放的气魄、夸张的表达和生动的语言,表现了浪子文人游戏人生、放浪形骸的生活情趣,格调新颖奇特。

白朴和马致远的散曲,与关汉卿、王和卿有所不同。他们既受市井艺术的影响,又保持着对传统文学的爱好,所以俚俗和工雅在他们的作品中同时存在。如白朴的【小石调·恼煞人】《无题》:

> 又是红轮西坠,残霞照万顷银波。江上晚景寒烟,雾蒙蒙、风细细,阻隔离人萧索。
>
> 【幺篇】宋玉悲秋愁闷,江淹梦笔寂寞。人间岂无成与破,想别离情绪,世界里只有俺一个。
>
> 【伊州遍】为忆小卿,牵肠割肚。凄惶悄然无底末,受尽平生苦。天涯海角,身心无个归着。恨冯魁,趋恩夺爱,狗行狼心,全然不怕天折挫。到如今划地吃耽阁,禁不过,更那堪晚来暮云深锁。
>
> 【幺篇】故人杳杳,长江风送,听胡笳沥沥声韵聒。一轮皓月朗,几处鸣榔,时复唱和渔歌。转无那,沙汀蓼岸,一点渔灯相照,寂寞古渡停画舸。双生无语泪珠落,呼仆隶指拨水手,在意扶柁。
>
> 【尾声】兰舟定把芦花过,橹声省可里高声和。恐惊散宿鸳鸯,两分飞也似我。

此套曲写恋人相思之苦,"残霞照万顷银波,江上晚景寒烟"与"狗行狼心,全然不怕天折挫"这样文雅的景物描绘与市井咒骂同时出现于同一作品中,也是非常罕见的。其叹世归隐之作占较大的比例,如【双调·沉醉东风】《渔父》:

> 黄芦岸白蘋渡口,绿杨堤红蓼滩头。虽无刎颈交,却有忘机友,点秋江白鹭沙鸥。傲杀人间万户侯,不识字烟波钓叟。

这支小令描写渔夫在大自然里愉快地生活的情趣,塑造了一个理想的渔民形象,通过对他的自由自在的垂钓生活的描写,表现作者寄情山水,不与达官贵人为伍,甘心淡泊宁静的生活情怀。此曲意象艳丽、境界阔大,给人以美的享受。当然,阅读此作,还应该体会到作者旷达之外还带有悲愤。"不识字"三字即透出个中消息。强调渔父的不识字可以无忧无虑,可以傲视王侯,所要表现的不正是识字的知识分子对现实生活的反感吗?这无疑流露出作者对社会不平的愤慨。

在元代前期的散曲家中,马致远是留存作品最多,历来评价最高的一个。其作品的内容,以感叹历史兴亡、歌颂隐逸生活、吟咏山水田园风光为主,在保持散曲特有的艺术风格的同时,又常具有诗词的意境和秀丽的画面感,语言自然清丽,雅俗相兼。有"万花丛中马神仙"之誉。如【双调·夜行船】《秋思》:

【夜行船】百岁光阴如梦蝶,重回首往事堪嗟。今日春来,明朝花谢,急罚盏夜阑灯灭。

【乔木查】想秦宫汉阙,都做了衰草牛羊野。不怎么渔樵没话说。纵荒坟,横断碑,不辨龙蛇。

【庆宣和】投至狐踪与兔穴,多少豪杰!鼎足三分半腰里折,魏耶?晋耶?

【落梅风】天教你富,莫太奢,没多时好天良夜。富家儿更做道你心似铁,争辜负了锦堂风月。

【风入松】眼前红日又西斜,疾似下坡车。不争镜里添霜雪,上床与鞋履相别。休笑鸠巢计拙,葫芦提一向装呆。

【拨不断】名利竭,是非绝。红尘不向门前惹,绿树偏宜屋角遮,青山正补墙头缺,竹篱茅舍。

【离亭宴煞】蛩吟罢一觉才宁贴,鸡鸣时万事无休歇。何年是彻!看密匝匝蚁排兵,乱纷纷蜂酿蜜,急攘攘蝇争血。裴公绿野堂,陶令白莲社。爱秋来时那些:和露摘黄花,带霜烹紫蟹,煮酒烧红叶。想人生有限杯,浑几个重阳节?人问我顽童记者:便北海探吾来,道东篱醉了也!

通过列举帝王、豪杰和富人三种具有代表性人物的生活景况及其结局,描绘两种人生境界:一是奔波名利,一是陶情山水,宣扬超尘脱世、不问世事的人生观。作者把自己置身于作品中,运用对比的手法,直接表明思想观点:一面谴责混乱世界;一面热衷于清静无为的生活,表现出愤世嫉俗的情感。散曲语言爽朗流畅,气势挥洒淋漓,元周德清评其"不重韵,无衬字,韵险语俊",堪称"万中无一"(《中原音韵》卷下);明蒋一葵评:"放逸宏丽,而不离本色。"(《尧山堂外记》)的确,就艺术技巧而言,此曲可称金元套曲中的压卷之作。

马致远的小令也写得俊逸疏宕,别具情致,如其著名的《天净沙·秋思》:"枯藤老树昏鸦,小桥流水人家,古道西风瘦马。夕阳西下,断肠人在天涯。"全首五句仅28个字,无一"秋"字,却描绘出一幅凄凉动人的秋郊夕照图,特别是首三句省略了联系词,而连用九个名词勾绘出九组剪影,交相叠映,创造出苍凉萧瑟的意境,映衬出羁旅天涯茫然无依的孤独与彷徨。全曲语言凝练,容量巨大,结构精巧,景中含情,情自景生,情景交融,意蕴深远,顿挫有致。被后人誉为"秋思之祖"。

在元代前期,还有卢挚等一批显宦的散曲作家。他们的创作很少表现市井风流放浪的生活,而更多表现传统的士大夫思想情趣;风格上或偏于工丽,或偏于质朴,但俚俗语言用得较少。卢挚(1242？—1315),字处道,一字莘老,号疏斋。祖籍河北涿郡,后迁河南颍川。官至翰林承旨。卢挚散曲的写景咏物之作,具有较高的艺术鉴赏价值。如【双调·沉醉东风】《秋景》：

> 挂绝壁枯松倒倚,落残霞孤鹜齐飞。四围不尽山,一望无穷水。散西风满天秋意。夜静云帆月影低,载我在潇湘画里。

前五句写黄昏之景,后两句写静夜之景,二者又有机地构成一幅反映时空推移的动态画面,传达出诗人悠闲宁静而略带萧瑟的情思。其特点是通过时空的转换,对景物作动态的描写使画面有所移动,使黄昏与清夜两个时间范畴同时出现,诗情融于画意而又多于画幅,所蕴含的"意"与"景"十分丰富。

姚燧(1238—1313),字端甫,号牧庵,河南洛阳人。一生仕途坦畅,官至翰林学士承旨。曾主持修撰《世祖实录》。散曲在取材、内容等方面与卢挚相似,其以描写男女风情之作以刻画人物心理活动见长。如【越调·凭栏人】《寄征衣》:"欲寄征衣君不还,不寄君衣君又寒,寄与不寄间,妾身千难",以思妇的口吻写出。古代丈夫离家,或征战,或行役,天气转凉时,妻子给丈夫寄寒衣。所以,诗词中常有制寒衣、送征衣之类的题材。此曲构思巧妙,非但偏不从寄衣入手,反着眼于"欲寄"与"不寄"的内心矛盾。冬天到了,妻子想念丈夫,想给他寄寒衣,但一转念,他有了寒衣,就会不急于归家了。这一来,与其寄,不如不寄。再一转念,若不寄,丈夫就会衣薄被单忍饥受冻了。寄也难,不寄也难。妻子左思右想,辗转踌躇,始终拿不定主意。这样,全曲虽然没有正写思念,却通过写妻子内心的为难,处处显示她对丈夫爱之深、念之切。短短二十四字,便将思妇细腻微妙的心理,婉曲传出,颇有乐府民歌的淳厚隽永之味。

第二节　元代后期散曲

元代后期,散曲创作的中心转移到南方,许多出生于北方的作家纷纷南下,而一些南方文人也参与进来。元代后期散曲与前期相比,渐渐失去了本色特征。作家们较多地注意蕴藉含蓄的诗味,因而在形式上追求严整,风格典雅工丽,使本来通俗泼辣的散曲又逐渐走上了雅化的道路。其时重要作家有张养浩、贯云石、曾瑞、乔吉、张可久等。

张养浩(1270—1329),字希孟,号云庄,山东济南人。曾任礼部尚书等职。作品多写隐居生活,也有感叹民生疾苦之作。如【中吕·山坡羊】《潼关怀古》：

> 峰峦如聚,波涛如怒。山河表里潼关路。望西都,意踌蹰,伤心秦汉经行处,宫阙万间都做了土。兴,百姓苦;亡,百姓苦!

这是张养浩赴陕西救灾途经潼关所作。此曲抚今追昔,从历代王朝的兴衰更替,想到百姓的苦难,一针见血地点出了封建统治者与人民的对立,表现了作者对历史的思索和对百姓的同情。这种同情与关怀的出发点是儒家经世济民的思想,在传统的五七言诗歌中本为常见,但在元代散曲中却是少有。全曲采用的是层层深入的方式,由写景而怀古,再引发议论,将苍茫的景色、深沉的情感和精辟的议论三者完美结合,具有强烈的感染力,字里行间充满着历史的沧桑感和时代感。全篇见解深刻,既有怀古诗的特色,又有与众不同的沉郁风格。

睢景臣,字景贤,扬州人。撰有杂剧《屈原投江》等3种,可惜皆未能流传。散曲今存套数3篇。其代表作是【般涉调·哨遍】《高祖还乡》套数:

【哨遍】社长排门告示:但有的差使无推故。这差使不寻俗,一壁厢纳草也根,一壁厢又要差夫索应付。又言是车驾,都说是銮舆。今日还乡故。王乡老执定瓦台盘,赵忙郎抱着酒葫芦。新刷来的头巾,恰糨来的绸衫,畅好是妆么大户。

【耍孩儿】瞎王留引定火乔男女,胡踢蹬吹笛擂鼓。见一彪人马到庄门,匹头里几面旗舒。一面旗白胡阑套住个迎霜兔,一面旗红曲连打着个毕月乌。一面旗鸡学舞,一面旗狗生双翅,一面旗蛇缠葫芦。

【五煞】红漆了叉,银铮了斧,甜瓜苦瓜黄金镀,明晃晃马镫枪尖上挑,白雪雪鹅毛扇上铺。这些个乔人物,拿着些不曾见的器杖,穿着些大作怪的衣服。

【四煞】辕条上都是马,套顶上不见驴,黄罗伞柄天生曲。车前八个天曹判,车后若干递送夫。更几个多娇女,一般穿着,一样妆梳。

【三煞】那大汉下的车,众人施礼数,那大汉觑得人如无物。众乡老展脚舒腰拜,那大汉挪身着手扶。猛可里抬头觑,觑多时认得,险气破我胸脯!

【二煞】你身须姓刘,你妻须姓吕,把你两家儿根脚从头数:你本身做亭长耽几盏酒;你丈人教村学读几卷书。曾在俺庄东住,也曾与我喂牛切草、拽坝扶锄。

【一煞】春采了俺桑,冬借了俺粟,零支了米麦无重数。换田契强秤了麻三秤,还酒债偷量了豆几斛。有甚胡突处?明标着册历,见放着文书。

【尾】少我的钱,差发内旋拨还;欠我的粟,税粮中私准除。只道刘三,谁肯把你揪摔住?白什么改了姓、更了名、唤作汉高祖?

钟嗣成说"维扬诸公俱作《高祖还乡》套数,惟公【哨遍】制作新奇,诸公皆出其下"。可见此篇在当时同类题材中独占鳌头。汉高祖刘邦衣锦还乡,一直是文人雅士们津津乐道的故实,睢景臣却能翻空出奇,别具机杼。他选择一个有趣的视角,让一切景象出于观者乡巴佬眼中,以嬉笑怒骂的手法把刘邦"威加海内兮归故乡"之举写成一场滑稽可笑的闹剧。以辛辣的语言剥露刘邦微贱时的丑恶行径,从而揭露其无赖出身,剥下封建帝王的神圣面具,还其欺压百姓的真面目。在封建时代,睢景臣敢于剥下皇帝的衮龙袍,发人所未发,实属不易。全曲情节生动,形象鲜明,角度独特,风格朴野,诙谐泼辣,用对比手法揭示本质,具有强烈的喜剧性与讽刺性,语言活泼,具口语化的特点,有漫画与野史的风格。

张可久(1270?—1348后),字小山,庆元(今浙江鄞县)人,只做过小吏。张可久是一代曲风转捩的关键人物,享誉当时,成为变异期散曲创作的典范,明初朱权称之为"词林之宗匠"(《太和正音谱》)。其散曲字精句炼,对仗工巧,善于融化前人诗词语汇和意境,风格清雅蕴藉,代表着元代后期散曲向古典诗词化方向发展的创作倾向,如【中吕·卖花声】《怀古》:

  美人自刎乌江岸,战火曾烧赤壁山,将军空老玉门关。伤心秦汉,生民涂炭,读书人一声长叹。

此曲咏史用典,寄托历史兴衰之感叹,对劳苦大众的历史命运给予深切的同情。前三句鼎足对:一是霸王别姬的故事,二是吴蜀破曹的故事,三是班超从戎的故事。看起来这些事彼此毫无逻辑联系,拼凑不伦,然而紧接两句却是"伤心秦汉,生民涂炭",道出了世世代代为此做出牺牲的是普通百姓。作者揭示了一个严酷的现实,即不管哪朝哪代,民生疾苦更甚于末路穷途的英雄美人。在这种对比上,最后激发直呼的"读书人一声长叹",也就惊心动魄了。这个结尾意义深刻且耐人回味。最后的"叹"字含义丰富,一是叹国家遭难,二是叹百姓遭殃,三是叹读书人无可奈何。在语言风格上,此作多运用口语乃至俗语,尤其是最后一句的写法,更是传统诗词中见所未见、闻所未闻。这种将用典用事的手法与俚俗的语言结合,去诗词韵味远甚,体现了"曲野"的本色精神。

  乔吉(1280—1345),字梦符,号笙鹤翁,又号惺惺道人。其散曲创作与张可久齐名,有"曲中李杜"之誉。乔吉散曲的风格同样以清丽婉约见长,讲究形式整饬,节奏明快,勤于锻字炼句,又不避俗趣,雅俗并用,别具一种雅丽蕴藉中含天然质朴的韵味。如【中吕·满庭芳】《渔父词》:

  秋江暮景,胭脂林障,翡翠山屏。几年罢却青云兴,直泛沧溟。卧御榻弯的腿痛,坐羊皮惯得身轻。风初定,丝纶慢整,牵动一潭星。

这首写渔父垂钓。前三句写景,色彩斑斓。接着描述自己的心态,表达无意于仕途、只想泛舟江海的志趣。"卧御榻弯的腿疼,坐羊皮惯得身轻",是描绘两种不同生活的感受对比,褒扬了山野水上生活的乐趣,贬抑宫廷生活的无益。最后一句的"牵动一潭星",尤为精彩,使人联想到在晚秋的水面上,渔竿收放,泛起的涟漪,摇动潭面浮动着星星倒影的景象,十分形象。全曲酣写隐逸者乐于避世的心理,于恬淡中透出豪俊不凡之气。在表现手法上,将典故与俗语糅合在一起,典雅中有天籁,婉丽中有洒脱,充分显现了雅俗兼至的艺术特色。

  贯云石(1286—1324),字浮岑,号酸斋、疏仙,又号芦花道人,回纥(即今维吾尔族)人。历任两淮万户府达鲁花赤等职。后辞官隐居于杭州一带,游历江南各处。其散曲内容以写男女恋情为多,也有归隐、写景、咏史之作,风格多样,既有北方豪士的飒爽英风,又兼江南文人的飘逸之气,如【中吕·红绣鞋】《无题》:

  挨着靠着云窗同坐,偎着抱着月枕双歌,听着数着愁着怕着早四更过。四更过情未足,情未足夜如梭。天哪,更闰一更儿妨甚么!

这首曲子把两情缱绻表达得异常生动,想象奇特,俚俗直露,自然错落的口语和衬字,抑扬有致的音节以及虚拟的表现手法,具有元代前期散曲的本色特征。

徐再思,字德可,嘉兴人,生卒年不详。好甜食,故自号"甜斋"。曾做过嘉兴路吏。和贯云石(号酸斋)齐名,两人的散曲并称为《甜酸乐府》,今存小令103首,风格清新工丽。如【双调·水仙子】《夜雨》:

一声梧叶一声秋,一点芭蕉一点愁,三更归梦三更后。落灯花棋未收,叹新丰孤馆人留。枕上十年事,江南二老忧。都到心头。

这首悲秋感怀之作,不但写伤秋的情怀,也包含羁旅的哀怨,更有对父母的挂念。作者先写秋叶秋雨勾起烦愁,梧桐落叶声声似乎提醒人秋天来了,雨打芭蕉叶上也仿佛在人心上不停地增添愁怨。三更才勉强入眠,三更就又醒来,连个好梦都没法做成。摆起棋盘,独自下棋消遣,灯花落尽,棋局仍未撤去。深叹客旅他乡,十年一梦,功名未成;而父母在家中,又未得服侍尽孝。这种种的烦忧一齐涌上心头,让人愁思百结,感慨不已。此曲采用重词叠字手法,善用数词入曲,"一声"、"一点"、"三更"、"十"、"二"等,给人以回环复沓,一咏三叹之感。全曲感情真挚,语言简洁,用典属对,贴切自然,风格清雅,意境优美。

第三节　元代诗文

元初的诗文作家大多是由宋、金入元的,他们的创作受江湖诗派和元好问的影响较深,亦有学习江西诗派的,如方回。到了中期,诗坛以宗唐为主导倾向,但元人因缺乏唐人的环境,学习唐诗,多仅仅止于形貌,且多取平和淡远、温润流丽一类。至于元代后期诗人,则大多学中晚唐秾丽奇诡之体。

元代散文在发展过程中,曾有过宗唐与宗宋的不同倾向。元代后期,二者又逐渐合流。在元代诗文领域,最突出的现象是理学与文章合一。元代理学家并不认同宋儒那种"作文害道"的从根本上否定文学的观点,而认为理学与文艺不应是对立关系。一般追随唐宋古文的人,大多主张文与道并重。北方的一些儒者、文士则更为通达,以"复古"为旗号,在唐宋古文的规制之外,追求文章的活力。元代散文虽然由于偏于经世致用而成就不是太高,但已隐隐显示着向明代散文张扬性灵演变的轨迹。明代文章复古的观念,实际是始于元代的。

一、元代前期诗文

元代前期文坛上崭露头角的作家,大多是由前朝过渡到新朝者,如元好问、刘因等由金入元;方回、戴表元等由宋入元。除此以外,还有元朝的开国功臣,如耶律楚材、郝经等。作家成分的复杂化带来创作上的多样性。就诗歌创作而言,这是南北诗风交错、融合的时期,诗坛上呈现出多样化的思想倾向和艺术风格。

耶律楚材(1190—1244),字晋卿,号玉泉老人,法号湛然居士,契丹族人,蒙古帝国时期杰出的政治家、宰相。他采取的各种措施为元朝的建立奠定基础。有《湛然居士集》等。他曾扈从成吉思汗西征,诗中有不少描写塞外自然景物、风俗人情的佳作,于雄奇苍凉中显真率。其描写西域风光,似乎受到唐代边塞诗的影响,别有风致。如《乙丑过鸡鸣山》描写旅途西域风光及空旷萧飒的景象,豪放中带有几分凄清,含今古兴亡之感:

三年四度过鸡鸣,我仆徘徊马倦登。寂寞柴门空有舍,萧条山寺静无僧。残花溅泪千程别,啼鸟伤心百感生。今古兴亡都莫问,穹庐高卧醉腾腾。

刘因(1249—1293),字梦吉,初名骃,字梦骥,保定容城(今河北徐水)人。家贫教授生徒,题所居室为"静修"。曾应召入朝为官,后辞官归家,忽必烈称他为"不召之臣"。著有《静修先生文集》。他是北方著名的理学家,个性豪迈,论诗提倡风骨,标榜沉郁悲壮和清刚劲健之气,诗歌大都写得高昂自信,常带有议论成分。刘因的七律、七古多学元好问,五古颇似陶渊明;七绝、五绝则有"诚斋体"的风味,往往富于理趣,别开生面。刘因的诗歌多流露出追忆和依恋金朝的感情和对宋室灭亡的感慨,如《白沟》:

宝符藏山自可攻,儿孙谁是出群雄?幽燕不照中天月,丰沛空歌海内风。赵普元无四方志,澶渊堪笑百年功。白沟移向江淮去,止罪宣和恐未公。

前人讨论北宋的灭亡常将罪责归结为宋徽宗误国。然而,该诗却一反常人之见,指出北宋积弱积贫由来已久,根源在于宋初统治者。开篇以典故指出宋太祖为筹划收复幽燕曾积藏金帛以为军用之需,可是他的子孙们却缺乏雄才大略,没有一个能像毋恤那样出色,可以承担夺回幽燕的重任。真宗虽然听从寇准的建议御驾亲征,并取得胜利,却没有乘胜追击,反而委曲求全,与辽签订"澶渊之盟",以战胜国而增加岁币,以白沟为界求和。正是这种妥协苟安酿成靖康之耻,南宋与金的分界线竟向南移到江淮。诗歌精辟深刻,发前人所未发,振聋发聩。

二、元代中期诗文

元代中期,战争的创伤渐渐平复,元朝的统治逐渐稳定,经济较以前有显著的恢复和发展,民族矛盾也有所缓和。同时,由于儒学得到官方的尊重,科举得以恢复,社会文化进一步"汉化",文人的心态也慢慢趋向平衡。在这种历史背景下,诗歌创作十分繁盛。诗坛上占主导地位的诗学观念是崇尚"雅正"。所谓"雅正",有两层内涵:一是诗风以温柔敦厚为皈依,二是题材以歌咏升平为主导。"雅正"的观念在当时得到许多诗人的认同,后代也有人把这看作元代中期诗歌兴盛的标志。而从单纯的文学角度来评价,这个时期的诗文创作成就其实并不高。这时期代表性的诗人是元诗四大家,即虞集、杨载、范梈、揭傒斯,他们皆为当时文章名臣,诗歌风格相近。"元诗四大家"中最优秀的诗人是虞集。他擅长律诗,无论是五律还是七律,都写得格律严谨,隶事恰切而深微、温厚典雅,意境浑融,风格深沉。如七律《挽文山丞相》：

> 徒把金戈挽落晖，南冠无奈北风吹。子房本为韩仇出，诸葛宁知汉祚移。云暗鼎湖龙去远，月明华表鹤归迟。不须更上新亭望，大不如前洒泪时！

此诗不仅颂扬了文天祥精忠报国的爱国精神，同时也流露出家国之痛。这些深沉蕴藉的情感，并非诗人直白表述，而是通过诸多典故的妙用表达。张良、诸葛亮等事典，含蕴着宋室灭亡殆天意，非人力所可挽回的深深无奈。新亭对泣之典，抒发了诗人沉痛的故国之思，以及物是人非的感慨。面对大好河山落入异族之手的现实，不由得联想到东晋初年过江之士，因北方沦于外族统治而痛心疾首之事。然而东晋王朝仍保有半壁江山，不像如今整个华夏大地都被元人侵占。相形之下，诗人不免慨叹"大不如前"。诗人把深沉的历史感慨融进严整的艺术形式中，沉郁苍劲，感人至深。如果说前六句还比较含蓄，最后一联则将作者内心深处所隐藏的亡国之痛表露无遗。虞集这首诗歌用典颇多，几乎无一字无来历，但又自然贴切，无堆砌之感，显示出作者雄健的笔力。

三、元代后期的诗歌

元代后期，蒙古贵族统治者更加腐化荒淫，人民生活在水深火热之中，民族矛盾空前尖锐激烈，反元暴动此起彼伏。诗人们有感于现实，写出了不少较前期更有思想意义的诗篇。这些诗歌在关注社会民生的同时，还表现了人性的尊严和强烈的自我意识。杨维桢的"铁崖体"是这一时期诗风的显著标志。

元末最具艺术个性的诗人是杨维桢。杨维桢个性狂狷，认为诗是个人情性的表现，主张艺术创作个性化。他在《李仲虞诗序》论诗曰："诗者，人之情性也。人各有情性，则人各有诗也。得于师者，其得为吾自家之诗哉？"又在《张北山和陶集序》中说："人各有志有言，以为诗，非迹人以得之者也。"杨维桢力图打破元代中期缺乏生气、面目雷同的诗风，追求构思的超乎寻常和意象的奇特不凡，从而创造了元代诗坛上独一无二的"铁崖体"。

"铁崖体"以自由奔放的古乐府为主要体式，同时，还善于写七绝体的竹枝词、宫词、香奁诗等。杨维桢的《铁崖古乐府》中，七古歌行多半是咏史、拟古之作，好驰骋异想，运用奇辞，眩人耳目，受李贺影响很深。如《鸿门会》，就是模仿李贺《公莫舞歌》而变化词句之作，杨维桢本人曾很引以为得意。他的五七言绝句则多仿南朝乐府民歌与刘禹锡竹枝词。自宋金末年至元末，仿效李贺诗的风气从未绝迹，杨维桢因为在这方面表现得最突出，所以声名也特别显著。"铁崖体"最显著的特征就是融汇了汉魏乐府以及李白、杜甫、李贺等人的长处，以气势雄健的奇思幻想突破了元代中期诗歌甜熟平稳的畦径，给人以石破天惊的感觉。如《五湖游》：

> 鸱夷湖上水仙舟，舟中仙人十二楼。桃花春水连天浮，七十二黛吹落天外如青洑。道人谪世三千秋，手把一枝青玉虬。东扶海日红桑葚，海风约在吴王洲。吴王洲前校水战，水犀十万如浮鸥。水声一夜入台沼，麋鹿已无台上游。歌吴歌，舞吴钩，招鸱夷兮狎阳侯。楼船不须到蓬丘，西施郑旦坐两头。道人卧舟吹

铁笛,仰看青天天倒流。商老人,橘几弈;东方生,桃几偷。精卫塞海成瓯窭,海荡邛山漂髑髅,胡为不饮成春愁?

此诗模仿李贺《公莫舞歌》,意象之奇崛与原作相似,而气势之雄放则更甚。有李贺式的跳跃的思维与怪诞的词汇,却没有李贺的阴冷、凝重;有李白游仙诗的奇思妙想、奔畅的语势,却没有李白的愤世嫉俗、远离凡尘的情绪。在诗中,诗人自我的精神形象,化为一个超越时空的"谪仙",逍遥于仙境与尘世,纵览古今,赏玩历史与自然的变迁,而又始终不失凡俗的享乐。再如《彭郎词》同样构思新奇,想落天外,体现出过人的创造力:

相逢渔子问二姑,大姑不如小姑好。小姑昨夜巧装束,新月半痕玉梳小。彭郎欲取无良媒,飞向庐山寻五老。五老颓然不肯起,彭郎怒踢香炉倒。

思考练习题

1. 简述散曲的体制。
2. 简述散曲的特征。
3. 元代前后期散曲创作有什么不同?
4. 元诗四大家指的是哪四个作家?他们的诗歌有什么共性?
5. 铁崖体的特征是什么?

第四章 元代南戏

南戏,最初流行在东南沿海地区,因其最早产生于浙江温州(旧名永嘉),故又称"温州杂剧"、"永嘉杂剧"或"永嘉戏曲"。南戏在体制上有自身特点。它是用"宋人词调"和"里巷歌谣"相结合的曲调来演唱的,比较轻柔婉转,不像北曲高亢;伴奏以管乐为主,不像北曲以弦乐为主。南戏的主要角色是生和旦,此外还有净、末、丑、外、贴等。科范叫作"介"。

南戏的曲调配合,虽有一定的惯例,却没有严密的宫调组织,可以根据剧情需要作较为自由的选择;它的剧本结构,也不像杂剧那样因为受音乐限制而形成"四折一楔子"的固定模式,而是以人物的上下场的界线分场,可长可短,场次结构称为"出",一部戏一般有四五十出。它也不像杂剧那样每本戏规定只能由一个角色主唱,而是任何角色都可以唱,而且有接唱、同唱、多人合唱等各种形式,能把曲、白、科有机地结合起来。剧本开头通常有"副末开场",即让一个次要人物首先出来,向观众简单介绍一下故事梗概和创作意图。

据有关文献资料,宋元南戏存目共有230多种,其中有传本的19种,只有佚曲的130种。早期的南戏仅存《张协状元》《宦门子弟错立身》和《小孙屠》三部,均出自民间艺人之手,因三部戏均被《永乐大典》收录,故又合称《永乐大典戏文三种》。

《张协状元》演张协应试,路过五鸡山时遭到抢劫,幸好被住在山神庙中的贫女搭救。后二人成亲,为帮助丈夫上京赶考,贫女剪发准备盘缠。当张协中状元后,贫女上京寻夫,竟遭其毒打驱赶。贫女无奈,独自回家。后来张协赴任,遇见贫女,张协非但不记昔日夫妻之情,反伤贫女一臂,任其倒下山崖。幸有王丞相救贫女,认作养女。后王丞相将贫女许配张协,成亲时,张协才发现原来王丞相之女就是自己的前妻。在王丞相劝告下,二人重修旧好。《错立身》写的是宦门子弟同江湖艺人的爱情故事。《小孙屠》则是一部公案戏。由此可见,早期南戏在题材上,大多描写家庭伦理、爱情婚姻,反映悲欢离合的人生经历,比较贴近下层人民的日常生活,表现普通人的真情实感,因而很受民众的欢迎。

第一节 高明与《琵琶记》

高明,字则诚,号菜根道人,浙江瑞安人。元末至正五年(1345)进士,曾任处州录事、福建行省都事、庆元路推官等官。至正十六年(1356)归隐浙江宁波的栎社。高明生性高傲,学问渊博,工诗善书,尤长于曲。其传世作品除《琵琶记》外,还有《柔克斋集》。

《琵琶记》写书生蔡伯喈与赵五娘新婚不久,恰逢朝廷开科取士,伯喈以父母年事已高,欲辞试留在家中服侍父母,但蔡公不从,伯喈只好告别父母、妻子赴京试。应试。后高中状元。牛丞相有一女未婚配,奉旨招新科状元为婿。伯喈以父母年迈,在家无人照顾,需回家尽孝为由,欲辞婚、辞官,但牛丞相与皇帝不允,强迫其滞留京城。自伯喈离家后,陈留连年遭受旱灾,五娘任劳任怨,尽心服侍公婆,让公婆吃米,自己则背着公婆私下自咽糟糠,反而遭到婆婆猜忌,婆婆发现真相,一时痛悔过甚而亡,蔡公也死于饥荒。而伯喈被强赘入牛府后,终日思念父母,写信去陈留家中,信被拐儿骗走,致音信不通。一日,伯喈在书房弹琴抒发幽思,为牛氏听见,得知实情,告知父亲。牛丞相为女儿说服,遂派人去迎取伯喈父母、妻子来京。蔡公、蔡婆去世后,五娘祝发买葬,罗裙包土,自筑坟墓,又亲手绘成公婆遗容,身背琵琶,沿路弹唱乞食,往京城寻夫。五娘至京城遇弥陀寺大法会,便往寺中募化求食,将公婆真容供于佛前。伯喈也来寺中烧香,祈祷父母路上平安。见到父母真容,便拿回府中挂在书房内。五娘寻至牛府,被牛氏请至府内弹唱。五娘见牛氏贤淑,便将自己的身世告知。牛氏为让五娘与伯喈团聚,又怕伯喈不认,便让五娘来到书房,在公婆的真容上题诗暗喻。伯喈回府,见画上所题之诗,正欲问牛氏,牛氏便带五娘入内,夫妻遂得以团聚。五娘告知家中事情,伯喈悲痛至极,即刻上表辞官,回乡守孝。得到牛丞相的同意,伯喈遂携赵氏、牛氏同归故里,庐墓守孝。后皇帝下诏,旌表蔡氏一门。

南宋时还有戏文《赵贞女蔡二郎》,写蔡二郎中状元后,入赘相府,妻子赵贞女在饥荒之年,赡养公婆,竭尽孝道。公婆死后,赵五娘修筑坟茔,然后身背琵琶,上京寻夫。可是蔡二郎不仅不肯相认,竟还放马踩踏赵五娘,致使神天震怒,蔡二郎被暴雷轰死。

通过对比,不难发现,《琵琶记》显然有意识地对原有的戏文内容进行改写。原始故事中的蔡伯喈,是负心汉典型,所以最后遭"天诛",被雷打死。但在高明的《琵琶记》中,蔡伯喈被改造成一个令人同情的人物。之所以这样写,首先是与作者"不关风化体,纵好也徒然"的创作意图有着密切的关系。其次,与元代社会读书人的处境有关。书生负心婚变的题材在宋代民间伎艺中很多,表明这种现象在当时相当普遍。贪新弃旧、攀龙附凤的书生尤其受到市民阶层的关注。书生发迹变泰后负心弃妻的现象,与宋代科举制度有着密切的关系。科举制度规定,读书人只要考试通过,即可为官。读书人进入仕途,需要寻找靠山,而权贵也需要拉拢新进官员以扩充势力,这便是政治联姻。而当书生攀上高枝,抛弃糟糠之妻时,便与原来的家庭以及市民阶层报恩的观念产生了冲突,导致一幕幕家庭和道德的悲剧。宋代婚变故事一般都把矛头指向读书人,因为读书人在当时不仅有着优渥的社会地位,而且作为知书识礼的道德传承者,肩负着社会的责任。地位和行为的反差,自然使读书人成为平民百姓谴责的主要对象。而且,民间伎艺创作的主体大多为市民阶层的成员,他们的价值观念是市民阶层价值的集中体现。然而,到元代,读书人的地位大大下降。元代科举一度中断达七十余年,终元之世,考试制度时兴时辍。这使许多士人失去进身之阶,社会地位急遽下降,以至出现"九儒十丐"的说法。与此相联系,谴责书生负心婚变的悲剧作品,逐渐失去了现实的针对性。地位低下的书生,反成了同情的对象。

《琵琶记》对前代戏文《赵贞女蔡二郎》等的改写主要体现在以下几个方面。首先,是题旨的改造。由以往对蔡二郎的谴责,改为对蔡伯喈的同情,并由此宣扬封建伦理道德。《琵琶记》将《赵贞女蔡二郎》中弃亲背妇的蔡伯喈变成了时刻在怀念父母和不忘发妻的人物,把他的"三不孝"(生不能养,死不能葬,葬不能祭)罪责用"三不从"(被亲强来赴选场,被君强官为议郎,被婚强来效鸾凰)来开脱,把负心归咎于客观环境所致,并最后以一夫两妻大团圆终场。其主观上是要观众"只看子孝共妻贤",在舞台上树立"孝子贤妇"的样板。剧作开宗明义地写道:"极富极贵牛丞相,施仁施义张广才,有贞有烈赵贞女,全忠全孝蔡伯喈",体现出作者的创作意图。其次,为了重新塑造蔡伯喈形象,作者将以前的"三不孝"改为"三不从"的情节:蔡伯喈不愿远离父母、妻室去参加科举考试,可是却不为父亲所从,父亲要他遵守立身扬名以显父母的"大孝",他迫不得已,上京赶考;考中状元后,蔡伯喈不愿重婚牛府,可是却不为专横跋扈的牛丞相所从;蔡伯喈被逼无奈,只好向皇帝辞官,又不为皇帝所从,强迫他在朝任职。"三不从"的情节构置深刻地发掘了蔡家悲剧的成因,蔡家的悲剧已不是蔡伯喈个人道德品质的恶劣造成的,而是父亲、皇帝和牛丞相一手制造的,由此构成全剧悲剧性的社会冲突。

尽管《琵琶记》以大团圆方式结局,但这并不能改变其悲剧性。这部戏中,除无关轻重的几个小人物如拐子、恶霸等人之外,并没有坏人,即便蛮横霸道的牛丞相亦有通情达理的表现。那么,是什么导致了悲剧的发生呢?显然,正是作者高明所宣扬的封建伦理道德。蔡伯喈陷入忠孝不能两全的境地。蔡伯喈服从了皇帝朝廷,便照顾不了父母家庭;反过来,他要做"孝子",便做不了"忠臣"。至于个人的意愿,更遭到无情的践踏。这一来,悲剧就自然产生了。《琵琶记》尽管从正面肯定了封建伦理,但通篇展示的却是"全忠全孝"的蔡伯喈和"有贞有烈"的赵五娘的悲剧命运,这不得不引发对封建伦理合理性的怀疑。而如果再行放大,则会对所有的伦理道德产生怀疑,因为几乎所有的伦理都有其悖论。因而《琵琶记》的悲剧意蕴,具有深刻性、普遍性,更具社会价值。

《琵琶记》的艺术水准很高,是南戏在雅化过程中的经典之作。首先,人物形象塑造成功。蔡伯喈被塑造成贤孝儿子的形象,又是一个有情的丈夫。他在京城,锦衣玉食,并没有忘掉父母的养育之恩。他还时时想到父母的衣食冷暖,担心父母在家挨饥受饿,设法给父母寄钱寄信;还有一颗对父母的爱心,还保存有骨肉之情。比之于那些投靠权贵,认贼作父,忘恩负义的衣冠禽兽来说,他确是一个有品德,有孝心的儿子。他被迫招赘牛府,生活在温柔之乡,但时时想着家中的妻子,并没有因赘入牛府就忘却自己的糟糠之妻,他还是那样一往情深地爱她。蔡伯喈是个忠于爱情,有良心,有善心的丈夫。他的形象,颇为感人。然而,对于蔡伯喈的塑造,作者并不是平面的,而是从多个角度塑造。比如作品虽然写蔡伯喈的有情有义,却并没有拔高他,而着重写他的软弱;写他的行为处事处处不能体现自己的意志。他想过弃官而归,又怕与"炙手可热"的牛相发生冲突,招来不测,只想等待三年任满,趁牛相"不提防","双双两个归昼锦",以为熬过一段时间,便可以既遂功名之愿,又可忠孝两全,以自欺欺人的方式安慰自己。同时,作品也写出了蔡伯喈的人性。入赘相府的那一刻,情不自禁流露出"喜书中今日,有女如玉"的喜悦。

赵五娘是全剧中最为光辉的人物,是一个贤孝妇的形象。丈夫进京赶考,她独自一人在家侍奉公婆。饥荒年间,她把可怜的救济粮留给公婆,自己却在背后偷偷吃糠。公婆死了,无钱买棺材,她剪下头发,沿街叫卖。无钱请人埋葬公婆,她麻裙包土,自筑坟墓,然后描容上路,进京寻夫。在极度艰难的环境中,她含辛茹苦,任劳任怨,悄悄地做出自我牺牲,以柔弱的肩膀承担起生活重担,既尽了心,又尽了力。在赵五娘身上体现出中华民族多方面的优秀品德。她是一个光彩照人的贤孝妇女形象。正因如此,赵五娘的形象才长期活跃于舞台,流传于人间。然而,作者在塑造赵五娘的时候,亦没有过度拔高。她的性格也有一个发展的过程。赵五娘的初愿只是"偕老夫妻,长侍奉暮年姑舅",甘守清贫的生活。但这位封建时代的小媳妇,无法把握自身的命运,像丈夫赴试这样的大事,她根本不得参与;她曾埋怨蔡公逼试,要拉伯喈去向蔡公劝说,但欲行又止,生怕被责"不贤",被说要将丈夫"迷恋"。伯喈被迫赴试后,照看公婆的责任全部落在她的身上:"也不索气苦,也不索气苦,既受托了蘋蘩,有甚推辞?索性做个孝妇贤妻,也得名书青史,省了些闲凄楚!""索性"两字,充分说明了她并非天生愿意如此,而是她无可选择的结果。

其次,《琵琶记》的戏剧冲突采用双线结构。《琵琶记》的情节,沿着两条线索发展。一条写蔡伯喈离家后的件件遭遇;一条写赵五娘在家中的种种苦难。在结构布局上成功地运用了双线并进、交错映照的手法。如前边写蔡伯喈蟾宫折桂,杏园奉宴,志得意扬,后边接着写赵五娘典卖钗梳首饰,勉事姑嫜;前边写了蔡伯喈洞房花烛,"画堂中珠围翠拥",后边接写赵五娘自食糟糠;前面写蔡父临死前大骂伯喈忤逆不孝,后面就写伯喈在京城自叹"他乡游子不能归,高堂父母无人管";前面写五娘兜土筑坟,后面写蔡伯喈对月怀亲;前面写五娘上路寻夫,后面就写伯喈与牛氏决意返乡省亲。通过对比与映照,将中国戏曲自由的时空观发挥得淋漓尽致,也将不同场景下的人物活动所蕴含的悲剧表现出来。

再次,语言与情节、人物等因素配合。《琵琶记》最大的特点是能配合人物不同的处境以及两条戏剧线索的开展,充分注意到语言与环境、性格、心理的配合,运用两种不同风格的语言。赵五娘一线,语言本色;蔡伯喈一线,辞藻华丽。剧中《吃糠》《尝药》《剪发》《描容》等出,情景相生,意趣深隽,自然流畅,感人至深。如赵五娘吃糟糠时唱的曲子:

【山坡羊】乱荒荒不丰稔的年岁,远迢迢不归来的夫婿,急煎煎不耐烦的二亲,软怯怯不济事的孤身己。苦!衣典尽,寸丝不挂体。几番拼死了奴身己,争奈没主公婆教谁看取。思之,虚飘飘命怎期?难捱,实丕丕灾共危。

【前腔】滴溜溜难穷尽的珠泪,乱纷纷难宽解的愁绪,骨崖崖难扶持的病身,战兢兢难捱过的时和岁。这糠,我待不吃你呵,教奴怎忍饥?我待吃你呵,教奴怎生吃?思量起来,不如奴先死,图得不知他亲死时。【合前】……

【孝顺歌】呕得我肝肠痛,珠泪垂,喉咙尚兀自牢嘎住。糠!遭砻被舂杵,筛你簸扬你,吃尽控持。悄似奴家身狼狈,千辛万苦皆经历。苦人吃着苦味,两苦相逢,可知道欲吞不去。

【前腔】糠和米,本是相依倚,谁人簸扬你作两处飞。一贱与一贵,好似奴家共夫婿,终无见期。丈夫,你便是米么,米在他方没寻处。奴便是糠么,怎的把糠救得人饥馁?好似儿夫出去,怎的教奴,供给得公婆甘旨?

【前腔】思量我生无益,死又值甚的!不如忍饥为怨鬼。公婆年纪老,靠着奴家相依倚,只得苟活片时。片时苟活虽容易,到底日久也难相聚。谩把糠来相比,这糠尚兀自有人吃,奴家骨头,知他埋在何处?

赵五娘触物生情,从糠的难咽想到自己和糠一样受颠簸的命运,从糠和米想到自己和丈夫分离,引起思念和埋怨。作者志在笔先,情从境转,洵为高手。

最后,曲律精严。在戏曲的声调格律方面,《琵琶记》亦取得了很大的成就,改变了早期南戏不讲究宫调配合的做法,而根据剧情的需要,考虑曲牌的缓急、性质的粗细、声情的哀乐,以及相互间的搭配,加以妥帖的安排。

《琵琶记》在艺术上的成就,大大提高了南戏的文学品位。由于早期南戏多出于市井艺人之手,艺术上比较粗糙,其文学性远逊于北曲杂剧,但《琵琶记》的出现,把南曲戏文作品提高到雅俗共赏的新境界。《琵琶记》既是元代剧坛的殿军,又为明代传奇的繁荣开辟了道路。就形式而言,它的双线结构,成为明清传奇创作的固定范式;它的曲律,成为名家曲谱选录的主要对象,也是人们谱曲作剧的直接依据;它在长期的演出过程中积淀起来的表演艺术,还使它成为演剧的典范,成为每一个演员必须学习的入门戏本。

第二节 四大南戏

元末明初,《荆钗记》《刘知远白兔记》《拜月亭》《杀狗记》(简称《荆》《刘》《拜》《杀》)被称为"四大南戏"。传本经明人修改加工,已非原貌。

《荆钗记》一般多认为是元人柯丹邱所作。剧本叙书生王十朋幼年丧父,家道清贫,与母亲相依为命。贡元钱流行见王十朋聪明好学,为人正派,便将自己与前妻所生的女儿玉莲许配给王十朋。十朋母亲因家贫,便以荆钗为聘礼。而玉莲继母嫌贫爱富,欲将玉莲嫁给当地富豪孙汝权,玉莲不从,只愿听从父亲安排,嫁给王十朋。婚后半载,试期来临,王十朋便告别母亲与妻子,上京应试,得中状元,授江西饶州佥判。丞相万俟见十朋才貌双全,欲招他为婿,十朋不从,万俟恼羞成怒,将十朋改调广东潮阳任佥判,并不准他回家省亲。十朋离京赴任前托承局带回一封家书,不料信被随十朋至京的孙汝权骗走,加以篡改,诈称十朋已入赘相府,让玉莲另嫁他人。孙汝权回到温州后,即找玉莲继母,再逼玉莲嫁给汝权。玉莲誓死不从,投江殉节。幸被新任福建安抚钱载和救起,收为义女,带至任所。钱载和来到福任上后,即差人去饶州寻找王十朋。差人打听到新任饶州太守也姓王,到任不久便病故,回来告知玉莲。玉莲误以丈夫已死,悲痛欲绝。而十朋在赴任前接取母亲与妻子来京城,听说玉莲已投江而亡,十分悲恸。五年后,王十朋调任吉安太守,而钱载和也由福建安抚升任两广巡抚,赴任途中路过吉安府,王十朋前去码头拜谒。当钱载和知道了王十朋就是玉莲的丈夫后,就在船上设宴,使十朋与玉莲得以团圆。

剧作歌颂了王十朋、钱玉莲以忠信为基础的爱情婚姻。正面塑造了中了状元而不弃糟糠之妻的王十朋形象,特别是他听说妻子投水自尽后,竟自誓不娶,不顾封建社会"不孝有三,无后为大"的信条,将对亡妻的情感放在家族利益之上。这是难能可贵的。剧中涉及如何对待贫贱,如何对待富贵,如何处理夫妻关系、继母与前妻子女的家庭关系等等,这些都是封建时代下层民众深为关切的社会问题。因而,它的出现,吸引了广大观众的注意,体现了市民阶层对爱情婚姻的理解,从而使作品具有相当的认识价值。《荆钗记》情节结构颇为精巧,戏剧性较强。利用荆钗这一道具贯穿全剧,层次分明地展开戏剧冲突,特别适宜于舞台表演。作者驾驭语言的能力也比较高,文辞质朴自然。

《刘知远白兔记》是"永嘉书会才人"在《五代史平话》和《刘知远诸宫调》等的基础上编撰而成。现存的几种明代加工本情节稍有差异。故事讲述五代十国战乱岁月,来自沙陀国的牧马人刘知远入赘李家为婿。妻子李三娘以聪慧的眼光、善良的秉性和坚忍的意志，关爱着这位一时失意的丈夫。当李三娘的父亲一去世，刘知远立即遭到自私贪婪的李家兄嫂的煎逼，被迫投军出走。从此，李三娘跌入痛苦的深渊，因不愿改嫁，受到非人的遭遇。分娩之夜，三娘孤身在磨坊里咬断脐带，产下爱子。狠心的兄嫂趁她昏迷之际，竟将婴儿扔进鱼塘，幸被一位善良的老人暗中救起。三娘含泪给孩儿取名"咬脐郎"，又将丈夫留下的玉兔信物挂在孩儿身上，托老人千里送子，寻找在军旅中的刘知远。老人中途身亡，所幸孩子辗转送到知远手中。正值两军交锋之际，身负重伤的知远托人去探望三娘，李家兄长谎称三娘已改嫁远走。一别16年。三娘在兄嫂严监下日担水，夜推磨，靠着希望和信念支撑着苦难的岁月。一个风雪天，三娘在井台边，偶然发现一只带着箭伤的白兔，进而遇到一位围猎的少年将军刘承佑。母子井台相会，各自不知对方身份。刘承佑无限同情三娘，愿为她传信寻夫。临行之际，承佑解下身边玉兔，命人送给三娘，以补无米之炊。三娘见到玉兔，百感交集，期盼亲人早日团聚。大元帅刘知远收到李三娘一封情意深长的亲笔书信，犹如晴空霹雳，此时他已娶了患难与共的岳氏为妻，悲喜交进，进退无路。刘承佑无法面对这一切。幸而深明大义的岳氏为三娘的精神所动，要求丈夫以最高礼仪迎回三娘。然而，重病中的三娘在风雪天已被兄嫂赶走。满腔热望的刘知远赶至李家，只见到一座为三娘虚设的灵位。绝望中看到跌落在雪地上的玉兔，指点着三娘的行踪。三娘蹒跚在风雪弥漫的茫茫苍原，忽然寂静的山野传来震撼人心的马蹄声，无数火把，照亮夜空，照亮迎面走来的李三娘。阔别的夫妻、母子终于团圆。

该剧极富民间创作特色，体现出民间老百姓的价值判断。刘知远两次入赘，发迹变泰，由穷军汉登上皇帝宝座，这是旧时代处于社会底层的民众所羡慕和向往的。剧中突出地描绘了刘知远身处贫寒时备受欺凌的屈辱和最后扬眉吐气的情境，笔调痛快淋漓，引人入胜。刘知远为了攀升高位而娶节度使之女，但他最后能接回"糟糠之妻"，所以也并不因此而受责难。在民间朴素的观念中，社会底层的人们为了求得权力和富贵，这样做是可以被原谅的。剧本对李三娘的描写也很成功。她在丈夫走后，受到兄嫂欺凌折磨，逼迫改嫁，历经苦难，艺术地概括了当时劳动妇女的悲苦命运，揭露了中国封建社会家庭中的某些丑恶现象。她在无可奈何之中，只能承受种种非人的磨难，只有等待丈夫归来，才能改变自己的命运。在她的身上，体现了封建时代广大妇女的悲惨遭遇。

《拜月亭》又名《幽闺记》，一般认为是元人施君美在关汉卿杂剧《拜月亭》的基础上改编而成，甚至有些曲文亦相同。主要写书生蒋世隆与王瑞兰在兵荒马乱时的离合故事。共四折一楔子。战乱逃亡之中，王瑞兰与母亲失散，书生蒋世隆也与妹瑞莲失散。世隆与瑞兰相遇，共同逃难中产生感情，私下结为夫妇。瑞莲则与瑞兰的母亲结伴同行，认瑞兰的母亲为干妈。瑞兰的父亲偶然在客店遇到瑞兰，嫌弃世隆是个穷秀才，门户不相称，催逼瑞兰撇下生病的世隆，跟自己回家，在路上又与老妻及瑞莲相遇。瑞兰一直惦念着世隆，焚香拜月，祷祝世隆平安，心事被瑞莲撞破。二人得知情由，姐妹之外又成姑嫂，愈加亲密。蒋世隆与逃难途中的结义兄弟分别高中文武状元，被势利的瑞兰之父招为女婿。世隆与瑞兰相见，知她情贞，夫妻终于团聚。瑞莲则与世隆的结义兄弟成婚。

该剧是"四大南戏"中成就最高的一部作品，具有很高的艺术成就。首先，不少细节使剧情跌宕起伏，丰富曲折。如写乱离中兄妹、母女惊慌失散，瑞兰、瑞莲音近，世隆喊妹"瑞莲"，瑞兰误以为母亲喊她，结果与世隆相遇，在旷野中举目无亲的情况下，只得请求与世隆同行；而王夫人喊"瑞兰"，却喊来了瑞莲，两人同病相怜，认了母女。正是这种巧合，使人物的命运发生了始料不及的变化。其次，《拜月亭》的人物刻画相当成功。特别是对王瑞兰内心的微妙活动以及矛盾心理的描写，更显得细致入微而又富于喜剧性。在旷野中孤零无依时，她无法顾忌自己的身份，只能央求蒋世隆挈带同行，甚至主动提出了"权说是夫妻"的建议；但到达旅舍，当世隆正式提出成亲要求时，她心中愿意，却又故作回避，表现得十分矜持。这是符合尚书小姐的身份和性格的。再次，剧作语言极有个性和特色。全剧写情哀感动人，写境精炼高远，能根据人物身份性格和特定情境，达到声口毕肖，有杂剧语言的本色质朴，又有南戏的优美清丽。

《杀狗记》，一般认为是元末明初的徐㬢所作。故事情节是东京人孙华、孙荣兄弟俩，父母双亡。孙华是个纨袴子弟，与无赖柳龙卿、胡子传结为酒肉朋友，终日在外面花天酒地，吃喝玩乐。弟孙荣知书识礼，见兄长不思上进，便屡加劝谏。因柳、胡二人从中挑拨，孙华不仅不听劝谏，反而将孙荣逐出家门。孙荣无奈，只得在破窑内安身。

一日大雪，孙华与柳、胡喝醉酒后半夜回家，途中跌倒在雪地上，柳、胡不但不救，反而窃取了孙华身上的羊脂玉环和宝钞，扬长而去。幸遇孙荣经过，将孙华背回家中。而孙华不但不感兄弟救命之恩，醒来后不见身上的玉环和宝钞，反诬孙荣偷去，便把孙荣打了一顿，又赶了出去。孙华妻子杨月真贤淑聪慧，见丈夫听信柳、胡，执迷不悟，便想出一条计策，向邻居买来一只狗，杀死后穿上人的衣服，假作人尸，放在后门口。待孙华半夜酒醉回家时，发现了死狗，以为是死人，恐惹人命官司，求杨氏处置。杨氏要他去找柳、胡来帮忙，将"人尸"移到别处掩埋。而柳、胡都不肯帮忙。杨氏又让孙华去找兄弟孙荣帮助。孙荣念兄弟手足之情，不计前嫌，欣然帮助哥哥将"人尸"搬到别处。柳、胡二人不但不肯帮忙，反而去官府告发孙华杀人移尸。这时杨月真说明杀狗劝夫的真相，经官府勘验，果是一条死狗。案情大白，孙华看清了柳、胡二人的真面目，悔悟自己的错误，终与孙荣和好。

这部颂扬孝悌观念的社会伦理剧，强调了稳定的家庭秩序的重要，只有手足之亲才是真正可信赖的；它也是一出家庭伦理剧，提倡"亲睦为本"、"孝友为先"、"妻贤夫祸少"等伦理信条。它虽以道德训诫的面目出现，但对封建宗法家庭的矛盾和封建家长的专横有所揭露。在艺术上，语言通俗质朴，但过于俚俗，保持浓厚的民间色彩，总体显得较为粗糙。

思考练习题

1. 南戏的特征有哪些？
2. 高明《琵琶记》的悲剧意蕴？
3. 高明《琵琶记》人物塑造的特点？
4. 高明《琵琶记》的艺术特征？

第六编

明清及近代文学

绪 论

从朱元璋洪武元年(1368)开国,到崇祯十七年(1644)李自成攻入北京,思宗朱由检自缢身亡,明代前后共计277年。明代文学大致可以划分为三个时期,前期从明初到成化年间,约一百年;中期从成化末年至隆庆年间,约一百年;后期为万历至明亡,约七十余年。

明开国后,明太祖朱元璋深知"居安思危,处治思乱"的治国之道,总结了历代王朝兴衰的经验教训,采取一系列措施,来巩固自己的统治。在农业方面鼓励开垦荒地,解除农民对地主的人身依附关系,组织农民大规模地兴修水利,鼓励种植经济作物。与此同时,减轻赋税,扶持工商,这些措施使明初的农业、手工业都得到较快的恢复和发展。

明朝统治者极力推进中央集权,巩固皇权统治。明初通过胡惟庸案和蓝玉案,大肆杀戮功臣宿将,乘机废除了有一千多年历史的丞相制度和有七百多年历史的三省制度,设六部尚书和行省,建立内阁、督抚制度,揽军政大权于一身,最终形成高度成熟的君主集权政治。伴随着经济的发展,政治统治逐渐稳定。

文化思想上,明统治者恩威并施,一方面采取笼络的手段,一方面加强对思想的控制。朱元璋设立文华堂,招揽人才,但同时规定"寰中士大夫不为君用,罪该抄杀",还推行森严的文字狱。如"吴中四杰"、"北郭十子"大多死于非命。朱元璋疑忌之心颇重,对归顺他的文人,也不放心,文人往往因一字一句而招致杀身之祸。明成祖召集天下文人学士编纂"包括宇宙之广大,统会古今之异同"的《永乐大典》,实际上是借这部大型类书的编纂,整肃精神领域,使意识形态在他的引导下高度集中起来。

明朝统治者大力提倡程朱理学,太祖规定"四书"、"五经"为国子监必修的功课,诏令天下学校祭祀朱熹,科举考试规定只能从朱熹注释的《四书》《五经》中取材,并"代古人语气为之",形式上限制在八股体制以内,字数多寡也有规定。程朱理学成为精神文化领域无上的权威,制约着人们的言行,禁锢着人们的思想。

这样的文化举措和思想禁锢扼杀了文人士子的阳刚之气,畏葸、驯顺、谨小慎微成为明初文人士大夫的普遍心理特征。明初到弘治年间,文坛上歌功颂德,道德说教之作无论在诗歌还是在戏曲领域都成为潮流。馆阁文臣"三杨"(杨士奇、杨荣、杨溥)最能体现这一点,他们的诗歌多为应制和颂圣之作,内容极其贫乏,千篇一律,缺少性情,了无生气。茶陵派领袖李东阳虽然已经意识到台阁体的弊端,并提出"宗唐"的文学复古主张,但因为他一直身居台阁,诗歌内容也大多是馆阁生活的内容。粉饰太平、歌功颂德、宣扬教化在戏剧创作领域也同样存在,宁献王朱权、周宪王朱有燉及一些宫廷剧作家的杂剧内容可取者不多,所作多为喜庆剧、道德剧和神仙道化剧,用以歌舞升平,向帝王表明忠心。成化年间,理学名臣邱濬创作《五伦全备记》,赤裸裸宣扬忠孝悌忍善五种人伦关系。这时期的优秀之作集中在前期，特别是元明之际，诗文上，宋濂、刘基、高启等人的创作能直面社会和人生，一些作品充满激越奔放、雄健浩宕之气。小说领域，出现了《三国志演义》《水浒传》两部划时代巨著，开创了历史演义小说和英雄传奇小说两种类型，并成为典范之作，使明代前期文学绽放出瑰丽的色彩。

随着政局稳定，社会秩序重新建立，明朝经过一百多年发展，经济出现相当繁荣的局面。明代中叶以后，江南一些商业比较发达的城市中，手工业作坊日渐增多，新的生产关系开始萌芽，市民阶层壮大起来，也搅动了传统的意识形态领域。明代的印刷技术逐步提高，为通俗文学戏曲小说的广泛传播与接受提供了便利条件。城市及其市民阶层的扩大和文化消费欲求的膨胀与印刷业的发达使明代中期以后的通俗文学获得迅速发展，也给人们的思想带来一定的冲击。

成化至隆庆，统治阶层日益腐化堕落，宦官专权，法制松弛，厂卫横行，吏治黑暗，贪污盛行，内忧外患不断，"天下事势如沉疴积瘘"。政治的危机导致思想文化的危机，士大夫对朝政失去了信心，政治和思想统治开始有所松动。成化、弘治时期，统治者提倡广开言路，天下之士靡然风向，文人自我意识逐渐加强，主体精神也开始高扬，其标志即王守仁"心学"的出现。

正德年间，王守仁(1472—1529)在不背离理学精神和儒家传统的前提下，建立了自己的王学体系。王学主要体现宋明儒学将天理向人伦日用落实的指向，提出"心即理"、"致良知"之说，认为"心外无物，心外无事，心外无理，心外无义，心外无善"(《王阳明全集·语录文录》)，肯定"我心之良知，无有不自知者"，他说："夫良知者，即所谓是非之心，人皆有之，不待学而有，不待虑而得者也。"(同前)王阳明将心与理合一的哲学思辨，强化了心的本体性及其伦理道德属性，把伦理纲常内化为人们心理需求，突出个人在道德实践中的主体能动性。王阳明及其后学为推广"心学"，在全国广建书院，形成书院讲学热潮，打破了明代前期学术文化领域死气沉沉的局面，形成学术自由的文化氛围，动摇了程朱理学的权威地位，掀起一股摆脱礼教束缚，张扬个体精神的思想潮流。

嘉靖后期到万历年间，商品经济迅猛发展，各种新思想与意识互相碰撞交流，新的文化心理和文化价值也在不断形成。在王学左派——泰州学派的倡导之下，人的本体性、情、欲得到新的阐发与肯定，人们渴望尊严、呼唤权利、重新界定人的价值。新的价值观念和审美理想在这一时期的文人学士的生活模式、思维模式和人格模式中得以体现。泰州学派的创始人王艮提出"百姓日用是道"(黄宗羲《处士王心斋先生艮》)，宣布"人欲"即是天理："天理者，天然自有之理也，才欲安排如何，便是人欲。"(王艮《语录》)在文坛上，文人已不满足沿袭教化或言之无物空泛的文学创作，力图以文学艺术表达主体感受与时代精神。李梦阳、何景明等"前七子"在弘治、正德年间崛起，他们强调"诗必盛唐、文必秦汉"，力图以古代诗文来纠正明前期台阁体萎弱平庸的文风，挽回颓唐不振的世风，打破明前期文坛僵化保守、歌舞升平的局面。嘉靖、隆庆时期，以李攀龙、王世贞为首的"后七子"出现，把复古主义推向了高潮。文学复古，创作以模拟古人为事，缺乏生气，而且文字佶屈聱牙，流弊甚深。嘉靖年间，唐宋派王慎中、唐顺之学习欧(阳修)曾(巩)，提倡唐宋文，反对一味抄袭模拟，直击前后七子之弊。嘉靖年间，文人开始积极参与戏剧创作，现实性增强，批判意味明显。北杂剧的家乡山西、陕西一带，康海和王九思的杂剧创作寄寓了对现实政治不满,批判矛头指向权贵,激越慷慨,凝重悲壮,还带有比较典型的北杂剧风味。从嘉靖到万历年间,李开先的《宝剑记》、梁辰鱼的《浣纱记》、王世贞的《鸣凤记》,都涉及了忠奸斗争,有强烈的政治参与意识和社会忧患意识。因为《三国志演义》的巨大影响,在明代中期历史演义小说层出不穷,如《英烈传》《全汉志传》《南北宋志传》等,但它们均未能超越《三国演义》的艺术成就。

明代后期社会经济结构出现重大变化,城市与集镇空前繁荣,人们的物质生活和精神生活与此前相比,丰富了很多。明中后期,心学成为主要的哲学思想,泰州学派延续并发展了王阳明的心学,追随者甚多,风动海内,明确提倡自然,肯定人欲。颜均说:"平时只是率性所行,纯任自然,便谓之道。"(《明儒学案·泰州学案》)李贽说:"盖声色之来,发乎情性,由乎情性,是可以牵合矫强而致乎?"(《焚书》卷三)李贽痛斥假道学、伪君子,反对思想禁锢,否认儒家正统地位,文学创作方面,提出"童心说",要"绝假还真",抒发己见,他说"天下之至文,未有不出于童心者也。"汤显祖在《寄达观》中说:"情有者,理必无;理有者,情必无。"张琦说:"人情种也。人而无情,不至于人矣,曷望其至人乎?"(《衡曲麈谈》)人欲、情欲被视作同天理一样相并的东西,肯定了人的情欲是正当的和不可抑制的。与思想领域的哲学思潮相呼应,在文学领域集中描写和宣扬情欲、肯定人的利欲、热衷于发迹变泰故事叙述的作品层出不穷。万历时期的作家放诞佻达,任情任性,狂放不羁,他们在自己的创作中也着意体现这种率性而行、快意人生的人生模式。晚明时期的士大夫受到市民社会风习的熏染,渐渐世俗化,他们关心穿衣吃饭,挣钱营生,关心世俗人生,他们追求超越世俗,但不脱离世俗。高僧紫柏大师和憨山大师是出世之人但仍有用世之心,并且因此受到迫害。袁宏道"玩世涉世,以出世经世,姱节高标,超然物外"(雷思霈《潇碧堂集序》)。在小说和戏曲中,我们还能强烈地感受到一种普遍尊重人性的平等和宽容思想。这些作品淡化了尊与卑、男与女、士与商之间的不平等,肯定了社会各个阶层不同性别不同身份的人们对财利与情欲的正当追求。

明代中后期,小说进入全面繁荣的阶段,戏曲步入中国古代戏曲的全盛时期。《西游记》开创神魔小说的题材范围,以丰富的想象,对神魔形象的塑造及天上、人间等幻境的描写,成为我国浪漫文学的杰作。《金瓶梅词话》的出现代表这一时期小说领域的最高成就,以现实社会中的人物和生活为描写对象,开世情小说创作的先河。白话短篇小说集"三言"、"二拍"的出现标志白话短篇小说的成熟,这些小说取材于现实,肯定"好货好色"的正当合理,市民趣味浓郁,也是晚明思想解放思潮的体现。无论白话小说还是文言小说,都出现一大批宣扬人欲之乐、描写直露的作品,体现了当时社会思潮对社会风尚的冲击。在戏曲领域,汤显祖的《牡丹亭》高扬"至情"的大旗,体现了要求个性解放和反对传统礼教的思想,代表了明代戏曲创作的最高成就。与此同时,以沈璟为首的吴江派注重格律,与以汤显祖为首的"至情派"剧作家就戏剧重格律还是重才情掀起论争。诗文方面,万历时期,以袁宗道、袁宏道、袁中道为代表的"公安派"提出"性灵说",主张诗文创作应该"独抒性灵,不拘格套",反对拟古主义文风。主张与其相近的"竟陵派",则强调从前人诗歌里寻找性灵,诗歌创作走向"幽深孤峭"的狭窄小巷。民歌为明代文学一大特色,通俗文学大师冯梦龙说"有假诗文,无假山歌",民歌可起到"借男女之真情,发名教之伪药"(《叙山歌》)的作用,他还整理、刊刻了民歌专集《山歌》《挂枝儿》。

清代文学一般有初、中、晚三期之分。顺治、康熙、雍正时期为清初期,乾隆、嘉庆和道光前期,可划为清中叶。随着鸦片战争爆发,西方资本主义侵入,中国的封建经济基础日趋瓦解,产生了软弱的民族资产阶级。受西方资本主义思想影响的知识分子开始要求资产阶级的民主权利,要求学习西方,改良封建政治,因而产生了改良主义的维新运动。虽因戊戌变法而彻底失败,但促进了人民的觉醒。宣统三年(1911),孙中山领导的辛亥革命终于推翻了清朝的统治。自鸦片战争至五四运动的八十年,是中国旧民主主义革命时期,即近代史时期。这一时期的文学,通常称为近代文学或晚清文学。

满族在入关之前,已建立了封建政权。入关之后,面对人口众多、经济文化高度发达且富于反抗传统的汉族政权,清廷一面采用武力镇压的方式,如惨绝人寰的"扬州十日"、"嘉定三屠"等,一面制定实施各项有利于稳固统治的政策,这表现在:尽量因袭明朝的文化体制,并逐渐强化君主专制。大力维护封建道德的固有地位,在尊孔读经、提倡理学等方面,较之前代统治者有过之无不及。读书人参加科举考试用八股文,取"四书五经"命题,只能用朱熹等人的著作阐述经义,遂使宋代理学成为清代的官方哲学。为网罗名人,先后编纂《康熙字典》《渊鉴类函》《佩文韵府》《古今图书集成》《全唐诗》《四库全书》等大部头书籍。一方面拉拢、控制了大批学者,使得他们常年埋首故纸堆,不问世事。一方面查缴和销毁了大批"违碍"书籍,造成图书厄运,但许多古代图书典籍也因此而得到整理和保存。除此以外,清代最严厉的维稳手段当属文字狱。

清代政权的性质、特点及政治措施的总倾向,对于有清一代的文化产生了广泛的影响。清初,一些遗民思想家从汉族国家正统观念出发,对明末空谈心性的虚浮学风加以系统清算,提倡经世致用的实学。随着民族矛盾渐趋缓和,经济一度出现繁荣局面,出现所谓"康乾盛世"。学术方面,则在清政府大力倡导整理古代文化典籍与大兴文字狱的双重影响下,形成乾嘉朴学,与明代"空谈心性"、"束书不观,游淡无根"的学风相对。乾嘉学派在音韵、训诂、校勘、辑佚、辨伪、目录等领域取得了前所未有的成就,对整理保存古代典籍做出了卓越的贡献,但脱离现实的倾向导致缺乏思想理论的建树。

清代文学是古代文学的一个总结。在上述政治、经济、文化诸多因素的共同作用下,有其自身演进和发展的轨迹,但其总体特征可概括如下:众体皆备,蔚为大观,诸多样式齐头并进,全面繁荣。诗、词、散文等传统文学样式实现复兴,小说、戏曲、民间讲唱等新兴文学样式达到登峰造极的高度。

思考练习题

1. 明代政治经济文化政策对文学产生了怎样的影响?
2. 明代文学俗与雅相互交融有哪些表现?
3. 简述明人对文学特性认识的深化。
4. 阐述明代"心学"的发展与明代中后期文学的关系。
5. 清代文学发展的历史特征是什么?

第一章 明代小说

明代小说,无论是长篇还是短篇小说都取得了令人瞩目的成就。在长篇小说领域出现了以"四大奇书"为标志的章回体小说《三国演义》《水浒传》《西游记》《金瓶梅》,其中前三部成书都经历了从集体编著到文人加工改造的过程。四大传奇在各自的题材领域都具开创性,它们及其后出现的数量众多的长篇章回体小说,丰富了中国古代小说创作的百花园。短篇小说领域,白话小说"三言"、"二拍"最能代表明代短篇小说的创作成就。

第一节 《三国演义》

《三国演义》是中国第一部长篇章回体小说,全称《三国志通俗演义》,以历史上的三国争雄为题材,描绘魏蜀吴三个武装割据势力之间的政治、军事斗争。三国的硝烟还未散去,晋代和南北朝时,有关三国人物的一些奇闻逸事便已开始在民间流传。晋朝陈寿《三国志》及南朝宋人裴松之的注,刘义庆《世说新语》已经从民间传说中采撷了许多故事和佳话。隋炀帝时,出现了三国故事编成的傀儡戏,到唐代,三国故事已成了说书艺人的重要素材,李商隐《骄儿诗》写道"或谑张飞胡,或笑邓艾吃"。宋代的勾栏瓦肆中出现专门"说三分"的说书艺人,足见三国故事流传更广。而且北宋时"尊刘贬曹"的倾向已经非常明显,《东坡志林》卷一载:"王彭尝云:涂巷中小儿薄劣,其家所厌苦,辄与钱,令聚坐听说古话。至说三国事,闻刘玄德败,频蹙眉,有出涕者;闻曹操败,即喜唱快,以是知君子、小人之泽,百世不斩。"元至治年间(1321—1323)新安虞氏刊印的《全相三国志平话》,是迄今所见最早的关于三国故事的讲史话本,已具备后来《三国演义》的基本情节,其"尊刘贬曹"的倾向已经非常强烈。金元时期,以三国故事为题材的院本、戏文、杂剧大量出现,也多半是从拥刘贬曹的倾向出发,以蜀汉为中心来结构故事。可见《三国志通俗演义》是在长期的集体创作的基础上,最后经过了写定者的创造性的艺术加工而最终完成的。

罗贯中,元末明初东原(今山东东平)人,号湖海散人,有志图王,是施耐庵的门人,可能也参与了《水浒传》的编写。他是著名小说家、戏曲家。杂剧有《赵太祖龙虎风云会》《忠正孝子连环谏》《三平章死哭蜚虎子》;小说还有《三遂平妖传》《粉妆楼》等。

《三国志演义》最重要的版本有嘉靖本、李评本、毛本。毛本即清康熙年间,毛纶、毛宗岗父子对"李评本"的修改增删本,是三百多年来最通行的版本。自20世纪50年代人民出版社整理出版的毛本用《三国演义》这个书名后,在大陆,《三国演义》渐渐取代了原来的书名《三国志演义》而为人们所熟知。

罗贯中"据正史,采小说,证文辞,通好尚"(高儒《百川书志》卷六),写成长篇巨著《三国演义》,叙述了从东汉灵帝中平元年(184)至西晋武帝太康元年(280)近百年间的历史故事。小说集中叙写了三国时代各政治集团之间军事、政治、治国、用人、外交等方面的重大事件,展现了武将的超强武力、谋臣的超群智慧、帝王的雄才大略,而在这个过程中,作者始终以他的道德观念支配和审视每一个人物、每一个事件的刻绘与处理。经过元末连年的社会动乱,人们希望能安居乐业,希望有明君贤臣能安定和治理天下,《三国演义》就是人们这种心理企盼和作者理想政治的幻影。《三国演义》明显地表现了"尊刘反曹"的倾向,蜀汉一方寄予了作者对明君贤相、清平世界的赞美与渴慕,与蜀汉相关的人物事迹都带有浓厚的理想化色彩。蜀汉君臣的核心品质被当作道德典范,因此蜀汉一方与魏、吴力量的消长和生死存亡实际上揭示了主体道德与社会发展进程的背离,反映了道德在政治、军事、外交及历史发展中的无力与无奈,说明了作者理想政治的破灭,这种破灭感,加深了作品蕴含的悲剧意识。作为蜀汉对立面的曹魏,也是小说着墨较多的一方,曹操,作者重点表现了他"奸雄"的一面。曹操所信奉的人生哲学"宁使我负天下,休教天下人负我",与刘备信奉的"勿以恶小而为之,勿以善小而不为"形成鲜明的对比。

明君贤臣的理想首先体现在政治上实行仁政。刘备是一个"仁君"典范,他是以一位有慈悲心肠、关心人民疾苦的仁义之君的形象展现在读者眼前,他认为:"操以急,吾以宽;操以暴,吾以仁;操以谲,吾以忠:每与操相反,事乃可成。若以小利而失信于天下,吾不忍也。"刘关张桃园结义时的誓言是"上报国家,下安黎庶",他作安喜县尉时"与民秋毫无犯,其盗者皆化为良民。"当阳撤退时,携民几十万渡江,即使形式万分紧急,也不丢弃百姓自己先行,他说:"举大事者必以人为本"。兵进西川时,他与民"秋毫无犯",百姓"焚香礼拜"。三顾茅庐体现了他求贤若渴及对人才的尊重和信任。他不愿徐庶的母亲被曹操迫害而放徐庶归曹,他说:"吾宁死,而不为不仁不义之事也。"表现了他对人才的爱惜。关羽被害,在兄弟之情和国家大义之间,他选择了前者,起倾国之兵为二弟报仇雪恨,体现了刘备重情重义的性格特征。仁德爱民、尊贤礼士、知人善任、重情重义,作者不遗余力地塑造了刘备这个明君的形象。

诸葛亮则是"忠"的楷模,又是"智"的化身,《三国演义》有八十多回写诸葛亮的故事,使他成为名副其实的主角。郑振铎在《三国志演义的演化》中说:"一部《三国志通俗演义》虽说叙述的是三国故事,其实只是一部'诸葛孔明传记'。""鞠躬尽瘁,死而后已"出自诸葛亮《后出师表》,而《三国演义》对此进行了生动形象的阐释。诸葛亮对蜀汉做到了"竭尽忠诚,至死方休"。他有感于刘备的知遇之恩,对刘备竭忠尽智。为了蜀汉政权,他火烧博望坡、火烧新野、白河淹曹仁、决胜赤壁、计取荆州、取西川、七擒孟获、六出祁山,南征北战,事必亲躬,最后积劳成疾,病逝前,强撑病体,乘车巡视兵营,感叹道:"吾再不能临阵讨贼矣!悠悠苍天,曷此其极!"刘备白帝城托孤时,嘱咐他:"君才二倍曹丕,必能定邦安国,终定大事。若嗣子可辅,则辅之;如其不才,君可自为成都之主。"刘禅虽然确实是个昏君,但诸葛亮丝毫没有取而代之的想法。在道德上,他绝对是光彩动人的。小说中的诸葛亮具有出类拔萃的聪明才智,他长于谋略,身在隆中而眼观天下,未出山就为刘备拟定了三分天下的策略。他运筹帷幄,使当时实力最弱的蜀汉争得了鼎足三分之势。一次次战役显示了诸葛亮具有卓越的军事指挥才能;舌战群儒,建立吴蜀联盟,表现了机智的辩论才能和政治家的远见卓识。借东风、空城计、七擒孟获等都突出了他超人的智慧,甚至最后"死诸葛能走生仲达",神机妙算无人能及。连诸葛亮的对手都不得不承认他在谋略上更胜一筹,周瑜死前仰天长叹:"既生瑜何生亮。"司马懿屡屡称诸葛亮是"天下奇才","吾不如孔明也"。可是就是这样一个在道德上光彩照人又充满智慧的人,他终身为之努力的事业却最终失败了,诸葛亮临终前说:"吾本欲竭忠尽力,恢复中原,重兴汉室,奈天意如此,吾旦夕将亡矣。"壮志未酬,饮恨而终,诸葛亮是一个极具悲剧色彩的人物。

与明君贤臣相对,小说把曹操塑造成一个"奸雄"形象。曹操阴险残忍,血腥地灭了吕伯奢全家,知道是误杀后,还是对吕伯奢痛下杀手。他的自私和残暴还体现在,毫不留情地杀了伏皇后和她的全家;为报父仇,血洗徐州;军中缺粮,为平息众怒,命令粮官王垕用小斛发粮,后又杀了他让他做了替罪羊;他用奸诈的手段,杀死声称救火的三百人,还谎称自己梦中杀人来预防行刺;假手黄祖杀死狂狷的祢衡,嫉恨杨修就以扰乱军心的名义把他处死。然而历史上的曹操的确具有非凡的雄才大略,因此,小说也不能回避这一点,所以从文中读者又看到了曹操身上的王霸之气,他有非凡的胆识,宽阔的胸怀,力扫群雄,平定北方;广揽贤士,从善如流。在对待人才方面他爱才思贤,通脱豁达。如哀悼典韦痛哭郭嘉;张绣杀死了曹操的儿子曹昂、侄子曹安民和爱将典韦,张绣来投降时他很高兴地接纳;重用降将张辽、张郃、庞德;曹操还对"心在曹营身在汉"的关羽礼遇有加等等。因为曹操爱才惜才,所以他手下人才济济,在群雄争霸时最先占得先机。正因为曹操的形象是复杂的,多面的,所以《三国演义》中的曹操是鲜活的,真实可信的。

《三国演义》突出宣扬了"忠义"思想。小说对关羽的刻画重点不在其相貌和武艺,而是突出了他的"忠义"。如果说在"忠"的方面,诸葛亮是竭忠尽智,在刻画其对蜀汉忠心耿耿的同时表现了其无与伦比的智慧,而在塑造关羽这个形象时,则是在表现其"忠"时,突出了其义绝云天的一面。关羽在小说中就是义气的化身。自与刘备、张飞桃园结义,就一直视刘备、张飞为骨肉兄弟,一生追随刘备,不离不弃。温酒斩华雄,并非为自己邀功,实为刘备不平而争位。下邳失守,关羽肩负着保护刘备妻小的重任,因此答应归顺曹操但前提是要曹操答应他三个条件:降汉不降曹;厚待刘备的二位夫人;一旦得知刘备去向,随时离去。曹操对他以金银、美女、侍仆等利禄引诱,并待之以上宾之礼,关羽却毫不动心。曹操使其与嫂共处一室,以乱其君臣之礼,关羽夜立户外秉烛达旦。当关羽得知刘备的下落时,立刻挂印封金奔刘备而去。作者写关羽的投降,写出了他的光明与大义,其忠义之心,着实天地可鉴。然而关羽的义不仅仅是针对刘备的,他对曾对他有知遇之恩的曹操也是"义重如山"。如在华容道义释曹操,成全了他对曹操的个人之"义"。

小说对蜀汉集团中人物的才能与智慧、品德与武力极力夸大与渲染,在一定程度上有违历史人物的真实面貌,鲁迅先生在《中国小说史略》中评价《三国演义》人物塑造时说:"欲显刘备之长厚而似伪,状诸葛之多智而近妖"。刘备在很多事情上看上去确实很仁义,但是刘备作为一个有志图王者,其在小说中的形象缺乏真实的社会基础,所以人们认为小说中叙写的刘备在很多事情具有权谋的色彩,如当阳撤退被许多批评家认为是收买人心,刘备摔阿斗更是为人所诟病的笼络人心之举,他用丁原与董卓的事件来劝说曹操杀掉吕布也有借刀杀人的嫌疑。诸葛亮不仅通晓天文地理,甚至可以呼风唤雨,如祭东风、预见庞统死、摆八阵图、驱六丁六甲、五丈原禳星、定军山显圣等,具有超自然的意味。

《三国演义》涉及的年代较长，人事众多，头绪复杂，作者在排比正史材料的同时，根据一些野史逸事进行了合理的虚构。清代的章学诚说《三国演义》是"七分实事，三分虚构"（《丙辰箚记》），虚构，是文学艺术的第一步，是一个小说家应该具有的禀赋。"演义"二字本身就昭示了小说内容与正史的差别和距离。有了长期的民间传说和作者的天才创造，原本史书上寥寥数语的事件可以敷衍成洋洋洒洒的鸿篇巨制，如三顾茅庐、赤壁之战。《三国志·蜀书·诸葛亮传》中的三顾茅庐过程不过"由是先主遂诣亮，凡三往，乃见"十几个字，诸葛亮的《前出师表》中也仅仅云："先帝不以臣卑鄙，猥自枉屈，三顾臣于草庐之中，谘以当世之事，由是感激，遂许先帝以驱驰。"

　　元朝建安虞氏刊刻的《三国志评话》中，简单地讲述了刘备三顾茅庐的经过，文字粗疏。《三国演义》对三次拜访进行了细致、生动的描述。诸葛亮在小说中是灵魂人物，他的出场非常隆重，在其正式出场之前，作者就层层铺垫，重重渲染，先后有高士司马徽、徐庶的引荐，使得刘备对诸葛亮念念不忘，充满期待和敬慕。刘备第一次去拜访诸葛亮，未能相见，返回途中误把容貌轩昂、风姿英迈的崔州平当作诸葛亮；第二次去拜访诸葛亮时，刘备把路边酒店里作歌吟唱的石广元、孟公威当作诸葛亮；来到诸葛亮的家里，又把堂上吟歌的诸葛均当作诸葛亮，返回时把踏雪吟诗的黄承彦看作是诸葛亮。刘备三顾茅庐的过程中充满了曲折和挫折，成功塑造了刘备仁君和诸葛亮智者的形象，既表现了表现刘备的礼贤下士、谦恭真诚，更是通过烘托、反衬等艺术手法表现诸葛亮的潜身全志、名利不萦于心的隐士形象及其守身严正、自尊、自信的品格。

　　三顾茅庐是整部小说的一个关键环节，没有它就没有后来的蜀汉政权，也就没有三国鼎立的局面。作者抓住一点史实依据，而人物和细节的描述则全凭虚构，把故事叙述得曲折生动、跌宕起伏，富有强烈的艺术感染力，从中也体现了作者对明君贤相的向往之情。

　　《三国演义》擅长展现惊心动魄的政治、军事斗争，通过复杂的故事情节，表现各个政治集团之间及集团内部的尖锐、复杂的矛盾。就战争而言，小说写了四十多次战役，上百个战斗场面，但绝没有重复之感。作者描写战争其着眼点不在于攻城略地的厮杀、刀枪剑戟的搏斗，而在于通过战争去反映不同人物的思想性格、意志、情绪和他们间的尖锐冲突。官渡之战、赤壁之战、七擒孟获、六出祁山等个个不同。赤壁之战在史书上的记载很简略，而在《三国演义》中，却占有八回的篇幅。曹操率领百万大军南下直逼东吴，向东吴发下檄文，引起东吴上下一片混乱，也给刘备集团带来恐慌。诸葛亮临危受命，赴江东说服孙权联合抗曹，一到江东，就受到孙权阵营中主和派的敌视，诸葛亮以他能言善辩的外交才能，舌战群儒，为建立孙刘联盟扫清了障碍；又凭着他外交家的敏锐目光，激发孙权斗志，坚定了孙权抗曹的决心；他摸清了周瑜的性格，掌握他心理，激起周瑜对曹操的满腔怒火，孙刘联盟至此得以结成。在孙刘联军内部及孙刘联军与曹操之间，都存在着较量和斗争。周瑜认识到诸葛亮的智慧、才能远在自己之上，遂生杀心。诸葛亮以大局为重，从容应对，通过草船借箭与借东风，在"智"上斗过了周瑜，充分显示了诸葛亮的沉着大度及无与伦比的智慧。周瑜与曹操的较量中，曹操奸诈老成，周瑜雄姿英发，通过群英会蒋干中计、苦肉计、阚泽献诈降书、庞统巧授连环计等，一环接一环，环环紧扣，跌宕起伏，构成了一系列惊心动魄、扣人心弦的军事和外交上的智斗。赤壁之战中每一具体事件都是曲折复杂的，每一个情节都是生动细腻的，既处处强调了诸葛亮的核心作用，也塑造了周瑜、鲁肃、孙权、曹操等一大批人物形象,体现了作者的艺术创造力。

《三国演义》是按照时间的顺序来叙事的,高儒说《三国演义》"陈叙百年,该括万事"(《百川书志》卷六),《三国演义》的题材决定了把众多人物和事件编织在一定的时间顺序和因果关系中。在这条时间的顺序中,作者始终以蜀汉人物为中心,以三国矛盾斗争为主线,以全知视角的叙事方式通过对三国风云的回顾,寄托渴望明君贤相的理想。

讲述故事是《三国演义》的主要目的,人物形象则是在叙述故事的同时通过语言描写、肖像描写、行动描写等艺术手段来塑造的,如张飞的疾恶如仇、胸无城府、率真坦荡、勇猛善战的性格,通过桃园结义、怒鞭督邮、古城会要杀关羽、长坂坡怀疑赵云、责备刘备不发兵为关羽复仇、喝断长坂桥、夺巴郡时擒严颜、智败张郃取瓦口关等故事反复渲染,使其个性格异常鲜明。怒鞭督邮时小说写道:"督邮未及开言,早被张飞揪住头发,扯出馆驿,直到县前马桩上缚住;攀下柳条,去督邮两腿上着力鞭打,一连打折柳条十数枝。"张飞的性烈如火、疾恶如仇在寥寥数语中得以体现。"大闹长坂桥"中,张飞"倒竖虎须,手绰蛇矛,立马桥上",如巨雷般大喝三声,第一声吼,吓得曹军两股战战;第二声大喝,曹操便慑于他的气概想要退兵;第三声喝,"曹操身边夏侯杰惊得肝胆碎裂,倒撞于马下"。张飞气吞山河、势如奔马的姿态跃然纸上。为表现曹操的奸诈,小说进行了生动、淋漓尽致的描写:曹操小时候因游荡无度被叔父告状而遭到父亲的责备,他就假装中风,让父亲认为叔父告假状,便不再相信他叔父的话。官渡之战,曹军粮草匮乏,许攸因没有受到袁绍信任而前来投奔曹操,曹操"大喜,不及穿履,跣足出迎","携手共入,先拜于地"。曹操认为可以从许攸那里获取军事情报,故大喜过望,但在接下来的对话中,许攸步步逼问军粮的情况,曹操四次都说了谎。最后许大声曰:"休瞒我!粮已尽矣!"且由许攸之口说出:"世人皆言孟德奸雄,今果然也。"把曹操的奸诈刻画得入木三分。

《三国演义》的语言,是"文不甚深,言不甚俗"的浅近文言,增强了历史的真实感,而民间语言的运用又增加了作品的生动性,所以雅俗共赏,开用浅近文字演绎历史的风气,成为一种专门用来叙述历史演义的语体风格。

《三国演义》掀起历史演义创作的高潮,讲述"列国"故事的有余邵鱼的《列国志传》,后被冯梦龙改编成《新列国志传》;"说唐"系列的有《隋唐志传通俗演义》《唐书志传通俗演义》《隋唐两朝志传》等;"说宋"系列有《南北宋志传》《大宋中兴通俗演义》等。

第二节 《水浒传》

《水浒传》也是在民间长期流传的基础上,由文人整理加工完成的长篇白话小说。其主要人物和题材都有一定的历史根据。宋江等人梁山泊聚义事在《宋史·徽宗本纪》《宋史·张叔夜传》《宋史·侯蒙传》中都有简略记载,在民间也很早就开始流传。南宋罗烨《醉翁谈录》"小说开辟"条有"石头孙立"、"戴嗣宗"、"青面兽"、"花和尚"、"武行者"等关于水浒故事的说话目录。宋末元初的龚开有《宋江三十六人画赞》,完整地记录了三十六人的姓名与绰号,与《水浒传》中众人的姓名与绰号基本一致。现存讲说《水浒》故事的最早话本《大宋宣和遗事》涉及的水浒故事许多都已经比较详细,结局与《水浒传》也相似。

元杂剧中水浒戏存目三十一种,完整保留下来的有六种。其中李逵、燕青等人的形象塑造得非常生动,梁山好汉也达到一百零八人,他们啸聚水泊梁山,在"忠义堂"高搠起"替天行道"的杏黄旗。此外还有一些与水浒故事较为接近的,如高文秀《黑旋风双献功》中"宋江杀阎婆惜"、"宋江发配江州"、"晁盖救宋江上山"、"晁盖三打祝家庄身亡"等内容,因此到元末水浒故事已大致成型。元末明初,《水浒传》的作者在吸收了大量的历史故事、民间传说和说唱文学的基础上,进行了艺术增饰和重新创造,创作出了这部反映人民起义的英雄传奇。

《水浒传》的作者说法不一,大致有三种观点:一是施耐庵;二是罗贯中;三是施耐庵与罗贯中合作。其中施耐庵的说法获得较为一致的认可。目前学界对于施耐庵的生平事迹知之甚少,耐庵是他的别号。其籍贯有苏州、杭州、兴化之说,生活年代也有南宋、宋末元初、元代多种说法。《兴化县续志》中有《施耐庵墓志》,"墓志"中的施耐庵学识渊博,元末中过进士,做过张士诚的幕僚,因避祸离开。明洪武初年,曾征书数下,但他坚辞不赴,晚年殁于淮安。这则资料的真伪尚有争议,多数学者仍持否定意见。《水浒传》的版本可大体上分为繁本和简本。繁本主要有明正德、嘉靖年间刻本《京本忠义传》,明万历乙丑(1589)刊刻的《忠义水浒传》,万历三十八年容与堂刊本《李卓吾先生批评忠义水浒传》及明崇祯刊贯华堂金圣叹删节本《第五才子书施耐庵水浒传》。简本系中主要有明刊本《新刊京本全像插增田虎王庆忠义水浒传》;明万历二十二年双峰堂刊本《京本增补校正全像忠义水浒传评林》;清金陵德聚堂刊本《新刻全像京本忠义水浒传》等。

《水浒传》描述北宋末年发生于河北、山东一带由宋江领导的人民反抗奸佞的武装起义发生、发展、壮大到失败的全过程。小说着重揭露统治阶层的腐朽,挖掘人民起义的根源。北宋徽宗时,蔡京、高俅、童贯、杨戬等奸佞沆瀣一气、狼狈为奸,把持朝政无恶不作,大小官吏,也纷纷依附。他们对外贪图敌国贿赂、出卖国家利益,对内排挤打击忠良、欺压陷害弱小。殿帅府太尉高俅本是个帮闲无赖,只因为踢得一脚好球,便受到同样爱好踢球的徽宗的赏识,从此青云直上,位高权重。高俅爬上高位后,滥施淫威,陷害异己,与蔡京、童贯之流狼狈为奸。高俅未发迹时,曾被东京八十万禁军教头王进的父亲打伤,高俅当了太尉后,借故要置王进于死地,不得已王进携老母逃离东京。高俅的养子高衙内看上八十万禁军教头林冲的妻子,便多次陷害林冲,使之走投无路,被迫上梁山落草。社会上依附权势的各级贪官污吏、土豪恶霸逼得人们妻离子散家破人亡。北京大名府中书梁世杰,搜刮十万贯金珠宝贝为丈人蔡京祝寿。高俅的堂弟高唐州知州高廉,怂恿妻弟横行霸道。地痞恶霸西门庆勾结官府,放刁使泼、把揽诉讼、横行乡里。经略府门下的肉铺户郑屠,虚钱实契,强娶民女金翠莲为妾,后又迫使金老父女沿街乞讨。里正毛太公不仅赖掉解珍、解宝捕获的老虎,还诬陷他们白昼抢劫。所以人们想要活着,唯有起来造反,啸聚山林。从上至下,邪恶力量无所不在,因此起义队伍中不仅有下层人民如阮氏三兄弟、解珍、解宝等,也有下层文人、道士和富户。即使有敕赐丹书铁券在家的小旋风柴进、东京八十万禁军教头林冲等人也都被逼上梁山。充分说明哪里有压迫,哪里就有反抗。小说通过这些不同身份、不同阶层的人被逼上梁山的故事,深刻地揭示出黑暗的社会和反动的官府,把善良的人逼得铤而走险。而这些奸佞、贪官和一切邪恶力量的最终后台无疑是最高当权者皇帝。宋徽宗本就是一个浮浪之人,他无原则地宠信和放纵高俅、蔡京等人。而这些人为固宠,搜刮民脂民膏,讨好皇帝,百姓为此卖儿鬻女、流离失所,他们自己却过着骄奢淫逸、奢侈无度的生活。小说广泛而深刻地揭露了统治阶层的腐朽无能和贪暴横行,揭示了"乱自上作"的黑暗现实。

梁山英雄好汉几乎都有一段饱受剥削压迫的辛酸经历,因此成为反抗权奸、除暴安良的中坚力量。小说热情地歌颂这些敢于抗击黑暗势力的英雄。"仗义疏财,济困扶危"的"及时雨"宋江兼有文才武略,胸怀宽广,对有求于他的人总是尽量资助,每每与人排难解纷、周全人的性命,广交天下豪杰,处处受到尊敬。他曾"担着血海也似干系"救晁盖,后经种种曲折,上了梁山。作为梁山统帅,他对入伙的豪杰谦恭备至,体贴入微;对众英雄量才录用,各尽其能。他有出色的军事指挥才能,指挥过三打祝家庄、破高唐州、打青州市、踏平曾头市、智取大名府、两赢童贯、三败高俅。宋江以他的个人魅力招抚和感动了很多人才,一些武艺高强的将官也甘愿投诚入伙,为梁山泊聚义力量的日渐强大做出了重要的贡献。"花和尚"鲁智深正直、豪爽、急躁,具有路见不平拔刀相助的天性。当他得知郑屠强占金翠莲,又限期逼勒三千贯钱时不由大怒,先慷慨解囊资助金氏父女,让他们完全摆脱郑屠的控制,后去找郑屠算账,三拳打死镇关西。野猪林他救下林冲后,一直护送林冲安全到达沧州。"禅杖打开危险路,戒刀杀尽不平人","杀人须见血,救人须救彻",他一身凛凛正气,疾恶如仇,除恶务尽。打虎英雄武松是个顶天立地的男子汉,"景阳冈打虎"展现了武松的彪悍与勇猛;"杀嫂"一节体现了他的精细与周密,"醉打蒋门神"、"大闹飞云浦"、"血溅鸳鸯楼"刻画出武松的正气、豪气与威风。鲁莽、勇猛、憨直、纯真的"黑旋风"李逵,言谈举止粗鲁,没有心机谋略,强横蛮干,每次打仗时,总是冲锋在前,一马当先,具有"舍得一身剐,敢把皇帝拉下马"的天不怕地不怕的气势。

梁山好汉身上都有一种"忠义"的精神秉质。《水浒传》最早的名字是《忠义水浒传》。梁山英雄以"义"相聚,梁山上议事厅初名为"聚义厅"。"义"更多地体现在梁山众人之间的互相帮助和信任上,宋江"仗义疏财,济困扶危",冒着杀头灭门的危险救晁盖;李逵敬重宋江,为宋江万死不辞;林冲"以义气为重",火并王伦后,拥立晁盖为梁山之主。"忠"在梁山好汉中有两种情况,一是对朝廷的忠,一是对梁山事业的忠。这些被朝廷蔑称为"贼寇"的汉子心在水浒,心存魏阙,其中最典型的即为宋江,他对朝廷一直忠心耿耿。宋江杀掉阎婆惜后,不肯去投奔晁盖,就是因为他认为如果这样做了就是"上逆天理,下违父教,做了不忠不孝之人。"被逼不得不上梁山后,他一再表白心迹:"小可宋江怎敢背负朝廷?盖为官吏污滥,威逼得紧,误犯大错;因此权借水泊里避难,只待朝廷赦罪招安。"他做了梁山之首后把"聚义厅"改为"忠义堂",苦心孤诣,谋求招安。接受招安后,征讨辽国,攻打方腊,不敢有半点欺心。在朝廷赐了毒酒后,他说:"今日朝廷赐死无辜,宁可朝廷负我,我忠心不负朝廷。"甘心饮酒而死。阮小五唱出的口号是"酷吏赃官都杀尽,忠心报答赵官家。"身为武官的花荣,上梁山聚义时说:"量花荣如何反背朝廷?实被刘高这厮无中生有,官报私仇,逼得花荣有家难奔,有国难报,权且躲避在此。"上梁山是不得已而为之,是权宜之计,所以宋江以"如得朝廷招安……日后但去边上一刀一枪,博得个封妻荫子,久后青史上留一个好名,也不枉了为人一世"劝人落草时,是颇能打动一部分人的心的。所以招安不是宋江一个人的想法,而是梁山大部分人的追求。梁山英雄无一例外地都忠于梁山事业,作为开创者的晁盖为梁山事业的发展壮大打下了坚实的基础,继任的宋江严于律己、宽以待人,身先士卒使梁山的实力迅速加强。作为梁山五虎上将之一的林冲,身经百战,出生入死,立下赫赫战功。对宋江忠心耿耿的李逵,听刘太公说宋江劫娶其女后,信以为真,回到梁山便找宋江算账,即使他最敬重的人也无法与梁山的事业相比。"智多星"吴用,赤胆忠心、足智多谋,为梁山事业的开创、发展、壮大做出了重大贡献。

"忠为君王恨贼臣,义连兄弟且藏身。不因忠义心如一,安得团圆百八人。"忠义是梁山聚义之因,亦是其最终失败之由。宋江带领兄弟在梁山事业蓬勃发展的时候选择招安,然而招安后梁山英雄却不断遭到奸佞的排挤迫害。童贯上书皇帝,妄图把梁山一百单八将一网打尽,宋江率众北征辽国才得以免祸。其后蔡京又百般刁难、排挤梁山众好汉。在替朝廷不断征战中,一百零八将逐渐凋零,幸存者最终也被皇帝赐御酒毒死。这场轰轰烈烈的人民起义最终冰消瓦解。宋江等人的忠义观念正是小说作者所极力推崇的一种儒家的伦理观念。在作者看来,只要人们能够做到"全忠仗义",国家就会政治清明,天下太平,可梁山众英雄的悲剧说明,忠义并非是解决社会矛盾的良方。

《水浒传》的艺术成就,首先表现在《水浒传》的语言是经过对民间语言进行雅化提炼的纯熟白话,它更具活泼和浓烈的民间文学特点,生活气息浓郁,往往寥寥几笔,就能绘声绘色、穷形尽相。如第二十四回,武松要出差到北京,告诫嫂子管好家门,以"篱牢犬不入"暗示潘金莲要坚贞自守。潘金莲生气,破口大骂:

> 我是一个不带头巾男子汉,叮叮当当响的婆娘,拳头上立得人,胳膊上走得马,人面上行得人,不是那等搠不出的鳖老婆。自从嫁了武大,真个蝼蚁也不敢入屋里来,有甚么篱笆不牢,犬儿钻得入来!你胡言乱语,一句句都要下落,丢下砖头瓦儿,一个也要着地。

潘金莲极具个性的语言鲜活生动,符合她市井泼妇的性格,达到了闻其声而知其人的地步。《水浒传》还能熟练地用白话来写景、叙事、传神,如林冲被押解到野猪林时,"早望见前面烟笼雾锁,一座猛恶林子"。突出了野猪林环境凶险、充满杀机。第十回"林教头风雪山神庙",描写初雪时的场景是:"彤云密布,朔风渐起,却早纷纷扬扬卷下一天大雪来。"其后又说"那雪正下得紧"。彤云和朔风,表现了环境的险恶,"卷"形容风之大,"紧"形容雪之大,同时也衬托了林冲内心的那种压迫感和紧张感。第三回"鲁提辖拳打镇关西",作者从味觉、视觉、听觉三个角度写郑屠挨了三拳之后的感受,生动传神而又充满生活气息。小说中许多大场面的描写都是有声有色、威武雄壮,如智取生辰纲、大闹江州、三打祝家庄等,语言如行云流水,妙趣横生,引人入胜。

其次,《水浒传》成功地塑造了一大批个性鲜明的人物形象。小说在刻画人物时,把人物置身于典型的现实环境和尖锐复杂的矛盾冲突中,通过人物的语言、外貌和行动描写人物,让人物随着现实环境和生活经历的发展而发展,人物性格在不同的困境中逐步得以显现和明朗。如江州劫法场,李逵飞下楼来救宋江,小说描写道:"只见那人丛里那个黑大汉,抡两把板斧,一味地砍将来。"表现了李逵的勇猛与憨直。北京劫法场,石秀先大叫:"梁山泊好汉全伙在此!"然后"从楼上跳下来,手举钢刀,杀人似砍瓜切菜。"石秀单身一人劫法场,他的语言和行动除了表现出他的勇猛外,还刻画了他临危不惧和急中生智的机敏性格。林冲性格的成长和发展,是在有联系的若干矛盾冲突中刻画的。一出场就置身于紧张尖锐的矛盾中。高衙内调戏林冲娘子,他虽愤怒,但作为禁军教头,碍于顶头上司高俅,委曲求全。高衙内收买陆谦,将林娘子骗到楼上妄图污辱,林冲赶到救出妻子后,也忍了下来。高俅设毒计使林冲误入白虎堂,把他发配到沧州,逼得妻离家破,林冲仍然忍而不发。鲁智深要杀两个想谋害他的凶手时,林冲却为俩公差求情。直到后来,火烧草料场,亲耳听到陆虞候要拾他一块骨头回去向高太尉领赏时,他才忍无可忍,杀奸贼,毅然决然上山造反了。林冲隐忍的性格特点和最后怒气爆发,写得有根有据、合情合理、真实自然。在这个过程中既表现了林冲的逆来顺受、忍辱负重、委曲求全,也体现了林冲的善良、忠厚和光明磊落。

《水浒传》前七十一回主要以人物被逼上梁山的道路为主线进行叙述,集中叙写一个或几个人物的故事,在其故事快结束时引出下面一个或几个人物,成为新故事中的核心或主角,连环钩锁,层层推进,每一个主要人物的出场,都是一篇独立的人物传奇。七十一回以后,以事为顺序,写赢童贯、败高俅、受招安、征辽国、平方腊,最终走向失败。这种先分后合的链式结构,使小说极富传奇性,一波未平,一波又起,起伏跌宕,变化莫测,扣人心弦。美中不足之处在于后半部战争场面的单调、烦琐,情节松散、拖沓,已是强弩之末。

《水浒传》开创了我国长篇小说中英雄传奇类型的先河。受其影响,明代的英雄传奇小说《杨家府演义》《北宋志传》《隋史遗文》《英烈传》等相继出现。《水浒传》的题材内容还直接派生出一系列长篇小说,有的是续书,如陈忱《水浒后传》;有的取其部分内容,扩充为一部长篇小说,如《金瓶梅》。《水浒传》对其他艺术形式也产生了巨大影响,成为戏曲、绘画、曲艺等取材的渊薮。

第三节 《西游记》

《西游记》是明代中叶产生的一部杰出的富有浪漫色彩的长篇神魔小说,是继《三国演义》和《水浒传》之后出现的又一部世代累积型长篇小说。《西游记》的作者公开倡导佛教,书中所涉及的天上人间种种妖魔和邪恶势力,正是对嘉靖年间时事的影射和批判。

《西游记》的故事从唐代高僧玄奘去天竺取回真经后便开始流传。唐太宗贞观初年,玄奘只身离开长安,途经几十个国家,历经艰辛,到达天竺,贞观十九年回到长安,共历时19年,行程五万里。这一富有传奇性的伟大壮举,被他的弟子辨机记录在《大唐西域记》里。玄奘门徒惠立、彦琮撰写了《大唐大慈恩寺三藏法师传》一书,详细记述了玄奘的生平事迹和他到西天取经的经历,里面已经穿插了一些神话传说。宋元时期,玄奘取经的故事屡屡在话本、戏曲及笔记小说中出现。南宋时刊印的"说经"话本《大唐三藏取经诗话》中神通广大、能伏魔降妖的猴行者已经成为取经的核心人物,其中也有降伏深沙神的描写。元代,磁州窑的"唐僧取经枕"上有唐僧、孙悟空、猪八戒和沙僧师徒四人取经的形象,可见取经故事在元代已定型。元代《西游记平话》全文已经佚失,但《永乐大典》中有"梦斩泾河龙"故事遗文约1200字;朝鲜的《朴通事谚解》中保存一段"车迟国斗胜"遗文,约1000字。这两段文字都和现行《西游记》的相关章节非常相似。戏曲方面金院本有《唐三藏》,

元杂剧有吴昌龄的《唐三藏西天取经》，都已失传。元末明初杨讷的《西游记》杂剧，共六本二十四折，自玄奘出世，一直写到取经东归，为《西游记》的问世奠定了基础。

《西游记》的作者吴承恩(1504？—1582？)，字汝忠，号射阳山人，山阳人。生平事迹，从其幸存的诗文集《射阳先生存稿》及与他同时代的一些著述和方志里可知，他出身于一个由书香门第败落为小商人的家庭。吴承恩少年时代便聪明颖悟，热衷科举，但他却在中秀才后屡试而不能中举。嘉靖二十三年，吴承恩中岁贡，后来曾做过两年的浙江长兴县丞，因"耻折腰，遂拂袖而归"。吴承恩一生中长期过的是卖文自给的清苦生活。独特的生活经历，人生的坎坷，使他接近广大人民，感受人民大众的脉搏。他酷爱野史奇闻，这种癖好和他的愤懑情绪结合起来，使他把对黑暗社会的不满，把自己的希望和理想寄托在他所创作的神话故事中，《西游记》的创作旨趣可见一斑。《西游记》的版本最早最完整的是明万历二十年刊《新刻出像官板大字西游记》，题"华阳洞主人校"，"世德堂梓行"。

《西游记》叙写唐僧师徒四人行十万八千里，费时十四年，一路披荆斩棘克服险阻，降妖除魔，最终到达天竺灵山取得真经，修成正果的故事。小说无疑赞颂了唐僧师徒四人坚韧不拔、不达目的誓不罢休的精神。孙悟空是小说中贯穿始终的艺术形象，是作者心目中理想的英雄，他身上具有叛逆精神、为崇高理想奋力进取万死不辞的精神、乐观主义精神，是明代三教合一的心学影响下的产物。在孙悟空身上，有作者对生命价值的思考，对个人与社会关系的认识。孙悟空由花果山上的仙石受天地之灵气孕育而成，他灵活好动、聪明勇敢，发现了水帘洞，自立为美猴王，过着自由自在、无拘无束的生活。后又漂洋过海，寻仙访道，跟随菩提祖师学得一身本领。他闯龙宫，索得如意金箍棒；闹地府，勾掉生死簿上的名籍。他大闹天宫，天不怕地不怕，不想被拘束，不想被管辖。他有极强的自尊心，当知道自己被封的"弼马温"是一个不入流的职位时，感觉受到了极大的侮辱："老孙有无穷的本事，为何叫我替他养马？"于是打下南天门去。第二次被玉帝封为齐天大圣，也并未得到应有的重视和尊重，于是他大闹天宫：偷吃蟠桃、偷喝美酒、搅乱了蟠桃会、偷窃太上老君的仙丹，掀起了与天庭的斗争，提出了"皇帝轮流做明年到我家"的要求。孙悟空凭着个人的本领去实现自由快意的人生，充分体现了作者对自我价值的肯定与重视。然而孙悟空神通广大，一个筋斗十万八千里，却没有逃脱如来佛的手掌心，最终被压在五指山下，度过了漫长的五百年。这五百年里生命和自由都被禁锢，体现了佛法的无边与威严，也结束了孙悟空任性自由、为所欲为的人生旅程。五百年后唐僧揭开山顶的符咒，孙悟空重获自由，不过这种自由是有限度的自由，他必须顺从保护唐僧西天取经的安排，且被套上紧箍咒，以服从唐僧的控制。孙悟空显然接受了这样的安排，修正了之前的人生态度和生活方式，把取经大业视为自己的使命与责任。在取经的过程中因孙悟空个性使然他依然保持着积极进取的精神与桀骜不驯的个性特点，然而他所做的一切努力都是为了保证取经任务的顺利完成。为完成取经大业，他翻山越岭，擒魔捉怪，历尽艰辛，战胜了所有威胁到西天取经的妖魔，期间即使在被人误解，受到不公平待遇时，依然不改初衷。最终完成任务修成正果。修成正果在这里意味着人生要义的实现和生命价值的体现。显然，作者并不反对甚至赞成对孙悟空五百年的压制，有意让它套上紧箍咒。可见作者并不是十分赞成天性的自由发抒。人是有欲望和需求的，放松欲望调控，欲望就会自我膨胀，因此人们应该约束和克制欲望，排除杂念，保持坚定的信念和乐观的情绪，到达崇高的理想之境。但这种克制和约束不是要泯灭天性、扼杀自由,"存天理灭人欲";也不是向权威和权势妥协,而是明白事理,知是知非。即小说中所说的"心猿归正"。作者借孙悟空的形象阐释和克服前进路上的阻力,宣扬了当时心学思想。王守仁的心学宗旨即为"致良知","知"是心之本体,良知是"知是知非"的"知"。"致"是在事上磨炼,见诸客观实际。人们之所以要修习、修身、修心,就是要为善去恶,按照自己的良知去行动。"无善无恶是心之体,有善有恶是意之动,知善知恶是良知,为善去恶是格物"(《王阳明全集·语录文录》)。取经过程不仅是"磨心厉志"之旅,也是"漫漫修身"之路,孙悟空不仅战胜了路途上所遇到的妖魔鬼怪,也战胜了自己的"心魔",修成正果。

  《西游记》是一部寓意深远、富有象征意味的神魔小说,不仅寄寓人生哲理,也反映着社会现实、世态人情。鲁迅《中国小说史略》指出:"《西游记》讽刺揶揄则取当时世态。"书中多处讽刺官场腐败,堂堂龙宫和地府,看似神圣威严,其实充斥着贪污和腐败。如崔判官只因曾是先帝御驾之臣,又与当朝宰相魏征交情甚厚,便修改生死簿,将唐王的阳寿延长二十年,反映了官场的腐败贿赂之实。唐僧师徒跋山涉水地来到了西方净土求取真经,却被阿傩伽叶索要人事,而这一切都是如来佛祖默许的。无疑这是对当时官场物欲横流、社会上下一片腐败的反映和嘲讽。小说中所写的九个国度,展现的也都是君昏臣佞、生灵涂炭的社会图景。如写乌鸡国道士夺位、车迟国佞道灭佛、比丘国妖道惑乱,反映了当时嘉靖皇帝崇尚道教、方士擅权干扰国政,致民遭殃的社会现实。作者以幽默诙谐的笔墨,在对天堂地狱、道家佛门、神妖魔怪的抒写中寄托了他对现实的激愤。

  作者以浪漫的手法塑造了孙悟空、猪八戒等艺术形象。在刻画人物时,小说巧妙地把人性和物性结合起来,把人物置身于社会生活中,多色调刻画人物的复杂性格。其中的人物形象贴近现实,给人一种真实亲切的感觉。孙悟空亦猴亦人亦神,集生物性、社会性、传奇性于一身。看外形,他毛脸雷公嘴、罗圈腿、拐子步,即使变了身也总会留猴性特征,饮食和日常生活保留着猴子的生理习性。孙悟空又有喜怒哀乐等诸种人的心理状态;也有上天入地变化多端,一个筋斗十万八千里等神通。作者赋予孙悟空很多理想的英雄色彩,也给他不少的世俗意识,如他认为"男不与女斗",好戴高帽、好名、自负、高傲等。《西游记》里猪八戒形象也是文学宝库里不可多得的。作为猪,他"长嘴大耳",贪吃贪睡。作为人,他对取经事业忠心耿耿,打起仗来也很勇敢;他对女色最感兴趣,容易被美色所迷惑;他贪吃偷懒,多嘴多舌,爱说谗言。作为神,他本是天蓬元帅,会三十六般变化,能腾云驾雾;他使的九齿钉耙有一般武器所没有的威力,令不少妖魔闻风丧胆。他有时非常机智,如想出"义激美猴王"的主意;他吃苦耐劳,在八百里荆棘岭奋勇争先,挥耙开山。他朴实勤劳、憨直善良,又好逸恶劳、贪图享受、好贪小便宜。猪八戒形象完整而丰富,有人情味和现实感,是孙悟空形象的出色陪衬。唐僧是个虔诚的佛教徒,他恪守佛法,严于律己,甘冒万死前去取经,心如磐石,持戒精进。财利不能收其志,美色不能诱其心,两袖清风,一身正气;他品性仁善,极富同情心,孙悟空称赞他:"好和尚,好和尚,身居锦绣心无爱,足涉琼瑶志不迷。"但他性格方面的弱点也是非常突出的:懦弱无能、胆小如鼠、忠奸不分、优柔寡断,不能降妖伏魔,眼泪多于行动,离开徒弟,几乎寸步难行。开始时悟空对他忠心耿耿、舍生忘死,可一旦对他稍有违背,唐僧就骂个不停,有时"口中念起紧箍儿咒来,把个行者勒得面红耳赤,眼胀头昏,在地上打滚";他有时非常自私,如在悟空诛灭草寇后,他祷告道:"你到森罗殿下兴词,倒树寻根,他姓孙,我姓陈,各居异姓。冤有头,债有主,切莫告我取经僧人。"不过他也有一个成长的过程,如在几次三番教训面前,他也慢慢信服孙悟空。

《西游记》具有神幻世界的奇幻之美。这部八十多万字的小说,基本情节和人物形象都体现了作者开放无拘的艺术想象力和灵妙的文心。《西游记》给人们打开了一个光怪陆离、神异奇幻的世界。这个世界里的一切事物皆可幻化成形,变人作妖,似人似怪,神通广大,能力超群。这些奇人所用之物也都很神奇,孙悟空的金箍棒重量有一万三千五百斤,可大可小,可长可短;铁扇公主的芭蕉扇小时如杏叶,大时有一丈二尺,一扇熄火,二扇生风,三扇下雨。《西游记》中的故事情节大都离奇荒诞,远离现实生活,如石头孕育石猴;尸沉井底三年不腐;孙悟空踢倒了老君的炼丹炉,落下的两块火砖成了火焰山。小说中的奇境有天堂、地狱、龙宫、八百里流沙河、八百里火焰山、三百余里的无底洞、靠饮用子母河之水繁衍生息的女儿国等,奇山怪水、异国风情,或神奇缥缈,或晶莹瑰丽,或阴森可怕,令人眼光缭乱,心惑神迷。奇谲诡诞的神幻世界与具有生活气息的现实内容相结合,产生了虚而不伪、幻而不假的艺术效果。

《西游记》具有诙谐幽默的特色。在无底洞,女妖逼着唐僧成亲,搭救唐僧迫在眉睫,孙悟空变成苍蝇飞进洞里,落在唐僧的光头上,与唐僧开玩笑说:"那妖精安排宴席,与你吃了成亲,或生下一男半女,也是你和尚的后代,你看怎的?"唐僧焦灼的心情与悟空的玩笑形成强烈反差,令人发笑。悟空变作勾司人要取猪八戒的性命,诈出八戒藏在耳朵眼里的四钱六分私房钱,小说写道:

> 行者暗笑道:"也罢,我这批上有三十个人,都在这中前后,等我拘将来就你,便有一日耽阁。你可有盘缠,把些儿我去。"八戒道:"可怜啊!出家人那里有甚么盘缠?"行者道:"若无盘缠索了去!跟着我走!"呆子慌了道:"长官不要索,我晓得你这绳儿叫做追命绳,索上就要断气。有有有!有便有些儿,只是不多。"行者道:"在那里?快拿出来!"八戒道:"可怜,可怜!我自做了和尚,到如今,有些善信的人家斋僧,见我食肠大,衬钱比他们略多些儿,我拿了攒在这里,零零碎碎有五钱银子,因不好收拾,前者到城中,央了个银匠煎在一处,他又没天理,偷了我几分,只得四钱六分一块儿,你拿了去罢。"行者暗笑道:"这呆子裤子也没得穿,却藏在何处?咄!你银子在那里?"八戒道:"在我左耳朵眼儿里揌着哩。我捆了拿不得,你自家拿了去罢。"

取经路上猪八戒偷攒私房钱,放在耳朵眼里,让人好气又好笑。而在此情境中,两人在对待同一件事情上不同的表现,和他们个人内心情感与外在表现的乖离,都充满强烈的喜剧性。作者还借题发挥针砭人情世态。勾司索贿纳贿,便可推迟人的生死,不正是社会上"官府衙门朝南开,有理无钱莫进来"的真实写照么!猪八戒的自私爱财自不必说,而银匠的偷斤短两,也反映了社会上一部分小商人和手工业者存在着弄虚作假欺诈顾客的不端行为。作者总是善意的嘲讽猪八戒的一些小缺点,而他的私心杂念和如意算盘,很容易就被揭穿,作者越是夸张他的愚蠢也越令人忍俊不禁。《西游记》的成功,很重要的方面就在于作者把善意的嘲笑、辛辣的讽刺、严峻的批判结合在一起刻画人物性格,表达深刻的思想内容。其语言流畅、滑稽幽默,新鲜而有生命力,有散文,有韵语,是雅化的书面语言与生动活泼的口头语言的结合。人物语言具有个性化的特点,生动传神。

《西游记》问世后,出现了不少"西游"题材的作品和借历史事件写神魔斗争故事的小说,前者如《后西游记》《续西游记》《西游补》等,后者如《封神演义》《三宝太监西洋记通俗演义》等,但其艺术成就都无法与《西游记》相比。

第四节 《金瓶梅》

万历年间出现了文人独立创作并反映现实的长篇小说《金瓶梅词话》,开创了世情小说的先河。世情小说专写世俗人情,注目于现实社会中寻常百姓的日常生活,描摹人情冷暖,见其世态炎凉。《金瓶梅》第一次选取了家庭生活的题材,如实描绘了现实生活中的人物,广泛而深刻地反映了当时的社会现实,标志着中国古代小说发展到一个新的阶段。

据书中出现的一些万历年间的故实推测,《金瓶梅》很有可能成书于万历中期。关于它的作者,明代刊本皆没有题署,只有初刻本欣欣子序中说:"窃谓兰陵笑笑生作《金瓶梅》,寄意于时俗……"目前关于兰陵笑笑生是谁,有李开先、王世贞、屠隆、汤显祖、贾三近等二十多种说法。兰陵是地方名,北兰陵即山东峄县,南兰陵是江苏武进县。因书中山东方言比较多,故而学术界一般认为《金瓶梅》的作者为山东人。《金瓶梅》的最早版本为明万历四十五年的《金瓶梅词话》十卷一百回,称之为"词话本";崇祯年间刊有《新刻绣像批评金瓶梅》和《张竹坡批评第一奇书金瓶梅》,分别称之为"绣像批评本"和"张竹坡评本"。由于《金瓶梅》中有露骨的色情描写,所以出现了删掉色情文字的洁本。清同治三年蒋剑人将"张评本"的秽笔删除,首次以"洁本"面世。

小说的书名"金瓶梅"是据书中三个主要的女性潘金莲、李瓶儿和庞春梅名字而来。《金瓶梅》截取了《水浒传》中"武松杀嫂"一节,以此铺衍出一篇绝妙文字。《金瓶梅》改变了《水浒传》中武松为哥哥报仇,杀死潘金莲和西门庆的结局,让二人双双逃脱,武松反而因为误打皂隶李外传被发配孟州。西门庆原来是清河县一个破落户,继承了父亲留下来的生药铺。因为他善于夤缘钻营、巴结权贵、交通官吏、欺行霸市、巧取豪夺而积累了大量财富,生意做得越来越大。西门庆先后谋娶了孟玉楼、潘金莲、李瓶儿为妾,并得到孟玉楼和李瓶儿的家私和财产。他攀附奸相蔡京,谋得理刑正千户的职位,有了靠山,从京城到地方,各级官员纷纷与西门庆往来,结成一张关系网。他利用职务贪赃枉法,包揽词讼,仅苗天秀一案,他就贪污了五百两银子,为苗青开脱"谋财害主"的罪责。他花了五百两银子,贿赂官员,便可以逍遥法外。西门庆舍得花大钱结交和收买各级官吏,而这些官员也为他的经商提供资源和便利,蔡御史到扬州巡盐之际,为西门庆提前放盐十天至一个月,让西门庆大大地赚了一笔。在官商勾结、权钱交易的社会里,西门庆如鱼得水。

西门庆惯于狎风弄月。他家里有继室吴月娘和妾李娇儿、孙雪娥,还不停地在外拈花惹草,凡是他看上的,总是千方百计弄到手。他见到潘金莲,魂不守舍,在王婆撮合下,二人勾搭成奸,并谋害了武大郎。他先后娶了孟玉楼、潘金莲,不久又梳拢了妓女李桂姐。在与李瓶儿私通过程中,气死了李瓶儿的丈夫花子虚,谋占了花家万贯家财。他霸占丫鬟庞春梅等数十人,又与家人来旺的妻子宋惠莲、伙计韩道国的妻子王六儿、王招宣的遗孀林太太等暗中往来。西门庆淫欲无度、酒色成癖,最终"油枯灯尽,髓竭而亡"。在西门庆与异性的往来中,几乎没有情感的交流沟通,只是一味追求情欲满足,纵欲身亡是他必然的下场。与他有关系的金、瓶、梅等女性,为争得与西门庆的过夜权钩心斗角争风吃醋,甚至谋害人命。追逐肉欲的满足成为她们人生唯一的目标,为此她们都迷失了自己也葬送了自己。西门庆和金、瓶、梅的毁灭,反映了晚明时期人欲放纵的悲剧。

小说通过西门庆对财富的巧取豪夺,对女色的强占猎取,对权力的极力钻营,将西门庆一家与整个社会联系在一起,透过纷纭复杂的故事情节,透过家庭问题和婚姻关系,透过官场和商场重重黑幕,展示了一幅上至朝廷重臣,下至地方官员乃至恶霸无赖、帮闲篾片构成的社会百态图。作者笔调冷静严峻,刻画细腻具体,把社会的丑恶和人性的丑恶直接展示在人们面前。小说在细枝末节处的细致描述,有时确实能起到小处见大,于细微处见精神的效力,如第六十七回对西门庆一顿寻常晚宴的描写,不厌其烦详细开列菜肴和食品的名称,有的还介绍了制作工艺,这样无疑增加了读者对西门庆奢华生活的直接感受。但作者有时美丑不分,善恶未明,其中一些描写充斥着对财色的艳羡成分,那些大段铺陈的色情淫秽描写更是降低了小说的美学价值。

《金瓶梅》是第一部没有经过世代积累过程,由文人独创的章回体长篇小说。在艺术上有了重大的突破,它以家庭生活为描写对象,突破了历史和神怪题材的窠臼,大胆切入耳目所及的现实生活,是对世态人情的真实抒写,可以说是中国文学史上最早的写实主义的章回小说。诚如清人张竹坡在《批评第一奇书金瓶梅读法》中所言,读《金瓶梅》,让人感觉"似有一人亲曾执笔,在清河县前,西门家里,大大小小,前前后后,碟儿碗儿,一一记之,似真有其事,不敢谓操笔伸纸做出来的"。《金瓶梅》中的人物,个性鲜明,就像生活中的人物一样真实自然。即使"混账恶人"西门庆,也有人性中的些许良善,如他借钱给吴典恩,却把借据上"每月行利五分"抹去,说将来只还本钱便好;他资助交不上房租的常峙节开小铺儿养家糊口。李瓶儿临死时,不顾潘道士"祸及汝身"的告诫,执意相守。李瓶儿死后,他抱着尸体痛哭失声。正是这样,西门庆才更像一个活生生的人。《金瓶梅》善于在生活琐屑小事的描写中展开矛盾冲突,刻画人物性格。潘金莲、李瓶儿等人之间的矛盾及各自性格的展现就是在西门庆的深宅大院里,在对日常生活,衣食住行的写实描绘中完成的。《金瓶梅》塑造了西门庆、潘金莲、李瓶儿、应伯爵等一大批活生生的市井反面人物形象,与明代初期、中期的英雄和神魔小说相比,完成了人物从超人到凡人的转变。

《金瓶梅》的情节结构不同于《三国演义》和《西游记》的线性结构,也不同于《水浒传》的板块结构,而是网状结构。小说中有许多既与主干情节相关,而又可独立于外的人和事件,就像一张向外张开的网。西门庆从发迹变泰到衰败死亡的过程是网的中轴线,两个大的分叉即西门庆的个人生活和社会交往。在个人生活这条线上,西门庆的妻妾和仆从就是线上的点,他们的行为是从点上画出的线;庭院之外,妓院、帮闲、同僚等各自分出一线。每一条线再向外辐射,相互交叉,从而织就一张包罗万象的大网。

《金瓶梅》在语言方面虽然仍然受到说书传统的影响,但有很高的艺术造诣,其熟练白话文的运用,标志着白话文的最终成熟。《金瓶梅》语言新鲜生动,带着鲜明的地方色彩,充满浓郁的市井气息,如第八十六回,吴月娘要王婆把潘金莲领出去卖掉,潘金莲说自己

并无过错不肯出去,王婆马上揭了潘金莲老底:

> 你休稀里打哄,做哑装聋!自古蛇钻窟窿蛇知道,各人干的事儿各人心里明。金莲,你休呆里撒奸,两头白面,说长并道短,我手里使不得你巧语花言,帮闲钻懒!自古没个不散的筵席,出头椽儿先朽烂。人的名儿,树的影儿。苍蝇不钻没缝儿蛋。你休把养汉当饭,我如今要打发你上阳关!

伶牙俐齿的王婆这段连珠炮般的文字,有俗语、方言、行话、歇后语等市井俗语,富于气势、酣畅淋漓,说到了潘金莲的痛处,灭了潘金莲的威风,达到了王婆的目的。可见方言俗语的熟练运用,大大增强和丰富了人物语言的表现力。

《金瓶梅》对以后的小说创作产生重要影响,出现续书《玉娇丽》《续金瓶梅》。另有才子佳人小说如《玉娇梨》《平山冷燕》《好逑传》,猥亵小说如《桃花影》《灯月缘》《杏花天》;家庭题材小说《红楼梦》《醒世姻缘传》《歧路灯》。

第五节 "三言""二拍"

明代不仅长篇小说品类繁盛,艺术水平高,短篇小说也异彩纷呈、引人注目。明中叶话本小说总集开始出现,嘉靖间洪楩《清平山堂话本》共收60篇,又名《六十家小说》。万历间熊龙峰刊印的话本今存4种,名为《熊龙峰刊四种小说》。收集作品较多、对后世影响较大的是天启年间冯梦龙编《喻世明言》《警世通言》《醒世恒言》,合称"三言",共120篇,宋元旧篇40以上,其余为明代拟话本。明末凌濛初仿"三言"创作《初刻拍案惊奇》《二刻拍案惊奇》,合称"二拍",是中国小说史上第一部文人创作的白话短篇小说集。

冯梦龙(1574—1645),字犹龙,又字子犹、耳犹,别署龙子犹、墨憨斋主人、顾曲散人、词奴等。长洲(今江苏苏州)人。与兄冯梦桂、弟冯梦熊并称为"吴下三冯",皆擅诗画,才情不凡。冯梦龙少年时代就关心国家大事,心存安邦立国之志,虽然他一生仕途坎坷,官职微小,但政治抱负从未稍减。清兵南下,他以七十高龄,奔走反清,积极进行抗清宣传。清顺治三年春忧愤而死,一说被清兵所杀。冯梦龙一生著述甚丰,也是通俗文学的全才,在小说、戏曲、民歌的搜集、整理和创作上做出了杰出贡献。冯梦龙对李贽推崇备至,思想也深受其影响,主张文学要"情真",提倡文艺创新、不落俗套,重视文学的教育功能。

凌濛初(1580—1644),字玄房,号初成,亦名凌波,一字遐厈,别号即空观主人。浙江乌程人。聪明好学,却长期困于场屋。在对仕途心灰意懒之后,转而专心著述。晚年做过两任小官,在抵抗李自成起义军时呕血而死。一生著作很多,其中"二拍"影响最大。他善于从日常生活中捕捉奇闻趣事,从中选择有特点的、不平凡的、有价值的人和事用于白话小说的创作中。他主张创作要抒发作家的真情实感:"偶戏取古今所闻,一二奇居可纪者,演而成说,聊舒胸中垒块"(《二刻拍案惊奇》小引),重视作品的警世劝诫的作用。

"三言"、"二拍"是宋元以来白话短篇小说的集大成之作,题材广泛,人物多样。受王学左派和李贽思想的影响,"三言"、"二拍"的思想内容突出人性、本能和欲望,肯定"好货

"好色"的合理性。情欲是人的生理本能,"三言"、"二拍"没有把情欲视为洪水猛兽,而是当作人性的自然流露。所以《蒋兴哥重会珍珠衫》中王三巧的失节是情有可原的。作者让蒋兴哥先是自责:"当初夫妻何等恩爱,只为我贪着蝇头微利,撇他少年守寡,弄出这场丑来,如今悔之何及!"即使不得已休掉三巧,但仍然对她充满尊重和爱意。从蒋兴哥的自责里我们不难发现作者肯定了女性欲望的合理性,所以最后他让蒋兴哥与二度失身的王三巧重归于好。贞节观念是勒在古代妇女脖子上的一条绳索,"饿死事极小、失节事极大"经朱熹的推广,被之后各朝统治者和道学家片面利用,成为束缚妇女的工具。所以突破贞节观念,是思想解放、尊重人性、尊重女性的一种体现。"三言"、"二拍"对失节女性表现出从来未有的宽容,而对失节女性的宽容也即意味承认女性和男性一样也是人,有七情六欲是天性使然,所以应该予以理解和尊重。在《满少卿饥附饱飏》中有这样一段议论:

> 天下事有好些不平的所在!假如男人死了,女人再嫁,便道是失了节,玷了名,污了身子,是个行不得的事,万口訾议。及至男人家丧了妻子,却又凭他续弦再娶,置妾买婢,做出若干的勾当,把死的丢在脑后不提起了,并没有道他薄幸负心,做一场说话。就是生前房室之中,女人少有外情,便是老大的丑事,人世羞言;及至男人家撇了妻子,贪淫好色,宿娼养妓,无所不为,总有议论不是的,不为十分大害。所以女子愈加可怜,男人愈加放肆,这些也是伏不得女娘们心里的所在。

这是从人性的角度对两性关系中人们对男女差别性待遇提出的质疑,是对男女两性关系平等的呼唤。作者认为从情欲的角度追逐异性并没有什么不对,在不否定礼教的前提下,为青年男女违背礼教的行为辩护。《吴衙内邻舟赴约》,认为是"少男少女,情色相当","前缘判定,不亏行止";《乔太守乱点鸳鸯谱》中乔太守认为人们"爱子爱女,情在理中",青年男女交往相爱,如"移干柴近烈火,无怪其燃",所以"相悦为婚,礼以义起","以美玉配明珠,适获其偶"。

作者不仅肯定了人的正常情欲,更赞美情欲升华后的"真情""痴情"。《卖油郎独占花魁》中的卖油郎秦重偶然间看到貌美的花魁娘子,首先想到"若得这等美人搂抱睡一夜,死也甘心",可见美丽的花魁娘子首先引动的是秦重的情欲。这种肉体的诱惑促使他更加辛苦卖油,攒了一年才得十两多银子;苦侯数月,才等到一个和她见面的机会。不料,莘瑶琴却嫌弃他身份低微,自顾饮酒,喝得酩酊大醉。秦重一夜辛苦照料,体贴入微,克制自己的欲望,未碰她一下。酒醒后的瑶琴有感于秦重对她的珍爱和人格的尊重,也心生好感,但还嫌他是市井之辈。直到她遭到朱八公子的凌辱后,从对比中认识到秦重的情深义重,于是自赎其身嫁给秦重,夫妻和美,相伴终老。作者肯定秦重对美女产生情欲的合理性,而且欣赏他通过辛勤劳动让情欲得以满足的行为。赞美秦重隐忍克制和对异性体贴、尊重,而这正是让瑶琴逐步爱上秦重最重要的原因。情欲升华为心意相通的爱情,进入爱情才会有之死靡它的真情和痴情。小说还体现了一种先进的婚姻观念:以两性平等和相互尊重为前提的两心相通的真爱才是婚姻建立的基础。肯定和赞美真情,自然就会抨击无情和薄情。《金玉奴棒打薄情郎》《杜十娘怒沉百宝箱》《王娇鸾百年长恨》中的负心人莫稽、李甲、周廷章成为被鞭挞的对象。

"三言"、"二拍"中出现了很多商人及工匠的身影。追求物质财富是人生存本能的体现,因此商人逐利就再正常不过了。《施润泽滩阙遇友》中养蚕织绸的施润泽,在路上捡到一包银子,首先想到的就是再添一张织机,扩大生产,发家致富,对财富的渴求非常直露。作者能体会和理解商人的辛苦和勤劳、风险和危险,同情他们所遭遇的一些不幸。行商终年在外劳碌奔波,与亲人聚少离多,对家里发生的事情往往无能为力。上面提到的蒋兴哥是行商,长期在外,虽积累了一定的财富,却让年青的妻子独守闺房,导致夫妻相离。《乔彦杰一妾破家》中,乔彦杰离家经商,在外日久,其妾勾引家人,导致女儿被诱奸,妻子杀人,又因小人构陷,官府狠戾,造成家破人亡的悲剧。《转运汉巧遇洞庭红》《乌将军一饭必酬》等作品中的商人,在外常年奔波,不仅要风里来雨里去,有时还会有生命危险。作品肯定商人靠诚实经营,日积月累而致富。歌颂了他们的一些好的品质。秦重是走街串巷的小商人,他靠勤奋、辛苦、诚实的劳动赚取微薄的利润。《张廷秀逃生救父》中的张廷秀是一个正直、善良、孝顺的木匠;《施润泽滩阙遇友》中机户施润泽拾金不昧、勤劳节俭。《徐老仆义愤成家》中老仆人阿寄腿脚勤快、经营灵活、生活节俭、诚实守信,以小本经营而积累了巨额财富。

"三言"、"二拍"反映了广阔的社会生活,指出社会中存在的种种弊端,从中可以看到政治的黑暗、社会的腐败、世风的堕落。《沈小霞相会出师表》,是以明代实事为基础创作的,反映了严嵩专权时期,忠贞之士与权奸的斗争。作者通过对奸贼的揭露,看到了统治阶层的毒辣和残酷。《灌园叟晚逢仙女》写灌园叟秋先爱花护花,悉心培育了一座百花园。恶霸张委觊觎花园,不仅毁坏花木,还勾结官府设谋陷害。秋先的遭遇反映了官绅狼狈为奸残酷压迫善良人民的黑暗现实。《进香客莽看金刚经》中的柳太守贪婪、凶残、恶毒,名为官,实为贼。他为了得到价值千金的白香山手书《金刚经》,多次暗示任下的州内富翁,替他弄到这卷《金刚经》。寺僧把《金刚经》视为镇寺之宝,不肯出卖,柳太守就借一起抢劫案大做文章,诬蔑寺院为藏赃之所,严刑拷打住持,威逼以《金刚经》换取性命。明代晚期,社会风气每况愈下,败俗陋习恶性发展,社会上沉渣泛起,官吏贪污,僧尼巫道贪淫奸鄙、坑蒙拐骗。《卫朝奉狠心盘贵产》中卫朝奉乘人之危盘谋房产,用三百两银子想强买价值一千三百两的房子。《丹客半黍九还》写丹客借炼丹行骗,一次就骗取银子两千两。《汪大尹火焚宝莲寺》《西山观设度亡魂》《夺风情村妇捐躯》等揭露僧尼道士的淫乱和贪婪。由于时代局限,"三言"、"二拍"中存在一些宣扬人生富贵、婚姻成败、寿命短长皆为天定的天命论思想,在肯定情与欲时,有时过分强调人的自然本能,因此有些直露的色情描写。

"三言"、"二拍"塑造了一大批血肉饱满、个性鲜明的人物形象。这些人物形象刻画得非常细腻和真实。特别是其中的女性形象尤为光彩照人,如眼力、胆识超越常人的莘瑶琴,泼辣、坚强、有主见的玉堂春,才智超群的苏小妹等。小说善于选择最能表现人物个性的情节,有层次、有步骤,剥笋抽丝般展示人物性格,如《卖油郎独占花魁》写莘瑶琴对秦重情感的变化,初见秦重,发现他是卖油郎后"心中甚是不悦";得到秦重悉心照料后觉得他是个"至诚君子",心生好感;秦重救她于困境之中后决定嫁给他,即使"布衣蔬食,死而无怨"。《杜十娘怒沉百宝箱》中具有强烈悲剧色彩的杜十娘,作为京都教坊名妓,美貌和才情自不待言。她聪明且有心计,在七年的烟花生活中私积了价值百万的珍宝而不为鸨母所知,设计让鸨母同意以三百两银子的价格让自己脱籍。她久有从良之志,从选婿、试婿,到设计出院脱籍,每一步都精心策划、步步为营,最终随李甲南归。杜十娘对新生活充满向往与期待,而李甲的出卖却让她瞬间跌入人间地狱。期间她幻想李甲对自己还有稍许的留恋,可是晨起梳妆,孙富派人来接杜十娘时,她微窥李甲"欣欣似有喜色",彻底心冷,做好了宁为玉碎不为瓦全的打算。杜十娘知道自己被卖后的反应是这样的:

>   十娘放开两手,冷笑一声道:"为郎君画此计者,此人乃大英雄也!郎君千金之资既得恢复,而妾归他姓,又不致为行李之累,发乎情,止乎礼,诚两便之策也。那千金在那里?"公子收泪道:"未得恩卿之诺,金尚留彼处,未曾过手。"十娘道:"明早快快应承了他,不可错过机会。但千金重事,须得兑足交付郎君之手,妾始过舟,勿为贾竖子所欺。"
>   时已四鼓,十娘即起身挑灯梳洗道:"今日之妆,乃迎新送旧,非比寻常。"于是脂粉香泽,用意修饰,花钿绣袄,极其华艳,香风拂拂,光采照人。
>   装束方完,天色已晓。孙富差家僮到船头候信。十娘微窥公子,欣欣似有喜色,乃催公子快去回话,及早兑足银子。

这段文字深入地揭示了人物内心的情感变化,刻画幽微细密。当杜十娘知道李甲听信孙富的花言巧语,为了千金之资,将她出卖时,定如晴天霹雳让她五内俱焚,她内心的痛苦和悲愤可想而知。她放开两手的动作和一声冷笑,显示着她的尊严,更显示出她的刚强、刚烈;她正话反说,表达了对孙富刻骨的痛恨和对李甲的失望与嘲讽;她"用意修饰"自己,意在让李甲对自己有些许留恋,同时也是以此来维护自己人格和尊严。可李甲不仅不留恋、不羞愧,反而欣欣然而喜,杜十娘已经知道一切难以改变。她异常冷静地对待自己即将到来的命运,当着孙富、李甲和两船之人打开百宝箱,将各种珍宝珠玉一一投入江中,她痛骂孙富"破人姻缘",斥责李甲"惑于浮议",愤慨自己"中道见弃"。美玉见弃,明珠蒙尘,于是抱持宝匣抱恨投江。美丽高洁的杜十娘用死来表示对迫害她的恶势力的不满与抗议,用美的毁灭发出了石破天惊的一声呐喊,成为中国古代文学史上最具悲剧色彩的女性人物。"三言"、"二拍"展示了一种比较真实的世俗生活和人生状态,对普通人的人生理想、情感心理精雕细琢、洞幽烛微,取得较高的艺术成就。

"三言"、"二拍"在情节构思经时常运用巧合、悬念、误会等艺术手法使平凡的题材掀起波澜,用一些小道具贯穿始终,使整个故事严谨工整又一波三折。如《一文钱小隙造奇冤》,两个孩子为一文钱争吵,双方家长加入其中。一家主妇受不了对方的污言秽语和丈夫的猜忌,夜间去对方家门口上吊自杀,结果错吊在别人门口,主人发现移尸,又造成几起命案。最后尸体被两家争夺田产的地主武斗讹诈,以至引出十三条命案。用道具把人物事迹巧妙牵合,也能使之富有奇趣,如《蒋兴哥重会珍珠衫》中的"珍珠衫"、《郝大卿遗恨鸳鸯绦》中的"鸳鸯绦",《莽儿郎惊散新莺燕》中的"玉蟾蜍"等。

"三言"、"二拍"的语言用的是比较纯熟的白话,其中有大量的口头语、俗语、谚语、歇后语等,明白晓畅又生动曲折,洋溢着浓郁的生活气息,雅俗共赏、活泼有趣。与之前的话本小说相比,其语言雅化了不少。冯梦龙、凌濛初都具有较高文学修养,他们把自己的文学素养带入到通俗小说创作的领域,使话本小说的语言发生了质的变化。"三言"删除了话本开头和篇末的说话人的职业套语,回目改为两两对偶,篇首诗点其旨,篇尾诗显其志。正文中的韵文经过作者的删改后,格律、意象、字句更加精练典雅。多数作品都经过了千锤百炼、字斟句酌,因此语言精练、贴切、传神。人物对话符合人物的身份、地位、年龄和阅历,具有很强的个性化色彩。"二拍"虽也模拟旧话本,但都是凌濛初的个人之作,其语言的文人趣味与个性也就更为明显,具有典雅而又生动的风格特点。

思考练习题

1. 总结古代"章回体"长篇小说的特点,谈谈宋元讲史话本对长篇章回体小说的影响。
2. 解释名词:四大奇书,历史演义,英雄传奇,神魔小说,世情小说。
3. 分析四大奇书各自的主题思想及其艺术成就。
4. 为什么说曹操是《三国演义》中刻画得最成功的人物?
5. 鲁迅先生在《中国小说史略》中评价《三国演义》人物塑造时说:"欲显刘备之长厚而似伪,状诸葛之多智而近妖"。谈谈你对小说中刘备和诸葛亮形象的认识。
6. "赤壁之战"的灵魂人物是谁,作者是怎么表现这一点的?
7. 关羽为什么在华容道放走曹操,如何评价他这一行为?
8. 毛宗岗《读三国志法》云:"吾以为《三国》有三奇,可称三绝。诸葛孔明一绝也,关云长一绝也,曹操亦一绝也。"谈谈你对"三绝"的理解。
9. 金圣叹《读第五才子书法》:"别一部书看过一遍即休,独有《水浒传》只是看不厌。无非为他把一百八个人性格都写出来。"谈谈《水浒传》是如何塑造人物的。
10. 如何理解《水浒传》的"忠义"思想?
11. 分析《西游记》幽默诙谐的风格表现在哪些方面?
12. 孙悟空的性格特点和作者塑造这一形象的目的是什么?
13. 阐述"三言"、"二拍"的思想意义。
14. 以作品为例论述"三言"、"二拍"的艺术成就?
15. 分析身份地位相同的莘瑶琴和杜十娘结局为什么大不相同?

第二章 明代戏曲

明代是我国戏曲艺术发展的新时期。北杂剧虽然日趋没落，但在明前期一百多年里，仍然在广大区域非常流行。从明初到嘉靖年间，弋阳腔、余姚腔、海盐腔、昆山腔从南方众多声腔中脱颖而出，被称之为南戏的四大声腔。嘉靖、隆庆年间，以魏良辅为代表的一批集南北曲之大成的音乐家，对昆山腔进行了全面的改革，经过改革后的昆山腔以它的流丽悠远、清新绵邈为文人士大夫"靡然从好"。改良后的昆山新腔，兼有南北曲之长。苏州的梁辰鱼用昆曲创作《浣纱记》传奇，使昆曲走向戏曲舞台，走出吴中，大大扩大了昆山腔的影响。昆山腔渐渐成为戏曲舞台上的主体声腔，中国戏曲进入一个新的繁荣时期。明代文人积极投入到戏剧创作中来，使明代戏曲具有了非常强烈的文人化特征。

第一节 明代杂剧

入明以后，北曲杂剧的活动区域日趋向北退守，至万历年间，杂剧在南方已无人问津，北方亦结束了北杂剧一统天下的局面。顾起元《客座赘语》说："南都万历以前，公侯与缙绅及富家，凡有燕会，小集多用散乐，或三四人，或多人，唱大套北曲……后乃变而尽用南唱……大会则用南戏……至院本北曲，不啻吹篪击缶，甚且厌而唾之矣！"万历年间，酷爱北曲的何良俊不无忧虑地惊呼："更数世后，北曲亦失传矣。"（《四友斋丛说》）沈德符则感慨："北曲真同《广陵散》矣！"（《顾曲杂言》）成书于万历三十八年的王骥德《曲律》说："始尤南北划地相角，迩年以来，燕、赵之歌童、舞女，咸弃其捍拨，尽效南声，而北词几废。"

明代前期一百年间，在南戏影响下，杂剧在迟缓的发展中已发生一定的改变，明中晚期之后，杂剧在音乐构成、剧本结构、演出机制等方面都发生了很多变化：音乐上变北曲为南曲，剧本不再受四折一楔子的限制，演出上完全打破了一个角色一唱到底的格局。因此这时的杂剧已经和元代的北曲杂剧迥然有异。

一、明前期杂剧

明初杂剧的作者主要是藩王朱权、朱有燉及一批御用文人。为维护皇权和政治安定，朱元璋鼓励藩王看戏，使他们在追求耳目声色之欲中消磨意志。明李开先《张小山乐府序》云："洪武初年，亲王之国，必以词曲千七百本赐之。"在此背景之下，皇子皇孙们不问政治，将全部精力投入到他们所喜爱和擅长的戏剧创作中去，用杂剧歌舞升平，以吟风弄月、谈玄慕道表明自己无野心；御用文人贾仲明、杨景贤等人创作中也缺少深沉的感慨和激愤的情绪,避世出家的神仙道化剧和男欢女爱的浪漫风情剧正符合皇家应制之作所要求的清平祥和之气。

朱权(1378—1448),明太祖朱元璋第十七子,号臞仙,又号涵虚子、丹丘先生。洪武二十四年封宁王,谥献,世称宁献王。在靖难之役中被燕王朱棣诡言所骗反叛建文帝,朱棣即位后食言"事成后中分天下"的约定,还对其加以迫害,使他对政治心灰意冷,为远避政治,将心思寄托于修道、著述和戏剧,郁郁而终。

朱权多才多艺,著述甚丰,在戏曲方面,有理论著作《务头集韵》(已佚)和《太和正音谱》。朱权现有杂剧《冲漠子独步大罗天》《卓文君私奔相如》存世。《冲漠子独步大罗天》是乞求出世长生的神仙道化剧。《卓文君私奔相如》写的是西汉司马相如与卓文君的爱情故事,本事出自《史记·司马相如列传》,向来为人们津津乐道。剧写司马相如到卓王孙家赴宴,席上弹了曲《凤求凰》,向文君示爱,卓王孙新寡之女文君感其情而与之私奔,司马相如穷困潦倒,过惯锦衣玉食生活的文君坦然当垆卖酒,与夫君共渡难关。相如做官后却欲纳妾,文君愤而作《白头吟》,表达她对爱情的执着和向往,指责司马相如的负心移情,表现了女性独特的坚韧和顽强。在此剧中可以看出朱权非常看重卓文君自持自重的人格意识:首先,作为新寡之妇,没有父母之命媒妁之言,敢于与心上人私奔,非常大胆;不贪恋锦衣玉食的富贵之乡,坚强独立、勤劳勇敢,当垆卖酒,不怕抛头露面。其次,她和那些失意爱情中一味隐忍、只懂得哭泣的传统女人不同,她以女性少有的决绝,捍卫了属于自己的幸福和尊严。在对女性道德要求日趋严密、坚固,贞节的樊篱不断加紧的明代,朱权此剧是颇有进步意义的。

朱有燉(1379—1439),号诚斋,全阳道人、老狂生,晚年又自号锦窠老人。明太祖朱元璋第五子朱橚的长子,袭封周王,死后谥号为"宪",世称"周宪王"。特殊的生活经历使朱有燉养成了谨小慎微的性格,他极少过问政治,全部精力投入到文学、书画和词曲、杂剧的创作中去,因此他著述甚丰。他作杂剧三十一种,都收录在《诚斋乐府》中,其中有歌舞升平的喜庆剧,如《牡丹品》《仙官庆寿》《八仙庆寿》等;有劝善惩恶的道德剧,如《清河县继母大贤》写继母生死关头舍弃亲子救护义儿,《赵贞姬身后团圆梦》赞扬女性以身殉夫,《义勇辞金》弘扬关羽的重然诺轻生死,《仗义疏财》希望英雄好汉既能为民仗义、又能为朝廷尽忠。涉及妓女题材的烟花粉黛剧数量最多,如《香囊怨》写妓女刘盼春死报情郎之事,《烟花梦》写红叶从良事,《复落娼》写刘金儿屡次从良、再度为娼事。妓女题材的烟花剧是朱有燉杂剧中比较有现实意义的一类,对沦落风尘的妓女有怜悯与同情,对她们从良的愿望多有表现,其塑造的妓女形象大多沦落娼门却坚守节操,受尽屈辱对爱情却坚贞不移,极具突出鲜明的个性。

朱有燉杂剧突破了北杂剧一般一个宫调一人一唱到底的限制,有合唱和轮唱,曲调采用南北曲合套。《复落娼》四折由四人轮唱,《曲江池》一折两宫调,四折按旦、末顺序交替轮唱。朱有燉杂剧的曲词文采与本色相结合,俊朗爽利,在音乐上声韵和谐,便于演唱,因此他的作品在当时广为流传,直到明末清初,朱有燉的杂剧仍然有其不衰的影响力。

贾仲明(1343—1422),淄川人,聪明好学,学识渊博,喜填词作曲。自号云水散人。曾侍于燕王邸,甚得朱棣宠爱。所作戏曲、乐府极多,见于记载的杂剧作品有十六种,存世者五种。《铁拐李度金童玉女》《吕洞宾桃柳升仙梦》是神仙道化剧。《荆楚臣重对玉梳记》

《萧淑兰情寄菩萨蛮》《李素兰风月玉壶春》是爱情剧，女主角们虽然身份、社会地位不同，但都不约而同喜欢上温文儒雅、矢志不渝的穷书生。情节设置、精神意趣与元代爱情剧一脉相承。

杨讷，原名暹，字景贤，一字景言。永乐年间受宠于明成祖。有杂剧十八种，今存两种，都是神仙释道剧。《刘行首》写全真教道人马丹阳度脱妓女刘倩娇的故事，表现出世思想。《西游记》敷衍唐僧师徒西天取经故事，已具后来吴承恩同名小说故事雏形。该剧中，唐僧师徒已定名为唐僧、孙悟空、沙和尚、猪八戒，孙悟空已成为故事主角，有无边的魔力和诙谐的性格及大无畏的英雄气概。故事情节与小说《西游记》多有不同，但江流儿认母报仇、大闹天宫、收白马、收猪八戒等皆出现于此剧中。剧作具有轻松、幽默的喜剧风格，此剧六本二十四出，结构庞大而较为完整，突破了元杂剧四折一楔子的体例，为元明杂剧中最巨之作。该剧对明代中后期才出现的小说《西游记》有重要的影响。

二、明代中后期杂剧

永乐、宣德之后，明杂剧创作进入沉寂期，直到嘉靖年间，文人开始积极参与杂剧创作，在山西、陕西一带，康海和王九思的创作依然带有比较典型的北杂剧风味，万历时以徐渭为代表的一批剧作家把明杂剧创作推向高潮。

康海(1475—1540)，字德涵，号对山、浒东渔父，晚年自号东渔父、太白山人等。陕西武功人。弘治十五年状元，任翰林院修撰。以诗文名列"前七子"之中。声名胜于一时，在官场刚正不阿，藐视权贵，指责时弊，遭朝臣所忌。与宦官刘瑾是老乡，刘瑾又风闻康海的才名，极力拉拢康海，康海不肯俯就。李梦阳因事遭刘瑾逮捕入狱，求救于康海。康海拜谒刘瑾，刘瑾第二天便释放了李梦阳。刘瑾败，康海因名列瑾党而免官，据说已经官复原职的李梦阳却坐视不救。归田后康海放形物外，以山水声妓自娱。著有诗文集《对山集》、杂剧《中山狼》、散曲集《浒东乐府》等。康海杂剧存《中山狼》《王兰卿》两种。

《中山狼》杂剧是根据宋人谢良小说《中山狼传》及明人马中锡的寓言体小说《中山狼传》改编而成，共四折，写东郭先生冒险救中山狼，中山狼脱险后，恩将仇报，反欲吃掉东郭先生的故事。旧传此剧为影射李梦阳负恩而作，第四折中杖藜老人说："那世上负恩的好不多也！那负君的受了朝廷大俸大禄，不干得一些儿事，使着他的奸邪贪佞，误国殃民，把铁桶般的江山败坏不可收拾。"除此之外，剧中指出那些负亲的、负师的、负友的皆为中山狼，从而赋予作品深刻的主题，具有警醒世道人心的意义。作者借剧中人批判现实，抒发郁愤，告诫人们对于中山狼一样的忘恩负义之徒，决不能姑息纵容，要除恶务尽。作为一部杰出的讽刺寓言剧，《中山狼》采取拟人化的手法，第一次将狼、树、老牛等动植物赋予人的属性并使其活动于舞台之上，因此一经出现，便引起了人们的兴趣与关注。《中山狼》的语言质朴本色，生动传神，结构首尾连贯，曲词音韵和谐便于演唱，因此在戏曲舞台上得以广泛流传。

王九思(1468—1551)，字敬夫，号渼陂。鄠县(今陕西户县)人。弘治九年进士，选为庶吉士，后授翰林院检讨、吏部郎中，为"前七子"成员之一。他不媚权贵，剔除弊端，选贤任能，却因与刘瑾同乡，当刘瑾败时，被降为寿州同知，后被迫辞官归田。王九思的杂剧《杜甫游春》描写安史之乱后杜甫春天闲游长安，看着变作断壁颓垣的旧时皇家园林，抚今追昔,感慨自己怀才不遇,有志难申,痛责了李林甫的罪恶,揭露了腐朽黑暗的荒唐现实。王九思以失意文人的视角来关照现实政治、抒发愤懑不平之气,杜甫实际上是作者自己的化身。王九思还有一折杂剧《中山狼》,对东郭先生的不分善恶、滥施仁慈作了无情的讽刺和批判,实际是抨击凶狠残暴而又忘恩负义的"世人"。同康海的杂剧《中山狼》一样,它也取自于《中山狼传》,一般认为,明代单折杂剧始于此。

徐渭(1521—1593),初字文清,后改字文长,号天池山人,或青藤道人、青藤居士、天池生等。自幼聪慧,有大志,却一生坎坷,充满传奇色彩。他崇尚任性自由,却不得不长期寄人篱下。以才名著称乡里,视功名事业为探囊取物,然而在科举道路上却屡遭挫折,八次应试不中,40岁才中举人。不幸的生活使徐渭的性格有些执拗和偏激。后入胡宗宪幕府为幕僚,有军事奇谋,曾大破徐海等海寇。嘉靖四十三年胡宗宪获罪自杀,徐渭畏祸发狂,三次自杀皆不死,精神几近失常。嘉靖四十五年在发病时杀死继妻张氏,下狱七年,后遇大赦赖人救助出狱。从此浪游山水,晚年闭门绝世,卖书画为生,贫病终老。

徐渭多才多艺,诗文书画无一不精,堪为旷世奇才。其杂剧集《四声猿》包括四个独立的戏《狂鼓史渔阳三弄》《玉禅师翠乡一梦》《雌木兰替父从军》《女状元辞凰得凤》(简称《狂鼓史》《翠乡梦》《雌木兰》《女状元》),为世人推崇,享誉甚高。贯穿于徐渭剧作的是他追求个体独立的真性情和激愤不已的心绪,因此剧作具有徐渭本人的先天气质,凝聚了徐渭在现实生活中的烦躁、焦灼、苦闷、豪达和悲慨。《狂鼓史》是徐渭一生倨傲权势、憎恶奸佞的写照,《雌木兰》和《女状元》是对自己怀才不遇的惋惜与哀叹,《翠乡梦》是对虚伪神权的尽情戏弄。王骥德称:"徐天池先生《四声猿》,故是天地间一种奇绝文字。"(《曲律》)

《狂鼓史》为独幕剧,写三国祢衡死后在阴间傲然不屈、击鼓骂曹的故事。曹操是邪恶权奸的代表,他借刘表、黄祖之手,除去了敢跟他对抗的祢衡。徐渭在剧中把曹操打入地狱,让祢衡面对曹操的鬼魂,借狂发愤,畅快淋漓历数曹操罪证。激情喷涌,鼓点声声,是徐渭向世间的不平发出的尖锐呐喊。《雌木兰》写花木兰代父从军,建立军功,凯旋返乡,重穿女装。《女状元》为五幕剧,写才华出众的黄崇嘏乔装为男子并考取状元,安邦定国,只因暴露女儿身,弃官出嫁,满腹才华葬送于闺阁之中。作者在剧中说"裙钗伴,立地称天,说什么男儿汉",体现了一种新型的女性观,突出了男女平等的思想,而花木兰与黄崇嘏还其女儿身后,便归于沉寂,也是徐渭不能施才逞志的辛酸和悲吟。《玉禅师》分两出写临安府尹柳宣教指使妓女红莲引诱不来参拜他的玉通禅师。玉通中计羞愧自杀,转世为柳宣教的女儿柳翠,堕落为妓女,使柳宣教蒙羞。被他的前世好友月明和尚度脱为尼。该剧讽刺了"政权"和"佛法"之间的冲突,批判了官府的霸道无礼,嘲讽了佛门戒律的虚伪,道出了"情"在世俗人生和佛门重地具有的同样不可忽视的重要性,肯定了情欲和本心。

徐渭的另一部杂剧《歌代啸》打破传统戏剧塑造人物和结撰戏剧情节的方法,没有核心人物、没有贯穿全剧的情节,作者受到民间俗语的启发,编撰了四个怪诞的戏剧情境:李和尚偷走张和尚的冬瓜,张和尚拿瓠子出气;丈母牙疼,灸女婿脚跟;李和尚与别人老婆私通,却使张和尚受冤入狱;州官奶奶后堂放火,却不准百姓点灯。《歌代啸》充满了荒诞意识,徐渭用荒诞可笑的情节来表现严肃的内容:整个社会黑白颠倒、是非不辨。剧中所有的人都无法掩盖人性中丑恶的一面,人生中阴暗的角落被徐渭曝晒在刺眼的阳光下。作者寓歌于哭,以歌代啸,批判当时现实社会的黑暗、人际关系的扭曲和精神状态的畸形。

徐渭用戏剧来"抒怀写愤,寓庄于谐",嬉笑怒骂的文字中奔腾着其郁勃难平、笑尽悲来的情感激流。他的戏剧语言不加雕饰、自然天成,句句本色当行,通俗易懂;创作形式不拘一格,为我所用,随我短长。在戏曲声律上,做到了"不骫于法,亦不局于法",但都不拘于法,南北曲转换自如,妙趣天成,正如王骥德所言:"真曲子中缚不住者,则徐长公其流哉!"(《曲律》)徐渭的戏剧创作扭转了明代文人把戏曲案头化、书面化的趋势,代表了明杂剧的最高成就,一直盛演不衰,具有长久的艺术生命力。

第二节 明代的传奇创作

由于《琵琶记》与四大南戏等剧作的不断演出,南戏影响逐步扩大,知识分子被吸引到南戏的创作中来,使得"士夫罕有留意者"的南曲戏文从民间戏曲演变为文人士大夫抒情达意的艺术形式,南戏由此发展为传奇。徐朔方先生认为:"由南戏发展而为传奇,既由于两类不同的作者——民间艺人和文人作家之区别,也由于两类不同的编剧过程——时代累积型集体创作和个人创作的不同。"(《明代文学史》)而个人创作正是文人创作的一个重要特征。

一、明代前期的传奇

与明统治者极力宣扬道德教化的理念相适应,明代前期的传奇创作意在宣扬伦理观念、敦化风俗、劝惩人心,因此教忠劝道的说教气息非常浓。这方面代表作是理学家邱濬的《五伦全备记》及邵灿的《香囊记》。

邱濬生于永乐十九年(1421),字仲深,海南琼山人,景泰五年(1454)进士,历任翰林院编修、翰林院学士、礼部尚书、文渊阁大学士等。邱濬为当时有名的理学名臣,以馆阁重臣、理学鸿儒的身份创作《五伦全备记》是因为他在其中寄寓着敦化风俗的良苦用心。从传奇的名字其实也不难看出作者的创作目的,剧中男主角名字即为伍伦全,其弟名字为伍伦备,剧情根据主题的需要,按照君臣、父子、兄弟、夫妇、朋友的伦理关系来安排,充斥着露骨的伦理道德说教。没有生活,没有情感,自然也就没有生命力,没有艺术价值。明徐复祚评《五伦全备记》"纯是措大书袋子语,陈腐臭烂,令人呕秽"(《三家村老委谈》)。

活动于正统、景泰年间的江苏宜兴人邵灿,字文明,本着"传奇莫作寻常看,识义由来可立身"的宗旨,创作了传奇《香囊记》,很明显《香囊记》也是宣扬伦理纲常的工具。不仅如此,《香囊记》在语言文辞方面,追求四六骈体和辞藻典故,铺陈学问,卖弄经典,不利于舞台搬演,后来的剧作家却多所效仿,流弊很深。徐渭《南词叙录》说:"以时文为南曲,元末国初未有也,其弊起于《香囊记》。《香囊记》乃宜兴老生员邵文明作,习《诗经》,专学《杜诗》,遂以二书语句句入曲中,宾白亦是文语,又好用故事作对子,最为害事。"

明代前期,苏复之的《金印记》、王济《连环计》、沈采《千金记》、姚茂良《精忠记》等,这些作品取材于历史传说和民间故事,带有初期民间南戏的风格,道学气息少,舞台性较强,一直盛演不衰。《金印记》写战国苏秦发迹变泰的事情,着力表现了他头悬梁、锥刺股的勤奋精神和传统社会中扭曲的人际关系,渲染了砭人肌骨的世态炎凉。《连环计》讲的是东汉末年王允和貂蝉用美人计离间吕布与董卓的关系,最终除掉董卓的故事。《千金记》敷衍的是楚汉相争时期的故事,以韩信一生的主要经历为主,展现了楚汉相争的大场面,明清时期广为传唱的折子戏《追信》《楚歌》《别姬》就来自于该剧。《精忠记》写抗金英雄岳飞被秦桧陷害而死的故事,歌颂了岳飞精忠报国的精神。这几部剧剧情明白晓畅,语言质朴无华,具有很大的观赏价值,因此在明代一直盛演不衰。

二、明代中期的传奇

嘉靖时,以文人为主的传奇创作模式已经确立,传奇创作题材上,文人关注的视角已不再限于传统的家庭伦理或男女爱情,而是把对现实的不满与感受借传奇这种艺术形式形象地表达出来。嘉靖、隆庆间,昆腔新声的崛起是明代中叶剧坛上的一件重要事情。但它并没有一统天下,无论是传奇的创作还是演出,都呈诸腔竞作的局面。嘉靖后期,社会弊端暴露无遗,宦官当道、权奸擅权、结党营私、矛盾丛生、危机四伏,在这样的社会环境下,出现《宝剑记》《浣纱记》《鸣凤记》三部涉及历史、人生和政治的传奇,开启传奇创作新时代的到来。

李开先(1502—1568),字伯华,号中麓、中麓山人、中麓放客。山东章丘人。幼而能文,博闻强记。嘉靖八年进士,历官户部主事、吏部考功主事、员外郎、太常寺少卿提督四夷馆,因上疏抨击朝政,得罪执政的夏言,四十岁时罢官归里,李开先以文学和戏剧创作终老。与王慎中、唐顺之、赵时春等人并称"嘉靖八才子",有诗文集《闲居集》、散曲集《中麓小令》《卧病江皋》《四时悼内》传世。他对民歌、散曲、戏曲有浓厚的兴趣,藏书甚富,仅家藏元杂剧剧本就有千余种,时有"词山曲海"之称。创作传奇三种,现存《宝剑记》《断发记》,除此之外,他还撰有院本六种,今存《园林午梦》《打哑禅》。

《宝剑记》创作于嘉靖二十六年,全剧共五十二出,人物和故事情节取自《水浒传》中林冲被逼上梁山的故事,但改易较多。剧中的林冲弃文从武,任征西统制一职,他忠君爱国,因先后上本弹劾权奸童贯、高俅屡被贬官,并招致他们的报复。高俅以看剑为名,将林冲骗入白虎堂,然后诬蔑林冲行刺,把他问罪发配。林冲的妻子张贞娘被高俅之子高鹏强娶,林冲之母被逼悬梁自尽,丫鬟锦儿代替贞娘出嫁,在洞房内自杀。林冲在草料场杀死了高俅派来暗杀他的富安和陆谦,最终被逼上梁山。剧作为突出忧国忧民的林冲与祸国殃民的高俅父子的矛盾冲突,把高衙内图谋林冲之妻一事移到林冲发配之后,强调引起戏剧冲突的原因是国事而不是家事,其矛盾冲突的性质就由一家一户转向了民族安危、社稷苍生,凸显了忠奸斗争的主题。"专心投水浒,回首望天朝。急走忙逃,顾不得忠和孝。……封侯万里班超,生逼做叛国的红巾,背主的黄巢",细腻地表现出了林冲被逼上梁山的复杂心理。政治是如此的黑暗,忠正之士是如此的无可奈何,走投无路,只能以"啸聚山林"的反常方式表达忠于朝廷的赤胆忠心。在林冲的身上有作家自身的感慨、愤懑和理想,从中我们可以感受到当时的时代气息。《宝剑记》是明代文人所作的第一部有深刻思想的传奇作品。《宝剑记》使用的是流行于山东的南曲声腔,因而还招致以昆曲为正音的士人的抨击。事实上,不用昆腔并没有影响到《宝剑记》的演出,嘉靖时雪蓑渔者"游东国,只闻歌之者多,而章丘尤甚"(《宝剑记序》)。《宝剑记》的语言具有鲜明的文人化特征,曲词典雅绚丽,为人称道,明人吕天成在其《曲品》中说他:"才原敏赡,写冤愤而如生;志亦飞扬，赋逋囚而自畅。此词坛之雄将，曲部之异才。"

梁辰鱼(1521—1594)，字伯龙，号少白、仇池外史，昆山人，少时好谈兵习武，平生慷慨任侠，喜结交天下俊彦，好游历，足迹遍及吴楚、齐鲁等地。曾以例贡为太学生，未就学。在昆曲上，得魏良辅之传，清辞丽句，声名远播。曾作《红线女》《无双传补》等杂剧，但以《浣纱记》传奇最为著名。《浣纱记》又名《吴越春秋》，剧演春秋末年吴国和越国征战之事，以范蠡和西施爱情为线索敷衍吴越之间的政治斗争。越国为吴国所败，越王勾践励精图治以图恢复。范蠡将自己的未婚妻西施献给吴王，用美人计离间吴国君臣。西施为了大义，听从了范蠡的安排，终将吴国攻灭。范蠡功成身退，与西施归隐，泛舟五湖。剧中不时出现的那缕细纱，既是范蠡与西施初会时的定情之物，也是离别时互相寄托思念之物，又是悲欢离合之后目睹二人团聚之物，更是吴越两国国运兴衰的见证之物，所以取名《浣纱记》。《浣纱记》中有苦涩崇高的爱情，有吴越两国之间的政治斗争，作者肯定了卧薪尝胆、发愤图强的勾践，歌颂了忠臣良将吴国的伍子胥、越国的范蠡、文种，批判了沉溺酒色、近谗远忠的吴王夫差，斥责了排除异己、贪贿卖国的奸佞伯嚭。故事复杂，头绪众多，作者极尽编织剪裁之巧，细密连缀之妙，敷衍了一个有声有色、可歌可泣的历史故事。更重要的是梁辰鱼以昆曲新声谱《浣纱》新曲，音韵和谐，合腔依律，为昆山腔的发展和传播起到了重要的作用。在语言上，《浣纱记》文藻华美，典雅工丽，使事用典，不厌其烦，上承《香囊记》骈俪的流风，下启文人拨弄辞藻、崇尚华靡传奇创作的热潮，南戏质朴本色的一面至此已经被文人全然抛弃。

王世贞(1526—1590)，字元美，号凤洲，又号弇州山人，江苏太仓人。嘉靖二十六年进士，历官刑部主事、刑部郎中、大理寺卿、刑部尚书等。王世贞为人正直，博学多知，才气横溢，诗文兼擅，为明代后七子成员之一，主张"文必秦汉，诗必盛唐"，独主文坛二十年，当时的文人士大夫、墨客骚人皆奔走其门下，盛况空前。诗文集有《弇州山人四部稿》《弇州山人续稿》《弇山堂别集》等。王世贞的父亲王忬曾触怒权臣严嵩严世蕃父子，后严世蕃借王忬在边关用兵失误而将其论死，王世贞弃官奔赴京师讼冤，未果。这促使他日后创作出了以一系列忠良与权奸严嵩父子激烈斗争的时事剧《鸣凤记》。

《鸣凤记》传奇共四十一出，全剧展现的是嘉靖年间以夏言、杨继盛为首的忠正之士与把持朝政、祸国殃民的严嵩父子的对峙与斗争。剧作真实再现了忠奸双方斗争过程，对明王朝的黑暗与腐败揭露得淋漓尽致，更是塑造了一批前仆后继、刚直耿介、不畏强暴、为国除奸的忠臣义士形象。以杨继盛为代表的这批壮怀激烈的正直士大夫，他们抱定了赴汤蹈火的决心，凛然大义、视死如归，使全剧充满了激昂的悲剧精神。《鸣凤记》头绪纷繁，人物众多，因而作者在剧中采用多线索的结构方式，把典型事例，有条不紊地安置其中，全剧首尾连贯，波澜起伏。《鸣凤记》的语言典雅绮丽，文采斐然，属于典型的文人之曲。

《鸣凤记》把刚刚发生的朝政大事搬上戏曲舞台，开创了戏曲表现重大政治事件的先河。此后出现龙门山人的《回天记》、张景的《飞丸记》、陈开泰的《冰山记》等写反魏忠贤斗争的传奇。入清之后，反映时事的剧作也不断涌现，时事剧成为明末清初戏曲创作重要特色。

三、明代后期传奇

嘉靖末年到万历早期,是明代昆曲传奇兴起并日趋繁盛的时期,这一时期最具代表性的有张凤翼和他的《红拂记》,高濂和他的《玉簪记》。

张凤翼(1527—1613),字伯起,号灵虚,别署灵墟先生、泠然居士。苏州府长洲人,出身商人之家。与弟燕翼、献翼并有才名,号称"三张"。嘉靖四十三年同三弟同时中举,后会试屡次失利,遂于功名绝望,晚年闲居乡里,卖字为生。有诗文集《处实堂集》、续集和后集。在戏曲方面有《阳春六集》,包括《红拂记》《虎符记》《祝发记》《灌园记》《窃廖记》《平播记》,其中《平播记》已佚。

《红拂记》本于唐传奇《虬髯客传》,但有较大的改动。唐传奇中描写隋末各路奇人争天下,突出歌颂李世民,而李靖、红拂的爱情并不是着意刻画的情节。《红拂记》以李靖和红拂的爱情故事为主线,虬髯客一线为辅,还把乐昌公主破镜重圆的故事捏合进去,既符合传奇生旦为主的言情传统,又可一展作者的才华和驾驭复杂故事的能力。红拂独具慧眼,识真英雄于潦倒落魄之中,深夜和李靖私奔,主动争取自己的幸福。剧中的红拂是具有大丈夫气概的女侠,与之相匹配的李靖则是胸存韬略、志匡天下的英雄。张凤翼具有驱遣辞藻、驰骋情节的天赋。《红拂记》的语言和剧情简洁利落,戏剧性强,胜境迭起,红拂、李靖和乐昌公主与徐德言的故事纠结在一起,两家悲欢离合相互映衬,颇见作者匠心独运。

高濂,字深甫,号瑞南居士、湖上桃花渔。钱塘(今杭州)人。生平不详,大约活动于隆庆、万历年间,有诗集《雅尚斋诗草》、词集《芳芷楼词》。所作传奇二种《玉簪记》《节孝记》,以《玉簪记》最为知名,其本事源于《古今女史》,在《玉簪记》之前已有杂剧《张于湖误宿女贞观》和同名话本,叙写年青书生与道观道姑的爱情。高濂的《玉簪记》以幽默生动的笔法铺写了书生潘必正和道姑陈妙常恋情发展的全过程。陈妙常本为府丞之女,为避靖康之难投至女贞观为女道士,与观主的侄儿——应试落第探访姑母的潘必正,在琴声和诗歌的相互感发下,互生情愫。陈妙常因为自己的教养和道姑身份,不敢泄露自己内心情感,潘必正屡次试探,遭拒后疾染相思。陈妙常写情词抒写心意,被潘必正发现,二人私下结合。观主发觉二人情事,逼侄儿前去应试,陈妙常赶至江边,乘舟追上,互赠玉簪和鸳鸯扇为信物。潘必正高中得官,娶陈妙常为妻。全剧在富有情趣的喜剧情境中展开,人物内心情感的刻画细腻、准确,如《琴挑》这出戏,写潘必正、陈妙常借琴曲传递情愫,生旦轮唱四支【懒画眉】与四支【朝元歌】试探心意,词曲优美,刻画出富于诗情画意的情境。

【懒画眉】月明云淡露华浓,欹枕愁听四壁蛩。伤秋宋玉赋西风。落叶惊残梦,闲步芳尘数落红。

【前腔】粉墙花影自重重,帘卷残荷水殿风,抱琴弹向月明中。香袅金猊动,人在蓬莱第几宫。

在"月明云淡露华浓"、"粉墙花影自重重"的诗意环境中,男女主人公见面了。风清露冷的秋天夜晚,静寂无声,月色如水,清冷皎洁,客舍他乡,了无睡意,此时的潘必正内心是孤独的,他的寂寞惆怅在唧唧的虫声中更加绵长。落叶从枝头飘落的声息,在这夜静更深时分让他再也无法入睡,起来独自在落花满径的庭院散步,以消解他内心的孤寂。作者在曲中以"动"、"静"对比衬托诗意环境,如果夜晚不是那么清幽冷寂,如果主人公不是孤舍难眠,怎么能听到虫声甚至叶落这么微妙的声音。在这无边空寂的夜晚,闲步月色中的潘必正听到了凄凄楚楚的琴声,弹琴者正是陈妙常。月色入户,炉烟袅袅,她也了无睡意,于是弹琴以寄幽情。风吹帘卷,她看到了水塘里月光下的残荷及粉墙下迎风摇曳的重重花影。相同的月色,相同的孤寂,相同的情怀,因为琴声他们相遇了。潘必正能听懂陈妙常琴声中岑寂与离情,实属知音。琴声是人内心最真实的声音,接下来潘必正以无妻之曲《雉朝飞》表明心意。陈妙常芳心大动,嘴上却极力掩饰,然而一曲《广寒游》却流露出她清霄寂寞,无人诉说的青春苦闷:"烟淡淡兮轻云,香霭霭兮桂阴,喜长宵兮孤冷,抱玉琴兮自温。"二人分明心意相通,陈妙常却故作镇静,一会儿对潘必正的表白怒气冲冲,一会儿又细心嘱咐他"花荫深处,仔细行走"。当她认为潘必正真走了的时候,又惆怅不已。她的反反复复,欲迎还拒的行为表现了她微妙、矛盾的内心世界。作者在富有层次性的心理描写上展开矛盾冲突,为演员在舞台上的充分发挥建立起充实的情境氛围。

《玉簪记》是明传奇中最受欢迎的剧目之一,它不仅有许多戏出被明代不同的戏曲选本载入,还被改编成不同的剧种传唱于各地的民间戏曲舞台上,《琴挑》《秋江》更是成为脍炙人口的经典折子戏。

万历年间,伴随着心学思潮与实学思潮的此起彼伏、鼓风扬波,文学艺术领域兴起"主情"的文艺思潮,因此晚明剧作家集中描写和宣扬情欲,背离明代前期传奇创作"风化劝惩"之旨,文人士大夫已把戏曲活动当作自己生活中必不可少的一部分,他们习惯用传奇戏曲抒发主体精神,表达主体要求,传奇成为时代精神的最好载体。万历以后,传奇创作仍然盛行,在艺术技巧上比万历时期更加成熟。这时期比较好的作品有周朝俊的《红梅记》、孟称舜的《娇红记》等。

周朝俊,生卒年不详,字夷玉,一作仪玉,浙江鄞县(今宁波)人。擅诗词,所作传奇十余种,今仅存《红梅记》和《李丹记》。《红梅记》又名《红梅花》,叙写贾似道的姬妾李慧娘因游湖时称赞书生裴舜卿"美哉少年"而遭贾似道怒杀。裴舜卿因折梅与卢昭容相遇相恋,贾似道又谋取卢昭容为妾,将裴生抓到府中禁锢并欲加谋害,李慧娘冤魂保护裴生逃走。裴高中探花与卢昭容最后结为夫妻。

李慧娘的故事出自明初瞿佑的文言小说《剪灯新话·绿衣人传》,卢昭容的故事是作者另外加上的。两个爱情故事因都与贾似道关合而交织起来,布局新奇,不落俗套。情节发展迂回曲折,让人目不暇接。最重要的是塑造了李慧娘这个极具个性的女性人物形象。她直率、勇敢,敢当众称赞一位陌生书生,成为鬼魂后,主动去与裴舜卿幽会,护他逃走,当贾似道拷打众姬妾时,挺身而出承认是她放走了裴生,并为救贾府诸妾而同贾展开了一场辩论,对贾似道极尽戏耍、嘲弄之能事。在李慧娘身上,我们看到了人天性的自然流露,也看到了她强烈的反抗精神。因此,李慧娘敢爱敢恨、勇敢无畏的精神给人留下了深刻的印象,她比剧中的女主角卢昭容更具魅力,更光彩照人。

孟称舜(1600—?),字子塞,号小蓬莱卧云子、花屿仙史,会稽人。崇祯间诸生,屡试不第。清顺治六年举贡生,授松阳训导师。撰戏曲十二种,杂剧五种《桃花人面》《花前一笑》

《英雄成败》《死里逃生》《眼儿媚》皆存,传奇现存三种《娇红记》《二胥记》《贞文记》。

《娇红记》又名《鸳鸯冢》,本事源于唐传奇,元宋梅洞有名为《娇红记》的小说,元明杂剧、传奇都有同题材的作品。孟称舜的《娇红记》故事情节建立在前人的基础上,却能超越诸剧,把申生和王娇娘爱情故事的离合与深邃情怀写得细腻入微。风度翩翩的书生申纯因落第在舅舅家小住,与表妹王娇娘一见钟情,在经历了各种试探与相思后,私下结合。申纯高中进士,王父允婚。但在权势熏天的帅节镇为儿子逼婚下,王父将娇娘另许帅家。娇娘誓死不从,人们骗她申纯已经另娶他人,娇娘因为之前有对申纯的了解而充满信任。王娇娘自杀后,申纯悲愤不已,痛不欲生,绝食以身相随。王、申两家将两人合葬,人们把他们的坟墓称之为"鸳鸯冢"。王娇娘所希望的"良偶"是"死同穴、生同舍"的"同心子",她遇到的申纯就是与她心心相印、志同道合的人。他们共同投入狂热的爱恋中,但冰冷的现实却让他们为捍卫自己的爱情付出生命的代价。在这个过程中,两人对对方始终充满信任,共同承担了爱情中的道义与责任。这种"生死相许"的爱情,具有震撼人心的力量。这部剧还一反其他戏曲和小说中以高中状元来解决所有矛盾的模式,申纯即使中了状元也未能与权高位显的帅节镇抗衡,表明作者对科举制度和当时的官场有清醒的认识。

在明代后期的传奇创作中出现了光耀剧坛的汤显祖和他的"临川四梦"。而几乎与汤显祖同时以道统自任的沈璟,则致力于传奇体质的格律化,提高了昆曲新腔的地位,为后人制曲提供了可以依凭的技法。沈璟(1553—1610),字伯英,晚字聘和,号宁庵,又号词隐,吴江人,著有传奇十七种,总称"属玉堂传奇",现存《红蕖记》《双鱼记》等七种。沈璟一味遵古,力斥从俗,对道统又过于执着,传奇立意皆主风世,语言过分追求朴淡通俗,带有强烈的伦理色彩和学究气息,其传奇创作远没有他的曲学理论影响大。

在汤显祖和沈璟旁边各有不少追随者。吴炳、阮大铖、孟称舜等人的创作,学习汤显祖的痕迹比较明显,他们的剧作一般都是以男女至情反对传统礼教,语言绮丽,故事奇幻,这些剧作家在戏曲史上被称之为"临川派"或"玉茗堂派"。沈璟的曲学主张及其在曲学方面的成就,为人们提供了传奇创作时可以遵循的填谱法则,一时拥趸众多,如吕天成、叶宪祖、冯梦龙、袁于令、沈自晋等昆曲作家,对昆曲格律也非常讲究,被称之为"吴江派"。沈璟他们虽也承认汤显祖的才情,但认为《牡丹亭》不谐于昆腔音律,因此曾和吕胤昌一起把《牡丹亭》改编成《同梦记》,这让汤显祖大为不满,他给吕胤昌的回信中说:

> 凡文以意、趣、神、色为主,四者到时,或有丽词俊音可用,尔时能一一顾九宫四声否?如必按字摸声,即有窒滞迸拽之苦,恐不能成句矣。(汤显祖《答吕姜山》)

汤显祖在回答孙如法的信中说:"知曲意者,笔懒韵落,时时有之,正不妨拗折天下人嗓子。"(《答孙如法》)认为文学创作首要的是"意趣神色",音律是第二位的,甚至为了"意趣神色"可以不管音律。意、趣、神、色,主要是指作品的内容和表现风格,在音律与情辞不能兼顾时,选择音律服从情辞。对于汤显祖的主张,沈璟也表明了自己的观点和态度:

> 名为乐府,须教合律依腔,宁使时人不鉴赏,无使人挠喉捩嗓。说不得才长,

越有才越当着意斟量。(《商调·二郎神·论曲》)

沈璟认为创作传奇"合律依腔"最重要,哪怕文字不够华美,读上去不成句读,但只要顺口可歌、符合音律也是可以的。他重音律而轻文采,认为汤显祖既然有才华,就应更加重视声律,而不能因词废律。"汤沈之争"中,汤、沈分别站在"文学"和"曲乐"的角度对传奇创作阐述自己的观点,不免都有偏颇之处。因为戏曲语言既是文学语言,也是舞台语言,要便于舞台演唱。吕天成《曲品》卷上《新传奇品》:提出"合之双美"的主张。

> 予谓二公譬如狂狷,天壤间应有此两项人物,不有光禄,词硎弗新;不有奉常,词髓孰抉?倘能守词隐先生之矩镬,而运以清远道人之才情,岂非合之双美者乎?

吕天成肯定了二人的长处,并且提出了传奇创作的理想状态:既能遵守戏曲创作的规范法则,又能掘发戏曲内容的精神内涵、法式与才情,音律与文辞融通在一块。如何处理好音律与文辞的关系,自中国戏曲诞生以来就一直是一个难题,既能辞达情畅,又能谐律依腔其实是每一个戏曲创作者的自觉追求,只不过在一般情况下,这种理想的艺术境界很难达到。

第三节 汤显祖与临川四梦

万历时,在晚明社会思潮和文艺思潮的陶冶下,中国剧坛上出现了巅峰式的剧作家汤显祖,他以绝世的才华、卓越的技巧谱写了传奇史上最为光辉灿烂的篇章。

汤显祖(1550—1616),字义仍,号海若、若士,别署清远道人,江西临川人。出身书香门第,十四岁进学,二十一岁中举,声名卓著,远播四海。当朝首辅张居正两次招致汤显祖,两次都被他拒绝,所以他在万历五年、八年两次会试中落榜。张居正死后,汤显祖才考中进士,但因拒绝权臣张四维、申时行的拉拢,汤显祖被派到了南京任太常博士,后迁礼部祠祭司主事。万历十九年上《论辅臣科臣疏》,弹劾大学士申时行等人,并婉转地抨击了皇帝,汤显祖因此被发配到广东徐闻去当典史。他在徐闻创办了贵生书院。两年后迁任遂昌县知县,他在遂昌除暴安良,创办学校,还创建了遂昌最早的公立图书馆,每逢除夕、元宵的时候还放狱中的犯人回家与亲人团聚,做了很多实事。五年后投劾回乡,从此汤显祖隐居故乡临川,建"玉茗堂",著书写作终老。有诗文集《红泉逸草》《问棘邮草》《玉茗堂集》等,传奇《紫钗记》《牡丹亭》《邯郸记》《南柯记》代表了作者戏剧创作的全貌,又均与梦有关,合称为"玉茗堂四梦"或"临川四梦"。

汤显祖的启蒙老师徐良傅是嘉靖年间进士,他让汤显祖跳出了圣贤经传的圈子,开始注目于文学。王学左派——泰州学派的大师罗汝芳曾经做过汤家的家塾老师,他的思想和行为,如提倡自由思想,自由言论,破除理学束缚身心的种种教条影响了汤显祖一生。汤显祖自谓"一生疏脱,然幼得于明德(汝芳)师"。当时思想界的两位反理学的代表李贽和达观和尚也对汤显祖影响很大。汤显祖的思想观念和文学意识就是在此基础上形成的。无论是入世的儒家思想还是出世的佛、道思想在汤显祖身上始终存在着,但积极的入世思想是他思想的主导倾向。

汤显祖最初怀着积极用世思想踏上人生的旅途,极力寻求社会和人生的出路,然而当他参与社会、参与政治之后发现朝廷上党同伐异,官场上物欲横流,一系列丑恶现实让他意识到他竟然无路可走。理想幻灭之后,为排解痛苦,汤显祖把其精力投入到戏剧创作中,从中寄托他对社会、对人生、对人性的思考。汤显祖在王学左派思想的影响下,进一步肯定了人的生命价值和天性欲望,肯定了人情的正当存在。他说"世总为情"(《耳伯〈麻姑游诗〉序》),"人生而有情",反对以理灭情:"第云理之所必无,安知情之所必有邪?"(《牡丹亭记题词》)汤显祖以"情"为其思想立足点,在戏剧创作中尽情讴歌人的生命之情。

汤显祖在《牡丹记·题词》中说:"情不知所起,一往而深。生者可以死,死可以生。生而不可与死,死而不可复生者,皆非情之至也。"因此他创造了"至情"之人——杜丽娘的形象。有着深刻的思想意蕴和卓越的艺术成就的《牡丹亭》达到了汤显祖创作的最高境界,成为汤显祖的代表之作。汤显祖自谓:"一生'四梦',得意处唯在《牡丹》。"(王思任《批点玉茗堂牡丹亭词叙》)《牡丹亭》与《西厢记》齐名。

《牡丹亭》又名《还魂记》《还魂梦》或《牡丹亭梦》,共55出。汤显祖曾经说《牡丹亭》与前此很多笔记小说中起死回生的故事类似,但故事直接所本乃话本小说《杜丽娘慕色还魂记》。小说讲的是南雄太守杜宝的女儿杜丽娘在一次游园后,感梦而亡。柳太守之子柳梦梅拾得杜丽娘生前自绘画像,日夜思慕,丽娘鬼魂前来幽会,最后还魂结亲。汤显祖对这个故事进行了创造性的改造,赋予其新的意义。《牡丹亭》写南安太守杜宝之女名丽娘,才貌端好,生活在严父、慈母和迂腐的塾师关爱与教养之下,寂寞深闺犹如一个礼教的樊笼,禁锢着她的身心。她读《诗经·关雎》发现圣人也不讳言男女之情,既然如此,圣人之情与她内心滚动着的春情岂不是相通么?她感时伤怀,伤春寻春,花园"如许春色"激发了她情感的波澜。回来后在梦中与一持垂柳枝的书生在牡丹亭畔幽会。梦醒之后,杜丽娘思念梦中人,寻梦不得,抑郁而终。在弥留之际,她要求母亲把她葬在花园梅树下,又嘱咐丫鬟春香将自己的画像封存并埋入牡丹亭旁太湖石底。杜父委托塾师陈最良看管女儿坟墓,并修建"梅花庵观"。三年后,岭南贫寒书生柳梦梅赴京应试,借宿梅花观中,捡到杜丽娘的画像,发现画中人曾是他的梦中人,便挂于墙上,深情呼唤。杜丽娘深夜魂游后花园,听到柳梦梅的呼唤与之幽会,后嘱托他掘坟开棺,杜丽娘复活,两人结为夫妻。杜父始终不承认女儿复活,即使柳梦梅中了状元,也不承认柳梦梅是他的女婿。最后在皇帝面前,杜丽娘陈述原委,在皇帝的主持下,杜父才认可了杜丽娘和柳梦梅的婚事。

《牡丹亭》一出,立刻引起了巨大的反响,沈德符说:"《牡丹亭梦》一出,家传户诵,几令《西厢》减价。"(《顾曲杂言》)青年女子对此反应更为强烈。与汤显祖同时代的娄江(今太仓)女子俞二娘,酷爱《牡丹亭》,反复诵读,深为剧中杜丽娘的遭遇所打动,联想到自己在爱情上的挫折,不禁幽思痛惋,她把读书的感受和自己的哀怨用蝇头小楷写在《牡丹亭》剧本上。因感伤太过,十七岁就忧愤而亡。汤显祖听说后,曾写诗悼念俞二娘。明末杭州女伶商小玲,在爱情上受挫,因此对杜丽娘的情感和无奈感同身受。每次演到《寻梦》《闹殇》几出戏时,就若身临其事,珠泪盈目。一次在唱《寻梦》时,想起自己的遭遇,悲伤过度,竟仆地而亡。盛传于明末的一首诗："冷雨幽窗不可听,挑灯闲看《牡丹亭》。人间亦有痴于我,岂独伤心是小青。"相传是扬州少女冯小青感慨自己的不幸遭遇,悲叹自己红颜薄命而写的。杜丽娘成为她生前最好的知音和密友。清代文人吴舒凫的未婚妻陈同、妻谈则、续娶妻子钱宜先后评点《牡丹亭》,三个女人对《牡丹亭》都倾注了生命的热情,一字一句都蕴含着极为强烈的感情,掷地有声。她们的评点本后来被正式出版,书名为《吴吴山三妇合评牡丹亭》。

《牡丹亭》的情节,从一般常理看,实在是非常荒诞,而就是如此荒诞的作品却引起无数青年男女的共鸣,正是因为在其看似荒诞的情节中蕴含着深邃的思想内涵,它强大的思想力量和巨大的艺术感染力震撼了青年人的心灵。剧中杜丽娘的深情和至情与同她相同处境的女子是息息相通的,她对爱情的向往和生生死死的追求对青年人有强烈的感召力,因为她是一个具体的有血有肉、有纯粹的精神和令人敬畏的道德勇气的人。杜丽娘有爱美的天性,爱自己姣好的容貌,珍惜生命之美,她常常"云髻罢梳还对镜,罗衣欲换更添香"。在她游园之前,精心打扮,自赏自叹,对自己的容貌表现出高度的自信:

【醉扶归】你道翠生生出落的裙衫儿茜,艳晶晶花簪八宝填。可知我一生儿爱好是天然?恰三春好处无人见,不提防沉鱼落雁鸟惊喧,则怕的羞花闭月花愁颤。

杜丽娘爱美,而爱美之心人皆有之,所以美好的容貌自然应该有相应的衣饰来装扮。可是纵然有沉鱼落雁之容,羞花闭月之貌,又有谁来欣赏呢?杜丽娘顾影自怜,不禁情思摇漾。当她进入花园,满园春色,更是诱发了杜丽娘的春情:

【皂罗袍】原来姹紫嫣红开遍,似这般都付与断井颓垣。良辰美景奈何天,赏心乐事谁家院!(白)怎般景致,我老爷和奶奶再不提起。〔合〕朝飞暮卷,云霞翠轩;雨丝风片,烟波画船——锦屏人忒看的这韶光贱!

流光溢彩、秀色可餐的大自然充盈着生命的蓬勃与鲜活,明媚艳丽的春光让杜丽娘同时领略了大自然之美和生命之美。"不到园林,怎知春色如许",姹紫嫣红的花园,撩人的春色,唤醒了杜丽娘的春情,她感慨自己的青春如这美丽的花园,无人怜惜,她的情感也不被理解,她的欲望无法获得满足:"吾今年已二八,未逢折桂之夫;忽慕春情,怎得蟾宫之客?……〔长叹介〕吾生于宦族,长在名门。年已及笄,不得早成佳配,诚为虚度青春,光阴如过隙耳。"汤显祖让杜丽娘成了人性欲望的承担者,揭开了青春少女内心深处最隐秘的角落,这里杜丽娘的春情,不同于崔莺莺之于张生,因为他们曾经花前月下通款调情;也不同于后来的林黛玉之于贾宝玉,因为他俩是青梅竹马两小无猜。杜丽娘没有一个具体的情感对象,澎湃于心中的,只是萌发于内心的一种自然天性,是一个正常的人所具有的生理和心理特征,是朴素而健康的生命欲望。

杜丽娘之所以有那么多的青春苦闷,之所以在梦中才能实现自己的所欲所求,正是因为她时时刻刻被一种看不见的绳索束缚住了。剧中的杜丽娘无时无刻不生活在家长的管束与呵责中：衣服上不能绣花鸟，白天不能睡觉，生活在太守府竟然不知道还有个后花园，更是不能去花园游玩了，严苛的礼教不仅剥夺了她作为一个女性的权利，还剥夺了她作为一个正常人的权利。

身处深闺，杜丽娘的苦闷无处发泄，"情"受到"理"的压抑，憧憬与追求只能行诸梦中。梦中那位风流潇洒、气度不凡的青年书生，是杜丽娘臆想出来的与她才貌相当的情感对象。梦中的少年怜惜她的容貌，欣赏她的才华，精神高度默契，一切自然而然，水到渠成。在富有诗意的文字里，汤显祖把传统社会视之为洪水猛兽的原始生命的冲动，写得如此圣洁、美丽和庄严，这正是汤显祖深刻与伟大之处。他在《牡丹亭》里公开肯定了人的生命欲望，对"存天理灭人欲"的理学无疑给予了强有力的抨击。汤显祖的笔触深刻展现了人性，使得杜丽娘这个人物的个人命运与千千万万个身处于同样社会进程中的人的命运连接起来，故而才引起了那么多人的热烈响应。梦境如此美好、如此宝贵，所以杜丽娘不由自主又去寻梦，然而梦寻而不得。既然现实生活中不能实现理想与追求，杜丽娘宁愿死去，杜丽娘带着对青春的珍爱、对美貌的惋惜，对情感无处寄托的怅惘与迷茫死去。化成游魂寻找自己的爱情与幸福，终于找到意中人柳梦梅，与之相会。最后冲破重重险阻为情复生。这是杜丽娘的可贵之处，不死就不足以体现杜丽娘对"情"的热切期盼；不复生，也不能体现她"生生死死为情多"的果敢与坚决；不出生入死，死而复生，不足以鞭挞现实的严酷以及"情"与"理"的激烈冲突。也正因为如此，《牡丹亭》才有了感人至深的艺术魅力。

《牡丹亭》是浪漫的杰作，但却遵循着严密的现实逻辑。人物形象的塑造是真实可信的。杜丽娘复活之后，顾虑重重，不肯私自与柳梦梅结合为夫妻，梦中和作为游魂时奔放的人性又被现实的礼教层层包裹起来。柳梦梅，痴情、纯情，有才华，但又存在着较浓厚的功名富贵的思想，当然他刚强的反抗性格也是突出的，最后也正是他的反抗给了杜丽娘勇气及和他一起抗争到底的决心。作为反方阵营中的杜宝，是个真正的道学家，严肃正统，但也绝不脸谱化，她对女儿的关心和爱也是发自内心的。塾师陈最良精神空虚，顽固不化，但又圆滑世故。丫鬟春香调皮可爱，与杜丽娘的反抗性格相映衬，表现了充满生机的人的自然天性。

《牡丹亭》具有谨严的艺术结构，各出之间虚实相生、冷热相济，不失自然之趣，独具匠心。《牡丹亭》的语言绚丽多彩，典雅蕴藉，有动人的艺术魅力。王骥德在其《曲律》中评价汤显祖的戏剧语言"在深浅、浓淡、雅俗之间"，指的是不同人物情感的表达，有符合其身份教养的不同语言，能各尽其妙。不足之处在于作者用了大量冷僻的典故，使某些地方显得生硬、晦涩和牵强。当然《牡丹亭》的意义与价值不能单用"人物"、"语言"、"情节"等尺度来衡量。更重要的是《牡丹亭》给人们搭建了一座庇护心灵的殿宇，让人们看到了人生的一种新境界，发现了生命本身的光彩，也推出了一个让人去为之奋斗的人生主题。

《紫钗记》是汤显祖在其原来所作《紫箫记》的基础上，经过删改润色而成，该剧本于唐传奇《霍小玉传》。《紫钗记》写书生李益元宵夜赏灯拾到紫玉钗而结识小玉，俩人一见钟情。李益高中状元，因拒绝卢太尉招赘为婿而不断受到迫害；霍小玉历经悲惨辛酸，终于在黄衫客的帮助下和李益团圆。剧中突出表现霍小玉的情深和情痴，十分感人，李益也被改造成一个受迫害值得同情的人物，卢太尉形象则是当时官场黑暗的投射。

汤显祖的《南柯梦》与《邯郸梦》，把笔触由爱情转向了广阔的社会政治。透过谈玄礼佛的迷雾，你可以发现作者清醒的政治头脑和对人生的热切关注。汤显祖虽然受道教和佛教的影响很深，但他从来没有真正超然于世事之外。《南柯梦》传奇四十四出，取材于唐传奇《南柯太守传》，叙写淳于棼被免职后，醉卧入梦，被槐安国使者迎去，做了驸马，出任南柯太守，最后做到宰相，生活荒淫，在官场的尔虞我诈中败下阵来，被遣归家，醒来后酒还有余温。《邯郸梦》传奇写吕洞宾度脱卢生的故事。卢生枕着瓷枕入梦，梦中经历了五十年的人我是非、官场沉浮，醒来后，黄粱尚未煮熟。"二梦"展示了一个荒谬绝伦而又冠冕堂皇的现实图景：真假不分、善恶颠倒、美丑不辨。淳于棼靠裙带关系平步青云，卢生靠钱与权一路高升，官场倾轧，仕途沉浮，犹如风云变幻、白云苍狗。汤显祖借梦境，反映了在荒谬现实中人们的生存状态，是作者饱经忧患之后对人的生存状态和生存意义的思考，其中浸染着愤世嫉俗却又无能为力的情绪。

思考练习题

1. 明杂剧和元杂剧有何区别？
2. 明传奇的特征是什么？
3. 解释名词：汤沈之争、临川派、吴江派、临川四梦、四声猿。
4. 分析理学思想对明代前期戏曲创作的影响。
5. 《玉簪记·琴挑》中陈妙常爱情心理分析。
6. 《中山狼》杂剧的思想及其艺术特色。
7. 《四声猿》的思想意趣及艺术创新。
8. 明代中期三大传奇《宝剑记》《浣纱记》《鸣凤记》各自的思想内容及其意义。
9. 《牡丹亭》的艺术成就主要表现在哪些方面？
10. 《牡丹亭》中"至情"主题是怎么体现的？意义是什么？
11. 《牡丹亭》与《西厢记》同为表现青年男女爱情的戏剧，其爱情观有何不同？
12. 明代后期爱情剧中女性形象特点及其意义。

第三章 明代诗文

第一节 明代前期诗文

明初诗文成绩最著者当属刘基、宋濂、高启，他们从元入明，受到元末文学思想的影响，他们又都经历元明之际的动荡，因此作品中有较为充实的社会内容。

刘基(1311—1375)，字伯温，处州青田人，元末进士，曾任瑞州高安县丞、浙江儒学副提举，虽有匡时济世之才，但因清正廉洁而屡遭排挤弹劾，罢官后，纵酒放歌，游赏武林、西湖。刘基韬略高深，上知天文下知地理，元至正二十年应朱元璋之邀出山，协助朱元璋建立明王朝，被封"诚意伯"，是明朝开国功臣，杰出的政治家、军事家和文学家。刘基少时颖悟超群，读书过目不忘，善经书，工属文。一生著述颇丰，有《郁离子》《春秋明经》《写情集》等。

《郁离子》是刘基在元末用寓言体写的散文集，共十八章，一百九十五篇。这些寓言故事吸取了先秦历史和诸子散文托事以讽的艺术传统，以讲故事的形式阐发道理，具有较强的感染力。如《抟沙》篇，开篇即云："民犹沙也，有天下者惟能抟而聚之耳。"抟沙即凝聚沙子，以此比喻凝聚民心。如何凝聚民心，贤明的君王"以漆抟沙，无时而解"，无道之君则"以力聚之，犹以手抟沙，拳则合，放则散。"得民心者得天下，而怎样凝聚人，得到人民的支持，要讲究"聚之之道"。水能载舟，亦能覆舟，老百姓不支持你拥护你，甚至起而叛之，不能怪老百姓，那是统治者没有找到凝聚百姓的方法。君主欲使天下民众如胶似漆般地凝聚在一起，就得实行王道、仁政，而不是滥施淫威。再如《灵丘丈人》：

> 灵丘之丈人善养蜂，岁收蜜数百斛，腊称之。于是，其富比封君焉。丈人卒，其子继之。未期月，蜂有举族去者，弗恤也。岁余，去且半。又岁余，尽去。其家遂贫。陶朱之齐，过而问焉，曰："是何昔者之熇熇而今日之凉凉也？"其邻之叟对曰："以蜂。"请问其故，对曰："昔者丈人之养蜂也，园有庐，庐有守。刳木以为蜂之宫，不罅不庮。其置也，疏密有行，新旧有次。坐有方，牖有乡。五五为伍，一人司之。视其生息，调其暄寒，巩其构架，时其蚤发，蕃则从之析之，寡则与之哀之，不使有二王也。去其蛛蟊蚍蜉，弥其土蜂蝇豹，夏不烈日，冬不凝澌，飘风吹而不摇，淋雨沃而不渍。其取蜜也，分其赢而已矣，不竭其力也。于是，故者安，新者息，丈人不出户而收其利。今其子则不然矣。园庐不葺，污秽不治，燥湿不

调,启闭无节,居处巉陁,出入障碍,而蜂不乐其居矣。及其久也,蛄蟩同其房而不知,蝼蚁钻其室而不禁,鹎鶋掠之于白日,狐狸窃之于昏夜,莫之察也。取蜜而已。又焉得不凉凉也哉?"陶朱公曰:"噫!二三子识之,为国有民者可以鉴矣!"

灵丘丈人之所以能靠养蜂而富比王侯,其秘诀在于除了为蜜蜂提供良好的生活环境,不使有风吹雨淋的后顾之忧外,还因为取蜜而不竭其所有,留下足够的蜜供蜜蜂休养生息。他儿子却"园庐不葺,污秽不治,燥湿不调,启闭无节",唯取蜜而已。结果蜜蜂不乐居于此,举家飞走,丈人门庭从此衰微。灵丘丈人与其子养蜂的不同态度和最终境遇的不同,"为国有民者可以鉴矣",以民为本,方能安居乐业;百姓富裕,方能国库充盈。不管不顾百姓死活,搜刮民脂民膏,如同杀鸡取卵、竭泽而渔,终将一败涂地。刘基以寓言比喻政事、阐发哲理,用生动而洗练的寓言故事反映了元末错综、尖锐的社会矛盾,并为解决这些社会矛盾开出了良方。他有为而发,切中时弊,说明他不仅有较高的文化素养,还深谙治国平天下的道理,朱元璋把他比作辅佐刘邦的张良,称赞他是"吾子房"也。

刘基诗1000多首,风格多样。《明诗别裁集》评价极高:"元季诗都尚辞华,文成独标高格,时欲追杜韩,故超然独胜,允为一代之冠。"如《梁甫吟》:

谁谓秋月明?蔽之不必一尺翳。谁谓江水清?淆之不必一斗泥。人情旦暮有翻覆,平地倏忽成山溪。君不见桓公相仲父,竖刁终乱齐;秦穆信逢孙,遂违百里奚。赤符天子明见万里外,乃以薏苡为文犀。停婚仆碑何震怒,青天白日生虹蜺。明良际会有如此,而况童角不辨粟与稊。外间皇父中艳妻,马角突兀连牝鸡。以聪为聋狂作圣,颠倒衣裳行蒺藜。屈原怀沙子胥弃,魑魅叫啸风凄凄。梁甫吟,悲以凄。岐山竹实日稀少,凤凰憔悴将安栖!

这首诗风格雄厚苍凉,先由现实联想到历史,又用历史阐明现实,抨击了忠臣被弃、小人得志的政治乱象,也表现了其内心的苦闷和悲愁。

宋濂(1310—1381),字景濂,号潜溪,别号玄真子、玄真道士等。浙江金华人。他家境贫寒,但自幼好学,记忆超群,曾受业于元末古文大家吴莱、柳贯、黄溍等。元末,元顺帝曾召他为翰林院编修,他辞不应召,隐居乡里修道著书。至正二十年,应朱元璋之召赴建康,后官至明翰林学士承旨。宋濂一生谨言慎行,在朱元璋身边尤其谨慎检点,试图避开是非,远离政治,但最终年逾七旬,退休在家的他还是被株连到"胡惟庸"案件中,被贬四川茂州,死于途中。

宋濂专长于散文,朱元璋称其是"开国文臣之首",有《宋学士文集》。原道、宗经、复古是其文学观的核心。宗经必然会导致复古,宋濂由宗经而复古,但重创新,主实用。宋濂的散文中,传记散文最能体现他的文学成就。如《王冕传》,讲述了元末画家兼诗人王冕的传奇一生,人物鲜明生动,个性突出,栩栩如生地刻画出了一位"狂士"的形象。《秦士录》中怀才不遇的邓弼磊落性格、命运坎坷,作者下笔恣肆,把邓弼豪爽奔放的个性写得有声有色。《记李歌》以简练的笔墨,生动地刻画了一位具有独特个性,不幸生长于娼门的刚烈女子:

第三章 明代诗文

　　李歌者,霸州人。其母一枝梅,倡也。年十四,母教之歌舞。李艳然曰:"人皆有配偶,我何独为倡耶?"母告以衣食所仰,不得已。与母约曰:"媪能宽我,不脂泽,不荤肉,则可尔,否则有死而已!"母惧,阳从之。自是缟衣素裳,唯拂掠翠鬟,然姿容如玉雪,望之宛若仙人,愈致其妍。人有招之者,李必询筵中无恶少年乃行。未行,复遣人觇之。人亦熟李行,不敢以亵语加焉。李至,歌道家游仙辞数阕,俨容默坐。或有狎之者,辄拂袖径出,弗少留。他日或再招,必拒不往。

　　益津县令年颇少,以白金遗其母。欲私之。李持刀入户,以巨木撑柱,骂曰:"吾闻县令为风化首,汝纵不能而忍坏之耶?今冠裳其形而狗彘其行,乃真贼尔!岂官人耶?汝即来,汝即来吾先杀汝而后自杀尔!"令惊走。

　　时监州闻其贤,有子方读书,举秀才,聘为之妇,李尚处子也。居数年,天下大乱,夫妇逃难,俱为贼所执。贼悦李有殊色,欲杀其夫而妻之。李抱其夫诟曰:"汝欲杀吾夫即先杀我,我宁死决不从汝作贼也!"贼怒,并杀之。吁!倡犹能有是哉!可慨也。

　　由于无法选择的出身,李歌想过普通女子的生活而不得,她就毫不犹豫地选择以宝贵的生命去维护自己的尊严。她能迫使母亲答应她"不脂泽,不荤肉",只卖艺谋生;她丝毫不能忍受恶少对她的狎侮,也敢于严词斥责县令"冠裳其形而狗彘其行"的行为,都是因为已经把生死置之度外。最后李歌因护夫而遇难殉节。宋濂文章以简练的笔墨,抓住了一些具体委屈的细节突出人物的性格,通过人物自己的语言行为,生动地刻画了这位具有坚贞品格的女子,极具感染力,让人们既同情李歌的不幸遭遇,更对她的行为心生敬畏。

　　高启(1336—1373),字季迪,号槎轩,自号青丘子,长洲人,明初与杨基、张羽、徐贲被誉为"吴中四杰"。洪武二年,以荐参修《元史》,授翰林院国史编修。擢户部右侍郎,以年少不能担当重任坚辞不就,归隐青丘,因此触怒朱元璋。后苏州知府魏观在张士诚宫址修府治,获罪被诛。高启曾为之作《上梁文》,朱元璋借此治罪,将高启腰斩于南京。高启著有《高太史大全集》《凫藻集》。

　　高启才华横溢,诗歌众体兼长。富有才情,且不拘一格,独树一帜,《明诗纪事》说他"天才绝特,允为明300年诗人称首,不止冠绝一时也"。赵翼《瓯北诗话》中推他为"(明代)开国诗人第一"。纪昀在《四库全书总目提要》中赞誉高启"天才高逸,实据明一代诗人之上"。高启的诗歌清新超拔,雄健豪迈,尤擅长于歌行和律诗,歌行如《登金陵雨花台望大江》:

　　大江来从万山中,山势尽与江流东。钟山如龙独西上,欲破巨浪乘长风。江山相雄不相让,形胜争夸天下壮。秦皇空此瘗黄金,佳气葱葱至今王。我怀郁塞何由开,酒酣走上城南台;坐觉苍茫万古意,远自荒烟落日之中来!石头城下涛声怒,武骑千群谁敢渡?黄旗入洛竟何祥,铁锁横江未为固。前三国,后六朝,草生宫阙何萧萧。英雄乘时务割据,几度战血流寒潮。我生幸逢圣人起南国,祸乱初平事休息。从今四海永为家,不用长江限南北。

此诗作于洪武二年,高启应征参加《元史》的修撰,他怀有要为国家作一番事业的抱负,因此当他登上金陵雨花台,眺望荒烟落日笼罩下的滚滚不尽的长江,看到钟山虎踞龙盘与众不同,古都金陵依然佳气葱葱时,不禁心潮涌动,历史上金陵城几度兴废的往事随着长风巨浪排闼而来,思古之情油然而生。长江天堑都未能阻止昔日三国吴和南朝的覆亡,使作者发出了"英雄乘时务割据,几度战血流寒潮"的感慨,而眼下祸乱初平,居安思危,新建起来的明朝会不会重蹈历史的覆辙?又该怎样避免重蹈覆辙呢?这才是作者思考的核心。所以最后看似作者在庆幸躬逢盛世,歌颂朱元璋平定天下,欣幸四海一家,干戈平息,其实诗人是希望新王朝能从历史的兴衰中吸取教训,让人民在没有战祸、相对安定的社会中生活。全诗情景交融,境界阔大,气势豪迈,而又渗透着些许苍凉的意味。

高启的七言律诗多是登临怀古和酬酢赠答之作,充分表现了他的艺术才华,如《送沈左司从汪参政分省陕西》,借送行抒写明王朝的新气象,《清明呈馆中诸公》通过叙写京都清明时节的光景抒发了萦绕心头的思乡情绪。高启长期生活于农村,他的乐府诗有很多描写了农村现实生活,如《养蚕词》《打麦词》《田家行》等,真实地反映了农民劳动的情景及农民的疾苦,乡土气息浓郁。

明永乐至成化年间,出现了以杨士奇(1365—1440)、杨荣(1371—1440)、杨溥(1372—1446)等"三杨"为代表的台阁体。他们都是官居宰辅的"台阁重臣",因此都有较强的"鸣国家之盛"的意识,在古文上推崇欧阳修,在诗歌上主张学习盛唐。他们的作品雍容和雅、平正肤廓,多为颂圣和粉饰现实之作。由于他们地位显耀,当时追随者甚多,一时逢迎应酬、点缀升平之作成为文坛主流。

正统后朝中崛起以李东阳(1447—1516)为首的茶陵诗派,李是湖南茶陵人,弘治、正德年间以台阁大臣的身份主持文坛,其"门生满朝",又喜"延纳奖拔,故门生或朝罢或散衙后,即群集讲艺谈文,通日彻夜,率岁中以为常"(何良俊《四友斋丛说》卷二六),故其诗论诗风堪称一代之盛。李东阳提倡文学复古,诗学汉唐,重视诗歌的法度声调、自然天工、真情表述。他的主张是明代复古文学思潮的前奏。茶陵派也受台阁体影响,重视政教之用,风格雅正温厚。

第二节 明代中期诗歌

弘治、正德年间,"前七子"崛起于文坛,其代表人物是李梦阳、何景明,其他成员还有王九思、边贡、康海、徐祯卿、王廷相,他们把复古思潮推向高峰。

李梦阳(1472—1529),又名献吉,字恩赐,号空同子,庆阳人。弘治六年进士,任户部主事,后升户部郎中。十八年因上疏《应诏上书稿》抨击时弊,被下狱。正德间,上《劾宦官状》,得罪大太监刘瑾。被刘瑾逮捕,下狱论死,经康海救援得脱。嘉靖八年病卒,年五十八。著《空同集》《文选增订》。

何景明(1483—1521),字仲默,号白坡,又号大复山人,信阳人。弘治十五年进士,授中书舍人。正德三年,宦官刘瑾擅权,何景明谢病归;刘瑾诛,官复原职。十三年,官至陕西提学副使,十六年卒,年三十九。与李梦阳并称文坛领袖。其诗取法汉唐,一些诗作颇有现实内容。性耿直，淡名利，对当时的黑暗政治不满，敢于直谏，有《大复集》三十六卷，《校汉魏诗》十四卷。

前七子在文学上提倡"文必秦汉，诗必盛唐"，强调复古，因此在诗文风格上形成了浑厚古朴、温醇典雅的审美趋向，重视抒情、重格调。"前七子"的文学主张对打击当时千篇一律的"台阁体"文风起到了积极的作用，引起诗坛震动。在创作实践上，从诗文的格调到写法甚至字句都一味模拟，使诗歌仅有躯壳而没有灵魂，文章故作深奥也失去美感。李梦阳虽然也重视真情，但却明确地提出以古法写真情，因此他的文章故作艰深佶屈之语，用古之格调和写法，妨碍了真情的表达。后来他们中的一些人也认识到一味复古的弊端，何景明认为"故法同则语不必同矣"（《与李空同论诗书》），李梦阳自己也说："余不幸学古未成，反戾于今。"（《赠王弘化序》）并提出"真诗乃在民间"（《诗集自序》）。

虽然前七子走的道路未尽正确，但他们都是关心现实的，也写了一些富有现实意义的作品。如李梦阳的《秋望》：

> 黄河水绕汉宫墙，河上秋风雁几行。客子过壕追野马，将军韬箭射天狼。黄尘古渡迷飞挽，白月横空冷战场。闻道朔方多勇略，只今谁是郭汾阳。

此诗描写秋日边塞的雄浑风光，抒发对于扶危定倾、安边卫国良将的向往，寄托了诗人无限的感慨，体现了诗人忧国伤时的情怀，风格风力遒劲，顿挫纵横。

何景明的诗歌也表现出他忧愤时事的精神，如《怀李献吉》其二对李梦阳横遭迫害深表同情，并寄托着对李的崇高评价，也表现了诗人对恶势力的愤愤不平：

> 冠盖京华地，斯人独可哀。神龙在泥淖，朱凤日摧颓。世路无知己，乾坤独爱才。梁园别业在，何日见归来。

嘉靖、万历年间，文坛上又出现"后七子"，以李攀龙、王世贞为首，包括宗臣、梁有誉、吴国伦、徐中行、谢榛，再次发起复古运动。李攀龙（1514—1570），字于鳞，号沧溟，历城人，有《沧溟集》。后七子继承前七子的复古志向，同样强调"文必秦汉，诗必盛唐"，李攀龙认为"文自西京、诗自天宝而下俱无足观。于本朝独推李梦阳，诸子翕然和之。非是则诋为宋学"（《明史》本传）。王世贞认为："西京之文实，东京之文弱，犹未离实也。六朝之文游，离实矣。唐之文庸，犹未离浮也。宋之文陋，离浮矣，愈下矣。元无文。"（《艺苑卮言》卷三）他们高扬汉魏盛唐的诗歌典范，希望达到的学古境界是"学古而化"，但他们都模拟后人，往往陷入拟古主义和形式主义。后七子在文坛上活跃的时间较长，他们彼此之间文学主张也有差异，而且有所发展和变化，在创作风格上也各有不同，李攀龙诗追求格高调古；王世贞诗歌精切雄浑；谢榛的文学主张较开明，诗歌最富于个性；梁有誉诗有南国情调；宗臣长于散文，《报刘一丈书》名动一时。《报刘一丈书》中，宗臣揭露了严嵩父子之流的丑恶灵魂，入木三分地刻画了奴颜婢膝、趋炎附势之人的奴才嘴脸，表现了自己刚正不阿、洁身自好的个人志向和情怀操守。文中对那些谄媚宵小之徒描述道：

日夕策马,候权者之门。门者故不入,则甘言媚词,作妇人状,袖金以私之。即门者持刺入,而主人又不即出见;立厩中仆马之间,恶气袭衣袖,即饥寒毒热不可忍,不去也。抵暮,则前所受赠金者,出报客曰:"相公倦,谢客矣!客请明日来!"即明日,又不敢不来。夜披衣坐,闻鸡鸣,即起盥栉,走马抵门;门者怒曰:"为谁?"则曰:"昨日之客来。"则又怒曰:"何客之勤也?岂有相公此时出见客乎?"客心耻之,强忍而与言曰:"亡奈何矣,姑容我入!"门者又得所赠金,则起而入之;又立向所立厩中。幸主者出,南面召见,则惊走匍匐阶下。主者曰:"进!"则再拜,故迟不起;起则上所上寿金。主者故不受,则固请。主者故固不受,则又固请,然后命吏纳之。则又再拜,又故迟不起;起则五六揖始出。出揖门者曰:"官人幸顾我,他日来,幸无阻我也!"门者答揖。大喜奔出,马上遇所交识,即扬鞭语曰:"适自相公家来,相公厚我,厚我!"且虚言状。即所交识,亦心畏相公厚之矣。

作者以漫画形式勾画了一个不择手段往上爬的小官僚,厚颜无耻买通把门官贿赂当权者,忍受种种冷遇和侮辱,仍不放弃。作者以传神之笔,把那个下级小官僚的卑劣伎俩、当权者召见时的骄横跋扈、赫赫威势刻画得如在目前,呼之欲出。

　　嘉靖年间,文坛上又出现了反对后七子拟古主义,主张文章学习唐宋古文的唐宋派。唐宋派的代表是王慎中、唐顺之、茅坤、归有光。

　　王慎中(1509—1559),晋江人。著有《遵岩集》25卷、《玩芳堂摘稿》等。早年受"前七子"复古主义的影响,也标榜秦汉,后把唐宋八大家欧阳修、曾巩等作为学习对象,认为"学问文章如宋诸名公,皆已原本六经,轶绝两汉"(《与汪直斋书》),他公开反对复古派的文学理论,倡导文崇唐宋。唐顺之(1507—1560),字应德,一字义修,号荆川,谥襄文,武进人,官右佥都御史。著有《荆川先生文集》17卷,辑有《文编》64卷。他鲜明地反对七子模拟、剽窃倾向,提出学习唐、宋文"开阖首尾经纬错综之法"。他文风简雅清深,间用口语,不受形式束缚。茅坤(1512—1601),字顺甫,号鹿门,归安人,提倡学习唐宋古文,他编选的《唐宋八大家文钞》在当时和后世都有很大影响。

　　唐宋派中文学成就最高的是归有光(1506—1571),字熙甫,又字开甫,别号震川,又号项脊生,昆山人。有《震川先生集》。他认为以《史记》为代表的秦汉文章虽好,但唐宋间名文也未尝不佳,他主张"变秦汉为欧曾"。唐宋派反对复古,以唐宋为文学宗尚,主张重建文统,他们重视文道关系,经世致用是他们共同的人生取向。其文章平淡简朴、感情真挚,如《项脊轩志》:

　　项脊轩,旧南阁子也。室仅方丈,可容一人居。百年老屋,尘泥渗漉,雨泽下注;每移案,顾视,无可置者。又北向,不能得日,日过午已昏。余稍为修葺,使不上漏。前辟四窗,垣墙周庭,以当南日,日影反照,室始洞然。又杂植兰桂竹木于庭,旧时栏楯,亦遂增胜。积书满架,偃仰啸歌,冥然兀坐,万籁有声;而庭阶寂寂,小鸟时来啄食,人至不去。三五之夜,明月半墙,桂影斑驳,风移影动,珊珊可爱。

然余居于此,多可喜,亦多可悲。先是,庭中通南北为一。迨诸父异爨,内外多置小门,墙往往而是。东犬西吠,客逾庖而宴,鸡栖于厅。庭中始为篱,已为墙,凡再变矣。家有老妪,尝居于此。妪,先大母婢也,乳二世,先妣抚之甚厚。室西连于中闺,先妣尝一至,妪每谓余曰:"某所,而母立于兹。"妪又曰:"汝姊在吾怀,呱呱而泣;娘以指叩门扉曰:'儿寒乎?欲食乎?'吾从板外相为应答。"语未毕,余泣,妪亦泣。余自束发,读书轩中,一日,大母过余曰:"吾儿,久不见若影,何竟日默默在此,大类女郎也?"比去,以手阖门,自语曰:"吾家读书久不效,儿之成,则可待乎!"顷之,持一象笏至,曰:"此吾祖太常公宣德间执此以朝,他日汝当用之!"瞻顾遗迹,如在昨日,令人长号不自禁。

　　轩东,故尝为厨,人往,从轩前过。余扃牖而居,久之,能以足音辨人。轩凡四遭火,得不焚,殆有神护者。……

　　余既为此志,后五年,吾妻来归,时至轩中,从余问古事,或凭几学书。吾妻归宁,述诸小妹语曰:"闻姊家有阁子,且何谓阁子也?"其后六年,吾妻死,室坏不修。其后二年,余久卧病无聊,乃使人复葺南阁子,其制稍异于前。然自后余多在外,不常居。

　　庭有枇杷树,吾妻死之年所手植也,今已亭亭如盖矣。

作者欲扬先抑,先极力叙述原来项脊轩的旧,再写修葺后的项脊轩焕然一新充满诗情画意,表现了作者的生活情趣和对项脊轩深深的眷恋之情。然后叙写项脊轩的变迁,作者睹物怀人,悼亡念存,随事曲折,状情摹态,细心刻画,虽笔意平淡至极,却也情深至极。归有光善于捕捉生活中的细节和场面,用质朴的语言,饱含着感人至深的真挚感情,寥寥几笔,形神状物,给人难忘的印象。类似的散文还有《寒花葬志》《先妣事略》《见村楼记》等。

第三节　晚明诗文

　　万历后期,朝政废弛,各种思想却极其活跃。一批士人张扬自我,在文学领域出现重情思潮,反对复古的思潮更加广泛和激烈。其中以湖北公安袁氏三兄弟为代表的"公安派"是影响最大的一个派别,在反对复古的基础上提出"性灵说"。袁宗道(1560—1600),字伯修,著有《白苏斋类集》《禅宗正统》等。袁宏道(1568—1610),字中郎,号石公,著有《袁中郎全集》。袁中道(1570—1623),字小修,著有《珂雪斋集》。袁宗道反对用古词写今事,因为:"夫时有古今,语言亦有古今。今人所诧奇字奥句,安知非古之时街谈巷议耶?"(《论文》上)袁宏道也说:"夫古有古之时,今有今之时,袭古人语言之迹,而冒以为古,是处严冬而袭夏之葛者也。"(《雪涛阁集序》)文学是随着时代的变化而发生变化的,世道变了,文学也应该随之发生改变。公安派重视的是用今语写今情,唯独如此,才能在作品中表现真我、真情。袁中道说:"发为语言,一一从胸襟流出,盖天盖地,如象截急流,雷开蛰户,浸浸乎其未有涯也。"(《吏部验封司郎中中郎先生行状》)从心所欲,写出真我,表现在文学理论上的诉求即"独抒性灵",袁宏道在《叙小修诗》中说:

而诗文亦因之以日进。大都独抒性灵，不拘格套，非从自己胸臆流出，不肯下笔。有时情与境会，顷刻千言。如水东注，令人夺魄。其间有佳处，亦有疵处；佳处自不必言，即疵处亦多本色独造语。

独抒性灵就是表现真我，与李贽的童心说，徐渭的真情、本色说和汤显祖的至情说一脉相承。性灵说为文学的抒写打掉了一切枷锁和束缚，这意味着有什么样的人生态度、什么样的人生趣味，就有什么样的作品。公安派的散文中追求一种优雅脱俗的闲适情趣，特别是他们的小品文率真直露，注重真情实感，不加伪饰。

袁宏道和袁中道的游记干净明快，使游记文学在柳宗元之后出现新的面貌。如袁宏道的《阴澄湖》：

由潼子门下船，北去一里，为阴澄湖。湖三面受风，每盛夏时，游舟绮错，日不下百余艘。玉腕青眉，娇歌缓板，来往罗泊中，亦胜游也。王百谷曰："湖上有龙王洞，阴澄盖应泽之讹云。"丙申六月，与顾靖甫放舟湖心，披襟解带，凉风飒然而至。西望山色，出城头如髻，挥麈高谈，不知身之为吏也。少顷，邮者报台使者至，客主仓惶，未能成礼而别。

在不足二百字的篇幅内，有景色风物、有社会习俗、有游赏心境，情与景会，颇有神韵，把作者的潇洒、闲适、无所系念的个性——毕现。

袁中道的题跋和小记，简洁而暗寓评论，言近而旨远，如《书骂坐》把当时自诩为山人而其本质是趋炎附势、见风使舵的虚伪小人揭露得穷形尽相：

新安山人吴虎臣好骂坐。汪伯玉荐之戚大将军所。大将军于饮时，令军正立其旁，云有喧哗者，以军法从事。虎臣终席寂然。近有山人好骂坐，皆言其性甚恶。予曰："其性虽恶，其眼甚慧。彼于席上择人而骂之。其不可骂者，终亦不骂也。"

公安派的独抒性灵，信口而言，信手而书，不免会走向俚俗浅显，这时有竟陵派起来对公安派的性灵说做了修正。钟惺（1574—1625）、谭元春（1568—1637）是竟陵派的代表人物，因为他们都是湖北竟陵人，所以称之为竟陵派。竟陵派既反对复古，也反对公安派，钟惺在《诗归序》中说：

今非无学古者，大要取古人之极肤、极狭、极熟，便于口手者，以为古人在是。使捷者矫之，必于古人外自为一人之诗以为异。要其异，又皆同乎古人之险且僻者，不则其俚者也；则何以服学古者之心？无以服其心，而又坚其说以告人曰："千变万化，不出古人。"问其所为古人，则又向之极肤、极狭、极熟者也。世真不知有古人矣！

这里指出,复古派只学古之皮毛,没有学古之精神;而公安派矫枉过正,又流入俚俗和险僻。公安派重视人与生俱来的天然性情,竟陵派也重视真情,但他们讲的真情则是近道的性情,与古人相通,谭元春《王先生诗序》云:

> 夫性情,近道之物也,近道者,古人所以寄其微婉之思也。自古人远而不见于天下,理荡而思邪,有一人焉近道,相与惊而癖之者,势也。

竟陵派给"真情说"加上了约束,人各有其性情,但近道的性情,才是与古人相通的性情,也才值得肯定。他们诗歌创作的标准是:"察其幽情单绪,孤行静寂于喧杂之中,而乃以其虚怀定力,独往冥游于寥廓之外"(钟惺《诗归序》),"幽深孤峭"是竟陵派诗歌的境界追求。竟陵派以"幽深孤峭"修正公安派的性灵说,把性灵说引向了一个更狭窄的道路。

明代末年,文人社团很多,崇祯初,在江南有太仓人张溥、张采建立的复社和松江人陈子龙、夏允彝建立的几社。张溥(1601—1640)著《七录斋集》,所编《汉魏六朝百三家集》影响较大。他抨击时政的散文《五人墓碑记》歌颂苏州市民与阉党的斗争,政治性很强,广为流传。陈子龙(1608—1647),有用世之志,明亡后,在抗清斗争中壮烈殉国,著有《陈忠裕公全集》。他文学观的核心是回归经典,回归雅正,如《诸将》五首之一:

> 群盗七年剧,神州不可论。又闻方入楚,复道已归秦。污染黎民泣,骄矜将帅嗔。何时严纪律?天地息风尘。

写战乱给黎民百姓带来的灾难,将帅骄矜,军纪不严,才使战争绵延日久,人们流离失所,以诗写史,体现了作者忧国忧民的情怀。

少年爱国诗人夏完淳(1631—1647),有《夏完淳集》,他是陈子龙的学生,十四岁参加抗清活动,十六岁被杀。诗文均悲壮动人。《狱中上母书》是被捕后于南京狱中写给生母陆氏与嫡母盛氏的绝笔,写亲情见其哀婉缠绵,写大义寓其浩然正气,表现了作者以身赴义、视死如归的气节。再如《别云间》写作者对山河沦丧的极度悲愤及他至死不变的抗清决心,格调慷慨豪壮:

> 三年羁旅客,今日又南冠。无限河山泪,谁言天地宽!已知泉路近,欲别故乡难。毅魄归来日,灵旗空际看。

第四节 明代民歌和散曲

民歌为明代文学一大特色,明卓人月《古今词统序》云:"我明诗让唐,词让宋,曲让元,庶几《吴歌》《挂枝儿》《罗江怨》《打枣竿》《银绞丝》之类,为我明一绝耳。"民歌在明代文学史上有特殊的意义。明代民歌自民间孕育而出,情感皆自然贯注,不假虚饰,想象奇特,语言生动形象,深受时人的喜爱,亦引起当时文人的关注。明代民歌贴近现实、立足当下,反映了广阔的社会内容,对社会的封闭、保守及根深蒂固的陈规陋习进行了批判与反拨,其中对真情的渴望、对男女风情的大胆披露是最重要的思想内容。

"黯然销魂者,惟别而已矣",诉说离情别绪是一切文学样式偏爱的主题,在明代民歌中最为精彩的也是那些有关离情的文字。万历年间刊刻的《词林一枝》卷一以《罗江怨》为曲调的民歌,写离情的占到一半以上,举其中一首:

> 纱窗外,月转楼,送别情郎上玉舟。双双携手叮咛嘱,嘱咐你早早回头。得意人难舍难丢,难丢难舍心肝肉。水路去休坐舡头,旱路去寻店早投,夜风吹了谁医救?那时节郎在京都,小妹子独守秦楼,相思两下难禁受。

此曲表现的是依依惜别时的场景,抒情女主人公对情郎的反复叮咛、无限体贴,将离人的凄楚惆怅表现得十分充分。分隔两地,才能体会"一种相思,两处闲愁"的滋味,因为二人相互陪伴、相互照顾的日子,幸福而温暖,所以设想分居两地后必定是互相思念,孤独忧伤。

《词林一枝》中表现离愁别绪还有很多,如《时尚急催玉》中:

> 自那日手挽手诉衷情,难舍难分去。细叮咛,重嘱付,曾许下归期。到如今屈指儿算将来,数将去,眼巴巴,意悬悬,不见情书捎寄。闷将来卸倒在床儿,手摩摩胸儿,我想我的情儿,待他的意儿,仔细思量,哪些儿亏负了你,亏负了你。

情感在离别之后的时光酝酿中浓如烈酒,愁怨却也在难忍的相思中潜滋暗长,怨对方自别后音书难寄,怀疑对方心中少了对自己的情意。因离别生嫌隙,因嫌隙而生怨艾,而这嫌隙和怨艾却更能表现婉曲的情思。

明代民歌中多有表现男女痴情及至死不渝的情感,如:

> 傻俊角,我的哥!和块黄泥儿捏咱俩个。捏一个儿你,捏一个儿我,捏的来一似活托,捏的来同在床上歇卧。将泥人儿摔破,着水儿重和过,再捏一个你,再捏一个我,哥哥身上也有妹妹,妹妹身上也有哥哥。(《南宫词记·汴省时曲·锁南枝·傻俊角》)

> 要分离,除非天做了地;要分离,除非东做了西;要分离,除非官做了吏。你要分时分不得我,我要离时离不得你;就死在黄泉也,做不得分离鬼。(《挂枝儿·分离》)

前一首表现情人间的相思相恋,以物喻人,直抒胸臆、尽情倾吐,显得直白热烈,在手法上别具一格。后一首是一位女子对情人表白忠贞不渝爱情的誓言,她天不怕、地不怕,情之所钟,生死以之。情感强烈炽热,想象新鲜奇特,任何的艰难险阻都剥夺不了她执拗地坚持爱的权利。

明代民歌表现男女情爱的篇什大胆直露，自然真实，与传统诗歌的含蓄蕴藉的审美风格大异其趣，冯梦龙《挂枝儿》中收所录民歌内容多为男女欢情与私爱：

> 感恩深，无报答，只得祈求天地。愿只我二人相交到底，同行同坐不厮离。日里同茶饭，夜间同枕席。死便同死也，与你地下同做鬼。（《山歌·感恩》）
>
> 可知我疼你因甚事，可知我恼你为甚的，难道你就不解其中意？我疼你是长相守，我恼你是轻别离。还是要我疼你也，还是要恼你？（《挂枝儿·恼疼》）

冯梦龙评："'色胆大如天'，非也，真是'情胆大如天'耳，天下事尽胆也，胆尽情也。"（《挂枝儿·私部·调情》）明代民歌中的爱情大胆真率，虽然其中不乏夹杂着一些露骨的情色，但这些情歌中男女主人公对情感的追求坚守、疑问和纠结，直截了当，不假雕饰，确实做到了"达人之性情"（冯梦龙《太霞新奏序》）。

明代民歌的时曲小调并不仅仅限于男女情爱，士农工商、渔樵耕读、神话传说等皆被民歌纳入囊中，反映了明代十分丰富的社会内容。《摘锦奇音·劈破玉·商》："做生涯委实真堪羡，走燕齐经楚粤，天南地北都游遍。江湖随浪荡，万贯在腰缠，四海为家，到处堪消遣。"明代商业经济的发展，从商人员大为增加，商人积累了巨额财富，因"商"而"上"，其政治地位得以提升，人们也改变了对商人的看法，这支民歌就体现了明代商业经济发展下的一种全新的价值观。

生于民间、长于民间的民歌，内容的世俗化和语言的通俗浅显是其最基本特征，在艺术形式上明代民歌多采用谐音、双关、排比、顶针的修辞手法，用民间最常见的事物表情达意，一语双关，朴素、自然又不乏生动。如"郎种荷花姐要莲，姐养花蚕郎要绵。井泉吊水奴要桶，姐做汗衫郎要穿"（《山歌·私情·要》），四句中，谐音"怜"，本意指"爱怜"，民歌中常以"莲"用以作为传情的信物，《相和歌辞·相和曲》中有"江南可采莲，莲叶何田田"，写青年男女在采莲时调情求爱之事，就是用比兴、双关手法，以"莲"谐"怜"，象征爱情。"绵"字更是象征了春蚕到死丝方尽。"要"字，意在表明青年男女之间情感的互动，彼此的依赖，难舍难分，浓情蜜意绵绵不尽。

明代散曲的创作蔚为大观，其艺术实绩足以与元散曲分庭抗礼。散曲因其所具有的通俗性和娱乐性，成为明代士大夫发泄苦闷、抒情言怀的最好工具。元代散曲皆为北曲，明散曲则南、北曲皆有。明代散曲的作家作品数量都远超元代，其题材范围和应用范围也比元散曲有了长足的发展。不少作家，借散曲抨击时弊、直面人生，举凡社会的黑暗、世风的堕落、官场的污滥、百姓的痛苦、历史的思索都在散曲有所反映。如王磐（1470？—1530）的[中吕·朝天子]《咏喇叭》：

> 喇叭，唢呐，曲儿小，腔儿大。官船往来乱如麻，全仗你抬身价。军听了军愁，民听了民怕，哪里去辨什么真共假？眼见的吹翻了这家，吹伤了那家，只吹的水尽鹅飞罢！

作者借物抒怀，鞭挞丑恶的社会现象，讽刺和揭露了明代宦官权势熏天、残害百姓的罪恶

行径,也反映作者的勇气和正义感。再如冯惟敏(1511?—1580年)的[双调·玉江引]《农家苦》:

> 倒了房宅,堪怜生计蹙。冲了田园,难将双手扎。陆地水平铺,秋禾风乱舞。水旱相仍,农家何日足?墙壁通连,穷年何处补?往常时不似今番苦,万事由天做。又无糊口粮,那有遮身布。几桩儿不由人不叫苦!

这支曲子写农家遭遇水旱灾害、居无定所、无衣无食的痛苦情状,结尾以农民"叫苦"作结,流露出作者对农民遭遇的关心和同情。

在艺术手法上,明散曲也有不少创造性发展,特别是明中期以后,朱载堉、赵南星、冯梦龙等作家向民歌、俗曲学习,为散曲注入新鲜血液和鲜活生命力。朱载堉的散曲近乎散文,质朴通俗,近乎民歌,如[南商调·山坡羊]《叹人敬富》:"劝人没钱休投亲,若去投亲贱了身。一般都是人情理,主人偏存两样心。年纪不论大与小,衣衫整齐便为尊。恐君不信席前看,酒来先敬有钱人!"作者摆脱追求音律和辞藻的风气,直白地道出世情薄、人情恶,自己的困难还得自己解决,轻易求人,不仅得不到帮助,还会遭受难堪和屈辱。

朱权、李开先、唐寅、杨慎、康海、王九思、梁辰鱼、沈璟等人都是明代著名的散曲作家,他们的创作使明散曲步入一个新的领域。

思考练习题

1. 名词解释:台阁体,茶陵派,前七子,后七子,唐宋派,公安派,竟陵派。
2. 以作品为例阐述高启诗歌的艺术特色。
3. 以作品为例阐述归有光散文的艺术特色。
4. 以作品为例阐述公安三袁的文学主张和创作特色。
5. 明朝诗文复古思潮经过哪几个发展阶段?各阶段的代表人物和观点分别是什么?
6. 明朝诗文反复古思潮的代表人物和观点分别是什么?
7. 以作品为例说明明代民歌的主要内容和艺术特色。

第四章 清 诗

在中国诗歌发展史上,清代是唐宋之后又一个重要时期,不仅诗歌流派纷呈,诗学主张也丰富多样,有其不可忽视的艺术价值。

第一节 清初诗坛

清初诗坛的情况不同于唐宋的开国时期。唐宋两朝建立之初,诗坛并不繁荣,都要经过一个世纪以上,才大放光芒。而明末诗歌已出现转机,明清易代的战乱与痛苦,反而使清初诗坛显得活跃而多彩。这一时期的诗人按照他们的生活道路、政治态度和诗歌风格可以分为两大类:一类是原为明臣、后来仕清的,如清初诗坛盟主钱谦益和吴伟业,还有施闰章、宋琬等;另一类是坚持气节,不肯仕清或继续抗清斗争的遗民,如顾炎武、屈大均、吴嘉纪等。

一、仕清诗人

清初诗坛,影响最大而处境也最尴尬的是在明末已成名的诗人,如被时人誉为"江左三大家"的钱谦益、吴伟业、龚鼎孳。由于仕清,自知于"名节"有亏,他们的诗中或隐或显地流露出身世之感,甚至以曲笔表达江山故国之思。

钱谦益(1582—1664),字受之,一字牧斋,晚号蒙叟,江苏常熟人。明神宗万历进士,任礼部侍郎,后罢官乡居,讲学东林书院。福王朱由崧时,与马士英、阮大铖接近,官礼部尚书。清兵南下,觍颜迎降。顺治二年(1645),任礼部右侍郎管秘书院学事,不久引病归里。他的生活经历曲折,思想比较复杂,是当时文坛领袖。著有《初学集》《有学集》《投笔集》等,编选有《列朝诗集》。

钱谦益自觉的致力于清诗建设,批判明代复古派和反复古派,也各有所取。对复古派,取其借鉴古人精神,但不囿于"汉魏盛唐",剔除模仿形似;对反复古派,取其申写"性灵",摒弃其"师心而妄"、"轻才寡学"。他强调时代、遭遇和学问的重要性,建立起"诗有本"的真情论,以真诚的具有时代意义的感情为核心,达到性情、世运、学养三者并举。主张转益多师,兼采唐宋,广收博取,推陈出新。他早期胎息玉溪,吸取李商隐诗歌的清丽语言风格,使诗歌具有婉转明快的特点。认为诗歌"总萃于唐,而畅遂于宋"(《雪堂选集题辞》),故有意识地提倡宋元,以矫王、李之失。后遭家国之变,适应时代需要,发展到"心摹手追于眉山、剑南之间",其诗摭取苏轼、陆游诗歌的豪迈气势,具有宏肆奔放,纵横雄健的特色，其七古诗以驰骋为豪，才情汹涌，接近宋人面目。

钱谦益早年的诗多为应酬风月之作，感情相对浮泛，入清之后的诗歌中既有对故国沦亡的追思，又有对屈节仕清的忏悔，还有作为汉族知识分子恢复故国的道义感，如《观闽林初文孝廉画像读徐兴公传书断句诗二首示其子遗民古度》：

抗疏捐躯世所瞻，裳衣戒削貌清严。可知酌古陈同甫，应有承家郑所南。
文甫为人陈亮是，兴公作传水心同。永康不死临安在，千古江潮恨朔风。

诗中列举陈亮、郑所南等前代具有民族意识的志士仁人，歌颂他们为"世所瞻"的精神，表现恢复故国的志向。但因其为人反复无常，这些诗被人斥为自我雕饰之辞，而章太炎则以为"不尽诡伪"（《訄书·别录甲》）。

钱谦益长于抒情，尤工七律。他的《后秋兴》是和杜甫《秋兴》而作的组诗，步原韵至十三叠，共一百零四首。结合时事，抒发故国之思及觍颜仕清、复国无望的复杂痛苦心情。这种大型组诗，就其体制和气魄而言，在前代诗人创作中还未曾见过。陈寅恪称赏其晚年所作《投笔集》为"明清之诗史"（《柳如是别传》）。

钱谦益以其卓越的诗歌成就、显赫的文坛声望以及突出的政治地位，影响、培育了大批的清代诗人。在钱谦益的影响下，他的家乡形成了"虞山诗派"，在明末清初与云间派、娄东派鼎足而三。虞山派早期成员多为遗民，冯舒、冯班、钱曾、钱陆灿、陆贻典等为其中坚。

钱氏之外，清初诗坛声望最高的当推吴伟业（1609—1671），字骏公，号梅村，江苏太仓县人。曾师事张溥，为复社重要成员。明崇祯四年（1631）进士，授编修，官至左庶子。福王时任少詹事，因与马士英、阮大铖不合，辞官归里。明亡后，隐居不出，在家乡主持文社，文名益重。顺治十年（1653），因姻亲朝荐，被迫应诏仕清，官秘书院侍讲，国子监祭酒。三年后，以丁母忧南归，从此不复出仕。他一生与讲求气节的复社相始终，故对屈节仕清，深深愧疚于心，死后按遗命敛以僧装，墓前圆碑上仅题"诗人吴梅村之墓"。有《梅村集》《梅村家藏稿》等。

吴伟业早期作品风华绮丽，明亡后多激荡苍凉之音。围绕黍离之痛，吴伟业以明末清初的历史现实为题材，反映山河易主、物是人非的社会变故，描写动荡岁月的人生图画，志在以诗存史。此类诗歌约有四种：一种以宫廷为中心，写帝王嫔妃戚畹的恩宠悲欢，引出改朝换代的沧桑巨变，如《永和宫词》写田贵妃和明思宗，把田贵妃一生的荣乐起伏与明朝的兴亡抒写结合在一起，魏宪说此诗"从繁华说到寂寞，是一部诗史"（《诗持三集》）。《萧史青门曲》以咏刘有福驸马、宁德公主夫妇为主兼及其他公主在明清易代前后的命运变化，把宁德公主在明朝时的尊贵荣华与国亡后的贫困落魄作了强烈对照。一种以明清战争和农民起义斗争为中心，通过重大事件的记述，揭示明朝走向灭亡的趋势，如《临江参军》以写杨廷麟为主，兼写卢象升，对卢象升英勇抗清，为国捐躯的高尚行为和杨廷麟敢于直谏、正气凛然的优秀品格作了形象刻画和热情的歌颂。《雁门尚书行》作于清顺治十二年。明崇祯十六年九月间，李自成起义军在襄阳大败明军，继而攻破潼关，明督师孙传庭战死。此诗以孙传庭为中心，记录了这一关系明朝灭亡的最后一次战略决战。作者以惋惜之情、歌颂的基调写孙传庭为明朝尽忠战死,并写出明朝战略上的重大失误,是"以诗纪史"。一种以歌伎艺人为中心,从见证者的角度,叙述南明福王小朝廷的衰败覆灭,如《琵琶行》,作于清顺治三年,写思宗宫中乐人白生善弹琵琶,明亡后流落江南,梅村听其奏乐,又闻在座的前明中常侍姚公诉说先朝宫中旧事,倾吐"故国不堪回首"的无限感伤哀怨。它沿用白居易《琵琶行》的标题,但却是写世事沧桑、麦秀黍离的哀痛。《听女道士卞玉京弹琴歌》写卞玉京与中山女等,以卞玉京弹琴为线索,写出了明末一些女子的悲惨命运,从而反映出弘光朝的荒淫和清朝的残暴。一种以平民百姓为中心,揭露清初统治者横征暴敛的恶政和下层民众的痛苦,类似杜甫的"三吏"、"三别",如《捉船行》《芦洲行》《马草行》《直溪吏》等。

吴伟业还有一些感愤国事、长歌当哭的作品如《鸳湖曲》《后东皋草堂歌》等,以及痛失名节的悲吟如《自叹》、组诗《遣闷》等。以顺治十年出仕为标志,在灵与肉、道德操守与生命保存之间,吴伟业选择苟全性命,堕入失节辱志的痛苦深渊,让自赎灵魂的悲歌沉挚缠绵,哀伤欲绝。这类诗歌对我们认识在理想与现实、感情与理智的困扰与冲突里挣扎的人生悲剧,有着启迪作用。

吴伟业擅七言歌行,《圆圆曲》享誉最高,借吴三桂、陈圆圆故事反映明末清初错综复杂的社会矛盾,讥讽为女色引清兵入关的叛降求荣行为。这类歌行体叙事诗采用长篇叙事的体例,注重使典用事的技巧和平仄协调的声律,语言华美昳丽,结构布局波澜起伏。是吴伟业在继承中唐元白长庆体式的基础上,吸收初唐四杰的用典之法和晚唐温李诗的辞藻风韵,并且融入明代传奇的戏剧性而自创的一格,后人取吴伟业之号称之为"梅村体"。"梅村体"特别适合于反映家国兴亡、历史变迁的重大题材,因而使得吴伟业的叙事诗在内容与形式的结合上臻于相对完美的境界,达到了古代叙事诗的高峰。《四库总目提要》评其诗"格律本乎四杰而情韵为深,叙述类乎香山而风华为胜"。吴伟业是当时尊唐派的领袖。因太仓在娄江之东,又称娄东,故以他为首的诗派,时称"娄东派"。

龚鼎孳(1616—1673),字孝升,号芝麓。明崇祯进士,官至兵部给事中;入清,累官礼部尚书。他的诗歌创作成就相对较低,但他能以敏捷丰沛的才华与显赫的官位相结合,主持坛坫,扶掖人才,所以一度在京师成为诗坛领袖。他的诗除部分写景抒情诗和很少一部分反映社会现实的诗歌外,多是宴饮酬和之作。比较优秀的诗作有《岁暮行》《赠歌者南归》《百嘉村见梅花》等。

随着时间的推移,以新进士为主体的新诗群逐渐成为诗坛的主流。新进士们为了适应社会相对统一稳定的局面,自觉地用温厚和平的新声取代明末遗民的变风变雅之音。其中较早的两位大家是施闰章和宋琬,号称"南施北宋"。

施闰章(1618—1683),字尚白,号愚山,又号蠖斋,安徽宣城人。顺治进士,授刑部主事,历员外郎,后迁江西参议。康熙十八年召试博学鸿词,列二等四名,授翰林院侍讲,纂修明史,后官至侍读。有《学余堂文集》《愚山诗集》《蠖斋诗话》等传世。施闰章主张作诗要言之有物,反对空泛虚华。其诗以反映民生疾苦和社会不平的题材最著名,如《新喻郭西芜田弥望书示官吏》《海民篇》《皇天篇》等描绘田地荒芜、租税繁重、流亡遍野的惨象;《卖船行》《棕毛行》《泊樵舍》等写清兵到处搜船、强征棕毛,乘机抢掠的暴行。但对人民的反抗,他又站在清王朝的立场严加反对。

施闰章以汉魏盛唐为宗,诗歌格调追求温厚平和,与由明入清诗人的诗风大相径庭。其五言最工,尤长五律。五言长篇《浮萍兔丝篇》叙两对夫妻悲欢离合的传奇故事,情节曲折,扣人心弦。叶矫然《龙性堂诗话·初集》评曰:"奇事奇情,古意翩跹,当与《孔雀东南飞》并传千古。"五律如《燕子矶》:

  绝壁寒云外,孤亭落照间。六朝流水急,终古白鸥闲。树暗江城雨,天青吴楚山。矶头谁把钓?向夕未知还。

全诗采用排偶形式,不杂虚字,潜气内转,章法高明,呈现出温柔敦厚的特征。他寄意山水田园的诗篇,高雅淡素,清空凝练,颇近王维与韦应物的诗风。

  宋琬(1614—1674),字玉叔,号荔裳,山东莱阳人。顺治四年进士,授户部主事。一生坎坷不平,曾两次被诬入狱。康熙十一年起补四川按察使,次年入京,值"三藩"叛乱,蜀中失守,全家陷落,他在京不胜悲郁,以疾卒。有《安雅堂全集》传世。宋琬的诗突出反映了个人的不幸遭遇,如《听钟鸣》《悲落叶》《狱中对月》等都非常悲愤沉痛,哀婉动人。《狱中对月》:

  疏星耿耿逼人寒,清漏丁丁画角残。客泪久从愁外尽,月明犹许醉中看。栖鸟绕树冰霜苦,哀雁横天关塞难。料得故园今夜梦,随风应已到长安。

清顺治十八年,宋琬因山东于七起义,被诬受牵连,入狱三年。此诗含蓄地表现出对命途多舛、世态炎凉的悲愤,写得诚挚委婉、沉郁感人。沈德潜说:"观察天才俊上,跨越众人,中岁以非辜系狱,故时多悲愤激宕之音。而溯厥指归,仍不戾于中正,此诗中之变雅也。"(《清诗别裁集》卷二)

  他也有反映民生疾苦的诗作,如《渔家词》写南阳湖渔民不胜租税负担,被逼得"泣向前村卖网罟"。他的诗最初由明七子入手,并在京师与施闰章、丁澎、陈祚明、张文光、赵宾、严沆结成"燕台七子"诗社,以继七子之迹。后来因个人身世遭遇及时代风气的变化,其诗取向逐渐扩大,由盛唐扩大至中晚唐,再推及至以陆游为代表的宋诗,形成"风骨浑雅,气韵深厚"的基本风格。

  清顺治、康熙时期,由于各种种因素的共同作用,整个诗风都在发生演变:内容从现实渐趋空廓,格调从激烈变为平和,师法从宗唐过渡到宗宋,并进而缓慢地向摒弃唐宋、独创新格的道路发展。这种演变,典型地体现在朱彝尊身上。

  朱彝尊(1629—1709),字锡鬯,号竹垞,浙江嘉兴人。康熙十八年,举博学鸿儒科,入选,授翰林院检讨,参与修纂明史。后乞假归隐,著述不倦。有《曝书亭集》《日下旧闻》等。作为诗学家,朱彝尊诗学观点的核心思想是"醇雅"。基于此,他崇奉唐诗而贬低宋诗,标准即在于认为唐诗中正和平,而宋诗叫嚣俚鄙,有悖于雅正之道。但他"晚宗北宋"(《北江诗话》卷一),直接影响到查慎行的主体学宋的转化,其被视为浙派开山祖师亦在此。

  朱彝尊认为性情是诗的本质,所谓"诗之所由作,其情之不容已者乎"(《钱舍人诗序》),但针对"今之诗家空疏浅薄"(《楝亭诗序》)之弊,又强调性情须辅以学问,所谓"必以取材博者为尚"(《鹊华山人诗集序》)。

朱彝尊早年抗清,胸怀壮志,渴望恢复,民族意识强烈,即使山水诗亦时掺杂政治思想,与社会现实相沟通。顺治二年清兵攻破南京,南明弘光朝覆灭,此时朱彝尊虽远在故乡嘉兴,但心中充满神州陆沉式的孤独无依感,写于此年的《南湖即事》就借景抒发内心不尽的悲凉惆怅:

南湖秋树绿,放棹出回塘。箫鼓闻流水,蒹葭泛夕阳。心随沙雁灭,目断楚云长。惆怅佳人去,凭谁咏凤凰?

朱氏早期的怀古诗以古喻今,抒发复明之志,与顾炎武同类诗意旨相通。这类诗有《谒大禹陵二十韵》《越王台怀古》等。但随着岁月的流逝,抗清事业的衰落,朱彝尊的民族意识亦日趋淡化。

朱彝尊长年舟车南北,远离故土亲人,思乡怀亲之情自然郁积于心。康熙十三年,他"旅食潞河,言归未遂,爰忆土风,成绝句百首"(《鸳鸯湖棹歌自序》),即《鸳鸯湖棹歌》一百首,广泛反映资本主义萌芽时期嘉禾平原的现实。作为田园诗来说,写出了时代新意。他笔下的农村,已非昔日平静、闭塞、落后、单纯小生产式的农村,而是开放、喧闹、充满活力和城镇、工、商结合的农村:"楼头沽酒楼外泊,半是江淮贩米船"(九十五);"五月新丝满市廛,缲车响彻斗门边"(五十八);"金鱼院外即通津,转粟千艘压水滨"(二十三),"舟移濮九娘桥宿,夜半鸣梭搅客眠"(七十五);"石尤风急驻苏湾,逢着邻船贩橘还"(九十四),诗人采用一点一诗、由点成面手法来反映广阔的社会生活,加上自注,遂成为"方志诗"。诗风朴素自然,清新活泼,有民歌风味,林昌彝盛赞:"搜罗极博,其诗旨趣幽深,神韵独绝,七绝中高品也。"(《射鹰楼诗话》)

可以说,朱彝尊诗之精华多在未仕以前,其仕清时期诗歌创作多应酬之作。康熙三十一年归田之后,朱彝尊心境闲适恬淡,既无兴亡之感,亦少思乡之情,而是从一种悠闲审美的态度观赏山水风光,有时还从山水中体悟人生的哲理。

康熙年间,王士禛以全国诗歌领袖之尊,领导诗坛达半个世纪之久。他与朱彝尊并称为"南朱北王"。王士禛(1634—1711),字子真,一字贻上,号阮亭,又号渔洋山人,山东新城人。顺治十五年进士,后深受康熙恩遇,官至刑部尚书。明亡时王士禛年仅十岁,没有太多的历史宿账和感情包袱,而作为一个读书人,他又必须把个人的前途和新王朝联系在一起,这是了解他诗歌创作的前提。顺治十四年秋,已在两年前的会试中试并将于次年参加殿试的王士禛于济南大明湖畔与众名士结社吟诗,赋《秋柳四章》:

秋来何处最销魂?残照西风白下门。他日参差春燕影,只今憔悴晚烟痕。愁生陌上黄骢曲,梦远江南乌夜村。莫听临风三弄笛,玉关哀怨总难论。

娟娟凉露欲为霜,万缕千条拂玉塘。浦里青荷中妇镜,江干黄竹女儿箱。空怜板渚隋堤水,不见琅琊大道王。若过洛阳风景地,含情重问永丰坊。

东风作絮糁春衣,太息萧条景物非。扶荔宫中花事尽,灵和殿里昔人稀。相逢南雁皆愁侣,好语西风莫夜飞。往日风流问枚叔,梁园回首素心违。

　　　　桃根桃叶镇相怜,眺尽平芜欲化烟。秋色向人犹旖旎,春闺曾与致缠绵。新愁帝子悲今日,旧事公孙忆往年。记否青门珠络鼓,松枝相映夕阳边。

　　此诗一出,传诵大江南北,和者达数百人,这表明它不是一首日常性的抒情之作,牵动了许多文人的心。诗人以青春的浪漫才情将憔悴的自然物象、伤逝的人生悲感和复杂的象征内容结合在一起,使这组诗显得意旨隐晦而情韵悠远。诗中既有对前朝风流的追慕,又有意识地将这种追慕淡化,表达了一种从明亡的悲哀中挣脱出来的要求,它渐渐被士大夫所认同。到康熙中期,这种心理愈加深入。

　　就艺术表现来说,《秋柳四章》所传达的人生伤感避免用尖锐和刺激性的语言来显示,而是在美丽的意象与和婉的声韵中隐约流动,可以感受却很难实指。这已经符合王士禛后来提出的诗歌理论主张,即"神韵"说。王士禛曾编选唐人律绝为《神韵集》(佚),为其标举"神韵"说之始。晚年他又编选《唐贤三昧集》,再次申述这一主张。对唐代诗人,王氏不喜杜甫、白居易、罗隐等,而偏爱王维、孟浩然、韦应物等,集中所选,主要是这一路诗人的作品。

　　王氏强调"兴会神到"(《池北偶谈》)、"得意忘言"(《香祖笔记》),认为作诗不应逼真地刻画物象,过分黏滞于物象,追求形似,反而失真,重要的是运用富有启发性的语言,表现物我双方互相契合的风神韵致,就是清远闲淡的意境,富于言外之味。与司空图说的"不着一字,尽得风流"或严羽说的"妙悟"、"羚羊挂角,无迹可求"近似。但"神韵说"也并不只是重复前人的诗论,它实际包含了七子派对"格调"的讲求,也包含了公安派重视"性灵"的意味。

　　神韵说在很大程度上是针对当时诗坛上的"唐宋之争"而发的。清初诗歌从明诗单取盛唐的圈子中跳出来,扩大到宗法整个唐诗,又扩大到宗法宋诗,于是在宗唐与宗宋之间,既有融合,同时也出现严重的对立。王士禛虽然也不免争唐论宋,但他从另一美学角度提出神韵说,有利于持平诗学上的疆界。但这种主张,宜于作绝句,不宜于作长篇;宜于写景,不宜于表现社会重大题材。

　　从王士禛一生的创作分期看,早年以风华秀隽之才抒盛衰兴亡之感,颖锐之气逼人。中年则以雍容娴雅之度写平和之心境,大有冠带之概。晚年精力衰减,耽于禅寂,通事短吟,类同偈颂。总之,官位愈高,诗境愈老,生气愈衰,佳篇愈少。其诗歌理论到晚年为成熟,而创作成就以早、中期为高超。

　　就主题的取向来看,王士禛的诗歌重在表现个人的感受与情怀,主要吟咏惆怅的心态、孤独的况味、浓重的乡愁、羁旅的苦恨、隐逸的志尚和夫妇、兄弟、朋友之间的伦理情感,常借登临怀古宣泄他的感伤,借山水清音消融人生的苍凉。亦有一些反映现实的诗篇,如《春不雨》《养马行》《蚕租行》,对人民的疾苦表示了深切的同情。又如《淮安新城有感》《秦淮杂诗》,对前朝往事有所感慨。但这样的作品,在他的诗集里数量不多,不能代表他的创作倾向。

　　就诗歌体式来看,王士禛的七言凌驾五言,以句长而有摇曳之姿;近体远胜古体,以字少而富神韵之美。七绝独标一格,《真州绝句》是他"兴会神到"的代表作,确有一种清新蕴藉的风致。王士禛既富才情,地位又高,其"神韵"说提出后,风靡一时,但也有诗人对此表示反对,其中最著名的,就是赵执信。

赵执信(1662—1744)主张诗中有人,诗外有事,以意为主,言语为役。批评王士禛诗专以风流相尚,实是诗中无人,虚情矫饰。赵执信少年得志,但不久即困顿潦倒,胸中常有极端的愤世之慨。他的诗歌在接触到社会现实和个人身世的时候,往往表现出一种抗争的尖锐性。即使写闲情逸致也时常流露出逆时世流俗而独立不倚的精神。从《萤火》一诗中能看出其毕生所坚持的人格力量:

和雨还穿户,经风忽过墙。虽缘草成质,不借月为光。解识幽人意,请今聊处囊。君看落空阔,何异大星芒。

虽萤火虫系"草质",备经风雨,却决不仰人余焰,穷处之时以微弱萤火助人眼力,烛照黑暗,这种坚毅的品格确是"何异大星芒"!

赵执信诗歌在切入现实生活时,对于好恶爱憎,总是恺切直言,从不回避。这是他人格力量的又一重表现。其讽世诗《题顾黄公景星先生〈不上船〉》就借李白轻狂犯"龙颜"的掌故,在赞颂顾氏的同时,狠揭当时文学侍从的丑态:"近代词臣那敢尔?礼法拘牵才萎靡。"结末以"不上船"与"诗人千里随船行"相对照,讽刺尤为露骨。在以诗切入现实生活方面,赵执信尤为非凡的是对民心民情的关注。他既深感社会风气恶浊,人心叵测,又在具体到官民关系时,敏锐意识到民心终不可欺,逼压太甚,必起抗争。他的《氓入城行》反映官逼民反的事件,写出了农民进城捣毁官府的声势和县官狼狈逃窜的丑态。

关于民生疾苦的表现,赵执信的笔墨更多的是鞭挞贪官污吏,名篇有《猛虎行》《虎伥行》《两使君》等,其中《虎伥行》深刻揭露恶吏劣绅戕害邑民,尤具史识。他既继承了从《诗经》、汉魏乐府,到唐之杜甫的那种缘事而发、抒写真情、深怀寓托的现实主义传统,又受到李白诗歌大胆夸张和高度想象的影响。其诗既篇中有"意"有"人",又有情有味,思路巉刻,风格清新峭拔。

赵执信与"南施北宋"、"南朱北王"和查慎行齐名,时有"国朝六家"之称。查慎行(1650—1727)的诗善用白描,刻画工细,意境清新。

二、遗民诗人

遗民诗人中,清初思想家顾炎武、黄宗羲、王夫之的诗都洋溢着爱国热情,感情沉痛,气势豪壮。尤其顾炎武(1613—1682),诗学杜甫,功力极深。作诗主性情,不贵奇巧,要求诗歌抒发感情、反映现实。由此出发,他竭力反对模拟,认为诗歌创作随时代而变化。这对清除明代复古主义诗风起到了重要作用。其诗多写重大时事,抒发反清复明志向和亡国之痛,如《海上》《秋山》《京口即事》等篇直接描写当时重大的史实。顾炎武坚贞的民族气节和强烈的爱国主义精神,在他的抒情、写景、咏物、拟古等作品中,都得到鲜明体现。如《精卫》:

万事有不平,尔何空自苦?长将一寸身,衔木到终古?我愿平东海,身沉心不改!大海无平期,我心无绝时。呜呼!君不见,西山衔木众鸟多,鹊来燕去自成窠。

借精卫衔西山木石以填东海的故事，表达了自己抗清意志的至死不变。顾炎武擅长用典，熨帖切当，诗风深沉悲壮，苍凉劲健，近乎杜甫、陆游、元好问。

黄宗羲（1610—1695），字太冲，号梨洲，又号南雷，浙江余姚人。早年参加反对阉党的斗争，为父复仇。明亡，参加抗清斗争，历经危难，濒于死者不知多少次。他不以诗著，但他认为诗之道至大，可以千变万化，而各有成就，不必出于一途，所以反对明前后"七子"的"诗必盛唐"之说，而认为"论诗者，但当辨其真伪，不当拘以家数"（《南雷诗历题辞》）。他的诗四卷，二百余篇，虽不见得直接写现实，但情感真挚，反映了他的爱国热情与慷慨悲愤之思，也显示了他的艰苦奋斗的生活与性格。这是从任何题材的作品中都可以看得出的，如《钓台》写"江上愁心丝百尺，平生奇险浪千堆"，就分明有诗人自己的形象。

王夫之（1619—1692），字而农，号薑斋，衡阳人。清兵南下时，他曾在衡阳起兵抗清，后至桂林依瞿式耜。式耜殉难，他决计退隐，于衡阳之石船山筑土室，潜心著述四十年，世称"船山先生"。他主张诗"以意为主"，情与景"妙合无垠"；要写亲身经历，"身之所历，目之所见，是铁门限"（《薑斋诗话》卷二）。其诗多缅怀故国、感慨生平，如《读指南录》写文天祥在镇江逃脱的情景，抒发他国仇未报、遗恨无穷的感慨。《哀雨诗》《耒阳曹氏江楼》《小楼雨枕》等也属此类。

吴嘉纪（1618—1684）终生穷困，年轻时从事过烧盐劳动，后漫游各地，参加过抗清活动。他反映农民、盐民、灾民疾苦和揭露清军暴行的诗较有特色。诗的语言朴素，风格接近唐代新乐府诗派。

屈大均（1629—1696）初名绍隆，字翁山，又字介子，广东番禺人。明亡，清兵入广州前后，曾参加抗清义军，失败后削发为僧。中年还俗，结交顾炎武、朱彝尊等，继续进行抗清活动。曾组织"西园诗社"，是当时"岭南三大家"之一。一生足迹遍及南北各省，目睹社会的动乱，人民的艰辛，他的诗多写民生疾苦，缅怀故国，感伤时事。他的《大同感叹》《莱人哀》等揭露统治者的残暴，表现了人民的苦难。他歌颂历史人物如屈原、荆轲、鲁仲连、诸葛亮、文天祥的诗，则深寓爱国情怀。《读荆轲传》"一自悲风生易水，千秋白日贯长虹"，"壮士至今犹发指，寇仇长枕报秦戈"，可见其明显的寓意；《谒文丞相祠》"碧玉归无地，丹心痛入天。武侯师未捷，箕子道空传。终古宗臣泪，斜阳麦秀边"，更鲜明的寄托着他的爱国思想。屈大均的诗瑰异奔放，有慷慨奇崛之气。

归庄是明末一个奇人，与顾炎武为同学，又是抗清的同志。昆山起义失败后，他变了僧装，亡命在外。归庄诗、古文辞都有很高的成就，可惜清初文网严苛，没有人敢于刻印，遂致散佚，今存者仅有《归玄恭遗著》一书，计文七十九篇，诗二百二十七首，另《归玄恭文续抄》六卷而已。后经多方搜访，颇有增益，共得诗五百三十余首，词二首，曲二篇，文约三百篇，题为《归庄集》。他的诗，多写家国之痛，与顾炎武相似，但语言较为浅易。晚年所作，便多愤懑郁结，无以自遣之情，《卜居》二首，《古意》十二首，《落花诗》原十二首，又四首，虽风格不尽相同，而思想情绪则大抵相似。

其他著名的遗民诗人尚有阎尔梅、杜濬、方文、钱澄之、陈恭尹等。比起前代遗民诗人来，他们更具有自身的特色。不少遗民诗人都长期参加了南明政权或抗清斗争，失败后，或流亡各地,或削发为僧,他们感而为诗,无不浸透着强烈的切身感受,语语出自肺腑,虽无意求工,却往往具有震撼人心的艺术感染力。有的则以诗纪事,反映南明小朝廷的斗争史实,堪称一代诗史,弥足珍贵。

第二节　清中叶诗坛

乾嘉诗坛,流派纷呈,出现了以沈德潜为代表的格调说、以翁方纲为代表的肌理说的诗派,他们固守儒雅复古的阵地。厉鹗的浙派和以袁枚为代表的性灵派诗人则追求诗歌的解放,而黄景仁等唱出了时代的哀音。

一、沈德潜与格调说

沈德潜(1673—1769)字确士,号归愚,长洲人。乾隆进士,曾任内阁学士、礼部侍郎。论诗原本叶燮,经其推演,以儒家诗教为本,倡导格调说,以为"诗贵性情,亦须论法"。所谓"性情",是指诗中所表现的诗人的个性,可以"读其书,想见其为人"(《说诗晬语》),但他要求诗人表现出来的个性,要合乎儒家温柔敦厚、怨而不怒的诗教,要求诗歌创作"一归于中正和平"(《历代诗别裁集》)。所谓"论法",就是讲求格律,重视声调,注意体式。为了使诗"格高"、"调响",他提倡复古,认为"诗不学古,谓之野体"(《说诗晬语》)。他推崇汉魏盛唐,赞扬前后七子。他以唐人为楷式,以古诗为源头,选辑《古诗源》《唐诗别裁集》《明诗别裁集》等,树立学习的范本。这实际上是用古唐诗的具体的格律声调以补充神韵说缥缈肤廓之弊。他主张"言有物",说"诗必原本性情,关乎人伦日用古今成败兴坏之故者,方可为存,所谓其言有物也"(《清诗别裁集凡例》),可见,他的"言有物"乃是强调封建伦理道德,使诗歌为封建纲纪政教服务,企图以此来弥补神韵派忽视内容之失。他的主张比较可取的是"法无一定,唯意所之","有第一等襟抱,第一等学识,斯有第一等真诗"(《说诗晬语》)之说,重视立意,强调诗人自身思想意识修养,这是值得肯定的。

沈德潜早年未遇期间,写过一些反映民生疾苦的好诗,如新乐府《制府来》《哀愚民效白太傅体》《海灾行》《刈麦行》等,讽刺官吏跋扈,反映民生疾苦,语言朴素自然。近体诗《金陵咏古》等也写得高亢雄健。为官以后,成了典型的台阁体诗人,写诗以歌功颂圣为能事,艺术上不脱模拟,没有什么成就。沈德潜从正面提出了为封建统治服务的主张,较王士禛的神韵说更有利于封建统治,因而博得了最高统治者包括乾隆皇帝的赞赏,他的诗歌理论曾经风靡一时。从此,拟古主义、形式主义的歪风又一次弥漫诗坛。

二、厉鹗及浙派诗

厉鹗是与庙堂诗人沈德潜分庭抗礼的在野诗人群的领袖,浙派诗的中坚。他延续了查慎行所标举的宋诗派方向,又专取南宋陈与义及永嘉四灵等小家,好用宋代典故而又偏好僻典,用意也过于深刻,极端地显示了浙派诗的特征。厉鹗诗以杭嘉湖一带山水为主要题材,以"清"为主体风格。他的一些近体短篇,能表现出他孤寂的性格,有一种出俗的幽深清寒之意。他的《晓登韬光绝顶》,从"霜磴"、"阳崖""竹光"、"冷翠"等局部小景,写出蔽

谷境界之冷峻幽深,衬托出心境之清寂,与烦扰嘈杂的尘世形成鲜明对照。他的《冷泉亭》:

> 众壑孤亭合,泉声出翠微。静闻兼远梵,独立悟清晖。木落残僧定,山寒归鸟稀。迟迟松外月,为我照田衣。

诗境幽寂,略有王维诗的味道,但第五句以"残"修饰"僧",末二句写月光将松枝影投在自己身上,使衣衫如同僧人的袈裟,喻示内心对禅理的感悟,都显得用力过于深刻,而缺乏唐诗的灵动。实际,和朱彝尊一样,厉鹗更有情味的创作是在词中,他们都是用词弥补了诗的缺陷。

作为浙派领袖,厉鹗在康乾诗坛具有重要地位和广泛影响,洪亮吉说:"近来浙派入人深,樊榭家家欲铸金。"(《道中无事偶作论诗截句二十首》)

三、翁方纲与肌理说

翁方纲(1733—1818),字正三,号覃溪,河北大兴人,有《复初斋诗集》及《石洲诗话》。他是一个经史考据学家,喜谈金石,喜"神韵说",而病其流于肤浅,所以想用学问做肌骨来充实诗的实质,遂开后来一些朴学家作诗喜谈学问的风气,成为宗唐派中的一支。他主张"为学必以考证为准,为诗必以肌理为准"(《志言集序》)。"肌理"二字源于杜甫《丽人行》"肌理细腻骨肉匀"之句,杜甫所说的"肌理"可以理解为肌肤之纹理,主要指女人的肌肤美丽而匀称。用来论诗,包括义理与文理。义理为"言有物",指以六经为代表的合乎儒家道德规范的思想与学问;文理为"言有序",指诗律、结构、章句等作诗之法。义理为本,通变于法,以考据、训诂增强诗歌的内容,融词章、义理、考据为一。他认为"士生今日,宜博精经史考订,而后其诗大醇"(《粤东三子诗序》)。

翁方纲是学者,博通经术,其诗歌理论、创作也受到考据学风的影响,如《汉石经残字歌》《汉建昭雁足灯歌为王述庵臬使赋》等以学问为诗,用韵语作考据,遭到袁枚的批评,"错把抄书当作诗"(《仿元遗山论诗绝句》三十八)。从与他同时的钱载,到道、咸年间的程恩泽、郑珍、何绍基和清末沈曾植等,所产生的学人之诗和宋诗运动,都由肌理说推动而来。

四、袁枚与性灵说

袁枚(1716—1798),字子才,号简斋,钱塘人,因居南京小仓山随园,世称随园先生,自号仓山叟、随园老人等。乾隆四年(1739)进士,改庶吉士,入翰林院,后外放于江苏溧阳、江宁等地任县令。乾隆十三年(1748)辞官,结束仕宦生涯,隐居随园。袁枚认为"诗有工拙,而无今古",古人未必皆工,今人未必皆拙,"即《三百篇》中颇有未工,不必学者,不徒汉、晋、唐、宋也;今人诗有极工极宜学者,亦不徒汉、晋、唐、宋也。"(《答沈大宗伯论诗书》)所以,他反对不顾时代而袭古人之面貌,受古人之拘束,不"宗唐",也不"宗宋"。

其诗歌理论的核心是性灵说,以强调人的"情欲"为主要内容,以"生趣"为特征。宣扬性情至上,肯定情欲合理,在性与情上,主张即"情"求"性",突出尊情;在言志与言情上,认为"诗言志,言诗之必本乎性情也"(《随园诗话》卷三)。他强调情是其诗论的核心,男女是真情本源。公开为写男女之情的诗歌张目,在当时颇有发聋震聩之效。他还鲜明的表示"郑孔门前不掉头,程朱席上懒勾留"(《遣兴》其二十二),认为"宋学有弊,汉学更有弊"(《答惠定宇书》),宋儒偏于心性之说近乎玄虚,而汉儒偏于笺注也多附会,进而质疑"六经",指出其言未必"皆当"、"皆醇",并借庄子之语抨击"六经尽糟粕"(《偶然作》),对虚伪的假道学深恶痛绝,表现出封建社会末期个性解放思想再次苏醒。他认为只有"天分低劣之人,好谈格调,而不解风趣"(《何南园诗序》)。因为格调是空架子,而风趣专写"性灵"。"性灵"要得之于"目之所瞻,身之所到",非"勉强为之"(《答云坡大司寇》)。他认为自《诗经》三百篇以至唐宋,诗从来就没有"定格","但多一分格调,必损一分性情,故不为也"(《赵云松瓯北集序》)。

袁枚提出创作主体必须有性情、个性和诗才。诗人要"自把新诗写性情"(《春日杂诗》),而这种性情要表现出诗人的独特个性,"作诗不可无我","有人无我,是傀儡也"(《随园诗话》卷七),《续诗品》辟"著我"一品,就是明确提倡创写"有我"之旨。这是性灵说审美价值的核心。然而仅有个性、性情是不够的,还应具备表现这一切的诗才,"诗人无才,不能役典籍运心灵"(《蒋心馀藏园诗序》),艺术构思中的灵机与才气、天分与学识要结合并重。这一在"吟咏性情"的基点上构成完整体系的诗歌理论,冲破了传统与时代风尚,对格调模拟复古、肌理考据学问、神韵纤巧修饰、浙派琐屑饾饤给予有力的冲击,是晚明文艺思潮的隔代重兴,为清诗开创了新的局面。但由于过分强调个人"性情遭际",忽视诗人的社会实践和作品的社会意义,他的诗多半吟风弄月、自我消遣或应酬,在艺术上能以明快的语言直抒性情,写得清新灵巧,但时或流于浮滑,格调不高。

与袁枚在理论与创作上比较接近的还有赵翼、蒋士铨,他们都反对拟古主义和形式主义,作品也较有现实内容,并称"乾隆三大家"。而性灵派在嘉庆年间的重镇是张问陶。他具有用诗写出个人真阅历、真性情的自觉意识,论诗力主性情,强调"诗中无我不如删"(《论文八首》其七),"好诗不过近人情"(《论诗十二绝句》其十二)。他的诗是自我的生活与个性的写照,诗中有各种各样"著我"的表现。他乐意在诗中描绘自己痛饮豪醉的名士行径,表白自己的口腹之欲和向往安逸的性情。也不讳言自己对功名富贵的追求,其《宿栾城寄怀舍弟寿门》写道:"少壮行将老,公卿早致身。浮名何足道,贫贱负君亲。"他的寄内诗在缱绻缠绵的情意中还带有香艳的色彩,如《嘉陵江上立春寄内》吟道:"掩镜谢膏沐,下廉香雾寒","香泪在征衣,因君不忍浣。"其《斑竹塘车中》云"理学传应无我辈,香奁诗好继风人",表明自己不是理学门庭中人,认为情欲的抒写继承自《诗经》中风诗的传统。显然,他受到了清代中期反理学思潮的浸润。

张问陶的一生走过了有清一代由盛世进入衰世的历程。他在乾隆年间的诗歌是带着乐观调子的盛世之音,具有明确的鼓舞升平的意识,诗中众多"时平"、"世治"的字眼也表明他此际心境融和。嘉庆元年,白莲教大起义如一声惊雷,击破了张问陶的盛世迷梦,遍地干戈的战乱图景打消了他模山范水的雅兴,士大夫忧心国事的本能从诗歌创作中表现出来,他后期的诗一变而为豪宕慷慨之声与危苦忧时之音的合奏。组诗《戊午二月九日出栈宿宝鸡县题壁十八首》斥责昏庸将帅玩兵养寇,激昂悲愤,感动一时,和者甚众,标志着诗坛风气的改变。这些反映现实事变的诗已经溢出了性灵诗的界域,标志着性灵诗以自我为核心的思维结构、以缘情为先导的表情机制在发生裂变,个人化的咏叹逐渐让位于社会化的悲吟。张问陶为性灵派这一盛世诗派作了谢幕演出,因此有"性灵派殿军"之称。

舒位、王昙、孙原湘则对称为"后三家"。舒位重视诗人道德气节,讲求才、学、识相结合,倡导不名一家,融各派之长。其诗风与袁枚较为接近,但又颇具特色,语言华丽,风格怪奇。他有许多作品反映西南少数民族的生活,别具意义。他在作品中还写到澳大利亚,则更为清代域外诗扩大了范围,可以一直联系到近代诗人的描写"新事物"。王昙是袁枚的门生,但是艺术风格却接近舒位,同样以怪奇粗肆为特征。其诗作充满对现实的不满。孙原湘是袁枚众多弟子中的翘楚,其性灵诗的主体是抒情诗,其情与"仁"不可分割,其《情箴七首》有云"在我则为情,及人则为仁",因此其情具体为一种仁爱的感情,如《苦热》一诗,由"我家"所感到的"有木皆焦手可炙,有席自暖身难容"的难熬炎热,而联想到田家更大的痛苦,诗中不仅以自己与农家对照,而且描写了农家酷暑时劳作的艰辛,充满怜爱体贴之意。但孙氏对百姓仁爱之心有余,而对社会痼疾的认识、对封建统治集团的批判都远不及袁枚深刻、有力。况且他浪使才情于艳诗,写了《绣鞋》《半睡》《新妆》《乳香》等大量歌咏美人体貌、心态的作品。尽管这些诗风格柔婉,语言清丽,表现出诗人好色而不淫的审美态度。但毕竟是出于风流男性的玩赏心理,其诗意亦肤浅,这是性灵派走向衰败的征兆。

五、郑燮、黄景仁与其他诗人

乾嘉诗坛上,郑燮、黄景仁等人吟唱盛世悲歌,可视为性灵派的外围诗人。郑燮(1693—1765),字克柔,号板桥,江苏兴化人。论诗提倡"真气"、"真意"、"真趣",主张诗歌艺术表现以"沉着痛快"为本,要求诗歌"道民间之痛痒"。他对杜甫极为推崇,写了一系列揭露社会黑暗、表现人与人之间情感联系的诗歌,如《私刑恶》深刻揭露了恶吏滥施刑罚的罪恶;《抚孤行》写孀妇抚孤"学俸无钱愧塾师,线脚针头劳十指"的艰辛;尤其《姑恶》篇,写一个童养媳受婆婆凌辱而"洗泪饰欢娱"的痛楚,典型地反映了封建社会中国农村的这种非人道现象。他也有相当一部分诗歌表现了他的生活情趣、处世态度和人品格调,如《雨中》表现的是生活的满足与惬意。《闲居》写文人雅士的世俗生活:"荆妻拭砚磨新墨,弱女持笺索楷书。柿叶微霜千点赤,纱橱斜日半窗虚。江南大好秋蔬菜,紫笋红姜煮鲫鱼。"表现了一种追求生活的诗意和世俗享受的人生态度。而他的题画诗多能表现他的磊落人格,如《竹石》诗,运用象征手法,用竹比拟志节高尚之人,为百折不挠的坚强意志写照传神。郑燮玩世不恭,不合流俗,常常用幽默自嘲的方式抒发心中的不平,如《和学使者于殿元枉赠之作》其一:

十载扬州作画师,长将赭墨代胭脂。写来竹柏无颜色,卖与东风不合时。

既写出自我的不幸遭遇,也表现了不合流俗的性格。这一类诗大抵语言自然浅切,节奏明快轻捷,情感直率纯真,体现了作者洒脱不羁的审美个性。

黄景仁(1749—1783),怀才不遇,短暂的一生都在贫病愁苦中度过,自叹"一身堕地来,恨事常八九"(《冬夜左二招饮》)。其诗多抒发穷愁不遇、寂寞凄怆的情怀,如"全家都在风声里,九月衣裳未剪裁"(《都门秋思》四首其三)、"惨惨柴门风雪夜,此时有子不如无"(《别老母》),唱出封建时代寒士的心声;"千家笑语漏迟迟,忧患潜从外物知。悄立市桥人不识,一星如月看多时"(《癸巳除夕偶成二首》其一),诗人依稀感觉危机来临,盛世将衰。他常以"落日"、"西日"、"斜阳"、"暮气"、"晚秋"等意象写景抒情,"得风气先",敏锐地感觉到世事殆将有变的征兆,撕开了"盛世"的虚幻面纱,写出个人对社会变迁的"忧患"。他的"忧患"和过人的哀乐,使他对现实极为清醒,积郁满怀,并自视甚高,不肯伏就,以诗歌表现出个性意识在复苏和觉醒意义上的深入思考,如《杂感》:

仙佛茫茫两未成,只知独夜不平鸣。风蓬飘尽悲歌气,泥絮沾来薄倖名。十有九人堪白眼,百无一用是书生。莫因诗卷愁成谶,春鸟秋虫自作声。

他还在诗里抨击是非不分、倒行逆施的黑暗世道,如《悲来行》《献县汪丞座中观伎》;揭露人情浇薄、世态炎凉,如《啼乌行》《和钱百泉杂感》;哀民生之艰、民众之苦,如《苦暑行》《涡水舟夜》等。他的爱情诗如《感旧》《绮怀》,缠绵悱恻。还有《观潮行》《后观潮行》之类的诗,也写得极生动而有气势。

黄景仁工于七言,歌行与律绝都写得相当出色。他的七言古诗以雄伟的笔触描绘壮丽的自然景色,抒发磊落恣放之情,既似李白豪宕腾挪,又兼韩愈盘转古硬,在跌宕跳跃中流转低吟,《笥河先生偕宴太白楼醉中作歌》是名篇。七律清丽绵邈,富有李商隐的优美韵致,瘦硬峭拔处兼得黄庭坚的神髓。

思考练习题

1. 陈寅恪评价钱谦益《后秋兴》为"明清之诗史",谈谈你的理解。
2. 结合具体作品分析"梅村体"的特色。
3. 简述清前期遗民诗的特点。
4. 如何理解张问陶是"性灵派殿军"?
5. 略述清代诗学思想的演进。
6. 性灵诗人的主张与明代公安派文学思想有何关联?
7. 解释名词:神韵说、格调说、肌理说、性灵说。

第五章 清　词

清代词人之众，词作之多，超过以往各朝代。清代词人近3200家，词作5万多首，但多致力于声律修辞方面，在创作上并没有什么突出成就。如果说这一时期是词的中兴，大约只可从词学研究及词集整理刊行等工作来看。

第一节　清前期词坛

清初词由明末清初的陈子龙揭开帷幕，其《湘真词》抒写抗清复明之志和亡国的哀思，突破闺房儿女的纤弱靡曼。接着是遗民词，王夫之有《鼓棹初、二集》《潇湘怨词》等词集，其词不受音律束缚，在婉转缠绵的风格中，寄托着强烈的爱国思想和民族意识。屈大均著《道援堂词》，或慷慨悲歌，或凄婉哀怨，感情强烈而不离故国之思。吴伟业《梅村诗余》大都写他降清后内心的痛苦，代表作《贺新郎·病中有感》，陈廷焯以为"悲感万端，自怨自艾。千载下读其词，思其人，悲其遇"（《白雨斋词话》卷三）。词坛风气进一步向现实迈进。

清代前期的词派，主要有以陈维崧为首的阳羡词派，朱彝尊为首的浙西词派和独树一帜的满族词人纳兰性德，号称"清初三大家"。

陈维崧善诗，工骈文，尤长于词，为清初阳羡词派领袖。入清后，生活颠沛，旅食四方，悲歌慷慨一寄于词，风格追步苏、辛，无论长调小令，不拘写景抒情，都能出以豪情壮语，风格雄浑，成为豪放派在清代的杰出代表。今存《迦陵词》三十卷，凡四百十六种词调，一千六百余首，填词之富，古今称最。陈维崧尊词体，以词比肩"经"、"史"，摒弃"小道"与"词为艳科"的传统观念，继承《诗经》和白居易"新乐府"精神，词作描写现实，大胆反映民间疾苦与明末清初的国事，有"词史"之称。如《贺新郎·纤夫词》：

战舰排江口，正天边、真王拜印，蛟螭蟠钮。征发棹船郎十万，列郡风驰雨骤。叹闾左、骚然鸡狗。里正前团催后保，尽累累、锁系空仓后。捽头去，敢摇手？稻花恰趁霜天秀。有丁男、临歧诀绝，草间病妇。此去三江牵百丈，雪浪排樯夜吼。背耐得、土牛鞭否？好倚后园枫树下，向丛祠、巫倩巫浇酒。神佑我，归田亩！

康熙十三、十四年，三藩叛乱发生，康熙派安亲王岳东、简亲王喇布从江南由水路出兵西进镇压。他们在民间强征民夫服役拉纤，给百姓带来极大痛苦，这首词反映的就是这一重大社会事件。上片概写由于朝廷征发榷船郎,乡下鸡犬不宁的景象和被抓者受虐待的情景,表现了作家对统治者的愤慨和对人民的同情;下片描绘一个被捉拉纤的"丁男"与他的"草间病妇"诀别时的悲惨情形,临别叮咛之语,字字血泪,令人不忍卒读。在雄浑苍凉的主导风格之外,陈维崧还能写婉丽娴雅之作,如出另一人之手,正是壮柔并妙,长短俱佳。所以,从总体上说,陈维崧是清代词坛上成就最大的词人。

当时在陈维崧周围还汇聚了一些与其词风相近的词人,他们相互唱和,并编有词选,一时颇有声势,是为"阳羡词派"。该派形成于顺治中期,极盛于康熙二十年,余波及于康熙后期。主要倾向在学习辛弃疾、蒋捷,并能融会南北宋词家的长处。政治上的非主流地位及郁勃心理使他们的词风总体上以悲抑奇崛、凄清疏放为基调,而以前者为主。

阳羡词派悲壮健举、萧骚凄怨,难合盛世形势,很快式微。以朱彝尊为首的浙西词派顺应太平,以醇正高雅的盛世之音,绵亘康熙、雍正、乾隆三朝。朱彝尊继承李清照词"别是一家"的观点,主张严格区分诗词的界线,认为词应保持婉约传统,推崇、效法南宋姜夔、张炎一派,主张写词要句琢字炼,归于清空醇雅,成为南宋格律派的余波。他选辑唐至元人词为《词综》,借以推行他的主张。

朱彝尊的词多写琐事,记宴游或咏物言情,风格妍雅清丽。对当时词坛的影响很大,同时的词人如李良年、李符、沈皞日、沈岸登、龚翔麟等与之相唱和,合称"浙西六大家",但这些人成就都不高。

纳兰性德(1655—1685),字容若,太傅明珠长子,满洲正黄旗人。他出身贵族,聪敏好学。十七岁,补诸生,贡入太学。十八岁,举顺天乡试。二十二岁成进士,官侍卫,常从康熙到关外及江淮各地,开阔了眼界,并接交很多文人名士。后尝出使塞外,有功。一生无多周折,但他是一个极其敏感的人,内心世界非常丰富。他厌倦随驾扈从的仕宦生涯,也厌恶官场上、满州贵族甚至皇族之间的钩心斗角,日夕读《左传》《离骚》以自我排遣,31岁病卒。有《饮水词》。

纳兰性德的词绝少接触现实社会,大多抒写个人生活的各种闲愁和哀怨,如命运无常,人生如梦,相思之情,离别之恨,花月之感,悼亡之情等:

山一程,水一程,身向榆关那畔行,夜深千帐灯。○风一更,雪一更,聒碎乡心梦不成,故园无此声。——《长相思》

谁翻乐府凄凉曲?风也萧萧,雨也萧萧,瘦尽灯花又一宵。○不知何事萦怀抱,醒也无聊,醉也无聊,梦也何曾到谢桥。——《采桑子》

泪咽更无声,止向从前悔薄情。凭仗丹青重省识,盈盈,一片伤心画不成。○别语忒分明,午夜鹣鹣梦早醒。卿自早醒侬自梦,更更,泣尽风前夜雨铃。——《南乡子》

人生若只如初见,何事秋风悲画扇。等闲变却故人心,却道故人心易变。○骊山语罢清宵半,泪雨零铃终不怨。何如薄倖锦衣郎,比翼连枝当日愿。——《木兰花·拟古决绝词柬友》

近来无限伤心事,谁与话长更?从教分付,绿窗红泪,早雁初莺。○当时领略,而今断送,总负多情。忽疑君到,漆灯风飐,痴数春星。——《青衫湿·悼亡》

以写塞外风光及悼亡、忆友诸作为最好。王国维《人间词话》论词主"境界",认为"有境界则自成高格,自有名句",谓"求之于词,唯纳兰容若塞上之作,如《长相思》之'夜深千帐灯',《如梦令》之'万帐穹庐人醉,星影摇摇欲坠'差近之"。他甚至称赞纳兰词"北宋以来,一人而已"。纳兰性德工小令,不着意于声律,不多用典故,往往直抒胸臆,流露真情,哀感顽艳,似南唐后主。

与纳兰性德风格接近的词人有彭孙遹、佟世南、顾贞观诸人,成就较高的是顾贞观(1637—1714),字华峰,号梁汾,有《弹指词》。其词重白描,不喜雕琢,以情取胜,真切动人,他写给当时被远谪宁古塔(今黑龙江宁安)的诗人吴兆骞的词《金缕曲》(季子平安否)、(我亦飘零久)两首,设想朋友的辛酸,倾诉自己的思念,宛转反复,如话家常,有深切的动人力量,被誉为"清词压卷之作"。

第二节 清中期词坛

雍正、乾隆时期,厉鹗作为浙西词派的后继代表而享有重名,著有《樊榭山房词》。厉鹗论词,推衍朱彝尊"醇雅"说,同时提出"清丽闲婉"的审美要求。他的词作以纪游、写景及咏物为多,擅长山光水色的描写,选取的意象大抵华丽而幽冷,多孤寂的情调,音律和文辞都很工丽。如《百字令·丁酉清明》:

> 春光老去,恨年年心事,春能拘管。永日空园双燕语,折尽柳条长短。白眼看天,青袍似草,最觉当歌懒。悄悄门巷,落花早又吹满。○凝想烟月当时,饧箫旧市,惯逐嬉春伴。一自笑桃人去后,几叶碧云深浅。乱掷榆钱,细垂桐乳,尚惹游丝转。望中何处?那堪天远山远。

抒写时光流逝,青春渐老,终年如游丝飘转的愤懑,颇有冷峭之势。"白眼看天,青袍似草"二句是最属挺拔的句势,虽则一直抒以曲拟,顿挫间仍有幽微的韵味。

总之,浙西词派主要成员都是浙江人,故称。自朱彝尊开派,主要作家还有李良年、李符、沈皞日、沈登岸、龚翔麟等。属厉鹗在创作上取得的成就显著,为浙西词派的兴盛做出了贡献。浙西词人崇尚南宋时期格律词人姜夔、张炎等,学习他们的清空、醇雅,以适宜表达家国之恨的幽情暗绪。他们贬斥豪放词派,批评元、明词风,以婉约为正宗。他们又提倡"词则宜于宴嬉逸乐,以歌咏太平"(朱彝尊《紫云词序》),因此在创作中往往忽视词的内容,注重词的格律工致精美。浙西词人在艺术上追求一种"幽新"风格,就是将感情化作清丽淡远的意象,用清新别致的语言含蓄蕴藉地表达出来。但由于过分追求"幽新"之风,所以造成内容空泛、晦涩难懂的弊病。浙西词派的词学理论、主张在百余年中也经历了发展变化。前期的朱彝尊、汪森等人在一些序跋中进行过理论的阐述。到了后期,海宁许昂霄的《词综偶评》成为浙西词派的主要理论著作,对《词综》所选词作进行评点。此外,吴江郭麐的《灵芬馆词话》和海宁吴衡照的《莲子居词话》等,也都是浙西词派比较典型的理论著作。整体说来,浙西词派的出现是与清初反映现实的需要相适应的,并且随着清初社会矛

第五章 清 词

盾的尖锐,浙西词派逐渐发展壮大,又随着清王朝的巩固繁荣而衰落。到乾隆年间,浙西词派中出现"三蔽"(即淫词、游词、鄙词),于是为常州词派取而代之。常州词派,其影响历清中叶而直到近代,比浙西派深远。

张惠言(1761—1802),字皋文,是一位经学家,并以词和散文著名,是当时"常州词派"和古文中"阳湖派"的首领。张惠言论词言必称"比兴"、"寄托",强调词的思想内容充实,使词反映现实,作用于社会人生的功能发挥到极致。为了矫正阳羡派的粗犷、浙派的轻弱,提倡词要"深美闳约"(《词选序》)、厚重质实。为了宣扬这些主张,张惠言还编辑了《词选》。

张惠言词46首,其词在一定程度上与其理论相符,文字简洁,少用华丽的辞藻和典故,抒情写物细致生动,但内容仍较狭窄。代表作《水调歌头·春日赋杨生子掞》五首其一写得委婉盘旋而又能微言寄讽,词旨在若隐若现之间:

> 东风无一事,妆出万重花。闲来阅遍花影,惟有月钩斜。我有江南铁笛,要倚一枝香雪,吹彻玉城霞。清影渺难即,飞絮满天涯。○ 飘然去,吾与汝,泛云槎。东皇一笑相语,芳意在谁家?难道春花开落,更是春风来去,便了却韶华。花外春来路,芳草不曾遮。

常州词派由张惠言开山,词学理论由周济完成。首先,张惠言提出词与风、骚相近,具有同样的价值。周济提出"诗有史,词亦有史"(《介存斋论词杂著》),进一步强调了词作为一种独立文体的地位。其次,周济强调词的比兴寄托,要充分展开联想的翅膀,使感情得以深入;但在阐明词"非寄托不入"时,又认为词"专寄托不出"(《宋四家词选目录序论》),要求超然于事象之上,使"灵气往来"(《介存斋论词杂著》),把经过长期酝酿的深挚情感自然地表现出来。这样就避免了把词中的意象、文辞变得隐晦难懂。再次,周济以周邦彦、辛弃疾、王沂孙、吴文英四家为学词的楷模,主张"问涂碧山,历梦窗、稼轩,以还清真之浑化。"在他倡导下,学周邦彦、吴文英成为时尚。这既纠正了浙派的浅滑甜熟,也使常州派真正的风靡开来,影响广泛而深远,笼盖了清后期的词坛。

总之,常州词派是清代嘉庆以后的一个重要词派,由张惠言创立,因他是常州人,所以称该词派为常州词派。浙西词派到了清朝乾隆年间逐渐走向衰退,到清嘉庆初年,浙西词人更是一心注重声律格调等外在形式而忽略内容,流弊益甚。常州词人张惠言为了矫正这一颓废的词风,大声疾呼词与《风》《骚》同科,强调比兴寄托。一时之间,与他互相唱和的人很多,蔚然成风,常州词派因此兴起。后来经过第二代词学家、词人周济的推阐和发展,常州词派的理论更加完善。常州词派反对浙西词派注重格律、技巧而寄兴不高,提出论词要依据"温柔敦厚"的"诗教",创作出"非寄托不入,专寄托不出"的词作的理论。针对清朝当时的内忧外患,常州词派的词论主张更加吻合当时社会急速变化的历史要求,对清末词坛产生很大影响。此外,常州词人的创作态度比较严肃,内涵也较为丰富,但语言比较晦涩,这正是常州词人创作的主要倾向,也是局限所在。

思考练习题

1. 解释名词：阳羡词派，浙西词派，常州词派。
2. 结合具体作品谈谈纳兰性德词的艺术特点。
3. 论析纳兰性德词在词史上的地位。
4. 分析陈维崧《贺新郎·纤夫词》的思想内容和艺术特点。
5. 试述清代感伤和重实的文学思潮在词坛的表现。
6. 试述清代词中兴的表现及其原因。

第六章 清 文

清代古文,作者众多,号称极盛。《清史稿·艺文志》及其补编收清人文集 4575 种,今人所辑《清集簿录》收清人诗文集 16000 家,在数量上超出明以前历朝总和。其成就虽不如唐宋,但却凌驾元明,特别是骈文中兴,散文起衰振弊,都具有不可低估的价值。清代的散文和骈文,流派繁多,存在着明显的阶段性。初期散文主要是扭转晚明文风,大体上回到讲求"载道"的唐宋古文的传统上。中期,桐城派崛起,代表着与官方意识形态相适应的古文体式确立,骈文则出现中兴的高潮。后期骈文仍有发展,但声势不及从前;桐城派散文也在走下坡路,并出现分化,期间有短暂的中兴。随着维新运动兴起和报刊大量出现,散文文体特征发生了巨大变化,文坛出现错综复杂的局面。

第一节 清代散文

一、清前期散文

入清之后,随着文人学者对亡明的深刻反思、对经世致用文学思想的强调以及封建专制统治的再次强化,清初散文发展和晚明相比,出现明显的变化。晚明小品文传统虽仍在延续,但创作不如以前集中,思想也没以前尖锐,大抵由沧桑之感代替了闲逸之情。入清的张岱的散文以及金圣叹、尤侗、廖燕等人的一些作品就带有这种倾向。此时文坛上占主流的还是一些以遗民自居的文人,如顾炎武、王夫之、黄宗羲等。他们提倡经世致用之文,认为文风、学风关联着国运,而明代文风和学风总的来说流于空疏,措意于经世致用之文很少。

顾炎武为文凝练劲健,他的书信笔锋锐利,议论文简明宏伟,传记文如《吴同初行状》《书吴潘二子事》等,或揭露清军屠城罪行,或表彰志士高风亮节,读来情景如在目前,人物跃然纸上。

黄宗羲为文力斥台阁体,反对世俗应酬;强调"情至"与文、道、学的统一:"文以理为主,然而情不至,则亦理之郛廓耳……古今自有一种文章不可磨灭,真是'天若有情天亦老'者。而世不乏堂堂之阵,正正之旗,皆以大文目之,顾其中无可以移人之情者,所谓剡然无物者也。"手法上,他主张写真实:"叙事须有风韵,不可担板,今人见此,遂以为小说家伎俩。不观《晋书》《南北史》列传,每写一二无关系之事,使其人之精神生动,此颊上三毫也。"他认为文必须写自己熟悉的事物,实际就是生活体会,若只"劬劳憔悴于章句之间,不过枝叶耳,无所附之而生"(《论文管见》)。他选文与创作都本着这一标准。所选《明文案》以一往情深者为主,不论今古,不分派别,盖"今古之情无尽,而一人之情有至有不至。凡情之至者,其文未有不至者也。则天地间街谈巷语,邪许呻吟,无一非文,而游女、田夫,波臣、戍客,无一非文人也"(《明文案序上》)。

黄宗羲晚年手定《南雷文定》前集十一卷,后集四卷,三集三卷,又《南雷诗历》四卷,《南雷诗历补遗》一卷。靳志荆《南雷文定序》云:"今观先生之文,有褒讥予夺、显微阐幽者……有痛哭流涕,感动激发者……有研析精微,发挥宏钜者……要皆有实际可循,而非徒工鏊悦者所得而埒也。"确是如此。黄氏也说:"余多叙事之文……草野穷民不得名公钜卿之事以述之,所载多亡国之大夫……其有裨于史氏之缺文,一也。"(《南雷文定凡例四则》)他写的墓志铭很多,但大抵是明末爱国志士如陈贞慧、万斯大、陆周明、王征南、谈迁等,所写人物传记也多世所不甚注意的奇士,如历算的周述学、医学的张景岳、说书艺人柳敬亭和女诗画家李因,而且都写得各有特色,引人爱敬。他的《明夷待访录》"条具为治大法",其中的《原君》《原臣》《原法》都有独创之见,发前人所未发,如:

> 今也以君为主,天下为客,凡天下之无地而得安宁者,为君也。是以其未得之也,屠毒天下之肝脑,离散天下之子女,以博我一人之产业,曾不惨然,曰:我固为子孙创业也。其既得之也,敲剥天下之骨髓,离散天下之子女,以奉我一人之淫乐,视为当然,曰:此我产业之花息也。然则,为天下之大害者,君而已矣。(《原君》)
>
> 缘夫天下之大,非一人之所能治,而分治之以群工,故我之出而仕也,为天下,非为君,为万民,非为一姓也……盖天下之治乱,不在一姓之兴亡,而在万民之忧乐……又岂知臣之与君,名异而实同耶……君臣之名,从天下而有之者也。吾无天下之责,则吾在君为路人。出而仕于君也,不以天下为事,则君之仆妾也,以天下为事,则君之师友也。(《原臣》)
>
> 后世之法,藏于筐箧者也。利不欲其遗于下,福必欲其敛于上。用一人焉,则疑其自私,而又用一人以制其私,行一事焉,则虑其可欺,而又设一事以防其欺。天下之人共知其筐箧之所在,吾亦鳃鳃然日唯筐箧之是虞,故其法不得不密。法愈密,而天下之乱即生于法之中,所谓非法之法也。……论者谓有治人,无治法,吾以谓有治法而后有治人。(《原法》)

这些与封建传统观念不同,甚而相反的见解,具有鲜明的民主色彩。《明夷待访录》虽仅二十一篇,但于几千年封建君主统治的黑暗社会,却能洞见其本源,发出大胆的议论,在三百多年以前确有如一声春雷,震惊大地之势。此外,王夫之著作宏富,其文论和杂文感情洋溢,恣肆纵横,有大家气度。

如果说黄宗羲、顾炎武、王夫之等人以经世致用之文矫正了明代文风的空疏,那么,以侯方域、魏禧和汪琬为代表的"清初三大家"则用规模闳大、出入唐宋的散文扫清了明末文风的纤佻,影响了清代文风的转变。侯方域富才气,为文能不尽拘古法而常有生动的描写,《马伶传》《李姬传》赞扬下层人物,吸收了小说气氛渲染、细节描写等表现手法,成就较高。魏禧(1624—1681)爱好《左传》和苏洵的文章，为文有凌厉雄杰、刚劲慷慨之气，内容多表彰有民族气节的人和事，叙事简洁，又善议论，《大铁椎传》是代表作。汪琬(1624—1691)的散文讲究规矩法度，写得疏畅条达，《江天一传》表彰抗清死难烈士，文字朴实，生动感人。总体上看，汪文简净平实，超过侯、魏，而才气藻采却不如。

"清初三大家"作文都效仿唐宋古文，在创作实践中有明显的复古倾向，对扭转当时的文风起了重要的作用。虽然他们没有系统的理论，但他们的创作活动却为桐城派的诞生起了奠基作用。此外，值得一提的还有全祖望，他有不少传记散文，碑铭如《忠介钱公第二碑铭》《亭林先生神道表》《梨洲先生神道碑文》等，是记叙清代重要人物和学术文艺的文章。他的《梅花岭记》融写人、叙事、议论、抒情于一体，在描述明清之际坚持民族气节的志士的散文中独具一格。

二、清中期散文

清中叶的袁枚、纪昀等，也都善于写散文。郑燮的散文不受各家各派的程规约束，自出手眼，独具真挚感人的魅力。沈复的自传体散文《浮生六记》，以纯朴的文笔，记叙自己大半生的经历，欢愉与愁苦两相对照，真切感人。

康熙至乾隆年间的桐城派，是清代影响最大的散文流派。由方苞奠基开创，刘大櫆、姚鼐等发扬光大。他们都是安徽桐城人，故名。桐城派文论有完整的体系。桐城派先驱戴名世主张为文以"精、气、神"为主，以"言有物"为"立言之道"(《答赵少宰书》)，提倡"道也、法也、辞也，三者有一之不备而不可谓之文也"(《己卯行书小题序》)。他的思想为桐城派理论的发轫。方苞为文以《左传》《史记》为准则，推崇韩、柳，讲究"义法"。他说："'义'即《易》之所谓'言有物'也；'法'即《易》之所谓'言有序'也。义以为经而法纬之，然后为成体之文。"(《又书货殖传后》)这里的"义"指文章的中心思想，"法"指表达中心思想或基本观点的形式技巧。方苞还提出文章要重"清真雅正"和"雅洁"，告诫门人"古文中不可入语录中语、魏晋六朝人藻丽俳语、汉赋中板重字法、诗歌中隽语、南北史佻巧语"(沈莲芳《书方望溪先生传后》)。可见他的"义法论"给古文写作规定了许多限制，是一种典型的儒家正统派理论。他自己写的散文，以所标"义法"及"清真雅正"为旨归，写得简练雅洁，没有枝蔓芜杂的毛病，开创清代古文的新面貌。他的《左忠毅公逸事》《狱中杂记》等文，不限于"阐道翼教"，而是深刻的反映历史和现实，所以成就较高。

刘大櫆(1698—1779)是方苞的弟子，在桐城派中起着承上启下的作用。他在"义法"的基础上，以"义理、书卷、经济"的行文之实扩大"言有物"的内容，是姚鼐"义理、考据、词章"的先导。他还拈出"神气"作为论文的极致，讲究"音节"、"字句"及相互之间的关系，突破了"言有序"的范围。刘大櫆为文喜欢铺张排比，辞藻气势较方苞为盛，而雅洁淡远则不如。

姚鼐(1731—1815)对桐城派理论做出新的总结和发挥，使之影响更为扩大。首先，他在方苞"义法"的基础上，提出"义理、考据、词章"三者合一以"相济"的主张，在古文中加入考据，这是针对当时正盛的汉学的让步，但他所说的"考据"，含义颇广，主要指做文章所需要的一种学养和辨明事实的功夫，而不专指作为学术研究的考据。其次，提出为文"八要"，即"神、理、气、味、格、律、声、色"。前四者是"文之精也"，相当于文章的内容；后四者是"文之粗也"(《古文辞类纂序》),相当于文章的形式。再次,进一步概括文章的风格为阳刚和阴柔两大类,认为这两种风格都是文章所需要的,不能偏废。姚鼐本人的古文,说理、议论偏多且大多迂腐,但写人物和景物,也间有生动之笔,较优秀的有《袁随园君墓志铭》《登泰山记》《游媚笔泉记》等。他的文章比方苞有文采,比较重视形象、意境和辞藻所显示的美学意义。

姚鼐既是桐城派的集大成者,又是桐城派的核心人物,桐城派至姚鼐才发展到成熟阶段。姚鼐主讲书院40多年,门下弟子甚多,由此桐城派发展到全国范围。姚门中管同、梅曾亮、方东树、姚莹号称"四大弟子"。其中梅曾亮严守桐城"家法",又汲取柳宗元、归有光古文的长处,成为继姚鼐之后的桐城派领袖;方东树在理论上多有阐发,并把古文理论推衍到诗歌和书画艺术领域,进一步扩大了桐城派的影响。此外,姚鼐所编选的《古文辞类纂》,体例清楚,选择精当,并附以评论,便于学习掌握桐城派古文理论的要旨。此书流布天下,也极大地助长了桐城派的声势。后受时局艰危的影响,他们的理论主张也出现了新的变化,如强调文学的社会作用,文章表现出反侵略的爱国立场,但主要偏于教化,不外以封建伦理端正人心风俗,思想比较保守。他们虽然也批评现实弊端,但多属枝节问题,缺乏经世派那种抨击现实、倡言变革的力度。

桐城派的旁支是阳湖派,形成于乾隆后期和嘉庆年间,以阳湖(今江苏常州)人恽敬和张惠言、李兆洛为代表。他们接受桐城派的主张,致力于唐宋古文,但又主张兼学诸子百家,主张文章要合骈、散两体之长,反对在字句上过于斟酌取删,笔势较为放纵。由于他们的思想比较开阔,故其文章纵横诸子,出入百家,取径要比桐城更为广大一些,也比较有文采和气势,对桐城派"平钝"的弊病有所纠正,却不如桐城派雅洁自然。这一点变化未必能带来多大收获,这一派的活动也仅限于阳湖一隅,影响微弱而短暂。

第二节　清代骈文

自唐代古文运动后,以散行为主的古文逐渐成为文章正宗,骈文失去了原有地位,演变为宋代的四六文,格调愈卑,实用面也越来越窄。元、明两代,通俗文学成就较大,诗词散文也有可观者,独骈文极少佳作。直到清代,才成为骈文再度兴盛的时期。清代骈文作品之多、作者之众,远远超过了元明,并且出现一大批优秀作家和传诵一时的作品。特别是清代中叶,更形成了中兴的局面。

清代骈文兴盛的原因,首先是清朝统治的日益稳固和文化政策的调整,乾嘉考据之学走向鼎盛,文化风气总体上趋雅,使骈文更容易得到肯定。其次,由于汉学和宋学的长期论争,又让骈文的兴起带上了和桐城派对峙的色彩。方苞"义法"中程朱理学的内核,在社会已历经深刻变化的情况下,遭到反对是必然的。桐城派专主宋学,疏于名物考据,而且桐城派没有在唐宋古文基础上进一步创新,其作品往往流于空泛。汉学重学问,重考据、训诂、音韵之学,风气所及,饱学之士喜爱重典实、讲音律的骈体文,借以铺排遣使满腹的书卷知识,从而刺激了骈文的写作和运用。清代文体上的骈散之争也往往成为学术上汉宋之争的一种表现形式。正如宋学家多写古文,清代汉学家则多写骈文。当时不少著名骈文家,如毛奇龄、汪中、洪亮吉、孙星衍、孔广森等人都治汉学。

清代前期骈文的代表作家有陈维崧、毛奇龄、吴绮等人。陈维崧偏爱骈文,主要学庾信,其《湖海楼文集》内有骈文10卷。其骈文以渊博雄肆、情藻丰富著称;加上才力富健,能够逢题即写,故在当时极其有名。骈文作品如《与芝麓先生书》《苍梧诗序》等,气势宏伟,辞藻丰赡,为一代骈文的兴起开启先路。

雍正、乾隆之际,胡天游承上启下,使骈文更加兴盛。其风格与陈维崧相似,均以才气辞藻取胜。尔后有"骈文八家",由吴燕选辑袁枚、邵齐焘、刘星炜、孙星衍、吴锡麒、洪亮吉、曾燠和孔广森八人骈文为《国朝八家四六文钞》而来。袁枚的骈文流丽生动,能雅能俗,抒情、议论都具有独抒性灵、自然活脱的特点;邵齐焘的骈文崇尚汉魏,用典较少,能于绮藻丰缛之中存简质清刚之致,使骈文文风为之一变。洪亮吉、孙星衍和刘星炜都是常州人,风格也近似,大多清新自然,用典力求灵活,造语崇尚简洁,尤其喜欢骈散并用,被称为"常州派"。

汪中与洪亮吉并称"汪洪",他在整个清代骈文作家中,被公认是成就最高的一位。汪中直到34岁才为贡生,后绝意仕进,钻研经史,以博学著称。他禀性耿介,愤世嫉俗,恃才傲物,被目为狂人,"众畏其口,誓欲杀之"(卢文弨《公祭汪容甫文》)。他"性情亢直,不信释老阴阳神怪之说,又不喜宋儒性命之学"(江藩《国朝汉学师承记》卷七),对封建礼教和传统思想每每加以驳斥,具有强烈的叛逆精神。汪中的骈文,在清代格调最高。他能够吸取六朝骈文的长处,内容上取材于现实,善于"状难写之情,含不尽之意"(李详《汪容甫先生赞序》),悲情抑郁,沉博绝丽,而且用典属对精当妥帖,被视为清代骈文复兴的代表。著名的《哀盐船文》是他二十七岁时所作,对扬州江面某次盐船失火时,人声哀号、衣絮乱飞的惨状和大火前后的氛围作了形象的描述,对船民的不幸遭难表示深切的同情,描写生动,文笔高古,当时主讲扬州安定书院的杭世骏评为"惊心动魄,一字千金"。另外两篇名作《吊黄祖文》《狐父之盗颂》都寄寓身世之感,《狐父之盗颂》说:"吁嗟此盗,孰如其仁。用子之道,薄夫可敦。悠悠沟壑,相遇似天。孰为盗者,吾将托焉!"视"大盗"的行为比一般人高尚,明显表达了对现实的强烈不满。其他如《广陵对》《自叙》等文都传诵一时。

思考练习题

1. 如何理解"天下文章,其出桐城"?
2. 简述方苞的文学主张以及散文创作的特点。
3. 简述刘大櫆的文学主张以及散文创作的特点。
4. 简述姚鼐的散文理论以及创作特点。
5. 简述桐城派散文及其理论与当时时代要求的关系。
6. 简述清代骈文复兴的原因。
7. 简述汪中骈文的艺术特色及其对清代文学发展的积极意义。
8. 如何理解汪中的《哀盐船文》"惊心动魄,一字千金"?

第七章 清代戏曲

第一节 清代杂剧

清代杂剧的数量远超元明两代,据傅惜华《清代杂剧全目》著录,清杂剧有 1300 种,其作者姓名可考者 550 种,无名氏作品 750 种;而傅惜华《元代杂剧全目》录元代杂剧 737 种,作家 80 余人;《明代杂剧全目》录明代杂剧 523 种,作家 125 人。从此三种曲目看,清杂剧比元杂剧多出近一倍,比明杂剧多近两倍。

就清杂剧的形式而论,出现了多数作家专著一折短剧的情形,而元人谨严的规律则几乎无人顾及了。关于一折短剧体制的形成,最早可溯源到"金院本"。现存最早的短剧是元末王生的《围棋闯局》。短剧成为文士阶层作剧的风习,要到明中叶以后。至清中叶左右逐渐形成短剧极盛的局面,作品有张韬《续四声猿》、嵇永仁《续离骚》、洪昇《四蝉娟》、曹锡黼《四色石》、桂馥《后四声猿》,均包含短剧四种各一折。此外,车江英《四名家传奇摘出》含四折杂剧两种,五折杂剧两种;裘琏《明翠湖亭四韵事》含二折杂剧两种,三折杂剧一种,四折杂剧一种;黄之隽《四子才》则四种杂剧皆为四折。此等剧作体例更明显地继承了明杂剧作家汪道昆、徐渭等人的创作传统,尤其是徐渭的《四声猿》杂剧对清代的合几个不同故事为一本的短剧模式影响最大。更有甚者,在清代出现了包括八个故事于一本的周乐清《补天石传奇》,此虽名为传奇,实际是多则六折,少则四折的杂剧。还有九个故事于一本的石韫玉《花间九奏》,九种均是单折短剧;十多个故事于一本的徐爔《写心杂剧》,现存 12、16、18 折三种版本,实际包括 19 本一折短剧,孙楷第先生认为这些作品情节过于简单,名虽为杂剧,实当以散曲视之;以及三十二个故事于一本的杨潮观的《吟风阁杂剧》。从这些剧作大都由一折短剧组成,不难发现,"如果说以一折写一事的体例产生于明代,那么清代则是这种短剧趋向成熟和繁荣的时期"(凌嘉弘《清杂剧故事集》前言)。

最能代表清杂剧创作在体制改革方面突出成就的,是杨潮观《吟风阁杂剧》和唐英《古柏堂传奇》。杨潮观《吟风阁杂剧》包括 32 个一折短剧,内容上有的取材于历史故事,有的出自神话传说,体制上处于传奇与杂剧间,曲牌的运用采取南北曲形式。这种杂剧创作的样式,或可称戏曲形式的小品文。

唐英的《古柏堂传奇》,传世的几种刊本所收剧作的总数有 14 种、15 种、17 种不等,其中 17 种本题作《灯月闲情》,为乾隆、嘉庆年间唐氏古柏堂刊行,包括杂剧 13 种和传奇 4 种。大体可分三类:杂剧《笳骚》《虞兮梦》《佣中人》和传奇《转天心》,是唐英自己创作的;

杂剧《清忠谱正案》《长生殿补阙》《女弹词》是对前人传奇改易或增补而成的;其余杂剧《芦花絮》《三元报》《英雄报》《十字坡》《梅龙镇》《面缸笑》、传奇《梁上眼》《双钉案》《天缘债》《巧换缘》共10种是根据地方戏改编而成。唐英的这些杂剧在形式上的一个鲜明特点是改变了杂剧原有的唱法,尤其是第三类作品大量采用梆子腔,最具有特色。"《古柏堂传奇》的出现,预示着杂剧发展的趋势和前途:它或者为日益兴盛的梆子腔所代替,或者死守着旧的模式而走向绝路"(王永宽《清代杂剧选》前言)。

清中叶至清末的杂剧发展恰恰走的是一条死守旧的模式的绝路。尽管这时期还有吴梅《轩亭秋杂剧》、无名氏《陆沉痛杂剧》等有过不少改革的举措,但这些杂剧终因取材的狭窄和思想内容的平庸而无足称道。杂剧剧作趋案头化,以致根本无法在舞台上演出,最终退出了戏剧舞台。

从思想内容而言,清前期,在改朝换代的剧烈社会变动中,以吴伟业、尤侗为代表的一批正统文人戏曲作家以创作诗词古文的思维模式创作杂剧,借杂剧作品抒发故国之思、兴亡之叹、身世之感,或世外之情、报应之思、风化之意,表现出以文字为剧、以才学为剧、以议论为剧的审美追求。

吴伟业的杂剧《临春阁》写陈隋之际的谯国夫人冼氏和陈后主宠妃张丽华,赞扬她们的文武才能,痛斥误国的幸臣和庸劣的武将。全剧结尾说:"毕竟妇人家难决雌雄,但愿你决雌雄的放出个男儿勇。"这实际上是对南明那些怯懦无能的臣僚的嘲讽,在绮丽婉约的文词中寄托着深沉的黍离之悲和亡国之痛。陆世廉《西台记》写南宋文天祥、张世杰抗击元朝、兵败殉国的故事,情调悲壮,寄寓着痛惜南明败亡的感慨。王夫之《龙舟会》取材于唐人李公佐的小说《谢小娥传》,突出表现了谢小娥的复仇精神和气节。剧中谢小娥"为大唐国留一点生人之气","不似大唐国一伙骗纱帽的小乞儿"等语,分明以唐国指明朝,反映出作者对降清的明朝权臣的憎恶和对故国忠贞不渝的信念。尤侗的《吊琵琶》和薛旦《昭君梦》都取材于昭君出塞故事,但其写法和元代马致远《汉宫秋》有所不同。《吊琵琶》增加了蔡文姬凭吊昭君的情节,《昭君梦》写了昭君在匈奴时梦回汉宫的幻想,都含有深刻的寓意。他们笔下的昭君已不单是一个普通的历史人物,而成为民族屈辱的象征,反映着民族矛盾的可感知的概念,因而被涂上了新的时代色彩。哀叹昭君身入异域的身世,本是作者对自己由明入清的遭遇抒发感慨之情,虚构出昭君的梦幻,也正是作者思明心绪的流露。

由于清初统治者推行民族歧视政策,许多汉族知识分子大都是不得志的,他们有的自负异才而不为清廷所用,有的虽得官职而不被信任,有的希望有所作为却不愿与清统治者合作。因此,他们常常负载着沉重的精神痛苦,内心的烦闷、愤激与牢骚常常借助于词曲来发泄,吴伟业的《通天台》即如此。剧中沈炯流落西魏,在通天台凭吊汉武帝时的自言自语,可以看作是作者的内心独白。沈炯追慕汉武帝的宏伟业绩、哀悼梁武帝的凄凉结局,正是作者对明朝盛衰的追思。沈炯在梦中固辞汉武帝的挽留、不愿为官的态度,正是作者对自己在清初被迫出仕的真实思想的解释。尤侗《读离骚》根据楚辞《天问》《卜居》《九歌》《渔父》等篇写屈原遭谗被放逐的故事,以《招魂》祭祀结束,倾吐胸中不平之气;《清平调》杂剧以杨贵妃为考官,录取李白、杜甫、孟浩然入第,无中生有,借以抒发对科举功名的企望。张韬《续四声猿》抒泄"胸中无限牢骚"(《续四声猿·自叙》),其中《霸亭庙》一剧写唐代秀才杜默落第后在项羽庙中痛哭的故事,表达了文人失意的愁苦和愤世嫉俗的怨情。

嵇永仁《续离骚》,《刘国师教习扯淡歌》描述明初刘基教子弟演唱自编的《扯淡歌》;《杜秀才痛哭泥神庙》描述杜默在项羽庙中责备项羽;《和尚街头笑布袋》描述布袋和尚街头嘲笑世人;《愤司马梦里骂阎罗》描述西川士子司马貌酒醉,梦中指责阎罗是非颠倒,黑白不分。其《续离骚引》云:"仆辈遭此陆沉,天昏地惨,性命既轻,真情于是乎发,真文于是乎生,虽云填词,不可抗骚而续其牢骚之遗意,未始非楚些别调云。"表明他撰写此剧的心态。廖燕《醉画图》等杂剧,作家干脆以真名实姓作为剧中主人公,述说个人的处境、志向和烦恼。

　　清前期杂剧大都具有强烈的主观化倾向,作品的内容往往重在表现作家的内心思想和主观感情,剧中人物往往带有作家的影子,甚至成为作家的化身,这就使得作品流露出作家浓烈的真情实感,成为作家心灵的艺术表征。但同时,清前期杂剧又存在强烈的案头化倾向,文学性较强而戏剧性较弱,作家往往以渊博的知识和深厚的文字功夫进行创作,把杂剧作为抒情写意的工具,所以这些杂剧作品的语言风格大多藻丽典雅而不够通俗流畅。

　　乾隆年间,杨潮观《吟风阁杂剧》多取材于历史故事,远譬近指,点染演唱,褒贬美刺,借古讽今。剧名"吟风",乃是愤世嫉俗的反话,其实剧作和无聊文人吟风弄月的东西完全不同。杂剧对官场积弊、民间疾苦多有描写,表达了对于贤明政治和清廉节操的向往,如《穷阮籍醉骂财神》,以阮籍所骂的财神隐指握有金钱的权门豪富,借阮籍之口,痛骂金钱改变了封建社会人与人之间的关系,"则见你换人心都变成虎与豺,为刀锥把道义衰,竞锱铢将骨肉猜。"《东莱郡暮夜却金》颂扬了正直清廉的品格,也揭露了官场上钱通关节、勾结营私的真相。《汲长孺矫诏发仓》据《史记·汲黯传》改写而成,反映了官场的腐败和灾民的苦难,写汲黯矫诏开仓,但他是在贾天香启发说服下才施仁政的,作者在颂扬汲黯从谏如流、表彰汲黯为救民而施权变的同时,又突出赞扬了贾天香的聪明才智,两个人物形象写得都比较鲜明生动。但有的作品表现了落后的封建意识。《吟风阁杂剧》形式短小,曲文跌宕爽朗,宾白酣畅诙谐,但尤重戏曲的讽喻劝惩作用。杨潮观仿照《诗经》和白居易《新乐府》的做法,在每剧前作一小序,说明创作目的,使这些杂剧带有更为鲜明的案头写作特点,不便于舞台演出。

　　嘉庆以后,比较重要的杂剧作家有石韫玉、陈栋、许鸿磐、周乐清、吴藻等,作品多为文人抒情言志之作,案头化倾向更加明显,杂剧呈现出衰败之势。

第二节　清代传奇

一、清前期传奇

　　明清之际,传奇创作和舞台演出的关系空前密切,促使传奇的剧本体制、文学要素和语言风格发生了新变。在传奇剧本体制上,普遍出现"缩长为短"的创作倾向和理论主张,20至30出成为传奇篇幅的常例。在传奇文学要素上,从音律与文辞何者第一的争论,转为明确标举"结构第一",突出传奇的戏剧性特征,传奇的结构艺术至此臻于成熟。在传奇语言风格上,从雅俗共赏更多的偏向俗的一边。于是一个以剧本体制的严谨化、音乐体制的昆腔化、语言风格的通俗化、戏剧结构的精巧化,即以传奇艺术的舞台化为特征的崭新的传奇文体规范体系得以重构。传奇的创作主要有三大流派:一是以李玉为代表的苏州派,二是以李渔为代表的一批风流文人,三是以吴伟业、尤侗为代表的正统文人。洪昇和孔尚任集传奇创作之大成,《长生殿》《桃花扇》把传奇创作推到历史的最高峰。

(一)苏州派

江苏苏州是昆曲的发源地。明末清初,在苏州及其邻近地区昆剧活动极兴盛,演戏成风,串戏成癖,编戏时髦,形成一时风尚。在这种风尚的刺激下,一批以编剧为生的职业剧作家,包括李玉、朱素臣、朱佐朝、叶时章、毕魏、丘园、张大复等,应运而生。他们往来密切,形成一个势力盛大的戏曲流派,戏曲史家称为"苏州派"。苏州派的活动时间长达四五十年,大约创作了150多种剧本。

苏州派作家的共同特点:(1)在身份上,都出身社会中下层,大多与科名和仕宦无缘,如李玉,出身低微,但才学很高。明朝覆亡后,李玉为坚持汉民族的气节,绝意仕进,致力于传奇创作。(2)苏州派作家大多以毕生精力从事戏剧创作,这从他们的创作数量上就可见一斑,据记载,李玉"著传奇数十种",这个数十种具体是多少,有人统计出四十多种,有人说有六十多种,这牵涉到对一些具体作品的考证;其他作家,如朱素臣,有二十多种,朱佐朝有三十多种,张大复也有二十多种。(3)作品的题材内容上,苏州派作家一反传奇创作领域"十部传奇九相思"的窠臼俗套,以描写历史的和现实的政治事件为主,集中表现社会矛盾和政治斗争的激烈残酷。这些作品的中心冲突往往是纲纪废弛的社会和洁身守义的个人的冲突,是高尚的道德情操和卑劣的个人欲望的冲突,苏州派作家总是不遗余力的抨击炎凉的世风、混乱的社会、冷酷的人情,热情洋溢地向往清明的政治与安定的社会,讴歌高尚的道德和洁净的节操,从而表现出作家高度自觉的社会责任感和十分强烈的伦理教化倾向。

李玉在明亡前创作,最负盛名的是《一捧雪》《人兽关》《永团圆》《占花魁》,合称为"一人永占"。《一捧雪》写严世蕃倚仗其父严嵩之势,为夺取莫怀古家传的一只叫作"一捧雪"的玉杯,害得莫怀古家破人亡,揭露统治阶级的贪婪残暴,歌颂了代主而亡的义仆莫成、杀贼自尽的婢妾雪艳和为友仗义的戚继光,鞭挞了忘恩负义、损人利己的奸诈小人汤勤,从而形成全剧"义"与"不义"两种伦理观念的激烈冲突,体现出劝善惩恶、拯救世风的创作意图。《一捧雪》所构建的这种道德行为与非道德行为的冲突,具有典范的意义,几乎成为苏州派社会剧的基本模式。《人兽关》取材于《警世通言》中的《桂员外途穷忏悔》,谴责桂薪忘恩负义,立意与明杂剧《中山狼》相近。《永团圆》写蔡文英和江兰芳的婚姻受到阻挠,最后终得团圆的故事。剧中以喜剧的手法鞭笞和揭露江兰芳的父亲江纳嫌贫爱富的种种丑态,抨击炎薄的人情世态。《占花魁》据《醒世恒言》中的《卖油郎独占花魁》改编,写卖油郎秦钟和妓女莘瑶琴的恋爱故事,歌颂了封建社会下层人民之间抛开金钱地位观念的纯洁真挚的爱情。

李玉入清后,创作了大量的时事剧和历史剧,《万民安》《清忠谱》是时事剧的代表作。明季,随着资本主义经济在封建社会内部的萌芽和发展,以手工业工人为主体的市民阶层,已经走上了政治舞台。当时的苏州既是工商业发达的经济中心,又是文化繁荣的戏曲中心,但在民族矛盾和阶级矛盾不断激化的历史条件下,曾数度发生过大规模的市民起义。1601年6月,就爆发过纺织工人和市民联合起来,反抗税监盘剥机户、勒索商税的斗争。李玉后来根据这一事件,写出了时事剧《万民安》。这个剧本现在失传了,但根据《曲海总目提要》的记载,此剧详细描写了这场斗争的起因和经过,塑造了织工领袖葛成的英雄形象,表现葛成组织手工业工人和市民商贩到市井游行、烧毁衙署、打死税吏黄建节的英勇事迹。葛成在游行中路遇贫妪慷慨解囊,则更为感人。可惜的是由于剧本的散佚,今人无法领略其中许多可歌可泣的壮烈场景了。《清忠谱》由李玉主笔,由李玉、朱素臣、毕魏等共同参与编写,作于明末,刊于清初,写明末天启年间苏州市民为反对宦官魏忠贤逮捕东林党人周顺昌而进行的一场斗争。剧作揭露了魏忠贤阉党集团的残暴统治,塑造了"既清且忠"的周顺昌和见义勇为的颜佩韦等五义士的生动形象,把东林党人的斗争置于广大人民群众群起呼应的背景之中,表现了一场声势浩大的群众斗争,让正直的士大夫和广大人民在反权奸、反暴政的共同目标下结成精神联盟。在这种精神联盟中,士大夫因其符合民意而更加理直气壮,而下层人民也因精神有所寄托而热情高涨,两相融合,汇成一股在封建主义容许的标尺下达到最高极限的精神洪流。该剧表现了新题材、新人物、新主题,这在中国戏曲史上是应该大书特书的。

李玉的历史剧《千钟禄》,又名《千忠戮》,以历史上所谓的"靖难之役"为内容,写明燕王朱棣为抢夺帝位,举兵攻破南京,建文帝和大臣程济化装为僧道,逃亡外地,备受迫害。剧作所表现的虽是明代皇室内部争夺帝位的斗争,但作者借古喻今,曲折地反映了明清易代的社会现实。一方面通过燕王朱棣攻破南京后,大肆杀戮前朝大臣,建文君臣各自逃生的情节,较真实地反映了清兵南下、明朝覆灭时的动乱现实,影射清初统治者令人发指的残酷屠杀和血腥镇压。另一方面,作者在剧中塑造了程济、吴学成、牛景先、方孝孺等为建文帝尽忠的忠臣形象,表达了自己对那些坚持气节的明朝旧臣的倾慕。这个戏在清初戏曲舞台上遭到了清统治者的禁演,也正从另一个方面反映了它的现实意义。其中《惨睹》出写建文帝逃亡,生扮建文帝,小生扮程济,唱[倾杯玉芙蓉]一曲:

(生唱)收拾起大地山河一担装,(小生合唱)四大皆空相。历尽了渺渺程途,漠漠平林,叠叠高山,滚滚长江。(生白)我自吴江别了史徒出门,师弟两人,一路登山涉水,夜宿晓行。一天心事,都付浮云;七尺形骸,甘为行脚。身作闲云野鹤,心同槁木死灰。(唱)但见那寒云惨雾和愁织,受不尽苦雨凄风带怨长。(生白)徒弟,前面是那里了?(小生)是襄阳城了。(生)是襄阳城了,咳!(唱)雄城壮,看江山无恙,谁识我一瓢一笠到襄阳!

全剧曲词悲壮苍凉,当时流传极广,家传户诵,响彻歌场,遂出现"家家'收拾起',户户'不提防'"的盛况。

朱素臣也是苏州派的主将,他的作品以公案剧《双熊梦》,又叫《十五贯》最为著名。此剧据明代冯梦龙《醒世恒言》中《十五贯戏言成巧祸》改编。写熊友兰、熊友蕙兄弟各遭冤案,都被判处死刑。苏州知府况钟在监斩前夕梦见两只熊向他哀告,乃向上司要求复审,终得平反冤狱。作家以况钟的正义感和认真态度与草菅人命的巡抚周忱对比,无情的暴露和谴责了官府的黑暗,表现了无辜者的被冤枉。这个戏的出现和流行,可以看出是反映了清初官府的黑暗与人民时常含冤受屈的真实情况的。但另一方面,这个戏给况钟破案的原因披上神秘的外衣,把他的行动说成是神灵的指示所致;结尾又让熊氏两兄弟应举登第,况钟、过于执携手骗两兄弟和两女成婚,调和了矛盾,堕入传奇窠臼。

在作品形式上,苏州派作家既精通音律,又熟悉演艺优人,所以他们的创作没有那种脱离舞台演出,只能作为案头剧的弊端,而是以严谨凝练的体制、双线并行的结构、生动曲折的情节排场、设置均匀的角色、通俗晓畅的语言、工巧和谐的宫调曲牌,形成适合场上扮演的作品,所以一直流行于当时和后来的戏剧舞台上。据宁昆(宁波昆曲)老艺人回忆,新中国成立前宁昆上演的昆曲全本戏有十六种,其中李玉、朱素臣的作品就占了六种,可见这一派作家在昆曲发展史上影响是很大的。朱素臣的传奇作品今存《十五贯》《翡翠园》《秦楼月》等,大多数是戏曲界流传的抄本,这说明他的剧作是相当适宜于舞台演出的。

(二)以李渔为代表的一批风流文人创作

描写儿女风情的喜剧在明末已有很大的发展,清初的李渔、万树等人继承,形成了创作高潮。李渔(1611—1680),字笠翁,又字笠鸿、谪凡,别署笠道人等,浙江兰溪人。他出身于医学世家,因职业关系,从小就接受了市民思想的熏陶。他才名早著,却屡试不第。后来家道中落,又值明清易代,从此消极玩世,先后移家杭州、南京,并浪游四方。曾自办家庭戏班,演出于达官贵人门下,获取馈赠以养家室。这种毕生从事戏剧活动的特殊生涯,促使他系统总结了中国戏曲的创作经验与艺术技巧,并写成《闲情偶寄·词曲部·演习部》这样不朽的戏曲理论著作。关于戏曲创作的《词曲部》分为"结构"、"词采"、"音律"、"宾白"、"科诨"、"格局"六章,首先指出"天地之间有一种文字,即有一种文字之法脉准绳",而"填词之设,专为登场",在抓住戏曲是代言体舞台艺术这一特性的基础上,标举"结构第一",这和前人首重音律或首重辞采就有明显的不同。在戏剧构造方面,李渔提出的重要原则有:"立主脑",即突出剧中主要人物和中心事件,并以此体现"作者立言之本意";"脱窠臼",即题材内容应摆脱陈套,追求新奇,重视创意;"密针线",即紧密情节结构,前后照应,使全剧浑然一体;"减头绪",即删削旁见侧出的枝蔓,使戏中主线清楚明白。在戏剧语言方面,李渔主张"既以口代优人,复以耳当听者",使文辞顺口而动听,具体而言,就是要"贵浅显"、"重机趣"、"戒浮泛"、"忌填塞"等,即既要明言直说,不故作姿态、炫耀博雅,又要生动有趣,见出机锋和性灵,并切合剧中人物各各不同的心理和口吻。此外,李渔还重视宾白,提出"当与曲文等视",使之互相映发。

李渔不仅是中国历史上成就最高的戏曲理论家,又是著名的剧作家。他自称一生作剧数十种,今传世十种,即《笠翁十种曲》。此外,他还有短篇小说集《无声戏》《十二楼》和大量诗文作品传世。李渔认为,观众看戏,原是为了"消愁"、"解闷",不是用钱来买哭声的,因此,他以极大的热情进行喜剧创作,是我国戏曲史上第一个专门从事喜剧创作的作家,现今传世的《笠翁十种曲》都是喜剧。

按李渔创作思想的发展,大致可分三个阶段。第一阶段约在顺治五至十二年间(1648—1655),有《怜香伴》《风筝误》《意中缘》《蜃中楼》四种,主要写文人学士的风流韵事和生活理想,如《怜香伴》写一男二美,妻子热心的为丈夫娶妾,妻妾相怜相爱,共事一夫,以表明"真色何曾忌色,真才始解怜才";《意中缘》写莫须有、想当然的才子佳人配合,将明末才子陈继儒、董其昌和才女杨云龙、林天素想当然的配成佳偶;《蜃中楼》扭合"柳毅传书"和"张生煮海"二事,写才子与龙女的爱情。代表作《风筝误》写美男丑女、美女丑男互相错位,最后又丑丑相归,美美相合。这些剧作都有着轻松愉快的喜剧风格。

第二阶段,顺治十二年至康熙五年(1655—1666),作有《玉搔头》《比目鱼》《奈何天》《凰求凤》。李渔一反故态,板起正经面孔,借恋爱婚姻故事宣扬封建伦理道德。《玉搔头》写明正德皇帝朱厚照热恋妓女,而群臣"竞义争忠",使他能高枕无忧;《比目鱼》写书生谭楚玉和优伶刘藐姑反抗礼教,自由恋爱,却戴着"维风化,救纲常"的冠冕,努力的"思借戏场维节义";《奈何天》更故意编造新奇的丑旦联姻,写貌丑身残的阙素封和三位绝色女子联姻,劝那些为人妻妾的要"安心乐意过一世",欲使"红颜知薄命,莺莺合嫁郑恒哥",以宣扬"妇道",嘲讽"邪行";《凰求凤》也别出心裁的写才子慕色不淫,得中状元,佳人化妒为怜,互让封诰。李渔宣称:"莫道词人无小补,也将弱管助皇猷。"

第三阶段,康熙五年至七年(1666—1668),有《慎鸾交》《巧团圆》,是他最满意的作品,自认为达到了思想追求的最高境界,即完成了把风流与道学融为一体的企图。才子的风流艳情既不违背道德,他们的道德观念也不否定风流;道学中充溢情感,风流里暗藏性理。这样一来,李渔自认为就可以弥合道学和风流之间的缝隙了。在《慎鸾交》传奇中,李渔塑造了一位风流道学的典型——华秀。华秀一出场,就言简意赅地表达了明末清初才子们的一种普遍观念。他说:

> 小生外似风流,心偏持重。也知好色,但不好桑间之色;亦解钟情,却不钟偷外之情。我看世上有才有德之人,判然分作两种:崇尚风流者,力排道学;宗依道学者,酷诋风流。据我看来,名教之中不无乐地,闲情之内也尽有天机,毕竟要使道学、风流合而为一,方才算得个学士文人。

剧中描写华秀虽然力持伦理道德,却不拒绝游逛妓院,他觉得不这样做,就无法排遣才子的一腔情思。不过,华秀逛妓院与众不同,他主张择交一定要慎始全终。他与名妓王又嫱相识以后,起初一直忸怩作态,表示冷淡,直到了解王又嫱的人品心地以后,方才和她定交。一旦定交,他就永不变心。中状元之后,他拒绝了朝廷权贵的提亲,信守婚约,娶了王又嫱。像华秀这样的才子,生性风流,免不得和妓女逢场作戏,这同道学先生的规行矩步无疑是大不一样的。而他嫖妓时讲择交,订交又不负心,彬彬循礼,旦旦守信,岂不就是风流人物中的端士?

总体来看,李渔爱情婚姻剧的基本主题,是力图弥合封建道学与风流艳情的罅隙,锻铸一种情理合一的理想。这种思想追求,实际上无意识地透露了这样的社会信息:到李渔的时代,封建道学已经越来越多地显示出自己的滑稽性。僵硬的道学在淫靡的世风中不得不渐渐风化,淫靡的世风则在僵硬的道学中找到自己的理论依据。封建道学和风流艳情公开握手言欢,以自我败损的滑稽方式,重新构造一种摇摇欲坠的价值体系。李渔的剧作总是富有独创精神,槜道人《巧团圆序》云:"吐人不能吐之句,用人不敢用之字,摹人欲摹而摹不出之情,绘人争绘而绘不工之态状。"在题材选择上,他既追求标新立异,又注意情理真实。在戏剧结构上,他的剧作一般结构谨严,脉络清楚,讲究埋伏照应。往往刻意设置迂回曲折、变幻多端的戏剧情节。在戏剧语言上,讲究浅显易懂,追求"雅中带俗,又于俗中见雅"(《闲情偶寄》)。科诨写得天机自露,词尖意新,曲词也多通俗浅显,机趣精警。李渔的剧作在清初剧坛有很大影响,《毗梨耶室杂记》说:"笠翁词曲有盛名于清初,《十曲》初出,纸贵一时。"

康熙年间,步武李渔,专写才子佳人艳情故事的戏曲作家有万树,撰剧本20余种,其中传奇三种《空青石》《风流棒》《念八翻》,合名《拥双艳三种曲》,都是以一个才子娶两个美貌女子为故事主线,整体上体现出文人的审美趣味。通过才子佳人艳情故事的描写,肯定了以情为基础、以个人才能高低为价值标准的爱情婚姻观,一定程度上否定了传统的以门阀、财富为基点的择偶标准。同时,作品也揭露了社会中一些丑恶现象,如奸商非法牟利、昏官弄权害民、儒士迂腐无能等。万树的剧作文辞华美,情节离奇,刻画人物、推进剧情手法多样,既善于抒发情怀,又善于滑稽诙谐,而且音律谐协,演出时具有良好的舞台效果。

(三) 洪昇《长生殿》

洪昇(1645—1704),字昉思,号稗畦,又号稗村,钱塘人。生于明清易代之际,出身于世代官宦而日趋中落的缙绅之家,受过良好的封建传统文化教养,但一生仕途坎坷,仅当过二十多年太学生,在京师与王士禛、李天馥、朱彝尊、赵执信等名流交往密切,联吟唱和,颇有诗名。其《长生殿》脱稿于康熙二十七年(1688)。一经问世,便"一时朱门绮席、酒社歌楼,非此曲不奏,缠头为之增价"(徐麟《长生殿序》),而剧场反应更是"观者堵墙,莫不俯仰称善"(尤侗《长生殿序》)。次年,班主为感谢作者,特演专场,请洪昇邀亲朋好友观赏。不料正值佟皇后丧期,被人告发。洪昇被革除国子监学籍,且凡列席之士大夫及诸生被革职与除名者五十余人,世人遂有"可怜一曲《长生殿》,断送功名到白头"之叹。然而,事件过后,该剧的演出依然十分活跃。

《长生殿》本诸唐白居易诗《长恨歌》和陈鸿小说《长恨歌传》,并参以元白朴杂剧《梧桐雨》及有关传说,"经十余年,三易稿而始成"(洪昇《长生殿例言》)。初稿名为《沉香亭》,二稿更为《舞霓裳》。剧写唐明皇宠幸杨贵妃,政事渐荒。番将安禄山先骗取唐明皇的信任,后乘机反叛,直逼京师长安。唐明皇仓促幸蜀,扈驾将士感愤于丞相杨国忠祸国殃民,在马嵬驿兵变,逼迫唐明皇授权杀死杨国忠,赐死杨贵妃。安史之乱平定后,唐明皇十分感伤,对杨贵妃思念不已,而杨贵妃也阴魂不散,深悔自己生前的罪愆。他们的精诚感动了上苍,玉帝让杨贵妃返回仙班,并让唐明皇的灵魂到天界与杨贵妃团聚。该剧前半部分的主要骨架在《梧桐雨》中已经描写或提及,后半部分的明皇游月宫,与杨玉环在仙境再次相会,永为夫妻等情节则是创新。洪昇在《长生殿例言》中谈到创作动机是"念情之所钟,在帝王家罕有",乃"专写钗合情缘"。"专字"说明他是以写李隆基与杨玉环的"情缘"为主。《长生殿》开宗明义:

> 【满江红】今古情场,问谁个真心到底?但果有精诚不散,终成连理。万里何愁南共北,两心那论生和死。笑人间儿女怅缘悭,无情耳。　○感金石,回天地。昭白日,垂青史。看臣忠子孝,总由情至。先圣不曾删《郑》《卫》,吾侪取义翻宫徵。借太真外传谱新词,情而已。

洪昇所谓的"情",不是浸透感性欲望的少男少女之情,而是"但果有精诚不散,终成连理"

的夫妻伦理之情,蕴涵着深沉的道德理性精神,这也正是他所谓的"情"能够与"臣忠子孝"互相沟通的内在契机。所以,《长生殿》中,也着意刻画了忠君爱国的郭子仪、陈玄礼、雷海青、郭从谨、李龟年等忠臣义士的形象,批判了祸国殃民的杨国忠、安禄山和变节投敌的叛臣贼子,表达出褒忠诛奸的鲜明立场。这又与《长生殿》同时包含"乐极哀来,垂戒来世,意即寓焉"的目的有关,也就是说,洪昇并不想把李杨故事仅仅当作一个单纯的爱情故事来写,他还要在剧中寄寓"逞侈心而穷人欲,祸败随之"(《长生殿自序》)的劝惩思想。

基于此,《长生殿》首先把李、杨的"钗合情缘"理想化了,使之净化、升华,成为"真心到底"的不朽至情。作者不仅对历史上杨玉环曾辗转于寿王李瑁和明皇李隆基间的事一概不提,而且毫不犹豫地删除了杨玉环和安禄山秽乱后宫之事,并对杨玉环的嫉妒之情作肯定性描写。在"六宫粉黛"的环境中,杨玉环为了专一地爱李隆基,不能不嫉妒,不能不采取排他行为,否则无法维护爱情的长久,也就避免不了被遗弃的命运。《复召》一出中,李隆基也称赞杨玉环的嫉妒之情是"情深妒亦真"。李杨爱情在经历了李隆基更多的是流连于杨玉环的容貌、体态,二三其德后,也逐渐向专一,以至更高的境界发展。第二十二出《密誓》和第二十五出《埋玉》是二人爱情成熟的标志。在《密誓》中,二人设盟起誓"愿世世生生共为夫妇,永不相离";在《埋玉》中,为了保证李的安全,杨慷慨捐生,李则表示"宁可国破家亡,决不肯抛舍你也",显示了李对杨坚贞纯真的爱。《埋玉》之后,两人"牢守定真情,一点无更变",杨不愿登仙籍,只想结前缘,李则终日沉浸于对杨的怀念之中,"只愿速离尘埃,早赴泉台,和伊地中将连理栽"。最终,他们的精诚感动了天帝,获许在天庭永为夫妇。

其次,剧作前半部在写李杨爱情发展的过程中,也注意描写他们因纵情而"弛了朝纲",并导致了自身的爱情悲剧。表现一是描写统治阶级内部的矛盾,安禄山、杨国忠的争权,它的爆发是《陷关》和《惊变》,"渔阳鼙鼓动地来,惊破霓裳羽衣曲"。二是描写统治阶级与人民的矛盾,这透露于《疑谶》《进果》,而爆发于《埋玉》。《疑谶》中,郭子仪唱出"可知他朱甍碧瓦,总是血膏涂",指斥杨氏一门骄奢淫逸,竞造新第,而这些都是人民的血汗、民脂民膏所涂就,和杜甫"朱门酒肉臭,路有冻死骨"同意。第十五出《进果》写贵妃要吃荔枝,万里迢迢要从四川、海南飞马送到长安,整日整夜快马加鞭不知踏坏了人家多少田地,踏死了多少人。这种表现为畸形变态而又赘生着政治恶果的爱情,到底是要被动地鼙鼓、连天硝烟所摧毁,终至"六军不发无奈何,宛转蛾眉马前死"。

关于其艺术成就,第一,在对历史题材的处理原则上,该剧不是事俱按实地展示历史画卷,而是借"史"写"情"。为使整个剧作"专写钗合情缘",洪昇以"凡史家秽语,概削不书"(《长生殿自序》)的原则,将上半部处理成经过净化了的"史笔",赋予下半部分更加浓厚的理想化色彩。上部写真情在现实中难以实现,下部写真情在超现实的状态下得到永生,自始至终围绕着对人间真情的追问与寻求而展开。而让真情超生天堂、圆满实现的转变契机,是李、杨二人的"情悔":杨玉环后悔自己过分希恩固宠,导致江采萍惨死于内,杨国忠专权于外;李隆基懊悔自己移情别恋,用情不专,蠹蚀朝政。虽悔,却是"情悔"。

第二,充分的性格化描写。《长生殿》里各种类型的人物形象都具有鲜明的性格特征。如杨玉环的娇妒,李隆基的恣纵,杨国忠的奸诈,安禄山的狡黠,郭子仪的忠直,雷海青的义烈,以及郭从谨的练达,李龟年的持重等。甚至同是杨妃姊妹的三位夫人,也都有世故与轻浮的区别。这种性格的鲜明性,一是凭借着作者高超的语言技巧实现的。作者从人物性格出发,什么人物,在什么情况下,唱什么曲子,念什么道白,都恰如其分。杨玉环的语言柔媚、纤巧而透着厉害;李隆基的语言或喜或悲都不失帝王风度;郭子仪的唱念浑厚豪放;雷海青的痛骂粗犷激越;老田夫的控诉浅显而沉痛;李龟年的弹词则无限伤感。如最脍炙人口的【南吕一枝花】,也即俗传"户户'不提防'"一曲,以及【转调货郎儿】一曲:"唱不尽兴亡梦幻,弹不尽悲伤感叹,大古里凄凉满眼对江山,我只待拨繁弦传幽怨,翻别调写愁烦,慢慢地把天宝当年遗事弹。"全曲九转,以白头遗老的身份唱天宝遗事始末,如怨如诉,一唱三叹,十分动人。一是充分注意通过具有性格特征的戏剧冲突、情节和环境来塑造人物。无论是写李杨之间的帝妃纠葛,或是写杨国忠、安禄山之间的将相矛盾,都有鲜明的性格色彩。

第三,该剧具有鲜明的舞台剧的特色。这主要表现在结构、音律等方面都充分考虑到了适于舞台演出的要求。该剧采用爱情、政治两条线索交错发展的叙述方式。一方面把爱情线索作为叙述主线,使之贯穿全剧的始终,另一方面,又将爱情与政治交错安排,使之形成互为因果的逻辑关系,而又各具特色,相得益彰。不仅在演出上照顾到了排场的冷热相济、演员的劳逸相均,也在效果上达到了强烈对比、互相烘托的作用。如在极写帝妃之情的《定情》《春睡》两出之间,安排奸相专擅的《贿权》;在铺叙宫廷奢华的《偷曲》《舞盘》之间,插进血泪交迸的《进果》等,都是极具艺术匠心的结构。虽然该剧在五十出中也有一些拼凑的场次,如《仙忆》《见月》等,但总体上,仍属长篇传奇作品中比较难得的佳构。而且,该剧严格按曲律填词,审音协律,字精句研,与昆曲的音乐规范丝丝入扣,使整个音乐布局与曲辞密切配合、相得益彰。因剧情曲折复杂,人物性格各异,需要调用不同风格的音乐曲牌,使之与人物场景配合得恰如其分。多达 50 出的长剧,所用的上千曲牌几乎没有重复,是传奇历史上绝无仅有的奇迹。

(四)孔尚任《桃花扇》

孔尚任(1648—1718),字聘之,又字季重,号东塘,自称云亭山人,曲阜人。孔子六十四代孙。1684 年,康熙南巡返经曲阜,孔尚任被荐在御前讲经,受到赏识,由国子监生破格升任国子监博士。他为此作《出山异数记》,表达感激之情。后升至户部员外郎,不久因故罢官。康熙三十八年(1699),《桃花扇》完成,孔尚任在掌握了大量史实的基础上,根据"实事实人"而创作这部传奇。

《桃花扇》写复社侯方域在南京旧院结识歌妓李香君,缔结婚约。阉党余孽阮大铖得知侯手头拮据,暗送妆奁,以拉拢他,结交复社。李香君识破阮大铖的圈套,坚决退还妆奁,阮大铖怀恨在心。后来,李自成农民起义军攻破北京,崇祯帝自缢,马士英、阮大铖在今南京拥立福王,建立南明王朝。阮大铖重新得势,诬告侯方域暗中勾结左良玉背叛朝廷,迫使侯方域仓皇逃离南京;又和马士英勾结,强迫李香君改嫁新任漕抚田仰,李香君誓死不从,血溅定情诗扇。友人杨龙友将扇上血迹点染成折枝桃花,是谓桃花扇。自此,侯、李被迫分离,结构上也展开了由他们联系着的两条线索:侯方域四处奔波这条线索,写南明草创及四镇内讧等重大事件和矛盾;李香君备受欺凌这条线索,写弘光帝和马、阮之流倒行逆施、宴游偷安。最终,腐败不堪的南明王朝不可避免地灭亡了。几经波折,侯、李又得重逢,但国已破,他们选择分别出家以为了局。

基于"借离合之情,写兴亡之感"(《桃花扇·先声》),作者以侯方域和李香君的爱情故事为中心,描写南明弘光朝廷覆亡的悲剧,而其根本宗旨如孔尚任所言,是要"知三百年之基业,隳于何人?败于何事?消于何年?歇于何地?不独令观者感慨涕零,亦可惩创人心,为末世之一救矣"(《桃花扇·小引》)。

《桃花扇》在许多方面都具有艺术创造性:一是该剧以桃花扇为钥匙,开启了整个的剧情。桃花扇在全剧中出现了八次,最重要的是在以下几出戏中:在第六出中,侯方域把题有诗句的扇子,作为爱情的永恒信物送给李香君;在第二十二出中,李香君为拒绝权贵的求婚,以头撞地,血溅扇面;在第二十三出中,杨龙友将诗扇上的血迹,点染成了桃花;在第四十出中,侯、李两人在饱经离乱后重逢了,想开始婚后共同生活。张道士说:"呵呸!两个痴虫,你看国在那里,家在那里,君在那里,父在那里,偏是这点花月情根,割他不断么?"然后张道士撕碎扇子,不允许再有这种风月情。二人听了道士的话,遂拜师出家。一把小小的扇子锁住了李侯二人半生的悲欢离合,也锁住了南明王朝的兴衰消亡,所以,恰如孔尚任在《桃花扇凡例》中所说:"剧名《桃花扇》,则'桃花扇'譬则珠也,作《桃花扇》之笔譬则龙也。穿云入雾,或正或侧,而龙睛龙爪,总不离乎珠,观者当用巨眼。"正是这样,"南朝兴亡,遂系之桃花扇底"。

二是把侯、李爱情的不幸遭遇和国家兴亡的命运紧密联系在一起,使爱情直接和政治斗争结合。这种以鲜明的政治内容为基础的爱情描写,使它跳出一般传奇的俗套,如大团圆结尾的陈套,也不能和一般描写以社会动乱为背景的才子佳人剧相提并论,和以前同类的爱情剧相比,《桃花扇》是一个新的发展。

三是《桃花扇》基本实现了历史真实和艺术真实的完美结合。剧作记叙明末及南明史事,大率据实敷写,卷首有《考据》一项,便一一详列了创作传奇所依据的文献的细目。孔尚任说:"朝政得失,文人聚散,皆确考时地,全无假借。"(《桃花扇·凡例》)这种竭力忠于客观史实的创作精神,在明清传奇史上实属前所罕见。当然,孔尚任并不完全依照历史原型刻画人物。剧中的侯方域、李香君、史可法、杨文骢、阮大铖、左良玉等人物形象,都与历史人物有所出入。

四是"《桃花扇》笔意疏爽,写南朝人物,字字绘影绘声"(梁廷枏《曲话》卷三)。孔尚任在侯方域《李姬传》等素材的基础上,根据李香君"侠而慧"、"风调皎爽不群"的性格特征,增饰了《却奁》《守楼》情节,更无中生有地虚构了《寄扇》《骂筵》《选优》《归山》《入道》等情节,生动地刻画了香君鲜明的政治立场、高昂的政治热情、清醒的政治头脑、刚烈的斗争意志和深沉的忧国情怀,塑造出一位具有独立人格和高尚气节的女性形象。至于其他人物,也有各自不同的面貌,不模糊不类似。如马士英、阮大铖,概属权奸,性格就不一样。马士英权倾中外,但庸鄙贪黩而无智略;阮大铖以阉党起用,权势不如马士英,但为人机敏猾贼而有才藻,填词唱曲,出谋划策都有两手。又如柳敬亭和苏昆生,他们都是作家敬爱的江湖艺人,一个锋芒毕露,一个憨厚含蓄,一点也不能混同。

五是《桃花扇》对于传奇戏曲的传统体制也有所创新,全剧正文40出以外,孔尚任特意添加了四出戏:上本开头一出《先声》,下本开头一出《孤吟》,代替"副末开场",这是上、下本的序幕;上本末尾一出《闲话》,是上本的"小收煞",下本末尾一出《余韵》,是全本的"大收煞"。这四出各有起讫,又统一联贯,揭示出"那热闹局就是冷淡的根芽,爽快事就是牵缠的枝叶"(第十出《修札》)的哲理,表达了孔尚任对历史上盛衰兴亡的逆转的深刻认识。

比较而言,《长生殿》《桃花扇》都将爱情与政治结合起来写,不同之处则在于前者借史写情,后者借情写史,因之前者尤注意将爱情审美化,后者则明显地将爱情政治化。但不论是《长生殿》的浪漫想象,还是《桃花扇》的消极避世,都对存在本身的迷惘和困惑,是"天崩地裂"式的朝代更替之余波,在作者心灵深处震荡,引发的感受与体验。他们都在寻求一种突破现实的彼岸。《长生殿》的升仙,《桃花扇》的入道,都以不同方式对现世拒绝,是一种无所皈依的矛盾心态的表露,是一种人生空幻的时代感伤。这种感伤还尤其明显体现在《桃花扇·余韵》沉痛的"渔樵问答"中。苏昆生自编北曲《哀江南》,咏叹道:

[离亭宴带歇指煞]俺曾见金陵玉殿莺啼晓,秦淮水榭花开早,谁知道容易冰消! 眼看他起朱楼,眼看他宴宾客,眼看他楼塌了。这青苔碧瓦堆,俺曾睡风流觉,将五十年兴亡看饱。那乌衣巷不姓王,莫愁湖鬼夜哭,凤凰台栖枭鸟。残山梦最真,旧境丢难掉,不信这舆图换稿。诌一套《哀江南》,放悲声唱到老。

这不仅是对昙花一现的南明王朝的凭吊,不仅对大明三百年基业一旦覆亡的伤感,在这些凭吊、伤感和慨叹的深层,涵蕴着对封建社会"忽喇喇似大厦倾,昏惨惨似灯将尽"的历史趋势的预感,唱出了封建末世的时代哀音。在这种时代的哀音中,流溢着封建末世文人心中破败感、失落感、忧患感交织躁动的感伤情怀。

二、清中期传奇

在程朱理学影响下,戏曲风化观甚嚣尘上,传奇作品的内容趋向于道德化,夏纶、董榕、吴恒宣等作家极力地将道德内容审美化,赤裸裸地以传奇教忠教孝。蒋士铨、石琰、沈起凤等作家则倡导传奇艺术道德化,主张以"笔墨化工"来"维持名教"。一时理学之风盛行剧坛。此外,大多数作家都以创作诗文的思维方式和表现手法创作传奇,导致传奇艺术诗文化。他们提倡"以文为曲",将传奇视作"音律之文",以文的结构布局取代戏的排场关目,以事件的来龙去脉压倒了戏剧的动作、冲突和情境,以人物关系的设置淹没了人物性格的刻画。他们标举"虽称艳典丽,而显豁明畅"(洞庭山人《怀沙记凡例》),作为传奇的语言风格。而且在剧本体制上,缩长为短,每本8到12出的作品大量涌现,遂成惯例。因此,文人创作与舞台演出严重脱节,传奇戏曲逐渐步入穷途末路。以至于从康熙、乾隆以来的所谓"花、雅之争"或"昆、乱之争",到嘉庆年间,已渐由花部乱弹占据上风,至道光以后愈演愈烈,雅部昆剧简直沦为花部乱弹的附庸了。

这时期最有成就的传奇是蒋士铨的作品及黄图珌等人的《雷峰塔》。蒋士铨(1725—1785),字心馀,苕生,号藏园,又号清容居士,晚号定甫,铅山人。乾隆二十二年(1758)进士,官翰林院编修。二十九年辞官后,主持蕺山、崇文、安定三书院讲席。工诗文,精通戏曲,创作杂剧、传奇十六种,其中杂剧《一片石》《四弦秋》《第二碑》三种和传奇《香祖楼》《雪中人》《空谷香》《冬青树》《桂林霜》《临川梦》六种合为一集,称《藏园九种曲》(或《红雪楼九种曲》、《蒋氏九种曲》等),另有《庐山会》《采樵图》《采石矶》三种,与前九种合刊,名《清容外集》(或称《红雪楼十二种填词》)。

蒋士铨的传奇多写民族英雄、仁人志士及社会风俗,最优秀的当属《临川梦》。作于乾隆三十九年(1774),取材于汤显祖的传记及诗文集中有关资料,并杂采野史笔记中关于汤显祖的传说,加以虚构铺排成剧。时间跨度从万历五年汤显祖赴京参加会试直到去世,其中把汤显祖拒绝权相张居正的拉拢、上疏指摘时弊而被贬官、俞二娘慕汤显祖的才华以至于殉情而死等情节都写得非常生动。作者还让汤显祖"四梦"中的人物卢生、淳于梦、霍小玉在剧中出场,写法新颖别致,同时通过写他们到仙佛世界听觉华天王说法,表达了对于现实人生的感悟。该剧特别着眼于汤显祖"一生大节,不迩权贵"的高风亮节,把他塑造成"忠孝完人"。

当然,蒋士铨并不是一味盲目地歌功颂德,乾隆年间尖锐的社会矛盾和丑恶的社会现象,促使他常常运用伦理道德的武器进行激烈的社会批判,矛头直指尸位素餐、鱼肉百姓的贪官污吏和横行乡里、霸道欺市的地痞恶霸。尽管他的社会批判总是包含着道德救世的苦衷,但他能在史称"太平盛世"的乾隆时期,发现并指出封建社会衰败的迹象,以提醒世人,这是他比同时代人略高一筹之处。

艺术上,蒋士铨的诗人才气在他的剧作中得到了充分的展现。他的剧本曲词往往文采斑斓,雅俗共赏,尤其善于描摹情景,构造意境。为了调剂戏剧场面,蒋士铨还经常利用戏中戏的形式,穿插歌舞表演,活跃舞台气氛。如《临川梦》中由宜黄艺人表演《邯郸梦》,《冬青树》中则穿插花灯舞。

《雷峰塔》传奇是乾隆年间出现的优秀剧目。有关白蛇与雷峰塔的传说,早见于唐传奇《李黄》、南宋话本《西湖三塔记》,到明末的《白娘子永镇雷峰塔》话本,白蛇与许仙恋爱的故事情节已大致具备。乾隆初年,黄图珌的《雷峰塔》传奇问世,借白蛇故事宣扬佛教因果轮回报应的思想。同时,作者没有尽脱白娘子的妖气,如在《彰报》一出中,白娘子为了给水属报仇,不惜整治捕鱼人,手段十分残酷。但是由于黄本传奇所描述的是妇孺皆知的白蛇传故事,所以剧本完成后还是很快被搬上了舞台,"一时脍炙人口,轰传吴越间"。乾隆中叶,民间艺人陈嘉言父女将黄本修订为梨园演出本,删去黄本中《回湖》《彰报》《忏悔》《捉蛇》等出,而增加了《端阳》《盗草》《救仙》《水斗》《断桥》等出,白娘子除了与法海搏斗而具蛇妖面目外,她已经完全变成了一个美丽多情、善良勇敢、坚贞执着的女子。不久,文人方成培再对陈本进行改编,使白娘子身上的妖怪气息和人情内涵达到了巧妙、和谐的统一。"盗草"、"水斗"、"断桥"、"祭塔"等情节,充分表现了白娘子维护自己所认定的幸福生活和美好爱情的坚定态度。为了实现愿望,白娘子既要与破坏她安宁生活的恶势力抗争,又要向对她缺少了解和信任的情侣许宣剖白心迹。如此一来,白娘子的行为便具有了社会的和世俗的意义,她的刚强而又温柔的性格也通过她一系列行动显示了出来。正因为她是善良的,她的愿望是正当的,她的悲剧结局才使人感到深深的遗憾。剧本强化了扬善惩恶的主题,艺术感染力更为强烈,为白蛇故事在戏曲舞台上广泛长久地流传,起到了推动作用。后世各地方剧种中的白蛇故事,大都以方剧为蓝本。

思考练习题

1. 比较元杂剧与清杂剧形式上的差异。
2. 简述清杂剧思想内容特点。
3. 分析《长生殿》中爱情描写与政治批判的关系。
4. 比较洪昇《长生殿》、汤显祖《牡丹亭》"至情"观的差异。
5. 谈谈《长生殿》题材的继承性与创新性。
6. 简述《长生殿》的艺术成就。
7. 谈谈你对《桃花扇》"借离合之情,写兴亡之感"的理解。
8. 以《却奁》为例,分析李香君的人物形象。
9. 简述《桃花扇》结构艺术的特点。
10. 解释名词:一人永占,苏州派。

第八章 清代小说

中国古典小说鼎盛于明清。文言短篇小说经过很长时间的沉寂,在清代重放异彩。蒲松龄的《聊斋志异》和纪昀的《阅微草堂笔记》代表了清代文言小说两种基本的倾向:前者用传奇法以志怪,描写精细曲折;后者尚质黜华力追晋宋,叙述雍容淡雅。白话短篇小说虽前有李渔、后有艾衲居士,仍无法改变其17世纪后迅速衰落的命运。清代最值得重视的仍然是章回小说。除曹雪芹《红楼梦》、吴敬梓《儒林外史》外,《说岳全传》《镜花缘》等都值得注意。

第一节 曹雪芹与《红楼梦》

曹雪芹,名霑,字梦阮,号雪芹,又号芹圃、芹溪。祖籍辽宁辽阳(一说河北丰润),生于江苏南京。先世为汉人,后被俘而沦为满洲正白旗"包衣"(家奴),成为清代皇室的世仆。曹雪芹的高祖曹振彦,因建立军功,官至两浙都转运盐使司盐法道。曾祖曹玺,初为多尔衮侍卫,后任顺治皇帝内廷侍卫,管銮仪事,其妻孙氏曾做玄烨(康熙皇帝)保姆。康熙二年(1663),曹玺以内工部郎中衔出任江宁织造,此后,曹玺的长子曹寅、曹寅的长子曹颙和侄儿曹頫(在曹颙死后,过继给曹寅为子)相继担任江宁织造。织造的职务,除为皇帝管理织造机房、采办宫廷用品,还要充当皇帝的耳目,随时报告吏治民情。曹家三代四人"专差久任"江宁织造六十年余年,表明他们跟皇帝有一种特殊亲密的关系。康熙六次南巡,康熙六下江南,有四次由曹寅主持接驾,并驻跸江宁织造署即曹府,又皆由皇帝指婚,将曹寅长女嫁给镶红旗王子平郡王纳尔苏,次女亦嫁为王妃。

康熙六十一年(1722),康熙帝死,曹家失去靠山。雍正五年(1727)末,曹頫即因骚扰驿站案、织造亏空案被革职抄家枷号。遭此打击,曹家一败涂地。乾隆即位后虽曾追封曹振彦为资政大夫,曹頫也获宽免,但曹家已一蹶不能复起。曹雪芹是曹颙之子,或是曹頫之子,尚难断定,但是曹寅之孙却无疑。一方面,曹寅身前身后曹家的繁华与败落,他俱所经历,到底沦于穷愁潦倒的境地,"举家食粥酒常赊",因此,对于社会、人生,他有独特的深切理解。一方面,曹家又是"诗书传家",曹寅是当时有名的藏书家和校勘家,主持勘印过《全唐诗》,著有《词钞》等,家学渊源直接影响了曹雪芹后来的创作。

在穷愁贫病的境遇下,曹雪芹以坚韧不拔的毅力创作《红楼梦》,"披阅十载,增删五次"(《脂砚斋重评石头记》甲戌本),曾自题《石头记》《情僧录》《风月宝鉴》《金陵十二钗》等,生前多用《石头记》为书名,至乾隆甲辰(1784)的"梦觉主人序本"乃正式题名《红楼梦》。且据"披阅"、"增删"可以推断,曹雪芹是基本上写出了全稿的,可能他在初稿完成后就进行修改和整理,在这一过程中,他的亲友如脂砚斋等人就随时取阅并加评。在他去世前,只基本上整理完前八十回,后四十回(或三十回)的原稿在脂砚斋评阅时就有一部分遗失了,后来更是不知所之。从十分了解曹雪芹创作情况的脂砚斋的评语中,能大略推断出后四十回的部分内容。最初的《红楼梦》以抄本形式流传,多附有脂砚斋评语,题名为《脂砚斋重评石头记》,简称"脂评本",或"脂本"。由于曹雪芹对自己的书稿有过多次的修订、增删,脂砚斋等人又多次阅评,这就形成了不同的本子;不同的本子在辗转的传抄过程中又不断有人做些加工、修补,其间也难免有错漏和佚失,因为种种原因,使"脂评本"的原本早已遗失,而现在共发现了十二种"脂评本",主要有甲戌本(乾隆十九年抄本,十六回)、己卯本(乾隆二十四年抄本,四十三回及两个半回)、庚辰本(乾隆二十五年抄本,七十八回)。

乾隆五十六年(1791),程伟元、高鹗首次以活字排印,出版一百二十回本的《红楼梦》,称程甲本。次年修改再版,是为程乙本。脂本、程本系统的最大区别在于:脂本只有前八十回,程本共一百二十回。

一般认为,后四十回系高鹗所续。后四十回完成了贾宝玉、林黛玉的爱情悲剧,使《红楼梦》成为一部完整的小说。后四十回的矛盾冲突、悲剧气氛、人物命运基本与前八十回保持一致,但人物性格变化较大,艺术描写也较逊色。

《红楼梦》以贵族青年贾宝玉、林黛玉和薛宝钗之间的恋爱婚姻悲剧为中心,描写了贵族之家贾府的日常生活及其内外错综复杂的矛盾,揭露了封建社会末期种种黑暗与罪恶,极其生动地展示出这个贵族之家及其所寄生的封建社会已经全面腐朽,不可避免地将要走向衰亡。它描写的是爱情悲剧、家庭悲剧和人生悲剧的结合,是具有深刻的社会历史内容的社会悲剧。

(一)爱情婚姻悲剧

宝玉和黛玉的爱情是美好的,这不仅是因为他们是才子佳人的组合,更重要的是因为他们的爱情建立在心灵相通、共同叛逆的思想基础上。他们均出身于贵族家庭,但却不满家族所规定和期望的人生道路,无视森严的礼教规范和等级制度,具有初步的男女平等观念和个性自由的意识。爱情的发展和成熟,又进一步促使他们在叛逆之路上愈走愈远。这对正步入衰败的贾府构成了威胁。作为宁、荣二公选定的唯一"略可望成"的苗子,宝玉肩负走上仕途经济之正道,中兴贵族之家的责任,但他生活的主要内容却是"在内闱中厮混",不爱读"四书"以外的理学典籍、八股时文,不愿参加科举考试,也不想为官作宦以尽辅国安民之责,在封建家长的心目中,他需要的是一个能让他浪子回头、步入正途的贤内助,而黛玉从不劝宝玉投身举业,说些"仕途经济"的混账话,对时时受到严厉管束的宝玉极为同情。因此,宝、黛的爱情注定会浸泡泪水,成为没有发展前途的幻想。作者令人信服地写出了这个悲剧产生的必然性,高鹗也大体不误地完成了这个悲剧结局。薛宝钗成为宝玉的妻子,这不仅因为薛、贾二府门当户对,更重要的原因在于宝钗虔诚信奉、坚决恪守封建道德观念,但宝玉并不认同宝钗,精神上的鸿沟决定了这位封建淑女的婚姻悲剧,她成为行将灭亡的封建家族和制度的殉葬品。宝、黛爱情完全突破了传统小说、戏曲中才子佳人、郎才女貌的结合和夫贵妻荣的大团圆结局,宝、黛爱情的被毁灭、宝玉和宝钗婚姻的最终失败,与整个封建家族盛衰兴亡的命运紧密联系在一起。作者借此表现了带有民主色彩的朦胧理想与封建制度的尖锐对立,揭示了悲剧不可避免的诸多因素,显示了深刻的社会意义。

(二)大观园女儿的人生悲剧

大观园是一个理想的世界,宝玉和一众女儿在其中天真烂漫的生活,充分展示了生命与爱情的美好,但在"风刀霜剑严相逼"的恶劣文化环境里,到底难逃"薄命"结局。与黛玉相比,薛宝钗似乎是胜利者,但她获得了婚姻,却没获得爱情。随着宝玉出家为僧,她事实上成为李纨一样的嬬妇。从人的主体价值来看,她比林黛玉似乎更令人悲惋。李纨青春守寡,心如槁木,被封建礼教摧残了鲜活的生命。元春入宫选妃,在那"不得见人的去处"忧闷而死;迎春误嫁"中山狼",受尽折磨,"金闺花柳质,一载赴黄粱";探春远嫁海隅,空辜负一身才志;惜春剪发为尼,在青灯古佛下让青春逐渐萎绝。不仅元迎探惜难脱"原应叹惜"的悲剧命运,便是心性孤洁,世外修行的妙玉,"到头来依旧是风尘肮脏违心愿","无瑕白玉遭泥陷";一扫脂粉气息、独具个性风采的史湘云后虽侥幸"配得才貌仙郎",但"终久是云散高唐,水涸湘江",未能"地久天长"。至于丫鬟们,命运也不免凄惶。鸳鸯是贾母的丫鬟,稳重自持,心地善良,偏偏为老色鬼贾赦所看中,要强纳为妾。这也许是个变奴为主,改变自身地位的机会,但鸳鸯却不愿意人格受辱,宁死不从。当贾母去世,鸳鸯明白自己失去了借以自卫的屏障,"一辈子也跳不出他(贾赦)的手心",便自缢而死,以生命的代价捍卫了奴仆的清白和人格尊严。晴雯是个"身为下贱"却"心比天高"的丫头,她美貌、纯洁、真情,也有着野性未驯的心性,却因为她的美丽和纯真,失去了爱与生的权利,她被从病床上架起来撵出大观园,悲惨死去。还有金钏儿、司棋等人的抗争与悲惨结局。

宝黛爱情悲剧及大观园女儿们的悲剧,其实不过是封建社会女性性别整体悲剧的缩影。宝玉有一段名言:"女孩儿未出嫁,是颗无价之宝珠;出了嫁,不知怎么就变出许多的不好的毛病来,虽是颗珠子,却没有光彩宝色,是颗死珠了;再老了,更变的不是珠子,竟是鱼眼睛了。"从宝珠到死珠再到鱼眼睛,不仅是女性自然生命的衰老过程,更重要的是,这反映了女性的青春美质和纯真性灵,被男权中心的封建性别文化逐步摧残而丧失的悲剧。这反映出曹雪芹已敏感地意识到了封建社会女性性别整体的生命意义和生存价值问题,发人深省。

(三)贵族家庭的悲剧

贾府是一个世袭贵族又兼地主的富贵豪门,在"烈火烹油、鲜花着锦"的表象下,贾府实际"内囊却也尽上来了",这表现在,一是作为百年望族,贾府已繁衍了五代人。第一代水字辈的贾演、贾源,以赫赫军功创下基业,第二代人字辈的贾代善等人尚能守成,到第三代文字辈及第四代玉字辈就情形大变。第三代的贾赦是个无耻的酒色之徒,贾敬迷恋烧丹炼汞,幻想早日飞升,贾政看起来谦恭正直,实际头脑僵化,呆板虚伪,是个迂腐庸碌之辈。第四代的贾珍、贾琏与贾敬一样,都是天花酒地之流,宝玉又不讲仕途经济。后继无人是封建家族走向衰亡的标志之一。

贾府没有发展的希望,但一如既往地保持穷奢极欲、荒淫腐化的生活。如第十六至十八回描写贾府为皇妃元春归省而兴建大观园,亭台楼阁、山水花草、装饰陈设无不极尽奢华,连贾元春都再三感叹:"太奢华过费了!"此外,一张药方需上千两银子配成、一份"茄鲞"要十来只鸡作配料、一顿普通的螃蟹宴够庄稼人吃一年……豪华奢靡的背后隐藏着严重的经济危机。而屡见不鲜的堕落淫乱行为,也加快了家族灭亡的步伐。如贾珍与媳妇秦可卿乱伦、贾蓉协助王熙凤"毒设相思局"、贾琏偷娶尤二姐等,把封建伦理道德庄严的外表撕得一干二净。

贾府内部尖锐激烈的矛盾斗争,体现了封建家庭走向衰败的典型特征。如二十五回写贾环忌恨宝玉,故意把一盏正在燃烧的蜡灯推倒在宝玉脸上;赵姨娘利用马道婆的"魇魔法",让宝玉、王熙凤如中邪般病倒。最典型的是七十四回抄检大观园,一个"绣春囊"引起邢、王夫人剑拔弩张的争斗,结果两败俱伤。正如探春所说:"可知这样大族人家,若从外头杀来,一时是杀不死的……必须先从家里自杀自灭起来,才能一败涂地。"

贾府子孙凭借钱财和权势,勾结官府,打压无辜之人,掠夺不义之财,这成为贾府被查抄、最终摧枯拉朽般崩溃的直接原因。十五回叙述王熙凤贪图三千两银子,接受水月庵尼姑替张家的说情,以贾琏的名义写信给长安节度使,逼得大财主的女儿张金哥和长安守备的公子双双自杀,以致王熙凤宣称:"凭什么事,我说要行就行。"而贾赦勾结外官,恃强凌弱,勒索古玩,逼死人命;贾珍引诱世家子弟赌博,强占民女为妾,则成为贾府抄家的主要罪状。

(四)封建社会走向衰亡的悲剧

贾家与史、王、薛三个贵族家庭姻亲相连,一荣皆荣,一损俱损。贾府由盛到衰的家庭悲剧,深刻地揭示了整个封建社会正在走向腐朽衰亡的必然趋势及其内部根由和演变规律,其典型意义恰如二知道人所言:"雪芹纪一世家,能包括万千世家。"(《〈红楼梦〉说梦》)

《红楼梦》代表了中国古典小说的最高成就。首先表现在人物形象塑造上。全书有名有姓的人物有四百余个,不但主要人物形象鲜明,次要人物也各具特色。例如宝玉,他不肯"留意于孔孟之间,委身于经济之道",不愿交往贾雨村之类的官吏,偏偏喜欢结交与他有相同思想气质的下层人士,如秦钟、蒋玉菡等。他大胆挑战"男尊女卑"的传统观念,把自己的热情倾注于被侮辱被损害的妇女身上,认为"天地间灵淑之气,只钟于女子,男子们不过是些渣滓浊沫而已。""女儿是水做的骨肉,男儿是泥做的骨肉,我见了女儿便清爽,见了男子便觉浊臭逼人!"他不满"金玉良缘",只求"木石前盟",与林黛玉建立了极纯粹的爱情关系,表现出全新的爱情观念和恋爱方式。他还向往在一种极其清幽僻静、绝对无人管束的环境中逍遥、本色地活着,当生活理想可望而不可及时,就祈望在众多姐妹、丫鬟的呵护中无痕迹地死去,并永不托生为人,显示出对生命质量前所未见的价值追求。他是曹雪芹热情讴歌并寄理想的人物。至于黛玉的多愁善感、敏感多疑、孤高自傲、渴望自由,执着于充满真情和诗意生活的理想,以及宝钗的温婉内敛、圆融乖巧、善于处世,则分别代表贵族女性叛逆者和封建淑女的典型形象。其他如表面温情实则冷酷的贾母、王夫人,拼命维护封建正统思想的贾政、袭人,疯狂追求钱财权势、阴险残忍的王熙凤,乃至刘姥姥、平儿、柳湘莲、紫鹃、香菱等,他们在中国文学史上具有不朽的价值。便是很少出场的人物,如书童茗烟、乳母李嬷嬷、丫鬟金钏儿和彩霞等,也都栩栩如生。

第二,《红楼梦》将写实与诗意融于一体。涉及的人物从皇妃国戚、贵族阁僚到丫鬟小厮、倡优细民、僧道商农,几乎涵盖当时社会各个阶层。描写范围,从上层社会的礼仪酬应、庆吊往还、诗酒高会,到平民百工从事的匠作营造、栽花种树、畜禽养鱼,以至医卜星相、演义说唱、刺绣烹饪,可谓无所不包,表现了清代社会生活的方方面面。但书中亦有作为哲理意蕴象征而存在的荒诞神异的描写,以及对人物、环境、语言等的诗意渲染。前者如"无法问其究竟"的太虚幻境、宝玉的衔玉而生、"木石前盟"和"眼泪还债",后者如衬托林黛玉幽兰气质的"凤尾森森,龙吟细细"的潇湘馆,映衬宝钗朴素贤淑"冷美人"品格的"雪洞一般,一色的玩器全无"的蘅芜院,以及"黛玉葬花"和《葬花吟》的悲音,大观园女儿们的诗社与联诗,和"寒潭渡鹤影,冷月葬花魂"的哀吟,乃至于《红楼梦十二曲》等。它们和小说的写实情节彼此映照,相互融合,构建起多层次的小说美学空间,表现更为复杂的人性,更为深沉的体验,更为内在的人生经验。

第三,《红楼梦》的结构宏大而精致,复杂而又谨严。小说的前五回,是全书的引子和纲领。一方面从女娲补天故事引出神瑛侍者(即贾宝玉)和绛珠仙草(即林黛玉)的"木石前盟",以及"眼泪还债"之说,从而自然地将天上神话与人间故事融为一体。另一方面,叙述神话故事的同时,展开英莲的悲剧故事,渐渐引入小说的本体。英莲不是第一层面的主人公,英莲的故事,一是引出了薛蟠夺英莲、死冯渊、薛家母子、女(宝钗)进京入住贾府的情节,让第一层面的主人公宝钗尽早出场,构成"金玉良缘",形成宝玉、黛玉、宝钗的三角态势,作为小说的基本情节支撑。一是揭示了贾、史、王、薛四大家族的关系以及他们权势的显赫,给贾家作了一个清晰的社会定位,勾勒出《红楼梦》悲剧的时代社会背景。而且,"先写外戚,是由远及近,由小至大也",可避"死板拮据",起"虚敲旁击"、"反逆隐回"(《脂砚斋重评石头记甲戌本》)的效果。第五回是小说结构艺术最重要的创造。通过"贾宝玉神游太虚境,警幻仙曲演红楼梦",用含混、朦胧、游离在解和不解间的谶语,预示主要人物的命运以及贾家衰败的结局。第六回正式进入故事。以贾府这样一个具有深刻典型性的封建家庭所发生的一切为叙事对象,让贾府为代表的封建家庭的兴衰历史为纵的轴线,而让这个家庭与社会的上下左右的联系为一条条经线。又让宝黛爱情悲剧为横轴线,而让金陵十二钗及其他各色女子的爱情婚姻悲剧和命运悲剧成了一条条众多的纬线。纵横交错,便构成了复杂的网络状的结构形式,立体再现十八世纪中国封建社会的面貌。

第四,语言本色传神,妥帖自然。《红楼梦》中,人物的语言富于个性化特征,切合人物的身份、教养、性格以及特定场合中的心情,王熙凤的机智泼辣、林黛玉的机敏尖刻、薛宝钗的雍和平稳、贾宝玉的愚顽任性、贾母的故意作态、李纨的寡淡无味等,都能使读者似闻其声、如见其人。如小说中王熙凤的出场,是在黛玉进贾府时,她是未见其人先闻其声:"我来迟了,不曾迎接远客!"在众人皆"敛声屏气"的场合,唯她一人敢如此"放诞无礼",可见她在贾府中的地位,也可见她敢于放肆逞威的性格。她初见黛玉时,言语和表现是这样的:

> 这熙凤携着黛玉的手,上下细细打谅了一回,仍送至贾母身边坐下,因笑道:"天下真有这样标致的人物,我今儿才算见了!况且这通身的气派,竟不像老祖宗的外孙女儿,竟是个嫡亲的孙女,怨不得老祖宗天天口头心头一时不忘。只可怜我这妹妹这样命苦,怎么姑妈偏就去世了!"

先是赞美黛玉的"标致",接着又赞美她"通身气派",这是由外及里的,但最终都落在贾母身上,因为这"标致"和"通身气派",就不该是贾母的外孙女,而应是贾母的"嫡亲的孙女"。

这样,表面上赞美黛玉的话,就全都变成赞扬贾母的了。而"天天口头心头一时不忘",这"心头"二字也是绝不可少的。只有聪明而富有心计的凤姐,说话时才能不假思索就表达得这样精准。她说这番话时还配合着"用帕拭泪"。贾母笑道:"我才好了,你倒来招我。你妹妹远路才来,身子又弱,也才劝住了,快再休提前话。"凤姐一听,忙转悲为喜说:"正是呢!我一见了妹妹,一心都在她身上了,又是喜欢,又是伤心,竟忘记了老祖宗。该打!该打!"在此情此景之下,说她心里只有黛玉,比直接说心中只有贾母更能讨得贾母的欢心。王熙凤能根据具体情境的不同,或直接,或迂回,讨得贾母的欢心,掌握得恰到好处。至于其叙述语言,简洁而略显文雅,但同样丝丝入扣,如:

> (宝玉)正和贾母盘算,要这个,要那个,忽见丫鬟来说:"老爷叫宝玉。"宝玉呆了半晌,登时扫了兴,脸上转了色,便拉着贾母,扭的扭股儿糖似的,死也不敢去。……宝玉只得前去,一步挪不了三寸,蹭到这边来……宝玉只得挨门进去……(贾政)说毕,断喝了一声:"作孽的畜生,还不出去!"……宝玉答应了,慢慢的退出去,向金钏儿笑着伸伸舌头,带着两个老嬷嬷,一溜烟去了。

用"挪"、"蹭"、"挨"、"退"、"伸伸舌头"、"一溜烟"等词描写宝玉的一连串动作,描出他惧怕严父的战战兢兢的样子和心态,显示出作者观察生活的功力。

第二节 吴敬梓与《儒林外史》

讽刺作为一种艺术手法运用于小说创作中,讽刺现实的创作精神贯注在小说创作之中,是较早且较为普遍的。明清时期的话本小说、文言小说,多运用讽刺手法,对现实社会中的不合理现象给予讥刺批判,"三言二拍"中就多世俗人情、众生百态的描摹,作者对于丑陋、邪恶、阴暗的社会现象和人物,也极尽讽刺之能事。《金瓶梅》用讽刺笔法暴露社会黑暗的创作精神,给予后世文学深远影响,《儒林外史》和晚清谴责小说在讽刺笔法上都受到《金瓶梅》的启发。但讽刺作为一种独立的小说形态,出现得较晚,鲁迅认为"迨吴敬梓《儒林外史》出……于是说部中乃始有足称讽刺之书"(《中国小说史略》)。所谓"讽刺之书",就是直面现实社会的黑暗,洞察人性深处的丑恶,加以如实逼真的描绘和揭露的写实性讽刺小说。它的发展,大体经历了三个阶段,一是融合在世情小说中的讽刺,一是以吴敬梓《儒林外史》为代表的纯写实讽刺小说,一是晚清的谴责小说。

吴敬梓(1701—1754),字敏轩,号粒民,别署秦淮寓客,晚年自号文木老人。全椒(今属安徽滁州市)人。知友程晋芳(1718—1784)为他留下了内容完整的《文木先生传》。吴敬梓出身于累代科甲的世家大族,但到了他父亲吴霖起,科举不显,家道中衰。吴敬梓二十三岁,父亲过世,族人争产,这让他认清了家族长辈的面目,看到了封建伦常所谓"孝慈爱"的虚伪。由于"素不习治生,性复豪上,遇贫即施"(程晋芳《文木先生传》),不上十年,家产殆尽。三十三岁,迁居南京,虽家境困窘,仍爱好宾客交游,至于以书易米,卖文度日。由富到贫的生活变化,使吴敬梓饱尝了世态炎凉,在与那批官僚、绅士、名流、清客的长期周旋中,又逐渐看透了他们卑污的灵魂,对现实有比较清醒的认识。同样在南京,吴敬梓也结交了不少真才实学的朋友,他们给了吴敬梓很大的影响。

吴敬梓从小接受传统的儒家思想教育,受家庭影响,他也准备以科举仕进。18岁考取秀才,29岁乡试不中,让他对科举制度产生了更深的怀疑。36岁时,被推荐参加博学鸿词科的考试,他借口生病没有入京应试,这表明他不愿意再走科举的道路了。1751年,乾隆首次南巡,在南京征召文人,吴敬梓没有像其他文人一样逢迎,而是"企脚高卧向栩床"。五十四岁,客死扬州。

《儒林外史》在吴敬梓生前已完稿,据程晋芳《文木先生传》载,为五十卷,开始以抄本流传。第一个刻本是吴敬梓死后十多年由金兆燕在扬州任官期间刊刻的,但这个本子仅见于记载,至今尚未发现。现存最早的刻本是嘉庆八年(1803)的卧闲草堂本,五十六回。嘉庆二十一年(1816)的清江浦注礼阁本及艺古堂本,同治八年(1869)的群玉斋活字本及苏州书局活字本,同治十三年(1874)的申报馆活字本及齐省堂增订活字本,光绪七年(1881)申报馆第二次活字本等,均为五十六回。但同治八年,金和跋活字本云:"是书原本仅五十五卷,于述琴棋书画四士既毕,即接《沁园春》一词;何时有人妄增'幽榜'一卷,其诏表皆割先生文集中骈语襞积而成,更陋劣可哂,今宜芟之以还其旧。"(《儒林外史跋》)然而,"五十五回"本至今未曾发现,金和要求活字本删去第五十六回,到底也未删去。到光绪十四年(1888),又有东武惜红生序本(即增补齐省堂本),另外插入四回,共六十回。这四回中掺进沈琼枝和宋为富婚后的故事,事既不伦,语复猥陋。根据金和的跋文所述,吴敬梓自己说过,除了"聘娘丰若有肌,柔若无骨"两语,无一字稍涉亵狎等语,可见这四回也是后来好事之徒所妄加的。

《儒林外史》假托明代为背景,从明宪宗成化末年写到神宗万历二十三年。围绕着批判科举制度这个中心,描写了封建时代一群知识分子的形象,写出他们的生活和精神状态,也揭露了封建社会浮偷浇薄的世风。楔子之后,《儒林外史》中首先出场的,是迂陋穷酸的腐儒,通过他们的经历,作品展示和剖析了知识分子受毒害的灵魂,尤以周进、范进最具代表性。周进六十多岁,是个屡考不中的老童生,倚靠做私塾先生为生,家计艰难。后来,他连这份工作也丢了,只好为做生意的舅子记账,去了省城。见到梦寐以求的贡院,欲往一看,竟被鞭子打出!舅子花钱让他进去,他见到"天字号"试场号板,"不觉眼睛里一阵酸酸的,长叹一声,一头撞在号板上,直僵僵不省人事"。复苏后,"又是一头撞将去,放声大哭","直哭得口里吐出鲜血来"。几个商人得知原委,允诺为他捐资纳监,周进跪下叩首道:"若得如此,便是重生父母.我周进变驴变马也要报效"。这一副号板、一声长叹,饱含了天下读书士子的几多屈辱、酸辛、凄凉,这一跪一拜,一声"重生父母",不难想见科举考试对儒生影响力。好在周进还有点良心,任广州学道考童生时,遇到五十四岁、面黄肌瘦、花白胡须的范进,便生起了怜悯心,有心提携,范进于是科场侥幸,以至喜极而疯,"笑着,不由分说,就往门外飞跑,把报录人和邻居都吓了一跳。走出大门不多路,一脚踹在塘里,挣起来,头发都跌散了,两手黄泥,淋淋漓漓一身的水。众人拉他不住,拍着笑着,一直走到集上去了。"二进的一哭一笑,典型地描摹了科举迷的畸形心灵。

科举功名不仅迷惑、扭曲了男儿本性,也腐蚀了女儿世界,把女儿纯洁的心灵异化成俗不可耐的腐儒肝肠。鲁编修因无儿子,便只能望女成凤。鲁小姐五六岁习四书五经,十

第八章 清代小说

二岁开始做八股文,肚子里记得文章三千余篇,深信父亲说的"八股文做的好,随你做什么东西,要诗就诗,要赋就赋,都是一鞭一条痕,一掴一掌血;若是八股文章欠讲究,任你做出什么来,都是野狐禅、邪魔歪道"的鬼话,因此"晓妆台畔,刺绣床前,摆满了一部一部的文章,每日丹黄灿然,蝇头细批。"鲁编修叹道:"假若是个儿子,几十个进士、状元都中来了!"奈何是个女子,不能赴考,摘得功名,只得寄望于丈夫。谁知新姑爷不谙制艺,但求名士,伤心得鲁小姐新婚燕尔却"愁眉泪眼,长吁短叹",以为"误我终身"。后来只得把举业梦寄托在儿子身上,四岁起就"每日拘着他在房里讲《四书》,读文章"。这是个"八股才女"的独特形象,与一般才子佳人小说中精于琴棋书画、深于情爱的女子们大异其趣,实是科举与男性化教育下精神人格异化的产物。

科举功名的荼毒,不止于扭曲人心,甚至戕害人性。马二先生本性善良,一片热肠,只是笃信科考,以为文章选本才是书,做八股才是为学,为学目的就是做官,满脑满心的八股、科举、做官,即便几番科场不利,还是围着举业转,操选政、刊刻墨卷,以至于面对西湖美景,蹦出来的还是《中庸》"载华岳而不重"之类的话头,已经没有了生命的灵感和情趣。

更甚者是王玉辉。他不但怂恿女儿殉节,认为"这是青史上留名的事",而且在这个过程当中,他"依旧看书写字,候女儿的信息"。当女儿绝食殉命的消息传来,他的老伴哭死过去,他却说:"他这死的好,只怕我将来不能像他这一个好题目死哩!"仰天大笑着走出房门,口中直喊:"死的好!死的好!"这就是一个接受了几十年程朱理学熏陶、立志纂三部书嘉惠来学的秀才心肠。当"知县祭,本学祭,余大先生祭,阖县乡绅祭,通学朋友祭,两家亲戚祭,两家本族祭,祭了一天",他的女儿达到所谓"为伦纪生色"的标准后,他到底"转觉心伤"了,"一路看着水色山光,悲悼女儿,凄凄惶惶",在苏州看到游船上的白衣女子,"他又想起女儿,心里哽咽,那热泪直滚出来"。

科举制度不仅培养了一批腐儒庸才,同时也豢养了一批贪官污吏、土豪劣绅,造成政治腐败的根源。王惠"须发皓白"才中得进士,就任南昌知府。他上任的首要事情,不是关注国计民生而是查询地方人情,了解地方特产,各种案件中有何可以变通,然后定做了一把头号的库戥,问明了各项差事的余利,将钱财归公。自此,衙门内整天是一片戥子声、算盘声、板子声,衙役、百姓一个个被打得魂飞魄散,睡不安寝。高要知县汤奉,为表示自己为政清廉,严加执行朝廷各项法令。因朝廷有禁杀耕牛的禁令,便不问因由,将做牛肉生意的回民老师父活活枷死,使得群情激愤,鸣锣罢市。但按察司不仅没有处罚汤奉,反而将受害的回民问成"奸发挟制官府,依律枷责"之罪。而所谓"清廉"的知县,一年下来居然也搜刮了八千两银子。不仅官吏们贪赃枉法,土豪劣绅也肆意妄为。监生严致和乘妻子王氏弥留之际,欲把妾室扶正,就请妻兄王仁、王德前来商议。他们一个是府学廪膳生员,一个是县学廪膳生员。一开始,二人哭丧着脸,不发一言。后来严致和以银两珠宝相诱,他们的态度立马转变。王德说:"你不知道,你这一位如夫人关系你家三代。舍妹殁了,你若另娶一人,磨害死了我的外甥,老伯老伯母在天不安,就是先父母也不安了。"王仁说:"我们读书人全在纲常上做工夫,就是做文章,代孔子说话,也不过是这个理。"又言:"有我两人做主。但这事须要大做;妹丈,你再出几两银子,明日只做我两人出的;备十几席,将三党亲都请来,趁舍妹眼见,你两口子同拜天地祖宗,立为正室,谁人再敢放屁!"严致和又拿了五十两银子,二位义形于色去了。再后,严致和父子都死了,其兄严致中想谋夺弟弟的家产。严致和的续弦赵氏办了一桌酒席,请各家亲戚,包括王仁、王德前来作证,但这二人犹如两座泥塑,没有片言只语。第二天,又拒绝在县衙的文件上为赵氏签字作证。"仁德"何在?

至于严致中,根本就是一个巧取豪夺的流氓恶霸。他连儿子娶亲,也只肯拿二钱四分银子去请八钱银子一班的吹手,"又还扣了二分戥头";请人帮忙,从早到晚,"一碗饭也不给人吃";"出了一个贡",硬是"拉人出贺礼";拼命大吃大喝,"欠下厨子钱,屠户肉案子上的钱",就是不肯还。更甚者,他还以虚钱实契诈骗农民黄梦统,拿着空借约,丧心病狂地索要利钱,硬是把黄梦统的驴、米,连同稍袋都叫人短了家去。而不学无术、品行卑劣的假名士和斗方诗人则是科举制度衍生出来的又一类畸形人物。他们在科场失意后好像不再迷恋举业,故作逍遥,以博高名,实际骨子里对功名富贵念念不忘,钻进官僚地主的生活圈子,招摇撞骗。例如,老阿呆杨执中得知娄家兄弟喜欢附庸风雅,就投其所好,赢得好感,成为娄府的座上宾,又把不学无术的朋友吹捧为"高人",以抬高自己的身价。此外,西湖斗方诗人赵雪斋、景兰江、浦墨卿、胡三公子等,南京名士杜慎卿、季苇萧、郭铁笔、诸葛佑、季恬逸等,尽管性格各异,但有一个共同点,即弄虚作假,故作风流,装腔作势,庸俗不堪。

这种围绕着科举功名蝇营狗苟的风气不仅弥漫士林,也已渗透到各阶层,形成追名逐利、虚伪炎凉的社会风气。周进、范进困于场屋时,备受冷眼,一朝中举,周进那不是亲的也来认亲,不是朋友的也来认作朋友,连他教过书的学堂居然也供奉起了"周太老爷"的"长生牌";范进则在岳丈口中,从"尖嘴猴腮"、"现世宝"、"穷鬼"变成"才学又高,品貌又好"。最典型的,是匡超人的蜕变。他本是朴实敦厚的农家子,为赡养父母,外出做小买卖,流落杭州,得马二先生资助回乡,一面尽孝,一面攻读八股文,很快得到李知县赏识,被提拔考上秀才。后李知县出事,为避免被牵累,他逃到杭州,结识了冒充名士的头巾店老板景兰江和衙门里当吏员的潘三爷,学会了代人应考、包揽讼词的本领。又因马二先生的关系,成了八股文的"选家"。不久,李知县平反。升为京官,匡超人就跟着去了京城,为巴结权贵,他抛妻弃子,做了恩师的外甥女婿。这时,帮助过他的潘三爷入狱,他怕影响自己的名声前程,不仅同潘三爷断绝关系。甚至看也不肯去看一下。对曾经资助过他的马二先生,他非但不感恩图报。还妄加诽谤嘲笑,完全堕落成了衣冠禽兽。然而,症结并不在匡超人自身,而在整个社会风气、世道人心坏了,作者借郑老爹说话:"而今人情浇薄,读书的人都不孝父母。"问题就出在科举上,"读书人既有此一条荣身之路,把那文行出处,都看得轻了"。

吴敬梓揭露科举制度的罪恶荒唐,讽刺世道人心的丑恶鄙俗,但也没有弃绝这个病态的社会,在一些市井奇人和儒林君子的身上,寄托了他的人格理想和社会理想。书中的季遐年、王太、盖宽、荆元,他们淳朴善良,在维持生计之外,不贪恋功名利禄,而是雅好琴棋书画,风流自在,安贫乐道。王冕、杜少卿、庄绍光、迟衡山、虞育德,不热衷科考,不愿入仕,不为功名富贵羁绊,不受礼法名教束缚,坚持正统的儒家思想。在吴敬梓看来,理想的社会关系就应该是人人各有其性情,各司其职,不分贵贱,勿论雅俗,舍弃名利,相敬相助的。第三十六回"泰伯祠名贤主祭"、第三十七回"祭先贤南京修礼",实际上寄寓着他弃绝旨在功名富贵的科举文化,恢复原始儒家礼乐文化的社会理想。

《儒林外史》代表着中国古代讽刺小说的最高成就,其讽刺艺术,一是"无一贬词,而情

伪毕露",即让人物自己表演,自曝其丑。如第六回写严监生之死:

> 话说严监生临死之时,伸着两个指头,总不肯断气,几个侄儿和些家人,都来乱着问,有说为两个人的,有说为两件事的,有说为两处田地的,纷纷不一,只管摇头不是。赵氏分开众人走上前道:"爷,只有我能知道你的心事。你是为那灯盏里点的是两茎灯草,不放心,恐费了油。我如今挑掉一茎就是了。"说罢,忙走去挑掉一茎。众人看严监生时,点一点头,把手垂下,登时就没了气。合家大小号哭起来,准备入殓,将灵柩停在第三层中堂内。

不着一字褒贬,却让一个吝啬鬼,莫遁其形。在"范进中举"这段情节里,未中举前,胡屠户开口就骂范进"现世宝"、"穷鬼"。范进想找他借点盘费去参加乡试,被他骂得狗血淋头,又是"癞虾蟆想吃天鹅肉",又是"尖嘴猴腮,也该撒泡尿自己照照!不三不四,就想吃天鹅屁!"可当范进中了举人,胡屠户立刻"提着七、八斤肉,四五千钱"来贺喜,口口声声不离"贤婿老爷",逢人夸耀范进"才学又高,品貌又好",是"天上文曲星"。当范进喜极而疯,胡屠户跟在后面,"见女婿衣裳后滚襟皱了许多,一路低头替他扯了几十回"。寥寥数笔,而胡屠户这个市侩小人的丑恶嘴脸已然活现于读者眼前。

一是将讽刺对象言、行的乖谬白描出来,自形其丑。如第四回,严贡生对着范进、张静斋吹嘘:"小弟只是一个为人率真,在乡里之间,从不晓得占人寸丝半粟的便宜,所以历来的父母官都蒙相爱。"话音刚落,一个小厮走来道:"早上关的那口猪,那人来讨了,吵哩。"同样第四回,写范进母亲过世,刚谢孝,他便去见高要县知县,饭时,银镶杯箸乃至象牙筷子一概不用,看似居丧十分尽礼,却偏偏在燕窝碗里单单拣了一个大虾丸子送到口里。前者通过人物言行的乖离,后者借人物前后行为的矛盾,婉以讥讽。

一是通过人物自己的语言,让其出乖露丑。如第七回,已经做了学道的范进,为了报答老师的恩情,要照应考生荀玫,但遍查六百多份卷子,也没查到荀玫的,幕客以四川学差误解何景明醉话,寻找苏轼卷子的笑话以作比,他居然说:"苏轼既文章不好,查不着也罢了。这荀玫是老师要提拔的人,查不着,不好意思的。"所谓学道,竟连苏轼是北宋文豪都不知道,还以为明朝考生,可谓笑话,也可见科举制度培养出的,都是怎样的官吏,这样的官吏,又怎能选拔出具有真才实学的人才?第二十回,匡超人吹嘘"至今五六年,考卷、墨卷、房书、行书、名家的稿子,还有《四书讲书》《五经讲书》《古文选本》,家里有个账,共是九十五本。弟选的文章,每一回出,书店定要卖掉一万部,山东、山西、河南、陕西、北直的客人都争着购买,只愁买不到手。还有个拙稿,是前年刻的,而今已经翻刻过三副板","此五省读书的人,家家隆重的是小弟,都在书案上,香火蜡烛供着'先儒匡子之神位'"。竟然连"先儒"是活人还是死人都不清楚,还号称选本之多,文名满五省,不是滑天下之大稽吗?

一是以人物行为品质与他人评论之间的悖谬来增强讽刺力量,甚至达到一石二鸟的讽刺效果。小说写马二先生仗义疏财,资助落难的匡超人,然而在与冯琢庵评论马二先生操选政时,匡超人却说:"这马纯兄理法有余,才气不足。所以他的选本,也不甚行。"这一方面通过匡超人的口,表明马纯上的评选只知程朱理学那一套话头,毫无才情妙趣,另一方面又讽刺匡超人的忘恩负义。

第三节 蒲松龄与《聊斋志异》

《聊斋志异》是我国古代文言小说的集大成之作,也是我国古代志怪小说的扛鼎压卷之作。《聊斋志异》在思想性和艺术性两方面都达到了我国文言志怪小说的最高成就。蒲松龄(1640—1715),字留仙,一字剑臣,别号柳泉居士,山东淄川(今淄博)人。出身于一个世代书香、功名不显的家族,在其祖父以前,先祖都是元、明两朝的官吏,到他父亲一代,家道中落,不得不放弃仕途,转而经商,但蒲松龄自幼就接受了正统的儒家教育,他的一生可谓科考人生。他十九岁时即以县、府、道三第一补博士弟子员,但此后却屡试不中。三十一岁,迫于生计,应聘为宝应县幕宾,但厌恶官场,次年辞幕回乡。此后四十年间,主要一面教书,一面应考,"数卷残书,半窗寒烛,冷落荒斋里"(《大江东去·寄王如水》)。直到七十一岁,蒲松龄才"援例出贡",成为"岁贡生",四年后与世长辞。

关于《聊斋志异》的成书,据说蒲松龄在家乡"为村中童子师时,食贫自给。每临晨,携大磁罂,贮苦茗,具淡巴菰一包",使行道过者休憩,拉人讲故事。"搜奇说异,随人所知。偶闻一事,归而粉饰之"。如此二十余寒暑,积成此书(邹弢《三借庐笔谈·蒲留仙》卷六)。而蒲松龄《聊斋自志》则云:"才非干宝,雅爱搜神;情类黄州,喜人谈鬼。闻则命笔,遂以成编。久之,四方同人,又以邮筒相寄,因而物以好聚,所积益夥。……集腋为裘,妄续幽冥之录;浮白载笔,仅成孤愤之书。"总之,其中有听来的故事而予以润饰的,更多的是他自己创造虚构的故事。《聊斋志异》初步成书于康熙十八年(1679),蒲松龄作《聊斋自志》,题署"康熙己未春日"。《自志》表明《聊斋志异》是"孤愤"之书。蒲松龄以屈原式的忧国忧民之心,韩非子式"孤愤"之志,继承前辈李贺诗牛鬼蛇神想象和苏轼"喜人谈鬼"爱好,继承前辈志怪作家干宝、刘义庆志怪传统,以神仙、狐鬼、精魅等故事,抒写自己对社会、人世的指斥、褒贬。后来的数十年中,蒲松龄不断修订完善《聊斋志异》,并以手抄本的形式流传坊间,直至乾隆三十一年(1766),才第一次由赵起杲在浙江严州刻印。

唐宋以后,古代小说的发展出现了文言和白话两途,白话小说以其语言的通俗和内容的贴近现实而得到广泛的传播,取得压倒性的优势;在唐传奇的高峰而后,文言小说虽然代不乏作,数量亦相当可观,但是有影响的传世佳作却非常少。宋代"说话"艺人总结他们的艺术经验说:"话须通俗方传远"。这里的"话"是故事的意思,实际也包含了语言的因素在内。《聊斋志异》的语言,用的是相对典奥的文言,远不如白话小说通俗,但它在中国广大群众中的影响,却几乎可与通俗长篇名著《三国演义》《水浒传》《红楼梦》等相媲美。这说明,《聊斋志异》在思想艺术上有足以克服其语言障碍的独特成就。

《聊斋志异》的思想成就,一是尖锐暴露了当时政治的黑暗、窳败,深刻的鞭挞了贪官污吏和土豪劣绅的无恶不作、为虎作伥,同情被压迫的善良人民的种种痛苦遭遇。如《促织》《席方平》《红玉》等。《促织》叙述皇帝酷爱斗促织以为乐,使民间采贡,地方官吏趁机大肆敲诈百姓。成名是个安分守己的老实人,到了倾家荡产的地步,还是无法满足贪暴的要求。好容易得到女巫的指示,设法搜捕到一头俊健的蟋蟀,却又被他九岁的幼子意外弄死。成名正在着急发怒的时候,忽然发现儿子因害怕而自杀了。后来,成名的儿子复活了，但灵魂却变成了勇狠善斗的小蟋蟀。成名把它献进皇宫，才挽救了自己的不幸命运。揭露了封建帝王的穷奢极欲和徭役科敛的残酷，表达了"天子一跬步，皆关民命，不可忽也"的深刻思想。《席方平》。《席方平》叙述席方平的父亲在阴间因仇人买通冥吏而遭受酷刑，席方平的灵魂到冥界为父申冤报仇，可是上至冥王，下至郡司、城隍，无不残暴枉法，不仅不明辨是非，伸张正义，而且对席方平施以种种酷刑。小说实际以冥府喻指人间，揭露封建官吏草菅人命、贪赃枉法、倒行逆施，同时歌颂人民的反抗精神。《红玉》写广平冯生因妻卫氏貌美受到地方豪绅宋氏的抢掠经过，刻画出封建社会中政权的本质和封建阶级的狰狞面目。

二是揭露科举制度的腐朽和罪恶，尤其是对科场积弊和试官不公进行猛烈抨击。蒲松龄对科举制度有着切肤之痛，所以在这方面倾注了大量心血，《聊斋志异》有七十篇左右的作品，有关文人士子科场失意。由于蒲松龄对科场的黑暗、试官的昏聩、士子的心理等，均十分熟悉，所以写起来切中要害，力透纸背。例如《司文郎》《叶生》《王子安》等。《司文郎》写一个瞎和尚有一种本领，就是别人焚烧八股文，他用鼻子一嗅，就能立刻分辨出好坏。学识渊博的王平子和不通文墨而又好说大话、好摆架子的余杭生同时前来向他请教。瞎和尚嗅出王平子的文章很好，但科考的结果却是余杭生高中，而王平子落选。于是，瞎和尚叹气说："仆虽盲于目，而不盲于鼻；帘中人并鼻盲矣！"作者以嬉笑怒骂的笔法，揭露了科举制度良莠不分的腐朽。《贾奉雉》也是同类型的作品。《叶生》写一位"文章辞赋，冠绝当时"的秀才叶生久考不中，含恨而终之后，魂魄随对自己有知遇之恩的县令远赴关东，后来在他的教导下，县令之子中了举人，自己也中了进士，实现了他"借福泽为文章吐气，使天下人知半生沦落，非战之罪"的愿望，最后魂归故里，在自己的灵柩前扑地而灭。清代评论家冯镇峦曰："此篇即聊斋自作小传，故言之痛心。"（《聊斋志异》三会本）但这只是蒲松龄心灵世界的一个方面，实际其中也不无对那些醉心于科举以求富贵之人的讽刺。《王子安》写失第秀才热衷科举，爱慕功名，醉后发疯，乃至为狐所笑弄，显示出种种虚妄而又可笑的丑态。结末"异史氏曰"，说秀才进考场有七似：似丐、似囚、似秋末之冷蜂、似出笼之病鸟、似被絷之猱、似饵毒之蝇、似破卵之鸠，"如此情况，当局者痛哭欲死，而自旁观者视之，其可笑孰甚焉"。以较为冷峻的眼光和心态，透视舍身忘命的追求功名富贵的封建士子那可怜而又可悲的心理和神情。

三是赞美男女真情，批判封建礼教，倡导新的恋爱婚姻标准和模式。代表作有《阿宝》《连城》《娇娜》等。《阿宝》写出身贫困、不善言辞又特别老实，人称"孙痴"的孙子楚不自量力地请媒人去向富商小姐阿宝求亲，因为女方嫌他骈指，遂不顾疼痛，以刀砍去一指。不久以后，他在清明节出游，路遇阿宝，不觉痴立，魂随阿宝而去，同居三天，才被女巫招回。他的深情终于感动了阿宝，却始终无缘再面。在强烈的思念驱使下，孙子楚竟化作鹦鹉飞去见心上人。其情痴同于《红楼梦》中的宝玉。这个故事，以及《莲香》《香玉》等，都是歌颂可以超越生死的真挚爱情。《连城》写连城因两心相知爱上贫穷的乔生，但父亲却把她许配于盐商之子，她忧愤而亡，乔生也"一痛而绝"，苦寻至地府，两人重获新生，终结连理。作品突破郎才女貌式的传统观念，抒写以"知己之爱"为特征的爱情理想，初步具有现代爱情的色彩。

四是抨击浅薄的社会风气，歌颂高尚的道德情操。蒲松龄虽未能科举及第，但多年的应试,他自然深谙四书,并被其中传达的儒家伦理道德观念潜移默化。其思想意识中秉持的这些儒家伦理道德观念,促使他对社会道德、家庭伦理及其相关问题进行关注,并在《聊斋志异》的创作中表现出来。如《镜听》写"贫穷则父母不子"的人情世态,《罗刹海市》写"颠倒妍媸,变乱黑白"的社会恶习。而《张诚》《曾友于》中的主人公,委曲求全,逆来顺受,极力维护兄弟间的嫡庶关系。《珊瑚》中的珊瑚,遭受小姑、妯娌的百般虐待而毫无怨言,被休回家而不再嫁。《邵女》中的邵女,能力敌十余盗贼,却甘为人妾,备受大妇欺凌以至于炮烙,依然"以分自守"。对这些作品主人公在为人处世上表现出的符合儒家伦理道德观念的美好德行,作者流露出由衷的赞扬。《田七郎》则旌扬诚信、侠义,但含有更深沉的理性思考。田七郎是个猎户,很贫穷,但为人"一介不取"、"一饭必报"。他不愿和人结交,尤其是不愿和富人结交。富家公子武承休欣赏田七郎的品行,想方设法与他结交。最终,武承休假托买虎皮,给了田七郎一些银子。恰巧田七郎妻子生病、病故,便不得不接受。但田七郎连夜入山,直到自己打猎的收获足以抵偿银子。日后,在一次打猎的时候,田七郎争执中失手把人打死,武承休就花钱买通了官府和苦主,救了田七郎。后来,武承休被官府诬陷下到牢狱里,田七郎挺身而出,杀掉了武承休的仇家和贪官,然后自刎。这一方面反映了田七郎有恩必报,为友尽义的侠义品格,另一方面其实也显示了一个道理:作为社会交往的一种道德,所谓"义",名义上彼此是平等的,你给我一点好处,我还你一点好处,好像是平衡的,但人是不平等的,有贵有贱,有贫有富,因此在交往行为当中,就出现了巨大的差异,即"富人报之以财,贫人报之以义",贫人没有东西,只有献上生命。体现了作者体会到社会交往中道德的不平等。

当然,《聊斋志异》亦有其思想局限。如过分强调孝道,拥护宗法社会;尽管描写女性的多情,聪明智慧,还是以男性为中心,男尊女卑的思想在蒲松龄灵魂深处存在着;没有摆脱功名观念和封妻荫子的思想;相信宗教、轮回、因果报应,把希望和理想寄托在虚无缥缈的世界。

在艺术上,《聊斋志异》吸收历代文言小说、话本小说、史传文学以及唐宋散文的艺术精华,用浪漫主义的创作方法描绘花妖狐魅的世界,寄寓人生感慨,形成古典短篇小说发展的高峰。《聊斋志异》的艺术成就可概括为以下方面:

一是"用传奇法,而以志怪",体现出真幻结合、亦真亦幻的美学风格。鲁迅《中国小说史略》指出:"《聊斋志异》虽亦如当时同类之书,不外记神仙狐鬼精魅故事,然描写委曲,叙次井然,用传奇法,而以志怪,变幻之状,如在目前;又或易调改弦,别叙畸人异行,出于幻域,顿入人间;偶述所闻,亦多简洁,故读者耳目,为之一新。"从内容上看,志怪记录的是非常人所能见的非常之人、非常之事、非常之象,而传奇,不但包括志怪的内容,还有一些平常人就可以见到,发生在时人身边的一些故事。艺术表现上,所谓"用传奇法,而以志怪",指吸收六朝志怪和唐宋传奇之兼长,一方面,在描写真实的现实生活外,还描绘神、灵、妖、狐的生活;另一方面,借着人神花妖狐魅的悲欢离合故事,宛转细腻的刻画人间种种美与丑的形象,把真挚强烈的爱憎感情、鲜明的政治态度、独特的社会见解、奇异的生活幻想一并融入超现实的题材中,常常是"出于幻域,顿入人间",变化多端,丰富多彩。

《聊斋志异》四百余篇,绝大多数篇章叙写的是狐鬼花妖与精魅故事,既有人入幻境,如《王十》叙写王十贩盐被鬼卒带入冥府,冥府中的世界与现实相反,在这里,贪官奸商作苦役,良民百姓作监工,王十被阎王授予蒺藜骨朵去监督河工,而河工中即有当地阔绰的肆商;《翩翩》中罗子浮进入洞天福地,过着悠闲无忧的神仙生活。也有异类幻化进入人间,如《婴宁》《小翠》等。婴宁爱花爱笑,天性纯真,本是生活在山野中的狐女;小翠聪明美丽,顽皮活泼,屡出奇谋,多次挽救了面临危机的丈夫一家,而她,实际也是个狐女,等等。或人、物互变,如《阿宝》,这是纯写现实生活的作品,但孙子楚化作鹦鹉,却是虚幻之笔。

《聊斋志异》不仅具备六朝志怪的奇幻诡谲,又有唐传奇的细实缠绵,大都情节离奇曲折,引人入胜,反映了现实生活的多样性和复杂性。如《促织》,整个情节随着"促织"的忽得忽失,忽隐忽现,大起大落的展开,而成名一家也随着情节的发展,忽喜忽悲,忽安忽危,处于摇摆颠簸的危急状态之中;《胭脂》的情节更加复杂,可谓案中有案,冤外有冤。先是东昌邑宰执鄂秋隼,判定他是杀死胭脂之父的凶手,"论死",接着济南府吴南岱复审,又拘宿介,"以待秋决",最后学使施愚山设巧计,迫使真正的凶手毛大供认罪行。整个故事情节波澜起伏,从一件普通的桃色案件中,充分反映出当时社会的混乱和复杂。

因此,《聊斋志异》的艺术世界,人鬼相杂,现实情境与奇幻世界相融,既反映了现实矛盾,又充分利用花妖狐魅等超现实的力量,表现理想的人物和生活,并惩恶扬善,具有以虚写实、幻中见真的基本风格。在题材内容以及创作方法上都超过了六朝小说和唐宋传奇,开辟了一个新的天地。

二是《聊斋志异》成功塑造了众多的艺术形象。其中的女主角往往是花妖狐魅所幻化,蒲松龄塑造这些形象时,既使她们具备社会上人的性格,又使她们保持着所属物类独具的特征,即具备人性和物性二重性。如《绿衣女》,绿衣女言行举动、生活习惯,与人无异,具有社会性,而其"绿衣长裙"、"腰细殆不盈掬"、"声细如蝇"等特点,则是绿蜂独有的特征。《葛巾》中的葛巾,初逢常大用时"相顾失惊",与常大用幽会时忧心被女伴看到等等,与常人无异,而她"异香遍体"、"吹气如兰",所经之处"皆染异香",这又由她是牡丹精魅的物性决定。不仅女性形象如此,男性形象亦然,如《苗生》,苗生雄伟有力、粗豪不羁,因他是虎精。人物大都具有鲜明的个性,如青凤、小翠、婴宁、鸦头。她们都是狐狸幻化的年轻女子,都具有热情、敢于反抗封建礼教的特点,但性格又有差异:青凤拘谨稳重,颇有大家闺秀的风范;小翠"善谑",喜欢调皮捣蛋;婴宁的主要特征是爱花、爱笑,涉世不深,外憨内秀;鸦头则桀骜不驯。同样是痴情的男子,《阿宝》中的孙子楚表现在一往而深,神魂相随,一以求之,是迂讷而情痴;《瑞云》中的贺生表现在"不以盛衰相忘",始终不离不弃,是志诚正直而情忠。蒲松龄对这些人物性格的塑造,特别注意突出个性,如婴宁,一出场就写她"拈梅花一枝,华容绝代,笑容可掬",以后便在各种笑声中出没:与王生的第一次见面,是"顾婢子笑";在自己家中与王生见面,先是"掩其口,笑不可遏",再是"复笑,不可仰视",最后"以袖掩口,至门外,笑声始纵";亲戚吴生要与婴宁见面,她在室内是"浓笑不顾",由于不得不出,"始极力忍笑",一到室外,"才一展拜,翻然遽入,放声大笑";而当婴宁步入人间,便开始受到封建礼教与世俗观念的摧残,由爱笑转变为"矢不复笑"、"虽故逗之,亦终不笑"。作者对婴宁之"笑"反复皴染,使她充满生机,率真浪漫的性格跃然纸上。

三是简练雅洁、生动传神的语言艺术。《聊斋志异》的语言以浅显简练的文言为主,同时吸收一些方言俚语,因此全书语言既有儒雅的书卷气,又有生动活泼的天然意趣,具有很强的表现力。以《红玉》为例,篇首写贫士冯相如与狐女红玉第一次相见:"一夜,相如坐月下,忽见东邻女自墙上来窥。视之,美。近之,微笑。招以手,不来亦不去。固请之,乃梯而过,遂共寝处。"仅39个字,将青年男女初次会面的过程叙述得层次极其分明。无论是冯生的动态还是红玉的情态,均十分传神。红玉"自墙上来窥"、"美"、"微笑"、"不来亦不去"、"梯而过",生动地展现了少女脉脉含情和娇羞之态。《聊斋志异》的人物语言,在保持文言体式的前提下,吸收生动的口语,如《翩翩》中翩翩与花城娘子的对话:

>一日,有少妇笑入,曰:"翩翩小鬼头快活死! 薛姑子好梦,几时做得?"女迎笑曰:"花城娘子,贵趾久弗涉,今日西南风紧,吹送来也! 小哥子抱得未?"曰:"又一小婢子。"女笑曰:"花娘子瓦窑哉!那弗将来?"曰:"方鸣之,睡却矣。"于是坐以款饮。

两人的对话,"小鬼头快活死"、"薛姑子好梦"、"西南风紧,吹送来也"、"小哥子"、"小婢子"、"瓦窑"属于俗语、俚语,"那弗将来"、"方鸣之,睡却矣",则属浅近简练的文言。这番对话描写口吻逼真,少女与少妇调笑之景宛若纸上。

稍后于《聊斋志异》的仿作,有袁枚《子不语》,沈起凤《谐铎》,比较有名。纪昀不满于《聊斋志异》,谓《聊斋》合传奇志怪二体,体例不纯,是"才子之笔,非著书者之笔也",于是作《阅微草堂笔记》,立法甚严,偏于论议,鲁迅认为"盖不安于仅为小说,更欲有益人心,即与晋宋志怪精神,自然违隔;且末流加厉,易堕为报应因果之谈也"(《中国小说史略》)。

思考练习题

1. 分析"'木石前盟'和'金玉良缘'正是封建礼教与反封建礼教的对立"。
2. 分析《红楼梦》的悲剧意蕴。
3. 分析《红楼梦》和《金瓶梅》在人物刻画上的异同。
4. 《红楼梦》的前5回在全书中具有什么位置?
5. 《红楼梦》的诗词曲赋在书中起什么作用?
6. 结合"马二先生游西湖"一段文字分析马二先生形象。
7. 比较分析鲁小姐、沈琼枝形象的异同。
8. 《儒林外史》描写了哪些不同类型的人物,作者表达了怎样的题旨?
9. 《儒林外史》高妙的讽刺艺术体现在哪些方面?
10. 为什么说《聊斋志异》是蒲松龄的"孤愤之作"?
11. 结合作品谈《聊斋志异》的思想内容。
12. 怎样认识鲁迅所说《聊斋志异》"用传奇法,而以志怪"?
13. 谈谈《聊斋志异》塑造人物形象的特点。

第九章 近代文学

第一节 近代社会和近代文学特征

史学界一般将1840年鸦片战争至1919年五四运动近80年的历史进程划分为近代社会。鸦片战争是中国历史的转折点，从此由封建社会转入半封建半殖民地社会。1919年的五四运动，标志着中国反帝反封建的资产阶级民主革命发展到一个新的阶段，成为无产阶级领导的新民主主义革命的伟大开端。与此相适应，文学界一般也将近代文学的起讫时间划为1840年至1919年。依据近代社会的历史进程和近代文学的发生发展，可将近代文学分为三个时期：

（一）资产阶级文学的准备期

1840—1894年，中国经历了两次鸦片战争、太平天国革命、洋务运动、中法战争和中日甲午战争，中国人民在反封建的同时，高举起反对帝国主义侵略的旗帜，进行着艰苦卓绝的斗争。表现在文学上，出现了近代文学史上首开风气的作家龚自珍；以林则徐、魏源、张维屏为代表的鸦片战争时期的爱国诗歌；太平天国的革命文学；而古典诗歌（集中表现为宋诗运动）、散文（主要为湘乡派）和小说的创作则呈现衰落的趋势。从龚自珍反映一定的资本主义倾向的变法主张，到林则徐、魏源的睁眼看世界及"师夷长技以制夷"方略的提出，再到洋务派提出"中体西用"，并主张向西方学习，实行某些改革，使中国成为一个独立富强国家的维新思想，资产阶级文化的胚胎逐步形成，为后来资产阶级改良派和资产阶级革命派文学的产生奠定了坚实的基础。

（二）资产阶级维新派文学时期

甲午战争的失败，宣告了洋务运动"自强新政"的彻底破产，中国面临着列强的瓜分，民族危机空前严重。于是十九世纪七八十年代出现的早期维新思想，在甲午战争后民族危机加深的形势下迅速发展起来，并从一种社会思潮变成带有一定群众性的政治运动，这就是1898年资产阶级维新派发动的变法图强运动。康有为、梁启超、谭嗣同等大力鼓吹变法，批判封建君主专制制度，要求实行君主立宪。在思想文化方面为适应其政治上变法维新的需要，戊戌变法时期的维新派曾经以资产阶级的新文化作为批判封建制度的思想武器，同封建主义的旧文化作了一定的斗争。这使当时思想文化战线上的斗争具有了学校与科举之争、新学与旧学之争、西学与中学之争的性质。表现在文学上，资产阶级维新派相继提出"诗界革命"、"文界革命"、"小说界革命"等口号，发动了一个规模较大的文学改良运动。黄遵宪是"诗界革命"的一面旗帜;梁启超的"新文体"对桐城古文、八股文和骈文是有力的扫荡;"小说界革命"则促成了"新小说"的繁荣,四大"谴责小说"《官场现形记》《二十年目睹之怪现状》《老残游记》《孽海花》的现实批判性使人们对近代社会的黑暗统治和丑恶现象有了具体而鲜明的认识。同时,以王闿运为首的汉魏六朝诗派亦活跃一时,但其作品游离于时代氛围之外,对当时和后世的诗文创作影响不大。

(三)资产阶级革命派文学时期

由于维新派势力弱小,并且脱离人民群众,戊戌变法运动在封建守旧势力的反扑下失败。但它顺应历史发展方向,成为中国资产阶级民主革命准备时期的一个重要阶段。接下来的义和团运动进一步激发了中国人民的民主革命意识,有力地推动了孙中山领导的资产阶级民主革命运动。从1895年在香港建立兴中会总部、领导广州第一次武装起义开始,以孙中山为首的资产阶级革命党人在两条战线上发动进攻:政治思想上猛烈批判改良主义的君主立宪论调,军事上多次组织反清武装起义。1911年10月10日武昌起义,终于推翻了清王朝,建立了资产阶级共和国。但由于民族资产阶级本身的软弱,辛亥革命很快就以失败告终。但革命党人仍然坚持与袁世凯和北洋军阀的斗争,先后发动了"二次革命"、护国运动和护法运动。1915年兴起的新文化运动则是辛亥革命在文化、思想领域的延续,是资产阶级新文化和封建旧文化的一场搏斗。1919年的五四运动标志着旧民主主义革命的终结和新民主主义革命的开始。中国革命进入一个新纪元。这个时期的文学,从主流方面看,无论是民间的歌谣、故事的说唱,还是文人的诗歌、小说、戏剧、散文,都出现了新的题材和思想。很多革命党人、进步知识分子都比较自觉地利用文学作为斗争的工具。革命的报刊和书籍纷纷出现,并产生了革命的文学团体南社。章太炎、秋瑾等革命作家的诗文,南社柳亚子、苏曼殊的诗歌,陈天华、黄小配的资产阶级民主革命小说,以及杂剧、传奇和地方戏的更新,显示了这一时期文学创作的实绩。另一方面,鸳鸯蝴蝶派小说、黑幕小说的逆流恶性泛滥;一些遗老旧臣诗酒酬唱,竟从事复辟倒退活动,终被社会所抛弃,为历史所唾弃。

近代中国的主要矛盾是帝国主义和中华民族的矛盾,封建主义和人民大众的矛盾。这样的社会特征决定了近代文学的时代特征,即具有强烈的现实针对性和反帝反封建的鲜明主题。鸦片战争以后,清王朝便处在风雨飘摇之中,内忧外患,在中国历史上是空前的。国家命运如何,人民的前途如何,成了人人关心的头等大事。所以在文学上出现了前所未有的特点,即文学与国运民生息息相关,紧密反映现实生活,要革命要变法,反封建反列强,成了近代文学的主流。以诗歌而言,"近代诗歌的优秀之作,描绘了近八十年间中国大地上的历史风云,真实地反映了这一时期中华民族遭到的空前浩劫和疮痍满目的动乱现实,反映了错综复杂的阶级矛盾和民族矛盾,表现了中国人民不屈不挠、再接再厉的英勇斗争,无愧于'时代的镜子'。同时,它又以时代的强音,唱出了诗人的心声,传出了他们渴望变更现实、拯救中华的呼喊,激励着人们为反帝反封建的伟大事业而英勇奋战"(《近代诗三百首》前言)。如黄遵宪的诗,举凡中法战争、中日甲午战争、戊戌变法、庚子事变、反美华工禁约,以及近代史上许多重要史实,在他的诗中均有反映,人称其诗为"诗史"。康有为评其诗说:"上感国变,中伤种族,下哀民生,博以环球之游历,浩渺肆恣,感激浩宕,情深而意远,益动于自然,而华严随现矣。"(《人境庐诗草序》)近代文人大都自觉地以文学为战斗武器,叙写社会,抒发情志,昌言是非,或悲或喜,有着强烈的现实针对性。

近代文学是资产阶级民主革命新文化的一个重要组成部分,其鲜明的主题是反帝反封建。反帝这一主题前所未有。帝国主义侵华,较之古来中华各民族间的武装侵扰远为残酷疯狂,反抗程度更为激烈深广。龚自珍、魏源、林则徐、张维屏等在其作品中都发出中国人民反抗外来侵略的强烈呼声;黄遵宪的"四海同胞征士气"、"荷戈亦是男儿事",秋瑾的"拼将十万头颅血,须把乾坤力挽回"都集中表现了中华儿女的心声。反封建主题,从要求民族振兴到鼓吹推翻帝制,创造一个新世界,这比以往文学中的忧国伤时,意义也更深远。如果说四大"谴责小说"还只是抨击弊政,那么南社作家的诗文则更具有鲜明的战斗性:他们批判清朝统治的腐朽和黑暗,对其卖国行为和媚外政策大加挞伐;他们倾诉对民族危机日益严重的深沉忧虑,号召人们起来反对帝国主义的侵略,推翻清朝的反动统治。柳亚子就在诗中召唤人们向清王朝统治下的封建制度去作英勇冲击:"献身应作苏菲亚,夺取民权与自由。"(杨天石《南社史长编》)

第二节　近代诗文和小说

近代文学是古代文学的继续与发展,在体裁、风格、语言等方面受传统文学的影响;近代文学又是现代文学的开端和萌芽,它在内容及形式等方面都发生了前所未有的变化,诗歌、散文、小说、戏剧、翻译、民间文学等文体都有着鲜明的创作特色,呈现争奇斗艳的景象。其中以诗文和小说的创作最为显著。

近代诗坛充满新与旧、进步与保守的斗争。早期资产阶级启蒙思想家、资产阶级维新派和革命派等诗人的诗歌,还有流传在民间的民歌、民谣,交汇融合在这个时代里,形成近代诗歌发展的洪流。近代诗歌的发展大致可分为三个阶段:(1)鸦片战争和太平天国时期,重要诗人有龚自珍、魏源、张维屏、林则徐、洪秀全等。他们以各种不同风格的诗歌,叙写了鸦片战争前后动乱的社会现实,集中表现了反帝反封建的思想主题。(2)资产阶级改良运动时期,重要诗人有主张改良的黄遵宪、谭嗣同、康有为、梁启超等。他们的诗歌贯串资产阶级改良的政治思想,表现出振兴国家、挽救民族危机的爱国精神。为了使诗歌更好地为社会服务,他们提出"诗界革命"的口号,掀起诗歌革新运动。"吾党近好言诗界革命,虽然,若以堆积满纸新名词为革命,是又满洲政府变法维新之类也。能以旧风格含新意境,斯可以举革命之实矣","以旧风格含新意境"就是诗歌革新的中心口号(梁启超《饮冰室诗话》)。(3)资产阶级民主革命时期,重要诗人有秋瑾、章炳麟、苏曼殊、柳亚子等,其诗歌创作有鲜明的战斗性和群众性。"南社"的创立,标志着进步诗派更加自觉地和有组织地把诗歌作为革命斗争的武器。

鸦片战争前的一百多年中,清代散文一直以桐城派为宗。鸦片战争后,随着时代剧变,桐城古文的地位动摇,一种改革后的充满活力的新体散文取代了桐城派及其他复古派的散文,成为主流。近代散文的发展,大致可分为四个阶段。

第一阶段以龚自珍、魏源为代表,以"经世致用"为目的的散文。龚自珍、魏源为近代启蒙思想家,受今文经学派影响,倡导"经世致用"之学。面对社会危机,他们提出改革主张,召唤时代风雷。他们的散文反映新的时代内容,表达新的思想,而且也给散文形式带来新的变化。龚自珍的散文,在内容上具有批判精神,形式上自由恣纵,不受约束。《送钦差侯官林公序》无只字叙及个人友情,阐述的完全是关于禁烟的大计。魏源的散文,政论文居多,主要内容是提出具有进步意义的改良主张。其《圣武记》表现出抵御外侮的爱国思想。

第二阶段以冯桂芬、薛福成、王韬等人为代表,以冲破传统古文束缚、向新文体过渡时期的散文。随着鸦片战争后社会的剧变,近代散文在太平天国到甲午战争期间又获得发展。进步的知识分子、早期改良派人士逐步摆脱传统古文束缚,表达改革社会与御侮图强的思想内容。冯桂芬把反桐城"义法"、扩大散文内容、突破形式束缚联系在一切,作为散文改革的内容。其《校邠庐抗议》四十二篇,内容广泛,从"筹国用"、"改科举",到"采西学"、"制洋器"、"善驭夷"等,都与社会改革直接相关。薛福成主张用散文介绍西方物质文明,提倡维新变革。其文说理明白,平易晓畅。《观巴黎油画记》叙写对普法战争油画的观赏,揭示法国人作画意图,表达了激励国人洗刷国耻的爱国思想。王韬接触西学很多,其散文创作大量用于介绍西方科学及政治经济情况。他提出作文的标准:"文章所贵在乎纪事述情,自抒胸臆,俾人人知其命意之所在,而一如我怀之所欲吐,斯即佳文。"(《弢园文录外编·自序》)他的《日本杂事诗序》最早评价了黄遵宪的《日本杂事诗》的成就,在当时产生了很大的影响。

第三阶段以梁启超、谭嗣同、康有为等人为代表,提倡宣传维新变法、介绍西学的自由通俗的"新文体"。近代散文在甲午战争后,经戊戌变法,至辛亥革命时期,得到了进一步的解放,发展成为一种完全摆脱一切古文家法、自由活泼、富于鼓动性的报章文体——"新文体"。梁启超说:"自报章兴,吾国文体为之一变,汪洋恣肆,畅所欲言。所谓宗派家法,无复问者。"康有为是新文体的先导,其文章广泛运用古今中外典实,说理透彻;语言多排比,汪洋恣肆,富于气势,对新文体的发展起了开拓作用。谭嗣同开始学桐城古文,后来习魏晋散文,最后由于提倡改良革新,摆脱古文束缚,文章为之一变。梁启超则与"新文体"紧密联系。他深感于时文与桐城古文不能适应其变法维新的政治需求,思想上认识到进一步使文体获得解放的必要性,从而提出"文界革命"。他写了大量不受束缚、不遵传统古文法制的自由通俗而有鼓动性的新体散文。《少年中国说》以饱满的激情、磅礴的气势,阐述了建设资产阶级富强国家"少年中国"的理想。文章大量运用排比、比喻,自由恣纵,充分表现了梁启超新文体的特色。

第四阶段以章炳麟、陈天华、邹容等人为代表,其作品都有反帝反封建的内容和爱国民主的思想倾向,言辞激烈,感情激昂。章炳麟早期以饱满的政治热情运用散文宣传排满,批判改良派。《驳康有为论革命书》中针对康有为"中国只可立宪,不可革命"的保皇思想,引用民族压迫的血的事例,对清廷进行有力的驳斥,使很多受康有为思想影响的人觉悟过来。但其文章文字古奥,好用僻典,是其不足。邹容的《革命军》是当时革命派言辞最激烈的作品,充满激情,具有很强的战斗性。陈天华的主要作品是用说唱文体写的,其代表作《猛回头》和《警世钟》对传播革命思想起了极大的作用。

中国小说发展到近代出现了新的观念、新的主题、新的人物形象、新的表现手法,以及新的传播方式,创作和批评都出现了空前繁荣的局面。特别是小说界革命运动中"欲改良群治,必自小说界革命始,欲新民,必自新小说始"的口号适应了晚清社会文化与文学求新求变的内在要求,促进了新小说的诞生和兴盛。阿英《晚清戏曲小说目》收创作小说 478 种,翻译小说 629 种,合计 1107 种;江苏社会科学院明清小说研究中心《中国通俗小说总目提要》收近代小说(创作)662 种;王继权《中国近代小说目录》收近代小说(创作)6400 余种。近代小说主要有狭邪小说、侠义小说、谴责小说、政治小说、言情小说及翻译小说等。

狭邪小说有陈森《品花宝鉴》、魏秀仁《花月痕》、韩邦庆《海上花列传》等,主要以优伶、妓女为题材,描写妓院生活。侠义小说主要有文康《儿女英雄传》、俞万春《荡寇志》、石玉昆《三侠五义》等,以维护官方立场的态度写英雄传奇。政治小说主要有梁启超《新中国未来记》、陈天华《狮子吼》、黄小配《大马扁》等,注重改造社会的功利主义价值。言情小说主要有吴趼人《恨海》、天虚我生《泪珠缘》、苏曼殊《断鸿零雁记》等,作品反映了当时青年男女的爱情悲剧和惨痛遭遇,及晚清社会政治的黑暗与腐败。翻译小说主要有梁启超的《佳人奇遇》、林纾的"林译小说"、苏曼殊的《惨世界》等,作品的思想内容和创作方法、描写技巧等方面,给晚清小说的发展以一定的影响。

近代小说中最有价值的是谴责小说。鲁迅《中国小说史略》指出:"光绪庚子后,谴责小说之出特盛。盖嘉庆以来,虽屡平内乱,亦屡挫于外敌,细民暗昧,尚啜茗听平逆武功,有识者则已幡然思改革,凭敌忾之心,呼维新与爱国,而于'富强'尤致意焉。戊戌变政既不成,越二年即庚子岁而有义和团之变,群乃知政府不足与图治,顿有捃击之意矣。其在小说,则揭发伏藏,显其弊恶,而于时政,严加纠弹,或更扩充,并及风俗。虽命意在于匡世,似与讽刺小说同伦,而辞气浮露,笔无藏锋,甚且过甚其辞,以合时人嗜好,则其度量技术之相去亦远矣,故别谓之谴责小说。"可知,谴责小说是在 1900 年以后繁盛起来的小说流派,作者大都为改良主义者。小说广泛揭露和批判现实,大力宣传资产阶级改良主义,但批判不彻底,并寄幻想于封建最高统治者。艺术上多用讽刺手法,笔无藏锋,极度夸张,但概括和典型化不够。代表作为著名的四大谴责小说。

李宝嘉的《官场现形记》六十回,写了三十几个官场故事,涉及各级官吏一百多个。书中人物形象大多实有其人,只是改易姓名而已。作者写出他们贪赃枉法、见利忘义的共同特征,而且写出他们的个性。第五十三回"洋务能员但求形式外交老手别具肺肠"通过讽刺、夸张和对比手法,刻画了文制台对下属和百姓作威作福,不可一世,而一见洋人就柔媚无骨,一副十足的奴才相形象。

吴趼人《二十年目睹之怪现状》一百八回,采用第一人称叙述方法,以主人公"九死一生"的经历为线索,描写了中法战争至二十世纪初期中国官场、商场和洋场将近二百桩"怪现状",着重揭露了官场的腐败黑暗和贪官污吏的卑鄙龌龊的灵魂。第五十一回"喜孜孜限期营篷室乱烘烘连夜出吴淞"中"九死一生"对母亲说:"这个官竟然不是人做的。头一件先要学会了卑污苟贱,才可以求得着差使。又要把良心搁过一边,放出那杀人不见血的手段,才弄得着钱。"第九十九回"老叔祖娓娓讲官箴少大人殷殷求仆从"中卜士仁告诫他的侄孙卜通:"至于官,是拿钱捐来的,钱多官就大点,钱少官就小点;你要做大官小官,只要问你的钱有多少。"做官的"第一个秘诀是要巴结:只要人家巴结不到的,你巴结得到;人家做不出的,你做得出"。

刘鹗《老残游记》二十回,以串村走巷行医的江湖医生老残的游历为主线,串联起晚清社会的一幅幅社会众生相,描写晚清各种社会现象,尤其对所谓的清官进行无情揭露。作者一针见血地指出:"赃官可恨,人人知之;清官尤可恨,人多不知。盖赃官自知有病,不敢公然为非;清官则自以为不要钱,何所不可?刚愎自用,小则杀人,大则误国,吾人亲目所见,不知凡几矣。"玉贤在治理曹州府不到一年的时间内,衙门前十二个站笼便站死了两千多人,其中九分半是良民。刚弼倚仗不要钱、不受贿,一味臆测断案,枉杀了很多好人。全书文笔优美,语言清丽,鲁迅称"叙景状物,时有可观"(《中国小说史略》)。第二回《历山山下古帝遗踪　明湖湖边美人绝调》写白妞说书,绘声绘色,极富艺术感染力。

《孽海花》三十五回,前六回为金天翮所写,后由曾朴续写。采用隐喻手法,以清末状元金沟(雯青)和名妓傅彩云(赛金花)的经历为线索,描写从同治初年至甲午战争三十年中国社会政治文化生活的历史变迁。全书200多个人物,着墨最多的是对封建知识分子与官僚士大夫的刻画,突出他们的虚伪造作和庸腐无能。与一般谴责小说普遍使用的"全书无主干,仅驱使各种人物,行列而来,事与其来俱起,亦与其去俱讫"的结构不同,该书是"譬如穿珠……时收时起,东西交错,不离中心,是一杂珠花"。鲁迅称为"结构工巧,文采斐然"。

第三节　近代首开风气第一人龚自珍的诗歌创作

龚自珍(1792—1841),字璱人,又名巩祚、易简,号定庵,晚年号羽琌山民,浙江仁和(今杭州)人。道光年间中进士(同进士),任过内阁中书、礼部主事等职。他通晓文字学、经学、史学、地理学。关心国家命运,看到清王朝面临巨大危机,迫切要求改革内政;同时,他也感受到西方列强对中国日益增长的威胁,希望清王朝振作起来抵抗侵略。他是著名思想家、文学家。有《定庵全集》传世。

龚自珍《己亥杂诗》有云:"一事平生无龂龂,但开风气不为师。"他是我国近代文学史上开一代诗风的杰出诗人。他继承优秀传统,继往开来,自成一家。现存诗分编年诗和《己亥杂诗》两大部分,编年诗共290首,形式多样,以绝句和歌行体最多;《己亥杂诗》基本是七言绝句,共315首。龚自珍的诗歌不仅对社会现实作深刻的揭露批判,而且表现了改革社会的决心和对未来的向往。

第一,揭露政治腐败,官吏昏庸。龚自珍处于封建社会解体、半封建半殖民地开端这一历史时期,国家政治、经济、思想、文化以至军事等方面都呈现出"衰世"的征候。起伏不断的农民起义对清王朝不断冲击(如坚持斗争达9年之久的白莲教农民大起义),使他为封建统治深怀忧虑。加之三代京官的家世,使他熟悉清王朝上层社会腐朽内幕;仕途坎坷的个人遭遇,使他对当权派官僚具有不满情绪。这一切促使他指陈时弊,并使社会批判思想成为他整个思想体系中最为突出的部分。反映到诗歌创作上,社会批判特色非常鲜明。他早期的诗作《行路易》揭露社会黑暗、政治腐败,开篇描绘了一幅阴森可怕的"吃人"图画:

东山猛虎不吃人?西山猛虎吃人。南山猛虎吃人,北山猛虎不食人!漫漫趋避何所已?……江大水深多江鱼,江边何哓哎?人不足,盱有馀,夏父以来目矍矍。我欲食江鱼,江水涩咙喉,鱼骨亦不可以餐。冤屈复冤屈,果然龙蛇蟠我喉舌间,使我说天九难、说地九难……

这就是清王朝腐朽黑暗社会现实的形象写照。山有猛虎,水有龙蛇,人们无以求生,甚至连躲避的地方都没有。是什么造成这"吃人"的现实呢?诗人一针见血地指出,是腐朽黑暗的朝廷:"跟跄入中门,中门一步一荆棘,大药不疗膏肓顽,鼻涕一尺何其屑?"《己亥杂诗》(不论盐铁)诗中也集中批判了当时清政府昏庸腐败,百事废弛,对有关国计民生的事情一无措施,就连富庶的东南地区,也由于剥削过于严重,人民已经陷入无法生存的绝境:"不论盐铁不筹河,独倚东南涕泪多。国赋三升民一斗,屠牛那不胜栽禾?"

朝廷政治腐败,很大程度上是由腐败的官僚贵族造成的。清代官场是几千年官场的继续,积淀了历代官场的沉积物,其中有不少污秽渣滓。如清代盛行捐官及由此而来的种种弊端和官场风气,是秦汉纳粟拜爵以来的买官制度及其弊端的高度发展和集大成者。清代旗人官员的颟顸昏庸,公门中的鸦片吸食之风,都为前代官场所无。龚自珍在形象地描绘封建"衰世"景象的同时,以大量的诗篇揭露清朝封建官场的昏暗和官吏的昏庸。《伪鼎行》以一只歪斜丑陋、周身疥癞、无头无目的"伪鼎",比喻昏庸腐朽的官僚,形象生动。诗曰:

徒取云雷傅汝败漆朽壤,将以盗膻腥。内有饕餮之馋腹,外假浑沌自晦逃天刑。四凶居其二,帝世何称?主人之仁不汝埋榛荆,俾登华堂函牛羊,垂四十载……

这些窃据要职的官僚像"伪鼎"一样,虚有其表。他们腹内空空,如"败漆朽壤",却装模作样冒充"宝鼎"。像尧时四凶之一的饕餮一样,贪婪凶狠,而外表装着糊涂,逃避惩罚。它阿谀奉承,博得主人欢心,改变了被弃置的命运,而登上华贵的殿堂,欺世盗名达四十年之久。该诗穷形尽相地讽刺了那些权贵,揭露他们贪酷伪善的本质。七律《咏史》则从另一方面揭露批判了官场的腐朽黑暗:

金粉东南十五州,万重恩怨属名流。牢盆狎客操全算,团扇才人踞上游。避席畏闻文字狱,著书都为稻粱谋。田横五百人安在,难道归来尽列侯?

诗题"咏史",只是在尾联才写到史事,运用借古讽今的手法,借田横故事提出"难道归来尽列侯"的问题,表达了诗人对坚持气节者的赞赏和对醉心于功名利禄者的讽劝。前六句都是对当时社会的真实概述和生动描写:东南地区一批流连声色、醉心功名利禄的所谓名流奔走权门、趋炎附势;在清王朝残酷的文字狱的威慑下,一点骨气也没有,把道德气节都丧尽了。《己亥杂诗》(津梁条约)则用辛辣的笔触勾勒出一些封建官僚躲在帐幕里抽鸦片的丑态,并给予无情嘲讽。

第二,呼吁改革时弊,"不拘一格降人才"。清代是理学统治最严密的朝代,统治者对程朱理学奉若神明,规定朱熹的《四书集注》《朱子全书》等为科举考试的内容依据,理学成了他们墨守成规、禁锢人们思想的武器。龚自珍主张通经致用,道、学、治三者不可分割,反对脱离实际的繁琐考据与空谈心性的宋明理学。因此,他也将批判的锋芒对准了理学。《自春徂秋偶有所触拉杂书之漫不诠次得十五首》之十"兰台序九流"就专门批判宋明理学:

> 兰台序九流,儒家但居一。诸师自有尊,未肯附儒术。后代儒益尊,儒者颜益厚。洋洋朝野间,流亦不止九。不知古九流,存亡今孰多?或言儒先亡,此语又如何?……

此诗斥责"后儒"(即程朱理学)一统天下思想界的专制局面,辛辣嘲讽理学家厚颜无耻的丑恶嘴脸,并断言理学终将会被历史淘汰。而对理学的批判,龚自珍主要是通过继承荀子、王充、王安石以来的唯物主义观点,批判其唯心的天命论思想,以及其复古、倒退的历史观。同时,他还援引佛法反对理学。如《题梵册》诗云:"儒但九流一,愧儒安足为?西方大圣书,亦扫亦包之。即以文章论,亦是九流师。释迦谥文佛,渊哉劳我思。"程朱理学的思想统治强化了清朝统治阶级文化专制政策,其直接后果就是扼杀了人们的个性,使大批人才被戕害摧折,朝野上下奄奄无生气。龚自珍激愤而痛心地指出当时官吏的腐败无能和有识之士得不到重用的社会现实:"左无才相,右无才吏,阃无才将,庠序无才士,陇无才民,廛无才工,衢无才商。"(《定庵文集补编》)于是他将改革社会的主张聚焦到人才问题上,希望统治者在用人上进行一番大的改革,以出现"明君良臣"的新局面。《己亥杂诗》(九州生气)一诗集中而深刻地反映了这一主题:

> 九州生气恃风雷,万马齐喑究可哀。我劝天公重抖擞,不拘一格降人才。

作者把满腔愤怒、变革现实的强烈要求通过对天公风雷的殷切呼唤表现出来。清朝用人最重"资格",累日为劳,计岁为阶。这腐蚀着整个官吏集团,也扭曲了众多知识分子的心灵。龚自珍主张用人不应限以"资格",而应大胆擢拔英奇之士。这首诗是他途经镇江,正值当地举行祈祷玉皇、风神、雷神的庙会,有道士请他撰写祝祷天神的青词,诗人就借题发挥,盼望从天外来一阵迅猛的风雷,打破令人窒息的沉闷局面,解除各式各样的清规戒律,让人才蓬勃涌现。

第三,主张抗击外国侵略,支持禁烟斗争。龚自珍非常关心国家民族的命运,一向重视研究"天地东西南北之学"。还在青年时期,他就十分注重对我国西北和北部边疆地区的历史和地理状况的研究,这种研究具有鲜明的反侵略的动因。例如他曾揭露"俄罗斯以顺治时扰黑龙江"这种侵入中国领土的强盗行径。张格尔勾结英国殖民者在新疆发动武装叛乱,他写下《西域置行省议》一文,明确提出迁徙"内地无产之民"到新疆从事开垦的建议。这种主张有利于维护国家统一、抵制沙俄的侵略威胁。而对西方殖民者在东南沿海一带的鸦片走私,特别是英国殖民者的野心,龚自珍更是保持高度警惕。他著《东南罢番舶议》,主张加强海防建设,以抵御西方的入侵。他清楚地看到,鸦片源源输入造成白银大量"漏于海",将会导致国家财政的枯竭;而吸食鸦片也严重戕害了国人的肌体,造成大批"病魂魄,逆昼夜"的怪物、废物。他坚决主张严禁鸦片,在《己亥杂诗》中对那些庇护鸦片走私和吸食鸦片的官员予以无情的揭露和讽刺,如下二首:

> 津梁条约遍南东,谁遣藏春深坞逢? 不枉人呼莲幕客,碧纱橱护阿芙蓉。
> 鬼灯队队散秋萤,落魄参军泪眼荧。何不专城花县去,春眠寒食未曾醒。

两首诗非常形象地描绘出当时官吏的吸毒成风和戕害身心的丑态,实在也是揭露帝国主义侵华的阴险手段。不言而喻,不反帝,中国必亡。林则徐在广东禁烟,这是中国近代史上的一件大事。1838 年,林则徐启程赴广东时,龚自珍写有《送钦差大臣侯公林官序》,以为赠言。文中对林则徐提出多项建议和希望,包括三条必须实行的"决定义",三条供参考的"归墟义"。1839 年,龚自珍辞官南归途中,又写下怀念林则徐、表达自己无限悲愤的诗篇:

> 故人横海拜将军,侧立南天未蒇勋。我有阴符三百字,蜡丸难寄惜雄文。

诗人对林则徐禁烟斗争给予热烈支持,还曾想随同林则徐南下禁烟,但未能如愿。后来林则徐禁烟取得重大成果,而清廷中抗战与妥协两种势力的斗争更加激烈。龚自珍对禁烟形势有着比较清醒的认识,故该诗前二句有对林则徐的称赞,更有勉励,希望林则徐能取得禁烟斗争的彻底胜利;后二句虽然表达了愿为林则徐建立功勋出谋划策,实质是揭露投降派狙狯的现实。诗人的忧心跃然诗中。他一生关心国家的前途和命运,愿以自己满腔的热情、实用的才学为国效力;但清朝贵族统治的黑暗使他一生不能有所作为,不能"绝域从军",亦不能消释"东南幽恨"。最终只落得一个"狂名"。这是社会的悲剧,是时代的悲剧。

恩格斯称意大利诗人但丁是"中世纪的最后一位诗人,同时又是新时代的最初一位诗人"。我们也可以说,龚自珍是中国古代的最后一位诗人,同时也是中国近代的最初一位诗人。他的诗"讥切时政,诋排专制……晚清思想之解放,自珍确与有功焉。光绪间所谓新学家者,大率人人皆经过崇拜龚氏之一时期。初读《定庵文集》,若受电然"(梁启超《近代学术概论》)。

龚自珍虽有不少现实主义作品,但就其创作的总体倾向看,则是积极浪漫的。首先,洋溢着浓烈的感情和自我表现的主观色彩,有着鲜明的个性特征。龚自珍抨击专制统治,追求精神解放、个性解放,他的喜怒哀乐在诗篇中都得到或直接或间接的表露。"一箫一剑平生意"(《漫感》),表达自己的理想追求;"一天幽怨欲谁谙"(《吴山人文徵沈书记锡东钱之虎丘》),间接流露出对黑暗现实的不满。述自己的性情是"少年哀乐过于人"(《己亥杂诗》),"侧身天地本孤绝,刿乃气悍心肝淳"(《十月廿夜大风不寐起而书怀》);写自己的愁情为"秋心如海复如潮"(《秋心》),"浩荡离愁白日斜"(《己亥杂诗》)。"我劝天公重抖擞"则是他对清统治者埋没、扼杀人才愤恨之情的总爆发。总之,透过龚自珍的诗歌我们看到了诗人清晰可感的生动形象,把握到他骚动不安、跳动不已的心灵脉搏。

其次,想象丰富,夸张奇特,善于借助风雷、箫剑、豺狼、蛟龙等富有象征意义的事物构成瑰丽奇妙的境界。龚自珍很少对生活做细致如实的描绘,而是突破时空限制,任意驰骋想象,通过生动有力的形象表现自己跌宕起伏的感情。如《西郊落花歌》想象绮丽鲜奇,本来衰败的落花,被他写得色彩缤纷:"如钱塘潮夜澎湃,如昆阳战晨披靡;如八万四千天女洗脸罢,齐向此地倾胭脂。奇龙怪凤爱漂泊,琴高之鲤何反欲上天为?玉皇宫中空若洗,三十六界无一青蛾眉。又如先生平生之忧患,恍惚怪诞百出难穷期。"把落花渲染得如此动人,确实是奇境独辟,别开生面,表现了诗人丰富的想象力和浪漫精神。又如《梦中作四截句》后二句"叱起海红帘底月,四厢花影怒于潮",用"叱起"二字突出橘红色帘子下的月亮,在黑夜中放射出万丈光芒,屋子周围美好的花影变成了比海潮更加汹涌澎湃的巨浪,表达诗人对光明的热情呼唤。他还以"伪鼎"喻昏庸腐朽的官僚,联想丰富,贴切生动。"风雷"、"箫"、"剑"更是他经常吟咏的对象。"眼前两万里风雷,飞出胸中不费才"、"著书不为丹铅误,中有风雷老将心"(《己亥杂诗》),在他笔下,自然现象的风雷已赋予了鲜明的政治色彩,变成了社会大变革力量的化身。"箫"和"剑"则象征着诗人哀怨之情和豪情壮志,"剑"、"箫"对举,交错着诗人豪情壮志和理想受到压抑的愤慨之情,"来何汹涌须挥剑,去尚缠绵可付箫"(《又忏心一首》);"按剑因谁怒? 寻箫思不堪"(《纪梦七首》)。

陆游诗歌常用梦境来表现理想,龚自珍继承这一手法,不少纪梦诗借梦表达自己的难言之隐或感伤之情,有的借梦言志,表达变革社会的理想。如《客春住京师之丞相胡同有丞相胡同春梦诗二十绝句春又深矣因烧此作而奠以一绝句》:

春梦撩天笔一枝,梦中伤骨醒难支。今年烧梦先烧笔,检点青天白昼诗。

一支笔在不同的人手中可以写出不同诗文,作者没有像一般文人那样写歌功颂德、粉饰现实、吟咏闲情逸致的"白昼诗",因而被认为"伤骨"。他声言"烧笔"、"检点",这是愤激反语,表达对诽谤、排挤和打击自己的统治者的不满。

其三,运用多种体裁,不拘一格,尤擅七绝。在诗歌形式方面,龚自珍能自如驾驭多种诗体,古体近体,长篇短章,他都能纯熟运用。他的《己亥杂诗》由315首七言绝句组成,内容包括缅怀往事、评论时政、记述见闻等,尤为特别。其中的每首诗,既可各自成章,反映某一社会现象,而它们之间又是一个有机的整体,以类似叙事诗的结构互相关联,错落有致。表现手法上变化多样,或凝练,或细腻,或平淡,或清峻,或夸张,或雄奇,既有强烈的现实感,又想象丰富。总之,龚自珍诗以其深广的社会历史内容、强烈的批判精神、鲜明而独特的浪漫风格,被柳亚子誉为"三百年来第一流"(《柳亚子诗词选》)。中国近代诗歌的发展,龚自珍无疑起着承先启后的桥梁作用。

第四节 "诗界革命"旗帜黄遵宪的诗歌创作

黄遵宪(1848—1905),字公度,别号人境庐主人。广东嘉应人。光绪二年(1876)举人。任过日、英使馆参赞和旧金山、新加坡总领事,所至二十余国。晚年曾任盐法道、湖南按察使,并和梁启超创办《时务报》。外交官生活占其政途的大半。在他生活的年代里,晚清社会重大的历史事件(如太平天国、英法联军攻占北京、中法战争、中日战争、戊戌变法、义和团运动、日俄战争)他都经历过,思想上受到很大刺激,从政治家角度关心过。他诗作甚丰,是诗界革命的一面旗帜。其作品反映了近代中国的许多重大事件,表现出强烈的民族主义和爱国主义精神,被称为"诗史"。著作除《日本国志》外,主要有《日本杂事诗》《人境庐诗草》等。后人复辑为《人境庐集外诗辑》。黄遵宪接受前代文学的优秀传统,并受到西方资产阶级文学理论的影响,其诗歌主张在当时具有进步意义。

第一,重视诗歌的社会作用和教育作用。黄遵宪把诗当作是鼓吹资产阶级文明的工具,是载资产阶级文明之道而反对载封建之道的武器(《与邱菽园书》),他主张诗不仅言志,还要感人(《与梁任公书》)。他说:"仆尝以为诗之外有事,诗之中有人。今之世异于古,今之人亦何必与古人同!"(《诗草·自序》)

第二,主张诗人应深切理解自己的时代及社会生活。他说:"儒生不出门,勿论当世事。识时贵知今,通情贵阅世。"(《感怀》)"小说所以难作者,非举社会中所有情态一一饱尝烂熟,出于纸上,而又将方言谚语,一一驱遣,无不如意,未足以称绝妙之文,前者需积材料,阅历不能袭而取之。"(《与梁任公书》)小说和诗歌的创作虽有区别,但对于生活实践,二者是一致的:生活是创作的源泉。《诗草·自序》中黄遵宪提出作诗可以从古人那里学习"比兴之体","以单行之神,运排偶之体","取《离骚》乐府之神理而不袭其貌","以古文家伸缩离合之法以入诗",这就能创造新的意境。至于取材,黄遵宪认为经史子集都可以采用,但条件是"事名物名切于今者,皆采取而假借之"(《诗草·自序》),即能够表现诗歌创作中所要表现的新思想内容。关于风格,则要求镕古今名家,不拘一格,不专一体,创造自己的新风格。可见,黄遵宪是主张诗歌创作要学习古人的精华,而舍弃其不适于今和已的部分,学古是为了今。

第三,强调语言形式的变革。黄遵宪力主以现实生活中的流俗语入诗,"我手写吾口,古岂能拘牵"(《杂感》)。他讽刺那些惯拾古人牙慧的诗人:"俗儒好写古,日日故纸研。六经字所无,不敢入诗篇。古人弃糟粕,见之口流涎。沿习甘剽盗,妄造罪业怨。"(《杂感》)他的一些诗则有民歌化的通俗。与此相联系,他对诗歌的表现手法也进行了探索式的改革,其中最显著的是散文手法的运用,"用古文家伸缩离合之法以入诗"(《诗草·自序》),这使他诗歌有散文化倾向。黄遵宪先进的诗歌主张对当时的诗歌创作有重要的理论指导意义,直接推动了"新派诗"的创作实践,对诗风的变革起了很大作用。

黄遵宪的抒情诗,写他政治生活中的愤慨、愁叹、忧时。由于其思想有进步的一面,又有软弱的一面,因此愤恨和愁叹的矛盾往往统一在一篇抒情短诗中。这类诗以《到香港》《书愤》《支离》《夜起》等为代表。以《书愤》《支离》为例,1894年甲午战争以中国的失败而告终,西方列强大肆入侵,掀起划分势力范围和瓜分中国的狂潮,而腐败无能的清政府却一味妥协,任人宰割,中华民族面临生死存亡的危机。黄遵宪愤慨万千,以《书愤》为题写诗五首。其一云:

  一自珠崖弃,纷纷各效尤。瓜分惟客听,薪尽向予求。秦楚纵横日,幽燕十六州。未闻南北海,处处扼咽喉。

此诗首句下自注"胶州",可知其首联直陈帝国主义瓜分中国的史实:自德国强租胶州湾后,帝俄强租旅顺、大连,英国强租威海卫,法国强租广州湾。这不但破坏了中国领土主权的完整,而且国家南北门户要地被占,帝国主义卡住了我国的咽喉,时刻威胁我国的安全。故最后二句集中指出了中国被瓜分的严重后果。而统治中国的清政府软弱、无能。作者以"瓜分惟客听"一句作了深刻的揭露;"幽燕十六州"一句是用五代石敬瑭称契丹统治者父皇帝、并割让燕云十六州(包括幽州)贿赂契丹的典故,指责清政府认贼作父、卖国苟安的罪行。全诗情绪激愤,表达了作者深沉的反帝爱国思想。另外一首《书愤》则愤怒地揭露了李鸿章之流勾结沙俄,认敌为友,把祖国河山拱手让人的卖国行为:

岂欲亲豺虎,联交约近攻。如何盟白马,无故卖卢龙。一着棋全败,连环结不穷。四邻墙有耳,言早泄诸戎。

李鸿章等鼠目寸光,愚蠢内荏,他们自以为得计,殊不知侵略者贪得无厌,送一子而全盘皆输。《中俄密约》早已被揭露于天下,英法等列强接踵而至,瓜分浪潮愈演愈烈。诗歌白话、典故并用,形象地刻画了民族罪人的丑恶面目。《支离》诗大约作于1897年,黄遵宪任湖南按察使,不久解职回乡。诗云:

举鼎膑先绝,支离笑此身。穷途竟何世,馀事且诗人。技悔屠龙拙,时惊叹蜡新。剖胸倾执血,恐化大千尘。

在诗人看来,他的政治抱负在现实面前是"举鼎膑先绝",自己本没有大力气足以举鼎,偏偏却要去举,终不免鼎未举而胫骨先折。这就无怪支离其形、支离其德的人嘲笑他自不量力。诗人慨叹所遇是"穷途",以剩余的力气作为诗人吟咏一番。一方面要"剖胸倾执血",一方面又"恐化大千尘"。诗人一腔热血,可就是找不到把祖国从危亡之中挽救过来的灵丹妙药。他感到焦虑,感到彷徨。这篇诗的表现力很强,虽然用典较多,但都能恰当地表现他矛盾的心情。

黄遵宪的古体诗,以五七言长篇最具代表性。这些古体诗都是政治史式的,是他诗中最优秀的部分。其中数量最多,思想性和艺术性也都最高的诗篇反映了华侨或留学生遭受迫害,揭露帝国主义假民主,反映中日、中法战争等大事件。《逐客篇》《番客篇》《罢美国留学生感赋》等诗以华侨或留学生为题材,颂扬爱国情绪,对外国统治集团屠杀、斥逐和虐待华工、留学生、华侨的罪行进行揭露和批判,对愚蠢无知、刚愎自用的清政府官员也给予斥责、鞭挞。

《逐客篇》作于1882年,黄遵宪时任美国旧金山总领事。其时美国国会通过决议禁止华工入境,并滥捕、迫害华侨。黄遵宪作为总领事,与美国当局交涉,以捍卫华侨利益和祖国尊严,但没有达到目的,于是感而赋《逐客篇》。长诗首先沉痛地描述美国之所以敢于这样对待华工,是由于中国太弱:"呜呼民何辜,值此国运剥。轩顼五千年,到今种极弱。岂谓人非人,竟作异类虐。茫茫六合内,何处足可托?"他歌颂华工到美国辛勤劳作的结果是"丘墟变城郭",然而却被"骤下逐客令"。清政府不但不抗议,保护华工和华侨,而"竟有糊

第九章 近代文学

涂相,公然闭眼唔",这在客观上做了美国政府的帮凶。从此在美国"但见黄面人,无罪亦筹掠"。作者最后揭露了美国所谓民族平等是虚伪的。华盛顿当年檄告所说的"黄白红黑种,一律等土著"已被践踏,美国推行着民族压迫的政策。

《罢美国留学生感赋》诗近一千字,比较完整地记叙了中国第一批留美学生从招生、留学美国到被遣送回国的全过程。诗人特别愤慨督学吴子登的所作所为:"新来吴监督,其僚喜官威。谓此泛驾马,衔勒乃能骑。征集诸生来,不拜即鞭挞。弱者呼誉痛,强者反唇讥。'汝辈狼野心,不如鼠有皮。'谁甘畜生骂,公然老拳挥"。正是由于吴子登反复上书要求遣返留学生,才导致了"郎当一百人,一一悉遣归"这样令人怀伤的局势。诗人不无忧虑地感叹道:"翘今学兴废,尤关国盛衰。十年教训力,百年富强基。坐令远大图,坏以意气私。牵牛罚太重,亡羊补恐迟。蹉跎一失足,再遭终无期。目送海舟返,万感心伤悲。"

《纪事》诗可以说是我国最早揭露资产阶级民主虚伪性的篇章。全诗五章。第一章形象地描绘了美国为竞选总统展开的丑态。一个党宣传施政纲领说"家家田舍翁,定多十斛麦","远方黄种人,闭关严逐客",另一个党立刻揭穿说"空言彼何益"。对总统候选人则进行人身攻击:"少作无赖贼,曾闻盗人牛;又闻挟某妓,好作狭邪游;聚赌叶子戏,巧术妙窃钩;面目如鬼蜮,衣冠如沐猴。"原来是一个偷、嫖、赌无恶不作的家伙。第二章写某个党的大会,议决之后竟作出古代十字军出征的情景,"或带假面具,或手持长枪。金目戏方相,黑脸画鬼王",表示自己的党是最爱国的。第三章写得相当深刻,刻画出资产阶级政客们的丑恶心灵。他们平时剥削人民,丝毫瞧不起劳动群众,现在却作个别访问,公然行贿:"上谒士雕龙,下访市屠狗。墨床与侏张,相见辄握手"。礼物送完,立刻把债务人登记在花名册上,偿债的办法不仅是受礼者本人要投一票,他的姻族或甥舅也要投一票。第四章写选举日戒备森严:"环人各带刀,故示官威仪。实则防民口,预备国安危。"最后一章揭露美国总统选举的假民主实质:"乌知选总统,所见乃怪事。怒挥同室戈,愤争传国玺。大则酿祸乱,小亦成击刺。寻常瓜蔓抄,逮捕编官吏。"这首诗艺术性很高,继承了像《孔雀东南飞》这样的叙事诗传统,把异邦生活用旧的形式,通俗的诗句恰当地描绘出来。结构上亦独出心裁,以一个人的发言开始,层次井然地引出选举总统日的高潮。诗没有一个固定的主人公形象,可是通过前三章的描述,资产阶级活动家的嘴脸跃然纸上。

黄遵宪最为人称道的还是描写中法战争、中日战争等史实的诗,这些诗揭露顽固派的昏庸残酷,反对帝国主义侵略,表现了强烈的爱国思想。中法战争时,他在美国,所以感受不深,诗作不多,可以《冯将军歌》为代表:

冯将军,英名天下闻。将军少小能杀贼,一出旌旗云变色。江南十载战功高,黄褂色映花翎飘。中原荡清更无事,每日摩挲腰下刀。何物岛夷横割地,更索黄金要岁币。北门管钥赖将军,虎节重臣亲拜疏。将军剑光方出匣,将军谤书忽盈箧:"将军卤莽不好谋,小敌虽勇大敌怯。"将军气涌高于山:"看我长驱出玉关。平生蓄养敢死士,不斩楼兰今不还。"手执蛇矛长丈八,谈笑欲吸匈奴血。左右横排断后刀,有进无退退则杀。奋梃大呼从如云,同拼一死随将军。将军报国期死君,我辈忍孤将军恩。将军威严若天神,将军有令敢不遵。负将军者诛及身!将军一叱人马惊,从而往者五千人。五千人马排墙进,绵绵延延相击应。轰雷巨炮欲发声,既戟交胸刀在颈。敌军披靡鼓声死,万头窜窜纷如蚁。十荡十决无当前,一日横驰三百里。吁嗟乎,马江一败军心慑,龙州麾地贼氛压。闪闪龙旗天上翻,道咸以来无此捷。得如将军十数人,制梃能挞虎狼秦。能兴灭国柔强邻,呜呼安得如将军。

诗人用"冯将军,英名闻天下"开启全诗,通过直接描写冯将军的言行和广大士兵对冯将军的敬畏,塑造了冯将军忠厚、豪迈、英武善战的光辉形象。全诗语言精练,形式自由活泼,富有极强艺术感染力。

中日战争时期,黄遵宪的十多首古体诗可以说是中日战争历史的概括。战争开始时,他正在新加坡任总领事。1895年初,中国战败后,日本曾要求开辟苏、杭租界,黄遵宪作为交涉使,取得胜利,日本大使珍田氏允诺不租苏、杭,但日本政府却不肯,斥责清政府,清政府又转而责怪黄遵宪。中日战争的失败,给黄遵宪以很大刺激,不久他便和梁启超一起创办《时务报》,提倡变法,思想有了新的进步。因而他反映中日战争的诗歌所表现的感情是特别激愤的。代表诗篇有《悲平壤》《东沟行》《哀旅顺》《哭威海》《马关纪事》《降将军歌》《台湾行》《度辽将军歌》等,痛斥清统治者的腐败无能,歌颂人民的反侵略斗争,充满了爱国激情。《悲平壤》诗重点批评清军统帅叶志超在日军进犯平壤时尽弃粮械军资、率诸将趁夜而逃,从而使平壤失守的可耻行径。按理说四大军二十九个营的兵力可以坚守平壤的,但是"翠翎鹤顶城头堕,一将仓皇马革裹。天跳地踔哭声悲,南城早已悬降旗。三十六计莫如走,人马奔腾相践蹂","一夕狂驰三百里,敌军便渡鸭绿水"。《东沟行》诗通过对甲午战争中最大一次海战黄海之役战斗情景的描绘,再现了众多士兵和将领奋力激战,敢拼敢冲的战斗场景:"我军瞭敌遽飞炮,一弹轰雷百人扫";也暴露了一些卑鄙无耻的懦夫畏敌不前的丑态:"漫漫昏黑飞劫灰,两军各挟攻船雷。模糊不辩不敢来。"全诗叙述战斗经过曲折生动,概括性极强;而激战场面的描绘,更是气势磅礴,酣畅淋漓,有极强的艺术感染力。《哀旅顺》表现了黄遵宪对清朝统治集团的谴责和对国事的深切忧虑,诗中表现他对清廷将领轻易丧失国土的悲哀:

海水一泓烟九点,壮哉此地实天险。炮台屹立如虎阚,红衣大将威望俨。下有洼池列巨舰,晴天雷轰夜电闪。最高峰头纵远览,龙旗百丈迎风飐。长城万里此为堑,鲸鹏相摩图一啖。昂头侧睨何眈眈,伸手欲攫终不敢。谓海可填山易撼,万鬼聚谋无此胆。一朝瓦解成劫灰,闻道敌军蹈背来。

《哭威海》一诗先写威海地势险要,筑防周密:"台南北,若唇齿;口东西,若首尾。刘公岛,中间峙。嗟铁围,薄福龙。龙偃屈,盘之中。"如此固若金汤的天险,威海卫怎么会失守?诗人一针见血地指出失败原因,"海与陆,不相容",即海军和陆军的士兵将领不团结,经常发生内讧。作者感慨万分,悲愤满怀写道:"噫吁戏,海陆军。人力合,我力分。如蠖屈,不得伸。如斗鸡,不能群。毛中虫,自戕身。丝不治,丝愈棼。火不戢,火自焚。遁无地,谋无人。天盖高,天不闻。四援绝,莫能救。即能救,谁死守?"将无才能,兵无斗志,军队内部犹如一盘散沙,丧失战斗力。这些见解切中时弊,可启发人们进一步认识清朝官僚的昏庸腐败。此诗为三言,用了不少新名词和俗语,某些地方还摆脱了旧体诗律的束缚,具有浓厚的民歌风味。如描写北洋舰队遭到炮击后的惨状:

> 天大雪,雷忽发,船骇裂,龙见血。鬼夜哭,船又覆,地日瘥,龙局缩。坏者撞,伤者斗,破者沉,逃者走。

《马关纪事》诗也描写将领昏庸无能,《东沟行》所谓"人言船坚不如疾,有器无人终委敌"。而《降将军歌》则深刻地揭露在海战中竟然逼迫主帅投降,还无耻地跪在日本侵略者面前自称乌龟王八、求饶乞降的海军将领:"零丁绝岛危乎危,龟鳖小竖何能为?""今日悉索供指麾,乃为生命求恩慈。"

《度辽将军歌》是一首体制宏大的歌行体讽刺诗,刻画甲午战争中以主战派面目出现的清军将领吴大澂的骄矜自满:"闻鸡夜半投袂起,檄告东人我来矣!此行领取万户侯,岂谓区区不余畀。"他悬着"度辽将军"的汉印,装模作样,扮着鸿门宴樊哙的样子:"酒酣举白再行酒,拔刀亲割生彘肩。自言平生习枪法,炼目炼臂十五年;目光紫电闪不动,袒臂示客如铁坚。"丝毫不把敌人放在眼里:"么么鼠子乃敢尔,是何鸡狗何虫豸?会逢天幸遽贪功,它它籍籍来赴死。能降免死跪此牌,敢抗颜行聊一试。待彼三战三北馀,试我七纵七擒计。"诗人如此描写,有意给人一种错觉,似乎这位将军百战不败。继而笔锋一转,写他初次对敌交战即弃甲曳兵、狼狈逃窜:"两军相接战甫交,纷纷鸟散空营逃。弃冠脱剑无人惜,只幸腰间印未失。"两相对比,讽刺极强烈。打了败仗,大片土地沦丧,他一点也不感到羞愧,逃回老家后做了两件事,第一"犹善饭",第二时时摩挲汉印,叹息:"印兮印兮奈尔何!"吴大澂是个金石家、书法家、文字学家,其形象是中日战争时清谈家将领的典型。此诗结构以一枚"度辽将军"印为纽带,展开一系列戏剧性的描绘,紧凑多变,主次分明,人物塑造活灵活现,富于揭露性。

《马关条约》签订后,日本强占台湾。《台湾行》一诗采描写了日本侵略者强夺台湾的过程。诗的前半着重叙写台湾民众奋起保卫家乡、抗击外侮:"亡秦者谁三户楚,何况闽粤百万户!成败利钝非所睹,人人效死誓死拒。万众一心谁敢侮?一声拔剑起击柱。……台南台北固吾圉,不许雷池越一步。"反映必胜的信念。后半则详尽地描写台湾的沦陷和清朝官吏的投降:"一轮红日当空高,千家白旗随风飘。缙绅耆老相招邀,夹跪道旁俯折腰。红缨竹冠盘锦条,青丝辫发垂云髾。跪捧银盘茶与糕,绿沈之瓜紫蒲桃。"诗的结尾对战败感到震惊,对"战守无备"腐败无能的官员给予强烈谴责,对清政府卖国投降政策予以控诉:"昨何忠勇今何怯,万事反覆随转睫。平时战守无豫备,曰忠曰义何所恃?"

黄遵宪的古体长诗多记时事,反映了近代中国的许多重大事件,表现出强烈的民族主义和爱国主义精神。黄遵宪另有《日本杂事诗》。1877 至 1882 年,他任驻日公使馆参赞五年,研究明治维新后日本社会的变革,并深入民间了解民情风俗。他撰写《日本国志》前,先把收集的材料以诗歌加小注的形式编成《日本杂事诗》,于 1879 年夏呈总理各国事务衙门,以同文馆聚珍版刊出。《日本杂事诗》原版共刊诗 154 首,1890 年改定,1898 年刊刻定本,共 200 首。

《日本杂事诗》描写日本具有民族特色的民间民俗与自然景物,记述了日本与中国的历史交往,最主要的是介绍了日本明治维新的内容,宣传要在中国进行维新变法。黄遵宪在《日本杂事诗·自序》中说:"草《日本杂事诗》成四十卷。复举杂事,以国势、天文……技艺、物产为次,衍为小注,串之以诗。"王韬《日本杂事诗序》概括其内容:"述叙风土,记载方言,错综事迹,慨感古今……采据洪博,搜辑详明","奇搜山海以外,事系秦汉而还……疏方异俗,咸入风谣。"艺术形式上,《日本杂事诗》以竹枝词的形式写组诗,"或一诗但纪一事,或数事合为一诗,皆足以资考证。大抵意主纪事,不在修词"。举二首为例:

  一洲桦太半犴榛,瓯脱中居两国邻。罗刹黑风忽吹去,北门管钥付何人?
  是何虫豸竟能医,药笼同收败鼓皮。搜得龙官方外药,补笺脚气集中诗。

前一首慨叹《日俄桦太千岛交换协定》,表达了自己对日本北门国防的担心,抒发了中日防御强俄的感情。后一首诗歌反映了黄遵宪与日本医生远田澄庵交往的情况。诗末自注说:"多脚气疾。有远田澄庵者,世业此医。其法:用水蛭箝于膝盖,俾吸水肿,既果腹,则置之水桶,别易一虫。久而觉痒,则肿退而疾除矣。余谓此方为中土所无,澄庵临别,谆谆求余他作《杂事诗》续编,为补入其名,盖亦种树郭橐驼之类也。"

  黄遵宪的《日本杂事诗》不仅在当时是一部宣传维新新思想的"有用之书",就在今天看来,亦具有重大的历史价值,它对于日本掌故风俗事物,搜录详备,对研究日本的社会史、政治史、风俗史等均有重要的作用。

  黄遵宪是近代资产阶级维新变法时期的著名活动家,是爱国主义"新派诗"诗人。其诗题材广泛,内容深刻;长于古体,风格雄劲,不避俗语方言,代表了"诗界革命"的最高成就,并为五四时期白话诗的出现起了先驱作用。

第五节　民国奇人苏曼殊的诗歌创作

  苏曼殊是近代文学史上很有特色的作家。他的诗歌受到人们高度评价。柳亚子认为:"他的诗好在思想的轻灵,文辞的自然,音节的和谐。总之,是好在自然的流露。"郁达夫认为"他的诗里有清新味,这大约是他译外国诗后所得的好处"。冯至把苏曼殊的诗比作"月下开遍了/幽美的悲哀花朵"。田汉把他比作法国现代派诗人魏尔伦,说他的诗,"读来读去之间,仿佛雨意满窗,骚魂满座"。

  一、苏曼殊是一个僧人,却写有不少情诗,这些诗,是他热爱生活的见证,从中也可窥见命运对他的无情摧残。

  苏曼殊身世特别不幸。其父在日本经商期间,背着家人(父母及正妻黄氏)与日本女子河合仙同居,生下苏曼殊。苏曼殊8岁时,由于苏家及乡人的歧视、逼迫,河合仙与苏曼殊分离。苏曼殊与黄氏生活在一起。黄氏对他百般凌辱,竟至将身患重病的曼珠"置之柴房以待毙"。私生子的不光彩境遇,使他在日中两处均不免受到种种歧视,自幼心灵受到很大创伤,故自云"思维身世,有难言之痛","每一念及,伤心无极"。由于遭遇不幸,苏曼殊12岁便投靠广州新会慧龙寺赞初大师,削发为僧,遁迹空门。但是,沙弥十戒并没有能拴住他留迹尘寰的俗性,他仍然和现实社会中的亲朋好友相往还,特别在青少年时期,他曾遇到一些妙龄女子,对他无限钟情。他寂寞凄凉的心渴望爱的抚慰,但"佛子离佛数千里,当念佛戒"的清规,使他只能远离爱情。这令他坠入无限矛盾的愁网里,欲断不忍,欲去不能,缠绵悱恻,痛苦不堪。曼殊言告无门,一发于诗。这类爱情诗有《为调筝人绘象》二首、《寄调筝人》三首、《本事诗》十首、《无题》诗八首、《东居杂诗》十九首等。在曼殊诗中占有很大比重。

调筝人是日本女演员,会弹筝,又善吹箫,色艺双绝,设肆卖曲。苏曼殊一见倾心,经历了一场热烈而痛苦的爱情风暴。苏曼殊结识弹筝人,是在一次乐器演奏会上。弹筝人用纤细的手指把自己的身世之感,那多年压抑的沉痛心情,以及她对无情现实的血泪控诉,一齐弹奏出来。多情的苏曼殊被深深地感动了。他听出:弹筝女正是用音乐语言在表达自己那难言的身世之痛,和那永远无法实现而又不能摆脱的痛苦的、悲哀的爱情生活。于是,"无量春愁无量恨,一时都向指间鸣。我亦艰难多病日,那堪重听入云筝"(《苏曼殊全集》,下同),便从他心底流出。同病相怜。经过一段时间接触,苏曼殊对弹筝人的感情已相当深了:

　　桃腮檀口坐吹笙,春水无量旧恨盈。华严瀑布高千尺,未及卿卿爱我情。(《本事诗》)
　　碧玉莫愁身世贱,同乡仙子独销魂。袈裟点点疑樱瓣,半是胭脂半泪痕。(《本事诗》)

但由于他已出家,不可能再同弹筝女结合,他在诗中写出自己无可奈何的怅恨:

　　乌舍凌波肌似雪,亲持红叶索题诗。还卿一钵无情泪,恨不相逢未剃时。(《本事诗》)

《东居杂事》十九首,是他对自己与日本女子千叶子恋爱悲剧的咏叹。

　　却下珠帘故故羞,浪持银蜡照梳头。玉阶人静情难诉,悄向星河觅女牛。

女子的羞涩可爱,诗人的殷勤体贴,在夜阑人静时,显得多么和谐,多么幸福! 他们激动得彼此无法诉说,只是默然地寻觅着遥远夜空中的织女星和牛郎星。牛郎织女每年只能七夕相会,而他们将长久地生活在一起。诗人被良辰美景陶醉了! 蓦然,他惊醒过来,意识到自己不能和千叶子结为终身伴侣:

　　异国名香莫浪偷,窥帘一笑意偏幽。明珠欲赠还惆怅,来岁双星怕引愁。

女子再多情,自己也不能把爱情的信物明珠赠给她。诗人担心:由于国籍不同,来年天各一方,看到牛郎、织女二星相会,千叶子会引起无限的伤感。无可奈何,诗人忍痛斩断情

丝。但内心深感愧疚,是自己辜负了女子的深情厚意,那充满温暖、令人无限依恋的过去始终不能、也不忍抹去:

> 兰惠芬芳总负伊,并肩携手纳凉时。旧厢风月重相忆,十指纤纤擘荔枝。

这类作品中,当爱情在诗人心海里泛起波澜时,他往往表现出用佛法作为解除个人痛苦与矛盾的手段。如《寄弹筝人》二首:

> 禅心一任蛾眉妒,佛说原来怨是亲。雨笠烟蓑归去也,与人无爱亦无嗔。
> 生憎花发柳含烟,东海飘零二十年。忏尽情禅空色相,琵琶湖畔枕经眠。

"色"就是"空","空"亦无有。唯其能空,故对任何事物均无执着;能无执着而后心无所依恋。曼殊以逃禅来摆脱爱的痛苦,这是痛苦、不得已的选择。

苏曼殊的情诗写得一往情深,"虽然词句仿佛迷离,难以定其所指,而隐约之间,却令人生无限伤心,无穷艳思";"不即不离,全以真诚的态度,写燕婉的幽怀,不染轻薄的风气,不落香宫的窠臼,最是抒情诗中上乘的作品"。

二、苏曼殊是一个和尚,但并未忘怀世事。辛亥革命以前,他积极反抗清朝贵族的专横统治。早在日本留学期间,他就发起组织和参加"为留学生界团体中揭橥民族主义之最早者"的组织"中国青年会"。日俄战争在中国领土进行时,他义愤填膺,慨然加入"军国民教育会";并准备奔赴战场,打击侵略者。当康有为尽力反对孙中山的资产阶级民主革命运动时,他又怒不可遏,竟欲持枪击杀康有为。辛亥革命爆发时,苏曼殊正在爪哇岛,听到消息,他兴奋不已,遥寄书信给柳亚子、马君武:"迩者振大汉之天声,想两公都在剑影光中,抵掌而谈;不慧远适异国,惟有神驰左右耳。"并急急准备回国。

由于对革命斗争的艰巨性和困难认识不足,性格又过于脆弱,所以"二次革命"失败后,苏曼殊逐渐丧失了斗争的勇气,思想逐渐变得颓废。他的思想变迁在诗中有充分反映。在资产阶级革命高潮时期的诗作充满积极进取的精神:

> 蹈海鲁连不帝秦,茫茫烟水着浮身。国民孤愤英雄泪,洒上鲛绡赠故人。
> 海天龙战血玄黄,披发长歌览大荒。易水萧萧人去也,一天明月白如霜。

这是1903年他赠给日本大同学校的老师汤国顿的两首题画诗。当时西方列强强迫清政府签订了丧权辱国的《辛丑条约》,孙中山为首的革命党人的斗争又不断受挫,曼殊毅然决定结束日本的求学生活,回国到斗争的第一线。诗中歌颂了鲁仲连和荆轲,表达自己为推翻清王朝而斗争到底、义无反顾的决心。

对抗清英雄郑成功,苏曼殊非常崇敬。1907年他与刘师培、何震夫妻东渡日本,船经日本九州西部大海时,看到的"郑公石"触发了他积蓄已久的悲壮情怀。他的心强烈震动,写下有名的七绝《过平户延平诞生处》:

> 行人遥指郑公石,沙白松青夕照边。极目神州余子尽,袈裟和泪伏碑前。

苏曼殊在革命失败之后的诗作则充满痛苦和悲凉之感。《耶婆提病中末公见示新作伏枕奉答兼呈旷处士》诗写于1910年。当时苏曼殊对革命形势估计不足,他看到革命军在广州起义失败,党人刺摄政王不成而被捕,日本吞并朝鲜,祖国很可能步朝鲜之后尘,前途渺茫,革命无望,所以发出"上国亦已芜,黄星向西落。青骊逝千里,瞻乌止谁屋?建业在何许?胡尘纷漠漠"的深沉慨叹。

《吴门依易生韵》组诗毫不掩饰地表现了苏曼殊在辛亥革命失败后的失望、幻灭和彷徨。这组诗七绝十一首,抒发了诗人漫游江南时的感受,吊古伤今,悲叹时世,调子低沉,语句哀婉,读之催人泪下。

> 碧海云峰百万重,中原何处托孤踪?春泥细雨吴趋地,又听寒山夜半钟。

辽阔的中原大地依旧在反动政权的统治下,诗人竟无处可以寄托他的行踪,迫不得已来到江南一隅,相伴的只有寒山寺深夜传来的钟声。

> 碧城烟树小彤楼,杨柳春风系客舟。故国已随春日尽,鹧鸪声急使人愁。

鹧鸪凄惨的哀啼唤起诗人无限的慨叹:辛亥革命失败了,反动势力猖狂反扑;一大批爱国志士,有的被杀,有的遁隐,有的消沉。祖国的春天已经同自然界的春天一道逝去了。苏曼殊的诗,全以真诚的态度,真实抒写了自己悲苦的身世,燕婉的情怀和崇高的爱国精神,真挚深婉,有极强的艺术感染力。

三、前人评论苏曼殊,都指出他受到龚自珍的影响;而我们认为,英国诗人拜伦对苏曼殊的诗歌创作有更重要的作用。

拜伦是十九世纪浪漫主义运动最有代表性的伟大诗人。早在二十世纪初,我国一些热心的维新志士就相继翻译过拜伦的诗作。1903年,梁启超在他的白话小说《新中国未来记》第四回中摘译拜伦的《哀希腊》抒情诗。1905年,马君武也翻译了《哀希腊歌》。1907年,鲁迅发表了他第一篇文艺论文《摩罗诗力说》,着重考察了摩罗诗派"宗主"拜伦的思想和作品对当时欧洲大陆、欧洲文学和同时代的许多浪漫诗人的影响:"今则举一切诗人中,凡立意在反抗,指归在动作,而为世所不甚愉悦者悉入之,为传其言行思维,流别影响,始宗立拜伦,终以摩迦(匈牙利)文士。"而苏曼殊,则无比倾心拜伦的诗。1906年翻译了拜伦的四首诗《赞大海》《去国行》《哀希腊》《答美人赠束发毡带诗》;1908年在日本出版《拜伦诗选》;1909年作《潮音自序》,介绍了拜伦和席勒这两个最伟大的英国诗人。他赞美:"拜伦的诗像种有奋激性的酒料,人喝了愈多,愈觉着有甜蜜的魔力。……在情感,热诚和直白的用字内,拜伦的诗是不可及的。"

苏曼殊倾心拜伦,乃由于他与拜伦有着相似的身世和情感。拜伦身世孤苦飘零。出生后不久,父亲约翰(绰号"疯杰克")为逃避债务而遗弃家庭;两年后在法国死去。母亲凯瑟琳·戈登,也没有给予幼小的拜伦以应有的关怀。"她有着戈登家所有的暴烈性格,行事全凭冲动";"她喜怒无常之性情时时给他一陈暴雨般的殴打";乃至于"对他竭尽污辱之能事"。这给拜伦儿时的心灵造成重大的创伤,使他对母亲产生了"一种强烈而无声的轻视"([法]安·莫洛亚者《拜伦传》)。苏曼殊一生也有难言之痛——私生子和混血儿的境遇,使他既得不到母爱,又受到世人的歧视。他痛苦地哀叹道:"人谓衲天生情种,实则别有伤心处耳。"(《苏曼殊全集》)拜伦的一生,东奔西走。或被迫,或为了要"看看人类"而不只是从书本上读到他们,以及扫除"一个岛民怀着狭隘的偏见守在家门的有害后果"(查良铮译《拜伦诗选》前言),他先后行进在葡萄牙、马耳他、阿尔巴尼亚、希腊、土耳其的国土上,最后竟血洒异邦希腊。而苏曼殊的一生也是云游不定,为了寻省母亲,为了广博才识,他先后数次东渡日本,并只身前往泰国、新加坡、印度等地,历尽千辛万苦。

拜伦孤苦飘零的身世,仿佛就是苏曼殊影子的折射。苏曼殊深深地同情拜伦,由衷地哀怜自己的不幸。1909年,苏曼殊在乘船前往新加坡途中,巧遇小时候的英文老师庄湘牧士的女儿雪鸿。雪鸿赠他一本《拜伦遗集》。曼殊欣喜展读,潸然泪下:"嗟乎,予思维身世,有难言之痛!"因此带病写下《题拜伦集》一诗:"秋风海上已黄昏,独向遗编吊拜伦。词客飘蓬君与我,可能异域为招魂。"诗篇虽说是吊拜伦,实在也是吊他自己。

拜伦的爱情生活也同苏曼殊一样,不遂人意。拜伦先是钟情于邻居一个产业的继承人玛丽·查沃斯小姐;但玛丽·查沃斯后来嫁给了别人。这使拜伦长期不能忘情,并为此写了一些诗;甚至在1816年写作与这段恋情有关的"梦"时,还是泪如泉涌。1813年,拜伦向安娜·密尔班克小姐求婚,并于1815年结婚。这是拜伦一生中所铸的最大的错误。拜伦夫人是一个见解褊狭、深为其贵族阶级的伪善所囿的人,完全不能理解拜伦的事业和观点,最后终于分道扬镳。拜伦却因此而受到来自上层社会的强大而恶毒的攻击。

拜伦爱情婚姻上的不幸,强烈地刺激着苏曼殊对自己痛苦恋爱的回味。读到拜伦《留别雅典女郎》《答美人赠束发毡带诗》,苏曼殊在内心深处产生了强烈的共鸣。拜伦的"趁我们还没有分手的时光,/还我的心来,雅典的女郎!/不必了,它既已离开我胸口,/你把它留着吧,/把别的也拿走!/我临行立下了誓言,请听,/我爱你呵,你是我生命",和曼殊的吟唱同一情调:"偷尝仙女唇中露,几度临风拭泪痕。日日思君令人老,孤窗无那正黄昏。"

孤苦飘零的身世,不遂人意的爱情婚姻,是导致苏曼殊喜爱、倾慕拜伦的基因;而拜伦反抗腐朽的统治阶级,为支援希腊人民的民族解放斗争而献出了自己年轻生命的英雄壮举,更对曼殊的思想及诗歌创作倾向产生了重大的影响。

鲁迅在《摩罗诗力说》中说得明白:"拜伦之所以比较的为中国人所知……就是他的助希腊独立。时当清的末年,在一部分中国人的心中,革命思想正盛,凡是叫喊复仇和反抗的,便容易惹起反应。"

拜伦所处的时代,"无论什么地方,公共自由都不像英国那样受压迫,那样受限制。无论什么地方都没有英国那样骇人听闻的豪富,也没有那样骇人听闻的赤贫。"([苏]叶里斯特拉托娃《乔治·戈登·拜伦》,载《译文》1954年6月号)具有自由主义进步立场的拜伦对贫苦的人民及其反抗斗争,倾注全部的同情和有力的帮助;而对英国上层统治阶级则投以高度的憎恶。在最杰出的长诗《唐璜》中,诗人曾把海盗兰勃洛和他们比较:"不要以为他发财的方法似乎奇突,/虽然他把各国的货船夺去,/但只要把他的官爵变为首相,/这不过是抽税而已"。现实虽然黑暗,但拜伦对自己的祖国却充满着无尽的热爱:"英国啊!尽管你有一切缺点,我还是爱你!"(《别甫》)一个真正的爱国主义者,必然是伟大的国际主义者。拜伦对弱小民族真诚的同情,使他把奴役别国的侵略政策看作是古代野蛮政策的残余,并终以自己的伟大行动献身于希腊的民族解放运动。

苏曼殊对拜伦的进步思想、英雄壮举给以崇高的评价:"他是个热情真诚的自由信仰者;——他敢于要求每件事物的自由——大的小的,社会的或政治的。他不知道怎样或哪里他是到了极端";"他是个坦白而高尚的人。当他正从事于一件伟大的事业,他就到了末日。他去过希腊,在那里曾助着几个为自由而奋斗的爱国者。"(《苏曼殊全集》)

拜伦笔下描绘的希腊社会被土耳其残酷统治的现实,深深勾起了苏曼殊痛苦的家国之感,竟至在日本期间,"一时夜月照积雪,泛舟中禅寺湖,歌拜伦《哀希腊》之篇,歌已哭,哭复歌,抗音与湖平相应。舟子惶然,疑其为精神病作也"。

苏曼殊以拜伦为榜样,积极反抗封建统治,对贫富悬殊的社会现实也极为愤慨。总之,拜伦孤苦飘零的身世,痛苦的爱情婚姻生活,反抗强暴、同情弱小的思想在苏曼殊心灵深处引起了共鸣,他由衷地发出了"拜伦是我师"的感叹,并深情地赞美拜伦:"善哉,拜伦以诗人去国之忧,寄之吟咏,谋人家国,功成不居,虽与日月争光,可也!"发誓"欧洲大乱(按第一次世界大战)平定之后,吾当振锡西巡,一吊拜伦之墓"。出自对拜伦的爱,对反映着拜伦人格的诗的推崇,苏曼殊满腔热情地把拜伦的诗介绍给祖国读者,成为中国近代文化史上第一个最完整地翻译拜伦作品的人;而拜伦浪漫的气质,及诗歌创作的浪漫风格,又对苏曼殊的为人和诗歌创作产生了重大的影响。

思考练习题

1. 近代文学的特点及与古代文学和现代文学的关系。
2. 近代"诗界革命"的创作主张与创作实践。
3. 谴责小说的基本特征是什么?
4. 龚自珍诗歌的思想内容与艺术成就。
5. 黄遵宪对诗歌表现手法探索性的改革。
6. 苏曼殊诗歌的主要内容有哪些?

参考文献与阅读书目

《八代诗史》,葛晓音,陕西人民出版社1989
《白居易集笺校》,白居易著,朱金城笺校,上海古籍出版社1988
《白居易诗集校注》,白居易撰,谢思炜校注,中华书局2006
《白居易文集校注》,白居易撰,谢思炜校注,中华书局2010
《白苏斋类稿》,袁宗道著,钱伯城点校,上海古籍出版社1989
《白雨斋词话》,陈廷焯撰,上海古籍出版社1984
《鲍参军集注》,鲍照撰,钱仲联校,上海古籍出版社1980
《鲍照集校注》,鲍照撰,丁福林、丛玲玲校注,中华书局2012
《沧浪诗话校释》,严羽著,人民文学出版社1983
《曹植集校注》,曹植撰,赵幼文校注,人民文学出版社1998
《岑参集校注》,岑参著,陈铁民校注,上海古籍出版社1981
《岑嘉州诗笺注》,岑参撰,廖立笺注,中华书局2004
《长江集新校》,贾岛著,李嘉言校,上海古籍出版社1983
《长生殿》,洪升著,徐朔方校注,人民文学出版社1983
《陈与义集校笺》,陈与义著,白敦仁校笺,上海古籍出版社1990
《陈子昂集》,陈子昂撰,中华书局1960
《陈子龙诗集》,施蛰存、马祖熙标校,上海古籍出版社1983
《楚辞补注》,洪兴祖补注,白化文等点校,中华书局1983
《楚辞集注》,朱熹注,上海古籍出版社1979
《船山诗草》,张问陶撰,中华书局1986
《春秋经传集解》,杜预集解,上海人民出版社1988
《春秋左传正义》,孔颖达注疏本,北京大学出版社1999
《春秋左传注》(修订本),杨伯峻注,中华书局1990
《词话丛编》,唐圭璋编,中华书局1986
《词苑丛谈》,徐釚撰,唐圭璋校注,上海古籍出版社1981
《带经堂诗话》王士禛著,人民文学出版社1963
《戴复古诗集》,戴复古撰,金芝山点校,浙江古籍出版社1992
《戴名世集》,戴名世撰,王树民编校,中华书局1986
《丁卯集笺证》,许浑撰,罗时进笺证,中华书局2012
《东山词》,贺铸撰,钟振振校注,上海古籍出版社1989

《读杜心解》,浦起龙撰,中华书局 1977
《杜牧集系年校注》,杜牧撰,吴在庆校注,中华书局 2008
《杜诗镜铨》,杜甫撰,杨伦笺注,上海古籍出版社 1998
《杜诗详注》,杜甫撰,仇兆鳌注,中华书局 1979
《杜臆》,王嗣奭撰,上海古籍出版社 1983
《二十年目睹之怪现状》,吴趼人,人民文学出版社 1981
《二晏词笺注》,晏殊、晏几道著,张草纫笺注,上海古籍出版社 2008
《樊川诗集注》,杜牧著,冯集梧注,上海古籍出版社 1978
《樊川文集》,杜牧著,陈允吉校点,上海古籍出版社 1978
《樊榭山房集》,厉鹗著,董兆熊注,陈九思标校,上海古籍出版社 1992
《范石湖集》,范成大著,上海古籍出版社 1981
《方苞集》,方苞著,刘季高校点,上海古籍出版社 1990
《放翁词编年笺注》,夏承焘、吴熊和笺注,上海古籍出版社 1981
《焚书》《续焚书》,李贽著,中华书局 1975
《封神演义》,许仲琳、李云翔编,上海古籍出版社 1994
《高适集校注》(修订本),高适著,孙钦善校注,上海古籍出版社 2014
《高适诗集编年笺注》,高适著,刘开扬笺注,中华书局 1981
《龚自珍己亥杂诗注》,龚自珍撰,刘逸生注,中华书局 1980
《古诗十九首集释》,隋树森编,中华书局 1955
《古诗源》,沈德潜选,中华书局,2006 年 2 版
《古小说钩沉》,鲁迅辑,人民文学出版社 1973
《顾太清集校笺》,顾太清撰,金启孮、金适校笺,2012
《顾亭林诗笺释》,顾炎武撰,王冀民笺释,中华书局 1998
《官场现形记》,李宝嘉著,人民文学出版社 2000
《归震川集》,归有光著,周本淳校点,上海古籍出版社 1981
《韩昌黎诗集编年笺注》,韩愈撰,方世举笺注,中华书局 2012
《韩昌黎文集校注》,韩愈著,马其昶注,上海古籍出版社 1986
《韩非子集解》,王先慎集解,中华书局 1997
《韩愈文集汇校笺注》,刘真伦、岳珍校注,中华书局 2010
《汉代乐府制度与歌诗研究》,赵敏俐著,商务印书馆 2009
《汉书》,班固撰,中华书局 1975
《何逊集校注》(修订本),何逊撰,李伯齐校注,中华书局 2010
《鹤林玉露》,罗大经撰,中华书局 1983
《红楼梦》,曹雪芹,人民文学出版社 1982
《后村词笺注》,刘克庄著,钱仲联笺注,上海古籍出版社 1980
《后山诗注补笺》,陈师道撰,任渊注,冒广生补笺,中华书局 1995
《花间集校注》,赵崇祚编;杨景龙校注,中华书局 2014
《淮海集笺注》,秦观著;徐培均笺注,上海古籍出版社 2000

《淮海居士长短句笺注》，秦观著，夏承焘笺注，上海古籍出版社 2008
《淮南鸿烈集解》，淮南王刘安编，刘文典集解，中华书局 1989
《黄庭坚诗集注》，黄庭坚撰，任渊等注；刘尚荣点校，中华书局 2003
《汇校详注关汉卿集》，关汉卿撰，蓝立蓂校注，中华书局 2006
《嵇康集校注》，嵇康撰；戴明扬校注，中华书局 2014
《集评校注西厢记》，王实甫撰，王季思校注，上海古籍出版社 1987
《贾岛集校注》，齐文榜校注，人民文学出版社 2001
《贾谊集校注》，贾谊撰，人民文学出版社 1996
《稼轩词编年笺注》，辛弃疾撰，邓广铭笺注，上海古籍出版社 1993
《简明中国文学史》，孙静、周先慎编著，北京大学出版社 2001
《建安七子集》，俞绍初辑校，中华书局 1989
《剑南诗稿校注》，陆游著，钱仲联校注，上海古籍出版社 1985
《江文通集汇注》，江淹撰，胡之骥注，李长路点校，中华书局 1984
《姜白石词编年笺校》，姜夔著，夏承焘笺校，上海古籍出版社 1981
《姜白石词笺注》，姜夔撰，陈书良笺注，中华书局 2009
《蒋捷词校注》，蒋捷撰，杨景龙校注，中华书局 2010
《珂雪斋集》，袁中道著，钱伯城点校，上海古籍出版社 1989
《老残游记》，刘鹗著，人民文学出版社 1982
《李白集校注》，李白著，瞿蜕园、朱金城注，上海古籍出版社 1980
《李贺诗歌集注》，李贺著，王琦等注，上海古籍出版社 1977
《李清照集笺注》(宋)李清照著，徐培均笺注，上海古籍出版社 2002
《李清照集校注》，(宋)李清照著，王仲闻校注，人民文学出版社 1979
《李商隐诗歌集解》，刘学锴、余恕诚集解，中华书局 2004 年 2 版
《李商隐文编年校注》，李商隐撰，刘学锴、余恕诚校注，中华书局 2002
《李太白全集》，李白撰，王琦注，中华书局 1977
《李玉戏曲集》(清)李玉著，陈古虞等点校，上海古籍出版社 2004
《李长吉歌诗编年笺注》，李贺撰；吴企明笺注，中华书局 2012
《历代诗话》，何文焕辑，中华书局 1981
《历代诗话续编》，丁福保辑，中华书局 1983
《两当轩集》，(清)黄景仁著，李国章标点，上海古籍出版社 1983
《聊斋志异》(会校会注会评本)，张友鹤辑校，上海古籍出版社 1979
《刘大櫆集》，刘大櫆著，吴孟复标点，上海古籍出版社 1990
《刘克庄集笺校》，刘克庄撰，辛更儒笺校，中华书局，2011
《刘禹锡集笺证》，刘禹锡著，瞿蜕园笺证，上海古籍出版社 1989
《刘禹锡诗编年校注》，刘禹锡撰，高志忠校注，黑龙江人民出版社 2005
《刘长卿诗编年笺注》，刘长卿著，储仲君笺注，中华书局 1996
《柳宗元集校注》，柳宗元撰，尹占华、韩文奇校注，中华书局 2013
《柳宗元诗笺释》，柳宗元撰，王国安笺释，上海古籍出版社 1993

《六十种曲》,毛晋编,中华书局1958
《六一词》,欧阳修撰,李伟国点校,上海古籍出版社1988
《卢纶诗集校注》,刘初棠校注,上海古籍出版社1989
《卢照邻集笺注》,卢照邻著,祝尚书笺注,上海古籍出版社1994
《卢照邻集校注》,卢照邻撰,李云逸校注,中华书局1998
《陆机集》,陆机撰,金涛声校点,中华书局1982
《陆云集》,陆云撰,黄葵点校,中华书局1988
《录鬼簿(外四种)》,钟嗣成著,上海古籍出版社1978
《论衡注释》,王充撰,中华书局1980
《论语集释》,程树德撰,中华书局2006
《论语正义》,刘宝楠撰,中华书局1990
《罗隐集校注》,罗隐著,潘慧惠校注,浙江古籍出版社1995
《洛阳伽蓝记校注》,杨衒之撰,上海古籍出版社1978
《骆临海集笺注》,骆宾王撰,陈熙晋注,上海古籍出版社1985
《吕氏春秋集释》,许维遹撰,中华书局2009
《毛诗传笺通释》,马瑞辰撰,中华书局1989
《毛诗正义》,郑玄笺,孔颖达疏,北京大学出版社1999
《梅溪词》,史达祖撰,雷履平校注,上海古籍出版社1988
《梅尧臣集编年校注》,梅尧臣撰,朱东润校注,上海古籍出版社1980
《孟浩然诗集笺注》,孟浩然著,佟培基笺注,上海古籍出版社2000
《孟郊诗集校注》,华忱之、喻学才校注,人民文学出版社1995
《孟子正义》,焦循撰,沈文倬点校,中华书局1987
《梦窗词集校笺》,吴文英撰,孙虹、谭学纯校笺,中华书局2014
《茗柯文编》,张惠言著,黄立新校点,上海古籍出版社1984
《牡丹亭》,汤显祖著,徐朔方校注,人民文学出版社1982
《牧斋初学集》《牧斋有学集》,钱谦益著,钱仲联校,上海古籍出版社1985、1996
《纳兰词笺注》,(清)纳兰性德著,张草纫笺注,上海古籍出版社2003
《南北朝文学编年史》,曹道衡著,人民文学出版社2000
《南北朝文学史》,曹道衡编著,人民文学出版社1991
《南唐二主词笺注》,李璟、李煜著,王仲闻校订,中华书局2013
《孽海花》,曾朴撰,中华书局1959
《女性词史》,邓红梅著,山东教育出版社2000
《欧阳修全集》,欧阳修撰,李逸安点校,中华书局2001
《欧阳修诗编年笺注》,欧阳修撰,刘德清等笺注,中华书局2012
《拍案惊奇》《二刻拍案惊奇》,凌濛初著,上海古籍出版社1994
《皮子文薮》,皮日休著,萧涤非、郑庆笃整理,上海古籍出版社1981
《钱注杜诗》,杜甫著,钱谦益注,上海古籍出版社1979
《清平山堂话本》,洪楩著,上海古籍出版社1994

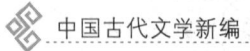

《清诗话》,王夫之等撰,上海古籍出版社 1999
《清诗话续编》,郭绍虞编选,上海古籍出版社 1983
《清真集笺注》,周邦彦著,罗忼烈笺注,上海古籍出版社 2008
《清真集校注》,周邦彦撰;孙虹校注,薛瑞生订补,中华书局 2002
《屈原集校注》,金开诚、董洪利、高路明校注,中华书局 1996
《全汉赋》,费振刚等辑,北京大学出版社 1993
《全上古三代秦汉三国六朝文》,(清)严可均辑,中华书局 1987
《全宋词》,唐圭璋编,中华书局 1988
《全宋诗》,北京大学古文献研究所编,北京大学出版社 1995
《全宋文》,曾枣庄、刘琳主编,上海辞书出版社 2006
《全唐诗》(增订本),彭定求等编,中华书局 1999
《全唐文》,董诰等编,中华书局 1983
《全唐五代诗》,周勋初等主编,陕西人民出版社 2014
《全元散曲》,隋树森,中华书局 1964
《全元戏曲》,王季思主编,人民文学出版社 1990—1999
《人间词话·人间词》,王国维著,安徽人民出版社 2002
《人境庐诗草笺注》,黄遵宪著,钱仲联笺注,上海古籍出版社 1981
《儒林外史》,吴敬梓著,江苏古籍出版社 1989
《阮步兵咏怀诗注》,阮籍著,黄节注,中华书局 2008
《阮籍集校注》,阮籍撰,陈伯君校注,中华书局 1987
《三国演义》,罗贯中著,人民文学出版社 1978
《三国志》,陈寿撰,中华书局 1982
《三国志演义》,毛纶、毛宗岗评点,刘世德点校,中华书局 1995
《山谷诗集注》,黄庭坚著,黄宝华点校,上海古籍出版社 2003
《山海经笺疏》,郝懿行,上海古籍出版社 1989
《山海经校注》,袁珂校注,上海古籍出版社 1980
《山中白云词》,张炎撰,吴则虞校辑,中华书局 1983
《尚书今古文注疏》,孙星衍注疏,中华书局 1986
《沈佺期宋之问集校注》,陶敏、易淑琼校注,中华书局 2001
《诗国高潮与盛唐文化》,葛晓音著,北大出版社 1998
《诗话总龟》,阮阅编,周本淳点校,人民文学出版社 1987
《诗经别裁》,扬之水著,中华书局 2012
《诗经注析》,程俊英、蒋见元撰,中华书局 1991
《诗品集注》,钟嵘著,曹旭集注,上海古籍出版社 1994
《诗品注》,钟嵘著,陈延杰注,人民文学出版社 1980
《诗人玉屑》,魏庆之编,王仲闻校勘,上海古籍出版社 1978
《诗薮》,胡应麟撰,上海古籍出版社 1979
《史记》,司马迁撰,中华书局 1975

《世说新语笺疏》,刘义庆著,余嘉锡笺疏,上海古籍出版社 1993
《水浒传》,施耐庵、罗贯中著,人民文学出版社 1997
《水云楼诗词辑校》,蒋春霖著,冯其庸辑校,齐鲁书社 1986
《四声猿》,徐渭著,周中明校注,上海古籍出版社 1984
《宋代文学编年史》,曾枣庄、吴洪泽著,凤凰出版社 2010
《宋诗钞》,清吴之振等选编,中华书局 1986
《宋诗选注》,钱钟书选注,人民文学出版社 1989
《宋元戏曲史》,王国维著,凤凰出版社 2010
《搜神记》,干宝撰,汪绍楹校注,中华书局 1979
《苏轼词编年校注》,苏轼撰,邹同庆、王宗堂校注,中华书局 2002
《苏轼诗集》,苏轼撰,王文诰辑注;孔凡礼点校,中华书局 1982
《苏轼文集》,苏轼撰,孔凡礼点校,中华书局 1986
《苏舜钦集》,苏舜钦著,沈文倬校点,上海古籍出版社 1981
《苏辙集》,苏辙撰,陈宏天、高秀芳点校,中华书局 1990
《随园诗话》,袁枚著,王英志校点,江苏古籍出版社 2000
《汤显祖诗文集》,汤显祖著,徐朔方笺校,上海古籍出版社 1982
《汤显祖戏曲集》,汤显祖著,钱南扬校点,上海古籍出版社 1982
《唐人小说》,汪辟疆校录,上海古籍出版社 1978
《唐诗纪事校笺》,王仲镛校笺,巴蜀书社 1989
《唐宋诗举要》《唐宋文举要》,高步瀛编,上海古籍出版社 1978、1982
《唐五代文学编年史》,傅璇琮等著,辽海出版社 1998
《桃花扇》,清孔尚任著,王季思注,人民文学出版社 2002
《陶渊明集笺注》,袁行霈笺注,中华书局 2003
《陶渊明集校笺》(修订本),陶潜著,龚斌校,上海古籍出版社 2011
《苕溪渔隐丛话》,胡仔纂集,廖德明校点,人民文学出版社 1962
《王昌龄诗注》,王昌龄著,李云逸注,上海古籍出版社 1984
《王船山诗文集》,王夫之撰,中华书局 1963
《王建诗集校注》,王建著,尹占华校注,巴蜀书社 2006
《王荆公诗笺注》,李壁笺注,中华书局上海编辑所 1958
《王维集校注》,王维撰,陈铁民校注,中华书局 1997
《王右丞集笺注》,王维著,赵殿成笺注,上海古籍出版社 1984
《王恽全集汇校》,王恽撰,杨亮、钟彦飞校订,中华书局,2013
《王子安集注》,王勃著,蒋清翊注,上海古籍出版社 1995
《韦应物诗集系年校笺》,孙望编著,中华书局 2002
《韦庄集笺注》,韦庄著,聂安福笺注,上海古籍出版社 2002
《温飞卿诗集笺注》,温庭筠撰,曾益笺注,上海古籍出版社 1980
《温庭筠全集校注》,温庭筠撰,刘学锴校注,中华书局 2007
《文心雕龙校证》,刘勰著,王利器校笺,上海古籍出版社 1980

《文选》,萧统编,李善注,上海古籍出版社1986
《吴嘉纪诗笺校》,吴嘉纪著,杨积庆笺校,上海古籍出版社1980
《吴梅村全集》,吴伟业著,李学颖集评标校,上海古籍出版社1990
《吴梅村诗集笺注》,程穆衡著,上海古籍出版社1983
《西游记》,吴承恩编著,人民文学出版社1980
《惜抱轩诗文集》,姚鼐著,刘季高标校,上海古籍出版社1992
《先秦汉魏晋南北朝诗》,逯钦立辑,中华书局1983
《先唐辞赋研究》,郭建勋著,中华书局2007
《小仓山房诗文集》,袁枚著,周本淳标校,上海古籍出版社1988
《小山词》,晏几道撰,王根林点校,上海古籍出版社1988
《谢灵运集校注》,谢灵运著,顾绍柏注,中州古籍出版社1987
《谢宣城集校注》,谢朓著,曹融南校注集说,上海古籍出版社1991
《辛稼轩诗文笺注》,辛弃疾撰,邓广铭辑校审定,上海古籍出版社1995
《新刻金瓶梅词话》,兰陵笑笑生作,人民文学出版社1985
《新校元刊杂剧三十种》,徐沁君校点,中华书局1980
《徐渭集》,徐渭撰,中华书局1983
《荀子简释》,梁启雄著,中华书局1983
《雁门集》,萨都剌著,殷孟伦、朱广祁整理,上海古籍出版社1982
《扬雄集校注》,张震泽校注,上海古籍出版社1993
《杨炯集·卢照邻集》,徐明霞点校,中华书局1980
《杨万里集笺校》,杨万里撰,辛更儒笺校,中华书局2007
《杨维桢诗集》,邹志方点校,浙江古籍出版社1994
《遗山乐府校注》,元好问撰,赵永源校注,凤凰出版社2006
《渔洋精华录集释》,王士禛著,李毓芙等整理,上海古籍出版社1999
《庾子山集注》,庾信撰,倪璠注,许逸民校点,中华书局2006
《玉台新咏笺注》,徐陵编,吴兆宜注,程琰删补,中华书局1985
《郁离子》,刘基撰,魏建猷校点,上海古籍出版社1981
《元白诗笺证稿》,陈寅恪著,三联书店2001
《元本琵琶记校注》,高明著,钱南扬校注,上海古籍出版社1980
《元好问诗编年校注》,元好问撰,狄宝心校注,中华书局2011
《元好问文编年校注》,元好问撰,狄宝心校注,中华书局2012
《元曲选》,臧晋叔编,中华书局1979
《元人小令集》,陈乃乾辑,中华书局1962
《元稹集》,元稹撰,冀勤点校,中华书局1982
《袁宏道集笺校》,袁宏道著,钱伯城笺校,上海古籍出版社1981
《袁枚全集》,王英志主编,江苏古籍出版社1993
《乐府诗集》,郭茂倩编,中华书局1979
《乐章集校注》(增订本),柳永著,薛瑞生校注,中华书局2012

《曾巩集》,曾巩撰,陈杏珍、晁继周点校,中华书局1984
《增订湖山类稿》,汪元量撰,孔凡礼辑校,中华书局1984
《战国策笺证》,范祥雍笺证,上海古籍出版社,2006
《张岱诗文集》,张岱撰,夏咸淳校点,上海古籍出版社1991
《张衡诗文集校注》,张震泽注,上海古籍出版社1986
《张籍集系年校注》,徐礼节、余恕诚校注,中华书局2011
《张九龄集校注》,张九龄撰,熊飞校注,中华书局2008
《张耒集》,张耒撰,李逸安等点校,中华书局1990
《张说集校注》,张说撰,熊飞校注,中华书局2013
《张孝祥词校笺》,张孝祥撰,宛敏灏校笺,中华书局2010
《张子野词》,张先撰,吴熊和点校,上海古籍出版社1988
《昭昧詹言》,方东树著,人民文学出版社1961
《中国古代文学教程》,郁贤皓主编,高等教育出版社2007
《中国古代文学史》,郭预衡主编,上海古籍出版社2005
《中国古代文学史》,罗宗强、陈洪主编,华东师范大学出版社2000
《中国古代文学史》,周建忠主编,南京大学出版社,2013年2版
《中国古代文学史长编》,郭预衡主编,首都师大出版社出版2000
《中国古代文学通论》,傅璇琮、蒋寅总主编,辽宁人民出版社2005
《中国古典戏曲论著集成》,中国戏剧出版社1959
《中国诗史》,陆侃如、冯沅君著,百花文艺出版社1999
《中国文学发展史》,刘大杰编,上海古籍出版社1997
《中国文学史》,游国恩等主编,人民文学出版社2002
《中国文学史》,袁行霈主编,高等教育出版社2005年2版
《中国文学史》,章培恒主编,复旦大学出版社1996
《中国文学史纲要》,褚斌杰著,北京大学出版社2004
《中国戏剧史长编》,周贻白著,人民文学出版社1960
《中国小说史略》,鲁迅著,上海古籍出版社2006
《周易古经今注》,高亨注,中华书局1984
《朱淑真集注》,魏仲恭辑,郑元佐注,中华书局2008
《朱子语类》,黎靖德编,中华书局1986
《珠玉词》,晏殊撰;胡思明点校,上海古籍出版社1988
《庄子集解》,王先谦撰,中华书局1987
《庄子集释》,郭庆藩撰,中华书局1978
《左传译文》,沈玉成译,中华书局1982

后 记

本教材适用于独立学院的汉语言文学专业及师范类专科学校中文专业、其他普本非中文专业等。传统上中国文学史的编写始于二十世纪初,目前所见已出版的通代或断代文学史少说也有上百种之多,其编纂基本上都是为中文院(系)汉语言文学专业所用,而上述专业这类教材罕阙,此为本教材编写的初衷与宗旨。

因教学对象、教学内容明确,本教材即以中国古代文学史为主线索,以文学作品为核心,融文学史与作品选为一体,突出简洁、基础特点;融理论、方法及学生应用能力培养于一体,突出应用性、实用性特点。鉴于文学史的叙述大多以时代为序,不能体现出中国古代文体的演变,所以在各编绪论中除了描述本时期文学发展的背景外,力求勾勒各种文体的变化脉络,使学生在广阔的文化背景上把握古代文学演进的基本线索和各个历史阶段的文学成就、重要作家及其代表作。

本教材以文学史叙述为纲,各编各章节以"提纲式"贯穿,体现中国文学"史"的概念,并注重其完整性、系统性;同时突出重要作家及其创作风格,重点解读代表性的作品,具有灵活性、丰富性的特点,以提高学生对古代文学作品的阅读鉴赏与分析评论能力;视文学现象和文学流派的重要程度,分别重点阐释,力求反映学术新成果,体现一定的创新性;每章后附思考练习题,方便学生重点掌握本章内容与复习考试之用;全书引文采用行文中夹注的形式,书后详细列出300多条书目,既是本书的主要参考文献,又是学生进一步学习的导读书目。总之,本教材将文学理论与文学创作紧密结合,注重专业知识与人文精神的培养,便于提高学生的审美素质、民族自豪感和爱国情操。

2012年,南通大学文学院获批江苏省"十二五"中国语言文学重点专业类建设项目;2013年,以丁富生教授为负责人,中国古代文学课程列入南通大学杏林学院课程建设项目;2015年,文学院汉语言文学专业又被列入江苏高校品牌专业建设工程一期项目。这些都促成了本教材的编写。编写组策划、制订编写体例,规划章节结构,确定教材特色,采取分工合作方法,经过两年多的努力,2016年3月初稿编写先后完成,统稿排版,提出修改意见,各位编委再行复核查考,终于定稿。因出众手,各人撰写风格不同,在保证教材基本大纲及编写体例的前提下,保留各人语言表达及行文的特色。

综合考虑中国古代文学的历史进程和本教材的教学对象等因素,我们将中国文学史分为六编,具体写作分工如下:

第一编 先秦与秦汉文学,九章,纪晓建博士负责并编写绪论及第五~九章;胡彦编写第一~四章;

第二编 魏晋南北朝文学,六章,陈春保博士负责;

第三编　隋唐五代文学,九章,王育红教授负责,并统稿;

第四编　宋代文学,十章,顾友泽教授负责;

第五编　元代文学,四章,顾友泽教授负责;

第六编　明清及近代文学,共九章,第一～三章明代文学,由齐静博士负责,第四～八章清代文学,由徐燕博士负责。第九章近代文学,丁富生教授负责并由丁富生教授审定全书。

古来号文章为难,然莫难于编写教材。莫砺锋教授曾说:"仰望唐诗,犹如一座巨大的山峰,宋代诗人可以从中发现无穷的宝藏,作为学习的典范。但这座山峰同时也给宋人造成了沉重的心理压力,他们必须另辟蹊径,才能走出唐诗的阴影。"本教材之编写,我们也有这样的心理压力,好在各位编委勤勉而为。姑且不说百年来出版过多少种中国文学史教材横亘在我们面前的,当下最流行、最有权威性的就有袁行霈、章培恒、游国恩等先生主编的三种《中国文学史》,分别由高等教育出版社、复旦大学出版社、人民文学出版社出版。这三套教材目前广泛用于各高校的古代文学课程教学,同时又多为各高校的考研指定教材,因此我们对其有较多地参考,在此特别致以诚挚的谢意!本书还参考征引了众多的诗文集、总集和学人的研究成果等,在此一并致谢!

本书编订后得到研究生燕婷婷、赵雪珍、周一帆、郭琳玥、王肖肖、李天予、许姝梅、詹佩佩、陆旻、成烨,本科生徐瑱、孙赛楠、张睿、王璐瑶、杨莹、王文婧、刘佳慧、史玉婷、梁云、张欣怡、廖文婷、尹梓凡等同学认真校读,在此表示感谢!

本书的出版得到南京大学出版社的大力支持,尤其对责任编辑黄隽翀所付出的辛勤劳动,对教材部蔡文彬主任的热情关心致以衷心的感谢!

2016 年 10 月 10 日